MINETTE WALTERS

Im Eishaus

Die Bildhauerin

Im Eishaus

Im Eishaus des englischen Landsitzes Streech Grange wird eine nicht mehr identifizierbare Leiche entdeckt. Sofort lodert das tiefe Mißtrauen wieder auf, das die Dorfbewohner gegenüber der Besitzerin Phoebe Maybury hegen. Denn vor zehn Jahren verschwand ihr Mann ganz plötzlich, sein Schicksal konnte nie geklärt werden. Inspector Walsh, der die Untersuchungen leitet, ist besessen von dem Gedanken, den Fall endlich zu lösen und Phoebe des Mordes an ihrem Mann zu überführen. Doch schon bald stellt sich heraus, daß der Fund der Leiche nicht genügt, um das dunkle Geheimnis von Streech Grange zu lüften ...

Die Bildhauerin

Seit fünf Jahren sitzt Olive Martin im Gefängnis. Sie hat zugegeben, ihre Mutter und ihre jüngere Schwester ermordet zu haben. Von Presse und Öffentlichkeit wurde die damals Dreiundzwanzigjährige als Monster gebrandmarkt. Auch im Gefängnis wird Olive ihrer Rolle gerecht. Die meiste Zeit verbringt sie damit, Figuren zu kneten, in die sie nach bestem Voodoo-Vorbild Nadeln sticht. Von ihren Mitgefangenen wird sie daher »Die Bildhauerin« genannt. Die Journalistin Rosalind Leigh soll ein Buch über den bizarren Fall schreiben. Nach anfänglichem Widerstreben wächst ihr Interesse, denn sie kommt immer neuen Ungereimtheiten auf die Spur. Zusammen mit der Bildhauerin tritt sie eine gefährliche und faszinierende Reise an in eine Welt voller Leidenschaften und dunkler Geheimnisse ...

Autorin

Minette Walters arbeitete lange als Redakteurin in London, bevor sie Schriftstellerin wurde. Sie hatte bereits eine Reihe von Kurzgeschichten veröffentlicht, bevor sie mit »Im Eishaus« ihr begeistert gefeiertes Romandebüt gab. Heute zählt Minette Walters zu den international erfolgreichsten Krimiautorinnen.

Von Minette Walters außerdem bei Goldmann lieferbar:
Im Eishaus. Roman (42135) · Die Bildhauerin. Roman (42462) · Die Schandmaske. Roman (43973) · Dunkle Kammern. Roman (44250) · Das Echo. Roman (44554) · Wellenbrecher. Roman (44703) · In Flammen. Roman (45257) · Schlangenlinien. Roman (45377) · Der Nachbar. Roman (45715) · Fuchsjagd. Roman (45937) · Der Außenseiter. Roman (geb., 31078) · Des Teufels Werk. Roman (geb., 30128)

Minette Walters

Im Eishaus
Die Bildhauerin

Zwei Romane in einem Band

Aus dem Englischen von
Mechtild Sandberg-Ciletti

GOLDMANN

Die Originalausgabe von »Im Eishaus« erschien 1991
unter dem Titel »The Icehouse«, die von »Die Bildhauerin« 1993
unter dem Titel »The Sculptress«, beide bei Macmillan, London.

Umwelthinweis:
Alle bedruckten Materialien dieses Taschenbuches
sind chlorfrei und umweltschonend.

Einmalige Sonderausgabe Juli 2006

Umschlaggestaltung: Design Team München
Umschlagfoto: Wolf Huber
Druck und Einband: GGP Media GmbH, Pößneck
Printed in Germany
ISBN-10: 3-442-13427-7
ISBN-13: 978-3-442-13427-4

www.goldmann-verlag.de

Im Eishaus

Für Alec

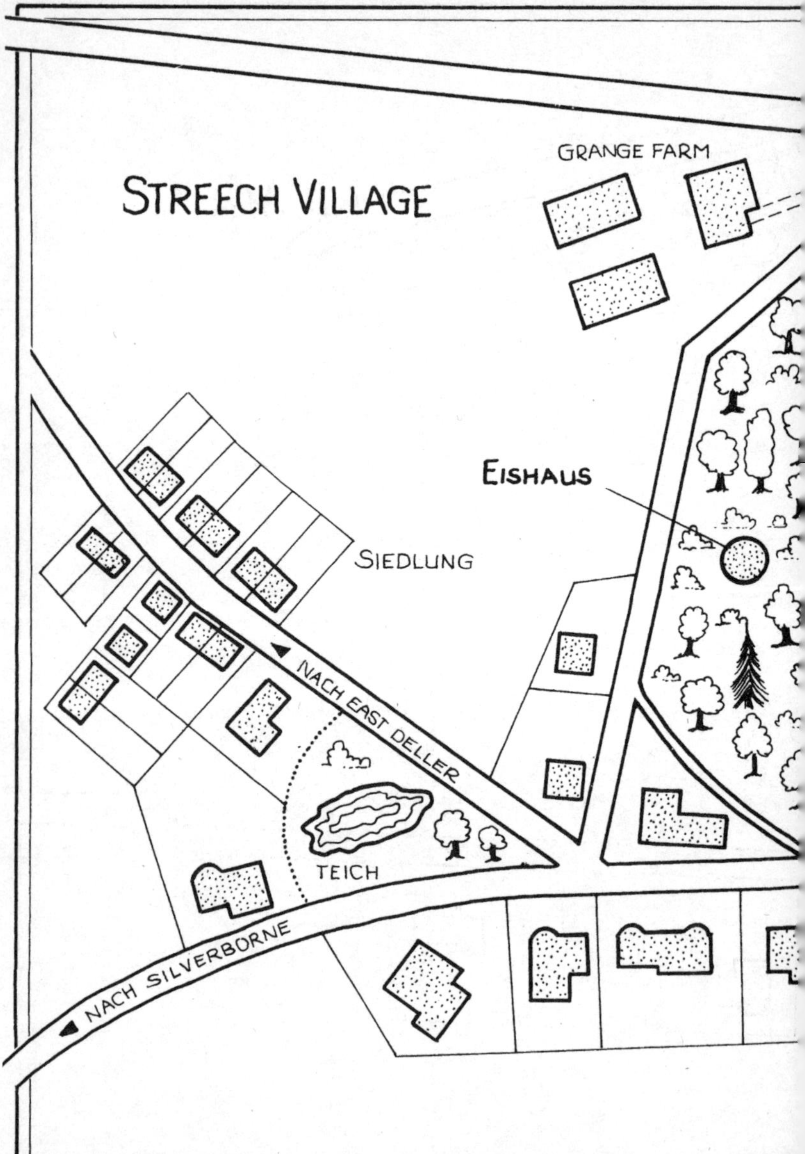

STREECH VILLAGE
GRANGE FARM
EISHAUS
SIEDLUNG
NACH EAST DELLER
TEICH
NACH SILVERBORNE

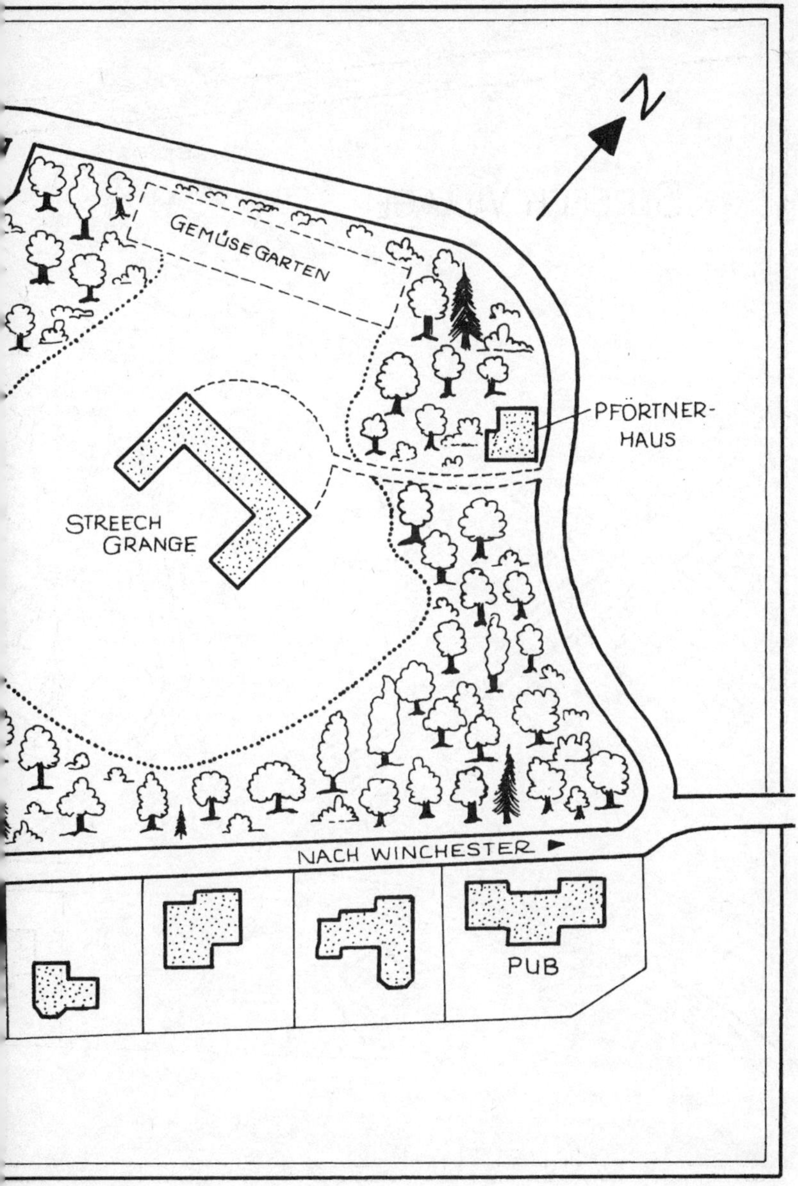
N
GEMÜSE GARTEN
PFÖRTNER-
HAUS
STREECH
GRANGE
NACH WINCHESTER
PUB

Revenge is a kind of wild justice,
which the more man's nature runs to
the more ought law to weed it out.

FRANCIS BACON

O wad some Pow'r the giftie gie us
To see oursels as other see us!
It wad frae mony a blunder free us,
And foolish notion.

ROBERT BURNS, To a Louse

Southern Evening Herald – 23. März

Wachsende Besorgnis der Polizei

Die intensive Suche nach dem verschwundenen David Maybury blieb bis heute ohne Erfolg. Die Polizei äußerte jetzt ernste Besorgnis um das Wohlergehen des Geschäftsmanns. ›Seit seinem Verschwinden sind zehn Tage vergangen‹, sagte Inspector Walsh, der leitende Beamte, ›und wir können die Möglichkeit eines Verbrechens nicht mehr ausschließen.‹ Die Bemühungen der Polizei konzentrieren sich derzeit auf eine gründliche Durchsuchung des Gutsbesitzes Streech Grange und der umliegenden Ländereien.
Keine der zahlreichen Aussagen von Personen, die den Vermißten gesehen haben wollen, konnte bisher bestätigt werden. David Maybury, 44, trug am Abend seines Verschwindens einen anthrazitgrauen Nadelstreifenanzug. Er ist 1,75 m groß, schlank und hat dunkles Haar und dunkle Augen.

Sun – 15. April

Ein kühles Grab?

Mrs. Phoebe Maybury, 27, die schöne rothaarige Ehefrau des verschwundenen Geschäftsmanns David Maybury, konnte nur zornig zusehen, wie die Polizei auf der Suche nach ihrem Ehemann ihren Garten in einen Acker verwandelte. Mrs. Maybury, selbst eine leidenschaftliche Gärtnerin, sagte: ›Dieses Haus ist seit Jahren im Besitz meiner Familie, und der Garten ist ein Werk mehrerer Generationen. Es steht der Polizei nicht zu, ihn zu zerstören.‹

Aus zuverlässiger Quelle war zu erfahren, daß David Maybury, 44, sich vor seinem Verschwinden in finanziellen Schwierigkeiten befand. Sein Weingroßhandel, den er mit dem Kapital und im Haus seiner Frau betrieb, war praktisch bankrott. Freunde berichten von ständigen Auseinandersetzungen zwischen den Ehepartnern. Die Polizei geht davon aus, daß der Vermißte das Opfer eines Verbrechens wurde.

Daily Telegraph – 9. August

Polizeiliches Ermittlungsteam aufgelöst

Die Polizei steht nach eigenen Angaben bezüglich des Verschwindens des im Hampshire wohnhaften Geschäftsmanns David Maybury vor einem Rätsel. Trotz langwieriger und gründlicher Nachforschungen konnte keine Spur von Maybury gefunden werden, und das Ermittlungsteam wird jetzt aufgelöst. Die Akte wird, wie ein Polizeisprecher mitteilte, nicht geschlossen werden, doch es herrscht wenig Zuversicht, daß das Geheimnis je geklärt werden wird. ›Die Öffentlichkeit hat uns sehr geholfen‹, sagte der Sprecher. ›Wir haben eine klare Vorstellung von den Geschehnissen in der Nacht von Mayburys Verschwinden, aber solange keine Leiche gefunden wird, können wir kaum noch etwas tun.‹

1

»Schaut doch mal, Fred Phillips *rennt*!« Anne Cattrells Bemerkung platzte in die Stille des Augustnachmittags wie der Furz in die Teegesellschaft der Pastorsgattin.

Erstaunt sahen ihre beiden Freundinnen auf, Diana von ihrem Skizzenblock, Phoebe von ihrem Gartenbuch, und kniffen beim plötzlichen Blickwechsel vom Papier ins blendende Sonnenlicht die tränenden Augen zusammen. Seit etwa einer Stunde hatten sie zufrieden auf der Terrasse ihres Hauses rund um einen schmiedeeisernen Tisch gesessen, auf dem neben den Überresten des geruhsam genossenen Tees Dinge lagen, die zu ihrem täglichen Handwerkszeug gehörten: eine Gartenschere, ein aufgeklappter Malkasten, Manuskriptseiten, eine davon dort, wo Anne gedankenlos die Tasse abgestellt hatte, mit einem kreisrunden Teefleck.

Im flammenden Glanz ihres lockigen roten Haars saß Phoebe, die Füße adrett unter sich gekreuzt, auf einem geradlehnigen Stuhl. Sie hatte ihre Haltung kaum verändert, seit sie eine halbe Stunde zuvor ihren Tee ausgetrunken und sich mit schlechtem Gewissen in ihr Buch vergraben hatte, anstatt ins Gewächshaus zurückzukehren, um einen Großauftrag über fünfhundert Geraniensteckling e zum Versand fertigzumachen. Diana lag eingeölt in einem Liegestuhl. Ihr weiter Faltenrock fiel über die Seiten der Liege auf die Steinplatten hinunter. Mit einer feingliedrigen Hand kraulte sie den Bauch des Labradors, der sich neben ihr ausgestreckt hatte, mit der anderen kritzelte sie Kringel auf den Rand ihres Skizzenblatts, das eigentlich mit Entwürfen für die Innenausstattung eines Landhauses in Fowey hätte gefüllt werden sollen. Anne, die zwischen kurzen Nickerchen krampfhaft versucht hatte, sich eintausend Wörter über ›Der vaginale Orgasmus – Tatsache oder Erfindung‹ für eine obskure Zeitschrift abzuringen, saß, das Kinn in die Hände gestützt, am Tisch und genoß mit dunklen Augen den Ausblick auf den kunstvoll gestalteten Garten.

Phoebe sah sie kurz an und drehte dann den Kopf, um mit den Augen über die Ränder ihrer Brille hinweg ihrem Blick zu folgen. »Du meine Güte!« rief sie.

Ihr Gärtner, ein Mann von massigen Proportionen, rannte, nackt bis zur Taille, schwerfällig über das Gras, und sein Bauch schwabbelte dabei über den Hosenbund wie eine gewaltige Flutwelle. Der nackte Oberkörper war schon erstaunlich genug, denn Fred hatte sehr strenge Ansichten über seine Stellung in Streech Grange. Dazu gehörte unter anderem, daß Phoebe warnend zu pfeifen hatte, wenn sie in den Garten kam, damit er seine Blößen bedecken konnte, mochte es auch noch so heiß sein.

»Vielleicht hat er im Lotto gewonnen«, meinte Diana, allerdings ohne Überzeugung, während die drei Frauen seinen rasch langsamer werdenden Sprint beobachteten.

»Höchst unwahrscheinlich«, widersprach Anne und schob ihren Stuhl vom Tisch weg. »Die Trägheit von Freds Massen braucht schon einen kräftigeren Anstoß als schnöden Mammon, um in derart wilde Bewegung zu geraten.«

Schweigend beobachteten sie ihn auf dem letzten Stück seines Wegs. Als er die Terrasse erreichte, kroch er nur noch. Einen Moment hielt er inne, stützte sich mit einer Hand schwer auf die niedrige Terrassenmauer und verschnaufte. Sein verwittertes braunes Gesicht hatte einen grauen Schimmer, sein Atem rasselte. Besorgt bedeutete Phoebe Diana, ihm einen freien Stuhl entgegenzuschieben, und stand selbst auf, um Fred beim Arm zu nehmen und auf den Stuhl zu helfen.

»Was ist denn passiert?« fragte sie ein wenig erschrocken.

»Oh, es ist schrecklich, Madam.« Er war kaum fähig zu sprechen. Der Schweiß rann in Strömen über seine schwammigen braungebrannten Brüste, die so weich und rund wie die einer Frau waren, und der Geruch, der von ihm ausging, überlagerte beißend den süßen Duft der Rosen, die in Beeten am Rand der Terrasse standen. In tiefer Verlegenheit über seine Ausdünstung und seine Nacktheit rang er die Hände. »Entschuldigen Sie vielmals, Madam.«

Diana schwang die Beine vom Liegestuhl und setzte sich auf. Sie nahm eine Decke, die über der Lehne ihres Stuhls hing, und legte sie ihm um die nackten Schultern. »Nach so einem Lauf sollten Sie sich warm halten, Fred.«

Er zog die Decke um sich und nickte dankbar.

»Was ist passiert, Fred?« fragte Phoebe wieder.

»Ich weiß nicht recht, wie ich's sagen soll« – sie glaubte, Mitleid in seinem Blick zu erkennen –, »aber es muß gesagt werden.«

»Dann sagen Sie es mir«, drängte sie vorsichtig. »So schlimm wird es schon nicht sein.« Sie warf einen Blick zu Benson hinunter, dem goldenen Labrador, der immer noch behaglich neben Dianas Liegestuhl lag. »Ist Hedges etwas passiert?«

Er schob seine rauhe, schmutzverkrustete Hand unter den Falten der Decke hervor, nahm mit einer Vertraulichkeit, die gänzlich ungewöhnlich war, ihre Hand und drückte sie sachte. Die Geste war so flüchtig, wie sie unerwartet war. »Im alten Eishaus liegt eine Leiche, Madam.«

Einen Moment war es ganz still. »Eine Leiche?« wiederholte Phoebe. »Was für eine Leiche?« Ihre Stimme war ruhig und emotionslos.

Anne warf einen raschen Blick auf sie. Es gab Momente, da erschreckte sie die Gelassenheit der Freundin.

»Um ehrlich zu sein, Madam, ich hab sie mir nicht näher angeschaut. Es war ein ziemlicher Schreck.« Er starrte bedrückt auf seine Füße hinunter. »Ich bin praktisch drüber gestolpert, bevor ich sie gesehen hab. Hinterher hat's ein bißchen gestunken.« Alle blickten fasziniert auf seine Gartenstiefel, und er zog sie, seine impulsive Bemerkung bedauernd, hastig unter die Decke. »Keine Sorge, Madam«, sagte er. »Ich hab sie gleich im Gras abgewischt.«

Tasse und Untertasse in Phoebes Hand klirrten, und sie stellte beide vorsichtig auf den Tisch neben ihre Gartenschere. »Aber natürlich, Fred. Das war aufmerksam von Ihnen. Möchten Sie eine Tasse Tee? Ein Stück Kuchen vielleicht?« fragte sie.

»Nein, danke, Madam.«

Diana mußte einen furchtbaren Lachreiz unterdrücken und wandte sich ab. Nur Phoebe, dachte sie, bringt es fertig, unter solchen Umständen Tee und Kuchen anzubieten. In gewisser Weise war es bewundernswert, denn zweifellos trafen Freds erschrekkende Worte sie härter als jeden von ihnen.

Anne wühlte unter ihren Papieren nach ihren Zigaretten. Mit einer fahrigen Bewegung öffnete sie die Schachtel und hielt sie Fred hin. Er bat Phoebe mit den Augen um Erlaubnis, obwohl das gar nicht nötig gewesen wäre, und sie nickte.

»Vielen Dank, Miss Cattrell. Ich bin noch ganz geschockt.«

Anne gab ihm Feuer und hielt ihm die Hand. »Stellen wir erst einmal eines klar, Fred«, sagte sie und sah ihn mit ihren dunklen Augen forschend an. »Es ist eine menschliche Leiche. Ist das richtig?«

»Das ist richtig, Miss Cattrell.«

»Wissen Sie, wer es ist?«

»Nein, kann ich nicht behaupten, Miss«, antwortete er widerstrebend. »Und ich denke, es wird auch sonst niemand wissen.« Er nahm einen tiefen Zug an seiner Zigarette und schauderte. »Um's ganz deutlich zu sagen, soweit ich gesehen habe, ist nicht viel von der Leiche übrig. Sie muß schon seit einer ganzen Weile da liegen.«

Die drei Frauen starrten ihn entsetzt an. »Aber sie ist doch sicher bekleidet, Fred?« fragte Diana nervös. »Sie müssen wenigstens wissen, ob es ein Mann oder eine Frau ist.«

»Ich hab keine Kleider gesehen, Mrs. Goode.«

»Am besten zeigen Sie es mir.« Mit plötzlicher Entschlossenheit stand Phoebe auf.

Fred kam stolpernd auf die Beine. »Ach, nein, Madam. Sie sollten sich das nicht anschauen. Ich möchte Sie da nicht hinbringen.«

»Dann gehe ich eben allein.« Sie lächelte unvermittelt und legte ihm die Hand auf den Arm. »Ich muß es mir anschauen. Das verstehen Sie doch, Fred?«

Er drückte seine Zigarette aus und zog die Decke fester um die Schultern. »Wenn Sie es unbedingt wollen, dann komme ich lieber mit. Allein sollten Sie da nicht hingehen.«

»Danke.« Sie wandte sich Diana zu. »Würdest du inzwischen die Polizei anrufen?«

»Natürlich.«

Anne stieß ihren Stuhl zurück. »Ich komme auch mit«, sagte sie zu Phoebe. Ehe sie den anderen über den Rasen folgte, rief sie Diana nach: »Stell schon mal den Brandy bereit. Ich brauche danach bestimmt einen.«

Zu einem nervösen Häuflein zusammengedrängt, blieben sie wenige Meter vor dem Eingang zum Eishaus stehen. Es war ein ungewöhnlicher Bau, den man im achtzehnten Jahrhundert errichtet hatte und der wie ein kleiner Erdhügel aussah. Seine Funktion als Eislager hatte er vor Jahren mit der Ankunft eines Kühlschranks verloren und war der Natur überlassen worden. Ein Wald von Nesseln umgab sein Fundament und verschmolz den künstlich aufgeworfenen Hügel mit der ebenen Erde. Der einzige Zugang, eine breite, niedrige Tür, befand sich am Ende eines überwucherten Fußwegs. Die Tür selbst war längst hinter dichtem Gestrüpp verschwunden, das wie ein dorniger Vorhang von oben herabfiel und von unten in die Höhe strebte. Sie war jetzt nur deshalb zu sehen, weil Fred den Vorhang niedergerissen und in den Boden getrampelt hatte, um sie zu erreichen.

Eine brennende Taschenlampe lag verloren auf dem Boden zu ihren Füßen. Phoebe hob sie auf. »Warum sind Sie überhaupt hineingegangen?« fragte sie Fred. »Wir haben es doch seit Jahren nicht mehr benützt.«

Er zog ein Gesicht. »Ich wollte weiß Gott, ich hätte es nicht getan, Madam. Was ich nicht weiß, macht mich nicht heiß, sag ich immer. Ich wollte die Mauer vom Küchengarten reparieren. Sie wissen schon, da, wo sie letzte Woche eingebrochen ist. Die meisten Ziegel waren nicht mehr zu gebrauchen – kein Wunder, daß die Mauer zusammengebrochen ist. Das war ja nur noch Staub. Na ja, und da sind mir die Ziegel eingefallen, die wir vor ein paar Jahren hier gelagert haben, als wir das Klohäuschen abgerissen haben. Sie haben damals gesagt: ›Heben Sie die guten auf, Fred, man weiß nie, wann man sie gebrauchen kann.‹...«

»Ich erinnere mich.«

»Ja, und die wollte ich mir für die Mauer holen.«

»Ah ja. Und das Gestrüpp mußten Sie wegschneiden?«

Er nickte. »Ich habe die Tür gar nicht sehen können, weil sie ganz zugewachsen war.« Er wies auf eine Sichel, die neben dem Eishaus lag. »Die hab ich genommen. Und den Rest hab ich mit den Stiefeln erledigt.«

»Kommt«, sagte Anne plötzlich. »Bringen wir's hinter uns. Langes Drumherumreden macht es auch nicht leichter.«

»Ja«, sagte Phoebe. »Läßt sich die Tür noch weiter öffnen, Fred?«

»O ja, Madam. Ich hatte sie ganz aufgemacht, ehe ich über das Ding gestolpert bin, das da drinnen liegt. Als ich dann gegangen bin, hab ich sie so weit wie möglich zugezogen, für den Fall, daß jemand vorbeikommen sollte.« Er starrte die Tür mit zusammengekniffenen Augen an. »Ich hab den Eindruck, sie steht jetzt weiter offen als vorhin.«

Widerstrebend ging er auf das Eishaus zu und trat plötzlich mit dem Fuß gegen die Tür. Sie öffnete sich quietschend. Phoebe ging in die Hocke und leuchtete mit der Taschenlampe ins Innere. Warmes gelbes Licht erhellte das Dunkel. Es war weniger der Anblick der schwarzen, augenlosen Leiche, bei dem sich ihr der Magen umdrehte, als vielmehr der Anblick von Hedges, der sich in den verwesenden Resten der Gedärme wälzte. Mit eingekniffenem Schwanz kam er heraus, streckte sich, den Kopf zwischen den Vorderpfoten, im Gras aus und sah zu, wie sie sich übergab.

2

Hitzeglühend stand das Gebäude der Polizeidienststelle Silverborne, ein Triumph der Moderne aus Chrom und Glas mit versiegelten Fenstern und getönten Scheiben, zwischen seinen konservativen Nachbarn. Drinnen hatte die Klimaanlage wieder einmal ihren Geist aufgegeben, und so wie Stunde um Stunde die Temperatur anstieg, erhitzten sich die Gemüter der Beamten. Zunehmend gereizt, begannen sie, wie kleine Kinder miteinander zu streiten. Wer konnte, machte sich davon; die, die bleiben mußten, bewachten eifersüchtig ihre elektrischen Ventilatoren und sehnten das Ende ihrer Schicht herbei. Chief Inspector Walsh, der schwitzend in seinem Büro saß, erreichte der Befehl, mit einem Team von Leuten nach Streech Grange hinauszufahren, wie ein willkommener Hauch frischer Luft. Vergnügt vor sich hin pfeifend, machte er sich auf den Weg zum Dienstraum. Für Sergeant McLoughlin jedoch, der ihn begleiten sollte, brachte die Erkenntnis, daß er nun auf das kühle Bier verzichten mußte, das er sich versprochen hatte, sobald die Pubs aufmachten, das Faß zum Überlaufen.

Diana hörte die ankommenden Autos vor den anderen. Sie trank ihren Brandy aus und stellte das Glas auf das Sideboard. »Sie kommen, Kinder.«

Phoebe ging zum Kaminsims hinüber. Ihr Gesicht wirkte unter dem leuchtenden roten Haar unnatürlich weiß. Sie war eine große Frau, selten sah man sie in etwas anderem als karierten Hemden und alten Levis. Zurück aus dem Eishaus, hatte sie sich umgezogen und ein langärmeliges, hochgeschlossenes Seidenkleid angelegt. Sie paßte in dieses elegante, ganz in Pastellfarben gehaltene Zimmer mit den schweren Samtvorhängen, aber Anne erschien sie wie eine Fremde. Mit einem distanzierten Lächeln sagte sie zu ihren beiden Freundinnen: »Es tut mir wirklich schrecklich leid.«

Anne rauchte wie immer eine nach der anderen. Sie blies eine graue Rauchfahne in die Luft über dem Sofa, auf dem sie mit zurückgelegtem Kopf saß. »Ach, hör doch auf«, sagte sie beinahe grob. »Kein Mensch wird dich dafür verantwortlich machen, daß irgend so ein Idiot sich ausgerechnet dein Grundstück zum Sterben auserkoren hat. Es gibt bestimmt eine ganz einfache Erklärung: Es ist ein Landstreicher, der da untergeschlüpft ist und einen Herzinfarkt bekommen hat.«

»Genau«, bestätigte Diana und ging zum Sofa. »Kann ich eine Zigarette von dir haben? Ich halte die Spannung kaum aus.«

Anne reichte ihr die Packung. »Du auch, Phoebe?«

Phoebe schüttelte den Kopf und hob zerstreut den Saum ihres Kleides bis zur Hüfte, um ihre Brillengläser zu putzen. Anne fand die Unbekümmertheit der Geste beruhigend.

»Wenn du so weitermachst, wird bald kein Glas mehr übrig sein«, meinte sie nachsichtig.

Seufzend ließ Phoebe ihren Rock fallen und setzte die Brille wieder auf. »Nackte Landstreicher, die in fremden Häusern Herzattacken haben, gibt es nicht«, sagte sie.

Die Türglocke läutete. Sie hörten Molly Phillips, Freds Frau, zur Tür gehen, und ohne ein Wort, vielmehr ganz instinktiv, stellten sich Anne und Diana rechts und links von Phoebe vor den Kamin. Als die Tür geöffnet wurde, schoß Diana der Gedanke durch den Kopf, daß das vielleicht nicht sonderlich klug gewesen war. Für die Polizei, fürchtete sie, würde es nicht so aussehen, als wollten sie ihr Rückhalt geben, wie es ihre Absicht war, sondern als wollten sie sie beschützen.

Molly führte zwei Männer herein. »Chief Inspector Walsh und Sergeant McLoughlin, Madam. Draußen sind noch mehr Polizisten. Soll ich Fred sagen, er soll auf sie aufpassen?«

»Nein, nein, ist schon gut, Molly. Sie werden schon wissen, was sich gehört.«

»Wenn Sie meinen, Madam. Aber ich wäre da nicht so sicher. Sie haben mit ihren Riesenstiefeln den ganzen Kies aufgewühlt, den Fred erst heute morgen gerecht hat.« Sie warf den beiden Männern einen vorwurfsvollen Blick zu.

»Danke, Molly. Vielleicht können Sie für alle eine große Kanne Tee kochen. Da hätte sicher niemand etwas dagegen.«

»In Ordnung, Madam.« Die Haushälterin schloß die Tür hinter sich und ging durch die Halle zur Küche davon.

Georg Walsh lauschte, bis die Schritte verklungen waren, dann ging er auf Phoebe zu und reichte ihr die Hand. Er war ein dünner, gebeugter Mann mit einer merkwürdigen Angewohnheit, den Kopf ruckartig von einer Seite zur anderen zu werfen, als litte er an der Parkinsonschen Krankheit. Es verlieh ihm einen Anschein von Verletzlichkeit, der trog.

»Guten Tag, Mrs. Maybury. Sie werden sich erinnern, wir kennen uns von früher.« Er jedenfalls erinnerte sich ihrer mit aller Lebhaftigkeit. Sie hatte genau an derselben Stelle gestanden wie heute. Zehn Jahre, und sie hatte sich kaum verändert, immer noch die Gutsherrin, unzugänglich und distanziert im sicheren Bewußtsein ihrer Stellung. Es war, als hätte das Drama damals überhaupt nicht stattgefunden. In dem glatten Gesicht, das ihn jetzt lächelnd ansah, hatte es jedenfalls keine Spuren hinterlassen. Eine unnatürliche Ruhe ging davon aus. Im Dorf nannte man sie die Hexe, und er konnte sich vorstellen, warum.

Phoebe reichte ihm die Hand. »O ja, ich erinnere mich. Es war Ihr erster großer Fall.« Ihre Stimme war dunkel, angenehm. »Sie waren gerade zum Inspector befördert worden, nicht wahr? Ich glaube, Sie kennen meine Freundinnen, Miss Cattrell und Mrs. Goode, noch nicht.« Sie deutete auf Anne und Diana, die Walsh ihrerseits mit Händedruck begrüßten. »Sie wohnen jetzt hier.«

Walsh musterte die beiden Frauen mit Interesse. »Dauernd?« fragte er.

»Die meiste Zeit«, antwortete Diana. »Wenn wir nicht gerade beruflich unterwegs sind. Wir sind beide freiberuflich tätig. Ich bin Innenarchitektin, Miss Cattrell ist Journalistin.«

Walsh nickte, doch Anne sah, daß Diana ihm nichts verraten hatte, was er nicht schon wußte. »Ich beneide Sie.« Das entsprach der Wahrheit. Er begehrte Streech Grange, seit er es zum erstenmal gesehen hatte.

Phoebe reichte dem anderen Mann die Hand. »Guten Tag, Sergeant McLoughlin. Darf ich Sie mit Mrs. Goode und Miss Cattrell bekannt machen.«

Er war Mitte Dreißig, im gleichen Alter wie die Frauen, ein dunkler, grüblerisch wirkender Mann mit kalten Augen. Er betrachtete Phoebe und ihre Freundinnen mit kühler Geringschätzung und gab ihnen kurz und achtlos die Hand, sichtlich nur, um die Form zu wahren. Seine völlig unbegründete Abneigung traf sie wie ein Schlag ins Gesicht.

Zur Bestürzung ihrer Freundinnen, die das Knistern ihres Zorns spürten, nahm Anne den Fehdehandschuh sofort ohne Überlegung auf. »Du meine Güte, Sergeant, was hat man Ihnen denn über uns erzählt, hm?« Sie zog spöttisch eine Braue hoch und wischte sich dann die Hand demonstrativ an ihrer Jeans ab. »Da Sie ja kaum den Kinderschuhen entwachsen sind, werden Sie wohl nicht dabei gewesen sein, als das Gut das letzte Mal im Brennpunkt polizeilicher Aufmerksamkeit stand. Hm, lassen Sie mich raten. Unser Ruf ist uns offenbar vorausgeeilt. Welche unserer vielbeklatschten Aktivitäten stört Sie denn am meisten? Kindesmißhandlung, Hexerei oder Homosexualität?« Mit verächtlichem Blick musterte sie ihn. »Die Homosexualität«, murmelte sie. »Ja, natürlich, die finden Sie am bedrohlichsten, aber es ist ja auch das einzige, was der Wahrheit entspricht, richtig?«

McLoughlin, von der Hitze des Tages schon in Wallung, wäre beinahe explodiert. Er atmete tief durch. »Ich habe nichts gegen Lesben, Miss Cattrell«, versetzte er beherrscht. »Aber ich möchte auch keine geschenkt haben.«

Diana drückte ihre Zigarette heftiger als nötig aus. »Bring den armen Mann doch nicht so durcheinander, Anne«, sagte sie trokken. »Er wird einen klaren Kopf brauchen, um mit der Bescherung im Eishaus fertig zu werden.«

Steif setzte sich Phoebe in den nächsten Sessel und bedeutete den anderen, ebenfalls Platz zu nehmen. Walsh ließ sich ihr gegenüber nieder, Anne und Diana setzten sich aufs Sofa, und McLoughlin blieb nur ein zierlicher Hocker mit Gobelinbezug. Das Unbehagen, mit dem er sich vorsichtig darauf niederließ und die langen Beine übereinanderschlug, war für alle sichtbar.

»Passen Sie auf, daß Sie den nicht kaputtmachen, Sergeant«, blaffte Walsh. »Ich kann Ungeschicklichkeit nicht ausstehen. Also, Mrs. Maybury, vielleicht würden Sie uns jetzt sagen, warum Sie uns kommen ließen.«

»Ich dachte, das hätte Mrs. Goode Ihnen am Telefon erklärt.«

Er zog einen Zettel aus seiner Tasche. »›Leiche im Eishaus, Streech Grange. Wurde aufgefunden um 16 Uhr 35.‹ Keine sehr aufschlußreiche Erklärung, meinen Sie nicht? Erzählen Sie, was los war.«

»Im Grunde ist das schon alles. Fred Phillips, mein Gärtner, hat die Leiche ungefähr zur angegebenen Zeit gefunden und uns Bescheid gesagt. Mrs. Goode hat Sie angerufen, während Fred mit Miss Cattrell und mir zum Eishaus gegangen ist.«

»Sie haben die Leiche gesehen?«

»Ja.«

»Wer ist es? Wissen Sie das?«

»Nein. Die Leiche ist völlig unkenntlich.«

Mit einer fahrigen Bewegung zündete sich Anne eine neue Zigarette an. »Sie ist verwest, Inspector, völlig schwarz, scheußlich anzusehen. Kein Mensch kann erkennen, wer das einmal war.« Sie sprach ungeduldig und kurz.

Walsh nickte. »Ich verstehe. Hat Ihr Gärtner Sie gebeten, sich die Leiche anzusehen?«

Phoebe schüttelte den Kopf. »Im Gegenteil. Er wollte es auf keinen Fall. Aber ich habe darauf bestanden.«

»Warum?«

Sie zuckte die Achseln. »Neugier wahrscheinlich. Hätten Sie nicht nachgesehen?«

Er schwieg einen Moment. »Und – ist es Ihr Mann, Mrs. Maybury?«

»Ich sagte Ihnen schon, die Leiche ist unkenntlich.«

»Haben Sie darauf bestanden, sich die Leiche anzusehen, weil Sie glaubten, es könnte Ihr Mann sein?«

»Natürlich. Aber inzwischen ist mir klargeworden, daß das ausgeschlossen ist.«

»Wieso?«

»Fred hat mich daran erinnert, daß wir vor ungefähr sechs Jahren Ziegel im Eishaus gelagert haben, nachdem wir ein altes Nebengebäude abgerissen hatten. Und da war David schon vier Jahre weg.«

»Seine Leiche wurde nie gefunden. Wir haben nie eine Spur von ihm entdeckt«, sagte Walsh. »Vielleicht ist er zurückgekommen.«

Diana lachte nervös. »Er konnte nicht zurückkommen, Inspector. Er ist tot. Ermordet.«

»Woher wissen Sie das, Mrs. Goode?«

»Weil er sonst schon längst wieder hier aufgetaucht wäre. David hat immer gewußt, wo es etwas für ihn zu holen gab.«

Walsh schlug die Beine übereinander und lächelte. »Der Fall ist noch nicht abgeschlossen. Wir konnten nie beweisen, daß er ermordet wurde.«

Dianas Gesicht war plötzlich ärgerlich. »Weil Sie alle Ihre Energien darauf konzentriert haben, Mrs. Maybury den Mord anzuhängen. Und als Sie ihr nichts nachweisen konnten, haben Sie aufgegeben. Es ist Ihnen nicht eingefallen, mich nach einer Liste von Verdächtigen zu fragen. Ich hätte Ihnen hundert Namen geben können. Und Anne hätte Ihnen noch einmal hundert nennen können. David Maybury war das gemeinste Schwein, das es je gegeben hat. Er hat den Tod verdient.« Sie hatte Angst, zu drastisch geworden zu sein, und warf einen kurzen Blick auf Phoebe. »Entschuldige, Phoebe, aber wenn vor zehn Jahren mehr Leute so deutlich gewesen wären, hättest du nicht so viele Scherereien gehabt.«

Anne nickte zustimmend. »Wenn Sie glauben, das Ding da draußen sei David Maybury, verschwenden Sie nur Ihre Zeit.« Sie stand auf und ging zu Phoebe hinüber, um sich auf die Armlehne ihres Sessels zu setzen. »Zu Ihrer Information, Inspector, Diana und ich haben dabei geholfen, das Gerümpel aus dem Eishaus zu entfernen, bevor Fred die Ziegel darin lagerte. Vor sechs Jahren waren da keine Leichen. Stimmt's, Di?«

Mit amüsierter Miene neigte Diana den Kopf. »Es wäre sowieso sinnlos gewesen, dort nach ihm zu suchen. Er liegt irgendwo auf dem Meeresgrund. Wahrscheinlich ist er längst von Krebsen und Hummern aufgefressen worden.« Sie sah McLoughlin an. »Essen Sie gern Krebse, Sergeant?«

Walsh griff ein, ehe McLoughlin etwas sagen konnte. »Wir haben alle Personen überprüft, mit denen Mr. Maybury je zu tun hatte. Es ergaben sich keinerlei Hinweise dafür, daß eine von ihnen in sein Verschwinden verwickelt war.«

Anne warf ihre Zigarette in den Kamin. »Blödsinn!« sagte sie liebenswürdig. »Mich haben Sie nie verhört, und in meiner Verdächtigenliste hätte ich selbst unter den ersten zehn rangiert.«

»Sie täuschen sich, Miss Cattrell.« Walsh war die Ruhe selbst. »Wir haben Sie überprüft. Zur Zeit von Mr. Mayburys Verschwinden, eigentlich während der ganzen Zeit unserer Ermittlungen, haben Sie mit Ihren Genossinnen auf dem Greenham Common kampiert. Unter den Augen der Wachposten des amerikanischen Luftwaffenstützpunktes, der Polizei von Newbury und diverser Fernsehteams. Ein besseres Alibi gibt es kaum.«

»Sie haben recht. Das hatte ich vergessen. Eins zu null für Sie, Inspector.« Sie lachte. »Ich habe damals für einen Artikel für eines der Sonntagsmagazine recherchiert.« Aus dem Augenwinkel sah sie, wie McLoughlin seinen Mund mißbilligend zu einem schmalen Strich zusammenkniff. »Aber es hat eine Menge Spaß gemacht«, sagte sie mit träumerischer Stimme. »Das Camp war das Beste, was mir je passiert ist.«

Stirnrunzelnd legte Phoebe ihr die Hand auf den Arm, um sie zu bremsen, und stand auf. »Das ist doch alles belanglos. Solange Sie die Leiche nicht gesehen haben, ist es sinnlos, darüber zu spekulieren, ob es sich um David handelt, meinen Sie nicht? Wenn Sie mir folgen würden, meine Herren, dann zeige ich Ihnen, wo es ist.«

»Laß das doch Fred machen«, protestierte Diana.

»Nein. Er hat für heute genug Aufregung gehabt. Ich schaffe das schon. Könntest du dafür sorgen, daß Molly den Tee macht?«

Sie öffnete die Glastür zur Terrasse und ging den beiden Männern voran. Benson und Hedges sprangen von den sonnenwarmen Steinplatten auf und stupsten ihr schnüffelnd die Schnauzen in die Hand. Hedges' Fell war noch flauschig vom Bad. Sie blieb einen Moment stehen, um seinen Kopf zu streicheln. »Eines sollte ich Ihnen vielleicht sagen, Inspector«, begann sie.

Anne, die die drei vom Wohnzimmer aus beobachtete, lachte. »Phoebe erzählt ihnen gerade von Hedges' üblem Streich, und der Sergeant ist ganz grün im Gesicht.«

Diana stand vom Sofa auf und ging zu ihr. »Unterschätz ihn nicht, Anne«, sagte sie. »Manchmal bist du wirklich unüberlegt. Warum mußt du die Leute immer in Rage bringen?«

»Das tu ich doch gar nicht. Ich lehne es lediglich ab, mich ihren kleinlichen Konventionen zu unterwerfen. Wenn sie das in Rage bringt, ist es ihr Problem. Ich habe meine Prinzipien, und von faulen Kompromissen halte ich nichts.«

»Das ist ja ganz in Ordnung, aber du brauchst ja nicht gleich mit der Tür ins Haus fallen. Ein bißchen Fingerspitzengefühl ist manchmal ganz angebracht. Wir haben immerhin eine Leiche hier. Oder hattest du das vergessen?« Ihre Stimme klang eher besorgt als ironisch.

Anne wandte sich vom Fenster ab. »Wahrscheinlich hast du recht«, stimmte sie kleinlaut zu.

»Also, willst du ein bißchen zurückhaltender sein?«

»Ja, in Ordnung, ich werde mich zurückhalten.«

Diana zog die Augenbrauen zusammen. »Ich wollte, ich könnte dich verstehen. Aber das ist mir leider nie gelungen.«

Warme Zuneigung stieg in Anne auf, als sie das beunruhigte Gesicht der Freundin musterte. Arme Di, dachte sie. Wie zuwider ihr das alles ist. Sie hätte nie nach Streech kommen sollen. Sie gehörte in einen Elfenbeinturm, wo Besucher genauestens überprüft wurden und Unerfreuliches nicht vorkam. »Du hast keine Schwierigkeiten, mich zu verstehen«, meinte sie leichthin, »du hast Schwierigkeiten, mir zuzustimmen. Meine kleinen Meutereien verletzen dein Feingefühl.«

Diana war schon auf dem Weg zur Tür. »Apropos – wenn du das nächste Mal möchtest, daß ich für dich lüge, dann warne mich doch bitte vorher. Ich habe meine Gesichtsmuskeln nicht so gut unter Kontrolle wie du.«

»Unsinn.« Anne ließ sich in einen Sessel fallen. »Du bist die gerissenste Lügnerin, die ich kenne.«

Diana blieb stehen. »Warum sagst du das?« fragte sie scharf.

»Weil ich dabei war«, erwiderte Anne neckend, »als du Lady Weevil weisgemacht hast, daß ihre Farbauswahl für ihren Salon höchst kultiviert sei. Wer das fertigbringt, ohne eine Miene zu verziehen, muß seine Gesichtsmuskeln phantastisch unter Kontrolle haben.«

»Lady Keevil«, verbesserte Diana lächelnd. »Ich hätte dich nicht mitnehmen sollen. Der Vertrag war ein Vermögen wert.«

Anne zeigte keine Reue. »Du kannst mir doch keinen Vorwurf daraus machen, daß ich ihren Namen falsch verstanden habe. Jedes Wort von ihr klang ja wie durch einen nassen Lappen gedrückt. Und überhaupt hab ich dir einen Gefallen getan. Kirschrote Teppiche und apfelgrüne Gardinen – du lieber Gott! Denk an deinen Ruf.«

»Ihr Vater hatte einen Obstgroßhandel.«

»So eine Überraschung«, sagte Anne trocken.

3

Im Eishaus unterdrückte Chief Inspector Walsh eisern ein leichtes Flattern seines Magens. Sergeant McLoughlin zeigte weniger Selbstbeherrschung. Er rannte hinaus und übergab sich in die Brennesseln. Da er nicht wissen konnte, ob Phoebe Maybury dafür Verständnis gehabt hätte, war er froh, daß sie zum Haus zurückgekehrt war und ihn nicht sehen konnte.

»Nicht sehr appetitlich, was?« bemerkte Walsh, als McLoughlin zurückkam. »Passen Sie auf, wo Sie hintreten. Das Zeug liegt überall herum. War wahrscheinlich der Hund.«

McLoughlin preßte sich ein Taschentuch vor den Mund und würgte. Er roch durchdringend nach Bier, und der Inspector musterte ihn ungnädig. Selbst ein wetterwendischer Mensch, fand er Launenhaftigkeit bei anderen unerträglich. Er kannte McLoughlin so gut wie jeden der Männer, mit denen er zusammenarbeitete, hielt ihn für einen gewissenhaften Arbeiter, ehrlich, intelligent, zuverlässig. Er mochte ihn sogar – er war einer der wenigen, die mit Walshs berüchtigten Stimmungsschwankungen umzugehen wußten –, aber McLoughlins Schwächen zu sehen, offenbart wie finstere kleine Geheimnisse, irritierte ihn. »Was, zum Teufel, ist los mit Ihnen?« fragte er scharf. »Vor fünf Minuten konnten Sie nicht einmal höflich sein, und jetzt sind Sie empfindlich wie ein kleines Kind.«

»Nichts, Sir.«

»Nichts, Sir«, äffte Walsh ihn aufgebracht nach. Er hätte noch mehr gesagt, aber McLoughlin wirkte so zornig, daß er es sich verkniff. Seufzend nahm er ihn beim Arm und schob ihn hinaus. »Holen Sie mir einen Fotografen und ein paar anständige Lampen. Hier sieht man ja überhaupt nichts. Und sagen Sie Dr. Webster, er soll so schnell wie möglich herkommen. Ich habe ihm eine Nachricht hinterlassen. Er müßte also inzwischen auf der Dienststelle sein.« Halb verlegen tätschelte er McLoughlin den Arm, vielleicht weil ihm eingefallen war, daß der Sergeant ihm häufiger beizustehen als in den Rücken zu fallen pflegte. »Falls es ein Trost ist, Andy, ich habe auch noch nie so etwas Scheußliches gesehen.«

Während McLoughlin erleichtert zum Haus zurückeilte, zog Walsh eine Pfeife heraus, stopfte sie und zündete sie gedankenvoll an. Danach begann er mit aller Sorgfalt, den Boden und das Brombeergebüsch an der Tür und an den Seiten des Fußwegs zu untersuchen. Der Boden verriet ihm wenig. Der Sommer war ungewöhnlich heiß gewesen, und nach vier Wochen beinahe dauernden Sonnenscheins war die Erde völlig ausgetrocknet. Nur im niedergetretenen Gras und Unkraut rund um das Gestrüpp waren Fußspuren zu erkennen, wahrscheinlich die des Gärtners. Frühere Spuren, wenn überhaupt welche dagewesen waren, waren längst ausgelöscht. Das Gebüsch selbst würde sich vielleicht als interessanter erweisen. Wenn es wirklich keinen anderen Zugang zum Eishaus gab, so mußte der Mensch, dessen Überreste sie drinnen gefunden hatten, irgendwann, sei es tot oder lebendig, diese Dornenhecke überwunden haben. Die Frage war, wann. Wie lang lag diese Leiche schon dort drinnen?

Langsam ging er um den Erdhügel herum. Es wäre natürlich einfacher gewesen, sich im Inneren des Baus zu vergewissern, daß es keinen anderen Zugang gab. Er entschuldigte sein Widerstreben, das zu tun, mit der Begründung, eventuell vorhandene Spuren nicht verwischen zu wollen, wußte jedoch, daß das nur ein Vorwand war. Die schaurige Gruft hatte nichts Verlockendes für einen Mann allein, nicht einmal für einen Polizeibeamten, der die Wahrheit aufdecken wollte.

Eine ganze Weile konzentrierte er seine Untersuchungen auf den Boden unter einem verwilderten Lorbeer hinter dem Eishaus und stocherte mit einem Bambusstecken, den er gefunden hatte, in dem vermoderten Laub herum, das sich dort angesammelt hatte. Er stieß nur auf festes Backsteingemäuer, das stabil genug wirkte, um über weitere zweihundert Jahre den Angriffen des Wurzelwerks standzuhalten. Damals, dachte er, haben sie noch für die Ewigkeit gebaut.

Einen Moment lang hockte er sich nieder und paffte nachdenklich an seiner Pfeife, dann nahm er die Suche wieder auf. In kurzen Abständen stieß er seinen Stock in die Nesseln unter dem Dach des Eishauses, entdeckte aber keine offenkundigen Schwachstellen. Er kehrte zur Tür zurück, um das Gestrüpp genauer zu untersuchen.

Er war kein Gärtner, er überließ die Pflege ihres kleinen Innenhofs, in dem alles säuberlich in Töpfen wuchs, seiner Frau, aber selbst sein ungeübtes Auge sah, daß die Brombeeren hier schon seit Jahren ungehindert gewuchert haben mußten. Er betrachtete nachdenklich die Erd- und Grasklumpen über der Tür, wo büschelweise Wurzeln herausgerissen worden waren, und kauerte sich dann, vorsichtig das niedergetretene Gras meidend, dort nieder, wo das Gestrüpp niedergemäht und flachgetrampelt worden war. Die Bruchstellen der Ranken waren grün, die meisten Früchte noch nicht reif, doch hier und dort glänzte schwarz und saftig eine frühe Brombeere im Laub. Mit seinem Stock hob er vorsichtig das niedergedrückte Geflecht von Ranken und Blättern an, das ihm am nächsten war, und blickte darunter.

»Was gefunden, Sir?« McLoughlin war zurück.

»Schauen Sie mal hier, und sagen Sie mir, was Sie sehen.«

McLoughlin kniete gehorsam neben seinem Chef nieder und richtete seinen Blick auf die Stelle, die Walsh ihm anzeigte. »Was suchen wir denn?«

»Zweige mit alten Bruchstellen. Es ist doch anzunehmen, daß unser Freund da drinnen nicht im Hochsprung über das Gestrüpp hier hinweggesetzt hat.«

McLoughlin schüttelte den Kopf. »Dafür müßten wir die Sträucher Stück für Stück auseinandernehmen, und ich bezweifle, daß wir selbst dann etwas finden würden. Sieht aus, als ob einer mit der Dampfwalze darübergefahren ist.«

»Interessant, nicht wahr?« Walsh stand auf. »Haben Sie Webster erreicht?«

»Er müßte in zehn Minuten hier sein. Ich habe den anderen gesagt, sie sollen auf ihn warten. Nick Robinson hat die Scheinwerfer und die Kamera schon bereitgestellt. Der Gärtner bringt sie hierher, sobald Webster kommt. Außer Williams, dem hab ich gesagt, er soll im Haus bleiben, die Leute vernehmen und die Augen offenhalten. Er ist ein aufgeweckter Bursche. Wenn es da etwas zu entdecken gibt, entgeht es ihm bestimmt nicht.«

»Gut.« Walsh ging ein paar Meter zurück und setzte sich ins Gras. »Wir warten. Solange die Aufnahmen nicht gemacht sind, können wir nichts tun.« Er blies eine Rauchwolke aus dem Mundwinkel und blinzelte McLoughlin durch graue Schleier an. »Was tut eine nackte Leiche in Mrs. Mayburys Eishaus, Sergeant? Und was oder vielleicht wer hat sich an ihr gütlich getan?«

Stöhnend suchte McLoughlin nach seinem Taschentuch.

Constable Williams hatte Phoebe Maybury, Diana Goode und Anne Cattrell vernommen und war jetzt bei Molly Phillips in der Küche. Aus irgendeinem Grund, den er nicht verstand, sperrte sie sich absichtlich seinen Fragen, und er dachte verärgert, daß seine Kollegen es wirklich verstanden, sich die einfachen Jobs herauszupicken. Mit kaum verhohlener Genugtuung waren sie mit Fred Phillips und den Neuankömmlingen durch den Garten abgezogen. Williams, der Andy McLoughlins Gesicht bei der Rückkehr aus dem Eishaus gesehen hatte, hätte zu gern gewußt, was es da unten gab. McLoughlin hatte Nerven wie Drahtseile, und er hatte ausgesehen, als sei ihm speiübel.

Widerstrebend wandte sich Constable Williams wieder seiner unerfreulichen Aufgabe zu. »Sie hörten also von der Leiche erst, als Mrs. Goode hereinkam, um zu telefonieren?«

»Und wenn?«

Er sah sie gereizt an. »Beantworten Sie Fragen immer mit Gegenfragen?«

»Kann schon sein. Das ist meine Sache.«

Er war noch ein halbes Kind, einer von der Sorte, von denen die Leute nach einem kurzen Blick sagten: Die Polizisten werden auch immer jünger. Er versuchte es auf die schmeichlerische Tour, das hatte früher schon gewirkt. »Schauen Sie, Ma –«

»Unterstehen Sie sich, mich ›Ma‹ zu nennen«, fuhr sie ihn aufgebracht an. »Sie sind nicht mein Sohn. Ich hab keine Kinder.« Sie drehte ihm den Rücken zu und schnippelte Karotten in einen Topf. »Sie sollten sich schämen! Was würde denn Ihre Mutter dazu sagen? Die können Sie Ma nennen, sonst niemanden.«

Frustrierte alte Kuh, dachte er. Er starrte auf die schmalen, hängenden Schultern und sagte sich, ihr Problem sei wahrscheinlich, daß ihr Alter sie nie richtig an die Kandare genommen hatte. »Ich weiß nicht mal, wer sie ist.«

Sie hielt für einen Moment mit erhobenem Messer inne, dann schnippelte sie weiter. Sie sagte nichts.

Williams versuchte es noch einmal. »Mrs. Phillips, ich möchte doch nur ein paar Einzelheiten darüber wissen, wie das war, als die Leiche gefunden wurde. Mrs. Goode hat mir gesagt, daß sie ins Haus gegangen ist, um uns anzurufen. Sie sagte, Sie seien in der Halle gewesen, als sie den Anruf machte, und daß sie dann in den Keller gegangen sei, um eine Flasche Brandy zu holen, weil drinnen im Sideboard keiner mehr war. Ist das richtig?«

»Wenn Mrs. Goode das sagt, wird's schon so gewesen sein. Sie brauchen nicht hier hinter ihrem Rücken bei mir auf den Busch zu klopfen, um rauszukriegen, ob sie gelogen hat.«

Er warf ihr einen scharfen Blick zu. »Hat sie gelogen?«

»Unsinn. Natürlich nicht!«

»Was soll dann die Geheimnistuerei?« fragte er erbost. »Warum antworten Sie mir nicht auf meine Fragen?«

Sie fuhr zornig herum. »Diesen Ton verbitte ich mir. Ich weiß, was Sie für einer sind. Es fällt mir nicht ein, mich von Ihnen einschüchtern zu lassen.« Sie riß die Teetasse weg, die vor ihm auf dem Tisch stand, und knallte sie in die Spüle. Er hätte schwören können, daß ihre Augen feucht waren.

Der Polizeifotograf trat aus der Tür und hängte sich die Kamera um den Hals. »Fertig, Sir«, sagte er zu Walsh.

Walsh legte ihm die Hand auf die Schulter. »Gut. Dann fahren Sie gleich zur Dienststelle und sehen Sie zu, daß der Film entwickelt wird.« Er wandte sich dem Pathologen zu. »Gehen wir hinein, Webster?«

Dr. Webster lächelte resigniert. »Habe ich denn eine Wahl?«

»Nach Ihnen«, sagte Walsh boshaft.

Der Innenraum war jetzt mit Scheinwerfern ausgeleuchtet. Jedes Detail trat scharf und klar hervor, kein Schatten dämpfte den gruseligen Anblick. Walsh sah nüchtern auf die Leiche hinunter. Es ist schon wahr, dachte er, daß ständiger Umgang mit Gewalt den Menschen abstumpft. Er konnte sich kaum noch daran erinnern, wie ihn solche Anblicke früher erschreckt hatten, allerdings hatte das vielleicht mit der Helligkeit zu tun. Als Kind hatte er die Dunkelheit gefürchtet, in jeder Ecke seines Kinderzimmers monströse Ausgeburten seiner Phantasie lauern sehen. Sein Vater, in jeder anderen Hinsicht ein verständnisvoller Mann, doch von der Angst geplagt, ein verzärteltes Bürschchen großzuziehen, war hart geblieben und hatte sich dem unterdrückten Weinen aus dem Kinderzimmer, aus dem alle Glühbirnen entfernt worden waren, verschlossen.

»Du lieber Gott«, sagte Webster, während er sich mit unverhohlenem Abscheu im Eishaus umsah. Vorsichtig suchte er sich einen Weg zur Mitte des Baus, um sich den Kopf der Leiche anzusehen. »Du lieber Gott«, sagte er wieder.

Der Kopf, der an schwarz verfärbten Sehnen noch am Oberkörper hing, war in eine Lücke in der obersten Reihe eines sauber aufgeschichteten Stapels von Ziegelsteinen gepreßt. Stumpfes graues Haar, lang genug, um das einer Frau sein zu können, quoll aus der Lücke. Leere Augenhöhlen, unter denen die Knochen zu sehen waren, und bloßgelegte Ober- und Unterkieferknochen hoben sich weiß von der geschwärzten Gesichtsmuskulatur ab. Der Brustkorb, an den Ziegelsteinstapel gelehnt, sah aus wie von geübter Hand filettiert. Der Unterleib winkelte sich unnatürlich vom Oberkörper ab, in einer Stellung, die kein Lebender, und wäre er auch noch so gelenkig gewesen, hätte einnehmen können. Die Gedärme waren praktisch nicht mehr vorhanden, wenn auch Fetzen von ihnen verstreut herumlagen, wie um zu bezeugen, daß sie einmal existiert hatten. Genitalien waren keine zu sehen. Auf einem niedrigen Ziegelstapel, gut einen Meter vom Körper entfernt, lag der linke Unterarm bar allen Fleisches. Nur einige Sehnen waren geblieben, die zeigten, daß er aus dem Ellenbogen herausgerissen worden war. Der rechte Arm, eng an den Torso gedrückt, war schwarz verfärbt wie der Kopf, hier und dort, wo Knochen hindurchschimmerten, mit weißen Stellen. Von den Beinen waren nur die Waden und die Füße auf den ersten Blick erkennbar, aber sie lagen weit auseinander, wie in grausamer Nachahmung eines Spagats, und waren so verdreht, daß die Fußsohlen zur Decke des Eishauses gekehrt waren. Von den Oberschenkeln waren nur noch gesplitterte Knochen vorhanden.

»Nun?« fragte Walsh, nachdem der Pathologe die Raumtemperatur gemessen und eine Skizze von der Lage der Leiche gemacht hatte.

»Was wollen Sie wissen?«

»Mann oder Frau?«

Webster deutete zu den Füßen. »Der Größe nach ein Mann, würde ich sagen. Aber sicher können wir natürlich erst sein, wenn wir die nötigen Untersuchungen vorgenommen haben. Wenn es kein Mann ist, dann war es eine große Frau, eine sehr männliche Frau.«

»Das Haar ist lang für einen Mann. Es sei denn, es ist nach dem Tod weitergewachsen.«

»Wo leben Sie denn, George? Selbst wenn es bis zur Taille reichte, würde es nichts über das Geschlecht aussagen. Haarwuchs nach dem Tod ist übrigens minimal. Nein«, meinte Webster, »alles in allem würde ich sagen, wir haben es mit einem Mann zu tun.«

»Und das Alter?«

»Keine Ahnung, außer daß er wahrscheinlich über einundzwanzig war, und selbst das ist nicht sicher. Manche Leuten werden schon in früher Jugend grau. Ich muß den Schädel röntgen, um festzustellen, wie weit die Verknöcherung der Nähte fortgeschritten ist.«

»Wie lange ist er tot?«

Webster schob die Lippen vor. »Das festzustellen, wird verflixt schwierig werden. Der Gärtner hat mir gesagt, daß es ein bißchen streng gerochen hat, als er in die Bescherung hineingetreten ist. Das würde darauf hinweisen, daß der Tod vor noch nicht allzu langer Zeit eingetreten ist.« Er kaute einen Moment lang nachdenklich auf der Unterlippe, dann schüttelte er den Kopf und begann den Boden zu untersuchen. Mit einem Spachtel löste er etwas von der dunklen Masse nahe der Tür und roch daran. »Kot«, erklärte er. »Ziemlich frisch, wahrscheinlich von einem Tier. Sie sollten einen Abdruck machen, um zu sehen, ob sich ein Stiefelabdruck von Fred zeigt. Ja, wie lange mag er tot sein?« Er fröstelte plötzlich. »Das hier ist ein Eishaus. Hier drinnen ist es um einige Grad kühler als draußen. Keine Larven, soweit zu sehen ist. Also keine Fleischfliegen. Sonst wäre noch weniger von dem Kadaver übrig. Offen gesagt, George, ich habe keine Ahnung, wie lange sich totes Fleisch bei dieser Temperatur halten würde. Außerdem ist der Verwesungsprozeß durch die Wunden, die die Tiere gerissen haben, beschleunigt worden. Es können Wochen sein, aber auch Monate. Ich weiß es einfach nicht. Da muß ich mir erst fachmännischen Rat holen.«

»Jahre?«

»Nein«, antwortete Webster entschieden. »Dann hätten wir ein Skelett vor uns.«

»Angenommen, er war gefroren, als er hierher gebracht wurde. Würde das einen Unterschied machen?«

Webster prustete. »Sie meinen gefroren wie Fischstäbchen?« Walsh nickte. »Also, das geht wirklich nicht, George! Um einen Menschen von dieser Größe einzufrieren, braucht man einen Gefrierschrank wie ein Metzger. Und wie soll man ihn hierher transportiert haben? Warum sollte man ihn überhaupt einfrieren?« Webster runzelte die Stirn. »Es würde für Ihre Ermittlungen kaum einen Unterschied machen. Gefrorenes hält sich in einem Eishaus nur, wenn es voller Eis ist. Ein eingefrorener Mensch würde hier so schnell auftauen wie eine Pute in der Speisekammer. Nein, das kommt sicher nicht in Frage.«

Walsh blickte nachdenklich auf den abgetrennten Arm. »Wirklich nicht? Es sind schon verrücktere Dinge vorgekommen. Vielleicht war er zehn Jahre lang eingefroren und ist kürzlich hier abgeladen worden, weil man wollte, daß er gefunden wird.«

Webster pfiff einmal kurz. »David Maybury?«

»Es ist eine Möglichkeit.« Walsh ging in die Knie und deutete auf die zerfetzte Hand. »Was halten Sie davon? Sieht mir aus, als fehlten der Ring- und der kleine Finger.«

Webster hockte sich neben ihn. »Schwer zu sagen«, meinte er skeptisch. »Von der Hand ist ja fast nichts übrig.« Er blickte zu Boden. »Sie müssen hier sehr sorgfältig fegen lassen, damit nichts übersehen wird. Merkwürdig ist es auf jeden Fall. Könnte natürlich auch Zufall sein.«

Walsh richtete sich auf. »An Zufälle glaube ich nicht. Können Sie sagen, woran er gestorben ist?«

»Ich kann vorläufig nur vermuten, George. Massive Blutungen aus einer oder mehreren Wunden im Unterleib.«

Walsh sah ihn überrascht an. »Sie scheinen sehr sicher zu sein.«

»Es ist nur eine Vermutung. Um es mit Sicherheit sagen zu können, müßten wir seine Kleider haben. Aber sehen Sie ihn sich an. Der ganze Unterkörper bis zu den Knien ist aufgefressen worden. Stellen Sie ihn sich vor, wie er da sitzt, die Beine vor sich ausgestreckt, und das Blut strömt ihm aus dem Bauch. Es würde genau über die Körperteile fließen, die gefressen worden sind.«

Walsh fühlte sich plötzlich flau. »Sie meinen, er ist bei lebendigem Leib gefressen worden?«

»Nun kriegen Sie mal nicht gleich Alpträume, George. Wenn er am Leben war, dann war er im Koma und hat nichts davon gemerkt, sonst hätte er die Biester vertrieben. Ist doch klar. Wenn er allerdings langsam auftaute«, fuhr er nachdenklich fort, »hätten Blut und Wasser sich verflüssigt, und das Resultat wäre das gleiche gewesen.«

Walsh zündete umständlich seine Pfeife wieder an und paffte aus dem Mundwinkel dicke blaue Rauchwolken in die Luft. Websters Bemerkung über den strengen Geruch hatte ihn auf einen unterschwelligen Gestank aufmerksam gemacht, den er vorher nicht wahrgenommen hatte. Schweigend sah er eine Weile zu, wie der Arzt eingehend Kopf und Brustkorb des Toten untersuchte und einige Messungen vornahm. »Und was für Tiere können das gewesen sein? Ratten?«

»Schwer zu sagen.« Webster betrachtete aufmerksam eine der Augenhöhlen, ehe er auf die gebrochenen Oberschenkelknochen hinwies. »Ein Tier mit kräftigem Kiefer, würde ich vermuten. Eines ist sicher, zwei von den Biestern haben sich um die Beute gestritten. Schauen Sie, wie die Beine liegen, und der Arm da, der am Ellbogen herausgerissen ist. Die haben hier ein regelrechtes Tauziehen veranstaltet.« Wieder schob er die Lippen vor. »Dachse vielleicht. Eher Hunde.«

Walsh fielen die hellen Labradorhunde ein, die auf den warmen Steinplatten gelegen hatten, und er erinnerte sich, wie einer von ihnen seine offene Hand beschnuppert hatte. Abrupt wischte er sich die Hand an seiner Hose ab. »Ihre Überlegungen, warum die Tiere sich über Unterleib und Oberschenkel hergemacht haben, leuchten mir ein«, sagte er, während er rücksichtslos die Luft verqualmte. »Aber den Oberkörper haben sie sich auch ganz schön vorgenommen. Wie kommt das? Ist das normal?«

Webster richtete sich auf und wischte sich die Stirn mit dem Hemdsärmel. »Weiß der Himmel, George. So ziemlich das einzige, was ich mit Sicherheit sagen kann, ist, daß diese ganze Sache völlig aus dem Rahmen fällt. Ich würde vermuten, daß der arme Kerl die linke Hand auf den Bauch gedrückt hielt, um das Blut zurückzuhalten oder auch die herausquellenden Gedärme – was Ihnen lieber ist –, und dann getan hat, was ich eben getan habe: Er hat sich den Schweiß vom Gesicht gewischt und dabei das Blut verschmiert. Das hätte die Ratten oder was sonst für Tiere zu seinem linken Arm und seinem Oberkörper gelockt.«

»Sie sagten, er sei im Koma gewesen.« Walshs Ton war vorwurfsvoll.

»Vielleicht ja, vielleicht nein. Woher, zum Teufel, soll ich es wissen? Im übrigen bewegen sich Menschen auch, wenn sie im Koma sind.«

Walsh nahm seine Pfeife aus dem Mund und deutete mit dem

Stiel auf den Brustkorb des Toten. »Soll ich Ihnen sagen, woran mich das erinnert?«

»Bitte.«

»An das Knochengerüst einer Lammbrust, nachdem meine Frau mit einem scharfen Messer das Fleisch abgeschabt hat.«

Webster seufzte müde. »Ich weiß. Ich hoffe, der Schein trügt. Wenn nicht – tja, ich brauche Ihnen nicht zu sagen, was es bedeutet.«

»Die Dorfbewohner behaupten, die Frauen hier seien Hexen.«

Webster zog seine Handschuhe aus. »Verschwinden wir hier – es sei denn, Sie wollen noch etwas von mir wissen. Ich persönlich denke, ich werde mehr feststellen können, wenn ich ihn auf dem Tisch vor mir liegen habe.«

»Nur eines noch. Glauben Sie, er hat sich die Unterleibsverletzung hier oder woanders zugezogen?«

Webster nahm seinen Koffer und ging nach draußen. »Keine Ahnung, George. Ich bin nur überzeugt, daß er am Leben war, als er hier ankam. Ob er da bereits blutete oder nicht, kann ich nicht sagen.« Vor der Tür blieb er stehen. »Es sei denn, Ihre Gefriertheorie trifft zu. Dann dürfte er schon mausetot gewesen sein.«

4

Drei Stunden später, nachdem unter Dr. Websters Aufsicht die Überreste mit äußerster Behutsamkeit entfernt worden waren und eine gewissenhafte Untersuchung des Eishauses nicht mehr erbracht hatte als einen Haufen welken Farn in einer Ecke, wurde die Tür versiegelt, und Walsh und McLoughlin kehrten ins Gutshaus zurück. Phoebe bot ihnen die Bibliothek als Arbeitszimmer an und überließ sie mit einem bemerkenswerten Mangel an Interesse ihren Beratungen.

Ein Team von Polizeibeamten blieb zurück, um das Gebiet um das Eishaus in sich ausdehnenden Kreisen zu durchkämmen. Walsh hielt es im stillen für Zeitverschwendung – wenn zwischen der Ankunft und der Entdeckung des Toten zuviel Zeit verstrichen war, würde das umliegende Terrain ihnen nichts mehr verraten. Doch Routinearbeit hatte schon oft unerwartete Ergebnisse hervorgebracht, und jetzt warteten diverse Proben aus dem Eishaus auf den Versand ins gerichtsmedizinische Institut: Ziegelstaub, kleine Fellbüschel, etwas verfärbter Staub vom Boden und die zersplitterten Überreste eines Knochens, eines Lammknochens, wie Dr. Webster erklärt hatte, den McLoughlin im Gebüsch vor der Tür gefunden hatte. Der junge Constable Williams, der immer noch nicht genau wußte, was im Eishaus eigentlich passiert war, wurde in die Bibliothek zitiert.

Als er eintrat, sah er Walsh und McLoughlin nebeneinander hinter einem Mahagonischreibtisch von gewaltigen Ausmaßen sitzen. Vor sich hatten sie fächerförmig die Fotografien ausgebreitet, die mit Tempo entwickelt worden waren. Eine altmodische Schreibtischlampe mit grünem Schirm spendete das einzige Licht in dem sich rasch verdunkelnden Raum, und als Williams eintrat, schob Walsh den Schwenkarm der Lampe zur Seite, um ihren hellen Schein zu dämpfen. Während der junge Constable seine kleine Sammlung Aussagen vortrug, beobachtete er mit halbem Blick McLoughlins Gesicht, in dem die karge Beleuchtung die tiefen Furchen heraushob. Lieber Himmel, der Kerl sah wirklich mies aus. Er hätte gern gewußt, ob die Gerüchte stimmten, die er gehört hatte.

»Die Aussagen über das Auffinden der Leiche stimmen alle überein, Sir. Nichts Verdächtiges in dieser Richtung.« Er grinste plötzlich selbstzufrieden. »Aber ich glaube, ich habe in einer anderen Richtung eine Spur.«

»Ah ja?«

»Ja, Sir. Ich wette, Mr. und Mrs. Phillips haben gesessen, ehe sie hier angefangen haben.« Er warf einen Blick auf seine sauberen Notizen. »Mrs. Phillips hat sich sehr sonderbar benommen. Sie wollte meine Fragen nicht beantworten und hat mich dauernd beschuldigt, ich würde sie einschüchtern, obwohl ich das überhaupt nicht getan habe. Schließlich hab ich gesagt, ich würde mit Mrs. Maybury über sie sprechen müssen, und da hat sie mir fast den Kopf abgerissen. ›Lassen Sie ja Mrs. Maybury in Ruhe‹, hat sie gesagt. ›Fred und ich haben uns nichts zuschulden kommen lassen, seit wir raus sind, und mehr brauchen Sie nicht zu wissen.‹« Er hob mit triumphierender Miene den Kopf.

Walsh machte sich eine Notiz. »Gut, Constable. Wir werden dem nachgehen.«

McLoughlin bemerkte die Enttäuschung des Jungen und gab sich einen Ruck. »Gute Arbeit, Williams«, murmelte er. »Ich glaube, wir sollten uns mal ums Essen kümmern, Sir. Keiner hat seit Mittag mehr etwas in den Magen bekommen.« Ein Königreich für ein Bier, dachte er bei sich. »Unten am Hügel ist ein Pub. Vielleicht könnte Gavin da ein paar belegte Brote für die Leute machen lassen.«

Unwillig kramte Walsh zwei Zehner aus seiner Jackentasche. »Belegte Brote«, befahl er. »Aber nicht zu teuer. Bringen Sie uns ein paar vorbei und nehmen Sie die anderen zum Eishaus mit. Sie können gleich drüben bleiben und bei der Spurensicherung helfen.« Er sah nach rückwärts zum Fenster hinaus. »Es sind ja Scheinwerfer da. Sagen Sie den Leuten, sie sollen weitermachen, solange es geht. Wir kommen später hinunter. Und vergessen Sie nicht, mir mein Wechselgeld mitzubringen.«

»Ja, Sir.« Williams machte sich davon, ehe Walsh es sich anders überlegen konnte.

»Wenn der wüßte, was wir da gefunden haben, wäre er nicht so scharf darauf hinzukommen«, bemerkte Walsh bissig, während er mit seinem mageren Finger auf die Fotos deutete. »Würde mich interessieren, ob an seinem Verdacht über die beiden Phillips' was dran ist. Sagt Ihnen der Name etwas?«

»Nein.«

»Mir auch nicht. Also, gehen wir durch, was wir haben.« Er zog seine Pfeife heraus und stopfte sie geistesabwesend, während er die Fakten aufzählte, die sie bisher gesammelt hatten.

McLoughlin merkte auf, aber er konnte nichts hören. Er hatte so mörderische Kopfschmerzen, als drohte irgendwo in seinem Hirn ein angeschwollenes, verstopftes Blutgefäß zu platzen. Das dröhnende Rauschen machte ihn taub. Er nahm einen Bleistift vom Schreibtisch und hielt ihn zwischen zwei Fingern. Beide Enden zitterten heftig, und er ließ den Stift scheppernd fallen. Er zwang sich, sich zu konzentrieren.

»Also, wo fangen wir an, Andy?«

»Beim Eishaus und bei der Frage, wer überhaupt von seiner Existenz wußte. Das muß der Schlüssel sein.« Er nahm unter den Fotografien auf dem Schreibtisch eine Außenansicht heraus und hielt sie ans Licht. »Es sieht aus wie ein kleiner Hügel«, murmelte er. »Woher sollte ein Fremder wissen, daß er innen hohl ist?«

Walsh klemmte die Pfeife zwischen die Zähne und zündete sie an. Er antwortete nicht, doch er nahm ein Foto und betrachtete es aufmerksam, während er ein, zwei Minuten schweigend paffte.

Ohne Emotion studierte McLoughlin die Bilder der Leiche. »Ist das Maybury?«

»Das kann man noch nicht sagen. Webster ist zurückgefahren, um die ärztlichen und zahnärztlichen Daten zu prüfen. Das Schlimmste ist, daß wir mit Fingerabdrücken nichts anfangen können. Wir konnten zur Zeit seines Verschwindens im Haus keine von ihm sichern. Aber das würde uns wahrscheinlich sowieso nichts helfen. Die Hände des Mannes da draußen waren zerfetzt.« Er drückte den brennenden Tabak mit dem Daumen tiefer in den Pfeifenkopf. »David Maybury hatte ein charakteristisches Merkmal«, fuhr er fort. »An der linken Hand fehlten ihm der Ringfinger und der kleine Finger. Er hatte sie bei einem Jagdunfall verloren.«

Zum erstenmal regte sich McLoughlins Interesse. »Dann ist er es also tatsächlich.«

»Möglich.«

»Aber diese Leiche hat keine zehn Jahre da gelegen, Sir. Dr. Webster sprach von Monaten.«

»Vielleicht, vielleicht. Ich warte mit meinem Urteil, bis ich den Obduktionsbefund gesehen habe.«

»Was war er für ein Mensch? Mrs. Goode bezeichnete ihn als ausgemachtes Schwein.«

»Ich würde sagen, die Beurteilung entspricht den Tatsachen. Sie können in der Akte alles über ihn nachlesen. Ich habe die Aussagen der Leute, die ihn kannten, einem Psychologen vorgelegt. Er meinte – wobei natürlich zu berücksichtigen ist, daß er dem Mann nie begegnet war –, daß Maybury ausgeprägte psychopathische Tendenzen zeigte, insbesondere in betrunkenem Zustand. Er prügelte; nicht nur Männer, sondern auch Frauen.« Walsh paffte eine

Rauchwolke in die Luft und sah McLoughlin an. »Er ist ganz schön herumgekommmen. Wir haben mindestens drei kleine Flittchen aufgetrieben, die ihm in London ihr Bett warm gehalten haben.«

»Wußte sie davon?« Er wies mit dem Kopf zur Tür.

Walsh zuckte die Achseln. »Sie behauptete, nein.«

»Hat er sie geschlagen?«

»Meiner Ansicht nach ganz sicher, aber sie hat es bestritten. Als sie die Vermißtenanzeige aufgab, hatte sie einen blauen Fleck von der Größe eines Fußballs im Gesicht, und wir stellten später fest, daß sie während ihrer Ehe zweimal ins Krankenhaus eingeliefert worden ist – einmal mit gebrochenem Handgelenk und das zweite Mal mit gebrochenen Rippen und einem Schlüsselbeinbruch. Sie erzählte den Ärzten, sie neige zu Unfällen.« Er lachte rauh. »Die haben ihr das ebensowenig abgenommen wie ich. Wenn der Kerl betrunken war, hat er sie geprügelt.«

»Warum hat sie ihn dann nicht verlassen? Oder brauchte sie vielleicht diese besondere Art von Aufmerksamkeit?«

Walsh starrte ihn einen Moment lang nachdenklich an. Er wollte etwas sagen, überlegte es sich dann anders. »Streech Grange ist seit Jahren im Besitz ihrer Familie. Er lebte hier mit ihrer Einwilligung und betrieb von diesem Haus aus einen kleinen Weinhandel. Der größte Teil des Bestands ist vermutlich noch im Keller, wenn sie ihn nicht getrunken oder verkauft hat. Nein, sie wäre niemals gegangen. Ich glaube, nichts, nicht einmal ein Brand, würde sie dazu bewegen, ihr kostbares Streech Grange zu verlassen. Sie ist eine sehr entschlossene und hartnäckige Frau.«

»Und er ist nicht gegangen, weil sie das Geld hatte, vermute ich.«

»So ungefähr, ja.«

»Also hat sie ihn umgebracht.«

Walsh nickte.

»Aber Sie konnten es nicht beweisen.«

»Nein.«

McLoughlins unfrohes Gesicht verzog sich zu einem halben Grinsen. »Sie muß eine verdammt gute Story parat gehabt haben.«

»Im Gegenteil, die Story war erbärmlich. Sie erzählte uns, er sei eines Abends gegangen und nie zurückgekommen.« Walsh wischte etwas Speichel und Teer vom Ende seiner Pfeife. »Sie hat ihn erst nach drei Tagen vermißt gemeldet und auch dann nur, weil die Leute anfingen zu fragen, wo er sei. In dieser Zeit hatte sie schon alle seine Sachen zusammengepackt und an irgendeine gemeinnützige Organisation geschickt, an deren Namen sie sich nicht erinnern konnte. Sie hatte alle Fotos von ihm verbrannt, das ganze Haus von oben bis unten Staub gesaugt und geputzt, um jede Spur von ihm zu entfernen. Mit anderen Worten, sie hat sich genauso verhalten wie eine Frau, die gerade ihren Ehemann umgebracht hat und die Spuren verwischen möchte. In einer Bürste fanden wir noch ein paar Haare, die sie übersehen hatte, und ganz hinten in seinem Schreibtisch seinen noch gültigen Paß, ein Foto und einen alten Blutspenderausweis. Das war alles. Wir haben das Haus und den Garten durchgekämmt, aber es war reine Zeitverschwendung. Wir haben in der ganzen Gegend nach ihm gefahndet, sein Foto in allen Häfen und Flughäfen herumgezeigt für den Fall, daß er irgendwie ohne Paß durchgerutscht sein sollte, wir alarmierten Interpol, um ihn auf dem Kontinent suchen zu lassen, wir haben Seen und Flüsse abgesucht und sein Foto an alle großen Zeitungen gegeben. Nichts. Er hatte sich einfach in Luft aufgelöst.«

»Und wie hat sie den Bluterguß in ihrem Gesicht erklärt?«

Walsh lachte leise. »Zusammenstoß mit einer Tür. Was sonst? Ich habe versucht, ihr zu helfen. Ich sagte, sie habe ihren Mann vermutlich in Notwehr getötet. Aber nein, er habe sie nie angerührt.« Er schüttelte den Kopf bei der Erinnerung daran. »Eine ungewöhnliche Frau. Sie hat es sich nie leichtgemacht. Sie hätte sich alle möglichen Geschichten ausdenken können, um uns davon zu überzeugen, daß er sein Verschwinden geplant hatte – finanzielle Schwierigkeiten zum Beispiel. Er hat sie praktisch mittellos zurückgelassen. Aber sie tat genau das Gegenteil – sie wiederholte hartnäckig, er sei eines Abends ganz ohne ersichtlichen Grund gegangen und nicht zurückgekommen. Nur Tote verschwinden so spurlos.«

»Schlau«, sagte McLoughlin widerstrebend. »Sie hat Ihnen eine denkbar einfache Geschichte aufgetischt, in die Sie keine Löcher reißen konnten. Und warum haben Sie sie nicht unter Anklage gestellt? Es haben schon früher Mordprozesse ohne Leiche stattgefunden.«

»Wir hatten nichts in der Hand«, versetzte Walsh gereizt, als die Ungeduld und Frustration von damals ihn wieder überfielen. »Es gab nicht den Funken eines Beweises gegen ihre Behauptung, er sei einfach weggegangen. Wir brauchten die Leiche. Wir haben halb Hampshire umgegraben, um sie zu finden.« Er hielt einen Moment inne. Dann tippte er auf das Foto des Eishauses, das vor ihm lag. »Damit haben Sie schon recht…«

»Wie meinen Sie?«

»Das Eishaus ist der Schlüssel. Wir haben damals das ganze Gelände durchsucht, aber im Eishaus hat keiner von uns nachgesehen. Ich hatte nie in meinem Leben ein Eishaus gesehen, nicht mal gehört, daß es so etwas gibt. Folglich hatte ich auch keine Ahnung, daß dieser verdammte Hügel innen hohl war. Woher hätte ich es wissen sollen? Keiner hat es mir gesagt. Ich erinnere mich, daß ich einmal oben stand, um mich zu orientieren. Ich kann mich auch erinnern, daß ich meinen Leuten gesagt habe, sie sollten das Brombeergebüsch gründlich durchforsten. Das war schon damals der reinste Urwald.« Er wischte das Mundstück seiner

Pfeife an seinem Jackenärmel ab, ehe er es wieder zwischen die Lippen schob. Getrocknete Teerspuren kreuzten sich auf dem Tweed. »Ich gehe jede Wette ein, Andy, daß Maybury die ganze Zeit da drinnen war.«

Es klopfte, und Phoebe kam mit einer Platte belegter Brote herein. »Constable Williams sagte mir, daß Sie hungrig sind, Inspector. Ich habe Molly gebeten, Ihnen die Brote zu machen.«

»Oh! Danke, Mrs. Maybury. Bitte, setzen Sie sich doch.«

Phoebe stellte die Brote auf den Schreibtisch und setzte sich in einen Ledersessel, der etwas seitlich stand. Das gelbe Licht der Lampe schloß die drei in einen Kreis unerwünschter Intimität. Über ihnen schwebte der Rauch aus Walshs Pfeife. Einen langen Moment lang war es ganz still, dann holte surrend das Schlagwerk einer Standuhr Luft und schlug die Stunde, neun Uhr.

Wie auf Kommando beugte sich Walsh vor und richtete das Wort an Phoebe. »Warum haben Sie uns vor zehn Jahren nichts von dem Eishaus gesagt, Mrs. Maybury?«

Einen Moment lang schien sie ihm überrascht, sogar ein wenig erleichtert auszusehen, dann war dieser Ausdruck von ihrem Gesicht verschwunden. Danach war er nicht einmal mehr sicher, ob er überhaupt dagewesen war.

»Ich verstehe nicht«, sagte sie.

Walsh bedeutete McLoughlin mit einer Handbewegung, die Deckenbeleuchtung einzuschalten. Das gedämpfte Licht verschleierte, täuschte; er wollte jedes noch so kleine Spiel ihrer ungewöhnlich ruhigen Miene sehen können.

»Ganz einfach«, sagte er, nachdem McLoughlin den Raum in helles weißes Licht getaucht hatte. »Als wir damals Ihren Mann suchten, haben wir niemals im Eishaus nachgesehen. Wir wußten nichts von seiner Existenz.« Er musterte sie gedankenvoll. »Und Sie haben uns nichts davon gesagt.«

»Ich kann mich nicht erinnern«, erwiderte sie ruhig. »Wenn ich Ihnen nichts davon gesagt habe, dann weil ich nicht daran gedacht habe. Sind Sie nicht von selbst darauf gestoßen?«

»Nein.«

Sie zuckte kaum merklich die Achseln. »Spielt das nach so langer Zeit noch eine Rolle, Inspector?«

Er ignorierte die Frage. »Erinnern Sie sich, wann das Eishaus vor dem Verschwinden Ihres Mannes zuletzt benutzt worden ist?«

Sie legte ihren Kopf müde an die hohe Rückenlehne des Sessels. Das rote Haar umspielte ihr blasses Gesicht, und die Augen hinter den Brillengläsern wirkten sehr groß. Walsh wußte, daß sie Mitte Dreißig war, doch sie sah jünger aus als seine eigene Tochter. Er spürte, wie McLoughlin neben ihm eine Bewegung machte, als hätte ihre Zartheit ihn irgendwie angerührt. Teufelsweib, dachte er ärgerlich bei der Erinnerung an die Gefühle, die sie einmal in ihm ausgelöst hatte. Diese scheinbare Verletzlichkeit war nur die Maske für den scharfen Verstand dahinter.

»Sie müssen mir etwas Zeit lassen«, sagte sie. »Im Augenblick kann ich mich nicht erinnern, ob wir es überhaupt benutzt haben, solange David hier lebte.« Sie machte eine kurze Pause. »Ich weiß, daß mein Vater es einmal im Winter als Dunkelkammer benutzt hat. Aber nicht sehr lang.« Sie lächelte. »Er sagte damals, es sei verflixt lästig, in der Kälte bis da hinunter stapfen zu müssen.« Sie lachte leise, als machte die Erinnerung an ihren Vater sie glücklich. »Er hat die Filme dann lieber zu einem Fachmann in Silverborne gebracht. Meine Mutter meinte, das täte er vor allem, weil er gern jemand anderem die Schuld gäbe, wenn die Abzüge nicht so ausfielen, wie er es sich vorgestellt hatte, was häufig vorkam. Er war kein sehr guter Fotograf.« Sie sah Walsh ruhig an. »Ich kann mich nicht erinnern, daß wir das Eishaus danach noch einmal benutzt haben. Erst als wir die Ziegel lagern wollten. Die Kinder wissen es vielleicht. Ich könnte sie ja einmal fragen.«

Walsh erinnerte sich an die Kinder, einen hochaufgeschossenen zehnjährigen Jungen mit den gleichen klaren blauen Augen wie seine Mutter, und ein achtjähriges Mädchen mit lockigem schwarzen Haar. Sie hatten sie auf die gleiche aggressive Art beschützt wie vorhin im Wohnzimmer ihre beiden Freundinnen.

»Jonathan und Jane«, sagte er. »Leben Sie noch zu Hause, Mrs. Maybury?«

»Nein. Jonathan hat eine Wohnung in London. Er studiert dort Medizin. Und Jane studiert Politologie und Philosophie in Oxford. Sie besuchen mich nur ab und zu am Wochenende und während der Ferien.«

»Sie haben sich gut gemacht. Sie sind sicher stolz auf sie.« Er dachte mißmutig an seine eigene Tochter, die mit sechzehn schwanger geworden war und jetzt, mit fünfundzwanzig, als geschiedene Frau mit vier Kindern dastand. Er warf einen Blick in seine Notizen. »Sie haben sich offenbar beruflich selbständig gemacht, seit ich Sie das letzte Mal gesehen habe, Mrs. Maybury. Constable Williams sagte mir, Sie betreiben eine Gärtnerei.«

Phoebe schien verwundert über diese Richtungsänderung. »Fred hat mir geholfen, eine kleine Geraniengärtnerei aufzubauen, ja«, erklärte sie zurückhaltend.

»Und wer kauft die Geranien?«

»Wir haben zwei Hauptkunden, eine Supermarktkette und ein Garten-Center mit Niederlassungen in Devon und Cornwall. Ab und zu bekommen wir auch Großaufträge aus den Staaten.« Sie war äußerst mißtrauisch. »Wieso fragen Sie?«

»Kein besonderer Grund«, versicherte er und zog geräuschvoll an seiner Pfeife. »Sie haben sicher auch im Dorf viele Kunden.«

»Keine«, entgegnete sie kurz. »Wir verkaufen nicht im Einzelhandel. Und selbst wenn wir es täten, die Leute aus dem Dorf würden sowieso nicht hierherkommen.«

»Sie sind in Streech nicht sonderlich beliebt, nicht wahr?«

»Es scheint so.«

»Vor zehn Jahren haben Sie als Sprechstundenhilfe bei einem Arzt gearbeitet. Hat Ihnen diese Arbeit keinen Spaß gemacht?«

Leichte Erheiterung spielte um ihren Mund. »Mir wurde gekündigt. Die Patienten fühlten sich bei einer Mörderin nicht sonderlich gut aufgehoben.«

»Hat Ihr Mann von dem Eishaus gewußt?« fragte er unvermittelt, um sie aus der Ruhe zu bringen.

»Daß es existierte, meinen Sie?«

Er nickte.

»Da bin ich ziemlich sicher, aber, wie ich schon sagte, ich kann mich nicht erinnern, ob er je dort gewesen ist.«

Walsh machte sich eine Notiz. »Wir werden es überprüfen. Vielleicht wissen die Kinder etwas. Kommen sie dieses Wochenende nach Hause, Mrs. Maybury?«

Sie fröstelte. »Ich vermute, wenn sie nicht kommen, werden Sie einen Beamten zu ihnen schicken.«

»Es ist wichtig.«

Ihre Stimme bebte leicht. »Wirklich, Inspector? Sie haben unser Wort, daß vor sechs Jahren keine Leiche im Eishaus war. Was soll denn diese... diese Sache hier mit Davids Verschwinden zu tun haben?« Sie nahm ihre Brille ab und rieb sich die Augen. »Ich möchte nicht, daß Sie die Kinder belästigen. Sie haben genug gelitten, als David verschwand. Das ganze Trauma noch einmal durchleben zu müssen, dazu ohne ersichtlichen Grund, wäre unerträglich.«

Walsh lächelte nachsichtig. »Routinefragen, Mrs. Maybury. So traumatisch wird das schon nicht werden.«

Sie setzte ihre Brille wieder auf, sichtlich zornig über seine Reaktion. »Sie haben sich ja vor zehn Jahren bereits ausgesprochen dumm aufgeführt«, sagte sie mit eisiger Verachtung. »Ich weiß gar nicht, wie ich mir einbilden konnte, Sie wären im Verlauf der Zeit klüger geworden. Sie haben uns das Leben zur Hölle gemacht und sagen, ›so traumatisch wird es schon nicht werden‹! Haben Sie überhaupt eine Ahnung, was die Hölle ist? Es ist die Hölle, wenn ein kleines Mädchen von acht Jahren zusehen muß, wie die Polizei sämtliche Blumenbeete in ihrem Garten umgräbt und ihre Mutter stundenlang hinter verschlossenen Türen verhört. Es ist die Hölle, wenn ein zehnjähriger Junge erleben muß, daß sein Vater ihn ohne ein Wort der Erklärung verläßt und seine Mutter dann eines Mordes beschuldigt wird. Es ist die Hölle, mitansehen zu müssen, wie die eigenen Kinder leiden, und nichts tun zu können, um dem Leiden ein Ende zu machen. Sie haben mich gefragt, ob ich stolz auf ihre Leistungen bin.« Sie beugte sich vor. Ihr Gesicht war verzerrt. »Sie scheinen wirklich keinen Funken Phantasie zu haben. Die Kinder mußten erleben, daß ihr Vater auf und davon ging, daß ihre Mutter als Mörderin gebrandmarkt wurde, daß ihr Zuhause zu einer Touristenattraktion für Leute wurde, die sich am Unglück anderer weiden, und sie haben das alles relativ unbeschadet überstanden. Ich glaube, ›überglücklich‹ ist der richtige Ausdruck, um zu beschreiben, was mir der Erfolg meiner Kinder bedeutet.«

»Wir haben Ihnen damals geraten, die Kinder wegzuschicken, Mrs. Maybury.« Walsh sprach in bemüht neutralem Ton. »Sie zogen es vor, sie gegen unsere Empfehlung bei sich zu behalten.«

Phoebe stand auf. Zum zweitenmal überhaupt sah er ihr Gesicht von heftigen Emotionen bewegt. »Mein Gott, ich hasse Sie.« Sie legte die Hände auf den Schreibtisch, und er sah, daß ihre Finger unkontrolliert zitterten. »Wohin hätte ich sie denn schikken sollen? Meine Eltern waren tot, ich hatte keine Geschwister, weder Anne noch Diana konnten sich um sie kümmern. Hätte ich sie Fremden anvertrauen sollen in einer Zeit, in der ihre wohlbehütete Welt völlig auf den Kopf gestellt wurde?« Sie dachte an ihre einzige Verwandte, die unverheiratete Schwester ihres Vaters, die sich Jahre zuvor mit der Familie überworfen hatte. Die alte Frau hatte jeden Zeitungsbericht mit gieriger Schadenfreude gelesen und dann Phoebe einen Brief voller Gift über die Sünden und Versäumnisse ihrer Eltern gesandt. Welche Absichten sie mit der Abfassung dieses Briefs verfolgt hatte, war unklar, aber seltsamerweise waren ihre finsteren Prophezeiungen über Jonathans und Janes Schicksal für Phoebe eine Befreiung gewesen. Da hatte sie – zum erstenmal – klar gesehen, daß die Vergangenheit tot und begraben war und Bedauern oder Reue nichts ausrichten würden.

»Wie können Sie es wagen, mir gegenüber von Wahl zu sprechen. Ich hatte keine andere Wahl, als lächelnd standzuhalten und meine Kinder nicht merken zu lassen, wie groß meine Angst war und wie allein gelassen ich mich fühlte, während Sie mich fertigmachten.« Ihre Finger umklammerten die Schreibtischkante. »Ich werde nicht zulassen, daß Sie mit Ihren dreckigen Händen im Leben meiner Kinder herumwühlen. Sie haben uns einmal mit Ihrem Dreck beworfen. Und Sie werden es bestimmt nicht wieder tun.« Sie machte kehrt und ging zur Tür.

»Ich habe noch einige Fragen an Sie, Mrs. Maybury. Bitte gehen Sie noch nicht.«

Sie drehte sich kurz um, als sie die Tür öffnete. »Sie können mich mal, Inspector.« Die Tür flog krachend hinter ihr zu.

McLoughlin hatte sich den ganzen Wortwechsel mit gespannter Aufmerksamkeit angehört. »Ziemlicher Umschwung im Vergleich zu heute nachmittag. Ist sie immer so launisch?«

»Ganz im Gegenteil. Vor zehn Jahren konnten wir sie nicht ein einziges Mal aus der Ruhe bringen.« Er sog nachdenklich an seiner schmutzigen Pfeife.

»Das kommt von den zwei Lesben, mit denen sie hier haust. Die haben sie so richtig gegen die Männer aufgebracht.«

Walsh war belustigt. »Ich denke, das hat David Maybury schon vor zehn Jahren geschafft. Unterhalten wir uns mal mit Mrs. Goode. Würden Sie sie herholen?«

McLoughlin schnappte sich ein Brot und schob es in den Mund, ehe er aufstand. »Was ist mit der anderen? Soll ich die auch schon mal auf Trab bringen?«

Walsh überlegte einen Moment. »Nein. Die ist eine unbekannte Größe. Die laß ich erst einmal schmoren, bis ich mich über sie informiert habe.«

McLoughlin sah rosige Kopfhaut durch Walshs schütteres Haar schimmern und empfand plötzlich so etwas wie Zärtlichkeit für den älteren Mann, als hätte Phoebes Feindseligkeit seine eigene ausgetrieben und ihn daran erinnert, wem seine Loyalität gehörte. »Sie ist die wahrscheinlichste Kandidatin, Sir. Die hätte dem armen Kerl mit Freuden die Eier abgeschnitten. Die anderen beiden hätten es nur mit Widerwillen getan.«

»Wahrscheinlich haben Sie recht, Andy, aber ich wette, er war schon tot, als sie es getan hat.«

5

Das Gutshaus Streech Grange war ein schönes altes jakobinisches Herrenhaus aus grauem Stein mit bleigerahmten, vielmals unterteilten Fenstern und steilen Schieferdächern. Zwei Flügel, die später angebaut worden waren, schlossen sich an beide Enden des Hauptgebäudes an und schirmten die Seiten der Terasse ab, auf der die Frauen ihren Tee eingenommen hatten. Innen waren beide Flügel durch Wände vom Haupthaus abgeschlossen, so daß man nicht ungehindert von einem Teil des Hauses in den anderen gelangen konnte. Nach fruchtloser Suche im Wohnzimmer und in der Küche fand sich McLoughlin vor der Verbindungstür zum Ostflügel. Er klopfte leicht; als sich nichts rührte, drehte er den Knauf und ging durch den Korridor, der sich vor ihm auftat.

Ganz hinten war eine Tür nur angelehnt. Er konnte eine tiefe Stimme hören – unverwechselbar die Anne Cattrells – und lauschte.

»... und laß dich von diesen Typen ja nicht einschüchtern. Ich habe diese Typen zu Genüge genossen. Ganz gleich, was passiert, wir müssen Jane da raushalten. Das findest du doch auch, nicht?« Es folgte zustimmendes Gemurmel. »Und wenn du es schaffst, diesem Sergeant sein höhnisches Grinsen vom Gesicht zu wischen, Schatz, kannst du meiner lebenslangen Bewunderung sicher sein.«

»Ist dir noch nicht der Gedanke gekommen« – die hellere, leicht erheiterte Stimme war Dianas –, »daß er vielleicht mit diesem höhnischen Grinsen auf die Welt gekommen ist? Es könnte doch eine Behinderung sein, mit der er umzugehen lernen mußte wie mit einem verkümmerten Arm. Du wärst bestimmt voller Teilnahme, wenn es so wäre.«

Anne lachte. »Der leidet an zwei ganz anderen Behinderungen.«

»Nämlich?«

»Er hat ein Schrumpfhirn und einen Schrumpfschwanz.«

Diana lachte schallend, und McLoughlin spürte, wie ihm die Röte ins Gesicht schoß. Leise schlich er zur Verbindungstür zurück, schloß sie hinter sich und klopfte noch einmal, diesmal lauter. Als Anne ihm einen Augenblick später öffnete, erwartete er sie mit seinem höhnischsten Lächeln.

»Ja, Sergeant?«

»Ich suche Mrs. Goode. Inspector Walsh möchte sie gern sprechen.«

»Das hier ist mein Flügel. Sie ist nicht hier.«

Die Lüge überraschte ihn so, daß er sie erstaunt ansah. »Aber –«

»Aber was, Sergeant?«

»Wo finde ich sie?«

»Ich habe keine Ahnung. Vielleicht möchte der Inspector inzwischen mit mir sprechen?«

Ungeduldig drängte er sich an ihr vorbei und ging durch den Flur in das Zimmer. Es war leer. Er runzelte die Stirn. Es war ein großer Raum mit einem Schreibtisch an einem Ende und einer Sitzgruppe vor einem offenen Kamin am anderen Ende. Das Laub üppiger Topfpflanzen ergoß sich in grünen Kaskaden vom Kaminsims, rankte sich an einem Wandspalier in die Höhe, verlieh dem Licht der Lampen auf niedrigen Beistelltischen einen sanften grünen Schimmer. Bodenlange Vorhänge mit strengem Muster in blassen Rosa-, Grau und Blautönen verhüllten die beiden Außenwände, ein königsblauer Teppich bedeckte den Boden, abstrakte Gemälde in leuchtenden Farben lachten von den Wänden herab, Bücher standen stramm wie Soldaten in hohen Regalen. Es war ein heiteres, gemütliches Zimmer, wie McLoughlin es der kleinen, muskulösen Frau, die ihm hereingefolgt war, nicht zugetraut hätte.

»Ist es eine Gewohnheit von Ihnen, unaufgefordert anderer

Leute Privaträume zu betreten, Sergeant?« fragte sie, abwartend an den Türpfosten gelehnt. »Ich kann mich nicht erinnern, Sie hereingebeten zu haben.«

»Wir haben Mrs. Mayburys Einverständnis, uns hier frei zu bewegen«, sagte er nachlässig.

Sie ging zu einem der Sessel und setzte sich, nahm sich eine Zigarette aus der Packung auf der breiten Armlehne. »Sicher, in *ihrem* Haus«, meinte sie und zündete die Zigarette an. »Aber in diesem Flügel wohne ich. Sie haben kein Recht, hier ohne meine Erlaubnis oder einen richterlichen Befehl einzudringen.«

»Tut mir leid«, entgegnete er steif. Er fühlte sich plötzlich unbehaglich und verlegen, während sie völlig entspannt war. »Ich wußte nicht, daß dieser Teil des Hauses Ihnen gehört.«

»Er gehört mir nicht, ich habe ihn gemietet.« Sie lächelte dünn. »Nur Interesse halber, was veranlaßte Sie zu der Annahme, Miss Goode könnte hier sein?«

Er sah, wie der Zipfel eines der Vorhänge sich hob, als sich ein leichter Wind im Stoff fing, und erkannte, daß Diana Goode durch die Terrassentür hinausgegangen sein mußte. Er war wütend darüber, daß er sich von dieser Frau zum Narren halten ließ.

»Ich konnte sie sonst nirgends finden«, antwortete er brüsk, »und Inspector Walsh möchte sie sprechen. Lebt sie im anderen Flügel?«

»Sie hat den anderen Flügel gemietet. Ob sie dort lebt – Sie werden ja sicher schon bemerkt haben, daß wir drei ziemlich viel zusammenglucken. Man nennt so etwas eine *ménage à trois,* wenn das auch in unserem Fall nicht ganz dem landläufigen Sinn entspricht. Normalerweise gehören zu so einem Trio Mitspieler beiderlei Geschlechts. Wir sind da ein bißchen exklusiver, da wir unsere besondere – wie soll ich es formulieren? – pikante weibliche Sexualität bevorzugen. Zu dritt ist das Spiel aufregender als zu zweit, finden Sie nicht auch? Oder haben Sie es nie versucht?«

Seine Abneigung gegen sie war genauso irrational wie heftig. Er wies mit einer ruckhaften Kopfbewegung zum Hauptteil des Hauses. »Haben Sie die Kinder auch so verdorben?«

Mit einem leisen Lachen stand sie auf. »Ich denke, Sie werden Mrs. Goode in ihrem Wohnzimmer finden. Ich bringe Sie hinaus.« Sie führte ihn durch den kleineren Flur zur Tür. »Geradeaus durch das Hauptgebäude bis zum Westflügel. Dort ist die gleiche Tür wie hier.« Sie wies auf eine Klingel an der Wand, die er nicht bemerkt hatte. »An Ihrer Stelle würde ich läuten. Das wäre wenigstens höflich.« Mit einem verächtlichen Lächeln auf den Lippen sah sie ihm nach, als er davonging.

Er mußte an der Bibliothek vorbei, um zum Westflügel zu gelangen, und warf einen kurzen Blick hinein, um Walsh zu sagen, daß es noch ein paar Minuten dauern würde. Zu seiner Überraschung war Diana Goode schon da. Sie saß in dem Sessel, in dem vorher Phoebe gesessen hatte. Sie und Walsh drehten die Köpfe, als die Tür sich öffnete. Sie lachten wie Leute, die sich einig sind.

»Ah, da sind Sie ja, Sergeant. Wir haben auf Sie gewartet.«

Er nahm seinen Platz wieder ein und musterte Diana mit Argwohn. »Woher wußten Sie, daß der Inspector Sie sprechen wollte?« Er stellte sich vor, wie sie draußen vor der Terrassentür gestanden und mitangehört hatte, wie Anne Cattrell ihn verspottet hatte.

»Ich wußte es nicht, Sergeant. Ich habe nur vorbeigeschaut, um zu fragen, ob Sie eine Tasse Kaffee möchten.« Sie lächelte gutgelaunt und schlug ein wohlgeformtes Bein über das andere. »Worüber wollten Sie denn mit mir sprechen, Inspector?«

In Walshs Augen blitzte Wohlgefallen. »Wie lange kennen Sie Mrs. Maybury schon?« fragte er.

»Seit fünfundzwanzig Jahren. Seit meinem zwölften Lebensjahr. Wir waren zusammen im Internat. Anne Cattrell auch.«

»Das ist eine lange Zeit.«

»Ja. Wir beide kennen sie länger als jeder andere, Inspector, länger sogar als ihre Eltern sie kannten. Sie war ja erst Anfang Zwanzig, als sie umkamen.« Sie brach ab. »Aber das wissen Sie ja alles vom letzten Mal«, schloß sie verlegen.

»Frischen Sie unsere Erinnerung ruhig ein bißchen auf«, ermunterte Walsh.

Diana senkte den Blick, um den Ausdruck ihrer Augen zu verbergen. Anne hatte leicht reden. Nicht einschüchtern lassen! Wenn schon das Wissen beänstigend war. Mit einer beiläufigen Bemerkung hatte sie die Funken eines alten Verdachts neu entfacht. Kein Rauch ohne Feuer, hatten alle gesagt, als David verschwunden war.

»Sie sind bei einem Autounfall umgekommen, nicht wahr?« hakte Walsh nach.

Sie nickte. »Die Bremsen haben versagt. Sie waren tot, als man sie aus dem Wrack herausgeschnitten hatte.«

Danach herrschte eine Minute Stille.

»Wenn ich mich recht erinnere«, sagte Walsh zu McLoughlin, als Diana nicht weitersprach, »war von Sabotage die Rede. Habe ich recht, Mrs. Goode? Im Ort schien man zu glauben, Mrs. Maybury habe den Unfall herbeigeführt, um vorzeitig an ihr Erbe zu kommen. Die Leute hier haben ein gutes Gedächtnis. Als Mr. Maybury verschwand, wurde die Geschichte wieder aufgewärmt.«

McLoughlin blickte auf Dianas gesenkten Kopf. »Wie kamen die Leute denn auf diese Idee?« fragte er.

»Weil sie dumm sind«, erwiderte sie heftig. »Es ist nichts Wahres daran. Das Urteil des Coroners hätte nicht eindeutiger sein können – die Bremsen versagten, weil Bremsflüssigkeit aus einem korrodierten Zuleitungsschlauch ausgelaufen war. Der Wagen war drei Wochen vorher zur Inspektion gewesen, bei einem Mann namens Casey, dem die Werkstatt im Dorf gehörte. Aber der hat nur das Geld kassiert und nichts repariert, dieser Verbrecher.« Sie runzelte die Stirn. »Es war die Rede von einer Strafanzeige, aber es ist nie etwas dabei herausgekommen. Die Beweise haben anscheinend nicht ausgereicht. Jedenfalls war Casey derjenige, der die Gerüchte über Phoebe in die Welt gesetzt hat. Er wollte seine Kunden nicht verlieren.«

McLoughlin musterte sie von oben bis unten, aber in seinem Blick lag nicht die geringste Spur von Sympathie: Seine Gleichgültigkeit war total, und für eine Frau wie Diana, die ihren Charme gegen beide Geschlechter einzusetzen pflegte, abschreckend. Gegen diese Mauer aus Beton war ihr Charme machtlos. »Da muß doch mehr dahintergesteckt haben«, meinte McLoughlin trocken. »So leichtgläubig sind die Leute im allgemeinen nicht.«

Sie spielte mit dem Saum ihrer Jacke. »Es war Davids Schuld. Phoebes Eltern hatten ihnen ein kleines Haus in Pimlico zur Hochzeit geschenkt, das David später als Sicherheit für einen Kredit anbot. Er verlor das ganze Geld bei irgendeiner Börsenspekulation, konnte nichts zurückbezahlen, und das Haus wurde zwangsversteigert. Das war ungefähr zur Zeit des Unfalls.« Sie schüttelte den Kopf. »Weiß der Himmel, wie, aber irgendwie sprach es sich herum. Die Leute hier schluckten unbesehen, was Casey ihnen erzählte, zählten zwei und zwei zusammen und machten fünf daraus. Von dem Moment an, als Phoebe hier in das Haus einzog, war sie verurteilt. Davids Verschwinden ein paar Jahre später bestätigte nur die Vorurteile gegen sie.« Sie seufzte. »Das Absurde ist, daß sie Casey auch nicht geglaubt haben. Er machte zehn Monate später bankrott, nachdem er alle seine Kunden verloren hatte. Er mußte verkaufen und wegziehen, und das ist ihm ganz recht geschehen«, sagte sie bitter. »Phoebe hat es allerdings nichts genützt. Die Leute waren einfach zu dumm, um zu erkennen, daß sie unschuldig sein mußte, wenn er gelogen hatte.«

McLoughlin lehnte sich in seinem Sessel zurück und nickte ihr mit einem unerwartet jungenhaften Lächeln zu. »Das muß schlimm für sie gewesen sein.«

Sie blieb auf der Hut. »Ja. Sie war noch so jung und mußte mit allem allein fertig werden. David verschwand entweder wochenlang oder machte alles nur noch schlimmer, indem er sich mit den Leuten anlegte.«

Seine Augen wurden sanfter, als sei Einsamkeit ihm etwas Vertrautes, das er nachfühlen konnte. »Und ihre Freunde hier haben sie wohl seinetwegen im Stich gelassen?«

Diana taute auf. »Sie hatte eigentlich nie welche, das war es ja. Wenn sie hier Freunde gehabt hätte, wäre es etwas ganz anderes gewesen. Aber mit zwölf kam sie ins Internat, mit siebzehn hat sie geheiratet und ist erst nach dem Tod ihrer Eltern zurückgekommen. Sie hat in Streech nie Freunde gehabt.«

McLoughlin trommelte mit den Fingern leise auf den Schreibtisch. »›Das ist die schlimmste Einsamkeit, aufrichtiger Freundschaft zu entbehren.‹ Das hat Francis Bacon vor vierhundert Jahren gesagt.«

Sie war verblüfft. Anne verwendete Francis Bacons Zitate mit größter Selbstverständlichkeit, aber meist warf sie sie als freche kleine Pointen um des lässigen Effekts willen ins Gespräch ein. McLoughlins dunkle Stimme verweilte bei den Worten, kostete sie aus, verlieh ihnen Gewicht. Ebenso überrascht wie über die Angemessenheit der Worte, war sie darüber, daß er sie kannte. Sie sah ihn nachdenklich an.

»Aber er hat auch gesagt, ›Das Schicksal eines Menschen liegt in seiner eigenen Hand‹.« Seine Lippen bekamen einen harten Zug. »Es ist schon merkwürdig, nicht wahr, wie Mrs. Maybury immer das Schlechteste aus den Menschen herausholt? Es würde mich interessieren, woran das liegt.« Er bewegte die Bilder ungeschminkten Todes mit dem Ende seines Bleistifts und drehte sie langsam, so daß Diana sie sehen konnte. »Warum hat sie das Gut nicht verkauft und ist weggezogen, nachdem sie sich ihres Mannes entledigt hatte?«

Trotz aller äußerer Weltläufigkeit war Diana naiv. Brutalität schockierte sie, weil sie sie nie kommen sah. »Sie konnte nicht«, gab sie ärgerlich zurück. »Phoebe kann das Gut nicht verkaufen. Nach einem Jahr Ehe mit diesem Schwein überredete sie ihren Vater, sein Testament zu ändern und das Haus den Kindern zu vermachen. Wir drei zahlen ihnen Miete.«

»Aber warum haben dann die Kinder nicht verkauft? Haben sie denn kein Mitleid mit ihrer Mutter?« Er sah ihr direkt in die Augen. »Oder vielleicht mögen sie sie nicht? Da wären sie ja nicht die ersten.«

Der Zorn drohte Diana zu überwältigen. Sie zwang sich, ruhig zu bleiben. »Der Sinn der Sache war, David daran zu hindern, das Haus zu Geld zu machen, sobald die Gallaghers tot waren, und damit Phoebe und den Kindern das Dach über dem Kopf zu nehmen. Genau das hätte er getan, wenn er eine Chance dazu gehabt hätte. Das Geld, das sie erbte, hat er in Rekordzeit durchgebracht. Colonel Gallagher, Phoebes Vater, hat deshalb in seinem Testament bestimmt, daß das Haus nur in einer außergewöhnlichen Notlage vor Janes einundzwanzigstem Geburtstag belastet oder verkauft werden darf. Die Entscheidung darüber, ob eine solche Notlage besteht, liegt bei zwei Treuhändern, die er eingesetzt hat. Nach Ansicht der Treuhänder ist eine finanzielle Notlage, die den Verkauf des Guts gerechtfertigt hätte, niemals eingetreten.«

»Andere Umstände wurden nicht in Betracht gezogen?«

»Natürlich nicht«, erwiderte sie sarkastisch. »Wie denn auch? Colonel Gallagher war kein Hellseher. Er hat die Entscheidung in das Ermessen der Treuhänder gestellt, aber die müssen sich genau an den Wortlaut des Testaments halten. Angesichts der Ungewißheit über David, ob er tot ist oder noch am Leben, erschien es das sicherste, das Haus nicht zu verkaufen, auch wenn Phoebe darunter leiden mußte.« Sie sah Walsh an, um ihn wieder ins Gespräch zu ziehen. McLoughlin machte ihr angst. »Die Treuhänder haben das Wohl der Kinder immer an die erste Stelle gesetzt, genauso wie das Testament es verlangt.«

McLoughlins Belustigung war echt. »Mir tut Mrs. Maybury allmählich richtig leid. Ist ihre Abneigung gegen die Treuhänder auch so groß wie die der Treuhänder offenbar gegen sie?«

»Das weiß ich nicht, Sergeant. Ich habe sie nie gefragt.«

»Wer sind die Treuhänder?«

Walsh lachte leise. Der Junge hatte eben den Kopf in die Schlinge gelegt.

»Miss Anne Cattrell und Mrs. Diana Goode. Schon ein starkes Stück, dieses Testament. Da wurde Ihnen beiden eine schwere Verantwortung aufgebürdet, obwohl Sie kaum zwanzig waren. Wir haben eine Kopie bei den Akten«, sagte er zu McLoughlin. »Colonel Gallagher muß Sie beide sehr geschätzt haben, wenn er Ihnen die Zukunft seiner Enkel anvertraute.«

Diana lächelte. Sie durfte nicht vergessen, Anne zu erzählen, wie sie McLoughlin das höhnische Grinsen vom Gesicht gewischt hatte. »Ja, er hat uns geschätzt«, sagte sie leise. »Wieso überrascht Sie das?«

Walsh schob die Lippen vor. »Es überraschte mich vor zehn Jahren, aber da war ich Ihnen und Miss Cattrell noch nicht begegnet. Sie waren damals, glaube ich, im Ausland, Mrs. Goode.« Er lächelte und kniff ein Auge zu, beinahe sah es aus, als zwinkerte er ihr zu. »Jetzt überrascht es mich nicht mehr.«

Sie neigte den Kopf. »Danke. Mein geschiedener Mann ist Amerikaner. Ich war mit ihm in den Staaten, als David verschwand. Ich bin erst ein Jahr später, nach meiner Scheidung, zurückgekommen.«

Beharrlich sah sie Walsh an, doch der Druck von McLoughlins

Blick war beinahe unerträglich. Keinesfalls wollte sie ihm noch einmal begegnen. »Wußte Colonel Gallagher von Ihrer und Miss Cattrells Beziehung zu seiner Tochter?« fragte er leise.

»Daß wir befreundet waren, meinen Sie?« Sie hielt den Blick weiter auf Walsh gerichtet.

»Ich dachte eigentlich mehr ans Schlafzimmer, Mrs. Goode, und die Wirkung, die Ihre Spielchen auf seine Enkel haben könnten. Oder wußte er davon nichts?«

Diana starrte auf ihre Hände hinunter. Immer wieder hatte sie Schwierigkeiten, mit der Geringschätzung anderer umzugehen. Sie wünschte, sie verfügte nur über halb soviel Talent zur Gleichgültigkeit wie Anne. »Es geht Sie ja eigentlich nichts an, Sergeant«, erwiderte sie schließlich, »aber Colonel Gallagher wußte alles, was es über uns zu wissen gibt. Er war kein Mensch, vor dem man etwas verbergen mußte.«

Walsh hatte geschäftig seine Pfeife neu gestopft. Jetzt steckte er sie an und paffte neue Rauchwolken in die schon verqualmte Luft. »Als Mrs. Maybury und Miss Cattrell heute nachmittag ins Haus zurückkamen, hat da eine von ihnen die Vermutung geäußert, bei dem Toten im Eishaus könnte es sich um David Maybury handeln?«

»Nein.«

»Hat eine von beiden eine Vermutung darüber geäußert, wer es sein könnte?«

»Anne sagte, es sei wahrscheinlich ein Landstreicher, der einen Herzinfarkt bekommen hatte.«

»Und Mrs. Maybury?«

Diana überlegte einen Moment. »Sie sagte nur, daß es nackte Landstreicher, die an Herzinfarkt sterben, nicht gibt.«

»Und was ist Ihre Ansicht, Mrs. Goode?«

»Ich habe keine Ansicht, Inspector. Aber ich bin sicher, daß es nicht David ist. Meine Gründe dafür kennen Sie bereits.«

»Warum möchten Sie und Miss Cattrell, daß Jane Maybury aus der Sache herausgehalten wird?« fragte McLoughlin plötzlich.

Sie zögerte einen Moment mit der Antwort und warf ihm einen forschenden Blick zu, während sie sprach. »Jane war bis vor achtzehn Monaten magersüchtig. Im vergangenen September hat sie mit dem Segen ihres Therapeuten ihr Studium in Oxford angefangen, aber er hat sie eindringlich davor gewarnt, sich unnötigem Druck auszusetzen. Als Treuhänderinnen stimmen wir mit Mrs. Maybury darin überein, daß Jane geschont werden muß. Sie ist immer noch schrecklich dünn. Übermäßige Ängste würden ihre Kraftreserven aufzehren. Halten Sie das für unbillig, Sergeant?«

»Keinesfalls«, antwortete er milde.

»Es wundert mich, daß Mrs. Maybury uns nicht über den Zustand ihrer Tochter aufgeklärt hat«, sagte Walsh. »Hat sie einen besonderen Grund, nicht darüber zu sprechen?«

»Nicht daß ich wüßte, aber vielleicht hat die Erfahrung sie gelehrt, im Umgang mit der Polizei vorsichtig zu sein.«

»Wie das?« Es war durchaus jovial.

»Es ist doch Ihre Art, sich immer das schwächste Glied auszusuchen. Wir wissen alle, daß Jane Ihnen nichts über den Toten sagen kann, aber Mrs. Maybury hat wahrscheinlich Angst, daß Sie sie so lange verhören werden, bis sie zusammenbricht. Und erst dann werden Sie ihr glauben, daß sie tatsächlich nichts weiß.«

»Sie haben eine sehr negative Meinung über uns, Mrs. Goode.«

Diana zwang sich zu einem leichten Lachen. »Das finde ich nicht, Inspector. Von uns dreien bin ich die einzige, die noch ein gewisses Vertrauen zu Ihnen hat. Immerhin gebe ich Ihnen bereitwillig Auskunft.« Sie zog ihre Beine auf den Sessel hinauf und bedeckte sie mit ihrer langen Strickjacke. Ihr Blick ruhte flüchtig auf den Fotografien. »Ist es die Leiche eines Mannes? Miss Cattrell und Mrs. Maybury konnten es nicht sagen.«

»Im Augenblick glauben wir es, ja.«

»Und er wurde ermordet?«

»Wahrscheinlich.«

»Dann kann ich Ihnen nur eines raten: Suchen Sie im Dorf oder in den Nachbardörfern nach Ihrem Opfer und dem Mörder. Mrs. Maybury bietet sich doch als Sündenbock geradezu an. Man legte ihr die Leiche aufs Grundstück und läßt sie die Suppe auslöffeln. Garantiert hat der Mörder es sich so gedacht.«

Walsh nickte gedankenvoll, während er sich eine Notiz machte. »Das wäre möglich, Mrs. Goode. Das wäre durchaus möglich. Sie interessieren sich für Psychologie?«

Er ist eigentlich doch ein ganz netter Mann, dachte Diana und ließ eines der kalkuliert charmanten Lächeln aufblitzen, die sie für ihre verheißungsvolleren Kunden reservierte. »Ich arbeite in meinem Beruf ständig mit Psychologie«, sagte sie, »wenn auch ein Kliniker das, was ich anwende, wahrscheinlich nicht als Psychologie bezeichnen würde.«

Er lächelte zurück. »Wie würde *er* es denn nennen?«

»Sanfte Beredsamkeit, vermute ich.« Sie dachte an Lady Keevil und ihre apfelgrünen Vorhänge. Lügen, würde Anne es nennen.

»Kommen Ihre Klienten zur Beratung hierher?«

Sie schüttelte den Kopf. »Nein. Es sind ja ihre Häuser, die ausgestattet werden sollen, nicht meines. Ich besuche sie.«

»Aber Sie sind eine attraktive Frau, Mrs. Goode.« Seine Bewunderung war offenkundig. »Sie haben doch gewiß viele Freunde, die Sie besuchen. Leute aus dem Dorf, Leute, die Sie im Lauf der Jahre kennengelernt haben.«

Sie fragte sich, ob er gespürt hatte, wie schmerzhaft dieser besondere Bereich war, wie sehr ihr dieses isolierte Leben zu schaffen machte. Zu Beginn, als sie verletzt und niedergeschlagen vom Scheitern ihrer Ehe hierhergekommen war, hatte es kaum eine Rolle gespielt. Sie hatte sich hinter die Mauern von Streech Grange zurückgezogen, um ihre Wunden zu lecken, und war froh gewesen, von wohlmeinenden Freunden und ihren peinlichen Mitleidsbekundungen verschont zu bleiben. Die spätere Entdeckung, daß Phoebes Isolation nicht selbstgewählt, sondern aufgezwungen war, war ein echter Schock gewesen. Sie hatte erfahren, was es hieß, ein Paria zu sein; sie hatte zugesehen, wie Phoebe ihren Haß genährt hatte; sie hatte mitangesehen, wie Annes Toleranz sich in zynische Gleichgültigkeit gewandelt hatte; sie hatte gehört, wie ihre eigene Stimme spröde geworden war.

»Nein«, klärte sie ihn auf, »wir bekommen sehr wenig Besuch und aus dem Dorf gar keinen.«

Sein Blick war ermutigend. »Aber wenn wir annehmen, daß Sie recht haben und Opfer und Mörder hier aus der Gegend sind, woher sollen sie dann von dem Eishaus gewußt haben? Und selbst wenn sie davon gewußt haben, wie haben sie es gefunden? Sie müssen zugeben, es ist gut versteckt.«

»Jeder kann davon gewußt haben«, erwiderte sie wegwerfend. »Fred kann im Pub davon erzählt haben, nachdem er die Ziegel dort gelagert hatte. Mrs. Mayburys Eltern können davon erzählt haben. Das Eishaus ist kein Geheimnis.«

»Gut. Dann erklären Sie mir doch einmal, wie man es findet, wenn einem nicht gesagt worden ist, wo es ist. Ich nehme an, niemand von Ihnen hat einen Fremden bemerkt, der auf dem Gelände herumgestöbert hat, sonst hätten Sie es sicher erwähnt. Und noch etwas – warum war es überhaupt notwendig, die Leiche dort unterzubringen?«

Sie zuckte die Achseln. »Es ist ein gutes Versteck.«

»Woher wußte der Mörder das? Woher wußte er oder sie, daß das Eishaus nicht regelmäßig benützt wurde? Und warum die Leiche dort verstecken, wenn man Phoebe Maybury in Verlegenheit bringen wollte? Sie sehen, Mrs. Goode, das Bild ist ziemlich unklar.«

Sie überlegte einen Moment. »Vielleicht war es Zufall, das kann man jedenfalls nicht ausschließen. Jemand verübte einen Mord, beschloß, die Leiche auf dem Gutsgelände in der Hoffnung zu verstecken, daß Mrs. Maybury in Verdacht geraten würde, falls die Polizei sie finden sollte, und stieß zufällig auf das Eishaus, als er nach einem geeigneten Ort suchte.«

»Aber das Eishaus ist fast einen Kilometer vom Tor entfernt«, wandte Walsh ein. »Glauben Sie allen Ernstes, daß ein Mörder in stockfinsterer Nacht mit einer Leiche beladen am Pförtnerhaus vorbei die ganze Auffahrt hinunter und durch ihren Garten zum Eishaus gestolpert ist? Wir können ja wohl davon ausgehen, denke ich, daß niemand verrückt genug gewesen wäre, es bei helllichtem Tag zu tun. Warum hat er die Leiche nicht einfach im Wald in der Nähe des Tores verscharrt?«

Sie sah ihn mit Unbehagen an. »Vielleicht ist er hinten über die Mauer gestiegen und von da zum Eishaus gegangen?«

»Aber müßte er dann nicht über das Gelände der Grange Farm gekommen sein, die, wenn ich es recht im Kopf habe, hinten an das Gut grenzt?«

Sie nickte widerstrebend.

»Warum ein solches Risiko eingehen? Und wenn ja, warum dann die Leiche nicht gleich dort im Wald vergraben? Weshalb war es so wichtig, sie im Eishaus unterzubringen?«

Diana fröstelte plötzlich. Sie begriff, daß er versuchte, sie in die Enge zu treiben und zu dem Eingeständnis zu zwingen, daß das Wissen von der Existenz des Eishauses und seiner Lage ein entscheidender Faktor war. »Ich habe den Eindruck, Inspector«, sagte sie kühl, »daß Sie eine Reihe von Vermutungen angestellt haben, die – bitte korrigieren Sie mich, wenn ich mich irre – noch der Bestätigung bedürfen. Zunächst einmal vermuten Sie, daß die Leiche dorthin gebracht wurde. Aber vielleicht hat der Betreffende noch gelebt und ist selbst ins Eishaus gegangen und dort seinem Mörder begegnet.«

»Selbstverständlich haben wir diese Möglichkeit in Betracht gezogen, Mrs. Goode. Das ändert nichts an unseren Überlegungen. Wir müssen dennoch fragen: Warum das Eishaus, und woher wußte die fragliche Person von seiner Existenz, wenn sie nicht vorher schon einmal dort gewesen war?«

»Na gut«, meinte sie, »dann gehen Sie doch von der Annahme aus, daß Leute dort gewesen sind, und stellen Sie fest, wer das ist. Ich kann Ihnen da auf Anhieb einige Möglichkeiten nennen – Freunde von Colonel Gallagher und seiner Frau zum Beispiel.«

»Die mittlerweile in den Siebzigern oder Achtzigern wären. Natürlich ist es möglich, daß ein alter Mensch der Schuldige ist, aber rein statistisch betrachtet, ist es unwahrscheinlich.«

»Leute, denen Mrs. oder Mr. Maybury es gezeigt haben.«

McLoughlin schaltete sich ein. »Mrs. Maybury hat uns bereits gesagt, daß sie das Eishaus völlig vergessen hatte. Sie hat die Polizei ja nicht einmal darauf aufmerksam gemacht, als damals das Gelände nach ihrem Mann abgesucht wurde. Unter diesen Umständen ist es doch unwahrscheinlich, daß sie es irgendwelchen Besuchern gezeigt hat, zumal Sie hier ja, wie Sie uns eben sagten, sowieso nie Besuch bekommen.«

»Dann war es eben David.«

»Genau, Mrs. Goode«, sagte Walsh. »David Maybury kann das Eishaus jemandem gezeigt haben, vielleicht sogar mehreren Leuten, aber Mrs. Maybury kann sich an derlei nicht erinnern. Sie kann sich nicht einmal erinnern, ob er selbst jemals dort gewesen ist, wenn sie uns auch zustimmt, daß er wahrscheinlich von seiner Existenz gewußt hat. Im Augenblick können wir in dieser Richtung gar nichts unternehmen, Mrs. Goode, wenn nicht Mrs. Maybury oder die Kinder sich doch noch an Anlässe oder Namen erinnern, die uns weiterhelfen.«

»Die Kinder!« Diana beugte sich vor. »Natürlich. Sie haben es sicher ihren Freunden gezeigt, als sie noch jünger waren. Sie wissen selbst, wie neugierig Kinder sind. Sie haben mit ihren Freunden bestimmmt das ganze Gelände erforscht.« Erleichtert lehnte sie sich zurück. »Ganz klar, so ist es. Es wird jemand aus dem Dorf sein, der mit den Kindern zusammen aufgewachsen ist – also jemand Anfang Zwanzig.« Sie bemerkte, daß das höhnische Grinsen auf McLoughlins Gesicht zurückkehrte.

»Sicher, das ist eine Möglichkeit«, sagte Walsh freundlich. »Und gerade deshalb müssen wir unbedingt mit Jonathan *und* Jane sprechen. Es wird sich also nicht vermeiden lassen, Mrs. Goode, auch wenn Sie und ihre Mutter noch so sehr dagegen sind. Jane ist vielleicht die einzige, die uns zu dem Mörder führen kann.« Er nahm sich noch ein Brot. »Die Polizei besteht nicht aus lauter Barbaren, Mrs. Goode. Sie können sich darauf verlassen, daß wir sie mit Verständnis und Takt behandeln. Ich hoffe, Sie werden Mrs. Maybury davon überzeugen.«

Diana setzte die Beine auf den Boden und stand auf. Genau wie vorher Phoebe stützte sie sich auf den Schreibtisch, so als hätte jede der Frauen infolge des engen Zusammenlebens die Eigenheiten der anderen übernommen. »Ich kann Ihnen nichts versprechen, Inspector. Mrs. Maybury trifft ihre Entscheidungen allein.«

»Sie hat keine Wahl«, sagte er kurz. »Sie kann höchstens darauf Einfluß nehmen, ob wir ihre Tochter hier oder in Oxford vernehmen. Unter diesen Umständen wird es Mrs. Maybury, denke ich, lieber sein, wenn wir hier mit ihr sprechen.«

Diana richtete sich auf. »Haben Sie sonst noch Fragen an mich?«

»Heute abend nur noch ein, zwei Dinge. Morgen wird Sergeant McLoughlin Sie eingehender verhören.« Er sah zu ihr auf. »Wie kam Mrs. Maybury dazu, das Ehepaar Phillips einzustellen? Hat sie annonciert, oder hat sie sich an eine Stellenvermittlung gewandt?«

Dianas Hände zitterten nervös. Sie schob sie in die Taschen

ihrer Jacke. »Ich glaube, Anne hat das vermittelt«, antwortete sie. »Am besten fragen Sie sie selbst.«

»Danke. So, und jetzt noch eins. Als Sie damals bei der Entrümpelung des Eishauses halfen, was haben Sie dort gefunden, und was haben Sie damit getan?«

»Gott, das ist eine Ewigkeit her«, sagte sie mit Unbehagen. »Ich kann mich nicht erinnern. Es war nichts Besonderes, nur alter Kram.«

Walsh betrachtete sie nachdenklich. »Beschreiben Sie mir das Innere des Eishauses, Mrs. Goode.« Er beobachtete, wie ihr Blick hastig unter die Fotos auf dem Schreibtisch suchte, aber er hatte die Gesamtansichten umgedreht, ehe sie hereingekommen war. »Wie groß ist es? Welche Form hat die Tür? Woraus ist der Boden gemacht?«

»Ich kann mich nicht erinnern.«

Er verzog den Mund zu einem trägen, befriedigten Lächeln, und sie mußte an einen hölzernen Wolf denken, den sie einmal gesehen hatte, mit gefletschten Zähnen und starren Glasaugen.

»Danke«, sagte er. Sie war entlassen.

6

Diana fand Phoebe im Fernsehzimmer, wo sie sich die Zehn-Uhr-Nachrichten ansah. Die flimmernden Farben des Bildschirms waren das einzige Licht, sie spiegelten sich auf Phoebes Brillengläsern und verbargen ihre Augen, so daß sie aussah wie eine Blinde. Diana knipste die Tischlampe an.

»Sonst bekommst du Kopfschmerzen«, sagte sie. Sie ließ sich neben Phoebe aufs Sofa fallen und strich ihr über den leicht gebräunten Arm.

Phoebe drehte den Ton herunter, ließ das Bild aber weiterlaufen. »Die habe ich schon«, sagte sie müde. Sie nahm die Brille ab und tupfte sich mit einem Taschentuch die rotgeränderten Augen. »Entschuldige«, sagte sie.

»Was denn?«

»Daß ich heule. Ich dachte, aus dem Alter wäre ich raus.«

Diana zog sich mit den Zehen einen Schemel heran und legte ihre Füße darauf. »Heulen tut gut.«

Phoebe lächelte. »Aber es hilft nicht viel.« Sie schob das Taschentuch in ihren Ärmel und setzte die Brille wieder auf.

»Hast du schon etwas gegessen?«

»Ich habe keinen Hunger. Molly hat einen Auflauf im Ofen gelassen, wenn du was möchtest.«

»Ach ja, das hat sie mir gesagt, bevor sie gegangen ist. Nein, mir ist auch nicht nach Essen zumute.«

Sie schwiegen beide.

»Eine schöne Bescherung«, sagte Phoebe nach einer Weile.

»Ja.« Diana schob die Sandalen von ihren Füßen und ließ sie zu Boden fallen. »Der Inspector ist kein Dummkopf.« Sie ließ ihre Stimme absichtlich locker klingen.

»Ich hasse ihn«, sagte Phoebe heftig. »Wie alt schätzt du ihn?«

»Ende Fünfzig.«

»Er hat sich kaum verändert. Er sah vor zehn Jahren schon aus wie ein jovialer Professor.« Sie dachte einen Moment darüber nach. »Aber er ist alles andere als jovial. Er ist gefährlich, Di. Vergiß das bloß nicht.«

Diana nickte. »Und seinen Wasserträger, Muffel Macho, wie schätzt du den ein?«

Phoebe sah sie erstaunt an, als mache sie aus einer Mücke einen Elefanten. »Den Sergeant? Der hat kaum etwas gesagt. Warum fragst du?«

Mit gleichmäßigen Bewegungen, als streichele sie eine Katze, strich Diana über ihre Wolljacke. »Anne will sich unbedingt mit ihm anlegen. Ich weiß nicht, warum.« Sie warf Phoebe einen fragenden Blick zu, die ihr mit einem Achselzucken antwortete. »Ich glaube, sie macht einen Fehler. Sie hat ihn auf den ersten Blick als ›ignorantes Schwein‹ abgestempelt und ist entschlossen, ihn niederzumachen. Ach, verdammt!« sagte sie mit Nachdruck. »Warum kann sie nicht ab und zu mal Kompromisse machen? Sie wird uns in Teufels Küche bringen, wenn sie nicht vorsichtig ist.«

»Haben sie schon mit ihr gesprochen?«

»Nein. Sie haben ihr gesagt, sie wollten erst morgen mit ihr reden. Sie scheinen das Ganze sehr locker zu nehmen. Wir haben ihre amtliche Erlaubnis, zu Bett zu gehen.«

Phoebe schloß für einen Moment die Augen und drückte ihre Finger an die Schläfen. »Was haben sie dich gefragt?«

Diana drehte sich halb herum, um Phoebe anzusehen. »Nach ihren Andeutungen zu urteilen, das gleiche wie dich.«

»Nur habe ich mich geweigert, ihre Fragen zu beantworten, und bin gegangen.« Sie zog ein Gesicht. »Ich weiß, das war dumm, aber sie haben mich einfach wütend gemacht. Eigentlich komisch, nicht? Damals, als sie David suchten, habe ich die stundenlangen

Verhöre mit stoischer Ruhe ertragen. Diesmal habe ich es gerade fünf Minuten ausgehalten. Ich hatte einen solchen Haß auf den Mann, daß ich ihm am liebsten die Augen ausgekratzt hätte.«

Wieder berührte Diana flüchtig ihren Arm. »Ich finde das gar nicht merkwürdig – jeder Psychologe könnte dir sagen, daß Zorn eine normale Reaktion auf Streß ist –, aber es ist wahrscheinlich unklug.« Sie lächelte. »Anne wird natürlich sagen, ich habe kein Rückgrat, aber ich finde, wir sollten ihnen helfen, so gut wir können. Je früher sie diese Sache aufgeklärt haben, desto eher lassen sie uns in Ruhe.«

»Sie wollen die Kinder verhören.«

»Ich weiß, und ich glaube nicht, daß wir es verhindern können.«

»Ich könnte Janes Therapeuten bitten, ein Gutachten zu schreiben, das von einem Verhör abrät. Meinst du, das würde helfen?«

»Ein, zwei Tage vielleicht, bis sie ein Zweitgutachten einholen. Das würde sie für vernehmungsfähig erklären. Du weißt doch, ihr eigener Therapeut hat schon vor anderthalb Jahren ihren Zustand als durchaus stabil bezeichnet.«

»Aber doch nicht stabil genug für das hier.« Phoebe massierte sich die Schläfen. »Ich habe Angst, Di. Ich glaube, sie hat es wirklich geschafft, die Vergangenheit völlig zu verdrängen. Wenn sie sie jetzt zwingen, sich daran zu erinnern, weiß der Himmel, was passieren wird.«

»Red mit Anne«, meinte Diana. »Sie kann das objektiver beurteilen als du. Vielleicht unterschätzt du Janes Kraft. Sie ist immerhin deine Tochter.«

»Und du meinst, deswegen fällt es mir schwerer, objektiv zu sein?«

Vorsicht, ermahnte sich Diana. »Ich meine, daß sie die Kraft und das Rückgrat der Gallaghers geerbt hat, du Trine.«

»Du vergißt ihren Vater. Sie haben beide auch etwas von David mitbekommen, auch wenn ich das nicht gern wahrhaben möchte.«

»Er war nicht nur schlecht, Phoebe.«

Phoebe schossen die Tränen in die Augen. Ärgerlich zwinkerte sie sie weg. »Doch! Das weißt du so gut wie ich. Du hast es heute nachmittag dem Inspector selbst gesagt. Er war durch und durch schlecht. Und wenn wir ihn nicht losgeworden wären, hätte er mit der Zeit auch mich und die Kinder in den Dreck gezogen. Versucht hat er's jedenfalls.« Sie schwieg einen Moment. »Das ist der einzige Vorwurf, den ich meinen Eltern mache. Wenn sie nicht so konventionell gewesen wären, hätte ich ihn nie heiraten brauchen. Ich hätte Jonny allein aufziehen können.«

»Es war schwierig für sie.« Aber ich stimme ihr zu, dachte Diana. Es gibt keine Entschuldigung für das, was ihre Eltern getan haben, wieso verteidige ich sie also? »Sie haben so gehandelt, wie sie es für richtig hielten.«

»Mein Gott, ich war siebzehn Jahre alt, jünger als Jane jetzt. Ich habe mich von ihnen in die Ehe mit einem Schweinehund zwingen lassen, der doppelt so alt war wie ich, bloß weil er mich verführt hat, und dann habe ich tatenlos zugesehen, wie er dafür auch noch belohnt wurde. Wenn ich daran denke, wie er meinem Vater das Geld aus der Tasche gezogen hat!«

Dann denke nicht daran, hätte Diana gern gesagt. Du willst vergessen, aber es hat auch schöne Stunden gegeben, zu Anfang, als Anne und ich dich beneideten, weil du eine Frau warst und wir noch kichernde Schulmädchen. Eins der Wochenenden war ihr noch lebhaft im Gedächtnis. David hatte sie alle drei aus einer verrückten Laune heraus auf eine Geschäftsreise nach Paris mitgenommen. Sie wußte nicht mehr, für welche Firma er damals gearbeitet hatte, er hatte so oft gewechselt, aber dieses Wochenende würde sie nie vergessen. David so sicher und gewandt, so weltmännisch und unbeeindruckt von der Fremdartigkeit der Umgebung; Phoebe im vierten Monat schwanger, wunderschön in einem verrückten kleinen Hut mit Schleier, so glücklich mit sich und David; und Anne und Diana, die, für die Ferien der Schule entronnen, in Phantasien von schönen Menschen und der eleganten Welt schwelgten. Und es war natürlich reine Phantasie geblieben, denn die Realität David Mayburys war gemein und häßlich – Diana hatte das selbst festgestellt –, und doch, damals in Paris, war es zauberhaft gewesen.

Phoebe stand unvermittelt auf, ging zum Fernsehapparat und schaltete ihn aus. Sie sprach mit dem Rücken zu Diana. »Weißt du, was mich während der stundenlangen Verhöre aufrechtgehalten hat? Wie ich es geschafft habe, so ruhig zu bleiben trotz ihrer Beschuldigungen?« Sie drehte sich herum, und Diana sah, daß sie nicht mehr weinte. »Es war die unglaubliche Erleichterung, daß ich dieses gemeine Schwein so leicht losgeworden war.«

Diana starrte auf die Vorhänge. Es war kalt für einen Augustabend. Phoebe mußte das Fenster offengelassen haben. »Red keinen Blödsinn«, sagte sie entschieden. »Du leidest wohl an Gehirnerweichung? Was war denn leicht daran, David loszuwerden? Der hing dir doch von Anfang an wie ein Mühlstein am Hals und tut es noch.« Sie zog ihre Jacke fester um sich. »Wenn sie doch nur eine Leiche gefunden hätten, die du hättest identifizieren können.«

»Wenn Schweine fliegen könnten«, meinte Phoebe, während sie im Zimmer umherging und grimmig die Polster aufschüttelte.

Diana griff nach einer leeren Kaffeetasse und trug sie in die Küche. »Sie konzentrieren sich auf das Eishaus«, bemerkte sie über die Schulter, während sie den Wasserhahn aufdrehte und die Tasse spülte. »Sie gehen davon aus, daß niemand weiß, wo es ist.« Sie hörte, wie im Fernsehzimmer das Fenster geschlossen wurde. »Ich an deiner Stelle würde eine Liste sämtlicher Leute aufstellen, denen du, David oder die Kinder mal das Eishaus gezeigt haben. Da kommen bestimmt eine Menge Namen zusammen.«

Phoebe lachte bitter und zog einen Zettel aus ihrer Tasche. »Ich zermartere mir das Hirn, seit ich mit den beiden gesprochen habe. Die einzigen, dir mir einfallen, sind Peter und Emma Keller. Und nicht mal das kann ich beschwören.«

»Die Kinder von dieser gräßlichen Dilys, meinst du?«

»Ja. Einmal in den Schulferien haben sie ständig im Garten herumgestöbert und Jonathan und Jane gesucht. Ich bin sicher, Dilys hat sie hergeschickt, um Kontakt mit uns zu bekommen.«

»Aber es müssen doch auch andere Kinder hier gewesen sein, Phoebe. Am Anfang, meine ich.«

»Nein, nicht einmal Schulkameraden. Jon war im Internat, das weißt du, und wollte nie Freunde mitbringen, und Jane war an Fremden überhaupt nicht interessiert. Es war meine Schuld. Ich hätte sie dazu ermuntern müssen, Freundschaften zu schließen. Aber es war alles so schwierig. In Wirklichkeit war ich froh, daß sie kein Interesse hatten.«

»Und was war mit Peter und Emma?«

»Ach, das entwickelte sich ziemlich unerfreulich. Emma hat dauernd vor Jonathan ihr Höschen heruntergelassen. Als er dann anfing, sich ebenfalls zu entblättern, habe ich eingegriffen. Er war neun.« Sie seufzte. »In meiner Dummheit habe ich David davon erzählt. Worauf der natürlich nichts Besseres zu tun hatte, als Dilys anzurufen und ihr die Meinung zu sagen. Er nannte sie ein ordinäres Luder und sagte, der Apfel fällt nicht weit vom Stamm. Danach sind sie natürlich nie wieder hierhergekommen, aber es kann sein, daß Jon ihnen das Eishaus gezeigt hat, ehe sie verbannt wurden.«

Diana lachte etwas schuldbewußt. »Da hat David wahrscheinlich ausnahmsweise mal recht gehabt. Emma hat sich ja inzwischen kaum gebessert.«

»So spricht man nicht mit den Leuten«, sagte Phoebe kalt. »Ich kann die Frau wirklich nicht ausstehen, aber Jon hat sich genauso danebenbenommen wie Emma, und David hat ihm gegenüber kein Wort darüber verloren. Bei ihm fand er es nur urkomisch und redete davon, daß Jon offensichtlich auf dem Weg sei, ein Mann zu werden. Ich hätte ihn umbringen können. Wenn jemand ordinär war, dann David.«

Phoebes Stimmung beunruhigte Diana. Sie hatte sie früher schon zornig und bitter erlebt, aber niemals in diesem Maß wegen einer solchen Kleinigkeit. Es war, als hätten die Ereignisse des Nachmittags in ihre Abwehrmauern Löcher geschlagen, durch die nun die jahrelang angestauten Emotionen ans Tageslicht kamen. Die Gefahr, die darin lag, sah sie nur allzu klar. Sie und Anne hatten Jane als das schwache Glied gesehen. Sollten sie sich getäuscht haben? War nun vielleicht Phoebe die Verletzliche?

»Du bist müde, Phoebe«, sagte sie ruhig und legte der Freundin den Arm um die Schultern. »Komm, gehen wir zu Bett und überschlafen wir das alles.«

Phoebe ließ müde den Kopf sinken. »Ich hab so gemeine Kopfschmerzen.«

»Das ist doch kein Wunder. Nimm ein Aspirin. Und morgen fühlst du dich wie neugeboren.«

Arm in Arm gingen sie durch den Korridor. »Haben sie dich nach Fred und Molly gefragt?« fragte Phoebe plötzlich.

»Kurz, ja.«

»Ach, das hat gerade noch gefehlt.«

»Zerbrich dir darüber nicht den Kopf.« Sie hatten die Treppe erreicht. Diana gab ihr einen Kuß und ließ sie los. »Walsh hat mich auch gebeten, ihm das Eishaus zu beschreiben«, bemerkte sie zögernd.

»Ich habe dir ja gesagt, daß er gefährlich ist«, sagte Phoebe, schon halb die Treppe hinauf.

Dianas Schritte klangen laut durch die Stille. Die Wendung ›stumm wie das Grab‹ fiel ihr ein, als sie ihre Schuhe auszog und auf Zehenspitzen durch den Korridor schlich. Leise öffnete sie Annes Tür und spähte ins Zimmer. Anne saß am Schreibtisch und arbeitete an ihrem Computer. Diana pfiff gedämpft, um sie auf sich aufmerksam zu machen, und deutete dann nach oben. Zusammen schlichen sie die Treppe hinauf in Annes Schlafzimmer.

Annes Augen blitzten vor Mutwillen und Gelächter, als sie Diana ins Zimmer folgte. »Lieber Gott, Di, was fällt dir ein? Du nimmst es doch sonst mit den Umgangsformen so genau. Ist dir klar, daß es hier immer noch von Bullen wimmelt?«

»Sei nicht blöd. Das ist kein Spiel diesmal. Also halt die Klappe, und hör mir zu.«

Sie stieß Anne aufs Bett und hockte sich im Schneidersitz neben sie. Während sie sprach, bearbeitete sie mit nervösen Händen die weiche Daunendecke.

7

Der Vorhang wurde aufgezogen, und Phoebe Maybury erschien am Fenster. Sie sah einen Moment hinaus. Ihr Haar leuchtete feuerrot im Lampenschein, und die Augen in ihrem weißen, angespannten Gesicht wirkten übergroß. Während George Walsh sie beobachtete, fragte er sich, was in ihr vorging. Hatte sie Angst? Schuldgefühle? Oder war sie vielleicht sogar verrückt? Irgend etwas stimmte nicht mit diesen großen, starren Augen. Er war ihr so nahe, daß er sie hätte berühren können. Er hielt den Atem an. Sie streckte den Arm nach draußen, umfaßte den Griff und machte das Fenster zu. Der Vorhang wurde wieder zugezogen, und gleich darauf erlosch das Licht. Aus der Küche war noch das Gemurmel Phoebes und Dianas zu hören, aber die Worte waren nicht mehr zu verstehen.

Walsh winkte McLoughlin, den er nur schemenhaft wahrnahm, und schlich auf leisen Sohlen voraus über die Terrasse auf den Rasen. Er hatte immer wieder vorsichtig zu den beleuchteten Fenstern in Annes Räumen hinübergeblickt. Ihre sitzende Silhouette hatte sich deutlich auf den Vorhängen abgezeichnet. Sie hatte in der letzten halben Stunde häufig die Stellung gewechselt, war aber nicht von ihrem Platz am Schreibtisch aufgestanden. Walsh war ziemlich sicher, daß er und McLoughlin auf ihren Lauschposten unbemerkt geblieben waren.

Leise schlugen sie den Weg zum Eishaus ein. McLoughlin leuchtete mit einer Taschenlampe, die er mit einer Hand abschirmte. Als sie außer Hörweite des Hauses waren, blieb Walsh stehen.

»Wie fanden Sie das, Andy?«

»Wenn Sie mich fragen, das war das eindeutigste Geständnis, das wir je zu hören bekommen werden«, antwortete McLoughlin.

»Hm.« Walsh kaute nachdenklich auf der Unterlippe. »Was hat sie gleich wieder gesagt?«

»Daß sie ungeheuer erleichtert war, ihren Mann so leicht losgeworden zu sein.« Er zuckte die Achseln. »Deutlicher ging's nicht.«

Walsh ging weiter. »Vor Gericht wäre es keinen Pfifferling wert«, sagte er. »Aber es ist interessant, ausgesprochen interessant.« Wieder blieb er abrupt stehen. »Ich glaube, ihr gehen jetzt endlich doch die Nerven durch. Mrs. Goode scheint das jedenfalls zu fürchten. Was spielt sie in dieser Sache eigentlich für eine Rolle? Mit Mayburys Verschwinden kann sie nichts zu tun haben. Wir haben sie damals gründlich überprüft, und es gibt keinen Zweifel, daß sie in Amerika war.«

»Mitwisserin? Sie und die Cattrell wissen, daß Mrs. Maybury es getan hat, aber sie halten wegen der Kinder den Mund.« Er zuckte wieder die Achseln. »Abgesehen davon, scheint sie ganz in Ordnung zu sein. Über das Eishaus weiß sie nicht viel, das ist sicher.«

»Wenn sie nicht blufft.« Walsh überlegte einen Moment. »Finden Sie es nicht merkwürdig, daß sie acht Jahre hier gelebt hat und das Eishaus kein einziges Mal betreten haben soll?«

Der Mond kam hinter einer Wolke hervor und beleuchtete ihren Weg mit kaltem grauen Glanz. McLoughlin knipste die Taschenlampe aus. »Vielleicht hat es sie nicht gereizt«, meinte er grimmig. »Vielleicht hat sie gewußt, was da drinnen war.«

Bei dieser Bemerkung blieb Walsh erneut stehen. »Ja«, murmelte er, »vielleicht ist es das. Würde durchaus einleuchten. Keiner stöbert gern in so einer Höhle herum, wenn er weiß, daß da eine Leiche liegt. Die drei sind schon ein hartgesottenes Trio. Moral ist für die ein Fremdwort. Ich kann mir gut vorstellen, daß die hier ohne jeden Skrupel eine Leiche verstecken würden. Hauptsache, keiner sieht sie. Was meinen Sie?«

McLoughlin sah finster drein. »Frauen sind für mich ein Buch mit sieben Siegeln, Sir. Ich verstehe sie ganz einfach nicht.«

Walsh lachte unterdrückt. »Hat Kelly Ihnen wieder mal einen Tanz gemacht?«

Das Lachen drang durch McLoughlins Hirn wie eine spitze heiße Nadel. Er wandte sich ab und schob Hände und Taschenlampe tief in die Taschen seiner Bomberjacke. Nur zu, dachte er, mach dich lustig über mich. »Wir hatten einen kleinen Krach. Nichts Ernstes.«

Walsh, der über McLoughlins dauernde Eheprobleme gut genug Bescheid wußte, um Teilnahme zu empfinden, brummte. »Komisch, ich habe sie erst vor zwei Tagen mit Jack Booth gesehen. In bester Laune. Habe sie selten so ausgelassen erlebt. Sie ist doch nicht vielleicht schwanger? Sie sah richtig blühend aus.«

Der gemeine Hund hätte ihm lieber einen Magenschwinger geben sollen. Das hätte weniger weh getan. »Das kommt wahrscheinlich daher, daß sie jetzt mit Jack zusammenlebt«, gab er lässig zurück. »Sie ist letzte Woche ausgezogen.« So, jetzt lach, du Blödmann, lach endlich, damit ich dir eine in die Fresse schlagen kann.

Walsh, der nicht wußte, wie er reagieren sollte, klopfte McLoughlin verlegen auf den Arm. Er begriff jetzt, warum der Kerl in den letzten Tagen so empfindlich gewesen war. Von der Frau verlassen zu werden, war schlimm genug; aber sie an den besten Freund zu verlieren, war wirklich der Hammer. Lieber Gott! Ausgerechnet Jack Booth. Er war bei ihrer Hochzeit Trauzeuge gewesen. Tja, das erklärte natürlich einiges. Wieso McLoughlin in letzter Zeit jede Gesellschaft mied. Wieso Jack sich plötzlich entschlossen hatte, aus der Polizei auszuscheiden und für eine Wachgesellschaft in Southampton zu arbeiten. »Ich hatte ja keine Ahnung. Das tut mir ehrlich leid.«

»Ach, es ist nicht weiter tragisch, Sir. Wir sind im guten auseinandergegangen.« Er war ganz cool.

»Vielleicht ist es nur eine vorübergehende Verliebtheit«, meinte

Walsh lahm. »Vielleicht kommt sie zurück, wenn sie es überwunden hat.«

McLoughlins Zähne blitzten weiß, als er lächelte, aber die Nacht verhüllte die schwarze Wut in seinen Augen. »Nichts für ungut, Sir, das ist das letzte, was ich hören möchte. Wir hatten einander schon nicht viel zu sagen, bevor sie gegangen ist. Worüber, zum Teufel, sollten wir miteinander reden, wenn sie zurückkäme?« O verdammt, wenn er jetzt einen Punching-Ball vor sich hätte! Wußten sie alle Bescheid? Lachten sie alle hinter seinem Rücken? Den ersten, der lachte, würde er umbringen. Er ging schneller. »Gott sei Dank haben wir ja keine Kinder. Da gibt es wenigstens keine Verlierer.«

Walsh, der mit einigen Schritten Abstand folgte, sann über die Widersprüchlichkeit der menschlichen Natur nach. Er konnte sich eines Gesprächs vor wenigen Monaten erinnern, bei dem McLoughlin alle seine Eheschwierigkeiten darauf geschoben hatte, daß er und Kelly keine Kinder hatten. Sie langweile sich, hatte er behauptet, fände ihre Arbeit als Sekretärin unbefriedigend, brauche ein Kind, das sie auf Trab halte. Walsh hatte klug den Mund gehalten, da er aus Erfahrung mit seiner Tochter wußte, daß gute Ratschläge bei häuslichen Zwistigkeiten selten gewürdigt wurden, aber er hatte von Herzen gehofft, das Schicksal werde eingreifen und verhindern, daß diesem ewig zankenden Paar ein Unglückskind geboren wurde, nur um es ›auf Trab zu halten‹. Die erste Schwangerschaft seiner Tochter, als sie gerade sechzehn und noch schulpflichtig und unverheiratet gewesen war, hatte ihn wie ein Schlag getroffen, aber erschreckender war die Entdeckung gewesen, daß seine Frau und seine Tochter einander niemals wirklich gemocht hatten. Seine Tochter gab ihrer ständigen Suche nach der Liebe, die sie nie bekommen hatte, die Schuld an zwei katastrophalen Ehen und vier Kindern; seine Frau gab der Tochter die Schuld an verpaßten Gelegenheiten und Mangel an Selbstachtung.

George bemühte sich, vergangene Versäumnisse wiedergutzumachen, indem er an seinen Enkeln Interesse zeigte, aber es fiel ihm schwer. Sein Interesse endete meist in Kritik. Er fand die Kinder wild und unerzogen und schrieb das der Lässigkeit seiner Tochter und dem Fehlen eines Vaters zu.

Sein wiederkehrender Alptraum war, mit der unbekümmerten Zeugung seiner Tochter Samen des Unglücks gesät zu haben, die mit jeder nachfolgenden Generation wachsen und reifen würden.

Er holte McLoughlin ein. »Das Leben ist ein Puzzlespiel, Andy. Am Ende werden Sie zurückblicken und sehen, daß alle Stücke ineinandergepaßt haben, auch wenn Sie das heute nicht erkennen können. Es wird sich alles zum besten wenden. Das ist immer so.«

»Natürlich, Sir. ›Alles steht zum besten in der besten aller möglichen Welten.‹ Sie glauben diesen Quatsch?«

Walsh war niedergeschmettert. »Ja, ich glaube diesen Quatsch.«

Sie näherten sich dem Eishaus, das sich als dunkle Silhouette vom Licht der Scheinwerfer auf der anderen Seite abhob. McLoughlin wies mit dem Kopf auf die offene Tür und den schwarzen Innenraum. »Der da drinnen gelegen hat, würde auf Ihren gefälligen kleinen Aphorismus pfeifen. Der wäre bestimmt nicht Ihrer Meinung.«

»Aber sein Mörder vielleicht.« Und deine Frau vielleicht, Junge, dachte Walsh bissig, wenn sie jetzt mit einem Stück warmer Menschlichkeit in Gestalt von Jack Booth im Bett liegt. Er grüßte Constable Jones mit einer kurzen Handbewegung, als sie um den Bau herumkamen. »Etwas gefunden?«

Jones wies auf eine Decke auf dem Boden. »Das wär's, Sir. Wir haben in einem Radius von fünfzig Meter alles abgesucht. Ich hab den Leuten gesagt, mit dem Waldstück hinten an der Mauer sollen sie bis morgen warten. Das Licht wirft zu viele Schatten. Da kann man nichts richtig erkennen.«

Walsh ging in die Hocke und stocherte mit einem Bleistift in dem Sortiment von Fundgegenständen herum – leere Chipsbeutel, Schokoladenpapiere, zwei abgewetzte Tennisbälle und anderes. Er schob drei gebrauchte Kondome, ein ausgebleichtes Tangahöschen und mehrere leere Patronenhülsen auf die Seite. »Damit läßt sich vielleicht etwas anfangen. Der Rest wird uns kaum weiterhelfen.« Er richtete sich auf. »Gut, machen wir Schluß für heute. Jones, Sie suchen morgen hier weiter. Konzentrieren Sie sich auf die Waldstücke an der hinteren Mauer und vorn beim Tor. Andy, Sie machen mit den Vernehmungen weiter, bis ich zu Ihnen stoße. Fragen Sie Fred Phillips, ob er in letzter Zeit ein Gewehr benutzt hat. Wir prüfen auf der Dienststelle nach, ob er oder sonst jemand hier im Besitz eines Waffenscheins ist. Sergeant Robinson und die Constables können im Dorf von Haus zu Haus gehen.« Er wies auf die Kondome und das Höschen. »Unwahrscheinlich, daß die jemand vom Gut hier liegengelassen hat. Aber«, fügte er zu McLoughlin gewandt hinzu, »Sie können sich ja mal taktvoll erkundigen.« Er sah Jones an. »Lagen sie an einer Stelle?«

»An verschiedenen, Sir. Wir haben die Fundstellen markiert.«

»Gut. Sieht mir aus, als hätte der Dorfcasanova die Gewohnheit, seine Freundinnen hier heraufzuschleppen. Wenn ja, kann er uns vielleicht etwas erzählen. Da soll sich Nick Robinson mal drum kümmern.«

McLoughlin sah sauer drein. Die Vorstellung, mit den Frauen im Gutshaus über Kondome sprechen zu müssen, war wenig verlockend. »Und Sie, Sir?« fragte er.

»Ich? Ich werde mir ein, zwei Akten ansehen, insbesondere die unserer Freundin Cattrell. Die Dame hat's in sich. Ich freu mich kein bißchen drauf.« Er schob die Unterlippe vor und zupfte mit Finger und Daumen daran. »Eine zentnerschwere Special Branch Akte, die bis in ihre Studienzeit zurückreicht. Ich habe Auszüge gelesen, als Maybury damals verschwunden ist. Daher wußte ich, daß sie auf dem Greenham Common war. Sie hat sich im Lauf der Jahre einiges geleistet. Erinnern Sie sich an den Aufruhr vor zwei Jahren über die sogenannte kreative Buchhaltung beim Verteidigungsministerium? Da hatte jemand an einen Dreimillionen-Auftrag einfach eine Null angehängt, und das Ministerium zahlte, ohne mit der Wimper zu zucken, das Zehnfache von dem, was die Sache wert war. Das war ein Cattrell-Knüller. Da sind einige Köpfe gerollt. Sie hat ein Händchen dafür, Köpfe ins Rollen zu bringen. Merken Sie sich das, Andy.«

»Finden Sie nicht, Sie tragen ein bißchen dick auf, Sir? Wenn sie wirklich so gut ist, wieso hockt sie dann hier draußen in diesem gottverlassenen Nest? Wieso ist sie nicht in London bei einer der großen Zeitungen?« Walshs Ton amüsierter Bewunderung hatte ihn aufgebracht.

»Oh, sie ist gut«, gab Walsh gereizt zurück. »Sie hat für eines der großen Londoner Blätter gearbeitet, ehe sie alles hingeschmissen hat, um hier herunterzukommen und sich selbständig zu machen. Es wäre ein Fehler, sie zu unterschätzen. Die Frau hat Zivilcourage, mit der ist nicht gut Kirschen essen. Sie war lange bei der Linken und kennt ihre Rechte ganz genau. Sie war Pressesprecherin bei CND, sie ist eine militante Feministin, aktive Gewerkschaftlerin und gehörte eine Zeitlang der britischen kommunistischen Partei an –«

»Na prächtig!« unterbrach McLoughlin giftig. »Was hat sie dann hier in diesem hochherrschaftlichen Gutshaus zu suchen? Mit Dienstboten noch dazu!«

»Interessant, nicht wahr? Was hat sie veranlaßt, ihren Job *und* ihre Prinzipien an den Nagel zu hängen? Fragen Sie sie doch morgen mal danach. Ich bin gespannt, was sie sagt.«

Der alte Mann stank nach Whisky. Wie eine klapprige Vogelscheuche hockte er in der Türnische eines Tabakgeschäfts in

Southampton, die Beine in einer absurden pinkfarbenen Hose, den zerbeulten alten Hut schräg auf dem Kopf, ein fröhliches Liedchen auf den Lippen. Es war bald Mitternacht. Ab und zu unterbrach er sich in seinem Gesang, um einem Vorüberkommenden etwas zuzurufen, wie Betrunkene das zu tun pflegen; die Betroffenen wechselten mit einem schiefen Blick auf ihn hastig die Straßenseite oder eilten in schnellerem Tempo weiter.

Ein Polizist näherte sich und blieb vor ihm stehen. Überlegte, was mit dem komischen alten Vogel anzufangen war. »Sie sind mir eine schöne Nervensäge«, sagte er gutmütig.

Der Landstreicher sah unwirsch zu ihm hinauf. »Ein verdammter Polyp«, sagte er, sein Alter verratend, ehe ein Schimmer des Erkennens in seinen wäßrigen Augen aufblitzte. »Na so was, Sergeant Jordan«, meinte er mit einem leisen Lachen. Er holte eine in braunes Papier gehüllte Flasche aus den Tiefen seiner Jacke, zog mit braunen Zähnen den Korken heraus und bot sie dem Polizisten an. »Nehmen Sie einen Schluck, Kumpel.«

Sergeant Jordan schüttelte den Kopf. »Heute abend nicht.«

Der Alte hob die Flasche an die Lippen und trank. Sein Hut fiel ihm vom Kopf und rollte die Stufe vor der Tür hinunter. Der Sergeant bückte sich und hob ihn auf. Er stülpte ihn dem Alten fest auf den Kopf. »Kommen Sie, Sie alter Gauner.« Er schob dem Alten die Hand unter den Arm und zog ihn hoch.

»Wollen Sie mich einbuchten?«

»Möchten Sie das?«

»Hätte nichts dagegen, Kumpel. Ich bin müde. 'n Schläfchen würd mir passen.«

»Aber mir paßt's nicht, die Zelle auszuräuchern, wenn Sie wieder raus sind«, brummte der Sergeant, während er eine Karte aus seiner Tasche zog und die Adresse darauf las. »Schauen Sie, ich tu Ihnen einen Gefallen. Ich verschaff Ihnen ein Nachtquartier im Hilton. Na los, kommen Sie schon.«

George Walsh setzte Robinson und McLoughlin vor dem *Lamb and Flag* in der Winchester Road ab, wo diese vor der Polizeistunde noch ein schnelles Bier trinken wollten, und fuhr weiter zur Dienststelle Silverborne. Sein Weg führte ihn durch die High Street, am Kriegerdenkmal und an der alten Getreidebörse, in der jetzt eine Bank ihre Geschäftsräume hatte, vorbei und weiter zwischen den zwei dunklen Ladenzeilen hindurch.

Bob Rogers, der diensthabende Beamte, sah auf, als Walsh zur Tür hereinkam. »Guten Abend, Sir.«

»'n Abend, Bob.«

»Ich hab gehört, Sie haben Maybury gefunden.«

Walsh lehnte sich an den Schalter. »Abwarten«, brummte er. »Der Kerl hat mich zehn Jahre zappeln lassen. Ich kann gut noch mal vierundzwanzig Stunden warten, ehe ich den Champagner aufmache. Hat Webster sich gemeldet?«

Rogers schüttelte den Kopf.

»Viel los heute abend?«

»Kann man nicht behaupten.«

»Dann tun Sie mir doch einen Gefallen. Machen Sie mir eine Liste sämtlicher Personen, Männer und Frauen, die, sagen wir, in den letzten sechs Monaten in unserer Gegend vermißt gemeldet worden sind. Ich bin in meinem Büro.«

Er ging nach oben. Seine Schritte klangen laut in dem verlassenen Korridor. Er war gern abends hier, wenn es still und leer war, keine Telefone läuteten, kein albernes Geschwätz vor seiner Tür ihn aus seinen Gedanken riß. Er ging in sein Büro und knipste das Licht an. Seine Frau hatte ihm zu Weihnachten vor zwei Jahren ein Gemälde geschenkt, zur Verschönerung der kahlen Wände. Es hing gegenüber der Tür und war stets das erste, was er sah, wenn er eintrat. Er fand es abscheulich. Es war ein Ausdruck ihres Geschmacks, nicht des seinen, eine Herde glänzender schwarzer Pferde, die mit fliegenden Mähnen durch einen herbstlichen Wald galoppierten. Er hätte einen van-Gogh-Druck zum selben Preis vorgezogen, aber seine Frau hatte ihn ausgelacht. Aber George, hatte sie gesagt, einen Druck hat jeder. Ein Original ist doch etwas ganz anderes. Wütend starrte er das gefällige Bild an und fragte sich nicht zum erstenmal, wieso es ihm so schwerfiel, seiner Frau nein zu sagen.

Er ging zu seinem Aktenschrank und sah die C's durch. Cairns, Callaghan, Calvert, Cambridge, Cattrell. Mit einem befriedigten Grunzen zog er die Akte heraus und nahm sie mit zu seinem Schreibtisch. Er machte es sich in seinem Sessel bequem, lockerte seine Krawatte, zog die Schuhe aus und schlug den Hefter auf.

Er enthielt Einzelheiten über Anne Cattrells Lebenslauf und politische Aktivitäten, soweit diese der Polizei Silverborne zur Zeit von Mayburys Verschwinden bekannt gewesen waren. Neuere Angaben waren auf der letzten Seite angefügt. Walsh zupfte nachdenklich an seiner Unterlippe, während er las. Insgesamt enttäuschend. Er hatte gehofft, irgendwo eine kleine Schwachstelle zu finden, die ihm erlaubt hätte, die Frau ein wenig unter Druck zu setzen. Aber da war nichts zu finden. Allenfalls die Tatsache, daß die letzten neun Jahre ihres Lebens auf einer einzigen Seite Platz hatten, während die vorangegangenen zehn mehrere Blätter in Anspruch nahmen, war vielleicht näherer Überlegung wert. Warum hatte sie eine verheißungsvolle berufliche Karriere aufgegeben? Wäre sie in London geblieben, würde sie heute zweifellos zu den Großen ihres Fachs zählen. Doch in den vergangenen neun Jahren war der Knüller über die Ausgabenpolitik des Verteidigungsministeriums ihr einziger größerer Erfolg gewesen, und den hatten ihr, als ihr Bericht in einer Monatszeitschrift veröffentlicht worden war, die Reporter der großen nationalen Zeitungen weggeschnappt. Sie hatte kaum Anerkennung dafür bekommen. Walsh selbst war nur deshalb auf ihren Namen aufmerksam geworden, weil er ihm in Verbindung mit dem Fall Maybury bereits bekannt gewesen war. Hätte sie geheiratet, so wäre dieses plötzliche Verschwinden in der Versenkung verständlich gewesen, aber – er runzelte die Stirn. War es vielleicht wirklich so einfach? Waren sie und diese Frauen eine Art perverser Ehe eingegangen, sobald sie alle frei gewesen waren? Er fand die Vorstellung merkwürdig erleichternd. Wenn Phoebe Maybury schon immer lesbisch gewesen war, erklärte das vieles. Er schob die Unterlagen gerade wieder zusammen, als Bob Rogers hereinkam.

»Ich hab die Liste fertig, Sir, und eine Tasse Tee für Sie.«

»Wunderbar.« Er nahm die Tasse dankbar entgegen. »Wie viele sind es?«

Rogers warf einen Blick darauf. »Fünf. Zwei Frauen und drei Männer. Bei den Frauen handelt es sich um junge Mädchen, die nach einem Streit mit den Eltern von zu Hause durchgebrannt sind. Die Jüngere war vierzehn, Mary Lucinda Phelps, genannt Lucy. Sie erinnern sich vielleicht, wir haben eine Großfahndung nach ihr eingeleitet, aber nie eine Spur von ihr gefunden.«

»Ja, ich erinnere mich. Auf dem Foto sah sie aus wie fünfundzwanzig.«

»Richtig. Die Eltern haben damals geschworen, sie sei noch unschuldig, aber es stellte sich heraus, daß sie schon mit dreizehn eine Abtreibung hatte. Das arme Ding geht wahrscheinlich in London auf den Strich. Die andere ist eine Suzie Miller, achtzehn Jahre alt. Sie wurde zuletzt Anfang Mai auf der A31 im Auto eines älteren Mannes gesehen. Wir haben einen Zeugen, der sagte, sie hätte dem Mann praktisch auf dem Schoß gesessen. Die Eltern fürchteten, sie sei umgebracht worden, aber es gab keinerlei Hinweise darauf, daß ein Verbrechen begangen worden war, und wir haben nie eine Leiche gefunden. Von den drei Männern hat der eine wahrscheinlich Selbstmord verübt, ein gewisser Mohammed Miramahdi. Er galt als depressiv und hatte bereits fünf Selbstmordversuche hinter sich. Jedes Mal wollte er ins Wasser gehen.

Er ist vor drei Monaten verschwunden. Wir haben in einigen Baggerseen in der Nähe gesucht, aber ohne Erfolg. Der zweite auf der Liste ist ein alter Mann namens Keith Chapel, der Mitte März aus einem Obdachlosenheim verschwunden ist. Ein bißchen komisch ist es schon, daß er niemandem aufgefallen ist. Hier steht, daß er eine pinkfarbene Hose anhatte. Und schließlich haben wir noch einen gewissen Daniel Clive Thompson, zweiundfünfzig Jahre alt, der von seiner Frau vor neun oder zehn Wochen vermißt gemeldet worden ist. Inspector Staley hat sich ziemlich eingehend mit dieser Sache befaßt. Der Mann hatte Pleite gemacht und einen Haufen wütender Gläubiger hinterlassen, einschließlich der meisten seiner Angestellten. Der Inspector meint, er sei nach London getürmt. Er wurde zuletzt am Waterloo-Bahnhof gesehen. Da stieg er gerade aus einem Zug.« Rogers sah auf.

»Hat einer von diesen Leuten in der Nähe von Streech gewohnt?«

»Daniel Thompson. In East Deller. Das ist das nächste Dorf, soviel ich weiß.«

»Seine Personenbeschreibung?«

»Einsachtundsiebzig, graues Haar, hellbraune Augen, korpulent. Er trug einen braunen Anzug und braune Schuhe, Größe neununddreißig. Blutgruppe 0, Blinddarmoperation, Tätowierungen auf beiden Unterarmen. Er wurde zuletzt am 25. Mai am Waterloo-Bahnhof gesehen, wie schon gesagt. Seine Frau hat ihn das letzte Mal am selben Tag gesehen, als sie ihn nach Winchester zum Bahnhof brachte. Das ist alles, was ich hier habe, aber Inspector Staley hat eine ziemlich umfangreiche Akte über ihn. Soll ich sie Ihnen heraussuchen?«

»Nein«, brummmte Walsh unmutig. »Es ist Maybury.« Er sah Bob Rogers nach, der zur Tür ging. »Verdammt und zugenäht! Das ist genauso, wie wenn man an einem schönen Morgen den Regenschirm zu Hause läßt. Später regnet's garantiert. Lassen Sie mir die Liste hier. Wenn ich sie behalte, ist es bestimmt Maybury.« Er wartete, bis sich die Tür geschlossen hatte, dann blickte er finster auf die Beschreibung Daniel Thompsons hinunter. Sein Gesicht war um zehn Jahre gealtert.

8

Als Anne am folgenden Morgen die Bibliothek betrat, fand sie McLoughlin am Fenster stehend, den Blick zur Auffahrt hinaus gerichtet. Er drehte sich um, als sie hereinkam, und sie sah die dunklen Ringe einer schlaflosen Nacht unter seinen Augen und an Hals und Kinn die blutigen Spuren einer ungeduldigen Rasur. Er roch nach Wut und Frust und dem Bier von gestern abend. Er wartete, bis sie sich gesetzt hatte, ehe er in dem Sessel hinter dem Schreibtisch Platz nahm. Staubkörnchen tanzten flirrend in den Sonnenstrahlen, die den Raum zwischen ihnen teilten. Sie sahen einander mit unverhüllter Abneigung an.

»Ich werde Ihre Zeit nicht lange in Anspruch nehmen, Miss Cattrell. Chief Inspector Walsh möchte später selbst mit Ihnen sprechen. Fürs erste möchte ich mich auf die Entdeckung des Toten und ein, zwei Dinge in direkter Verbindung damit konzentrieren. Könnten Sie mir kurz die Ereignisse des gestrigen Nachmittags schildern, angefangen mit der Ankunft des Gärtners?«

Anne kam der Aufforderung nach. Sie wußte, es hätte keinen Sinn gehabt, darauf hinzuweisen, daß sie das alles am Vortag bereits Constable Williams erzählt hatte. Von Zeit zu Zeit sah sie McLoughlin an, aber da es ihm nicht einfiel, die Augen niederzuschlagen, blickte sie jedes Mal rasch wieder weg. In seinem Blick lag eine Aufmerksamkeit, die ihr zu verstehen gab, daß er jetzt genauestens über sie informiert war. Wie lästig, dachte sie. Gestern hatte er sie verachtet, heute sah er sie als Herausforderung. Innerlich seufzend wappnete sie sich.

»Sie wissen nicht, wer der Tote ist, und wie und wann er dorthin kam. Waren Sie vor gestern nachmittag schon einmal im Eishaus?«

»Nein.«

»Warum haben Sie uns dann erzählt, Sie und Mrs. Goode hätten es vor sechs Jahren ausgeräumt?«

Auf diese Frage hatte Diana Anne vorbereitet. »Weil ich das in dem Moment für vorteilhaft hielt.« Sie zog eine Zigarette aus der Packung in ihrer Tasche und zündete sie an. »Ich wollte Ihnen Zeit und Mühe sparen. Sie sollten Ihr Opfer und Ihre Verdächtigen außerhalb des Guts suchen. Die Sache hat mit den Leuten hier nichts zu tun.«

»Es ist nie von Vorteil, die Polizei zu belügen. Das sollten Sie mit Ihren Erfahrungen eigentlich wissen.«

»Mit meinen Erfahrungen?« fragte sie freundlich.

»Ich schlage vor, wir sparen uns die Spielchen, Miss Cattrell. Sie kosten nur Zeit.«

»Natürlich, da haben Sie völlig recht«, stimmte sie milde zu. Was war dieser Mann doch für ein aufgeblasener Fatzke!

Er sah sie einen Moment mit zusammengekniffenen Augen an. Dann sagte er unvermittelt: »Wir haben in der Umgebung des Eishauses mehrere gebrauchte Kondome gefunden. Wissen Sie vielleicht, wer sie dort liegengelassen haben könnte?«

Anne lächelte amüsiert. »Ich bestimmt nicht, Sergeant. Ich benutze so etwas nicht.«

Er zeigte seine Verärgerung. »Waren Sie dort vielleicht mit jemandem intim, der welche benutzt hat, Miss Cattrell?«

»Was? Mit einem *Mann*?« Sie lachte. »Ist das eine sinnvolle Frage an eine Lesbe?«

Seine zitternden Hände krampften sich um seine Knie, als die geballte Ladung schwarzer Wut in seinem Hirn explodierte. Er fühlte sich hundeelend, die Augen brannten wegen des Schlafmangels, und auf seiner Zunge lag ein widerlicher Geschmack. Er atmete ein paarmal durch und legte sachte die Hände auf den Schreibtisch. »Also?« fragte er. »War es so?«

Sie beobachtete ihn scharf. »Nein, so war es nicht«, antwortete sie ruhig und beugte sich vor, um die Asche ihrer Zigarette am Rand des Aschenbechers abzuklopfen.

»Vielleicht«, fuhr er fort, »können Sie etwas aufklären, das sowohl mich als auch Chief Inspector Walsh wundert. Wie kommt es, daß weder Sie noch Mrs. Goode je das Innere des Eishauses gesehen haben, obwohl Sie seit Jahren hier leben?«

»Genausogut könnten Sie einen Londoner fragen, wieso er noch nie im Tower war. Das ist das gleiche Phänomen. Das, was man direkt vor der Nase hat, erweckt meistens keine Neugier.«

»Aber Sie wußten von der Existenz des Eishauses?«

»Ich denke schon.« Sie überlegte einen Moment. »Ja, ich muß davon gewußt haben. Ich war jedenfalls nicht überrascht, als Fred es erwähnte.«

»Wußten Sie auch, wo es ist?«

»Nein.«

»Und wofür hielten Sie den Hügel?«

»Soweit ich mich erinnere, bin ich nur ein einziges Mal durch den ganzen Park gegangen, und das war gleich am Anfang, als ich hierherkam. Ich nehme an, ich hielt den Hügel für einen Hügel.«

McLoughlin glaubte ihr nicht. »Sie machen keine Spaziergänge? Mit den Hunden, mit Ihren Freundinnen?«

Sie drehte ihre Zigarette zwischen den Fingern. »Sehe ich aus wie jemand, der auf körperliche Bewegung Wert legt, Sergeant?«

Er musterte sie kurz. »Ja, so sehen Sie aus. Sie sind sehr schlank.«

»Ich esse sehr wenig, trinke Alkohol nur pur und rauche wie ein Schlot. Das hält mich schlank und kurzatmig.«

»Helfen Sie nicht bei der Gartenarbeit?«

Sie zog eine Braue hoch. »Da wäre ich nur eine Last. Ich könnte einen Krokus nicht von einem Stiefmütterchen unterscheiden. Und außerdem – woher sollte ich die Zeit nehmen? Ich bin berufstätig. Ich arbeite den ganzen Tag. Der Garten ist Mrs. Mayburys Domäne.«

Er dachte an die Topfpflanzen in ihrem Zimmer. Log sie jetzt wieder? Aber warum eine solche Lüge? Mit der Hand fuhr er sich über das stoppelige Kinn. Ohne Vorwarnung rasselte in seinem Hirn ein eiserner Vorhang der Panik nieder und blockierte sein Gedächtnis. Hatte er sich überhaupt rasiert? Wo hatte er geschlafen? Hatte er gefrühstückt? Seine Augen wurden glasig. Er blickte starr durch Anne hindurch in die Dunkelheit hinter ihr.

Ihre Stimme war distanziert. »Ist Ihnen nicht gut?«

Der eiserne Vorhang schnellte wieder in die Höhe, und ihm wurde fast schwindlig vor Erleichterung. »Warum leben Sie hier, Miss Cattrell?«

»Wahrscheinlich aus dem gleichen Grund, aus dem Sie in Ihrem Haus leben. Ich fühle mich wohl hier.«

»Das ist keine richtige Antwort. Wie vereinbaren Sie ein Leben auf Streech Grange mit zwei Dienstboten mit Ihrem sozialen Gewissen? Ist das nicht eine etwas zu – feudale Existenz für Ihren Geschmack?« Seine Stimme troff vor Spott.

Anne drückte ihre Zigarette aus. »Diese Frage kann ich nicht beantworten. Sie basiert auf so vielen falschen Voraussetzungen, daß sie völlig hypothetisch ist. Im übrigen halte ich sie für völlig irrelevant.«

»Wer hat Ihnen vorgeschlagen hierherzuziehen? Mrs. Maybury?«

»Niemand. Es war mein eigener Einfall.«

»Warum?«

»Weil es mir hier gefällt«, wiederholte sie geduldig.

»Das ist doch Quatsch«, sagte er ärgerlich.

Sie lächelte. »Sie vergessen, was für ein Typ von Frau ich bin, Sergeant. Ich muß mir mein Glück dort suchen, wo es sich bietet. Mrs. Maybury wollte – konnte dieses Haus nicht verlassen, um nach London zu ziehen. Also mußte ich hierher kommen. Das ist doch ganz einfach.«

Es blieb lange still. »Glück und Glas...«, sagte er leise. Der eiserne Vorhang in seinem Hirn ratterte schrecklich. »›Das ist der Mohn auf dem Feld. Du pflückst die Blume, und ihre Blüte zerfällt.‹« Er sprach die Worte zu sich. Wieder trat Stille ein. »In Ihrem Fall, Miss Cattrell, scheint mir der Preis für das Glück Heuchelei zu sein. Das ist ein hoher Preis. War Mrs. Maybury ihn wert?«

Wenn er ihr ein Messer in den Leib gestoßen hätte, hätte er sie nicht schmerzhafter treffen können. Sie flüchtete sich in Zorn. »Soll ich Ihnen sagen, warum Sie mir mit dieser Taktik kommen, Sergeant? Irgend jemand, wahrscheinlich Walsh, hat Ihnen erzählt, diese Frau ist eine Feministin, eine Linke, Mitglied von CND, Ex-Kommunistin und weiß der Himmel was sonst noch für Blödsinn. Und Sie haben im Hochgefühl Ihrer Überlegenheit, da Sie ja ein Mann und heterosexuell sind, nichts Besseres zu tun, als die Gelegenheit beim Schopf zu packen und mir irgendwelche Widersprüche in meinen Prinzipien vorzuwerfen. Die Wahrheit interessiert Sie überhaupt nicht, McLoughlin. Sie möchten nur sehen, ob Sie mich nicht kleinkriegen können, damit Sie sich dann noch mehr aufblasen können. Und dabei sind Sie nicht immer originell«, zischte sie verächtlich.

Auch er beugte sich vor, und über den Schreibtisch hinweg starrten sie einander an. »Wer sind Fred und Molly Phillips?«

Auf diese Frage war sie, wie er gewußt hatte, nicht vorbereitet, und so konnte sie das kurz aufflackernde Erschrecken in ihren Augen nicht verbergen. Sie sank in ihren Sessel zurück und griff nach einer neuen Zigarette.

»Sie arbeiten für Mrs. Maybury.«

»Mrs. Goode hat uns gesagt, daß Sie die Anstellung vermittelt haben. Wie haben Sie die beiden gefunden?«

»Ich wurde mit ihnen bekannt gemacht.«

»Über Ihre Arbeit, über Ihre politischen Kontakte? Vielleicht gehört die Strafrechtsreform zu Ihren besonderen Interessen?«

O verdammt, dachte sie. Er ist doch nicht so ein kompletter Idiot. »Ich bin im Ausschuß einer Londoner Initiative zur Rehabilitierung ehemaliger Strafgefangener. Dadurch habe ich ihre Bekanntschaft gemacht.«

Sie erwartete Triumph und zollte ihm widerwillig Anerkennung, als er nichts dergleichen zeigte. »Haben sie immer schon Phillips geheißen?«

»Nein.«

»Wie heißen sie also?«

»Ich finde, das sollten Sie sie selbst fragen.«

Er fuhr sich müde durch das Gesicht. »Ja, natürlich, das kann ich tun, Miss Cattrell, und das wird lediglich die Unannehmlichkeiten für alle Betroffenen in die Länge ziehen. Herausbekommen werden wir es auf jeden Fall.«

Sie blickte über seine Schulter hinweg zum Fenster hinaus. Phoebe war draußen bei den Rosenbeeten an der Auffahrt und knipste verwelkte Blüten ab. Von der Anspannung des vergangenen Abends war ihr nichts mehr anzusehen. Ruhig hockte sie in der Sonne, deren Licht schimmernd auf ihrem roten Haar lag, und machte sich flink und geschickt an den Blumenstengeln zu schaffen. Benson hockte hechelnd neben ihr, Hedges lag ausgestreckt im Schatten eines Rhododendrons.

»Jefferson«, sagte Anne.

McLoughlin wußte sofort Bescheid. »Fünf Jahre für jeden von beiden wegen Mordes an ihrem Untermieter, Ian Donaghue.«

Anne nickte. »Wissen Sie auch, warum das Urteil so milde ausgefallen ist?«

»Ja. Donaghue hat ihren zwölfjährigen Sohn mißbraucht und dann getötet. Sie fanden ihn vor der Polizei und hängten ihn auf.«

Sie nickte wieder.

»Findet das Ihre Zustimmung, Miss Cattrell?«

»Ich kann es verstehen.«

Er lächelte plötzlich und sah, dachte sie, überraschend menschlich aus. »Dann haben wir endlich etwas entdeckt, wo wir einer Meinung sind.« Er tippte mit dem Bleistift auf den Schreibtisch. »Kommen die Phillips' gut mit Mrs. Maybury aus?«

»Sehr gut.« Sie lachte überraschend. »Fred behandelt sie wie eine Königin, und Molly behandelt sie wie ein kleines Kind. Es ist eine interessante Kombination.«

»Sie sind ihr wohl sehr dankbar?«

»Umgekehrt. Mrs. Maybury ist die Dankbare.«

»Wieso das? Sie hat ihnen doch Unterkunft und Arbeit gegeben.«

»Sie sehen das Haus, wie es heute ist, aber als ich vor neun Jahren hier einzog, hatte Mrs. Maybury ein ganzes Jahr allein zurechtkommen müssen. Kein Mensch wollte etwas mit ihr zu tun haben. Niemand aus dem Dorf oder auch aus Silverborne wollte für sie arbeiten. Sie mußte sich um alles selbst kümmern, um den Garten, die Hausarbeit, die Instandhaltung des Hauses. Es sah schauderhaft aus. Völlig verwahrlost.« Sie versuchte, die aufsteigenden Erinnerungen zurückzudrängen. Es war der Uringestank, dachte sie. Überall. An den Wänden, in den Teppichen, in den Vorhängen. Niemals würde sie den grauenhaften Uringestank vergessen. »Als Fred und Molly kamen, einige Monate nach uns, veränderte das ihr ganzes Leben.«

McLoughlin sah sich in der Bibliothek um. Vieles war im Original erhalten, die geschnitzten Bücherschränke, die Stuckverzierungen der Decke, der holzgetäfelte Kamin, aber anderes war offensichtlich neu: der Anstrich, ein Heizkörper unter dem Fenster, die Doppelfenster in den weißen Einbrennlackrahmen, alles gewiß keine zehn Jahre alt.

»Hat sich die Einstellung der Einheimischen Mrs. Maybury gegenüber jetzt geändert?«

»Keine Spur. Sie lehnen es immer noch ab, etwas für sie zu tun. Sie hat immer wieder Versuche gestartet, immer ohne Erfolg. Das gleiche in Silverborne. Sie hat es sogar in Winchester und Southampton versucht, mit dem gleichen Resultat. Streech Grange ist berüchtigt, Sergeant, aber das wissen Sie ja schon.« Sie lächelte zynisch. »Alle scheinen zu glauben, sie werden umgebracht, sobald sie hier nur den Fuß auf die Schwelle setzen.«

Er wies mit dem Kopf zum Fenster. »Wer hat dann die Zentralheizung und die Doppelfenster eingebaut? Fred?«

»Mrs. Maybury.«

Er lachte mit echter Erleichterung. »Nun hören Sie aber auf! Ich weiß, Sie wollen unbedingt beweisen, daß Frauen die besseren Männer sind, aber daß ich das schlucke, können Sie wirklich nicht erwarten.« Er stand auf und ging zum Fenster. »Haben Sie eine Ahnung, was für ein Gewicht so eine Glasscheibe hat?« Er klopfte an das Doppelfenster und zog ungewollt Phoebes Aufmerksamkeit auf sich. Sie sah einen Moment neugierig herüber, aber als er sich abwandte, widmete sie sich wieder ihrer Arbeit. Er kehrte zu seinem Sessel zurück. »Sie könnte so eine Scheibe nicht einmal heben, geschweige denn sie in den Rahmen einpassen. Dazu braucht man mindestens zwei Männer, wenn nicht sogar drei.«

»Oder drei Frauen«, entgegnete Anne ungerührt. »Wir haben alle mitgeholfen. Wir sind hier schließlich fünf Personen, acht an den Wochenenden, wenn die Kinder heimkommen.«

»Acht?« fragte er scharf. »Ich dachte, es seien nur zwei Kinder da.«

»Drei mit Elizabeth, Mrs. Goodes Tochter.«

»Sie hat kein Wort von einer Tochter gesagt«, brummte McLoughlin säuerlich.

»Sie haben wahrscheinlich nicht danach gefragt.«

Er ignorierte die Bemerkung. »Sie sagen also, Mrs. Maybury hat auch die Zentralheizung installiert? Wie denn?«

»Genauso, wie es der Installateur macht vermutlich. Ich weiß nur, daß hier eine Menge Drahtwolle und Kupferrohre und Lötlampen herumgelegen haben. Sie hat sich sogar für mehrere Wochen eine Maschine geliehen, mit der sie die Rohre so zurechtbiegen konnte, wie sie sie brauchte.«

Er schüttelte den Kopf. »Wer hat ihr gezeigt, wie man das alles macht? Wer hat den Kessel angeschlossen?«

»Sie selbst.« Sein Gesicht belustigte sie. »Sie hat sich ein Buch aus der Bibliothek geholt und alles genau nach Anleitung gemacht.«

McLoughlin war skeptisch. Eine Frau, die eine Zentralheizung installieren konnte, gab es seiner Erfahrung nach einfach nicht. Seine Mutter, deren Ansichten über die Stellung der Frau in Haus und Gesellschaft ausgesprochen unaufgeklärt waren, hatte sich in der Küche verschanzt, fegte und schrubbte, wusch und kochte und weigerte sich mit dem Hinweis darauf, daß das Männerarbeit sei, hartnäckig, auch nur eine Glühbirne auszuwechseln. Seine Frau, die im Gegensatz dazu behauptete, emanzipiert zu sein, hatte sich eine Halbtagsstellung als Sekretärin gesucht und bezeichnete sich als Karrierefrau. In Wirklichkeit hatte sie ihre Tage damit vertrödelt, sich die Nägel zu lackieren, neue Frisuren auszuprobieren und sich unaufhörlich über Langeweile zu beschweren, ohne etwas dagegen zu unternehmen. Sie hatte ihre Energien bis zu seiner Heimkehr aufgespart, um ihn dann mit einem Schwall wütender Vorwürfe zu überschütten: über seine langen Arbeitszeiten, seine Mißachtung ihrer Bedürfnisse, seine Unaufmerksamkeit, seine Unfähigkeit, ihr die ständige Bewunderung zu zollen, die ihr unsicheres Selbst brauchte. Das Ironische war, daß er sich ursprünglich von ihr angezogen gefühlt hatte, eben weil die Küchenmentalität seiner Mutter ihn abgestoßen hatte, und dennoch, von beiden besaß seine Mutter den schärferen Verstand. Er hatte aus diesen beiden Beziehungen ein Gefühl totaler Unzulänglichkeit mitgenommen, an dem er jedoch nicht sich, sondern den beiden Frauen die Schuld gab. Er hatte Partnerschaft gesucht und irritierende Abhängigkeit gefunden.

»Was hat sie sonst noch im Haus gemacht?« fragte er kurz. »Die Malerarbeiten?«

»Nein, die hat größtenteils Mrs. Goode erledigt, obwohl wir natürlich alle mitgeholfen haben. Mrs. Goode hat auch die Möbel gepolstert und die Vorhänge entworfen. Warten Sie mal, was hat Phoebe sonst noch gemacht?« Sie überlegte einen Moment. »Sie hat neue elektrische Leitungen verlegt, zwei zusätzliche Badezimmer eingebaut und die Wände zwischen den Seitenflügeln und dem Haupthaus hochgezogen. Im Augenblick überlegt sie mit Fred, wie man am besten das Dach einmal gründlich überholen kann.« Sie spürte seine Skepsis und zuckte die Achseln. »Sie will niemandem etwas beweisen, Sergeant. Sie tut, was jeder tut. Sie versucht, sich der gegebenen Situation anzupassen. Sie ist eine Kämpfernatur, ist nicht der Typ, der das Handtuch wirft, wenn Schwierigkeiten auftauchen.«

Er dachte an sein eigenes Leben. Das Alleinsein machte ihm angst.

»Hatten Sie und Mrs. Goode Sorge um Mrs. Mayburys physische Gesundheit, nachdem sie ein Jahr lang ganz allein in diesem Haus gelebt hatte? War das der wahre Grund für Ihren Umzug hierher?«

Auf eine solche Frage von einem solchen Mann mit ja zu antworten, wäre Verrat gleichgekommen. Seine Fähigkeit zu verstehen, war wegen seiner Vorurteile begrenzt. »Nein, Sergeant«, log sie. »Mrs. Goode und ich hatten keinen Moment Sorge um Mrs. Mayburys physische Gesundheit, wie Sie es formulieren. Sie ist um einiges stabiler als Sie zum Beispiel.«

»Ach, Sie sind Psychiaterin, Miss Cattrell?« fragte er höhnisch.

»Sagen wir doch so«, versetzte sie und beugte sich vor, um ihn kühl zu mustern. »Ich erkenne ein Alkoholproblem, wenn ich es sehe.«

Mit blitzartiger Geschwindigkeit warf er sich über den Schreibtisch und packte sie bei der Kehle. Einem Aufruhr unverstandener Emotionen hilflos ausgeliefert, riß er sie zu sich herüber. Der Kuß, wenn man das brutale Eindringen in den Mund eines anderen Menschen als Kuß bezeichnen kann, war so ungeplant wie der Überfall. Abrupt ließ er sie los und starrte auf die roten Striemen an ihrem Hals. Kalter Schweiß näßte seinen Rücken, als ihm klar wurde, wie angreifbar er sich gemacht hatte. »Ich weiß nicht, was in mich gefahren ist«, sagte er. »Tut mir schrecklich leid.« Aber er wußte, daß er es unter den gleichen Umständen wieder tun würde. Endlich fühlte er sich gerächt.

Sie wischte sich seinen Speichel vom Mund und zog den Kragen ihrer Bluse hoch. »Wollten Sie mich sonst noch etwas fragen?« Sie redete, als sei nichts geschehen.

Er schüttelte den Kopf. »Im Augenblick nichts.« Er sah, wie sie aufstand. »Dafür können Sie mich anzeigen, Miss Cattrell.«

»Natürlich.«

»Ich weiß nicht, warum ich es getan habe«, sagte er wieder.

»Aber ich weiß es«, entgegnete sie. »Weil Sie ein mieser kleiner Spießer sind.«

9

Sergeant Nick Robinson sah mit Erleichterung, daß er bis zum Pub nur noch zwei Häuser vor sich hatte. Zu seiner Rechten erhob sich der Hügel, über den die Straße zum Tor von Streech Grange führte; hinter ihm, einige Kilometer entfernt, lag Winchester; vor ihm stand die Backsteinmauer, die die Südflanke des Guts von der Straße nach East Deller abschirmte. Er sah auf seine Uhr. Noch zehn Minuten, bis die Pubs öffneten. Er konnte jetzt ein Bier gebrauchen. Nichts haßte er mehr als Haus-zu-Haus-Befragungen. Mit leichtem Schritt ging er den kurzen Weg zum Clementine Cottage und – er warf einen Blick auf seine Liste – zu Mrs. Amy Ledbetter hinauf. Er läutete.

Nach einigen Minuten und dem Klirren einer Sicherheitskette wurde die Tür ungefähr eine Handbreit geöffnet. Ein Paar aufmerksamer Augen musterte ihn. »Ja?«

Er zeigte seinen Ausweis. »Polizei, Mrs. Ledbetter.«

Eine von Arthritis verkrüppelte Hand ergriff den Ausweis. »Warten Sie bitte einen Moment«, sagte die alte Frau. »Ich rufe nur bei der Polizei an und erkundige mich.«

»In Ordnung.« Er lehnte sich an den Pfosten der Veranda und zündete sich eine Zigarette an. Die dritte telefonische Überprüfung innerhalb von zwei Stunden. Er fragte sich, ob die uniformierten Constables die gleichen Schwierigkeiten hatten.

Drei Minuten später öffnete sich die Tür, und Mrs. Ledbetter führte ihn in ihr Wohnzimmer. Sie war weit über siebzig, eine resolute alte Dame mit ledriger Haut im Gesicht. Sie gab ihm seinen Ausweis zurück und forderte ihn auf, Platz zu nehmen. »Der Aschenbecher steht auf dem Tisch. Also, Sergeant, was kann ich für Sie tun?«

Bei der brauch ich nicht erst lang um den heißen Brei herumreden, dachte er. Die hat ein anderes Kaliber als ihre zimperliche Nachbarin, die behauptet hat, sie bekäme schon Zustände, wenn sie nur im Fernsehen von Mord hört. »Gestern nachmittag wurden im Park von Streech Grange die Überreste eines Toten gefunden«, sagte er unverblümt. »Wir versuchen festzustellen, ob jemand im Dorf etwas über ihn weiß.«

»Ach Gott«, sagte Amy Ledbetter. »Die arme Phoebe.«

Robinson warf ihr einen interessierten Blick zu. Eine solche Reaktion hatte er bisher nicht erlebt. Die anderen Dorfbewohner, mit denen er gesprochen hatte, hatten eher eine Art boshafter Genugtuung an den Tag gelegt.

»Sie sind die erste«, sagte er, »die Mitgefühl für Mrs. Maybury zeigt.«

Sie kräuselte die Lippen zu einem Ausdruck des Abscheus. »Das wundert mich nicht. Das geistige Niveau der Leute hier ist unglaublich. Ich wäre schon vor Jahren weggezogen, wenn ich nicht so an meinem Garten hinge. Der Tote ist wohl David?«

»Das wissen wir noch nicht.«

»Hm.« Sie betrachtete ihn nachdenklich. »Na, dann schießen Sie mal los. Was wollen Sie denn von mir wissen?«

»Sie sind gut bekannt mit Mrs. Maybury?«

»Ich kenne sie schon seit ihrer frühesten Kindheit. Gerald Gallagher, Phoebes Vater, und mein Mann waren alte Freunde. Wir waren viel mit ihr zusammen, als sie noch jünger war und mein Mann noch lebte.«

»Und heute?«

Sie runzelte die Stirn. »Heute sehe ich sie kaum noch. Meine Schuld.« Sie hob eine verkrüppelte Hand. »Arthritis ist etwas Teuflisches. Es ist bequemer, zu Hause herumzupusseln, als auszugehen und Besuche zu machen. Und die Krankheit macht einen reizbar, wissen Sie. Ich war sehr kurz angebunden, als sie mich das letzte Mal besucht hat, und seitdem war sie nicht wieder hier. Das war vor ungefähr einem Jahr. Meine Schuld«, sagte sie wieder.

Couragierte Person, dachte er, und wahrscheinlich zuverlässiger als die anderen, die ihm nur Klatsch und Anspielungen serviert hatten. »Kennen Sie auch ihre beiden Freundinnen, Mrs. Goode und Miss Cattrell?«

»O ja. Von früher. Sie waren in den Schulferien oft bei Phoebe. Nette Mädchen, interessant, mit gutem Charakter.«

Robinson warf einen Blick in sein Notizbuch. »Eine Frau aus dem Dorf sagte mir« – er sah kurz auf –, »ich zitiere: ›Diese Frauen sind gefährlich. Sie haben mehrmals versucht, Mädchen aus dem Dorf zu verführen, sie wollten sogar meine eigene Tochter dazu verleiten, bei einer ihrer Lesbenorgien mitzumachen.‹« Er sah wieder auf. »Können Sie mir dazu etwas sagen?«

Sie strich sich mit der knorrigen Hand eine Haarsträhne aus der Stirn. »Das war vermutlich Dilys Keller. Wenn die wüßte, daß sie sie als ›Frau aus dem Dorf‹ bezeichnen! Sie ist fürchterlich versnobt, möchte unbedingt zu den besseren Leuten gehören.«

Er war neugierig. »Woher wissen Sie das?«

»Daß es Dilys war? Weil sie dumm ist und lügt. Schlechte Kinderstube. Die größte Angst solcher Leute ist, ausgelacht zu werden. Um das zu vermeiden, schrecken sie vor nichts zurück. Sie haben ihre Kinder mit ihrem snobistischen Gehabe völlig verkorkst. Den Jungen haben sie auf ein Nobelinternat geschickt, und das Resultat war, daß er mit einer Riesenmacke zurückkam. Er fühlt sich ständig angegriffen. Und die Tochter, Emma...« Sie lächelte bedauernd. »Tja, die kleine Emma hat sich leider zu einem reichlich wilden jungen Ding entwickelt. Ich vermute, das ist ihre Art der Rache an ihrer Mutter.«

»Ach ja«, sagte er völlig verwirrt.

Sie lachte über sein ratloses Gesicht. »Sie treibt's drüben im Wald von Streech Grange mit den Burschen«, erläuterte sie. »Das ist ein richtiger Tummelplatz für Liebespärchen, wissen Sie. Einmal hat man sie spätabends da hinausschleichen sehen, und am nächsten Morgen hat ihre Mutter diese absurde Geschichte verbreitet, die sie Ihnen aufgetischt hat.« Sie schüttelte den Kopf. »Blanker Unsinn natürlich, und kein Mensch glaubt es, aber sie tun alle so als ob, weil sie Phoebe nicht mögen. Und Phoebe ist sich selbst die ärgste Feindin. Sie läßt sie merken, wie tief sie sie verachtet. Das ist immer ein Fehler. Aber wie dem auch sei, fragen Sie doch Emma selbst. Sie ist kein übler Kerl. Wenn Sie ihr versprechen, daß Sie für sich behalten werden, was sie Ihnen erzählt, wird sie Ihnen sicher die Wahrheit sagen.«

Er machte sich eine Notiz. »Danke, das werde ich tun. Sie sagen, der Wald sei ein Tummelplatz für Liebespärchen...«

»O ja«, versicherte sie. »Reggie und ich haben uns oft heimlich dort getroffen, bevor wir verheiratet waren. Im Frühjahr ist der Wald besonders schön. Alles voller Glockenblumen. Wirklich bezaubernd.«

Er starrte sie sprachlos an.

»Das scheint Sie zu überraschen«, meinte sie gelassen. »Die jungen Leute heutzutage haben eben von der Liebe keine Ahnung. Zu meiner Zeit konnten wir unsere Leidenschaft so wenig in Zaum halten wie die jungen Leute von heute, und dank Marie Stopes hatten wir auch einen gewissen Schutz.« Sie lächelte. »Wenn Sie erst einmal so alt sind wie ich, junger Mann, werden Sie merken, daß die menschliche Natur sich kaum verändert. Für die meisten von uns ist doch das Leben eine Jagd nach Lust und Vergnügen.«

Das stimmt, dachte er in Gedanken an sein Bier. Er warf alle Zurückhaltung über Bord. »Wir haben auf dem Gutsgelände mehrere Kondome gefunden. Das scheint ja zu bestätigen, was Sie mir eben erzählt haben, Mrs. Ledbetter. Haben Sie eine Ahnung, wer außer Emma Keller sonst noch da drüben...«

»Genaues weiß ich nicht, aber ich habe so meinen Verdacht.

Wenn Sie mir versprechen, taktvoll mit den Betreffenden umzugehen, sag ich Ihnen noch zwei Namen.«

Er nickte. »Ich verspreche es.«

»Paddy Clark, der Wirt des Pubs. Er ist mit einer Xanthippe verheiratet, die keine Ahnung hat, was für ein Vollblutmann er ist. Sie glaubt, er führt nach der Polizeistunde den Hund spazieren, während sie drinnen aufräumt, aber ich habe den Hund zu oft im Mondlicht frei herumlaufen sehen, um das zu glauben. Ich leide unter Schlafstörungen, wissen Sie«, fügte sie erklärend hinzu.

»Und der andere Name?«

»Eddie Staines, einer der Arbeiter von der Bywater Farm. Ein gutaussehender junger Bursche. Er hat jeden Monat eine andere Freundin. Ich habe ihn ein paarmal den Hügel hinaufmarschieren sehen.« Sie wies mit dem Kopf in Richtung des Gutes.

»Danke. Das ist eine große Hilfe«, sagte er.

»Sonst noch etwas?«

»Ja.« Er machte ein etwas verlegenes Gesicht. »Sind Ihnen vielleicht Fremde in der Umgebung aufgefallen? So in den letzten sechs Monaten?« Diese Frage war allgemein mit spöttischer Erheiterung aufgenommen worden.

Auch Mrs. Ledbetter lachte. »Vor fünfundzwanzig Jahren hätte ich Ihnen auf so eine Frage vielleicht eine vernünftige Antwort geben können. Aber heute – unmöglich.« Sie zuckte die Achseln. »Hier sieht man immer Fremde, besonders im Sommer. Touristen, Leute auf der Durchfahrt, die im Pub zum Mittagessen Station machen, Gäste vom Campingplatz in East Deller. Vorn an der Ecke sind schon mehrmals Wohnwagen steckengeblieben, meistens Franzosen, die sind ganz schlechte Autofahrer. Fragen Sie Paddy. Der zieht sie immer mit seinen Jeeps raus. Nein, da kann ich Ihnen leider nicht weiterhelfen.«

»Wirklich nicht? Vielleicht war es jemand zu Fuß, jemand, den Sie von früher kennen.«

Sie lächelte ironisch. »David Maybury, meinen Sie? Nein, den habe ich in den letzten Monaten gewiß nicht gesehen. Das hätte ich gemeldet. Ich habe David das letzte Mal eine Woche vor seinem Verschwinden gesehen. In Winchester. Ich konnte damals noch Auto fahren und traf ihn zufällig bei Woolworth, wo er einen Teddybär für Jane kaufte. Er war ein merkwürdiger Mensch. Er konnte unglaublich unangenehm sein und dann wieder voller Charme, ein richtiger Gauner, wie mein Mann gesagt hätte, aber ein Frauentyp, ganz eindeutig.« Einen Moment versank sie in Schweigen. »Ach, der Landstreicher! Den hätte ich beinahe vergessen«, sagte sie dann.

»Was für ein Landstreicher?«

»Er kam vor ein paar Wochen hier durchs Dorf. Ein ulkiger alter Mann mit einem braunen Filzhut, der ihm nur halb auf dem Kopf hing. Ich weiß noch, daß er ›Molly Malone‹ gesungen hat. Und gar nicht schlecht. Fragen Sie Paddy. Der Alte ist bestimmt im Pub gewesen.« Sie lehnte müde den Kopf in den Sessel. »Ich bin kaputt. Mehr kann ich Ihnen auch nicht sagen. Sie finden ja allein hinaus, nicht wahr? Vergessen Sie nicht, das Törchen zuzumachen.« Sie schloß die Augen.

Robinson stand auf. »Vielen Dank, daß Sie sich soviel Zeit genommen haben, Mrs. Ledbetter.«

Sie schnarchte schon sachte, als er leise hinausging.

Inspector Walsh knallte den Telefonhörer auf die Gabel und starrte sinnend ins Leere. Websters Auskünfte waren wenig hilfreich gewesen.

»Ich kann weder beweisen, daß es Maybury ist, noch kann ich beweisen, daß er es nicht ist«, hatte er aufgeräumt gesagt, »aber ich würde eher sagen, er ist es nicht.«

»Wieso?«

»Zu viele Diskrepanzen. Die Haare zum Beispiel, mit denen

kann ich überhaupt nichts anfangen. Das heißt aber noch nicht, daß es aussichtslos ist. Ich habe Proben an einen Kollegen geschickt, der von sich behauptet, auf dem Gebiet ein Experte zu sein. Nur machen Sie sich keine zu großen Hoffnungen. Er meinte gleich, die Probe, die sie aus Mayburys Haarbürste haben, sei mittlerweile vielleicht vom Alter zu stark angegriffen für einen Vergleich. Aber wir werden sehen.«

»Und was noch?«

»Die Zähne. Ist Ihnen aufgefallen, daß unser Toter nicht einen einzigen Zahn im Mund hatte? Das bedeutet wahrscheinlich, daß er eine Prothese trug, aber wir haben keine bei ihm gefunden. Sieht aus, als hätte die jemand verschwinden lassen. Maybury hingegen hatte vor zehn Jahren noch alle seine Zähne, und die Unterlagen von seinem Zahnarzt zeigen, daß er sehr gute Zähne hatte. Insgesamt nur vier Füllungen. Er hätte schon eine galoppierende Parodontose haben müssen, um innerhalb von zehn Jahren alle seine Zähne zu verlieren.«

Walsh überlegte einen Moment. »Vielleicht hat er sie sich absichtlich ziehen lassen. Zum Beispiel, weil er seine alte Identität loswerden wollte.«

Webster lachte gutgelaunt. »Bißchen weit hergeholt, aber nicht ausgeschlossen. Aber warum hätte Mrs. Maybury die Prothese dann verschwinden lassen sollen – immer vorausgesetzt, sie hat ihn umgebracht. Gerade sie hätte doch gewußt, daß die Prothese nicht zu seiner Identifizierung führen würde. Offen gesagt, George, meiner Ansicht nach war es genau umgekehrt. Die Person, die unseren Mann im Eishaus umgebracht hat, hat alles verschwinden lassen, was beweisen könnte, daß es sich *nicht* um Maybury handelt. Zehen und Fingerspitzen zum Beispiel sind so zugerichtet, als hätte jemand verhindern wollen, daß wir Abdrücke nehmen. Aber auf dem Gut weiß jeder, daß Sie vor zehn Jahren nicht einen einzigen nützlichen Abdruck sichern konnten.«

»Ach, verdammt noch mal!« rief Walsh wütend. »Und ich dachte, ich hätte den Kerl endlich gefunden. Sind Sie ganz sicher, Jim? Was ist mit den fehlenden Fingern?«

»Da kommen wir auch nicht weiter. Es sieht aus, als wären sie mit einem Fleischermesser abgehackt worden. Ich habe Vergleiche mit den Unterlagen über Mayburys Amputationen gemacht, aber da stimmt nichts überein. Maybury hatte die beiden letzten Glieder beider Finger verloren. Bei unserem Toten fehlten die ganzen Finger.«

»Aber das beweist noch nicht, daß es nicht Maybury ist.«

»Sicher, aber auch hier sieht's mir eher so aus, als wollte jemand, der lediglich wußte, daß Maybury die beiden letzten Finger fehlten, den Eindruck erwecken, bei dem Toten handle es sich um ihn. Ehrlich gesagt, George, im Augenblick bin ich nicht einmal sicher, daß da ein Mensch die Hand im Spiel hatte. Es ist durchaus denkbar, wenn auch reichlich bizarr, daß er von scharfen Zähnen so zugerichtet wurde, wie ich geschildert habe. Da wäre beispielsweise der Brustkorb, auf den Sie selbst mich ja aufmerksam gemacht haben. Ich habe von einigen Kerben in den Rippen Großaufnahmen gemacht. Es ist kaum zu sagen, wovon sie stammen. Es könnten Bißspuren sein.«

»Und die Blutprobe?«

»Die stimmt. In beiden Fällen 0 positiv wie bei fünfzig Prozent der Bevölkerung. Apropos Blut – wir brauchen vor allem die Kleider des Toten. In dem Dreck, den wir vom Boden abgeschabt haben, ist kaum Blut festzustellen.«

»Großartig«, schimpfte Walsh. »Und was für gute Nachrichten haben Sie sonst noch für mich?«

»Ich lasse den Bericht gerade schreiben, aber das Wesentliche kann ich Ihnen auch gleich sagen. Männlich, weiß, eins fünfundsiebzig, vielleicht auch ein bißchen kleiner oder größer – beide Oberschenkelknochen sind so demoliert, daß ich mich da lieber nicht festlegen möchte –, breiter Körperbau, wahrscheinlich mit Neigung zur Korpulenz, Brust und Schulterblätter behaart, Spuren von Tätowierungen auf dem rechten Unterarm, Schuhgröße neununddreißig. Haarfarbe nicht feststellbar, aber vermutlich war das Haar dunkelbraun, ehe es grau wurde. Alter über fünfzig.«

»Mein Gott, können Sie das nicht ein bißchen präziser sagen, Jim?«

»Im Augenblick nicht, tut mir leid. Ein paar Zähne hätten geholfen. Aber ich würde schätzen zwischen fünfzig und sechzig. Ich melde mich wieder, wenn ich genauere Untersuchungen angestellt habe.«

»In Ordnung«, brummte Walsh unzufrieden. »Wann ist der Tod eingetreten?«

»In der Frage habe ich mir Hilfe geholt. Herausgekommen ist folgendes: Wenn man die sommerliche Hitze gegen die kühle Temperatur im Eishaus abwägt – wobei im Auge zu behalten ist, daß die Raumtemperatur im Eishaus möglicherweise ziemlich hoch war, wenn die Tür offen war – und wenn man das zur Verwesungsgeschwindigkeit in Beziehung setzt, nachdem die Tiere den Kadaver aufgerissen haben, und dazu mögliche Verstümmelungen von menschlicher Hand in Betracht zieht, wobei man Madenbefall außer acht lassen kann, da die Fleischfliegen –«

»Schon gut, schon gut, ich habe nicht um einen biologischen Vortrag gebeten. Seit wann ist er tot?«

»Seit acht bis zwölf Wochen.«

»Das ist verdammt vage. Ein ganzer Monat Spielraum. Was halten Sie für wahrscheinlicher, acht oder zwölf?«

»Wahrscheinlich liegt der Zeitpunkt irgendwo in der Mitte, aber berufen Sie sich nicht auf mich.«

»Verlassen Sie sich da mal lieber nicht auf mich«, sagte Walsh giftig und knallte den Hörer auf die Gabel. Dann rief er seine

Sekretärin an. »Mary, könnten Sie mir bitte alle Unterlagen über einen Mann heraussuchen, der vor ungefähr zwei Monaten vermißt gemeldet wurde. Name: Daniel Thompson. Er wohnte in East Deller. Ich glaube, Inspector Staley hat eine Akte darüber. Wenn er gerade frei ist, fragen Sie ihn doch, ob ich ihn mal einen Moment sprechen kann.«

»In Ordnung.«

Sein Blick wanderte zu der dicken Akte über David Maybury, die er am Morgen aus dem Archiv gekramt und so hoffnungsvoll in sein Büro getragen hatte. »Du Sauhund!« sagte Chief Inspector Walsh.

10

Jonathan Maybury und Elizabeth Goode trafen am frühen Nachmittag in Jonathans rotem Mini in Streech Grange ein. Als Jonathan den Wagen am Pförternaus vorbei durch das Tor lenkte, wandte Elizabeth sich ihm mit beunruhigt gekrauster Stirn zu. »Du sagst doch nichts, oder?«

»Was denn?«

»Du weißt schon. Versprich es mir, Jon.«

Er zuckte die Achseln. »Okay, aber ich finde es blöd. Es wäre doch viel besser, reinen Tisch zu machen.«

»Nein«, entgegnete sie bestimmt. »Ich weiß, was ich tue.«

Er sah aus dem Fenster zu den verblühten Azaleen und Rhododendren, die die ganze Auffahrt entlang eine dichte Hecke bildeten. »Da habe ich meine Zweifel. Ich kann zwischen deiner Paranoia bezüglich dieses Themas und der deiner Mutter kaum einen Unterschied sehen. Früher oder später mußt du in den sauren Apfel beißen und sagen, was los ist, Lizzie.«

»Ach, sei nicht blöd«, fuhr sie ihn gereizt an.

Er bremste ab, als sie das gekieste Rondell vor dem Haus erreichten. Zwei Autos standen dort schon. »Kriminalpolizei«, sagte er und fügte mit grimmigem Spott hinzu: »Hoffentlich hast du dich gegen die Daumenschrauben gewappnet.«

»Hör endlich auf!« sagte sie ärgerlich. »Ehrlich, Jon, manchmal könnte ich dich umbringen.«

»Wir haben ein Paar Schuhe gefunden, Sir.« Constable Jones legte den durchsichtigen Plastikbeutel vor Walshs Füße auf den Boden.

Walsh, der auf einem Baumstumpf am Waldrand saß, beugte sich vor, um den Inhalt des Beutels zu betrachten. Die Schuhe waren aus braunem Leder mit weißlichen, wolkigen Nässeflecken auf dem Oberleder. Der eine Schuh hatte einen schwarzen Senkel, der andere einen braunen. Walsh drehte den Beutel herum und sah sich die Sohlen an.

»Interessant«, sagte er. »Neue Absätze mit Metallkappen. Kaum getragen. Was für eine Größe haben die Schuhe?«

»Neununddreißig, Sir.« Jones wies auf den Schuh mit dem braunen Band. »Bei dem kann man's gerade noch erkennen.«

Walsh nickte. »Schicken Sie einen von Ihren Leuten zum Haus. Er soll fragen, welche Schuhgröße Fred Phillips und Jonathan Maybury tragen. Danach soll er ins Dorf runterfahren und sehen, wie weit Robinson und seine Leute sind. Wenn sie fertig sind, möchte ich sie hier oben sehen.«

»In Ordnung«, sagte Jones.

Walsh stand auf. »Ich bin mit Sergeant McLoughlin beim Eishaus.«

Sergeant Robinson kehrte noch einmal zum Pub zurück, als gerade die letzten Gäste gingen.

»Tut mir leid, Mister«, sagte der Wirt freundlich, der ihn wiedererkannte. »Sie sind zu spät dran. Ich darf jetzt nichts mehr ausschenken.«

Robinson zeigte seinen Ausweis. »Sergeant Robinson, Kriminalpolizei, Mr. Clarke. Ich habe ein paar Fragen an Sie.«

Paddy Clarke stützte beide Ellbogen auf den Tresen und grinste. »Ach, es geht wohl um den Toten auf dem Gut. Hier ist den ganzen Tag von nichts anderem geredet worden. Aber da kann ich Ihnen leider nicht weiterhelfen.«

Nick Robinson schob sich auf den Barhocker und bot Paddy eine Zigarette an, ehe er sich selbst eine nahm. »Sagen Sie das nicht. Die Leute wissen oft mehr, als sie glauben.«

Er unterzog den Mann einer raschen Musterung und kam zu

dem Schluß, daß auch hier Direktheit die beste Strategie sei. Paddy war ein großer, derber Mann mit einem gutmütigen Lächeln und einem scharfen Auge. Aber keiner, dem man dumm kommen durfte, dachte Robinson. Seine Hände waren die reinsten Pranken.

»Uns interessieren alle Fremden, die in den letzten Monaten hier durchgekommen sind, Mr. Clarke.«

Paddy lachte dröhnend. »Ist das alles? Ich habe hier jeden Tag Fremde, Touristen, die über die Landstraßen an die Küste wollen und hier Mittagspause machen. Also, da kann ich Ihnen wirklich nicht helfen.«

»Gut, das verstehe ich. Aber jemand hat mir von einem Landstreicher erzählt, der vor einiger Zeit in der Gegend war, und meinte, er sei hier gewesen. Können Sie sich erinnern?«

Paddy blinzelte durch den Rauch seiner Zigarette. »Stimmt. Von selbst wär ich nicht drauf gekommen, aber jetzt, wo Sie's sagen, fällt's mir wieder ein. Ja, der Alte war hier. Er hat gesagt, er sei von Winchester zu Fuß hierher marschiert. Ausgesehen hat er wie ein Lumpenbündel. Da drüben in der Ecke hat er gesessen.« Er wies mit dem Kopf zum offenen Kamin. »Meine Frau wollte, daß ich ihn raussetze, aber dafür hatte ich keinen Grund. Er hatte Geld, und er hat sich ordentlich benommen. Hat bis zur Polizeistunde über seinen zwei Bier gesessen, dann ist er abgezogen, an der Gutsmauer entlang. Glauben Sie, der hat was mit der Sache zu tun?«

»Nicht unbedingt. Im Augenblick sammeln wir lediglich Anhaltspunkte. Wann war der Mann hier? Können Sie sich erinnern?«

Paddy Clarke überlegte. »Draußen hat's in Strömen gegossen. Er kam wahrscheinlich rein, um wieder trocken zu werden. Meine Frau weiß vielleicht noch, wann das war. Ich frag sie und ruf Sie dann an, wenn Sie wollen.«

»Sie ist jetzt nicht da?«

»Nein, sie ist im Großmarkt. Aber sie kommt bald zurück.«

Nick Robinson warf einen Blick in sein Heft. »Wie ich gehört habe, ziehen Sie hier manchmal verunglückte Wohnwagen aus dem Graben.«

»Vielleicht zwei-, dreimal im Jahr, wenn diese Idioten die Kurve schneiden. Aber fürs Geschäft ist es nicht schlecht. Meistens fühlen sie sich verpflichtet, reinzukommen und was zu essen.«

»Ist Ihnen unter den Leuten, denen Sie geholfen haben, vielleicht jemand als ungewöhnlich aufgefallen?«

»Einmal hatte ich einen beinamputierten Liliputaner mit einer Frau, die ausgesehen hat wie Raquel Welsh. Das fand ich sehr ungewöhnlich.«

Nick Robinson lächelte. »Also nichts Ungewöhnliches.«

»Sie tappen ziemlich im dunklen, was?«

»Das können Sie vielleicht ändern.« Automatisch senkte Robinson die Stimme. »Außer Ihnen ist niemand hier?«

Paddy kniff die Augen zusammen. »Nein. Wieso?«

»Ich hätte mich gern mal vertraulich mit Ihnen unterhalten, Sir, möglichst ohne Publikum«, erklärte Robinson mit einem Blick auf die großen Hände.

Paddy drückte seine Zigarette im Aschenbecher aus. »Dann mal los.« Sein Ton war nicht gerade einladend.

»Der Tote wurde im Eishaus auf dem Gutsgelände gefunden. Kennen Sie das Eishaus?«

»Ich weiß, daß es eines gibt. Hinführen könnte ich Sie nicht.«

»Wer hat Ihnen von dem Eishaus erzählt?«

»Wahrscheinlich derselbe, der mir gesagt hat, daß im Wald eine zweihundertjährige Eiche steht.« Paddy zuckte die Achseln. »Vielleicht weiß ich's auch aus David Mayburys Broschüre. Ich kann's wirklich nicht sagen.«

»Was ist das für eine Broschüre?«

»Ach, ich hab irgendwo noch ein paar Exemplare. David wollte aus dem Gut eine Touristenattraktion machen so wie Stourhead. Er hat eine Broschüre mit einer Karte und einer kurzen Geschichte des Hauses drucken lassen. Ungefähr hundert Exemplare oder so. Die Idee war von Anfang an ein totgeborenes Kind. Er wollte kein Geld für Reklame ausgeben, und wer, zum Teufel, hat je von Streech Grange gehört?« Paddy prustete geringschätzig. »Blödmann. Er war ein Geizkragen und ein Schnorrer. Immer hat er erwartet, daß er was umsonst kriegt.«

Robinson fragte interessiert: »Wissen Sie, wer sonst noch so eine Broschüre hat?«

»Mein Gott, das ist ewig her, Sergeant. Soweit ich mich erinnern kann, hat David das Ding jedem gegeben, der irgendwie mit Touristen zu tun hatte. Um es mal auszutesten, wie er sagte. Ich weiß nicht, ob jemand noch so eine Broschüre hat.«

»Könnten Sie Ihre heraussuchen?«

Paddys Gesicht zeigte Zweifel. »Weiß der Himmel, wo sie hingekommen sind, aber ich schau gern mal nach. Vielleicht weiß es meine Frau.«

»Danke. Sie scheinen Maybury recht gut gekannt zu haben.«

»Gut genug.«

»Was war er für ein Mensch? Wo kam er her?«

Paddy blinzelte nachdenklich zur Decke hinauf. »Gehobene Mittelklasse, würde ich sagen. Sein Vater war Major. Er ist im Krieg gefallen. Ich glaube, David hat ihn nie richtig gekannt, aber der alte Colonel Gallagher kannte ihn. Ich denke mir, daß er deswegen nichts gegen Phoebes Heirat einzuwenden hatte; er glaubte wohl, der Sohn gerät nach dem Vater.« Er verzog den Mund zu einem zynischen Lächeln. »Kein Gedanke. David war ein Schwein durch und durch. Als seine Mutter starb, soll er nicht zu ihrer Beerdigung gegangen sein, sondern zum Derby, weil er da ein Vermögen auf den Favoriten gesetzt hatte.«

»Sie haben ihn nicht gemocht?«

Paddy nahm sich noch eine Zigarette. »Er war ein Dreckskerl, einer von denen, die andere immer niedermachen müssen, aber er hat mir meinen Wein geliefert, und der war gar nicht schlecht, und außerdem war er einer meiner besten Gäste. Er hat sein ganzes Bier hier gekauft und meistens abends hier gesessen und getrunken.« Er zog tief an seiner Zigarette. »Keiner außer mir hat ihm nachgeweint, als er verschwand. Bei mir stand er nämlich noch mit über hundert Pfund in der Kreide, als er ging. Es hätte mir nicht soviel ausgemacht, wenn ich nicht kurz vorher meine Weinrechnung bei seiner Firma beglichen gehabt hätte.«

»Sie sagen, ›er ging‹. Sie glauben also nicht, daß er ermordet worden ist?«

»Keine Ahnung. Für mich ist das Jacke wie Hose. Ich meine, das Ergebnis war das gleiche. Unser Geschäft hat sich über Nacht verdoppelt. Streech ist dank Presse und Fernsehen richtiggehend berühmt geworden. Die Leute sind in Scharen hergekommen und haben sich erst bei mir einen hinter die Binde gegossen, ehe sie den Hügel raufgewalzt sind, um oben in Streech Grange durchs Tor zu gaffen.« Er sah einen Ausdruck des Widerwillens auf Robinsons Gesicht und zuckte die Achseln. »Ich bin Geschäftsmann. Diesmal wird's nicht anders werden. Deswegen ist meine Frau gleich zum Großmarkt gefahren. Verlassen Sie sich drauf, heute abend rollt hier noch eine Horde Presseleute an. Die Frauen tun mir echt leid. Die werden keinen Schritt mehr aus dem Haus gehen können.«

»Kennen Sie sie gut?«

Paddys Gesicht verschloß sich. »Ganz gut, ja.«

»Die drei sollen lesbisch sein.«

Paddy lachte. »Wer hat Ihnen denn den Bären aufgebunden?« fragte er.

»Mehrere Leute haben es erwähnt«, antwortete Robinson. »Es stimmt also nicht?«

»Diese Dreckschleudern«, sagte Paddy angewidert. »Zwei von den Frauen haben Kinder. Das ist ja wohl kaum mit Homosexualität vereinbar.«

»Anne Cattrell hat keine. Und sie hat einem Kollegen gegenüber zugegeben, daß sie lesbisch ist.«

Paddy lachte so kräftig, daß er sich am Rauch seiner Zigarette verschluckte. »Das ist wirklich absurd«, sagte er mit tränenden Augen. »Anne könnte Fiona Richmond Sexualunterricht geben. Die Frau hat mehr Liebhaber gehabt als Sie heiße Mahlzeiten, Mann. Was ist denn Ihr Kollege für einer? Bestimmt so ein aufgeblasener Spießer, was? Kann mir lebhaft vorstellen, daß sich Anne einen Spaß daraus machen würde, so einen kräftig auf die Schippe zu nehmen.«

Nick Robinson hatte nicht vor, sich in ein Gespräch über Andy McLoughlin verwickeln zu lassen. »Wieso hat davon kein Mensch was gesagt? Bettgeschichten sind für Klatsch doch mindestens so ergiebig wie lesbische Liebe.«

»Weil sie diskret ist, Mann! Beschmutzt man sein eigenes Nest? Im übrigen gibt's hier in diesem Kaff sowieso keinen, den sie auch nur zweimal anschauen würde. Sie verlangt nämlich von ihren Männern ein bißchen mehr als nur Potenz.«

»Woher wissen Sie das alles, Mr. Clarke?«

Paddy warf ihm einen kühlen Blick zu. »Das braucht Sie nicht zu interessieren. Sie haben's doch selbst gesagt – was wir hier reden, ist vertraulich. Ich möchte nur mal Klarheit schaffen. Über diese Frauen wird soviel Mist geredet. Gleich erzählen Sie mir noch, daß sie Hexen sind. Das ist nämlich auch so ein Lieblingsgerücht, und der arme Fred muß wegen seiner Vorstrafe als satanischer Hengst herhalten.«

»Ganz im Vertrauen, Mr. Clarke«, sagte Robinson nach einer kurzen Pause, während er sich Fred als satanischen Hengst vorstellte. »Wir haben in der näheren Umgebung des Eishauses mehrere gebrauchte Kondome gefunden. Aus verschiedenen Quellen habe ich gehört, daß Sie uns dazu vielleicht etwas sagen können.«

Clarke warf ihm einen mörderischen Blick zu. »Aus was für Quellen?«

»Aus mehreren«, gab Robinson fest zurück. »Ich kann sie nicht preisgeben, und ich werde selbstverständlich auch nichts von dem, was wir hier besprechen, ohne Ihre Erlaubnis weitergeben. Aber wir tappen im dunklen, Mr. Clarke. Wir brauchen Informationen.«

»Dann suchen Sie sich Ihre Informationen woanders«, sagte Paddy gereizt. »Ich bin Gastronom und nicht Polizist. Sie werden für Ihre Arbeit bezahlt. Tun Sie sie gefälligst selber.«

In zehn Jahren bei der Kriminalpolizei hatte Nick Robinson sich eine gewisse Raffinesse angeeignet. Er steckte seinen Kugelschreiber ein und rutschte vom Barhocker. »Es ist natürlich Ihr gutes Recht, mich weiterzuschicken, Mr. Clarke, aber so wie die Dinge im Moment liegen, deutet alles auf Mrs. Maybury und ihre Freundinnen. Sie scheinen die einzigen zu sein, die das Gelände gut genug kennen, um den Toten im Eishaus versteckt zu haben. Ich garantiere Ihnen, wenn wir keine zusätzlichen Informationen erhalten, wird man die drei unter Anklage stellen.«

Paddy Clarke starrte Robinson finster an, während der ruhig wartete. Eigentlich, dachte er, hätte er Clarke gegenüber größte Vorbehalte haben müssen – wenn der Mann es wirklich so toll trieb, wie Mrs. Ledbetter angedeutet hatte –, doch statt dessen fand er ihn sympathisch. Er sah einem wenigstens in die Augen, wenn er mit einem sprach.

»Gottverdammich!« sagte Paddy plötzlich und schlug mit der Faust auf den Tresen. »Hocken Sie sich wieder hin, Mann. Ich hole Ihnen ein Bier. Aber wenn Sie mich bei meiner Frau verpfeifen, schneide ich Ihnen eigenhändig die Eier ab, das sag ich Ihnen.«

McLoughlin wartete am Tor zum Eishaus, als Walsh mit den Schuhen im Plastikbeutel eintraf. »Sie wollten mich sprechen, Sir?«

Walsh zog sein Jackett aus, faltete es säuberlich und ließ sich auf dem warmen Waldboden nieder. »Setzen Sie sich, Andy. Hier ist es ruhiger als oben im Haus. Wir müssen uns mal ungestört unterhalten. Diese verdammte Geschichte wird ja von Minute zu Minute komplizierter.« Er musterte McLoughlins verkrampftes Gesicht mit plötzlicher Gereiztheit. »Was ist denn los mit Ihnen?« fragte er scharf. »Sie sehen fürchterlich aus.«

McLoughlin setzte sich in einiger Entfernung von seinem Chef. »Nichts«, antwortete er, während er ohne Erfolg versuchte, eine bequeme Stellung für seine Beine zu finden. Er sah Walsh mit zusammengekniffenen Augen an. Er war sich bis heute unschlüssig, ob er ihn mochte oder nicht. So griesgrämig er oft war, er konnte immer wieder durch plötzliche Großzügigkeit überraschen. Aber nicht heute.

Er betrachtete Walsh und sah nur einen unscheinbaren, mageren Kerl, der den starken Mann spielte, weil das System es erlaubte. Er war versucht, ihm freiwillig von seinem Überfall auf Anne Cattrell zu berichten, nur um seine Reaktion zu sehen. Würde er bellen? Oder würde er beißen? Bellen, dachte McLoughlin geringschätzig. Walsh ging Unannehmlichkeiten so gern aus dem Weg wie jeder andere. Wenn sie ihre schriftliche Beschwerde einreichte, würde es natürlich ganz anders aussehen. Dann würden die Mühlen der Justiz zu mahlen anfangen, und die Strafe würde automatisch und unausweichlich folgen. Die Gewißheit, daß es so kommen würde, besserte seine Stimmung anstatt ihn niederzudrücken. Ein klarer, sauberer Schnitt, viel klarer und sauberer, als wenn er selbst ihn vornehmen würde. Er verspürte sogar einen gewissen Zorn gegen die Frau in sich aufsteigen, weil sie den Schlag noch nicht geführt hatte.

Walsh kam zum Ende seines Berichts über den Befund des Pathologen. »Also?« fragte er.

Wieder ging in McLoughlins Hirn der eiserne Vorhang nieder. Einen Moment lang starrte er Walsh mit leerem Blick an, dann schüttelte er den Kopf. »Sie sagen, er hält es für möglich, daß der Tote von Tieren verstümmelt worden ist. Ist er denn noch nicht sicher?«

Walsh knurrte sarkastisch. »Er will sich nicht festlegen. Er hätte auf dem Gebiet nicht genug Erfahrung, sagt er. Aber das muß schon eine verdammt merkwürdige Ratte sein, die ausgerechnet die zwei Finger abknabbert, die Maybury gefehlt haben.«

»Sie müssen Webster da festnageln«, sagte McLoughlin nachdenklich. »Der ganze Fall bekommt ein anderes Gesicht, wenn keine Verstümmelung vorliegt.« Schreckliche Schwarzweißbilder von Mussolinis Leiche, die an den Füßen aufgeknüpft und von einer zornigen Menge entmannt von einem Laternenpfahl herabhing, drängten sich ihm auf. Gesichter voller Haß und Gewalt und höhnischer Genugtuung über die gelungene Rache. »Ein völlig anderes Gesicht«, wiederholte er mit Nachdruck.

»Wieso?«

»Dann ist die Wahrscheinlichkeit, daß es sich um Maybury handelt, weit geringer.«

»Sie sind genauso schlimm wie Webster«, brummte Walsh. »Vorschnell mit Ihrem Urteil. Ich will Ihnen mal was sagen, Andy: Auf jeden Fall ist das eher Mayburys Leiche als die eines anderen. Es ist statistisch höchst unwahrscheinlich, daß dieses Haus innerhalb von zehn Jahren zweimal im Mittelpunkt polizeilicher Ermittlungsverfahren steht, die völlig unabhängig voneinander sind. Und es ist statistisch sehr wahrscheinlich, wie ich von Anfang an gesagt habe, daß seine Frau ihn umgebracht hat.«

»Aber selbst sie konnte ihn nicht zweimal umbringen, Sir. Wenn sie es vor zehn Jahren getan hat, dann ist er nicht der Tote aus dem Eishaus. Wenn er der Tote aus dem Eishaus ist, dann ist ihr bei Gott übel mitgespielt worden.«

»Das hat sie sich selbst zuzuschreiben«, versetzte Walsh kalt.

»Vielleicht, aber Ihnen ist Maybury doch zur fixen Idee geworden, und Sie können nicht von uns anderen erwarten, daß wir hinter Seifenblasen herjagen, nur um zu beweisen, daß Sie recht haben.«

Walsh suchte in seiner Jacke nach seiner Pfeife und stopfte sie nachdenklich. »Ich habe einfach so ein Gefühl, Andy«, sagte er schließlich, nachdem er die Pfeife angezündet hatte. »Als ich die Bescherung gestern sah, war mir sofort alles klar. Endlich hab ich dich, du Sauhund, hab ich mir gesagt.« Er sah auf und fing McLoughlins Blick auf. »Okay, okay, ich bin kein Idiot. Ich will Ihnen nichts aufoktroyieren, nur weil ich so ein Gefühl habe. Aber die Tatsache bleibt bestehen, daß die Leiche nicht zu identifizieren ist. Und warum? Weil jemand möchte, daß sie nicht identifiziert wird. Wer hat die Kleider verschwinden lassen? Wo ist die Zahnprothese? Warum keine Fingerabdrücke? Ja, ja, ich weiß, der Mann ist verstümmelt worden, und für mich steht immer noch fest, daß er verstümmelt wurde, weil es Maybury ist, und nicht, weil er es nicht ist.«

»Gut. Und wie geht's jetzt weiter? Vermißtendezernat?«

»Da habe ich schon nachgefragt. Jedenfalls für unser Gebiet. Wir können das wenn nötig noch ausweiten, aber im Augenblick würde ich angesichts der Sachlage sagen, daß es sich um einen lokalen Fall handelt. Wir haben einen möglichen Kandidaten, einen Mann namens Daniel Thompson aus East Deller. Die Beschreibung paßt, und er ist etwa um die Zeit verschwunden, zu der unser Mann Webster zufolge getötet wurde.« Er wies auf die Schuhe im Plastikbeutel. »Bei seinem Verschwinden hatte er braune Schnürschuhe an. Jones hat die hier im Wald an der Grenze zur Farm gefunden.«

McLoughlin pfiff leise. »Haben wir jemanden, der sie identifizieren kann?«

»Die Ehefrau.« Als Walsh sah, daß McLoughlin aufstehen wollte, rief er ärgerlich: »Nicht so schnell. Erst möchte ich noch wissen, wie Sie vorangekommen sind. Sie haben doch mit Anne Cattrell gesprochen. Haben Sie da was Neues erfahren?«

McLoughlin zupfte Grashalme aus dem Boden. »Die Phillips' heißen in Wirklichkeit Jefferson. Sie bekamen jeder fünf Jahre wegen Mordes an ihrem Untermieter Ian Donaghue, der ihren Sohn mißbraucht und getötet hatte. Er war ihr einziges Kind, zwölf Jahre alt. Mrs. Jefferson war bei seiner Geburt schon vierzig. Miss Cattrell hat ihnen die Anstellung hier vermittelt.« Er sah auf. »Sie sind eine Möglichkeit, Sir. Was sie einmal getan haben, würden sie vielleicht wieder tun.«

»Völlig andere Umstände. Soweit ich mich erinnere, haben sie aus Donaghues Hinrichtung überhaupt kein Geheimnis gemacht, sondern haben ihm sogar im Beisein seiner Freundin eine Art Prozeß gemacht und ihn dann aufgehängt, nachdem er gestanden hatte. Sie war beim Prozeß gegen die beiden die Hauptentlastungszeugin. Ich sehe keine Parallelen zu dieser Geschichte hier.«

»Kann schon sein«, meinte McLoughlin, »aber sie haben bewiesen, daß sie fähig sind, aus Rache zu morden, und sie sind Mrs. Maybury sehr zugetan. Das dürfen wir nicht ignorieren.«

»Haben Sie schon mit ihnen gesprochen?«

»Ich hab's versucht«, sagte McLoughlin mit einer Grimasse. »Ich habe mit ihr gesprochen. Aber es war kaum etwas aus ihr herauszukriegen. Eine bissige alte Zwiebel!« Er zog sein Notizbuch aus der Hemdtasche und blätterte darin. »Immerhin hat sie etwas gesagt, das ich interessant finde. Ich habe sie gefragt, ob sie sich hier wohl fühlt. Darauf sagte sie: ›Der einzige Unterschied zwischen einer Festung und einem Gefängnis ist, daß in einer Festung die Türen von innen verschlossen werden.«

»Was ist daran interessant?«

»Würden Sie Ihr Haus als Festung bezeichnen?«

»Die Frau ist senil.« Walsh winkte ungeduldig ab. »Sonst noch was?«

»Diana Goode hat eine Tochter namens Elizabeth, die ab und zu das Wochenende hier verbringt. Sie ist neunzehn, hat eine Wohnung in London, die ihr Vater ihr gekauft hat, und arbeitet als Croupier in einem der großen Spielkasinos im West End. Sie scheint ein etwas wildes Leben zu führen, jedenfalls habe ich ihre Mutter so verstanden.«

Walsh brummte etwas Unverständliches.

»Phoebe Maybury hat einen Waffenschein für eine Flinte«, fuhr McLoughlin fort. »Die abgefeuerten Patronen stammen von ihr. Fred sagte, daß sich hier auf dem Gelände eine ganze Kolonie Wildkatzen herumtreibt, die ihm ständig seinen Gemüsegarten verwüstet. Mrs. Maybury vertreibt sie immer mit Schüssen in die Luft, aber in letzter Zeit, sagte er, hätte sie ziemlich das Interesse verloren. Wär so, als wollte man die Flut aufhalten, meint er.«

»Weiß jemand was über die Kondome?«

McLoughlin zog spöttisch eine Braue hoch. »Nein«, antwortete er, »aber meine Fragen danach haben allgemeine Erheiterung erregt. Fred sagte, er hätte schon früher beim Harken immer wieder welche gefunden. Ich habe mir von ihm noch einmal schildern lassen, wie er gestern den Toten gefunden hat. Seine Aussage stimmt mit der gestrigen überein. Keinerlei Widersprüche.« Er wiederholte kurz, was Fred Phillips ihm gesagt hatte. »Als er zum Eishaus kam, war die Tür von den Brombeerbüschen völlig zugewachsen. Er lief zum Geräteschuppen zurück, um sich eine Taschenlampe und eine Sichel zu holen, und hat die Büsche so gründlich niedergetrampelt, weil er mit einem Schubkarren ins Eishaus wollte, um die Ziegelsteine herauszuholen. Die Tür war halb offen, als er sie endlich freigemacht hatte. Aber er fand keine

Spuren, die darauf hindeuteten, daß kürzlich jemand dort gewesen war. Als er den Toten entdeckte, hat er nur schleunigst die Tür so weit zugedrückt, wie es ihm möglich war, und ist abgehauen.«

»Haben Sie ihn richtig in die Zange genommen?« fragte Walsh.

»Ich bin die Geschichte drei- oder viermal mit ihm durchgegangen, aber er blieb dabei. Wenn er das Gestrüpp wirklich erst niedergetrampelt hat, nachdem er die Leiche gefunden hatte, gibt er es jedenfalls nicht zu.«

»Was meinen Sie, Andy?«

»Ich bin Ihrer Meinung, Sir. Meiner Ansicht nach hat er Spuren gefunden, die gezeigt haben, daß jemand im Eishaus war, und hat dann, nachdem er die Leiche gefunden hatte, sein Bestes getan, um sie zu verwischen.« McLoughlin warf einen Blick auf die Massen niedergedrückten Grüns zu beiden Seiten der Tür. »Er hat gute Arbeit geleistet. Unmöglich, jetzt noch zu sagen, wie viele Leute da ein und aus gegangen sind und wann.«

Elizabeth und Jonathan fanden ihre Mütter und Anne beim Kaffee im Wohnzimmer. Benson und Hedges sprangen den jungen Leuten entgegen und begrüßten sie mit überschwenglicher Freude. Die drei Frauen hingegen reagierten ausgesprochen zurückhaltend. Phoebe streckte ihrem Sohn die Hand hin. Diana klopfte etwas zaghaft auf den freien Platz neben sich. Anne nickte nur.

Phoebe sprach zuerst. »Hallo, ihr beiden. Habt ihr eine gute Fahrt gehabt?«

Jonathan hockte sich auf die Armlehne ihres Sessels und gab ihr einen Kuß auf die Wange. »Es ging alles wunderbar. Lizzie hat ihren Chef beschwatzt, ihr die Nacht freizugeben, und hat mich im Krankenhaus abgeholt. Ich hab die Nachmittagsseminare sausenlassen. Mittags waren wir schon auf dem M3. Aber zu essen haben wir noch nichts gehabt«, fügte er hinzu.

Diana stand auf. »Ich hole euch etwas.«

»Nein, warte.« Elizabeth faßte ihre Hand und zog sie wieder auf das Sofa. »Ein paar Minuten halten wir es schon noch aus. Erzählt erst mal, was passiert ist. Wir haben kurz mit Molly gesprochen, aber sie war nicht sehr redselig. Weiß die Polizei, wer der Tote ist? Und wie es passiert ist?« sprudelte es ohne Rücksicht auf Gefühle aus ihr heraus.

Ihre Fragen wurden zunächst mit überraschtem Schweigen beantwortet. In den letzten vierundzwanzig Stunden hatten sich die Frauen, ohne sich dessen bewußt zu werden, auf ein Klima des Mißtrauens eingestellt. Jede Frage mußte gründlich bedacht, jede Antwort genau überlegt werden.

Anne war es, die das Schweigen brach. »Ist das nicht erschrekkend? Im Nu hat man seine ganze Unbefangenheit verloren.« Sie schnippte die Asche von ihrer Zigarette in den offenen Kamin. »Stellt euch vor, wie das in einem Polizeistaat sein muß. Man hätte Angst, irgend jemand zu trauen.«

Diana warf ihr einen dankbaren Blick zu. »Erzähl du. Ich habe für so etwas kein Talent. Meine Stärke sind Anekdoten mit einer witzigen Pointe. Wenn das alles hier vorbei ist, werde ich der Geschichte ein bißchen Schliff geben, ein paar Pointen einbauen und sie dann beim Abendessen zur allgemeinen Erheiterung zum besten geben.« Sie schüttelte den Kopf. »Aber jetzt geht das noch nicht. Im Augenblick ist es nicht sehr komisch.«

»Ach, ich weiß nicht«, meinte Phoebe erstaunlicherweise. »Ich habe heue morgen ganz schön gelacht, als Molly Sergeant McLoughlin unten im Einbauschrank erwischt hat. Sie hat ihn mit dem Besen hinausgejagt. Der arme Mann sah total verschreckt aus. Er hat anscheinend den Lokus gesucht.«

Elizabeth kicherte. »Wie ist er denn?«

»Durcheinander«, sagte Anne trocken und zog den Kragen ihrer Bluse hoch. »Also, Lizzie, was wolltest du wissen? Ob sie schon wissen, wer der Tote ist? Nein. Wissen sie, wie es passiert ist? Nein, anscheinend nicht. Sie haben jedenfalls nichts darüber gesagt.« Sie beugte sich etwas vor. »Die Situation, soweit sie uns bekannt ist, ist folgende.« In aller Ruhe erzählte sie von der Entdeckung des Toten, den Untersuchungen der Polizei im Eishaus und auf dem umliegenden Gelände und den nachfolgenden Verhören. »Als nächstes wird vermutlich eine Hausdurchsuchung folgen.« Sie wandte sich Phoebe zu. »Das wäre jedenfalls das Logische. Sie werden das Haus von oben bis unten gründlich durchsuchen wollen.«

»Ich verstehe nicht, warum sie das nicht schon gestern abend getan haben.«

Anne runzelte die Stirn. »Ja, das wundert mich auch, aber ich nehme an, sie wollten erst das Ergebnis der Obduktion abwarten. Sie müssen schließlich wissen, wonach sie überhaupt suchen.«

Jonathan sah seine Mutter an. »Du hast am Telefon gesagt, sie wollen mit uns sprechen. Worüber denn?«

Phoebe nahm ihre Brille ab und putzte die Gläser mit einem Zipfel ihrer karierten Bluse. »Sie möchten die Namen von allen Leuten, denen ihr je das Eishaus gezeigt habt.« Sie sah zu ihm auf, und er fragte sich nicht zum erstenmal, warum sie eine Brille trug. Ohne die Brille war sie schön; mit ihr sah sie durchschnittlich aus. Einmal, als Kind, hatte er sich die Brille aufgesetzt und war sich wie ein Verräter vorgekommen, als er entdeckt hatte, daß die Gläser aus Fensterglas waren.

»Was ist mit Jane«, sagte er augenblicklich. »Wollen sie mit ihr auch sprechen?«

»Ja.«

»Das darfst du nicht erlauben«, sagte er heftig.

Sie nahm seine Hand und hielt sie fest. »Ich glaube, wir können es nicht verhindern, Jon. Wenn wir es versuchen, machen wir alles nur noch schlimmer. Sie kommt morgen. Anne meint, wir sollten ihr das ruhig zumuten.«

Jonathan sprang ärgerlich auf. »Du bist ja verrückt, Anne. Sie wird sich und Mama in Teufels Küche bringen.«

Anne zuckte die Achseln. »Wir haben keine Wahl, Jonny.« Mit Absicht benutzte sie den Namen seiner Kindheit. »Hab doch einfach ein bißchen mehr Vertrauen zu deiner Schwester und drück die Daumen. Was anderes bleibt uns gar nicht übrig.«

11

Nach und nach trudelten Walshs Leute auf der Lichtung vor dem Eishaus ein, um ihre Meldungen zu machen. Der Tag war glühend heiß, man zog die Jacken aus und machte es sich im Gras bequem wie zu einem Familienpicknick. McLoughlin lag auf dem Bauch und starrte stirnrunzelnd ins Leere. Nick Robinson, der nur noch Sinn für seine eigenen Bedürfnisse hatte, kaute mit Genuß die Brote, die er sich morgens mitgenommen hatte.

Im Hintergrund lagen die Brombeersträucher, die einst einen üppigen grünen Vorhang gebildet hatten, abgebrochen in der sengenden Sonne, und ihr Laub färbte sich langsam braun.

Walsh zog sein Taschentuch heraus und wischte sich den Schweiß von der Stirn. »Also, dann lassen Sie mal hören, was Sie haben«, schnauzte er in die entspannte Stille, als hätte er schon einmal dazu aufgefordert und sei ignoriert worden. Er saß mit weit gespreizten Beinen auf dem Boden und hielt zwischen den Knien sein Notizbuch. Er blätterte zu einer leeren Seite. »Schuhe«, sagte er und tippte auf den Beutel mit den braunen Schuhen, der neben ihm lag. »Wer war oben im Haus?«

»Ich, Sir«, sagte einer der Männer, die zu Jones' Suchtrupp gehörten. »Fred Phillips hat Größe zweiundvierzig, und seine Füße sind ungefähr so breit wie lang. Er hat extra seine Stiefel ausgezogen, um es mir zu zeigen.« Er lachte bei der Erinnerung daran. »Der ist nicht nur wie ein Elefant gebaut, er hat auch die passenden Füße dazu.« Er fing Walshs Blick auf und sah hastig zu den Schuhen im Plastikbeutel hinunter. »Nie im Leben«, sagte er mit einem Kopfschütteln. »Da paßt nicht mal seine große Zehe rein. Jonathan Maybury hat Größe vierzig.« Er blickte auf. »Er und Mrs. Goodes Tochter sind übrigens vorhin angekommen, Sir.«

Walsh brummelte ein Zeichen, daß er gehört hatte, während er sich die Schuhgrößen notierte. »Okay, Robinson, was haben Sie?«

Robinson schob den letzten Bissen seines Brots in den Mund und kramte seinen Block heraus. »Das gibt 'ne Beförderung«, sagte er unterdrückt zu dem Mann, der neben ihm saß.

»Was meinen Sie?« fragte Walsh kalt.

»Äh – nichts, Sir«, antwortete Robinson und blätterte. »Ich bin auf eine echte Goldgrube gestoßen, Sir. Ich mach noch einen ausführlichen schriftlichen Bericht. Die Hauptpunkte sind folgende: Erstens, der Wald ist ein bevorzugter Treffpunkt für Liebespärchen, seit Jahren schon, wie es scheint; zweitens, David Maybury hat vor ungefähr zwölf Jahren eine Broschüre mit einer Karte des Gutsgeländes und einer Geschichte des Hauses drucken lassen. In hundert Exemplaren.« Er sah Walsh an. »Er wollte Touristen anlocken«, erklärte er, »und hat die Broschüren an alle im Dorf verteilt, die sie weitergeben konnten.«

»Verdammt!« sagte Walsh mit Inbrunst. »Haben Sie ein Exemplar von dem Ding?«

»Noch nicht. Der Wirt vom Pub hat mir das erzählt und schaut jetzt mal nach, ob er noch ein Exemplar hat. Wenn er eines findet, ruft er mich an.«

»Sonst noch etwas?«

»Sir, ich hab ja noch nicht mal richtig angefangen«, beschwerte sich Robinson quengelig. »Ich habe mich nach Fremden erkundigt. Mehreren Leuten ist ein Landstreicher aufgefallen, der sich vor zwei, drei Monaten eine Weile im Dorf herumgetrieben hat. Leider konnte ich kein genaues Datum kriegen. Er hatte auf jeden Fall Geld. Er hat nämlich im Pub zwei Bier getrunken.«

»Das Datum habe ich, Sir«, unterbrach Constable Williams eifrig. »Er hat bei zwei Leuten in der Siedlung angeklopft und gebettelt. Eine ältere Frau, eine Mrs. Hogarth, hat ihm ein Brot mitgegeben; die zweite Frau, eine Mrs. Fowler, hat ihn weitergeschickt, weil er mitten in die Geburtstagsfeier von ihrem Sohn geplatzt ist. Das war der 27. Mai«, schloß er triumphierend. »Ich hab außerdem eine gute Beschreibung. Der Mann müßte leicht aufzutreiben sein. Alter brauner Filzhut, grüne Jacke und – das ist der Knüller – eine pinkfarbene Hose.«

Walsh war skeptisch. »Ich glaube nicht, daß da eine Verbindung besteht. Landstreicher gibt's hier im Sommer wie Sand am Meer. Die rennen doch immer der Sonne hinterher, genau wie die Touristen. Sonst noch was?«

Robinson bemerkte einen Schimmer grimmigen Spotts in McLoughlins Auge, der ihm verriet, was er bereits vermutet hatte, daß der Alte wieder mal eine seiner Launen hatte. Soll ihn doch der Teufel holen, dachte er. Der Mann ist das reinste Jo-Jo, ständig rauf und runter. Er hatte für seine erfolgreichen Bemühungen dieses Morgens wenigstens einen freundlichen Klaps auf die Schulter erwartet. So wie es aussah, konnte er froh sein, wenn er keinen Tritt in den Hintern bekam.

Er steckte die Nase wieder in seinen Block. »Nach einem Tip, den ich bekommen hatte, habe ich mich mit einem von den Kondombenützern unterhalten«, fuhr er fort. »Er kommt immer mit seiner Freundin hier herauf, wenn's warm genug ist. Meistens so gegen elf Uhr abends.«

»Name«, blaffte Walsh.

»Tut mir leid, Sir. Ich hab ihm versprochen, seinen Namen nur preiszugeben, wenn es für einen Prozeß unbedingt erforderlich sein sollte, und auch dann nur mit seiner Genehmigung.« Sergeant Robinson war überzeugt davon, daß Paddy Clarkes Versprechen, ihm die Eier abzuschneiden, keine leere Drohung gewesen war. Clarke hatte ihm keine Gründe dafür genannt, warum er fremdging, aber Robinson hatte auch keine Erklärung mehr gebraucht, als er beim Aufbruch kurz mit Mrs. Clarke zusammengetroffen war. Sie war bullig und dominant, mit einem spröden Lächeln und harten Augen. Eine Gorgo, die die Hosen anhatte. Kein Wunder, hatte Robinson gedacht, daß Paddy hin und wieder mal was Weiches, Knuddeliges in den Armen halten möchte.

»Fahren Sie fort«, sagte Walsh.

»Ich habe ihn gefragt, ob ihm in den letzten sechs Monaten irgendwas Ungewöhnliches begegnet ist. Ja, sagt er. Normalerweise sei es hier oben immer ziemlich ruhig. Man hört höchstens mal ein Käuzchen oder einen Hund, der irgendwo in der Ferne bellt. Aber im Juni, in den ersten zwei Wochen, meint er, sei es gewesen, hätten er und seine Freundin zweimal so grausige Geräusche gehört, daß ihnen vor Schreck Hören und Sehen vergangen ist, wie er sich ausdrückte. Er sagt, es hätte geklungen wie das Geheul der armen Seelen in der Hölle. Als sie es das erste Mal hörten, bekam seine Freundin solche Angst, daß sie auf und davon gelaufen ist. Er ist ihr nachgerannt, und als sie an der Straße waren, sagte sie ihm, daß sie ihren Schlüpfer liegengelassen hatte.«

Gedämpftes Gelächter folgte seinen Worten. Sogar Walsh rang sich ein Lächeln ab. »Und haben sie herausbekommen, was es war?«

»Beim zweiten Mal haben sie es erkannt. Als sie eine Woche später wieder hier heraufkommen, ging das Geheul von neuem los, aber nicht ganz so fürchterlich. Sie sind geblieben und haben gelauscht. Es waren Katzen. Sie haben gejault und gefaucht wie die Wilden, und er meint, er hätte auch Knurren gehört. Er konnte mir nicht sagen, woher die Geräusche kamen, aber es muß ziemlich nah gewesen sein.« Er sah Walsh an. »Sie waren seitdem noch mehrmals hier, aber da haben sie nichts mehr gehört.«

McLoughlin richtete sich ein wenig auf. »Die Wildkatzen«, sagte er, »haben sich vielleicht um die Leiche gebalgt. Wenn das zutrifft und das Datum stimmt, können wir den Zeitpunkt des Todes fixieren. Unser Toter ist in oder vor der ersten Juniwoche umgebracht worden.«

»Auf die Daten Ihres Mannes ist Verlaß?« fragte Walsh Robinson.

»Ich denke schon. Er war ziemlich sicher, will aber auf jeden Fall noch mal mit seiner Freundin reden.«

Walsh machte sich ein paar Notizen. »Gut. Ist das alles?«

»Was ich über die drei Frauen hier oben gehört habe, ist widersprüchlich. Fast alle behaupten, sie seien lesbisch und versuchten immer wieder, die Mädchen aus dem Dorf zu Orgien zu verführen. Aber zwei Personen – meiner Ansicht nach die vernünftigsten, Sir – haben gesagt, das sei nichts als bösartige Verleumdung. Die eine ist eine alte Dame so um die Siebzig oder Achtzig, die die Frauen recht gut kennt, die andere ist mein Informant. Er hat gesagt, Anne Cattrell hätte so viele Liebhaber gehabt, daß sie Fiona Richmond Sexualunterricht geben könnte.« Er nahm sich eine Zigarette und zündete sie an. Durch die Rauchwolken sah er McLoughlin an. »Wenn das stimmt, Sir, eröffnet sich eine ganz neue Möglichkeit. *Crime passionnel* oder wie das die Franzosen nennen. Ich finde, sie hat sich ziemlich angestrengt, um uns weiszumachen, sie sei nur an Frauen interessiert. Warum? Vielleicht, weil sie einen eifersüchtigen Liebhaber um die Ecke gebracht hat und verhindern will, daß wir die Verbindung herstellen.«

»Schwachsinn!« sagte McLoughlin grob. »Jeder weiß, daß die Frauen lesbisch sind. Mensch, die Leute machen darüber schon seit Jahren ihre Witze, so daß ich mich gar nicht mehr an alle erinnern kann.« Jack Booth hatte über einen unerschöpflichen Fundus verfügt. »Das ist nichts Neues, was Anne Cattrell sich unseretwegen ausgedacht hat. Und wenn es nicht wahr ist, warum verhalten sie sich dann so, als ob's wahr wäre? Was soll ihnen das bringen?«

Walsh stopfte wieder einmal seine Pfeife. »Ihr Problem, Andy, ist, daß Sie zu gern vereinfachen«, sagte er beißend. »Daß eine Sache allgemein bekannt ist, macht sie noch lange nicht zur Wahrheit. Jeder wußte, daß mein Bruder ein alter Geizhals war, bis wir nach seinem Tod entdeckten, daß er fünfzehn Jahre lang jedes Jahr zweihundert Pfund für die Ausbildung von ein paar schwarzen Kindern in Afrika gespendet hatte.« Er nickte Robinson beifällig zu. »Schon möglich, daß an Ihrer Idee was dran ist, Nick. Mir persönlich sind die sexuellen Gewohnheiten der Damen schnurzegal, und soweit ich es beurteilen kann, ist es den Damen schnurzegal, was die Leute über sie reden oder denken. Darum« – er warf McLoughlin einen scharfen Blick zu – »würden sie sich auch nicht die Mühe machen, etwas zu bestreiten oder zu bestätigen. Aber«, fuhr er nachdenklich fort, »ich finde es schon interessant, daß Anne Cattrell uns gegenüber so demonstrativ das Lesbenfähnlein schwenkt. Da könnte was dahinterstecken!«

Nick Robinson wartete einen Moment. »Lassen Sie mich doch mal mit ihr sprechen, Sir. Ein neues Gesicht, da wird sie vielleicht ein bißchen zugänglicher. Ein Versuch kann jedenfalls nicht schaden.«

»Ich werd's mir durch den Kopf gehen lassen. Hat sonst noch jemand was zu berichten?«

Ein Constable hob die Hand. »Zwei Familien, mit denen ich gesprochen habe, haben erzählt, sie hätten einmal nachts eine Frau weinen hören, Sir. Aber sie konnten sich nicht erinnern, wie lang das her ist.«

»Im selben Haus?«

»Eben nicht, deswegen dachte ich mir, es könnte was dran sein. Es war in zwei verschiedenen Häusern. Nicht weit von der Straße nach East Deller sind zwei kleine Arbeiterhäuser, die zur Grange Farm gehören. Und die Leute in beiden Häusern erinnern sich, die Frau gehört zu haben. Sie sagten, sie wollten sich nicht einmischen, weil sie dachten, es wär ein Krach zwischen Verliebten. Und keiner kann sich genau erinnern, wann es gewesen ist.«

»Reden Sie noch mal mit ihnen«, befahl Walsh kurz. »Sie auch, Williams. Stellen Sie fest, ob sie vor dem Fernseher saßen, als sie das Weinen hörten, was für ein Programm gerade lief, oder ob sie gerade beim Essen waren. Oder ob sie im Bett waren, wie spät es war, ob sie wach gelegen haben, weil es so heiß war oder weil es regnete. Irgendwas, was uns einen Anhaltspunkt über Tageszeit und Datum gibt. Wenn die Frau nicht geweint hat, weil sie gerade einen Menschen umgebracht hatte, dann vielleicht, weil sie gesehen hatte, wie er umgebracht wurde.« Er erhob sich mühevoll und umständlich und bückte sich nach seinem Jackett und seinem Notizbuch. »McLoughlin, Sie kommen mit mir. Wir besuchen jetzt mal Mrs. Thompson. Jones, Sie und Ihre Gruppe machen hier Schluß und fahren zur Dienststelle zurück. Sie können eine Stunde Pause machen, dann möchte ich Sie alle zur Hausdurchsuchung wieder hier sehen. Die Durchsuchungsbefehle liegen auf meinem Schreibtisch. Bringen Sie sie mit.« Er wandte sich Nick Robinson zu. »Okay, Nick, Sie unterhalten sich mal in aller Ruhe mit Miss Cattrell über Liebe und Leidenschaft, aber ganz diskret bitte, damit sie nicht gleich Lunte riecht. Wenn sie den Toten auf dem Gewissen hat, möchte ich es gern beweisen können.«

»Natürlich, Sir.«

Walsh grinste. »Vergessen Sie nur eines nicht, Nick. Die Dame hat schon Special-Branch-Leute zum Frühstück verspeist. Sie sind für sie allenfalls ein kleines Päckchen Erdnüsse.«

Die Tür wurde ihnen von einer farblosen kleinen Frau in einem hochgeschlossenen schwarzen Kleid mit langen Ärmeln geöffnet. Ihr Gesicht zeigte einen kummervollen Blick und einen verkniffenen Mund. Zwischen ihren flachen Brüsten hing an einer langen goldenen Kette ein Kreuz. Sie war die gottergebene Leidende in Person.

Walsh zeigte seinen Ausweis. »Mrs. Thompson?« fragte er.

Sie nickte, ohne einen Blick auf den Ausweis zu werfen.

»Ich bin Chief Inspector Walsh, und das ist Sergeant McLoughlin. Dürfen wir einen Moment eintreten? Wir würden Ihnen gern einige Fragen zum Verschwinden Ihres Mannes stellen.«

Sie verzog die schmalen Lippen zu einem Schmollen. »Aber ich habe der Polizei doch schon alles gesagt, was ich weiß«, jammerte sie, und die Augen mit dem leidvollen Blick drohten überzufließen. »Ich mag mich nicht mehr daran erinnern.«

Walsh stöhnte innerlich. Genauso, dachte er, würde seine Frau sich verhalten, wenn ihm etwas zustoßen sollte. Unangemessen, weinerlich, zermürbend. Er lächelte verständnisvoll. »Wir werden Sie nicht lange belästigen«, versicherte er.

Widerstrebend zog sie die Tür auf und wies zum Wohnzimmer, einem Raum, der in seiner peinlichen Ordentlichkeit und Unpersönlichkeit wie unbewohnt wirkte. Es gab keine Bücher, keine Bilder, keinen Zierat, nicht einmal einen Fernsehapparat. Im Geist verglich McLoughlin diesen Raum mit dem lebendigen und farbenfrohen Zimmer, das Anne Cattrell bewohnte. Wenn die beiden Räume Ausdruck des Seelen- und Geisteszustands ihrer Bewohnerinnen waren, so war offensichtlich, wer von beiden die interessantere Persönlichkeit war. Ein Zusammenleben mit Mrs. Thompson konnte nur aus gähnender Leere bestehen.

Sie setzten sich in die sterilen Sessel. Mrs. Thompson kauerte auf der Sofakante und zerknüllte ein Spitzentüchlein in der Hand. Von Zeit zu Zeit tupfte sie sich Tränen aus den Augen. Walsh zog seine Pfeife heraus, blickte sich im Zimmer um, als sähe er es zum erstenmal, und steckte die Pfeife wieder ein.

»Welche Schuhgröße hat Ihr Mann?« fragte er.

Sie riß die Augen auf und starrte ihn an, als hätte er ihr einen unanständigen Antrag gemacht. »Ich verstehe nicht«, hauchte sie.

Walsh spürte, wie ihm die Galle hochstieg. Wenn Thompson wirklich ausgebüxt war, konnte ihm das keiner verübeln. Diese Frau war zum Schreien. »Welche Schuhgröße hat Ihr Mann?« fragte er nochmals geduldig.

»Hat?« wiederholte sie. »Hat? Sie haben ihn also gefunden? Ich hab schon geglaubt, er sei tot.« Sie wurde direkt lebendig. »Er hat das Gedächtnis verloren, ja? Das ist die einzige mögliche Erklärung. Verlassen würde er mich niemals, bestimmt nicht, wissen Sie.«

»Nein, wir haben ihn nicht gefunden, Mrs. Thompson«, sagte Walsh ruhig, »aber Sie haben ihn vermißt gemeldet, und wir geben uns alle Mühe, ihn zu finden. Es wäre eine Hilfe, wenn wir seine Schuhgröße wüßten. In der Vermißtenmeldung steht, daß er Größe neununddreißig hat. Ist das richtig?«

»Ich weiß es nicht«, sagte sie ratlos. »Er hat seine Schuhe immer selbst gekauft.« Sie warf ihm unter gesenkten Lidern einen Blick zu und verstieg sich gar zu einem züchtigen Lächeln.

McLoughlin beugte sich vor. »Könnten Sie mit mir nach oben gehen, Mrs. Thompson, und mir seine Schuhe zeigen? Dann könnten wir die Größe feststellen.«

Sie zuckte zurück. »Aber das geht doch nicht«, sagte sie. »Ich kenne Sie ja gar nicht. Vorher hat mich eine junge Polizeibeamtin besucht. Warum ist die nicht mitgekommen?«

Walsh zählte langsam bis zehn und sagte sich, Daniel Thompson müsse ein Heiliger gewesen sein. »Wie lange sind Sie schon verheiratet?« fragte er neugierig.

»Zweiunddreißig Jahre«, flüsterte sie.

Der Mann war tatsächlich ein Heiliger. »Könnten Sie nach oben gehen und ein Paar Schuhe von ihm holen?« fragte er. »Sergeant McLoughlin und ich warten hier auf Sie.«

Diesen Vorschlag nahm sie an, ohne Einwände zu erheben, und huschte aus dem Zimmer. Sie schloß die Tür fest hinter sich, als könnte die die Männer zurückhalten, sollten sie tatsächlich Vergewaltigung im Sinne haben. Walsh verdrehte die Augen. »Die hat doch nicht alle Tassen im Schrank.«

McLoughlin erwiderte ernsthaft: »Sie ist krank. Sieht aus, als hätte das Verschwinden ihres Mannes sie völlig aus dem Gleis geworfen. Vielleicht sollten wir ihr jemanden ins Haus schicken, der ihr helfen kann.«

Walsh überlegte. »Wir sind doch vorhin an einem Pfarrhaus vorbeigekommen. Da schauen wir nachher mal rein, wenn wir nach Streech Grange zurückfahren.«

Sie blickten auf, als die Tür wieder geöffnet wurde. Mrs. Thompson hielt ein Paar schwarzer, auf Hochglanz polierter Schuhe an ihren flachen Busen gedrückt. »Größe neununddreißig«, sagte sie, »und extra schmal. Mir ist nie aufgefallen, was für zierliche Füße er hatte. Er war nämlich nicht klein, wissen Sie.«

Walsh öffnete seine Aktentasche und zog den Plastikbeutel mit den braunen Schuhen heraus. Er stellte die Schuhe im Beutel auf seine Handfläche und hielt sie der Frau zur Begutachtung hin. »Sind das die Schuhe Ihres Mannes, Mrs. Thompson? Erinnern Sie sich, ob er ein solches Paar hatte?«

Sie zögerte einen Moment. »Bestimmt nicht«, sagte sie. »Mein Mann hätte niemals zweifarbige Schuhe getragen.«

»Die weißen Flecken kommen von der Nässe, Mrs. Thompson. Die Schuhe waren einmal einfarbig braun.«

»Ach so.« Sie trat näher, aber dann schüttelte sie den Kopf. »Nein, die habe ich noch nie gesehen. Sie gehören ganz bestimmt nicht Daniel. Er hatte nur ein Paar braune Schuhe, und die hat er an dem Tag angehabt, an dem er –« sie schluchzte einmal kurz auf –, »an dem er verschwunden ist.« Wieder tupfte sie sich mit dem durchweichten Spitzentüchlein Tränen aus den Augen. »Es waren sehr teure italienische Schuhe. Kein Vergleich mit diesen hier. Er hat immer sehr viel Wert auf sein Äußeres gelegt«, schloß sie.

Walsh steckte die Schuhe wieder in seine Aktentasche. »Als Sie Ihren Mann vermißt gemeldet haben, Mrs. Thompson, sagten Sie, er habe in letzter Zeit geschäftliche Sorgen gehabt. Was meinten Sie damit?«

Sie wich vor ihm zurück, als hätte er versucht, sie zu berühren. »Er hätte mich niemals verlassen«, sagte sie wieder.

»Natürlich nicht, Mrs. Thompson, aber berufliche Schwierigkeiten treiben manche Menschen zu irrationalen Handlungen. Vielleicht wurde er mit seinen Problemen nicht fertig und brauchte Zeit für sich allein, um sie zu überdenken. Ist es das, was Sie meinten?«

Die Tränen strömten jetzt in einer wahren Flut aus den kummervollen Augen. Sie hüllte sich in ihr Leid wie in eine abgetragene alte Strickjacke, an die sie sich gewöhnt hatte und in der sie sich trotz ihrer Häßlichkeit wohl fühlte. Sie sank auf das Sofa. »Sein Geschäft ist bankrott«, erklärte sie. »Er hat überall Schulden. Sein Assistent erledigt das alles, aber die Leute – die Gläubiger – rufen dauernd bei mir an. Ich kann doch nichts tun. Ich habe ihnen gesagt, daß er tot ist.«

»Woher wissen Sie das?« erkundigte sich Walsh behutsam.

»Er würde mich niemals verlassen«, sagte sie. »Nicht solange er lebt.«

Walsh sah McLoughlin an und wies mit dem Kopf zur Tür. Sie standen auf. »Danke, daß Sie sich die Zeit für uns genommen haben, Mrs. Thompson. Nur eines noch. War Ihr Mann irgendwann einmal in Streech Grange, oder hat er vielleicht mit den Leuten zu tun gehabt, die dort leben?«

»Sie meinen diese schrecklichen Frauen?« fragte sie giftig. Walsh nickte. »Eher würde Daniel sich in die Löwengrube wagen« – sie griff an ihr Kreuz –, »als sich in so einen Sündenpfuhl zu begeben.« Sie küßte das Kreuz und begann, ihr Kleid aufzuknöpfen.

»Natürlich«, sagte Walsh mit einiger Verlegenheit. »Wir finden schon hinaus, Mrs. Thompson.«

Andy McLoughlin blieb an der Tür stehen und blickte zu ihr zurück. »Wir fahren beim Pastor vorbei und bitten ihn, nach

Ihnen zu sehen, Mrs. Thompson. Ein Gespräch mit ihm wird Ihnen sicher guttun.«

Der Pastor nahm die polizeiliche Besorgnis mit schlecht verhohlenem Unbehagen auf. »Um es ganz offen zu sagen, Inspector, ich kann da nichts tun. Glauben Sie mir, unsere kleine Gemeinde hat sich die größte Mühe gegeben, Mrs. Thompson beizustehen. Wir haben ihren Arzt zu Hilfe geholt und eine Sozialarbeiterin, aber man kann nichts unternehmen, solange sie nicht selbst die Hilfe eines Psychiaters verlangt. Sie ist ja nicht verrückt, wissen Sie, in gewissem Sinne nicht einmal depressiv. Im Gegenteil, nach außen scheint sie sehr gut mit der Situation fertig zu werden.« Er hatte einen stark ausgeprägten Adamsapfel, der beim Sprechen auf und nieder hüpfte. »Nur wenn man sie besucht, besonders wenn Männer sie besuchen, benimmt sie sich – äh – sonderbar. Der Arzt ist überzeugt, daß es nur eine Frage der Zeit ist, bis sie das überwunden hat.« Er rang die Hände. »Um die Wahrheit zu sagen, weder er noch ich möchten sie weiterhin besuchen. Sie scheint eine Art sexuellen und religiösen Wahn entwickelt zu haben. Ich werde meine Frau zu ihr schicken, obwohl ich sagen muß, daß ihr letztes Zusammentreffen mit Mrs. Thompson recht unerfreulich war. Mrs. Thompson beschwerte sich bei ihr darüber, daß ich in der Kirche nur Socken und Schuhe angehabt hätte.« Der Adamsapfel hüpfte erregt. »Die arme Frau. Es ist wirklich tragisch. Überlassen Sie es nur mir, Inspector. Ich bin sicher, es ist nur eine Frage der Zeit. Sie muß sich mit Daniels Verschwinden auseinandersetzen. Gewiß gibt es eine Bibelstelle, die man da verwenden kann. Überlassen Sie es ruhig mir, Inspector.«

Sergeant Robinson läutete bei Anne Cattrell und wartete. Die Tür war angelehnt, und er hörte sie rufen: »Kommen Sie ruhig herein.« Er ging den Flur hinunter zum letzten Zimmer. Anne saß an ihrem Schreibtisch, den Bleistift hinter dem Ohr, einen Fuß auf einer offenen Schublade, und wippte im Takt zu den gedämpften Tönen von ›Jumping Jack Flash‹. Sie blickte auf und wies zu einem Sessel. »Ich bin Anne Cattrell«, sagte sie, zog den Bleistift hinter dem Ohr hervor und machte in dem Text, den sie vor sich hatte, eine Korrektur.

»Sergeant Robinson«, stellte er sich vor und setzte sich.

Sie lächelte. »Was kann ich für Sie tun?«

Mensch, dachte er, die ist in Ordnung – mehr als in Ordnung. Mit ihrem dunklen Haar und den weit auseinander liegenden Augen erinnerte sie ihn an Audrey Hepburn. Nach dem, wie McLoughlin am vergangenen Abend über sie gesprochen hatte, hatte er eine echte Schreckschraube erwartet. »Nur eine Kleinigkeit«, sagte er. »Da paßt was nicht.«

»Bitte. Stört Sie die Musik?«

»Gar nicht. Das ist eines von meinen Lieblingsstücken«, antwortete er wahrheitsgemäß. »Sehen Sie, Miss Cattrell, Sie und die meisten Leute im Dorf haben so getan, als unterhielten Sie und Ihre Freundinnen lesbische Beziehungen.«

Er machte eine Pause.

»Und?«

»Aber als ich heute morgen im Pub Mr. Clarke darauf angesprochen habe, hat der Tränen gelacht und gesagt, Sie seien eindeutig heterosexuell. Er hat's allerdings etwas anders ausgedrückt.«

»Wie hat er es denn ausgedrückt?« fragte sie neugierig.

Er bemerkte den vollen Aschenbecher auf ihrem Schreibtisch. »Darf ich rauchen, Miss Cattrell?«

Sie bot ihm eine von ihren an. »Bitte.« Schweigend wartete sie, während er sich die Zigarette anzündete.

»Er hat gesagt, Sie hätten mehr Männer gehabt als ich heiße Mahlzeiten«, sagte er hastig.

Sie lachte. »Das klingt nach Paddy, ja. Und jetzt wollen Sie also wissen, ob ich lesbisch bin oder nicht, und wenn nicht, warum ich dann den Eindruck erweckt habe, ich sei es.« Sie schwieg einen Moment. »Warum sollte eine Frau den Leuten Anlaß geben, sie zu verachten, wenn nicht, um von etwas anderem abzulenken?« Sie richtete ihren Stift auf ihn. »Sie glauben, ich habe einen meiner Liebhaber ermordet und im Eishaus versteckt.« Ihre Hände waren klein und zart wie die eines Kindes.

»Nein«, log er. »Ehrlich gesagt, so wichtig ist es gar nicht, es hat uns nur verwundert. Außerdem«, fuhr er fort, einen Schuß ins dunkle wagend, »hat mir Mr. Clarke besser gefallen als die anderen Leute, mit denen ich gesprochen habe, und ich kann nicht glauben, daß er unrecht hat.«

»Klug von Ihnen«, meinte Anne beifällig. »In allem, was nicht mit Sex zu tun hat, hat Paddy im kleinen Finger mehr Verstand als sämtliche Dorfbewohner zusammen.«

»Und?« fragte er.

»War denn seine Frau eigentlich da, als Sie mit ihm gesprochen haben?«

Er schüttelte den Kopf. »Es war ein ganz vertrauliches Gespräch. Aber von dem, was er über Sie sagte, wollte er schon, daß die Leute es erfahren. Er sagte, er hätte genug von dem Quatsch, der über Sie drei geredet wird.« Er grinste. »Ich hab seine Frau noch kurz getroffen, bevor ich ging. Mann, da kann einem wirklich angst und bange werden.«

Anne zündete sich eine Zigarette an. »Sie war einmal Nonne und bildhübsch. Sie lernte Paddy in der Kirche kennen, und er hat sie im Sturm genommen und überredet, ihr Gelübde zu brechen. Das hat sie ihm nie verziehen. Je älter sie wird, desto schlimmere Dimensionen nimmt ihre Sünde an. Sie ist überzeugt davon, daß ihre Kinderlosigkeit Gottes Strafe ist.« Sie war belustigt über seine Verblüffung.

»Sie wollen mich wohl auf den Arm nehmen?« Er konnte sich nicht vorstellen, daß Mrs. Clarke je hübsch gewesen war.

Ihre Augen blitzten. »Die reine Wahrheit.« Sie blies einen Rauchring in die Luft. »Vor fünfzehn Jahren hat sie Paddy in Flammen gesetzt. Der Funke glüht immer noch. Er blitzt gelegentlich auf, wenn sie mal aus sich rauskommt, aber Paddy sieht es nicht. Er hat das äußere Bild akzeptiert und vergessen, daß neun Zehntel von ihr verborgen liegen.«

»Das könnte man von jedem sagen«, meinte Robinson.

»Da haben Sie recht.«

Er wartete einen Moment, aber sie sprach nicht weiter. »Ist Mr. Clarkes Auskunft über Sie korrekt, Miss Cattrell?«

»Total falsch, was die Quantität angeht, es sei denn, Ihre Mutter hat höchst selten für Sie gekocht, aber im wesentlichen ist sie zutreffend.«

»Warum haben Sie dann zu Sergeant McLoughlin gesagt, sie mögen nur Frauen?«

»Das habe ich nicht gesagt«, entgegnete sie. »Er hat gehört, was er hören wollte.«

»Er ist kein übler Kerl«, sagte er lahm und fragte sich, ob er es nötig hätte, McLoughlin zu verteidigen. »Er hat in letzter Zeit allerhand durchgemacht.«

»Ist er ein Freund von Ihnen?«

Robinson zuckte die Achseln. »Könnte man sagen, ja. Er hat mir ab und zu geholfen und mir ein paarmal Rückendeckung gegeben. Wir trinken hin und wieder einen zusammen.«

Anne fand seine Antwort deprimierend. Wer hörte zu, wenn ein Mann das Bedürfnis hatte, sich auszusprechen? Frauen hatten Freundinnen; Männer hatten, wie es schien, Trinkkumpane. »Ich hätte sagen können, was ich wollte, es hätte keinen Unterschied gemacht«, sagte sie zu Robinson. »Es spielt für diesen Fall nicht die geringste Rolle, ob wir jede Nacht mit Frauen oder mit Männern schlafen, oder ob wir« – sie deutete mit dem Stift zum Bücherregal – »uns einfach ins Bett legen, um uns gemütlich in den Schlaf zu lesen. Wenn Sie Ihren Mord geklärt haben, werden Sie sehen, daß ich recht habe.« Damit beugte sie sich wieder über ihr Manuskript.

12

Chief Inspector Walsh versammelte seine Leute in der Auffahrt vor dem Gutshaus und teilte sie in vier Gruppen ein. Drei sollten das Haus und die beiden Seitenflügel durchsuchen, eine die Nebengebäude, die Remise, die Gewächshäuser und die Keller. Robinson kam aus dem Haus und gesellte sich zu ihnen.

»Wonach sollen wir suchen, Sir?« fragte ein Mann.

Walsh reichte jeder Gruppe ein mit Maschine beschriebenes Blatt. »Lesen Sie sich diese Hinweise durch, und gebrauchen Sie Ihren gesunden Menschenverstand. Wenn hier jemand in den Mord verwickelt ist, wird er Ihnen das kaum auf die Nase binden. Halten Sie also Ihre fünf Sinne beisammen und Augen und Ohren offen. Wichtig ist folgendes: erstens, unser Mann kam vor ungefähr zehn Wochen ums Leben; zweitens, er wurde erstochen; drittens, seine Kleider und seine Zahnprothese sind verschwunden; viertens, und das ist das Wichtigste, es wäre eine Riesenhilfe, wenn wir wüßten, wer der Mann war. David Maybury und Daniel Thompson sind die wahrscheinlichsten Kandidaten. Das Papier enthält eine kurze Beschreibung beider.« Er unterbrach sich, um die Männer die Personenbeschreibungen lesen zu lassen. »Sie sehen, daß sich die beiden Männer in Statur und Größe recht ähnlich sind, aber denken Sie bitte an eins: Mayburys Beschreibung ist bereits zehn Jahre alt. Ich leite die Durchsuchung in Mrs. Mayburys Wohnräumen, McLoughlin übernimmt Miss Cattrell, Jones Mrs. Goode und Robinson die Nebengebäude. Sollte jemand etwas entdecken, so möchte ich umgehend informiert werden.«

McLoughlin läutete mit ziemlichem Unbehagen bei Anne Cattrell. Nick Robinsons begeisterter Bericht von seinem Gespräch mit ihr hatte auf ihn wie ein Schlag mit dem Vorschlaghammer gewirkt. »Da warst ja du total schiefgewickelt, Junge«, hatte Nick ihm belustigt ins Ohr geflüstert. »Wenn ich bei der auch nur die geringste Chance hätte, würde ich es auf einen Versuch ankommen lassen. Die Klügsten sollen es ja am tollsten treiben.«

McLoughlin, dem der Sinn nach etwas Alkoholischem stand, stieß dem anderen den Finger in den Bierbauch und hörte mit Befriedigung das explosionsartige Entweichen der Luft. »Hast du keine Angst, daß die dir ein Messer in die Rippen rennen, wenn du sie nicht auf volle Touren bringst?« zischte er.

Robinson lachte. »Keine Ahnung. Damit habe ich noch nie Probleme gehabt.«

McLoughlin versuchte sich an eine Zeit zu erinnern, als er keine Kopfschmerzen gehabt hatte und sich nicht elend gefühlt hatte. Seine Gefühle schwankten heftig zwischen intensiver Abneigung gegen Anne und heißer Scham wegen seines Verhaltens am Morgen. Er ballte die Fäuste so krampfhaft, daß die Knöchel weiß hervortraten. »Warum hat sie dann gesagt, sie sei lesbisch?«

Mit einem argwöhnischen Blick auf die Fäuste wich Robinson einen Schritt zurück. »Sie behauptet, das hätte sie gar nicht gesagt. Auch wenn du es nicht gern hörst, Andy, sie hat dich für einen selbstgerechten Spießer gehalten und auf den Arm genommen.« Und das tut dir mal ganz gut, dachte er. Er mochte McLoughlin, aber der Mann bildete sich ein, was Besseres zu sein, darum hatte es ihn auch so hart getroffen, daß seine Frau ihn verlassen hatte. Der Witz war, daß die ganze Dienststelle es seit Tagen gewußt hatte, seit Jack Booth es Bob Rogers erzählt hatte, aber alle hatten taktvoll darauf gewartet, daß McLoughlin es ihnen selbst sagen würde. Er hatte es nie getan. Zwei Wochen lang war er jeden Morgen mit einem Riesenkater ins Büro gekommen und hatte weitschweifig erzählt, was Kelly am Abend vorher gesagt oder getan hatte. Nur sein Stolz war verletzt, das wußten sie alle, und auch der würde sich bald erholen, so scharf wie die Mädels im Büro auf ihn waren. Die standen ja förmlich Schlange, um endlich in sein Bett zu kommen. Die meisten glaubten, Constable Brownlow würde das Rennen machen. Und für Nick, dick, bereits kahlköpfig und mit einer Schwäche für Constable Brownlow, war Annes Gleichgültigkeit McLoughlin gegenüber eine Wohltat gewesen.

Anne öffnete die Tür und bat die Männer herein. McLoughlin nahm den Durchsuchungsbefehl aus seiner Aktentasche und reichte ihn ihr. Sie las ihn aufmerksam durch, ehe sie ihn mit einem Achselzucken zurückgab. Ihr Verhalten ihm gegenüber war unverändert, sie ließ sich nicht anmerken, daß er am Morgen zu weit gegangen war.

»Bitte«, sagte sie und wies zu der kleinen Treppe, die in die oberen Räume führte. »Ich bin in meinem Arbeitszimmer, wenn Sie mich brauchen.« Sie kehrte an ihren Schreibtisch in dem großen, sonnendurchfluteten Zimmer zurück. ›I Can't Get No Satisfaction‹ tönte es aus den Lautsprechern der Stereoanlage.

Ihr Gästezimmer gab keine Geheimnisse preis. McLoughlin hatte den Eindruck, daß es seit Monaten, vielleicht seit Jahren nicht benutzt worden war. Sie machten im Schlafzimmer weiter.

»Nicht schlecht«, sagte einer der Männer beifällig. »Meine Frau hat gerade ein Vermögen für rosa Rüschen und einen Haufen Spiegel und Kunststoff ausgegeben. Und jetzt hütet sie das gottverdammte Schlafzimmer wie ihren Augapfel. Ich wette, wir hätten so was hier für den halben Preis haben können.« Er strich mit einer Hand über eine niedrige Eichentruhe.

Das Zimmer wirkte luftig und geräumig, weil es so wenig Mobiliar enthielt: nur die Truhe, einen leichten Korbstuhl und ein niedriges Doppelbett mit vielen Kissen und einer flaschengrünen Decke. In einer Nische war ein Einbauschrank. Ein weißer Teppich ging nahtlos in die weißen Wände über. Große Farbaufnahmen von leuchtenden Blumen auf schwarzem Grund schmückten die Wände. Der Raum bot dem Auge Reiz und Entspannung zugleich.

»Sie beide übernehmen die Truhe und den Schrank«, sagte McLoughlin. »Ich schau mich im Bad um.« Er zog sich aufatmend in die Normalität eines blaßrosa Badezimmers zurück, fand jedoch nichts Ungewöhnliches. Als er sich wieder zur Tür wandte, bemerkte er aus dem Augenwinkel eine Bewegung hinter sich. Er fuhr herum, das Herz im Hals, und konnte sich in dem angespannten, zornigen Mann, der ihm aus dem Spiegel entgegenblickte, kaum wiedererkennen. Er drehte den Hahn auf, wusch sich das Gesicht und trocknete es mit einem Handtuch, das nach Rosen duftete. Er hatte unerträgliche Kopfschmerzen. Er war im Krieg mit sich selbst, und die Anstrengung, die sich befehdenden Teile zusammenzuhalten, setzte ihm reichlich zu. Mit Kelly hatte das nichts zu tun, und dieser Gedanke überraschte ihn. Es war etwas tief in ihm selbst, und es war schon seit langem da drinnen, eine schwelende Wut, die er weder steuern noch beherrschen konnte, die jedoch durch Kellys Weggehen noch angeheizt worden war.

Er ging ins Schlafzimmer.

»Hier ist was, Sarge«, sagte Constable Friar. Er lag in die Kissen gelehnt auf dem Bett, in einer Haltung, die auf absurde Weise an Manets ›Olympia‹ erinnerte. In einer Hand hielt er ein kleines in Leder gebundenes Buch. »Mann, ist das obszön«, sagte er kichernd.

»Runter!« befahl McLoughlin mit einer scharfen Kopfbewegung und wartete, bis der Constable widerstrebend vom Bett gerutscht war. »Was ist das?«

»Ihr Tagebuch. Hier, hören Sie sich das an. ›Wenn ich einen Penis im Kondom sehe, nach der Ejakulation, muß ich einfach lachen. Ich fühle mich augenblicklich in meine Kindheit zurückversetzt, als mein Vater einen eitrigen Finger hatte. Er konstruierte einen Fingerling aus durchsichtigem Kunststoff – ‚um den Burschen im Auge zu behalten' – und zitierte meine Mutter und mich zu sich, um dem aufregenden Höhepunkt beizuwohnen, als der Finger nach viel Drücken aufbrach. Es war ein freudiges Ereignis.‹ Mann, das ist echt krank.« Er zog das Buch weg, als McLoughlin danach greifen wollte. »Und das hier, hören Sie sich das hier an:« – er blätterte um – » ›Phoebe und Diana haben heute nackt auf der Terrasse in der Sonne gelegen. Ich hätte sie stundenlang betrachten können, sie waren so schön.‹ « Friar grinste. »Die hat's in sich, was? Würd mich interessieren, ob die anderen zwei wissen, daß sie eine Spannerin ist.« Er sah auf und war überrascht über den Widerwillen auf McLoughlins Gesicht. Er faßte ihn als Ausdruck von Prüderie auf. »Ich habe die Eintragungen von Ende Mai und Anfang Juni gelesen«, sagte er. »Sehen Sie sich den zweiten und dritten Juni an.«

McLoughlin blätterte. Ihre Handschrift war kräftig und nicht immer leserlich. Er fand den 2. Juni, einen Samstag. Sie hatte geschrieben: ›Ich habe ins Grab gesehen, und die Ewigkeit macht mir angst. Ich habe geträumt, es gäbe ein Bewußtsein nach dem Tod. Ich schwebte ganz allein in einer tiefen Dunkelheit, unfähig zu sprechen oder mich zu bewegen, aber ich wußte‹ (das Wort war dreimal unterstrichen), ›daß ich verlassen worden war, um auf ewig ohne Liebe und ohne Hoffnung zu existieren. Ich konnte mich nur danach sehnen, und der Schmerz meiner Sehnsucht war entsetzlich. Ich lasse heute nacht mein Licht an. Im Augenblick macht die Dunkelheit mir angst.‹ Er las weiter. 3. Juni: ›Arme Diana. ‚So macht Gewissen Feige aus uns allen'. Hätte ich es ihr sagen sollen?‹ 4. Juni: ›P. ist ein Rätsel. Er erzählt mir, daß er mit fünfzig Frauen im Jahr schläft, und ich glaube ihm, und doch bleibt er der aufmerksamste Liebhaber, den man sich vorstellen kann. Wieso, wenn er es sich leisten kann, Frauen als eine Selbstverständlichkeit zu nehmen?‹

McLoughlin klappte das Tagebuch zu. »Sonst noch etwas? Wie

sieht's mit ihren Kleidern aus?« Die beiden Männer schüttelten die Köpfe. »Gut, dann nehmen wir uns jetzt das Wohnzimmer vor.«

Anne blickte auf, als sie hereinkamen. Sie sah das Tagebuch in McLoughlins Hand, und schwache Röte schoß ihr ins Gesicht. Ach verdammt, dachte sie, warum habe ich das vergessen? »Ist das nötig?« fragte sie ihn.

»Leider ja, Miss Cattrell.« Die Stones schlugen einen letzten Akkord an, der einen Moment vibrierend in der Luft hing, ehe er verklang.

»Es steht überhaupt nichts drin«, sagte sie. »Jedenfalls nichts, was Ihnen weiterhelfen kann.«

Friar murmelte, laut genug, daß McLoughlin es hören konnte: »Von wegen! Echt geil, was da drin steht.«

Auf McLoughlins eisenharten Griff in das weiche Fleisch an der Innenseite seines Oberarms war er nicht vorbereitet. Wie Nägel bohrten sich die Finger in das empfindliche Gewebe, hart und erbarmungslos. Er hatte McLoughlin an Jack Booth erinnert.

McLoughlin, der einen Kopf größer war als Friar, lächelte milde zu ihm hinunter. Mit seidenweicher Stimme murmelte er: »›Du häßlich, gräßlich Ungeheuer, von aller Welt verabscheut und gemieden, du wagst es ihr zu nah zu treten, der schönen Frau? Geh, such dir dein Futter anderswo, auf einem anderen armen Haupt.‹« Sein dunkles Gesicht zeigte keine Regung. »Sagt Ihnen das was, Friar?«

Der Constable riß sich los und rieb sich den Arm. Er sah ausgesprochen verdattert aus. »Mensch, was soll'n das, Sarge?« brummte er verlegen. Hilfesuchend sah er seinen Kollegen an, aber Jansen hielt den Blick zu Boden gerichtet. Er war neu in Silverborne und hatte einen Heidenrespekt vor Andy McLoughlin.

McLoughlin stellte seine Aktentasche auf die Ecke von Annes Schreibtisch und öffnete sie. »Es ist aus einem Gedicht von Robert Burns«, sagte er freundlich zu Friar. »Es heißt ›An eine Laus‹. Tja,

Miss Cattrell«, fuhr er fort, sich ihr zuwendend, »wir brauchen das Tagebuch leider. Es kann uns Auskunft über Ihr Tun und Lassen in den letzten zwei Monaten geben.« Er nahm einen Quittungsblock aus der Aktentasche und füllte das oberste Blatt aus. »Sie bekommen es zurück, sobald wir damit fertig sind.« Er riß die Quittung aus dem Block und hielt sie ihr hin, und für einen flüchtigen Moment sah er ihr in die Augen und gewahrte das Gelächter in ihnen. Eine Welle der Wärme schlug gegen den eisigen Block seiner Einsamkeit. Sie neigte den Kopf, um sich die Quittung anzusehen, und sein Blick wanderte zu den weichen geringelten Haaren in ihrem Nacken. Er hätte sie gern berührt.

»Über mein Tun und Lassen steht nichts in dem Tagebuch«, sagte sie zu ihm. »Da trage ich nur meine Gedanken ein.« Sie sah ihn an, und in ihren Augen lachte es immer noch. »Magere Kost, Sergeant.«

»Oh, das würde ich nicht sagen«, entgegnete er. »Am zweiten Juni haben Sie sehr interessante Gedanken in Ihr Tagebuch eingetragen. Sie haben geschrieben:« – er sah die geschriebene Seite vor seinem inneren Auge – »›Ich habe ins Grab gesehen, und die Ewigkeit macht mir angst.‹« Er musterte sie aufmerksam. »Warum haben Sie das geschrieben, Miss Cattrell, und warum haben Sie es gerade damals geschrieben?«

»Kein besonderer Grund. Ich schreibe oft über den Tod.«

»Hatten Sie in ein Grab hineingeschaut?«

»Nein.«

»Haben Sie Angst vor dem Tod?«

»Nicht im geringsten. Er ärgert mich.«

»Inwiefern?«

In ihren Augen blitzte Erheiterung. Sie würden sie immer verraten, dachte er. »Weil ich nie erfahren werde, was danach passiert. Ich möchte das ganze Buch lesen, nicht nur das erste Kapitel. Geht Ihnen das nicht so?«

Doch, dachte er. Mir geht es genauso. »Aber Anfang Juni haben Sie ihn gefürchtet. Warum?«

»Ich weiß nicht mehr.«

»›Ich habe geträumt, es gäbe ein Bewußtsein nach dem Tod‹«, zitierte er. »Danach haben Sie geschrieben, daß Sie in der Nacht das Licht anlassen wollten, weil die Dunkelheit Ihnen angst machte.«

Sie dachte zurück. »Ich hatte einen Traum. Es war ein besonders lebhafter Traum. Ich bin früh aufgewacht, als es noch dunkel war, und ich wußte nicht gleich, wo ich war. Ich glaubte, der Traum sei Realität.« Sie zuckte die Achseln. »Das hat mir angst gemacht.«

»Am dritten Juni sagten Sie Mrs. Goode etwas, das ihr Gewissensbisse machte. Was war das?«

»Keine Ahnung.« Er schlug das Tagebuch auf und las ihr die Stelle vor. Sie schüttelte den Kopf. »Es war wahrscheinlich irgend etwas Banales. Mrs. Goode ist manchmal ein wenig sensibel.«

»Vielleicht«, meinte er, »hatten Sie beschlossen, ihr von dem Toten zu erzählen, den Sie im Eishaus gefunden hatten?«

»Nein, das war es sicherlich nicht.« In ihren Augen saß der Schalk. »Daran würde ich mich erinnern.«

Er schwieg einen Moment. »Sagen Sie mir doch mal, warum Ihnen der unglückselige Mensch da draußen überhaupt nicht leid tut, Miss Cattrell.«

Sie wandte sich ab, um nach einer Zigarette zu suchen. »Aber er tut mir ja leid.«

»Wirklich?« Er nahm ihr Feuerzeug und gab ihr Feuer. »Das haben Sie aber nie zum Ausdruck gebracht. So wenig wie Mrs. Maybury und Mrs. Goode. Normal ist das nicht. Die meisten Leute hätten Anteilnahme gezeigt, mindestens ›der arme Mann‹ gesagt. Das einzige, was Sie und Ihre Freundinnen bisher gezeigt haben, ist Irritation.«

Es ist wahr, dachte sie. Wie dumm wir waren. »Wir heben uns unsere Anteilnahme für uns selbst auf. Mitgefühl ist ein zartes Pflänzchen. Es stirbt beim ersten Frosthauch. Sie müßten auf Streech Grange leben, um das zu verstehen.«

»Sie enttäuschen mich. Ich dachte, Mitgefühl wäre eine Ihrer Musen.« Er stützte die Hände auf den Schreibtisch und stand auf. »Mit einem Fremden hätten Sie Mitleid gehabt, denke ich. Aber Sie haben ihn gekannt und nicht gemocht, nicht wahr?« Er schob seinen Stuhl zurück. »Also Friar, Jansen, an die Arbeit. Wir werden es so kurz wie möglich machen, Miss Cattrell. Zum Schluß muß ich Sie bitten, mit einer Beamtin nach oben zu gehen und sich persönlich durchsuchen zu lassen. Sie können selbstverständlich hier bleiben, während wir arbeiten, aber wenn Sie lieber draußen warten möchten, geht einer der Beamten mit Ihnen hinaus.«

Sie paffte einen Rauchring in die Luft und durchbohrte ihn mit dem Ende ihrer Zigarette. »Oh, ich bleibe, Sergeant«, sagte sie. »Polizeiliche Durchsuchungen sind mein täglich Brot. Zweitausend Wörter für ein Frauenmagazin lassen sich bestimmt herausschlagen. Ich stelle mir einen Titel wie *Freibrief zum Schnüffeln* vor. Was halten Sie davon?«

Sarkastisches Luder, dachte er, während er dem Rauch nachsah, der aus ihrem Mund strömte. Das ganze Zimmer stank nach ihren Zigaretten. »Ganz wie Sie wollen, Miss Cattrell.« Er wandte sich ab. Das Blut pulste und hämmerte und staute sich in seinem Kopf, bis er glaubte, nur ein Schrei könne den Druck lindern.

Sie durchsuchten alles mit gewohnter Gründlichkeit und unendlicher Geduld. Sie suchten im Inneren der Bücher, hinter den Bildern, unter den Sesseln, in den Schubladen; sie stießen lange Sonden in die Erde der Pflanzentöpfe, tasteten den Spannteppich nach Unebenheiten ab, kippten das Sofa und stocherten in seine weichen Polster; und als sie fertig waren, sah das Zimmer nicht anders aus als vorher. Anne war gebührend beeindruckt.

»Das haben Sie sehr professionell gemacht«, sagte sie zu ihnen. »Ich gratuliere. War es das jetzt?«

»Noch nicht ganz«, antwortete McLoughlin. »Würden Sie mir bitte noch den Safe aufmachen?«

Sie sah ihn erschrocken an. »Wie kommen Sie darauf, daß ich einen Safe habe?«

Er trat zum eichengetäfelten Kaminsims, der genauso aussah wie der in der Bibliothek. Er drückte auf die Kante des mittleren Paneels und schob es zurück. Darunter zeigte sich das mattgrüne Metall eines Wandsafes mit Griff und Schloß aus Chrom. Er sah Friar und Jansen an. »Ich hab heute morgen den in der Bibliothek entdeckt«, sagte er. »Raffiniert, nicht?« Er konnte sie nicht ansehen. Ihr Erschrecken hatte ihn erschüttert.

Sie ging an ihren Schreibtisch zurück. Sie hatte immer Phoebe für die bessere Menschenkennerin gehalten, aber Diana war diejenige, die als erste vor McLoughlin Angst gezeigt hatte.

»Würden Sie ihn bitte aufmachen«, sagte er wieder.

Sie nahm eine geschlossene Packung aus der Stange Zigaretten in der obersten Schublade und riß sie auf. Er sah ihr ruhig zu, ohne etwas zu sagen.

»Was bilden Sie sich eigentlich ein?« fuhr Friar sie aufgebracht an. »Sie haben gehört, was der Sergeant gesagt hat. Machen Sie den verdammten Safe auf.«

Sie ignorierte ihn, klappte den Deckel der Packung zurück, drehte sie um und schüttelte einen Schlüssel in ihre geöffnete Hand. »Und was halten Sie von Spenser?« fragte sie McLoughlin mit einem schiefen Lächeln. »›Wenn etwas einen Menschen verrät, so sind's seine Manieren‹. Das scheint Ihrem Kollegen auf den Leib geschrieben zu sein.«

Sie versucht Zeit zu gewinnen, dachte er. Sie hat Angst, und ich hasse sie. Lieber Gott, wie ich sie hasse. »Den Safe bitte, Miss Cattrell.«

Mit einem kleinen Achselzucken ging sie zum Kamin, sperrte die Safetür auf und zog sie auf. Der Safe war leer bis auf ein großes Messer, um dessen Griff ein blutbeflecktes Tuch gewickelt war. Die Klinge war schwarz und verkrustet. McLoughlin fühlte sich sterbenselend. So wütend er war, das hatte er nicht gewünscht. Es schoß ihm durch den Kopf, ob er krank sei. Sein Kopf brannte, als habe er Fieber. Er lehnte sich mit der Schulter an den Kaminsims, um Halt zu finden. »Können Sie mir das da bitte erklären?« Er hörte seine Stimme aus weiter Ferne, rauh und unnatürlich.

»Was gibt's da zu erklären?« fragte sie, nahm sich eine Zigarette und zündete sie an.

Ja, was in der Tat? Er sah zu der Zigarettenpackung auf dem Schreibtisch. »Fangen wir mit der Frage an, warum Sie den Schlüssel so gut versteckt haben.«

»Gewohnheit.«

»Das ist eine Lüge, Miss Cattrell.«

Sie dachte an die Stahltrosse damals in Shanghai, die sich über eine riesige Winde gedreht hatte, um einen seeuntüchtigen Tanker zu den Docks zu ziehen. Als die Trosse sich gespannt hatte, hatte sie sich vom Beton erhoben, Schmutz und Staub waren von ihr abgefallen, dünner und straffer war sie geworden, und dann, in diesem Moment reinen Horrors, war sie unter der Belastung gerissen und hatte mit unglaublicher Geschwindigkeit den ungeschützten Hals eines Mannes durchschlagen. Er hatte es kommen sehen, sie erinnerte sich daran, hatte die Hände in die Höhe gerissen, um sich zu schützen. Sie sah McLoughlin an und hätte gern das gleiche getan.

»Ich möchte meinen Anwalt anrufen«, sagte sie. »Ich beantworte keine Fragen mehr, solange er nicht hier ist.«

»Friar«, sagte McLoughlin, »suchen Sie Inspector Walsh und bitten Sie ihn, in Miss Cattrells Wohnung zu kommen. Sagen Sie, es sei dringend. Und sagen Sie ihm, sie möchte einen Anruf machen. Jansen« – er drehte den Kopf zur Terrassentür –, »holen Sie eine Kollegin für die Leibesvisitation. Ich glaube, Brownlow ist irgendwo draußen.«

Er wartete, bis die beiden Männer gegangen waren, dann wandte er sich zum Kamin und starrte schweigend auf den geöffneten Safe. Nach einem Moment drückte er die Tür zu und legte die Hände auf den Kaminsims. Er senkte den Blick und sah zum Feuer hinunter, das nicht brannte. Es war eine für Gas eingerichtete Imitation, und die künstlichen Kohlen waren mit Zigarettenasche und Stummeln übersät. »Sie sollten sie in den Ascheneimer werfen«, murmelte er. »Sie hinterlassen Flecken, wenn sie verbrennen.«

Sie reckte den Hals, um zu sehen, wovon er sprach. »Ach so, die. Immer nehme ich mir vor, sie wegzusaugen.«

»Ich dachte, Mrs. Phillips macht die Zimmer sauber.«

»Das stimmt, aber bei gewissen Schweinereien zieht sie die Grenze.«

Er drehte sich nach ihr um, den Ellbogen auf den Kaminsims gestützt. Er zitterte wie im Schüttelfrost. »Ich verstehe.« Er verstand es natürlich nicht. Nach welchen Gesichtspunkten zog Molly die Grenze? Nach rassischen? Religiösen? Gesellschaftlichen?

»Sie unterscheidet nach moralischen Gesichtspunkten«, erklärte Anne. Hatte er seine Gedanken laut gesagt? Er wußte es nicht, sein Kopf tat so weh. »Sie ist eine richtige Puritanerin von altem Schrot und Korn, und wirklich glücklich ist sie nur, wenn sie meckern kann. Sie kann nicht verstehen, wieso das bei uns nicht genauso ist.«

»Wie meine Mutter«, sagte er.

Sie lachte leise. »Wahrscheinlich. Meine Mutter kümmert sich um solche Dinge Gott sei Dank nicht. Mit zwei auf einmal könnte ich es nicht aufnehmen.«

»Lebt sie hier in der Nähe?«

Anne schüttelte den Kopf. »Als ich das letztemal von ihr hörte, war sie in Bangkok. Sie hat nach dem Tod meines Vaters wieder geheiratet und ist seitdem mit Ehemann Nummer zwei ständig auf Reisen. Ich habe die beiden aus den Augen verloren.«

Das hat weh getan, dachte er. »Wann haben Sie Ihre Mutter das letztemal gesehen?«

Sie antwortete nicht gleich. »Das ist lange her.« Sie trommelte ungeduldig mit den Fingern auf den Schreibtisch. »Nennen Sie mir einen guten Grund, warum ich auf die Erlaubnis des Inspectors warten soll, um diesen Anruf zu machen.«

Ihre Stimme zitterte vor Ärger, und das brachte ihn zum Lachen. Das Gelächter überfiel ihn wie eine Art Wahnsinn, wild, unkontrollierbar, ausgelassen. Er wischte sich die Tränen aus den Augen. »Entschuldigen Sie«, sagte er. »Entschuldigen Sie vielmals. Es gibt keinen Grund. Bitte. Telefonieren Sie.« Die Worte, kaum mehr als ein Lallen, dröhnten in seinem Kopf. Selbst für ihn klangen sie, als sei er betrunken. Er umklammerte den Kaminsims und spürte, wie der Boden unter seinen Füßen ins Schwanken geriet.

»Es scheint Ihnen entgangen zu sein«, bemerkte Anne, während sie ihm einen Stuhl in die Kniekehlen schob und ihn mit der Hand darauf niederdrückte, »daß es notwendig ist, ab und zu mal etwas zu essen.« Sie entfernte sich von ihm, um in ihrer untersten Schublade zu kramen. »Hier«, sagte sie einen Augenblick später und drückte ihm eine Tafel Schokolade in die Hand. »Ich hole Ihnen etwas zu trinken.« Sie nahm eine Flasche Mineralwasser aus einem kleinen Barschrank, goß ein Glas ein und brachte es ihm.

Die Hand, die die Schokolade hielt, hing schlaff zwischen seinen Knien. Er machte keinen Versuch, etwas von der Süßigkeit zu essen. Er war zu keiner Bewegung fähig, selbst wenn er gewollt hätte.

»Ach, verdammt!« sagte sie ärgerlich, stellte das Glas auf einen Tisch und kauerte vor ihm nieder. »Wissen Sie was, McLoughlin, Sie sind wirklich das letzte. Wenn Sie es darauf anlegen, sich vorzeitig in Rente zu trinken, ist das Ihre Entscheidung – weiß der Himmel, warum Sie überhaupt zur Polizei gegangen sind. Sie sollten lieber eine Biographie über Francis Bacon oder Robert Burns schreiben oder etwas ähnlich Vernünftiges tun. Aber wenn Sie nicht unbedingt an die Luft gesetzt werden möchten, dann reißen Sie sich zusammen. Jeden Moment wird dieser kleiner Dreckskerl zurückkommen, den Sie nach Walsh geschickt haben, und wenn der Sie so sieht, macht er sich naß vor Freude. Glauben Sie mir, ich kenne diesen Typ Leute. Und falls von Ihnen noch etwas übrig sein sollte, wenn Walsh mit Ihnen fertig ist, wird Ihr Freund, der Constable, kräftig drüber pinkeln – immer wieder, und dabei wird er jedes Mal einen Orgasmus kriegen. Ich kann Ihnen versprechen, das wird bestimmt kein Zuckerschlecken.«

Auf ihre eigene Art war sie schön. Er hätte in diesen weichen braunen Augen versinken mögen. Er biß ein Stück von der Schokolade ab und kaute nachdenklich. »Sie sind eine ganz üble Lügnerin, Cattrell.« Er bewegte sachte seinen Kopf hin und her. »Sie haben mir erklärt, das Mitgefühl sei eine zarte Pflanze, aber ich glaube, Sie haben mir gerade das Genick gebrochen.«

13

Es lag etwas in der Luft. Walsh witterte es, sobald er das Zimmer betrat. McLoughlin stand am Fenster, die Hände auf dem Fensterbrett, und sah zur Terrasse und der weiten Rasenfläche hinaus. Anne Cattrell saß an ihrem Schreibtisch und kritzelte mit aggressiv vorgeschobener Unterlippe irgend etwas auf ein Blatt Papier. Sie sah auf, als er näher kam. »Na endlich!« sagte sie gereizt. »Ich möchte meinen Anwalt anrufen, Inspector. Und zwar jetzt! Ich weigere mich, weitere Fragen zu beantworten, solange er nicht hier ist.« Sie sah ausgesprochen wütend aus.

Wut, dachte Walsh überrascht. Irgendwie hatte es nicht nach Wut gerochen. »Ich habe schon verstanden«, sagte er ruhig. »Aber wieso verlangen Sie Ihren Anwalt?«

McLoughlin öffnete die Terrassentür, um Jansen und Constable Brownlow hereinzulassen. Seine Beine, wie aus Gummi, schienen einem anderen zu gehören; sein Magen, den die Schokolade geweckt hatte, revoltierte; sein Herz hüpfte wie ein Frühlingslamm. Er war ziemlich zufrieden mit sich. »Miss Cattrell«, sagte er, »ist es Ihnen recht, wenn Constable Brownlow Sie jetzt durchsucht, während ich Inspector Walsh die Lage der Dinge erkläre?«

»Nein«, schnauzte sie. »Das ist mir nicht recht. Ich warte, bis mein Anwalt hier ist.« Sie klopfte mit ihrem Bleistift gereizt auf den Schreibtisch. »Und ich werde vor Ihnen und diesen beiden Kerlen, die Sie da mitgebracht haben, auch kein Wort mehr sagen.« Sie sah Walsh zornig an. »Ich protestiere mit allem Nachdruck. Es ist schlimm genug, Fremde in seinen Privatsachen herumwühlen lassen zu müssen, aber dann auch noch Männer! Das ist wirklich die Höhe. Sie müssen doch Frauen bei Ihrer Truppe haben. Ich spreche ab jetzt nur noch mit einer Frau.«

Walsh verbarg seine Erregung, aber McLoughlin mit seiner neuen Klarsichtigkeit konnte ihn förmlich mit dem zerrupften Schwanz wedeln sehen. »Wollen Sie offiziell Anzeige gegen Sergeant McLoughlin und sein Team erstatten?« fragte Walsh.

Sie sah zu Friar hinüber. »Ich warte, bis mein Anwalt hier ist.« Sie griff zum Telefon und begann zu wählen. »Aber meinen Protest erhalte ich aufrecht. Wenn Sie also an meiner Mitarbeit interessiert sind, schlage ich vor, Sie holen ein paar Frauen.«

Walsh wies mit dem Kopf zur Tür. »Friar, Jansen, warten Sie im Korridor. Sergeant McLoughlin, nehmen Sie, was Sie gefunden haben, und bringen Sie es hinaus. Brownlow, Sie bleiben hier.« Mit zusammengekniffenen Augen beobachtete er McLoughlin, der vom Fenster wegtrat und mit unsicherem Schritt durch das Zimmer ging. Irgend etwas stimmte hier nicht, er konnte nicht sagen, was es war. Mit scharfen Blicken sah er sich im Zimmer um.

Anne sprach schon am Telefon. »Warte einen Moment, Bill.« Sie legte die Hand über die Muschel. »Ich möchte Sie daran erinnern, Sergeant«, sagte sie eisig, »daß Sie mir für den Inhalt des Safes keine Quittung gegeben haben. Ich habe lediglich eine Quittung für mein Tagebuch.«

Er verneigte sich ironisch. »Wird sofort erledigt, Miss Cattrell.«

Sie ignorierte ihn und konzentrierte sich wieder auf das Telefongespräch. Einen Moment lang lauschte sie schweigend. Dann rief sie ärgerlich: »Verdammt noch mal, Bill, bei deinen Honoraren könntest du dir wirklich etwas Mühe geben, um schneller hier zu sein. Auch wenn ich keine von deinen noblen Londoner Mandanten bin. Aber immerhin zahle ich pünktlich. Du kannst es doch unter zwei Stunden schaffen, wenn du willst.«

Bill Stanley, langjähriger Freund und Anwalt, lachte. Er hatte ihr gerade gesagt, er würde alles stehen und liegen lassen und innerhalb einer Stunde bei ihr sein. »Ich kann auch drei Stunden brauchen«, meinte er.

»Na also«, sagte sie. »Okay, ich frage ihn.« Sie sah Walsh an. »Haben Sie vor, mich mitzunehmen? Mein Anwalt möchte wissen, wohin er kommen soll?«

»Das bleibt ganz Ihnen überlassen, Miss Cattrell. Ehrlich gesagt, verstehe ich sowieso nicht, wieso Sie unbedingt Ihren Anwalt hier haben wollen.« McLoughlin drehte sich um und zeigte das Fleischermesser mit dem blutigen Lappen, bereits sauber in einem Plastikbeutel untergebracht. »Ach so!« sagte Walsh mit schlecht verhohlener Schadenfreude. »Ja, das sieht nun allerdings wirklich danach aus, als hätten Sie uns einiges zu erzählen, Miss Cattrell. Ich denke, es wäre das einfachste für alle Beteiligten, wenn wir das Verhör auf der Dienststelle durchführen.«

»Polizeidienststelle Silverborne«, sagte sie ihrem Anwalt. »Nein, keine Sorge, ich sage keinen Piep, solange du nicht hier bist.« Sie legte auf und riß McLoughlin die zweite Quittung aus der Hand. »Ich hoffe in Ihrem Interesse, Sie haben hier nichts mitgehen lassen«, sagte sie bissig. »Bis jetzt hatten noch alle Bullen, mit denen ich zu tun hatte, lange Finger.«

»Das reicht, Miss Cattrell«, sagte Walsh scharf und fragte sich, wie es McLoughlin gelungen war, die Ruhe zu bewahren. Aber vielleicht war es ihm ja gar nicht gelungen, und das war der Grund für die Spannung, die in der Luft lag. »Constable Brownlow bleibt bei Ihnen, bis ich draußen mit Sergeant McLoughlin gesprochen habe.« Steif marschierte er aus dem Zimmer. »Also«, sagte er, als sich die Tür hinter ihnen geschlossen hatte, »zeigen Sie mal her, was Sie da haben.« Er streckte die Hand nach dem Plastikbeutel aus.

»Es ist genauso, wie ich gesagt habe, Sir«, babbelte Friar eifrig. »Sie hatte es im Safe versteckt. Und dann haben wir auch noch das Tagebuch gefunden, wo sie von Tod und Gräbern und weiß der Himmel was noch schreibt.«

»Andy?«

Er lehnte sich an die Wand. »Ich weiß nicht recht.« Er zuckte die Achseln.

»Was soll das heißen?« fragte Walsh gereizt.

»Ich habe den Verdacht, wir werden verschaukelt, Sir.«

»Wieso?«

»Nur ein Gefühl. Sie ist nicht dumm, und es lief einfach zu glatt.«

»Friar?«

»Bestimmt nicht, Sir. Das Tagebuch, ja, das war einfach zu finden, aber das Messer war gut versteckt. Jansen hat die ganze Wand da abgetastet, den Safe aber völlig übersehen.« Er warf einen Blick widerwilliger Hochachtung in McLoughlins Richtung. »Der Sergeant hat ihn entdeckt.«

Walsh dachte einen Moment angestrengt nach. »Also, wie dem auch sei, wir können jetzt nicht zurück. Wenn sie uns wirklich verschaukeln will, dann wollen wir doch sehen, warum. Jansen, Sie bringen das auf die Dienststelle und lassen es auf Fingerabdrücke untersuchen, ehe ich mit Miss Cattrell komme. Friar, Sie können der Truppe draußen helfen. Andy, ich schlage vor, Sie machen an meiner Stelle in Mrs. Mayburys Wohnung weiter.«

»Erlauben Sie, Sir«, entgegnete McLoughlin, »wäre es nicht besser, ich sehe mir das Tagebuch an? Friar hat schon recht, es enthält einige sehr merkwürdige Eintragungen.«

Walsh musterte ihn scharf, dann nickte er. »Vielleicht haben Sie recht. Markieren Sie alles, was Sie für relevant halten, und legen Sie es mir auf den Schreibtisch, ehe ich mit ihr spreche.« Er ging in Anne Cattrells Zimmer zurück und schloß die Tür hinter sich.

Friar rannte McLoughlin durch den Korridor hinterher. »Sie haben vielleicht ein Schwein.«

McLoughlin grinste boshaft. »Tja, es hat seine Vorteile, Sergeant zu sein, Friar.«

»Glauben Sie, daß sie sich beschwert?«

»Ich bezweifle es.«

»Hm.« Friar blieb stehen, um sich eine Zigarette anzuzünden. »Gegen Jansen und mich kann sie jedenfalls nichts sagen.« Er rief McLoughlin nach: »Aber es würde mich schon interessieren, woher sie die Flecken am Hals hat.«

McLoughlin fuhr auf direktem Wege zu einem Gasthaus außerhalb von Silverborne und aß und aß, bis er nicht mehr konnte. Er konzentrierte sich ausschließlich auf das Essen, und wenn sich ihm ein anderer Gedanke aufdrängen wollte, vertrieb er ihn energisch. Zum ersten Mal seit Monaten war er mit sich und der Welt im Frieden. Als er fertig war, ging er zu seinem Wagen hinaus, klappte den Sitz nach hinten und schlief.

Jonathan stand an der Haustür, als Walsh und Constable Brownlow Anne herausführten. Er trat ihnen aggressiv in den Weg, und Walsh erkannte in ihm ohne Mühe den schlaksigen Jungen, der vor zehn Jahren seine Mutter so grimmig beschützt hatte.

»Was ist hier los?« fragte er zornig.

Anne legte ihm die Hand auf den Arm. »Ich bin spätestens in zwei, drei Stunden zurück, Jon. Es ist nichts Ernstes, glaub mir. Sag deiner Mutter, daß ich Bill Stanley angerufen habe. Er ist schon auf dem Weg hierher.« Sie machte eine kleine Pause. »Und sieh zu, daß sie das Telefon aushängt und Fred das Tor absperren läßt. Die Katze ist inzwischen bestimmt aus dem Sack, und die Presse wird nicht lange auf sich warten lassen.« Sie sah ihm mit einem beinahe beschwörenden Blick direkt in die Augen. »Kümmre dich um deine Mutter, *mon petit trésor*. Versuch, sie abzulenken. Leg ihr ein paar Platten auf oder so was.« Sie sprach nach rückwärts über ihre Schulter, während Walsh sie zum Wagen führte. »Pat Boone und *Love Letters in the Sand*. Das wirkt immer. Du weißt ja, wie sehr sie Pat Boone mag. Und mach schnell, ja?«

Er nickte. »Okay. Bis später, Anne.«

Er winkte niedergeschlagen, als sie davonfuhr, und ging dann nachdenklich ins Haus zurück. Soweit er wußte, hatte seine Mutter nie in ihrem Leben eine Pat-Boone-Platte gehört. ›Und mach schnell, ja?‹ Er ging zu Annes Tür, sah sich hastig um, drehte dann den Knauf und eilte leise ihren Korridor hinunter. Er öffnete die Tür zum Wohnzimmer und spähte hinein. Das Zimmer war leer. ›*Mon petit trésor!*‹ Noch nie hatte sie ihn so genannt. Tresor – Safe. ›Love Letters‹. Innerhalb von Sekunden hatte er das Paneel geöffnet, umfaßte fest den Chromgriff und zog den ganzen Safe heraus. Er hatte, da er aus Aluminium gemacht war, kaum Gewicht. Er stützte ihn mit der Hüfte, während er die Hand in die dunkle Nische im Kamin schob und einen großen braunen Umschlag herauszog. Er warf ihn auf den nächsten Sessel, paßte den Safe wieder ein und schob das Paneel zu. Während er den Umschlag unter sein Jackett schob, ging ihm der Gedanke durch den Kopf, daß irgend etwas oder irgend jemand Anne heftig erschreckt haben mußte, wenn sie dieses Versteck plötzlich für unsicher hielt. Und weshalb regte sie sich wegen ein paar Liebesbriefen auf? Sehr seltsam das alles. Als er durch die Terrassentür hinausging, hörte er, wie die Tür zu Annes Wohnung geöffnet und wieder geschlossen wurde. Auf Zehenspitzen rannte er über die Terrasse davon.

Er traf Phoebe und Diana im Wohnzimmer des Haupthauses an. Sie saßen nebeneinander auf dem Sofa und unterhielten sich gedämpft, die Köpfe zusammengesteckt, so daß rotes und blondes Haar sich vermischten wie die Fäden in einem Gobelin. Er war plötzlich eifersüchtig auf ihre Intimität. Wieso zog seine Mutter Diana noch vor ihm in ihr Vertrauen? Traute sie ihm nicht? Er hatte die Schuld zehn Jahre mitgetragen. War ihr das nicht lang genug?

Manchmal hatte er den Eindruck, daß ihn nur Anne wie einen Erwachsenen behandelte.

»Sie haben Anne mitgenommen«, sagte er kurz.

Sie nickten ohne Überraschung. »Wir haben es gesehen«, sagte Phoebe und lächelte ihm tröstend zu. »Mach dir keine Sorgen, Darling. Ich habe mehr Mitleid mit der Polizei als mit Anne. Sie werden feststellen, daß sogar ein Boxkampf mit Mike Tyson einem Gefecht mit Anne vorzuziehen wäre, wenn sie in Kampfstimmung ist. Sie hat hoffentlich Bill angerufen.«

»Ja.« Er ging zum Fenster und blickte zur Terrasse hinaus. »Wo ist Lizzie?« fragte er.

»Sie hat Molly begleitet«, antwortete Diana. »Sie durchsuchen jetzt das Pförtnerhaus.«

»Ist Fred auch dort?«

»Fred steht Wache am Tor«, sagte Phoebe. »Die Presse scheint in hellen Heerscharen angerückt zu sein. Er versucht, sie abzuwehren.«

»Dabei fällt mir ein – Anne hat gesagt, du sollst das Telefon aushängen.«

Diana stand auf und ging zum Kaminsims, um hinter der Uhr, die dort stand, einen Zigarettenstummel hervorzuholen. Sie riß ein Streichholz an und zündete ihn an. »Schon erledigt.« Sie blinzelte auf das erbärmliche Stückchen Zigarette hinunter und paffte ungeschickt.

Phoebe tauschte einen Blick mit Jonathan und lachte. »Ich hol dir aus Annes Zimmer eine richtige«, sagte sie und stand auf. »Sie hat bestimmt welche herumliegen, und ich möchte dich doch nicht leiden sehen.« Sie ging aus dem Zimmer.

Diana warf den Stummel in den Kamin. »Das ist dann heute schon meine zweite. Morgen sind's dann drei, und so geht's weiter, bis ich wieder rauche wie ein Schlot. Ich muß wirklich verrückt sein. Du bist Arzt, Jon. Sag mir, ich soll aufhören.«

Beschwichtigt durch ihren Hilferuf an ihn, ging er zu ihr und legte ihr den Arm um die Schultern. »Noch kein fertiger Arzt, und du würdest auf meine Ratschläge sowieso nichts geben. Rauch ruhig, wenn es dir hilft. Seelische Belastung ist genauso ungesund wie Nikotin.« Es war, als hielte er eine ältere Elizabeth im Arm, dachte er. Sie waren einander so ähnlich: im Aussehen, in ihrer Suche nach Sicherheit, ihrer Neigung zur Ironie. Das erklärte überzeugend, warum sie nicht miteinander zurechtkamen.

Er drückte ihren Arm und ließ sie los, um ans Fenster zurückzukehren. »Sind die Leute von der Polizei jetzt alle weg?«

»Ja, bis auf die im Pförtnerhaus, glaube ich. Die arme Molly. Sie wird Monate brauchen, um darüber hinwegzukommen, daß die Bullen ihre langen Unterhosen inspiziert haben. Wahrscheinlich wäscht sie sie erst fünfmal, ehe sie sie wieder anzieht.«

»Lizzie wird sie schon beruhigen«, meinte er.

Sie sah mit forschendem Blick zu ihm hinüber. »Seht ihr euch häufig in London?« fragte sie.

Er drehte sich nicht herum. »Ab und zu. Manchmal essen wir zusammen zu Mittag. Sie hat ja ziemlich unmögliche Arbeitszeiten. Meistens ist sie bis in die frühen Morgenstunden im Kasino.«

Traurig eigentlich, dachte er, wie wenig man einer Mutter über ihre Tochter erzählen konnte. Man konnte ihr nicht beschreiben, wie wunderbar es war, morgens um vier zu erwachen und ihren warmen nackten Körper neben sich zu spüren. Man konnte nicht erklären, daß allein die Gedanken an sie einen in Erregung versetzten. Statt dessen mußte man sagen, man sähe sich selten, mußte Gleichgültigkeit vortäuschen, und die Mutter würde nie erfahren, was für ein Feuer ihre Tochter entfachen konnte. »Hier unten sehe ich mehr von ihr«, sagte er und drehte sich herum.

»Sie erzählt mir nichts von ihrem Leben in London«, sagte Diana mit Bedauern. »Ich nehme an, sie geht aus, aber ich weiß es nicht, und ich frage nicht danach.«

»Weil du es nicht wissen willst oder weil du glaubst, sie würde es dir nicht sagen?«

»Oh, weil sie es mir nicht sagen würde natürlich«, erwiderte sie. »Sie weiß, ich möchte auf keinen Fall, daß sie den gleichen Fehler macht wie ich und zu jung heiratet. Wenn sie eine ernste Beziehung hat, erfahre ich es bestimmt als letzte, und dann wird es zu spät sein, sie zur Vorsicht zu mahnen. Ganz allein meine Schuld«, sagte sie. »Das ist mir schon klar.«

Phoebe kehrte zurück und warf Diana eine angebrochene Pakkung Zigaretten zu. »Könnt ihr euch vorstellen, daß sie diesen Kleinen zur Bewachung von Annes Zimmer hier gelassen haben? Diesen Constable Williams, für den Molly ihr Herz entdeckt hat. Er mußte unbedingt jede einzelne Zigarette aus der Packung nehmen und genauestens begutachten.« Sie ging zum Telefon und legte den Hörer wieder auf. »Ich war wohl nicht ganz dicht«, sagte sie. »Jane kommt heute irgendwann am Nachmittag oder Abend in Winchester an. Ich habe ihr gesagt, sie soll anrufen, sobald sie da ist. Wir werden die Anrufe von der Presse eben aushalten müssen, bis sie sich gemeldet hat.«

Jonathan öffnete die Terrassentür und ging hinaus. »Ich mach einen Spaziergang mit den Hunden. Und dann seh ich mal, ob ich Lizzie finden kann. Bis nachher.« Er legte die Finger an die Lippen und stieß einen gellenden Pfiff aus, ehe er zum Garten hinausging.

Im selben Moment läutete das Telefon. Phoebe nahm ab und lauschte einen Moment. »Kein Kommentar«, sagte sie und legte wieder auf. Ein paar Sekunden danach begann es von neuem zu läuten.

Benson und Hedges sprangen schwanzwedelnd um ihn herum und gebärdeten sich, als sei ein Spaziergang eine große Seltenheit. Er schlug den Weg zu dem Waldstück zwischen dem Gut und der Grange Farm ein und warf hin und wieder einen Stock, um den Hunden eine Freude zu machen. Als er am Eishaus vorbeikam, beobachtete er mit Abscheu, wie sie schnurstracks darauf zurasten, nur um kläffend und winselnd an der versiegelten Tür zu kratzen. Er ging weiter, machte aber regelmäßig halt, um einen aufmerksamen Blick zurückzuwerfen.

Als er die zweihundertjährige Eiche erreichte, die majestätisch auf der Lichtung mitten im Wald stand, zog er seine Jacke aus und setzte sich, mit dem Rücken an die rauhe Borke des massigen Stamms gelehnt. So verharrte er eine halbe Stunde, lauschte und beobachtete, bis er die Gewißheit hatte, daß er mit den Hunden allein war.

Erst dann stand er auf, nahm den Umschlag aus der Innentasche seiner Jacke und warf ihn durch einen schmalen Spalt in eine Höhle im gewaltigen Stamm. Nur Jane, die hier mit ihm gespielt hatte, als sie Kinder gewesen waren, kannte das Geheimnis dieses Verstecks.

Er pfiff nach den herumstromernden Hunden und kehrte zum Haus zurück.

»Kann ich einen Moment mit dir sprechen, Darling?«

Elizabeth, schon auf der Treppe zu ihrem Schlafzimmer, drehte sich widerstrebend nach ihrer Mutter um. »Wenn du willst.« Sie war gerade vom Pförtnerhaus zurückgekommen und war müde und nervös. Mollys ängstliche Aufregung über die Hausdurchsuchung war ihr an die Nieren gegangen.

»Wir können es verschieben, wenn es dir jetzt nicht paßt.«

Elizabeth kam langsam die Treppe wieder herunter. »Was ist denn los?«

»Alles.« Diana lachte ironisch. »Was ist nicht los? Die Frage könnte ich leichter beantworten.«

Elizabeth folgte ihr in ihr Wohnzimmer. Es war ein Zimmer wie das von Anne, aber von ganz anderem Charakter, weniger apart, konventioneller, mit einem goldgelben Teppich und Vorhängen aus klassischem Blumenmuster in Herbsttönen an den Fenstern.

»Erzähl«, sagte Elizabeth, während sie Jonathan beobachtete, der mit Benson und Hedges über die Terrasse kam und in Phoebes Wohnzimmer verschwand.

Diana erzählte, und während die Schatten länger wurden, begann Elizabeth, sich ernsthaft Sorgen zu machen.

Inspector Walsh sah auf seine Uhr und stieß mit einem unterdrückten Seufzer die Tür zum Vernehmungsraum 2 auf. Es war Viertel nach neun. Mit saurer Miene blickte er von Anne zu ihrem Anwalt.

Bill Stanley war ein Mann wie ein Bär mit wirrem ingwerroten Haar, eine ziemlich schäbige Erscheinung. Seiner Karte zufolge gehörte er einer großen Londoner Kanzlei an und verdiente zweifellos eine Stange Geld; also stellte der zerknitterte Nadelstreifenanzug mit den zerschlissenen Manschetten vermutlich ein Statement irgendeiner Art dar – Gleichheit mit den unterdrückten Massen vielleicht –, doch warum er darunter auch noch ein angegilbtes Netzhemd tragen mußte, war Walsh schleierhaft. Er nahm sich vor, den Mann zu überprüfen. In dreißig Jahren beinahe täglichen Umgangs mit Juristen war ihm nie ein Exemplar wie B. R. Stanley begegnet. Die Karte war wahrscheinlich eine Fälschung.

»Sie können jetzt nach Hause fahren, Miss Cattrell. Der Wagen wartet auf Sie.«

Sie nahm ihre Sachen und stopfte sie achtlos in ihre Handtasche. »Und meine anderen Sachen?« fragte sie.

»Die werden Ihnen morgen zurückgegeben.«

Bill stand auf, streckte die langen Arme zur Decke und gähnte herzhaft. »Ich kann dich heimfahren, Anne, wenn dir das lieber ist.«

»Nein, es ist spät. Fahr du lieber gleich zurück zu Polly und den Kindern.«

Er richtete sich auf. »Das wird dich einiges kosten, meine Liebe

– du weißt ja, jedes Mal wenn ich Luft hole, sind fünfzig Pfund weg –, was meinst du also? Sollen wir klagen? Ich wäre dafür.« Er strahlte. »An Auswahl fehlt's uns nicht. Belästigung, Mißbrauch der Amtsgewalt, Schädigung deines Rufs, Demütigung, Verdienstausfall. Mir machen Prozesse immer Spaß, wenn ich beide Mannschaften in Aktion sehen konnte.«

Ihre Augen blitzten. »Würden wir denn gewinnen?«

»Aber sicher. Ich hab schon aus viel schlechterer Position Volltreffer gelandet.«

Walsh, dem Bills respektlose Bemerkungen zunehmend auf die Nerven fielen, packte der Zorn. »Das Gesetz ist kein Witz, Mr. Stanley. Ich bedaure jegliche Unannehmlichkeit, die Miss Cattrell über sich ergehen lassen mußte, aber ich wüßte nicht, wie wir unter diesen Umständen anders hätten handeln können. Sie wollte Sie bei der Vernehmung dabeihaben, und wenn Sie für die Fahrt hierher nicht drei Stunden gebraucht hätten, hätte das alles weit schneller erledigt werden können.«

»Ich hab's nicht früher geschafft, Freund«, sagte Bill und schob einen Finger durch sein Netzhemd, um sich an der behaarten Brust zu kratzen. »Heute abend mußte ich die Kinder hüten, und man kann die Brut doch nicht sich selbst überlassen. Die würden sich gegenseitig niedermetzeln, sobald sie unter sich sind. Aber vielleicht haben Sie doch nicht ganz unrecht.« Er quetschte freundschaftlich Annes Schulter mit seiner großen Pranke. »Ich geb dir dafür einen Rabatt.«

Walsh platzte fast vor Wut. »Sie haben nur unsere Zeit verschwendet. Ich hätte gute Lust, Sie beide zu verklagen.«

Bill lachte, als er Anne die Tür öffnete und sie vorausgehen ließ. »Nein, nein, Inspector. Wenn hier einer klagt, bin ich das. Gemein, nicht? Ich bleibe immer der Sieger, wie man's auch dreht und wendet.« Er begleitete Anne auf die Straße hinaus, wo ein Polizeiwagen wartete, legte ihr eine Hand auf die Wange und neigte sich zu ihr, um ihr zuzuflüstern: »Diese kleine Farce kostet dich fünfzig Eier für die AIDS-Hilfe und eine Erklärung.«

Sie klopfte ihm leicht auf die Wange. »Ich brauchte jemand, der mir die Hand hält«, sagte sie.

Er lachte. »Blödsinn! Ich hätte mich geärgert, wenn ich nicht hätte wissen wollen, was hier eigentlich vorgeht, und wenn ich nicht schon lange auf eine Gelegenheit gewartet hätte, diesen Walsh, dieses Schwein, kennenzulernen.« Das Lächeln auf seinem Gesicht erlosch. »Ruf mich morgen an, und ich komme runter und unterhalte mich mal mit euch drei. Mord ist ein gefährliches Spiel, Anne, auch für die Zuschauer. Da wird man leicht mit hineingezogen. Phoebe kann ein Lied davon singen.« Er gab ihr einen Klaps auf den Po und schob sie zu dem wartenden Wagen. »Grüß sie von mir. Und Diana auch.« Er winkte ihr noch einmal zu, dann ging er zu seinem Wagen und fuhr zurück nach London, zu seiner wöchentlichen Nachtschicht in einem Obdachlosenheim.

Andy McLoughlin blieb noch einen Moment in seinem Wagen auf der anderen Straßenseite sitzen. Der Wagen stand in der dunklen Zone zwischen den orangefarbenen Lichtpfützen zweier Straßenlampen, und er hatte gesehen, ohne gesehen zu werden. Seine Hände, die auf dem Lenkrad lagen, zitterten. Gott, jetzt einen Schluck! Hatte sie ihn geküßt? Er hatte es nicht erkennen können. Aber spielte das überhaupt eine Rolle? Es war die Selbstverständlichkeit ihres Umgangs miteinander, die Art, wie ihre Körper sich in unkomplizierter Freundschaft begegnet waren, die ihn getroffen hatte. Er wollte nicht, daß sie geliebt wurde.

Er stieg aus dem Wagen und ging ins Haus, um Walsh zu suchen.

»Wie ist es gelaufen?«

Walsh stand am Fenster seines Büros und starrte finster in die Nacht. »Haben Sie sie gesehen? Sie sind gerade weg.«

»Nein.«

»Dieser verdammte Anwalt hat drei Stunden hierher gebraucht, und dann kam er in einem Netzhemd an. Behaart wie ein Menschenaffe. Ich hab meine Zweifel, ob der ganz echt ist.« Er nahm seine Pfeife heraus. »Sie hatten übrigens recht, Andy. Es war Rinderblut. Sie haben uns verschaukelt. Aber warum?«

McLoughlin setzte sich. »Ablenkungsmanöver. Um Sie vom Haus wegzulocken.«

Walsh ging zu seinem Schreibtisch und setzte sich ebenfalls. »Möglich. Aber dann war's Fehlanzeige. Wir haben Haus und Nebengebäude bis in den letzten Winkel durchsucht.« Es folgte ein langes Schweigen, bis er schließlich mit der Pfeife auf ein schmales Bündel Briefe tippte, das vor ihm lag. »Das hat Jones bei Mrs. Goode gefunden.« Er schob McLoughlin die Papiere hin und wartete, während er sie durchsah. »Interessant, meinen Sie nicht?«

»Hat Jones sie dazu befragt?«

»Er hat's versucht. Sie sagte, das ginge ihn nichts an. Sie hätte sich die Finger verbrannt und hätte keine Lust, darüber zu reden. Als er ihr sagte, daß er die Briefe mitnehmen müßte, ist sie wütend geworden und wollte sie ihm aus der Hand reißen.« In seinen Augen blitzte Erheiterung. »Zwei Beamte mußten die Dame festhalten, als er die Papiere zum Wagen hinunterbrachte.«

»Und ich dachte, sie sei die ruhigste von den dreien. Wie hat Mrs. Maybury sich verhalten?«

»Vorbildlich. Sie hat sich in ihr Gewächshaus verzogen und fast den ganzen Nachmittag mit ihren Geranien verbracht, während wir das Haus auf den Kopf gestellt und nichts gefunden haben.« Er paffte schmatzend an seiner Pfeife. »Ich habe die Schuhe zwei von unseren Leuten in die Hand gedrückt und ihnen gesagt, sie sollen mal die Schuster abklappern. Die Chance ist gering, aber vielleicht erinnert sich einer, die Absätze repariert zu haben. Mrs. Thompson kann sagen, was sie will – ich meine, die ist doch so plemplem, daß sie nicht mal ihr eigenes Spiegelbild erkennen würde –, diese Schuhe gehörten dem verschwundenen Daniel. Größe neununddreißig und braun. Das kann kein Zufall sein.«

McLoughlin hatte Mühe, seine brennenden Augen offenzuhalten, während er den obersten Brief noch einmal überflog. Er war undatiert und sehr kurz. ›Liebe Diana, natürlich bedaure ich, was geschehen ist, aber mir sind die Hände gebunden. Wenn Sie möchten, kann ich am Donnerstag zu Ihnen kommen, um die Lage zu besprechen. Ihr Daniel.‹ Als Adresse war ›Larkfield, East Deller‹ angegeben, und quer über dem Blatt stand, offensichlich im Zorn hingeworfen, ›Termin bestätigt‹. Der vorangegangene Brief, Durchschlag eines Schreibens von Diana Goode, in dem sie klare Auskunft über Daniel Thompsons geschäftliche Lage verlangte, war von Freitag, dem 19. Mai, datiert.

»Und wann ist er verschwunden?«

»Am Donnerstag, dem fünfundzwanzigsten Mai«, antwortete Walsh mit Genugtuung, »genau an dem Tag, an dem er den Termin bei Mrs. Goode hatte.«

»Warum haben Sie sie dann nicht mit Miss Cattrell zusammen hierher gebracht?«

»Immer eine nach der anderen, Andy, sonst wird's mir zuviel. Die Dame hält sich noch zwölf Stunden. Im Augenblick interessiert mich mehr, warum Miss Cattrell sich so ungeheure Mühe gegeben hat, uns dazu zu bringen, sie mitzunehmen. Fällt Ihnen da was auf, Andy?«

McLoughlin blickte zu Boden und schüttelte den Kopf.

14

Anne war todmüde. Über mehrere Stunden hatte ihr Körper so viel Adrenalin produziert, daß die Aufregung kaum noch auszuhalten gewesen war. Der Rückschlag erfolgte, als sie sich auf den Rücksitz des warmen Autos sinken ließ. Sie schlief ein, aufrecht sitzend zunächst, bis sie, als der Fahrer eine Kurve zu schnell nahm, wenig anmutig der Länge nach auf dem Sitz zusammenfiel. So kam es, daß die Fotografen vor dem unbeleuchteten Tor von Streech Grange die Aufnahme verpaßten, auf die sie so lange gewartet hatten. Sie hatten zu viele Polizeifahrzeuge ein- und ausfahren sehen, um sich für eines ohne Passagier zu interessieren. Fred, der wie ein Cerberus auf einem alten Klappstuhl vor dem abgesperrten Tor saß, ließ sich nicht so leicht täuschen. Als der Wagen auf das Grundstück fuhr, vergewisserte er sich mit einem kurz aufflammenden Strahl seiner Taschenlampe, daß Anne darin saß, und nahm aufatmend seinen Platz wieder ein. Alle seine Schützlinge waren sicher und wohlgeborgen im Haus. Sobald der Wagen wieder abgefahren war, konnte er zu Bett gehen.

Schlaftrunken stolperte Anne ins Haus. Draußen knirschte der Kies, als sich der Wagen, diesmal mit Constable Williams als Passagier, rasch entfernte. Anne lehnte sich einen Moment an die Wand, um zu sich zu kommen. Hinter Phoebes Tür schlugen die Hunde an. Im nächsten Moment kam Jane Maybury angerannt und stürzte sich auf ihre Patentante. Anne verlor das Gleichgewicht, und sie fielen beide zu Boden, wo Anne mit geschlossenen Augen, am ganzen Körper zitternd, liegen blieb.

»Um Gottes willen«, rief Jane ihrer Mutter zu, die hinter ihr an der Tür erschienen war. »Es ist irgendwas mit ihr. Jon!« rief sie ängstlich. »Komm schnell. Anne ist krank.«

»Ich bin nicht krank«, sagte Anne und machte die Augen auf. »Ich lache.« Sie setzte sich auf. »Mann, ich bin total am Ende. Runter von mir, du Wilde«, sagte sie und gab Jane einen Kuß. »Und hol mir einen Brandy. Das Verhör hat mich geschafft.«

Phoebe half ihr auf die Füße und führte sie ins Wohnzimmer, während Jane den Brandy holte. Mit einem Stoßseufzer der Erleichterung ließ Anne sich aufs Sofa fallen und sah sich strahlend um. »Was ist denn hier los? Ihr macht Gesichter, als hättet ihr in eine Zitrone gebissen.«

Diana schnitt eine Grimasse. »Wir haben uns Riesensorgen gemacht, du Irre.«

»Ihr solltet mehr Vertrauen zu mir haben«, sagte Anne streng und nahm den Brandy, den Jane ihr brachte. »Und wie geht es meinem Patenkind?« Sie musterte Jane aufmerksam, während sie mit beiden Händen ihr Glas wärmte.

Jane lächelte. »Mir geht's gut.« Sie war immer noch zu dünn, aber Anne stellte erfreut fest, daß ihr Gesicht sich gerundet und den Ausdruck ständiger Anspannung verloren hatte.

»Das sieht man dir an«, meinte sie.

Phoebe sagte zu Jonathan: »Wollen wir jetzt feiern, wie wir es uns vorgenommen haben?«

»Na klar. Ich plündere den Keller. Was wolltet ihr denn haben? Château Lafite 78 oder die letzten Flaschen von dem 75er Champagner? Anne, du hast die Wahl.«

»Den Lafite. Wenn ich auf Brandy Champagner trinke, wird mir garantiert kotzübel.«

Er sah seine Mutter fragend an. »Soll ich schnell vorfahren und Fred und Molly holen? Für die beiden war das alles auch nicht gerade lustig.«

Phoebe nickte. »Ja, das ist eine gute Idee.« Sie sah Elizabeth an, die etwas abseits saß. »Fahr mit, Lizzie. Bei dir kann Molly nicht nein sagen.« Sie warf Jonathan einen Blick zu.

»Komm«, sagte er. »Du auch, Jane.« Sie gingen hinaus.

Phoebe ging zum Kamin. »Ich wollte, David hätte seine verdammten Importweine nie hier im Keller gelagert.«

Anne schnupperte an ihrem Brandy. »Wieso nicht? Ich widme seinem Andenken regelmäßig ein kleines Dankgebet.«

»Eben«, stimmte Phoebe trocken zu. »Ich auch. Es regt mich jedes Mal auf.« Sie sah Diana an. »Lizzie hat doch etwas auf dem Herzen. Geht es um Molly und Fred?«

»Nein. Es geht leider um mich.«

»Wie das?«

Diana versuchte zu lachen, aber es klappte nicht. »Ich habe ihr gesagt, daß ich die nächste bin, die durch den Polizeiwolf gedreht wird.« Sie drehte sich nach Anne um. »Warum haben sie dich eigentlich mitgenommen?«

»Sie haben den Safe gefunden, und der enthielt leider ein belastendes Beweisstück.« Anne lachte leise. »Ein blutiges Fleischermesser mit einem blutigen Lappen um den Griff. Direkt aus einem Abenteuerroman von Enid Blyton, aber sie gerieten alle in höchste Aufregung, und ich habe mich geweigert, weitere Fragen zu beantworten, und darauf bestanden, auf Bill zu warten.«

»Du bist wirklich verrückt«, stellte Phoebe mit Entschiedenheit fest. »Was, zum Teufel, wolltest du damit bezwecken?«

Annes dunkle Augen blitzten auf. »Ehrlich gesagt, war ich überzeugt, sie würden den Safe nicht entdecken, und wenn der Sergeant nicht gewesen wäre, hätten sie ihn auch nicht entdeckt.« Sie zuckte die Achseln. »Du kennst mich doch. Ich baue immer eine Rückversicherung ein, nur für den Fall.«

Diana schnalzte mit der Zunge. »Ich verstehe nicht, wie du das alles so auf die leichte Schulter nehmen kannst, Anne. Wer weiß, was sie jetzt denken. Was wolltest du überhaupt vor ihnen versteckt halten?«

»Nichts sonderlich Aufregendes«, gab Anne leichthin zur Antwort. »Ein, zwei Dokumente, die wohl besser nicht in meinem Besitz sein sollten.«

»Es wundert mich«, sagte Phoebe, »daß sie dich nicht dabehalten haben. Gegen mich hatte Walsh weit weniger in der Hand und hat trotzdem keinen Moment lockergelassen.«

Anne trank einen Schluck Brandy und sagte lachend: »Dir fehlte eben meine Trumpfkarte. Bill war großartig. Du hättest ihn erleben sollen. Walsh traf beinahe der Schlag, als er endlich aufkreuzte. Er hatte sein Netzhemd an.«

»Für dich ist das wohl alles nur ein Spiel?« sagte Diana anklagend. »Das würde mich nicht weiter stören, wenn ich nicht Angst haben müßte, daß es jetzt mir an den Kragen geht.«

Anne schüttelte den Kopf. »Was können sie denn gegen dich schon vorbringen?«

Diana seufzte. »Gar nichts im Grund, außer daß ich mich wie die letzte Idiotin benommen habe.« Sie lächelte trübe. »Ich hatte gehofft, ihr würdet es nie erfahren.«

»Na, dann muß es wirklich schlimm sein«, meinte Anne mit gutmütigem Spott.

»Aber bestimmt nicht schlimmer als damals Annes kleiner Lustknabe«, sagte Phoebe kichernd. »Weißt du noch, Anne? Dein pickliger Jüngling? Ungefähr eine Woche lang warst du hin und weg.«

Anne, die ihr inneres Gleichgewicht noch immer nicht wiedergefunden hatte, prustete Brandy aus Mund und Nase. Stöhnend vor Schmerz und Gelächter, schnappte sie nach Luft. »Wayne Gibbons, meinst du? Eine vorübergehende Blendung. Er hat mich mit seinem totalen Engagement für die Sache erobert.«

»Ja, aber für was für eine Sache? Du hast völlig erledigt ausgesehen, als er schließlich abzog.«

Anne wischte sich die nassen Augen. »Er ist jetzt übrigens zu einem Studienaufenthalt in Rußland. Ich habe vor kurzem einen

Brief von ihm bekommen, in dem er sich lang und breit über seine Verstopfung ausläßt. Er scheint seit Weihnachten kein frisches Gemüse mehr bekommen zu haben, der Arme.« Sie schauderte. »Wie das sich wohl auf seine Pickel auswirkt.« Sie wandte sich Diana zu. »Es kann nicht schlimmer sein als Phoebes Ringkampf am Dorfteich mit dieser absurden Person, Dilys Keller. Da hat sich Phoebe wirklich was geleistet.«

Diana lachte wider Willen. »Ja, das war urkomisch.« Sie blickte Phoebe in das lächelnde Gesicht. »Du hättest nicht in einem Sarong auf sie losgehen sollen.«

»Woher hätte ich denn wissen sollen, daß sie einen Streit vom Zaun brechen würde?« protestierte Phoebe. »Außerdem hat nicht Mrs. Keller mir den Sarong vom Leib gerissen, sondern Hedges. Der ist durchgedreht und mit dem Ding im Maul abgezischt.«

Anne begann wieder zu lachen. »Aber wie du dann die Auffahrt raufgetrabt bist! Nackt bis aufs Höschen und die Gummistiefel! Einfach göttlich. Schade, daß ich den Kampf nicht miterlebt habe. Wieso hattest du eigentlich zum Sarong Gummistiefel an?«

Phoebes Augen blitzten. »Es war so heiß, darum der Sarong. Und die Gummistiefel hatte ich angezogen, weil ich mir am Teich etwas Kresse holen wollte. Eine dumme Ziege, rannte schreiend auf und davon. Ich glaube, sie dachte, ich hätte den Sarong ausgezogen, um sie zu vergewaltigen.« Sie gab Diana einen Klaps aufs Knie. »Meine Güte, jeder macht sich mal lächerlich.«

»Wem sagst du das«, versetzte Diana. »Mann, ist das peinlich. Es würde mir nicht soviel ausmachen, wenn ich nicht eigentlich gerade auf dem Gebiet Erfahrung haben müßte.«

Anne und Phoebe tauschten verwunderte Blicke. »Nun erzähl schon«, sagte Phoebe.

Diana senkte den Kopf. »Ich hab mich beschwatzen lassen, zehntausend Pfund für eine Seifenblase rauszurücken«, murmelte sie. »Die Hälfte meiner Ersparnisse – einfach weg.«

Anne stieß einen teilnahmvollen Pfiff aus. »Das tut weh. Und es besteht keine Chance, das Geld zurückzubekommen?«

»Nein. Er ist getürmt.« Sie kaute auf der Unterlippe. »So wie dieser Walsh und seine Leute über meine Korrespondenz hergefallen sind, scheinen sie zu vermuten, daß sie den Kerl hier im Eishaus gefunden haben.«

»Ach, du großer Gott!« rief Phoebe. »Kein Wunder, daß Lizzie sich Sorgen macht. Wer ist der Mann?«

»Ein gewisser Daniel Thompson. Er bekam meinen Namen von einem Architekten in Winchester, mit dem ich ab und zu zusammenarbeite. Er ist Ingenieur und wohnt in East Deller. Kennst du ihn zufällig?«

Phoebe schüttelte den Kopf. »Du hättest doch selbst gleich zur Polizei gehen sollen«, sagte sie. »Der Kerl hat dich doch reingelegt.«

»Nein«, entgegnete Diana verdrossen. »So war es nicht. Ich habe in seine Firma investiert, eine ganz reelle Sache, aber der Laden hat Pleite gemacht, und jetzt ist mein Geld weg. Wenn ich mir's heute überlege, kann ich nur sagen, ich muß verrückt gewesen sein, aber damals fand ich die Idee großartig. Es hätte in der Innenarchitektur eine kleine Revolution ausgelöst, wenn die Sache machbar gewesen wäre.«

»Warum hast du nicht mit uns darüber gesprochen?«

»Das wollte ich ja, aber der Mann trat im Januar an mich heran, als ihr beide verreist wart. Ein anderer Interessent hatte in letzter Minute einen Rückzieher gemacht, und ich hatte vierundzwanzig Stunden Zeit, mich zu entscheiden. Als ihr zurückkamt, hatte ich die Sache halb vergessen, dann fing es an schiefzugehen, und ich wollte es lieber für mich behalten. Ich hätte euch auch jetzt nichts gesagt, wenn die Polizei nicht die Korrespondenz gefunden hätte.«

»Worum ging es denn bei dem Geschäft?«

»Ihr lacht mich ja doch nur aus«, sagte Diana.

»Nein, bestimmt nicht.«

»Durchsichtige Heizkörper«, sagte sie.

Der Beobachter im Garten onanierte in einer Ekstase voyeuristischer Lust. Wie oft hatte er diese Schlampen schon beobachtet, nackt gesehen. Einmal hatte er sich bis ans Haus geschlichen. Seine Hand bewegte sich mit wachsender Raserei, bis er sich zukkend in sein Taschentuch ergoß. Er drückte sich das durchweichte Tuch auf den Mund, um sein Gelächter zu dämpfen.

»Ich geh jetzt schlafen«, sagte Anne und stellte ihr Glas aufs Tablett. »Außerdem bin ich blau. Ich bin gern bereit, morgen abzuspülen, aber heute bin ich zu nichts mehr fähig.«

»Haben Sie heute abend überhaupt etwas gegessen, Miss Cattrell?« fragte Molly tadelnd.

»Keinen Bissen.«

Molly schüttelte den Kopf. »Eine Unverschämtheit. Das werde ich diesem Inspector aber sagen. So behandelt man doch keine Leute.«

Auf dem Weg zur Tür blieb Anne stehen. »Sie haben mir ein Brot mit Corned Beef gebracht«, sagte sie fair. »Aber mir war nicht danach. Corned Beef hat so was...« Sie überlegte einen Moment. »Es ist die Konsistenz. Feucht, aber krümelig. Wie Hundescheiße.« Mit einem Winken ging sie hinaus.

Diana, die Mollys schockiertes Gesicht beobachtete, hob ihr Glas vor ihren Mund, um ihr Lächeln zu verbergen.

Anne trank in der Küche ein großes Glas Wasser, nahm sich eine Banane aus der Obstschale und ging durch den Vorsaal in ihre Wohnung. Sie knipste die Lichter in ihrem Wohnzimmer an, ließ sich in einen Sessel fallen und blieb lange so sitzen, bis das Wasser allmählich die Wirkung des Alkohols milderte. Nach etwa einer halben Stunde begann sie, sich besser zu fühlen.

Das war aber auch ein Tag gewesen! Bei der Polizei hatte sie wie auf Kohlen gesessen, voller Unruhe darüber, ob Jon ihren Wink verstanden hatte. Jetzt hatte sie das Gefühl, unnötig in Panik geraten zu sein. Konnte McLoughlin so clever sein? Bestimmt nicht. Das Zimmer war vor zwei, drei Jahren, als der Special Branch sie verdächtigte, ein Geheimdokument des Verteidigungsministeriums in Besitz zu haben, von Experten durchsucht worden. Sie hatten den Safe gefunden, aber nicht das Versteck dahinter. Sie rieb sich die Augen. Jon hatte ihr zugeflüstert, daß er den Umschlag irgendwo draußen verborgen hatte, wo er niemals gefunden werden würde. Wenn das stimmte, würde sie ihn am liebsten dort lassen, wo auch immer ›dort‹ sein mochte. Sie hatte nicht genauer nachgefragt. Ihr wurde jedesmal heiß und kalt, wenn sie an den Inhalt des Umschlags dachte. Lieber Gott, ein Wahnsinn, aber damals hatte sie geglaubt, ein fotografisches Zeugnis dieser grauenvollen Ziegelgruft müßte sein. Und wenn Jon nun den Umschlag geöffnet hatte? Nein, das hatte er nicht getan, sagte sie sich mit Entschiedenheit. Sie hatte ihm ansehen können, daß er es nicht getan hatte. Aber wenn doch? Sie verdrängte den Gedanken an die Vorstellung.

McLoughlin faszinierte sie auf eine beunruhigende Weise, reizte sie immer wieder, über ihn nachzudenken. Diese Geschichte mit dem Kaminsims. War das nur ein Täuschungsmanöver gewesen, um sein Interesse an dem Safe zu vertuschen? Sie hatte ihm ins Gesicht gesehen und nur eine tiefe Verletzung erblickt, aber ein Ausdruck war eben doch nur ein Ausdruck. Sie rieb sich wieder die Augen. Wenn nur, dachte sie, wenn nur, wenn nur... In ihr war ein Schrei, ein Schrei so gewaltig und stumm wie die unendliche Stille des Alls. Sollte ihr Leben denn auf immer eine Folge von ›wenn nur's‹ bleiben?

Es klopfte an ihrer Terrassentür.

Sie erschrak so heftig, daß sie einen Arm hochriß und mit dem

Handgelenk gegen den Beistelltisch stieß. Mit einem Ruck fuhr sie herum, während sie sich das schmerzende Handgelenk hielt, und starrte angespannt in die nächtliche Schwärze hinaus. Ein Gesicht war vor dem Glas zu erkennen, die Augen gegen den Lichtschein von drinnen mit einer Hand beschattet. Furcht überfiel sie, und die Erinnerung an den Gestank von Urin brach über sie herein.

Als sie sich nicht rührte, zog McLoughlin die nicht abgeschlossene Tür auf. »Habe ich Sie erschreckt?« fragte er.

»Ja.«

»Das tut mir leid.«

»Warum sind Sie nicht vorn hereingekommen?« Selbst ihre Lippen waren bleich.

»Ich wollte Mrs. Maybury nicht stören.« Er schloß die Glastür hinter sich. »In ihrem Schlafzimmer brennt Licht. Sie hätte extra herunterkommen müssen, um mir aufzumachen.«

»Wir haben jeder unsere eigene Türglocke. Wenn Sie bei mir geläutet hätten, hätte es keiner außer mir gehört.« Aber das wußte er ja bereits, nicht wahr?

»Darf ich mich setzen?«

»Nein«, sagte sie scharf. Mit einem Achselzucken ging er zum Kamin. »Also gut, setzen Sie sich. Was wollen Sie hier?«

Er setzte sich nicht. »Ich wollte mit Ihnen sprechen.«

»Worüber?«

»Irgendwas. Die Ewigkeit, Robert Burns. Safes.« Er schwieg einen Moment. »Warum haben Sie solche Angst vor mir?«

Sie antwortete nicht. Er wies zum Kaminsims. »Darf ich?« Er nahm ihr Schweigen als Erlaubnis und schob das Eichenpaneel zurück. »Es war schon jemand vor mir hier«, bemerkte er im Konversationston. »Sie?« Er sah sie an. »Nein, Sie nicht. Jemand anders.« Er umfaßte den Chromgriff und zog fest daran. Zu fest. Jonathan hatte vergessen, die Scharniere zuzudrücken, und der

Safe kam McLoughlin mit solcher Geschwindigkeit entgegen, daß er nach hinten taumelte. Mit einem leisen Lachen stellte er ihn auf den Boden und spähte in die leere Nische. »Sagen Sie mir, was da drin war?«

»Nein.«

»Und wer es herausgenommen hat?«

»Nein.«

Er strich mit den Fingern an der Seite des Safes herunter und fand die Klemmscharniere. »Sehr clever.« Er schob es wieder in die Nische. »Aber Sie haben es zu oft herausgenommen. Die Kante ist schon ganz abgewetzt.« Er wies auf die untere Türkante. »Sie schließt nicht mehr mit dem Kaminsims ab. Es wäre besser, wenn sie auf einer Betonschwelle aufläge. Ziegel sind zu weich. Sie bröckeln zu schnell.« Er schob das Eichenpaneel wieder zu und setzte sich in den Sessel ihr gegenüber. »Eigenbau von Mrs. Maybury?« meinte er.

Sie ignorierte die Frage. »Woher wußten Sie, daß nicht das Kaminsims selbst sich verzogen hatte?« Ihr Gesicht hatte jetzt wieder etwas mehr Farbe.

»Das habe ich erst gesehen, als ich eben das Paneel aufgemacht habe. Aber derjenige, der hier in der Zwischenzeit dran war, hat den Safe noch nachlässiger wieder hineingeschoben als Sie. Er war vermutlich in Eile. Was war da drinnen versteckt?«

»Nichts. Sie haben eine blühende Phantasie.« Schweigend saßen sie einander gegenüber. »Also?« sagte Anne schließlich.

»Was also?«

»Was wollen Sie nun tun?«

»Ach, ich weiß nicht. Vielleicht erst mal feststellen, wer das Versteck ausgeräumt hat, und dann ein paar Fragen stellen. Dürfte nicht allzu schwierig sein. Der Kreis ist ja nicht sehr groß.«

»Sie werden sich höchstens lächerlich machen«, entgegnete sie kurz. »Der Inspector hat extra einen Beamten beauftragt, das

Zimmer zu bewachen, solange ich weg war.« Sie gefiel ihm besser, wenn sie sich wehrte. »Wie kann dann also jemand an dem Safe gewesen sein? Er muß von selbst heruntergefallen sein.«

»Das erklärt die Eile«, sagte er nur. Er rutschte tiefer in seinen Sessel und stützte sein Kinn auf die aneinandergelegten Hände.

»Ich habe Ihnen nichts zu sagen. Sie verschwenden nur Ihre Zeit.«

Er schloß die Augen. »Oh, Sie haben mir sehr viel zu sagen«, murmelte er. »Warum Sie nach Streech gekommen sind. Warum Mrs. Phillips dieses Haus als Festung bezeichnet. Warum Sie Alpträume über den Tod haben.« Er öffnete seine Augen einen Spalt, um sie anzusehen. »Warum Sie jedesmal, wenn von Ihrem Safe die Rede ist, in Panik geraten und warum Sie gern das Interesse von ihm ablenken.«

»Hat Fred Sie hereingelassen?«

»Nein, ich bin hinten über die Mauer gestiegen.«

In ihren Augen spiegelte sich Argwohn. »Und warum?«

Er zuckte die Achseln. »Am Tor wimmelt es von Fotografen. Ich wollte nicht gesehen werden.«

»Hat Walsh Sie geschickt?«

Sie war aufs höchste angespannt. Er beugte sich vor und nahm flüchtig ihre Hand. »Ich bin nicht Ihr Feind, Miss Cattrell.«

Ein Lächeln flackerte auf. »Das hat Brutus bestimmt auch gesagt, als er Cäsar das Messer in den Leib stieß. Ich bin nicht dein Feind, Cäsar. Mensch, alter Freund, es ist nicht persönlich gemeint, nur ist mir Rom eben wichtiger.« Sie stand auf und ging zum Fenster. »Wenn Sie nicht mein Feind sind, Mr. McLoughlin, dann lassen Sie mich, lassen Sie uns alle in Ruhe, und suchen Sie Ihren Mörder anderswo.«

Das Mondlicht ergoß sich schimmernd über den Garten. Anne drückte die Stirn ans kühle Glas und blickte hinaus in die Landschaft in ihrer nächtlichen Schönheit: schwarze Rosen unter einer silbernen Aureole; der Rasen, der wie ein See glitzerte; eine Trauerweide, deren Zweige und Blätter wie Filigran leuchteten. »Aber das können Sie nicht tun, nicht wahr? Sie sind Polizeibeamter, und die Gerechtigkeit ist Ihnen wichtiger.«

»Was soll ich darauf antworten?« neckte er sie. »Die Frage basiert auf so vielen falschen Voraussetzungen, daß sie völlig hypothetisch ist. Ich habe Verständnis für persönliche Vergeltung. Das habe ich Ihnen heute morgen gesagt.«

Sie lächelte zynisch in das dunkle Glas. »Soll das heißen, Sie hätten Fred und Molly nicht für den Mord an Donaghue verhaftet?«

»Nein. Ich hätte sie verhaftet.«

Sie sah ihn überrascht an. »Das ist eine ehrlichere Antwort, als ich erwartet habe.«

»Ich hätte keine Wahl gehabt«, erklärte er ruhig. »Sie wollten verhaftet werden. Sie saßen bei dem Toten und haben auf die Polizei gewartet.«

»Ach so.« Sie lächelte dünn. »Sie nehmen die Verhaftung vor, aber Sie vergießen Krokodilstränen, während Sie es tun. Das ist eine glänzende Methode, das eigene Gewissen zu beruhigen, wie?«

Er stand auf und ging zu ihr. »Sie haben mir geholfen«, sagte er einfach und legte ihr die Hände auf die Schultern. »Und ich möchte Ihnen helfen. Aber das kann ich nicht, wenn Sie mir nicht trauen.«

So leicht zu durchschauen, dachte sie. Sie kicherte liebenswürdig. Dieses Spiel konnten auch zwei spielen. »Trauen Sie *mir*, McLoughlin. Ich brauche Ihre Hilfe nicht. Ich habe mit persönlicher Vergeltung und Mord nichts zu schaffen.«

Abrupt und so leicht, als sei sie eine Puppe, hob er sie hoch und drehte sie zum Licht, um ihr Gesicht zu studieren. Ihr Gesicht hatte nichts Besonderes an sich. Rund um Augen und Mund gruben sich tiefe Lachfältchen in die Haut, auf der Stirn waren es Falten der Nachdenklichkeit, aber in ihren dunklen Augen lauerte keine Drohung, verschlossen sich keine Vorhänge über finsteren Geheimnissen. Ihre Haut duftete leicht nach Rosen. Er ließ sie mit einer Hand los und strich mit den Fingerspitzen leicht über die Linie ihres Kinns und ihres Halses, ehe er sie ebenso abrupt freigab. »Haben Sie ihm die Eier abgeschnitten?«

Das hatte sie nicht erwartet. Sie zog ihre Ärmel gerade. »Nein.«

»Sie könnten lügen wie gedruckt«, murmelte er, »und ich merke es noch nicht einmal.«

»Das kommt wahrscheinlich daher, daß ich die Wahrheit sage. Warum fällt es Ihnen so schwer, das zu glauben?«

»Weil derzeit der Sexus mein Hirn beherrscht«, brummte er ärgerlich, »und mein Urteilsvermögen leicht verzerrt.«

Anne lachte. »Ach, so ist das. Und was gedenken Sie dagegen zu tun?«

»Machen Sie einen Vorschlag. Eine kalte Dusche?«

»Bloß nicht. Dazu würde Molly raten. Ich würde sagen, wenn es juckt, dann kratzen Sie.«

»Es würde mir mehr Spaß machen, wenn Sie kratzen.«

Ihre schwarzen Augen blitzten erheitert. »Waren Sie wenigstens so vernünftig, etwas zu essen?«

»Ja, vor ungefähr fünf Stunden.«

»Also, ich habe einen Riesenhunger. Ich habe seit heute mittag nichts mehr gegessen. Ungefähr zwei Kilometer von hier ist ein indisches Restaurant, wo wir uns was holen können. Dann diskutieren wir Ihre Optionen bei einem Vindaloo.«

Er hob die Hand, um die zarten Löckchen in ihrem Nacken zu streicheln. Das Bedürfnis sie zu berühren war wie eine Sucht. Er war verrückt, er glaubte ihr nicht ein Wort, aber er konnte es nicht ändern.

Sie sah den Ausdruck in seinen Augen. »Ich bin nicht Ihr Typ, McLoughlin«, warnte sie. »Ich bin selbstsüchtig, eigensinnig und total egozentrisch. Ich bin eine Freiheitsfanatikerin, unfähig zu längeren Beziehungen und häufig untreu. Ich mag weder kleine Kinder noch Hausarbeit, und ich kann nicht kochen. Ich bin ein intellektueller Snob mit unkonventionellen Ansichten und einer starken Neigung nach links. Ich passe mich nicht an und ecke deshalb häufig an. Ich rauche wie ein Schlot, bin oft unhöflich, hasse es, mich aufzudonnern und furze im Bett sehr laut.«

Er senkte die Hand und lachte. »Und auf der Plus-Seite?«

»Es gibt keine Plus-Seite«, sagte sie. »Nicht für Sie. Ich werde mich schnell langweilen, das ist immer so, und wenn etwas Besseres auftaucht, was ganz sicher der Fall sein wird, werde ich Sie fallenlassen, so, wie ich die anderen auch fallengelassen habe. Wir werden ab und zu ganz gut miteinander bumsen, aber Sie werden einen hohen Preis für etwas bezahlen, was Sie sich in Southampton ganz unverbindlich kaufen können. Wollen Sie das?«

Er sah sie nachdenklich an. »Ist das die Standardwarnung, oder genieße ich Sonderrechte?«

Sie lächelte. »Standard. Ich bin gern fair.«

»Und wie hoch ist die Aussteigerquote in diesem Stadium?«

»Niedrig«, antwortete sie bedauernd. »Ein paar Vernünftige geben Fersengeld. Die anderen stürzen sich ins Vergnügen und bilden sich ein, sie könnten mich ändern. Aber das gelingt ihnen nicht. Und Sie werden es auch nicht schaffen.« Sie beobachtete sein Gesicht. »Na, bekommen Sie kalte Füße?«

»Ich kann nicht behaupten, daß ich begeistert bin«, gab er zu. »Das klingt mir bedrohlich nach der Beziehung, die ich mit meiner Frau hatte – langweilig, clinchig und ohne Entwicklung. Ich hatte keine Ahnung, daß Sie so eingeschränkt sind. Wenn Sie nach ›Selbstsüchtigkeit, Eigensinn und Egozentrik‹ noch ›Angst vor Experimenten‹ hinzufügen, garantiere ich Ihnen, daß Sie sich wundern werden, wie die Aussteigerquote in die Höhe schnellt.« Er nahm sie beim Arm und zog sie mit sich zur Terrassentür.

»Kommen Sie, gehen wir essen«, sagte er. »Mit vollem Magen bin ich entscheidungsfreudiger. Dann werde ich sehen, ob ich meinen Samen in unfruchtbaren Boden legen will.«

Sie riß sich von ihm los. »Ach, hauen Sie ab, McLoughlin.«

»Na, kriegen Sie kalte Füße, Cattrell?«

Sie lachte. »Ich mache die Lichter aus.« Sie lief zur Tür zurück und tauchte das Zimmer in Dunkelheit. Er zog seine Taschenlampe heraus und wartete an der Terrassentür. Als sie zurückkam, wich sie geschickt einem kleinen Tisch aus, auf dem die Bronzestatuette einer Nackten stand. »Ich«, sagte sie. »Mit siebzehn. Ich hatte mal in den Schulferien ein kleines Abenteuer mit einem Bildhauer.«

Er knipste die Taschenlampe an und musterte die Figur mit Interesse. »Hübsch«, sagte er beifällig.

Sie folgte ihm lachend hinaus. »Der Körper oder die Skulptur?«

»Beides. Sperren Sie die Tür ab?« fragte er.

»Von außen geht das nicht. Ist schon gut so.«

Er legte ihr den Arm um die Schultern, und sie gingen über die Terrasse zum Rasen. Irgendwo schrie ein Käuzchen. Er blickte kurz zum Haus zurück, um sich zu orientieren, und drehte sich halblinks. »Hier lang«, sagte er, mit der Taschenlampe leuchtend. »Ich habe den Wagen in einer Nebenstraße abgestellt.« Sie schwiegen, bis sie zum Waldstück gelangten. Links von ihnen brach irgend etwas geräuschvoll durch das Unterholz. Sie fuhr heftig zusammen.

»Du meine Güte«, brummte McLoughlin und schwenkte den Lampenstrahl in die Bäume. »Was ist denn los mit Ihnen?«

»Nichts.«

»Nichts.« Plötzlich zornig, leuchtete er ihr mit der Lampe ins Gesicht. »Sie haben sich lebendig eingemauert und hinter einer Dornenhecke verschanzt wie Dornröschen, und das nennen Sie nichts. Sie ist es nicht wert. Sehen Sie das denn nicht? Was, zum

Teufel, kann sie für Sie getan haben, daß Sie dafür Ihr ganzes Leben opfern müssen? Herrgott noch mal, macht es Ihnen vielleicht Spaß, stückchenweise zu sterben? Was ist aus der Anne Cattrell geworden, die in den Schulferien Bildhauer verführt hat? Wo ist der Pflock im Fleisch des Establishments, die Rebellin, die im Alleingang Zitadellen erstürmt hat?«

Sie stieß die Lampe weg. Ihre Zähne blitzten kurz auf, als sie lächelte. »Es war nett, McLoughlin, aber ich habe Ihnen gesagt, Sie sollten nicht versuchen, mich zu ändern.«

Sie war so schnell verschwunden, daß nicht einmal der Strahl der Lampe ihr folgen konnte.

15

Er ließ sie gehen und machte sich auf den Rückweg zu seinem Wagen. Er wußte, wenn er ihr nachlief, würde er am Ende nur vor verschlossener Tür stehen. Er verspürte Bedauern und Erleichterung in gleichem Maß, wie ein Selbstmörder beim russischen Roulette, wenn er eine leere Kammer erwischt hat. Auf der Dienststelle gab es Frauen genug, die nur darauf warteten, ihn zu trösten. Sich eine geladene Kanone an die Schläfe zu halten, indem er bei ihr Trost suchte, war Wahnsinn. Voll Ärger und Frustration schlug er nach den Zweigen eines Baums und riß sich die Hand auf. Er saugte das Blut auf und fluchte. Er war fertig, und er wußte es. Er brauchte was zu trinken.

Ein Käuzchen schrie. Irgendwo, weit entfernt, glaubte er Stimmen zu hören. Er drehte den Kopf, um zu lauschen, aber um ihn herum war es still. Achselzuckend ging er weiter und hörte es wieder, ein leises Geräusch, kaum wahrnehmbar – eingebildet? Ein Schauder des Unbehagens schüttelte ihn. Diese verdammte Frau, dachte er. Wenn er umkehrte, würde sie ihn auslachen.

Er verwünschte und schalt sich einen Idioten, als er die Terrasse erreichte. Er hatte keine Menschenseele gesehen, das Haus war dunkel, Anne offensichtlich schon im Bett. Er schwenkte den Strahl der Lampe über die Steinplatten und sah die halb geöffnete Terrassentür. Stirnrunzelnd ging er hin und leuchtete ins Zimmer. Er entdeckte sie sofort. Er glaubte, sie sei eingeschlafen, bis er den Glanz feuchten Bluts in ihrem dunklen Haar sah.

Nach dem ersten lähmenden Moment des Schocks stürzte er hinein, fand im Schein der Taschenlampe eine Tischlampe, die er anknipste, während er gleichzeitig neben ihrem reglos daliegenden Körper in die Knie sank. Er suchte an ihrem Hals nach einem

Pulsschlag und fand keinen; legte das Ohr auf ihre Brust, kein Herzschlag. Mit einer schnellen weichen Bewegung wälzte er sie auf den Rücken, schob eine Hand unter ihren Nacken, hielt ihr die Nase zu und begann mit Mund-zu-Mund-Beatmung. Er brauchte Hilfe. Ohne die Beatmung zu unterbrechen, kroch er rückwärts, ihren leblosen Körper mit sich ziehend, während er mit dem Fuß nach dem kleinen Tisch mit der Bronzestatuette tastete. Er fand ihn und stieß mit aller Kraft aus, so daß die schwere Bronze durch die Scheibe der Terrassentür flog. Es regnete Scherben auf die Terrasse, die nächtliche Stille zerriß, und irgendwo, in einem anderen Teil des Hauses, begannen Benson und Hedges wütend zu bellen. Verzweifelt begriff er, daß seine Bemühungen nichts fruchteten. Ihr Gesicht war grau, ihre Lippen blau. Er legte den Ballen seiner rechten Hand über ihr Brustbein und drückte mit dem Ballen der Linken, während er auf gestreckten Armen vorwärts wippte. Gleichzeitig schrie er laut um Hilfe. Nach fünf Druckmassagen versuchte er es erneut mit Mund-zu-Mund-Beatmung, ehe er zur Herzmassage zurückkehrte. Bei der dritten Vorwärtsbewegung sah er Jonathan, der seine Finger an den bleichen Hals drückte und den Puls fühlte.

»Geben Sie ihr noch mal Luft«, sagte Jonathan. »Ich spüre einen ganz schwachen Puls. Meine Tasche, Mama. Sie steht in der Halle.«

McLoughlin drückte nochmals Luft in ihre Lunge, und als er diesmal den Kopf drehte, um zu ihrer Brust hinunterzusehen, bemerkte er ein schwaches Flattern. »Machen Sie weiter«, sagte Jonathan, »bis sie normal atmet.« Er nahm Phoebe seine Tasche ab. »Hol Decken«, sagte er zu ihr. »Und Wärmflaschen. Wir müssen sie warm halten. Und ruf den Rettungsdienst.« Er nahm sein Stethoskop heraus, öffnete Annes Bluse und hörte ihr Herz ab. »Wunderbar«, sagte er aufatmend. »Der Herzschlag ist schwach, aber er ist da.« Er kniff ihr in die Wange und sah mit Erleichterung die feine rote Färbung. Ihre Atemzüge gewannen allmählich an Regelmäßigkeit. Behutsam schob er McLoughlin weg. »Okay«, sagte er. »Ich glaube, jetzt schafft sie es allein. Kommen Sie, wir bringen sie in Seitenlage.« Mit McLoughlins Hilfe drehte er sie herum, so daß ihr Kopf auf der Seite lag, und winkelte jeweils Bein und Arm, die oben lagen, an Knie und Ellbogen ab. Ihre Atemzüge kamen langsam, aber ruhig. Sie murmelte etwas in den Teppich und schlug die Augen auf.

»Hey, McLoughlin«, sagte sie ganz deutlich, ehe sie herzhaft gähnte und einschlief.

McLoughlin lief der Schweiß in Strömen über das Gesicht. Er setzte sich auf den Boden und wischte ihn sich mit dem Hemdsärmel ab. »Können Sie ihr nicht was geben?«

»Ich hab nichts. Ich bin noch nicht zugelassen. Machen Sie sich keine Sorgen. Sie hält schon durch.«

McLoughlin deutete auf das blutige Haar. »Vielleicht hat sie einen Schädelbruch.«

Phoebe war leise mit einem Stapel Decken hereingekommen, die sie über Anne ausbreitete. Ihre Wärmflasche legte sie ihr an die Füße. »Diana ruft den Rettungdienst an. Jane ist vorgelaufen, um Fred zu wecken, damit er das Tor aufmacht.« Sie kauerte neben Anne nieder. »Ist es sehr schlimm?«

»Ich –« begann Jonathan.

»Ihre Tochter ist draußen?« fragte McLoughlin scharf und sprang auf.

Phoebe starrte ihn verwundert an. »Ja, sie will zum Pförtnerhaus.«

»Allein?«

Phoebe wurde blaß. »Ja.«

»Um Gottes willen!« McLoughlin drängte sich an ihr vorbei. »Rufen Sie die Polizei an. Sie sollen ein paar Wagen herschicken. Ich hab keine Lust, mich allein mit einem Wahnsinnigen herumzuschlagen.« Schon im Korridor rief er zurück: »Sagen Sie ihnen, daß jemand Ihre Freundin töten wollte, und Ihre Tochter vielleicht auch in Gefahr ist. Sie sollen sich gefälligst beeilen.«

Er stürmte an Diana vorbei und stürzte zur Haustür hinaus in die kühle Nacht. Bis zum Tor waren es vierhundert Meter, und er schätzte, daß Jane ihm etwa zwei Minuten voraus war. Er rannte aus Leibeskräften. Zwei Minuten – eine Ewigkeit für einen Mörder, um eine Frau zu töten. Die Auffahrt war stockfinster. Ausladende Äste und hohe Büsche verdunkelten selbst das schwache Mondlicht. Er verfluchte sich, daß er die Taschenlampe nicht mitgenommen hatte, als er blind in die spitzen Äste am Wegrand rannte. Er lief weiter, versuchte, sich am Scheitel der Straße zu orientieren, während seine Augen sich langsam auf die Dunkelheit einstellten. Es dauerte mehrere Sekunden, ehe er erkannte, daß der auf und ab wippende gelbe Punkt in der Ferne vor ihm der Strahl einer Taschenlampe war. Die Auffahrt verlief von hier ab schnurgerade.

»Jane!« brüllte er. »Halt! Warten Sie!« Er rannte weiter.

Der Lampenstrahl schwenkte herum und wies in seine Richtung. Er wackelte, als werde die Lampe von unsicherer Hand gehalten.

»Ich bin von der Polizei«, schrie er keuchend. »Bleiben Sie stehen.«

Er wurde langsamer, als er sich ihr näherte, ging mit beschwichtigend erhobenen Händen schwer atmend auf sie zu. Das Licht, das jetzt heftig schwankte, tanzte über sein Gesicht und blendete ihn. Er holte seinen Ausweis aus der Hosentasche und hielt ihn wie einen Talisman vor sich. Stöhnend beugte er sich vor, drückte beide Hände auf die Knie und schöpfte Atem.

»Was – was ist denn?« stammelte sie mit hoher, ängstlicher Stimme.

»Nichts.« Er richtete sich auf. »Ich wollte Sie nur nicht allein gehen lassen. Können Sie das Licht von meinem Gesicht nehmen? Sie blenden mich.«

»Oh, Entschuldigung.« Sie senkte den Arm, und er sah, daß sie einen Morgenrock und Hausschuhe trug.

»Gehen wir«, meinte er. »Es kann jetzt nicht mehr weit sein. Soll ich die Lampe nehmen?«

Sie reichte sie ihm, und er sah sie flüchtig in ihrem Licht. Sie sah aus wie ein blutleerer kleiner Geist, blaß und schmal unter einer Wolke dunklen Haars. Sie sah zu Tode erschrocken aus.

»Bitte haben Sie keine Angst. Ihre Mutter kennt mich«, sagte er, als sie weitergingen. »Sie war damit einverstanden, daß ich Ihnen nachlaufe.« Sie konnten die dunklen Umrisse des Pförtnerhauses vor sich erkennen.

Sie wollte etwas sagen, aber sie brauchte einen Moment, um die Worte hervorzubringen. »Ich konnte jemanden atmen hören«, sagte sie unsicher.

»Das ist meine Lunge. Die hat auf dem letzten Loch gepfiffen«, versuchte er zu scherzen.

»Nein«, flüsterte sie. »Das waren nicht Sie.« Sie blieb stehen, und er schwenkte die Lampe herum, so daß er sie sehen konnte. Sie zupfte hilflos an ihrem Morgenrock. »Ich hab mein Nachthemd an.« Ihre Lippen zitterten heftig. »Ich dachte, es sei mein Vater.«

McLoughlin fing sie auf, als sie ohnmächtig zusammenbrach. Aus der Ferne trug der Wind dünnes Sirenengeheul herüber.

»Was hat sie gemeint, Mrs. Maybury?« McLoughlin lehnte müde am Küchenschrank, während Phoebe Tee machte.

Anne war in Begleitung von Jonathan und Diana ins Krankenhaus gebracht worden. Jane schlief in ihrem Bett, und Elizabeth saß bei ihr. Im ganzen Park wimmelte es von Polizeibeamten, die nach einem Verdächtigen suchten. Von McLoughlin unter Druck gesetzt, beantwortete Phoebe in der Küche seine Fragen.

Sie stand mit dem Rücken zu ihm. »Sie war erschrocken. Ich glaube nicht, daß sie etwas damit sagen wollte.«

»Sie war nicht erschrocken, Mrs. Maybury, sie hatte Todesangst, und nicht vor mir. Sie sagte: ›Ich hab mein Nachthemd an. Ich dachte, es sei mein Vater…‹« Er trat neben den Herd, so daß er ihr ins Gesicht sehen konnte. »Mal ganz abgesehen davon, daß sie ihren Vater seit zehn Jahren nicht gesehen hat, weshalb sollte sie ihn mit der Tatsache in Verbindung bringen, daß sie ein Nachthemd anhatte? Und weshalb hat ihr das so entsetzliche Angst gemacht? Sie sagte, sie habe jemanden atmen hören.«

Phoebe sah nicht auf. »Sie war erregt«, sagte sie.

»Wollen Sie, daß ich Jane selbst frage, wenn sie aufwacht?« fragte er brutal.

Sie hob das schöne Gesicht. »Ja, das würden Sie wohl wirklich tun.« Sie machte eine Handbewegung, als wollte sie ihre Brille hochschieben, merkte dann, daß sie sie nicht aufhatte, und ließ die Hand auf den Tisch sinken.

»Ja«, antwortete er hart.

Sie schenkte zwei Tassen Tee ein. »Setzen Sie sich, Sergeant. Sie wissen es vielleicht nicht, aber Sie sehen schrecklich aus. Ihr Gesicht ist voller Kratzer, und Ihr Hemd ist zerrissen.«

»Ich hab nichts gesehen«, erklärte er, nahm sich einen Stuhl und setzte sich rittlings darauf.

»Das dachte ich mir.« Sie schwieg einen Moment. »Ich möchte nicht, daß Sie Jane Fragen stellen«, sagte sie leise und setzte sich auf den zweiten Stuhl. »Schon gar nicht nach heute abend. Sie würde das nicht aushalten. Sie werden das sicher verstehen, denn ich glaube, Sie wissen schon, was ihre Bemerkung zu bedeuten hatte.« Sie sah ihn fragend an.

»Ihr Mann hat sie sexuell mißbraucht«, sagte er.

Sie nickte. »Ich mache mir schwere Vorwürfe, daß ich es nicht gemerkt habe. Ich entdeckte es erst eines Abends, als ich früher von der Arbeit nach Hause kam. Ich habe abends als Sprechstundenhilfe bei einem Arzt gearbeitet«, erklärte sie. »Wir brauchten das Geld. David hatte Jonathan in ein Internat gegeben. An dem Tag hatte ich Grippe. Dr. Penny schickte mich nach Hause und sagte, ich solle mich ins Bett legen. Und ich überraschte ihn mit meiner armen kleinen Jane.« Ihr Gesicht war völlig unbewegt, als wüßte sie seit langem, wie fruchtlos es war, alten Zorn zu hegen. »Seine Gewalttätigkeit war immer gegen mich gerichtet gewesen«, fuhr sie fort, »und in gewisser Weise forderte ich sie auch heraus. Solange er mich schlägt, dachte ich, kann ich sicher sein, daß er die Kinder nicht anrührt. Wie falsch das war.« Sie lachte bitter. »Er nutzte meine Naivität und Janes Angst vor ihm bis aufs Letzte aus. Er hatte sie seit ihrem siebenten Lebensjahr regelmäßig mißbraucht und zum Schweigen gebracht, indem er ihr drohte, er würde mich umbringen, wenn sie es je verraten sollte. Sie hat ihm geglaubt.« Sie schwieg.

»Haben Sie ihn getötet?«

»Nein.« Sie hob den Blick und sah ihn an. »Ich hätte es ohne weiteres tun können. Und ich hätte es getan, wenn ich eine Waffe zur Hand gehabt hätte. Aber in einem Kinderzimmer ist eine Mordwaffe nicht so leicht zu finden.«

»Was passierte also?«

»Er ging weg«, sagte sie kalt. »Wir haben ihn nie wiedergesehen. Drei Tage später, nachdem mehrere Leute angerufen hatten, weil er Termine nicht eingehalten hatte, meldete ich ihn vermißt. Ich dachte, es würde verdächtig wirken, wenn ich es nicht täte.«

»Warum haben Sie der Polizei nicht die Wahrheit über ihn gesagt?«

»Hätten Sie das getan, Sergeant, wenn Ihr einziger Zeuge ein tief verstörtes Kind gewesen wäre? Ich wollte weder, daß sie ausgefragt wird, noch wollte ich der Polizei das Motiv für einen Mord liefern, den ich nicht begangen hatte. Sie war jahrelang in psychiatrischer Behandlung. Als sie magersüchtig wurde, dachten wir, sie würde sterben. Ich sage ihnen das alles jetzt nur, damit sie Jane nicht noch weiteren Schmerz zufügen.«

»Haben Sie eine Ahnung, was aus Ihrem Mann geworden ist?«

»Nein. Ich habe immer gehofft, er hat sich das Leben genommen, aber ich bezweifle, daß er die Courage dazu hatte. Er genoß es, anderen Schmerzen zu bereiten, aber er selbst konnte sie nicht aushalten.«

»Warum ist er weggegangen?«

Sie antwortete nicht gleich. »Das weiß ich wirklich nicht«, sagte sie schließlich. »Ich habe oft darüber nachgedacht. Ich glaube, daß er vielleicht zum erstenmal in seinem Leben Angst hatte.«

»Wovor? Vor der Polizei? Einer Strafverfolgung?«

Sie lächelte grimmig, antwortete aber nicht.

McLoughlin trank einen Schluck Tee. »Jemand wollte Miss Cattrell töten«, sagte er. »Ihre Tochter glaubte, sie habe ihren Vater gehört. Kann es sein, daß er zurückgekommen ist?«

Sie schüttelte den Kopf. »Nein, Sergeant. David würde niemals zurückkommen.« Sie sah ihm direkt in die Augen. »Er weiß, wenn er das täte, würde ich ihn umbringen. Ich bin es, vor der er Angst hat.«

Ein äußerst gereizter Walsh saß in Annes Sessel und sah zu, wie ein Beamter die Abdrücke auf den Überresten der Terrassentür fotografierte. die Arbeit ließ sich nicht bis zum Morgen aufschieben; ein plötzlicher nächtlicher Regen hätte alle Spuren verwischt. Die Glasscherben auf der Terrasse hatte man mit Plastik abgedeckt. »Da sind bestimmt jede Menge Abdrücke drauf«, sagte er brummig zu McLoughlin. »Da haben garantiert sämtliche Mitglieder der Polizei von Hampshire darauf herumgepatscht.« McLoughlin suchte auf dem Teppich vor der Terrassentür nach Blutspuren. Er ging weiter zum Schreibtisch. »Was gefunden?« fragte Walsh.

»Nichts.« Seine Augen waren vor Müdigkeit gerötet.

»Jetzt möchte ich mal wissen, was hier eigentlich passiert ist, Andy.« Walsh warf einen taxierenden Blick auf seinen Sergeant, ehe er auf seine Uhr sah. »Sie sagen, Sie haben sie ungefähr um elf Uhr vierzig gefunden. Es ist jetzt halb zwei, und wir haben nichts weiter als unbestimmte Geräusche in der Ferne und eine Frau mit einem Schädelbruch. Haben Sie irgendeine Vermutung?«

McLoughlin schüttelte den Kopf. »Ich habe keine Ahnung, Sir. Wir können nur hoffen, daß sie bald zu sich kommt und uns etwas sagen kann.«

Walsh hievte sich aus dem Sessel und ging schwerfällig zur Terrassentür. »Sind Sie immer noch nicht fertig?« fragte er den Mann draußen unwirsch.

»Doch, Sir, gleich.« Er machte eine letzte Aufnahme und senkte seine Kamera.

»Ich lasse über Nacht jemanden hier, dann können Sie drinnen morgen weitermachen.« Walsh wartete, bis der Mann seine Gerätschaften eingepackt hatte und gegangen war, ehe er zu seinem Sessel zurückkehrte. Er nahm seine Pfeife heraus und begann sie zu stopfen, ohne dabei McLoughlin aus den Augen zu lassen. »Also los, Sergeant«, schnauzte er ärgerlich, »jetzt können Sie mir sagen, was, zum Teufel, Sie hier zu suchen hatten. Die Geschichte stinkt, wenn Sie mich fragen. Wenn ich dahinterkommen sollte, daß Sie andere Prioritäten gesetzt haben, mein Lieber, dann springen Sie über die Klinge, das ist Ihnen wohl klar.«

Erschöpfung und überreizte Nerven riefen ein tiefes Gähnen hervor. »Ich wollte gern ein bißchen schneller sein als Sie, Sir. Ich dachte, es könnte eine Beförderung dabei herausspringen.« Freche Lügen, dachte er, nichts Konkretes, nicht einmal die halbe Wahrheit, die Walsh überprüfen konnte. Wenn Phoebe Maybury damit durchkam, dann auch er.

Walsh' Stirnfalten vertieften sich. »Und – weiter?«

»Ich bin hinten über die Mauer gestiegen. Ich wollte sehen, was passieren würde, wenn sie vom Verhör zurückkommt. Ich muß ungefähr um Viertel vor elf hier gewesen sein. Die anderen waren alle zu Bett gegangen. Miss Cattrell saß in dem Sessel, in dem Sie jetzt sitzen. Um Viertel nach elf hat sie dann unten die Lichter ausgemacht. Ich bin vielleicht noch zehn Minuten geblieben, ehe ich zum Wagen zurückgegangen bin. Ich war noch nicht weit gekommen, als ich Stimmen hörte. Daraufhin bin ich umgekehrt, um zu sehen, was es gäbe. Ihre Terrassentür war einen Spalt geöffnet. Ich habe mit der Taschenlampe ins Zimmer geleuchtet, und da sah ich sie liegen.« Er wies mit dem Kopf zur Mitte des Raums.

Walsh kaute nachdenklich auf dem Stiel seiner Pfeife. »Das war wirklich ein Glück. Mrs. Maybury sagte, Sie seien gerade mit der Herzmassage beschäftigt gewesen, als sie kam. Sie haben ihr wahrscheinlich das Leben gerettet.« Er zündete die Pfeife an und betrachtete McLoughlin sinnend durch die Rauchwolken. »Ist das die Wahrheit?«

McLoughlin gähnte wieder. Er konnte es nicht unterdrücken. »Ja, Sir, das ist die Wahrheit«, sagte er müde. Wieso versuchte er, sich zu schützen? Am Morgen war ihm noch jeder Vorwand, alles hinzuwerfen, willkommen gewesen. Wollte er vielleicht nur das Ende der Geschichte erfahren, oder wollte er Vergeltung?

Walsh war äußerst argwöhnisch. »Wenn ich herausbekommen sollte, daß zwischen Ihnen beiden etwas vorgeht, kriegen Sie so schnell ein Disziplinarverfahren an den Hals, daß Ihnen Hören und Sehen vergeht, Andy. Sie ist eine Verdächtige in einem Mordfall.«

McLoughlin lachte. »Aber, Sir, die Frau behandelt mich wie den letzten Dreck, seit ich sie eine Lesbe genannt habe.« Er gähnte schon wieder. »Trotzdem, danke für das Kompliment. Tut meiner männlichen Eitelkeit gerade jetzt besonders gut, daß Sie glauben, ich könnte innerhalb von vierundzwanzig Stunden eine widerspenstige Frau verführen. Kelly wäre da anderer Meinung«, schloß er bitter.

Walsh fragte: »Haben Sie sie niedergeschlagen?«

McLoughlin brauchte seine Überraschung nicht zu heucheln. »Ich? Weshalb hätte ich sie niederschlagen sollen?«

»Revanche. Sie sind in der Stimmung dazu.«

Er starrte Walsh einen Moment an, dann schüttelte er den Kopf. »Das wäre nicht meine Art«, sagte er. »Aber wenn Jack Booth mal mit einem Loch im Kopf gefunden werden sollte, dann könnte das mein Werk sein.«

Walsh nickte. »Und was hat Miss Cattrell in der halben Stunde getan, während Sie sie beobachtet haben?«

»Sie saß da im Sessel, Sir.«

»Und was tat sie?«

»Nichts. Ich vermute, sie hat nachgedacht.«

»Sie sagen, die Maybury habe ganz offen zugegeben, daß sie ihren Mann am liebsten umgebracht hätte. Würde sie auch ihre Freundin umbringen?«

»Möglich. Wenn sie wütend genug wäre. Aber was für ein Motiv hätte sie?«

»Rache? Vielleicht glaubte sie, Miss Cattrell hätte mit uns gesprochen.«

McLoughlin schüttelte den Kopf. »Ich denke, dazu kennt sie Miss Catrell zu gut.«

»Mrs. Goode? Die Phillips'? Die Kinder?«

»Immer die gleiche Frage, Sir. Was war das Motiv?«

Walsh stand auf. »Ich schlage vor, wir fangen an zu suchen«, sagte er beißend, »ehe wir alle zur Streife zurückversetzt werden. Eine Waffe wäre hilfreich. Ich möchte, daß das ganze Haus durchsucht wird, Sergeant. Gründlich. Sie können die Durchsuchung leiten, bis Nick Robinson hier ist.« Er sah auf seine Uhr. »Dann nehmen Sie sich die Maybury-Akte vor. Seien Sie morgen früh um zehn bei mir im Büro. Es muß etwas dahinterstecken, und das müssen wir herausbekommen.«

»Wenn Sie erlauben, Sir, ich glaube, ich könnte mich hier nützlicher machen.«

»In Zukunft tun Sie, was Ihnen gesagt wird, Sergeant«, blaffte Walsh gereizt. »Ich weiß nicht, was für ein Spiel Sie treiben, aber ich hab nichts übrig für Leute, die mich ausmanövrieren wollen.«

McLoughlin zuckte die Achseln. »Aber Sie sollten sich lieber nicht auf die Suche nach irgendeinem Geheimnis versteifen, Sir. Mrs. Maybury hat Ihnen gesagt, was ihrer Meinung nach geschehen ist, und, wie ich schon heute morgen sagte, Mrs. Phillips bezeichnet das Haus hier als Festung. Warum?«

Walsh starrte ihn einen Moment nachdenklich an, dann ging er zur Tür. »Sie gehen da einer Bande routinierter Lügner auf den Leim, mein Junge. Wenn Sie nicht bald aufwachen, werden Sie am Ende ziemlich dumm dastehen.«

16

Die Aktivitäten der Polizei wurden noch hektischer und noch betriebsamer. Man schaltete gewissermaßen einen Gang höher. Es war, als wäre der Mordversuch an einer Frau, deren Identität bekannt war, von anderer Größenordnung als die Ermordung eines Unbekannten, den man draußen im Park gefunden hatte. Anne hätte das beunruhigend gefunden, aber da sie in tiefem Koma auf der Intensivstation lag, wußte sie nichts davon. Walsh hätte es kategorisch bestritten, bekam jedoch statt dessen einen Wutanfall, als seine Leute nach einer gründlichen Durchsuchung von Haus und Gelände mit leeren Händen vor ihm standen.

Die Presse stellte vollkommen übertrieben Streech Grange als Schauplatz von Massenmord und verwesenden Leichen mit dem Haus am Rillington Place 10 auf eine Stufe. Annes Freundinnen hatten an der Last dieses Vergleichs schwer zu tragen. In der Rückschau erschienen die früheren Verhöre locker wie ein geselliges Beisammensein. Nach dem Anschlag auf Anne wurde ohne Bandagen gekämpft. Walsh suchte nach einem Muster. Logische Überlegung sagte ihm, daß es eines geben mußte. Daß sich in ein und demselben Haus drei Verbrechen zutragen sollten, die nichts miteinander zu tun hatten, wollte er nicht glauben.

Für die Kinder war das alles völlig neu. Sie waren vorher nie verhört worden. Es war gewissermaßen eine Feuertaufe für sie. Jonathan wütete gegen seine Ohnmacht, dagegen, in etwas verwickelt zu werden, worüber er keine Kontrolle hatte. Er war mürrisch und widerborstig und behandelte die Polizeibeamten mit einer Art blasierter Geringschätzung. Walsh hätte ihm liebend gern einen Tritt in den Hintern gegeben, aber nach zwei Stunden strengen Verhörs war er überzeugt, daß von dem jungen Mann nichts mehr zu erfahren war. Jonathan hatte die drei jungen Leute von jedem Verdacht, den Überfall auf Anne verübt zu haben, entlastet. Seiner Aussage zufolge hatten sie sich nach der improvisierten Feier alle drei für die Nacht zurechtgemacht und in Janes Zimmer zusammengesetzt, um sich im Fernsehen einen Film anzusehen. Das Geräusch des splitternden Fensters, gefolgt von McLoughlins Hilferufen, hatte sie aufgeschreckt. Nein, davor hatten sie nichts gehört, aber sie hatten den Fernseher auch ziemlich laut gehabt. Walsh befragte Elizabeth. Sie war nervös, aber hilfsbereit. Ihre Aussage stimmte bis ins kleinste Detail mit der Jonathans überein. Jane erzählte nach einem Tag Gnadenfrist ganz Ähnliches. Die drei hatten mit dem Anschlag auf Anne offenkundig nichts zu tun, es sei denn, sie hatten sich genauestens abgesprochen.

Für Phoebe war alles eine Reprise. Einziger Unterschied war diesmal, daß die Frager nunmehr über Informationen verfügten, die sie ihnen vor zehn Jahren verschwiegen hatte. Sie beantwortete alle Fragen mit der gleichen unerschütterlichen Geduld wie damals, reizte sie mit der gleichen unerschütterlichen Gelassenheit und blieb auch beherrscht, als anzügliche Bemerkungen über das perverse Sexualverhalten ihres Mannes fielen.

»Sie machen sich Vorwürfe, weil Sie nicht gemerkt haben, was er Ihrer Tochter antat«, sagte Walsh mehr als einmal.

»Ja«, antwortete sie. »Wenn ich es früher gemerkt hätte, hätte ich Jane vielleicht vieles ersparen können.«

Er verfiel in die Gewohnheit, sich bei jeder neuen Frage vorzubeugen, um auf das verräterische Schwanken nachlassender Entschlossenheit zu warten. »Waren Sie nicht eifersüchtig, Mrs. Maybury? Machte es Sie nicht wütend, daß Ihr Mann Ihnen Ihre Tochter vorzog? Fühlten Sie sich nicht degradiert?«

Sie machte immer eine Pause, ehe sie antwortete, ganz so, als schickte sie sich an, ihm zuzustimmen. »Nein, Inspector«, sagte sie dann. »Ich habe nichts dergleichen empfunden.«

»Aber Sie haben gesagt, Sie hätten ihn ohne weiteres töten können.«

»Ja.«

»Warum wollten Sie ihn töten?«

Sie lächelte schwach über diese Frage. »Das sollte doch eigentlich klar sein, Inspector. Wenn es sein müßte, würde ich jedes Vieh umbringen, das sich an einem Kind vergeht.«

»Und doch behaupten Sie, Ihren Mann nicht getötet zu haben.«

»Ich brauchte es nicht. Er ging weg.«

»Ist er zurückgekommen?«

Sie lachte. »Nein.«

»Haben Sie ihn getötet und im Eishaus versteckt?«

»Nein.«

»Es wäre doch auch eine Art von Gerechtigkeit gewesen.«

»Gewiß.«

»Die Phillips', oder vielleicht sollte ich sagen, die Jeffersons, halten es mit dieser Art der Gerechtigkeit, nicht wahr? Haben sie es für Sie getan, Mrs. Maybury? Sind sie Ihre Rächer?«

Immer an dieser Stelle drohte Phoebes Zorn die Oberhand zu gewinnen. Als er die Frage das erstemal gestellt hatte, hatte sie sie wie ein Schlag in den Magen getroffen. Danach war sie besser vorbereitet, aber es kostete sie immer noch eiserne Selbstbeherrschung, ihn nicht in das verhaßte Gesicht zu schlagen. »Ich finde, das sollten Sie Mr. und Mrs. Phillips fragen«, antwortete sie jedesmal. »Ich kann nicht für sie antworten.«

»Ich frage Sie nach Ihrer Meinung, Mrs. Maybury. Sind die beiden fähig, für Sie und Ihre Tochter Rache zu üben?«

Ein mitleidiges Lächeln kräuselte ihre Lippen. »Nein, Inspector.«

»Haben Sie Miss Cattrell niedergeschlagen? Sie sagen, Sie seien im Bett gewesen, aber das kann niemand bezeugen. Hatte sie vielleicht vor, etwas zu verraten, was Sie verheimlichen wollten?«

»Wem hätte sie etwas verraten sollen? Der Polizei?«

»Vielleicht.«

»Sie sind wirklich unglaublich, Inspector.« Sie lächelte ohne Erheiterung. »Ich habe Ihnen gesagt, was Anne meiner Ansicht nach zugestoßen ist.«

»Vermutungen, Mrs. Maybury.«

»Vielleicht, aber angesichts dessen, was mir vor neun Jahren passiert ist, sicher nicht unwahrscheinlich.«

»Sie haben es damals nicht angezeigt.«

»Sie hätten mir ja doch nicht geglaubt. Sie hätten mich beschuldigt, alles selbst inszeniert zu haben. Im übrigen hätte nichts mich dazu bewegen können, Sie noch einmal in mein Haus zu holen, nachdem ich Sie endlich los war. In mancher Hinsicht hatte ich mehr Glück als Anne. Meine Verletzungen waren alle psychischer Art.«

»Das ist mir alles zu simpel. Sie halten mich offenbar für sehr leichtgläubig.«

»Nein«, entgegnete sie kalt. »Für kleinkariert und rachsüchtig.«

»Weil ich Ihre Vorliebe für das Melodramatische nicht teile? Ihre Tochter konnte über das, was sie so erschreckt hat, nur sehr vage Angaben machen. Selbst Sergeant McLoughlin *glaubt* nur, jemanden gehört zu haben. Ich bin Realist. Ich ziehe es vor, mich mit Tatsachen auseinanderzusetzen statt mit weiblichen Neurosen.«

Das ließ sie aufhorchen. »Mir ist nie klar gewesen, wie stark Ihre Abneigung gegen Frauen ist. Oder gilt die Abneigung nur mir, Inspector? Die Vorstellung, daß ich jetzt vielleicht bekomme, was ich verdient habe, sagt Ihnen zu, nicht wahr? Hätte ich mir dieses ganze Elend ersparen können, wenn ich vor zehn Jahren ›Ja‹ gesagt hätte?«

Unweigerlich war es Walsh, der an dieser Stelle wütend wurde.

Unweigerlich mußte sich Phoebe nach einem solchen Verhör in ihren Wagen setzen und ins Krankenhaus fahren, um sich zu Anne ans Bett zu setzen, ihre Hand zu halten, mit ihr zu sprechen und mit Inbrunst zu hoffen, sie werde wieder zu Bewußtsein kommen.

Bei Dianas Verhören stand ihre Verbindung zu Daniel Thompson im Mittelpunkt. Sie konnte ihren Zorn gegen Walsh nicht so gut zügeln wie Phoebe und geriet häufig in Wut. Und dennoch konnte der Inspector auch nach zwei Tagen keine Ungereimtheiten in ihrer Aussage entdecken.

Er tippte auf das Bündel Briefe. »Aus Ihren Briefen geht klar hervor, daß Sie wütend auf ihn waren.«

»Natürlich war ich wütend«, gab sie gereizt zurück. »Er hatte zehntausend Pfund von meinem Geld verjubelt.«

»Verjubelt?« wiederholte er. »Aber er hat doch sein Bestes getan.«

»Meiner Meinung nach nicht.«

»Haben Sie die Firma überprüfen lassen, ehe Sie Ihr Geld investierten?«

»Herrgott noch mal, das haben wir doch alles schon hundertmal durchgekaut. Hören Sie denn überhaupt nicht zu?«

»Beantworten Sie bitte die Frage, Mrs. Goode.«

Sie seufzte. »Er hat mir nicht viel Zeit gelassen. Ich hatte genau einen Tag, um die Bücher durchzusehen. Sie schienen mir in Ordnung zu sein, sonst hätte ich ihm den Scheck nicht gegeben. Zufrieden?«

»Warum sagen Sie dann, er habe Ihr Geld verjubelt?«

»Weil ich mit der Zeit merkte, daß er völlig inkompetent war, vielleicht sogar ein richtiger Gauner. Die Zahlen, die er mir gezeigt hatte, waren frisiert. Zum Beispiel denke ich jetzt, daß er die Aktiva der Firma aufgebläht hat, indem er seinen Lagerbestand viel zu hoch angesetzt hat. Ich habe außerdem entdeckt, daß er die

Sozialabgaben, die er für seine Angestellten hätte abführen müssen, einbehalten hat, um das Geschäft über Wasser zu halten. Die Auftragsbücher, die er mir gezeigt hatte, waren voll, aber nach drei Monaten hatte er praktisch nichts verkauft. Nicht mal die Lagerbestände, die er hatte, brachte er los. Seine Werbung war ein Witz. Er sagte dauernd, die Sache würde sich schon herumsprechen, und dann würde es Aufträge hageln.«

»Und das machte Sie wütend?«

»Gott, gib mir Kraft«, sagte sie und hob die Hände zum Himmel. »Wie oft soll ich es Ihnen noch sagen? Ich war fuchsteufelswild. Der Kerl hat mich verschaukelt.«

»Wissen Sie etwas über Mr. Thompsons Verschwinden?«

»Zum letzten Mal: *Nein!*«

»Aber Sie wußten schon, ehe wir es Ihnen sagten, daß er verschwunden war.«

»Ja, Inspector, das wußte ich. Er sollte kommen und mir erklären, was eigentlich los war.« Sie beugte sich vor und schlug mit der Faust auf die Briefe. »Sie haben Datum und Uhrzeit vor sich. Er ist nie gekommen. Ich habe in seinem Büro angerufen und hörte, er sei nicht da. Ich habe bei ihm zu Hause angerufen und mußte mich von seiner Frau beschimpfen lassen. Zwei Tage später habe ich noch einmal in der Firma angerufen und bekam zu hören, Mrs. Thompson habe ihn vermißt gemeldet. Ich ging am nächsten Tag in die Firma und traf einige sehr verärgerte Angestellte an, die drei Wochen nicht mehr bezahlt worden waren und gerade entdeckt hatten, daß ihre Sozialabgaben fast ein Jahr lang nicht mehr abgeführt worden waren. Seitdem hat man von Daniel Thompson nichts mehr gehört und gesehen. Die Firma ist bankrott, und ein Haufen Leute haben eine Menge Geld verloren.«

»Also wirklich, Mrs. Goode, jemand, der Geld in durchsichtige Heizkörper investiert, muß doch eigentlich damit rechnen, daß er es verliert.«

Kein braunes oder grünes Auge, dachte er, konnte solchen mörderischen Haß ausstrahlen wie dieser eisblaue Blick. Sie würdigte ihn keines Worts.

»Ihr Stolz ist verletzt, stimmt's?« sagte er mit Anteilnahme. »Ihre Selbstachtung. Ich kann mir schon vorstellen, daß Sie jemanden umbringen könnten, der Sie lächerlich macht.«

»Ach ja?« versetzte sie kühl. »Sie haben offensichtlich eine blühende Phantasie. Kein Wunder, daß die Rate der aufgeklärten Verbrechen so niedrig ist.«

»Ich glaube, daß Mr. Thompson hier war, Mrs. Goode. Ich glaube, Sie sind auf ihn genauso wütend geworden, wie Sie jetzt auf mich sind, und dann sind Sie handgreiflich geworden.«

Sie lachte. »Haben Sie den Mann mal gesehen? Nein? Dann hätten Sie sich über ihn informieren sollen. Er ist die reinste Dampfwalze. Fragen Sie seine Frau, wenn Sie mir nicht glauben. Wenn ich handgreiflich geworden wäre, hätte er unter Garantie zurückgeschlagen, und ich würde wahrscheinlich jetzt noch mit den blauen Flecken herumlaufen.«

»Haben Sie mit ihm geschlafen?«

»Ich will Ihnen ein Geständnis machen«, versetzte sie spöttisch. »Ich habe Daniel noch weniger anziehend gefunden als Sie. Er hatte feuchte Lippen, genau wie Sie. Und ich mag feuchte Lippen nicht. Ist Ihre Frage damit beantwortet?«

»Seine Frau bestreitet jede Verbindung zwischen ihm und Streech Grange.«

»Das wundert mich nicht. Ich bin ihr nur einmal begegnet. Sie fand mich offensichtlich völlig unakzeptabel.«

»Wußten Fred und Molly von Ihrer Kapitalanlage?«

»Niemand hier wußte etwas davon.«

»Wieso nicht?«

»Das wissen Sie doch ganz genau.«

»Sie wollten sich nicht auslachen lassen.«

Darauf gab sie keine Antwort.

»Vielleicht haben Fred und Molly die Schmutzarbeit für Sie erledigt, Mrs. Goode?«

Sie sah ihn eisig an. »Nein«, antwortete sie. »Und wenn Sie es noch einmal wagen sollten, mir diese Frage zu stellen, haue ich Ihnen eine runter.«

»Möchten Sie gern wegen tätlichen Angriffs auf einen Polizeibeamten festgenommen werden?«

»Das wäre mir die Sache wert.«

»Sie sind eine sehr aggressive Frau, nicht wahr? Haben Sie Ihre Aggressionen an Miss Cattrell ausgelassen?«

Sie schlug ihm die geballte Faust auf die Nase.

Jonathan klopfte seiner Mutter sanft auf die Schulter und betrachtete Anne. »Wie geht es ihr?« Sie war außer Lebensgefahr, und man hatte sie aus der Intensivstation in ein Einzelzimmer verlegt.

»Ich weiß es nicht. Sie ist sehr unruhig. Ein- oder zweimal hat sie die Augen aufgemacht, aber sie scheint nichts wahrzunehmen.«

Er kauerte neben ihr nieder. »Du mußt sie jetzt leider eine Weile allein lassen. Diana braucht dich.«

»Was?« Phoebe runzelte die Stirn.

»Ja. Sie ist verhaftet worden.«

»Diana?« fragte sie bestürzt. »Weswegen denn?«

»Tätlicher Angriff auf einen Polizeibeamten. Sie hat Inspector Walsh die Nase blutig geschlagen. Jetzt sitzt sie im Kittchen.«

Phoebe blieb der Mund offenstehen. »Lieber Gott, das ist ja zum Schießen«, sagte sie und begann zu lachen. Dann stand sie auf. »Gut, ich komme. Am besten rufen wir gleich Bill an.« Sie sah zu Anne hinunter. »Im Moment kann ich leider überhaupt nichts für dich tun, Schatz. Gib nur nicht auf. Wir glauben alle an dich.«

»Ich fahre Jane nachher her«, sagte Jonathan. »Sie möchte Anne gern sehen.«

Sie gingen in den Korridor hinaus. »Wird ihr das nicht zuviel werden?«

»Glaube ich nicht. Bisher jedenfalls hat sie sich großartig gehalten. Wir haben heute nachmittag lange miteinander gesprochen. Sie war wesentlich sachlicher, als ich sie je erlebt habe. So ironisch es klingt, diese ganze Sache hat ihr möglicherweise sogar gutgetan. Sie hat dadurch vielleicht erkannt, daß sie stabiler und zäher ist, als sie glaubte. Der Sergeant gefällt ihr übrigens. Wenn sie sie noch einmal verhören wollen, sollten wir darauf dringen, daß er mit ihr spricht.«

»Ja«, sagte Phoebe. »Abgesehen von allem anderen, hat er ja Anne das Leben gerettet. Das wäre Jane sicher schon Empfehlung genug. Sie liebt Anne sehr.«

Jonathan hakte sich bei seiner Mutter ein. »Sie liebt dich auch. Wir alle lieben dich.«

Phoebe lachte. »Nur weil ihr meine tönernen Füße noch nicht entdeckt habt.«

»Im Gegenteil«, sagte er ernsthaft. »Wir lieben dich, weil du nie so getan hast, als wären sie nicht tönern.«

Sie gingen weiter und verschwanden um eine Ecke des Korridors. Hinter ihnen schob sich Andy McLoughlin mit dem schlechten Gewissen des Lauschers aus einer Türnische, in der er sich verborgen hatte. Der verdammte Walsh und sein blödes Muster, dachte er. Er ist auf dem Holzweg mit seiner Logik.

Er zeigte der Stationsschwester seinen Ausweis. »Wie geht es Miss Cattrell?« fragte er. »Hat sich ihr Zustand verändert?«

»Nicht wesentlich. Sie ist jetzt ziemlich unruhig und macht immer wieder mal die Augen auf. Das ist ein gutes Zeichen, aber Sie können sie noch nicht vernehmen. Das habe ich dem Inspector auch schon gesagt. Sie kann jeden Moment aufwachen, es kann aber auch noch ein oder zwei Tage dauern. Wir geben Ihnen Bescheid, sobald sie soweit ist, daß sie mit Ihnen sprechen kann.«

»Ich bleibe ein paar Minuten bei ihr, wenn Sie nichts dagegen haben. Man kann nie wissen.«

»Sie ist in Zimmer zwei. Sprechen Sie mit ihr«, drängte die Schwester. »Wenn Sie schon mal da sind, können Sie sich ruhig nützlich machen.«

Er hatte sie nicht gesehen, seit sie im Krankenwagen weggebracht worden war, und er war tief bestürzt. Sie war noch kleiner und zarter, als er sie in Erinnerung hatte, ein gebrechliches Bündel mit bandagiertem Kopf und häßlicher, fahler Haut. Doch selbst in der Bewußtlosigkeit schien sie über einen geheimen Scherz zu lächeln, den nur sie kannte. Warme Zärtlichkeit stieg in ihm auf, als würde er sie schon seit langer Zeit kennen. Er zog sich einen Stuhl ans Bett und begann zu erzählen. Er mußte nicht überlegen, denn er wußte ganz von selbst, was sie freuen und erheitern würde. Nach einer halben Stunde fiel ihm nichts mehr ein, und er sah auf seine Uhr. Sie hatte sich ein-, zweimal bewegt, wie ein Kind im Schlaf, aber ihre Augen waren fest geschlossen geblieben. Er schob seinen Stuhl zurück.

»Das wär's, Cattrell. Die Zeit ist leider um. Ich werde sehen, ob ich Sie morgen wieder allein erwischen kann.« Er berührte ihre Wange mit den Fingerspitzen.

»Sie sind ein gemeiner Kerl«, murmelte sie, öffnete ein Auge und sah ihn vorwurfsvoll an. »Ich liege im Sterben.«

»Sie waren die ganze Zeit wach«, beschuldigte er sie.

Sie machte das andere Auge auf, und trotz aller Verwirrung schimmerte ihre Verschmitztheit durch. »War Phoebe hier?«

Er nickte.

»Ich erinnere mich, daß Phoebe hier war. Bin ich zu Hause?«

»Sie sind im Krankenhaus«, entgegnete er.

»Mist! Ich hasse Krankenhäuser. Was für ein Tag ist heute?«

»Freitag. Sie haben zwei Tage selig geschlafen.«

Das beunruhigte sie. »Was ist denn passiert?«

»Ich hole eine Schwester.« Er wollte aufstehen.

»Kommt nicht in Frage«, knurrte sie. »Krankenschwestern hasse ich auch. Was ist passiert?«

»Sie sind niedergeschlagen worden. Erzählen Sie mir, woran Sie sich erinnern.«

Sie zog angestrengt nachdenkend die Brauen zusammen. »Curry«, sagte sie versuchsweise.

Er umfaßte fest ihre Hand. »Können wir das Curry vergessen, Cattrell?« fragte er. »Es wäre für alle Beteiligten einfacher, wenn Sie mich an dem Abend nie gesehen hätten.«

Sie krauste die Stirn. »Aber was ist passiert? Wer hat mich gefunden?«

Er rieb ihre Finger. »Ich, aber es ist mir ganz schön schwergefallen, Walsh zu erklären, was ich bei Ihnen zu suchen hatte. Ich kann ja wohl kaum zugeben, daß mich die Fleischeslust zu einer Verdächtigen getrieben hatte.« Er sah ihr forschend ins Gesicht. »Verstehen Sie, was ich sage? Ich möchte weiter an dem Fall arbeiten, Anne. Ich möchte Gerechtigkeit.«

»Natürlich verstehe ich, was Sie sagen.« Erheitert flackerten ihre dunklen Augen, und er hätte sie am liebsten umarmt. »Stellen Sie sich vor, ich kann sogar zu gleicher Zeit Kaugummi kauen und lesen.« Sie dachte angestrengt nach. »Jetzt erinnere ich mich. Sie wollten mir vorschreiben, wie ich mein Leben gestalten soll.« Sie sah ihn vorwurfsvoll an. »Dazu hatten Sie kein Recht, McLoughlin. Die Hauptsache ist schließlich, daß ich mit mir selbst leben kann.«

Er hob ihre Hand und streichelte mit seinen Lippen ihre Fingerspitzen. »Ich lerne es schon. Lassen Sie mir nur ein bißchen Zeit. Woran erinnern Sie sich noch?«

»Ich bin den ganzen Weg zurückgerannt«, sagte sie. »Ich habe die Terrassentür aufgemacht, das weiß ich noch. Und dann« – sie runzelte die Stirn –, »ich habe etwas gehört, glaube ich.«

»Wo?«

»Ich weiß nicht mehr.« Sie sah gequält aus. »Was ist dann passiert?«

»Irgend jemand hat Sie auf den Hinterkopf geschlagen.«

Sie sah ihn verwirrt an. »Daran kann ich mich überhaupt nicht erinnern.«

»Ich habe Sie in Ihrem Zimmer gefunden.«

Eine schwere Hand fiel auf seine Schulter nieder, und er fuhr zusammen. »Wie kommen Sie dazu, sie jetzt ins Verhör zu nehmen, Sergeant?« sagte die Schwester ärgerlich. »Holen Sie Dr. Renfrew«, rief sie einer Schwester im Korridor zu. »Hinaus!« sagte sie zu McLoughlin.

Anne starrte sie mit unverhohlenem Abscheu an und klammerte sich an seine Hand. »Gehen Sie ja nicht«, flüsterte sie. »Die ist ja ein richtiger Drache.«

Er drehte sich nach ihr um und hob hilflos die Hände.

»Muß ich mir irgend etwas merken?« fragte sie ihn. »Ich möchte auf keinen Fall den Inspector in Verwirrung stürzen.«

Sein Blick wurde weich. »Nein, Miss Cattrell. Konzentrieren Sie sich nur darauf, schnell wieder gesund zu werden. Alles andere können Sie mir überlassen.«

Sie zwinkerte ihm schläfrig zu. »Na gut.«

Sergeant Robinson wollte sich eine Beförderung verdienen. Wiederum hatte er gewissenhaft Haus für Haus abgeklappert, auf der Suche nach Hinweisen auf die Person, die Anne überfallen hatte. Doch herausgekommen war nichts dabei. Niemand hatte an dem Abend etwas außer dem Krankenwagen gehört oder gesehen. Er trank mit Paddy Clarke zusammen ein Bier, diesmal jedoch unter dem wachsamen Auge von Mrs. Clarke. Er fand sie äußerst einschüchternd, um so mehr, seit Anne ihm erzählt hatte, daß sie einmal Nonne gewesen war. Paddy versicherte ihm, sie hätten nach der Broschüre mit dem Plan des Guts gesucht, hätten sie aber nirgends gefunden. Im Beisein seiner Ehefrau täuschte er absolutes Desinteresse an Streech Grange und seinen Bewohnern vor, und über Anne Cattrell im besonderen wußte er überhaupt nichts zu sagen. Nick Robinson drängte ihn nicht. Seine Eier waren ihm wichtig.

Eigentlich hätte er danach ruhig nach Hause fahren können. Er hatte dienstfrei. Statt dessen jedoch lenkte er seinen Wagen in Richtung Bywater Farm, wo Eddie Staines arbeitete. Mrs. Ledbetters Informationen hatten sich bisher ausgezahlt; es konnte nicht schaden, da noch einmal nachzuhaken.

Der Bauer wies ihn zum Kuhstall, wo Eddie nach dem abendlichen Melken beim Aufräumen war. Er fand Eddie auf einen Rechen gestützt, beim Flirt mit einem rotbackigen jungen Mädchen, das über alles, was er sagte, töricht kicherte. Sie verstummten beide, als Nick Robinson sich näherte, und starrten ihn neugierig an.

»Mr. Staines?« fragte er und zog seinen Ausweis. »Kann ich Sie einen Moment sprechen?«

»Schießen Sie los«, sagte Eddie großspurig.

»Unter vier Augen, wenn es geht«, sagte Robinson.

»Zisch ab, Suzie. Wir sehen uns später im Pub.«

Das Mädchen ging widerstrebend, drehte sich noch mehrmals nach ihnen um, wohl in der Hoffnung, zurückgerufen zu werden. Aber Eddie schien sie schon vergessen zu haben. »Was wollen Sie?« fragte er, während er schmutziges Stroh zu einem Haufen zusammenrechte. Er hatte ein ärmelloses T-Shirt an, das seine muskelbepackten Arme und Schultern voll zur Geltung brachte.

»Sie haben von dem Mord auf Streech Grange gehört?«

»Wer hat das nicht?« gab Staines desinteressiert zurück.

»Ich hätte da ein paar Fragen an Sie.«

Staines stützte sich auf seinen Rechen und sah Robinson kalt an.

»He, ich hab Ihren Kollegen schon alles gesagt, was ich weiß, und das kommt auf null raus. Ich bin Landarbeiter, ein echter Prolet. Solche wie ich haben mit den Herrschaften vom Gut nichts zu tun.«

»Niemand hat das Gegenteil behauptet.«

»Was wollen Sie mich dann fragen?«

»Uns interessiert jeder, der in den letzten zwei Monaten drüben auf dem Gelände war.«

Staines begann wieder zu rechnen. »Nicht schuldig.«

»Ich hab was anderes gehört.«

Staines kniff die Augen zusammen. »Ach ja? Wer hat'n da gequatscht?«

»Es ist allgemein bekannt, daß Sie mit Ihren Freundinnen da raufgehen.«

»Wollen Sie mir vielleicht was anhängen?«

»Nein, aber es ist möglich, daß Sie etwas gehört oder gesehen haben, was uns weiterhelfen kann.« Er bot dem jungen Mann eine Zigarette an.

Eddie ließ sich Feuer geben und schien ein paar Minuten lang angestrengt nachzudenken. »Stimmt zufällig«, sagte er überraschenderweise.

»Erzählen Sie.«

»Sie haben doch meine Schwester nach 'ner Frau gefragt, die da oben mal in der Nacht geweint hat. Sie waren zweimal bei ihr, richtig?«

»Sie sprechen von den ehemaligen Gesindehäusern an der Straße nach East Deller?«

»Genau. Maggie Trewin ist meine Schwester. Sie wohnt auf Nummer zwei. Ihr Mann arbeitet auf der Grange Farm. Sie hat mir erzählt, daß Sie gern wissen möchten, an welchem Abend diese Frau« – er gab dem Wort spöttischen Nachdruck – »geweint hat.«

Robinson nickte.

»Tja also«, sagte Staines und blies mehrere perfekte Rauchringe in die Luft, »das kann ich Ihnen wahrscheinlich sagen, aber erst möchte ich 'ne Garantie, daß mein Schwager nie erfährt, von wem Sie's haben. Vor Gericht auftreten oder so was kommt nicht in Frage. Der würde mich zur Schnecke machen, wenn er wüßte, daß ich da oben war, und keine Ruhe geben, bis er rausgebracht hat, mit wem.« Er schüttelte mit trüber Miene den Kopf. »Nee, das ist mir die Sache nicht wert.« Sein Schwager hütete seine jüngste Schwester wie seinen Augapfel.

»Ich kann nicht garantieren, daß Sie nicht vor Gericht müssen«, entgegnete Robinson. »Wenn Sie eine Vorladung bekommen, müssen Sie erscheinen. Aber dazu braucht es nie zu kommen. Die Frau hat für den Fall vielleicht überhaupt keine Bedeutung.«

»Meinen Sie?« Staines lachte spöttisch. »Aber bestimmt mehr als ich.«

»Ich kann Sie auch zum Verhör auf die Dienststelle mitnehmen«, bemerkte Robinson freundlich.

»Das würd Ihnen gar nichts bringen. Solang ich nicht sicher bin, daß Bob Trewin nichts erfährt, sag ich keinen Piep. Der würde mich glatt umbringen, verstehen Sie.« Er griff wieder zu seinem Rechen.

Nick Robinson schrieb seinen Namen und die Adresse der Dienststelle auf ein Blatt seines Hefts. Er riß es heraus und reichte es Staines. »Schreiben Sie auf, was Sie wissen, und schicken Sie es mir ohne Unterschrift«, schlug er vor. »Ich behandle es dann als anonymen Hinweis. Auf die Weise erfährt keiner, woher die Information kommt.«

»Aber Sie wissen es.«

»Wenn Sie es nicht tun«, warnte Robinson, »komme ich wieder, und dann bringe ich den Inspector mit. Der wird Ihnen schon Beine machen.«

»Ich überleg's mir.«

»Tun Sie das.« Er wandte sich zum Gehen. »Vor drei Tagen waren Sie wohl nicht da oben?«

Staines hievte einen Mistklumpen auf seinen Strohhaufen. »Sie sagen es.«

»Eine der Frauen ist überfallen worden.«

»Ach ja?«

»Sie haben nicht davon gehört?«

Staines zuckte die Achseln. »Kann schon sein.« Er warf Robinson einen Seitenblick zu. »War bestimmt eine von ihren Freundinnen. Solche Weiber haben's in sich.«

»Sie haben also an dem Abend nichts gehört oder gesehen?«

Eddie kehrte ihm den Rücken, um sich die hinterste Ecke des Stalls vorzunehmen. »Ich hab Ihnen doch gerade gesagt, daß ich nicht dort war.«

Und wieso glaube ich dir nicht, fragte sich Robinson, während er angewidert zwischen Kuhfladen hindurchlavierte, um zu seinem Wagen zurückzugelangen.

17

Walsh war immer noch mit seiner blutigen Nase beschäftigt, als McLoughlin in die Dienststelle zurückkam. Sie hatte zwar längst zu bluten aufgehört, aber er ließ es sich nicht nehmen, sie weiterhin mit einem blutbefleckten Taschentuch zu hätscheln. McLoughlin, der diesen Teil des Gesprächs zwischen Phoebe und Jonathan nicht gehört hatte, sah ihn verblüfft an.

»Was ist Ihnen denn passiert?« fragte er.

»Mrs. Goode ist auf mich losgegangen. Ich habe sie dafür verhaftet«, antwortete Walsh bissig. »Da ist ihr das Lachen vergangen.«

McLoughlin setzte sich. »Ist sie noch hier?«

»Nein. Mrs. Maybury hat sie überredet, sich zu entschuldigen, und ich habe sie mit einer Verwarnung laufenlassen. Diese verdammten Weiber«, schimpfte er. Er steckte das Taschentuch ein. »Wir wissen jetzt, wem die Schuhe gehören. Gavin Williams hat einen alten Schuster in East Deller aufgestöbert, der noch alles allein macht.«

McLoughlin pfiff durch die Zähne. »Und?«

»Daniel Thompson eindeutig. Der alte Knabe führt gewissenhaft Buch. Er schreibt sich genau auf, wie die abgegebenen Schuhe aussehen – in diesem Fall hatte er extra die verschiedenfarbigen Schnürbänder vermerkt – und was repariert werden muß, notiert sich den Namen des Eigentümers und den Tag, an dem sie gebracht und wieder abgeholt werden. Thompson hat sie eine Woche vor seinem Verschwinden abgeholt.« Walsh befühlte vorsichtig seine Nase. »Sieht nicht gut aus für Mrs. Goode.« Er kicherte über sein Witzchen. »Wenn wir nur eine Person auftreiben können, die gesehen hat, wie er nach Streech Grange kam...«

Er ließ den Gedanken in der Luft hängen, während er seine Pfeife herausholte und sich mit freudigem Eifer daranmachte, sie zu reinigen. »Und wie hängt Miss Cattrell in der Sache drin? Sie führte die kleine Farce mit ihrem Anwalt auf, um uns von ihrer Freundin abzulenken, und stürzte Mrs. Goode dann in Heidenängste, als sie ihr andeutete, wieviel sie wußte.« Er tippte sich mit der Pfeife an den Kopf. »Leben Sie wohl, Miss Cattrell.«

»Nie im Leben«, erklärte McLoughlin mit Entschiedenheit. »Ich war auf dem Weg hierher kurz im Krankenhaus. Sie ist jetzt bei Bewußtsein. Ich habe Brownlow zu ihr geschickt.«

»Ach was? Haben Sie mit ihr gesprochen?«

»Nur kurz, dann hat die Schwester mich rausgeschmissen. Sie braucht anscheinend erst mal viel Ruhe, ehe sie Fragen beantworten kann.«

»Und?« fragte Walsh scharf. »Was hat sie gesagt?«

»Wenig. Sie erinnert sich an nichts.« Er musterte aufmerksam seine Fingernägel. »Sie glaubt allerdings, draußen etwas gehört zu haben.«

Walsh brummte argwöhnisch. »Das paßt Ihnen gut ins Konzept, was?«

McLoughlin zuckte die Achseln. »Sie sind auf der falschen Fährte, Sir, und wenn Sie mir nicht die Hände gebunden hätten, hätte ich es schon bewiesen.«

In Walshs Stimme schwang Boshaftigkeit. »Jones hat mit seinen Leuten das ganze Gelände zweimal durchgekämmt, und sie haben nichts gefunden.«

»Dann lassen Sie mich selbst nachsehen. Ich verschwende doch nur meine Zeit mit der Maybury-Akte. Keiner von den Leuten, mit denen ich bisher gesprochen habe, weiß etwas von seiner Neigung für kleine Mädchen. Jane scheint die einzige gewesen zu sein. Das ist eine Sackgasse, Sir.«

Walsh warf den teerschwarzen Pfeifenreiniger in seinen Papierkorb und starrte McLoughlin mit offener Feindseligkeit an. McLoughlins Eingeständnis, daß er versucht hatte, ihm den Rang abzulaufen, fuchste ihn immer noch; um so mehr, als er diesen Fall einfach nicht in den Griff bekommen konnte. Er hegte tiefes Mißtrauen gegen seinen Sergeant. Was wußte er, was er selbst nicht wußte? Hatte er etwa das Muster entdeckt? »Sie beschäftigen sich weiter mit der Akte, bis Sie mit jedem gesprochen haben, der Maybury gekannt hat«, sagte er bissig. »Das ist eine neue Spur, und sie muß bis ans Ende verfolgt werden.«

»Warum?«

Walsh zog die Brauen zusammen. »Was soll das heißen, warum?«

»Wohin führt uns das?«

»Zu Mayburys Mörder.«

McLoughlin warf ihm einen belustigten Blick zu. »Sie hat Sie geschlagen, Sir, und Sie sollten sich damit abfinden. In der kalten Asche herumzustochern, bringt überhaupt nichts. Er hat ein Kind terrorisiert, und es war seine eigene Tochter, und jetzt ist er tot. Ich vermute, er ist irgendwo im Park begraben, vielleicht unter einem der Blumenbeete vorn. Die pflegt sie selbst. Fred darf sie nicht anrühren. Ich glaube, Sie hatten recht, sie hat die Leiche im Eishaus versteckt gehalten, bis die Luft rein war. Aber ich bezweifle stark, daß sich da nach zehn Jahren noch eine Spur finden läßt.«

Walsh zupfte an seiner Unterlippe. »Ich bin für alle Möglichkeiten offen. Webster hat immer noch nicht eindeutig nachgewiesen, daß der Tote im Eishaus nicht Maybury ist.«

McLoughlin lachte bitter. »Vor einer Minute waren Sie noch überzeugt, daß es sich um Daniel Thompson handelt. Sir, gestehen Sie sich doch endlich ein, daß Sie in dieser Sache für gar nichts mehr offen sind. Sie haben sich längst festgelegt.« Er beugte sich vor. »Sie wollen ein Muster. Aber es gibt keins, jedenfalls kein solches, wie Sie es suchen. Sie wollen Fakten, die nichts miteinander zu tun haben, mit Gewalt zusammenfügen und machen nur Pfusch.«

Panik befiel Walsh. Es ist wahr, dachte er. Der Druck ist zu stark. Von allen Seiten kam er – von ihm selbst, weil er den Fall Maybury endlich abschließen wollte; von den Medien, die sensationelle Schlagzeilen verlangten; von den Vorgesetzten, die schnelle Lösungen erwarteten. Und immer war da der erbarmungslose Druck von unten, von den Jungen, die an seinem Sessel rüttelten. Verstohlen musterte er McLoughlin, während er Tabak in seine Pfeife stopfte. Er hatte diesem Burschen einmal Sympathie und Vertrauen entgegengebracht, erinnerte er sich, als er an eine nörgelnde Ehefrau gebunden und von seinen eigenen Unzulänglichkeiten geplagt gewesen war. »Was schlagen Sie vor?« fragte er.

McLoughlin, der die letzten drei Nächte kaum geschlafen hatte, rieb sich die müden Augen. »Eine ständige Überwachung von Streech Grange. Mindestens zwei Mann pro Schicht. Eine weitere Durchsuchung des Geländes, die sich aber vor allem auf die Umgebung des Pförtnerhauses konzentrieren sollte. Und legen wir Maybury endlich *ad acta* und konzentrieren wir uns auf Thompson.«

»Mit Mrs. Goode als Hauptverdächtiger?«

McLoughlin ließ sich das einen Moment durch den Kopf gehen. »Wir dürfen sie natürlich nicht ignorieren, aber irgendwie glaube ich, daß wir damit nicht weiterkommen.«

Walsh berührte behutsam seine Nase. »Ich glaube, daß wir gerade damit weiterkommen.«

Mrs. Thompson empfing sie wieder mit ihrer leidvollen Märtyrermiene und führte sie in das sterile Wohnzimmer. McLoughlin hatte ein Gefühl, als kehrte er in die Vergangenheit zurück, und die dazwischenliegenden Ereignisse hätten nie stattgefunden; als schickte sie sich jetzt an, das gleiche Gespräch auf die gleiche Art und mit dem gleichen Resultat zu führen. Walsh zog die Schuhe heraus, die, inzwischen auf Fingerabdrücke untersucht, nicht mehr im Plastikbeutel waren, und stellte sie auf den niedrigen Couchtisch, damit sie sie begutachten konnte.

»Sie sagten, diese Schuhe hätten nicht Ihrem Mann gehört, Mrs. Thompson«, bemerkte er mit mildem Tadel.

Mit zitternden Händen griff sie zu dem Kreuz auf ihrer Brust. »Wirklich? Aber natürlich gehören sie Daniel.«

Walsh seufzte. »Warum haben Sie dann gesagt, es seien nicht seine?«

Schon schwammen ihre Augen wieder in Tränen. »Der Teufel gibt mir Dinge ein.« Sie fingerte an den Knöpfen ihrer Bluse.

»Herr, gib mir Kraft«, murmelte Walsh.

McLoughlin stand plötzlich auf und ging zum Telefon. »Nehmen Sie sich zusammen, Mrs. Thompson«, fuhr er sie scharf an. »Sonst rufe ich den Notarzt an und lasse Sie ins Krankenhaus bringen.«

Sie zuckte zusammen, als hätte er sie geschlagen.

Walsh sah ihn ärgerlich an. »Sind das die Schuhe, die Ihr Mann anhatte, als er verschwand?« fragte er die Frau behutsam.

Sie sah sie sich genau an. »Nein.«

»Sind Sie sicher? Sie sagten uns neulich, er besäße nur ein Paar braune Schuhe, und die hätte er an dem Tag getragen, an dem er weggegangen ist.«

Ihre Augenlider zuckten. »Habe ich das wirklich gesagt?« hauchte sie. »Wie merkwürdig. Ich glaube, es ging mir nicht gut, als Sie das letzte Mal hier waren. Daniel hatte eine Vorliebe für braune Schuhe. Sie können sich seinen Schrank ansehen, wenn Sie möchten. Er hatte mehrere Paare.« Sie machte eine Geste zum Tisch. »Nein, das sind die, die Daniel dem Landstreicher geschenkt hat.«

Walsh schloß die Augen. Seine dürftige Beweisführung gegen

Diana Goode war dabei, zusammenzubrechen. »Was für ein Landstreicher?« fragte er.

»Wir haben ihn nicht nach seinem Namen gefragt«, antwortete sie. »Er hat bei uns gebettelt. Die Schuhe standen auf der Treppe, und Daniel sagte, er könnte sie haben.«

»Wann war das?«

Sie zog eines ihrer Spitzentüchlein heraus und tupfte sich Tränen aus den Augen. »Am Tag bevor er wegging. Ich erinnere mich genau. Daniel war ein wahrer Heiliger, wissen Sie. Trotz all seiner Probleme hatte er noch Zeit für einen armen Bettler.«

Walsh nahm einige Papiere aus seiner Aktentasche und blätterte sie durch. »Sie haben Ihren Mann am Abend des fünfundzwanzigsten Mai vermißt gemeldet«, sagte er. »Der Landstreicher war also am vierundzwanzigsten hier.«

»Ja, so muß es gewesen sein«, bestätigte sie weinend.

»Um welche Zeit?«

Sie sah ihn hilflos an. »Oh, daran kann ich mich nicht erinnern. Irgendwann im Lauf des Tages.«

»Wieso war Ihr Mann während des Tages zu Hause, Mrs. Thompson?« fragte McLoughlin mit einem Blick in seinen Notizkalender. »Der vierundzwanzigste war ein Mittwoch. Hätte er da nicht in seiner Firma sein müssen.«

Sie schmollte. »Ach, diese gräßliche Firma«, sagte sie heftig. »Daher kamen ja alle seine Probleme. Es war nicht seine Schuld, verstehen Sie. Die Leute haben zuviel von ihm erwartet. Am Ende ist er einfach nicht mehr hingegangen«, bekannte sie kleinlaut.

»Können Sie mir den Landstreicher beschreiben?« fragte Walsh.

»O ja«, sagte sie. »Er kann Ihnen sicher weiterhelfen. Er hatte eine pinkfarbene Hose an, und auf dem Kopf trug er einen alten braunen Hut.« Sie dachte zurück. »Er war ungefähr sechzig, schätze ich, viel Haar hatte er nicht mehr, und er roch abscheulich.

Er war sehr betrunken.« Sie hielt inne, als ihr plötzlich ein Gedanke kam. »Aber Sie müssen ihn ja schon gefunden haben, sonst hätten Sie doch die Schuhe nicht.«

Walsh nahm die Schuhe vom Tisch und drehte sie herum. »Sie haben uns gesagt, Ihr Mann hätte mit den Frauen von Streech Grange nichts zu tun gehabt. Aber eine von ihnen, Mrs. Goode, hat Geld in sein Geschäft investiert.«

Ein Schatten flog über ihr Gesicht. »Das wußte ich nicht.«

»Mrs. Goode behauptet, Sie kennengelernt zu haben«, fuhr Walsh fort.

Es folgte ein langes Schweigen. »Möglich. Ich erinnere mich, daß ich vor drei, vier Monaten auf der Straße mit einer Frau dieses Namens gesprochen habe. Daniel sagte, sie sei eine Kundin. So eine aufgedonnerte Blondine mit Schlafzimmerblick.«

»Ja«, sagte Walsh, der die Beschreibung unzutreffend, aber erheiternd fand.

»Sie hat mich angerufen«, berichtete Mrs. Thompson in mißbilligendem Ton, »und wollte wissen, wo Daniel ist. Ich habe ihr gesagt, sie solle sich gefälligst um ihre eigenen Angelegenheiten kümmern.« Sie fixierte Walsh mit Basiliskenblick. »Hat sie etwas mit Daniels Verschwinden zu tun?«

»Wir haben uns die Bücher Ihres Mannes angesehen«, sagte McLoughlin flink aus seiner Ecke, »und dabei einige Diskrepanzen festgestellt. Das hat uns neugierig gemacht.«

»Ich wußte nicht, daß sie eine von denen war.« Sie drückte das Tüchlein an ihre trockenen Augen. »Und Sie sagen, daß sie Geld in seine Firma investiert hat?« Die Schleusen öffneten sich von neuem. »Wie konnte er nur?« stieß sie schluchzend hervor. »Mit diesen schlimmen Frauen.«

Walsh warf McLoughlin einen Blick zu und stand auf. »Wir verabschieden uns jetzt, Mrs. Thompson. Besten Dank für Ihre Hilfe.«

Sie bemühte sich ohne Erfolg, die Flut einzudämmen.

»Haben Sie einmal daran gedacht, eine Weile zu verreisen?« fragte McLoughlin.

Sie seufzte tief. »Der Pastor hat einen kleinen Urlaub für mich arrangiert«, sagte sie. »Ende der Woche fahre ich ans Meer, um ein paar Tage auszuspannen. Aber ohne Daniel wird das nichts helfen.«

McLoughlin machte ein sehr nachdenkliches Gesicht, als er die Tür hinter sich schloß.

Chief Inspector Walsh fluchte, als er die Kupplung in seinem nagelneuen Rover zu schnell kommen ließ und prompt den Motor abwürgte. »Was grinsen Sie so blöd? Das war die einzige Spur, die wir hatten, und die ist jetzt zum Teufel.«

McLoughlin wartete, bis sich der Wagen in Bewegung setzte. »Wer war am Anfang für den Fall zuständig?«

»Falls Sie Thompson meinen – Staley.«

»War er gründlich? Hat er Mrs. Thompson überprüft?«

»Er hat alles überprüft. Ich habe mir die Akte angesehen.«

»Weiß er von unserer Leiche?«

»Ja.«

»Und das hat ihn nicht argwöhnisch gemacht?«

»Nein. Ihr Alibi ist zu gut. Sie hat ihren Mann zum Bahnhof in Winchester gebracht, wo er in den Zug nach London gestiegen ist. Mehrere Leute erinnern sich, ihn auf der Reise gesehen zu haben, und eine Person erinnert sich, ihn am Waterloo-Bahnhof auf dem Bahnsteig gesehen zu haben. Nachdem Mrs. Thompson ihn abgesetzt hatte, fuhr sie direkt nach East Deller zurück und ging in die Kirche, um zusammen mit anderen Gemeindemitgliedern vierundzwanzig Stunden lang zu fasten. Der heilige Daniel sollte um sechs zu ihnen stoßen, gleich nach seiner Rückkehr aus London, wo er übrigens einen Kredit aufnehmen wollte, um die Pleite seiner Firma abzuwenden. Aber er ist nie zurückgekommen. Um zehn Uhr fuhr die Frau des Pastors mit Mrs. Thompson heim nach Larkfield und wartete mit ihr, während sie in der Firma und bei Freunden und Bekannten anrief. Gegen Mitternacht telefonierte die Pastorsgattin mit der Polizei und blieb über Nacht bei Mrs. Thompson, die mittlerweile völlig hysterisch war. Daniel ist nicht mehr gesehen worden, seit er in London aus dem Zug stieg.«

»Aber ihr Alibi gilt also nur für den fünfundzwanzigsten und sechsundzwanzigsten. Angenommen, er ist später zurückgekommen?«

Walsh fädelte in einen Kreisverkehr ein. »Weshalb hätte er das tun sollen? Staley meint, er wollte mit seiner Flucht zwei Fliegen mit einer Klappe schlagen – seine unmögliche Ehefrau loswerden und sich einem Konkursverfahren entziehen. Thompsons Nummer zwei bei der Heizungsfirma hat es kein bißchen überrascht, daß Thompson getürmt ist, den hat es nur gewundert, daß er so lange dazu gebraucht hat. Angeblich hatte Thompson gleich die Hosen voll, als es brenzlig wurde.«

»Aber Sie haben doch offenbar vermutet, er müßte guten Grund gehabt haben zurückzukommen, Sir«, widersprach McLoughlin. »Wie hätte Mrs. Goode ihn sonst töten können?«

»Ja, na ja, Mrs. Goode ist ja auch um einiges attraktiver als diese Heulsuse, mit der er verheiratet war. Ich hätte mir vorstellen könnnen, daß er sein Verschwinden nur inszeniert hat, um sich dann mit dieser appetitlichen Blondine zusammenzutun.«

»Aber als er dann bei Mrs. Goode aufkreuzte, fand die, inzwischen zehntausend Pfund ärmer als vorher, ihn gar nicht mehr so attraktiv wie vorher und rannte ihm ein Messer in die Rippen?«

»So ungefähr.«

McLoughlin lachte laut. »Entschuldigen Sie, Sir.« Er überlegte einen Moment. »Die Thompsons haben keine Kinder, nicht wahr?«

»Nein.«

»Okay, nehmen wir an, eine Frau ist seit mehr als dreißig Jahren mit einem Mann verheiratet. Er ist ihr ganzer Lebensinhalt, und eines Tages ist er plötzlich auf und davon.« Er schwieg einen Moment.

»Weiter.«

»Ich muß das erst noch genau durchdenken, aber es könnte vielleicht so gewesen sein: Daniel türmt, weil die Firma im Eimer ist und er die Folgen fürchtet. Er treibt sich eine Weile in London herum, muß aber feststellen, daß so ein Leben gar nicht so einfach ist. Also entschließt er sich, reumütig nach Hause zurückzukehren. Inzwischen hat Mrs. Thompson durch den Anruf von Mrs. Goode entdeckt, daß ihr Mann mit einer anderen Frau zugange war, und noch dazu mit einer durch und durch verdorbenen Person. Sie ist sowieso schon am Rand eines Nervenzusammenbruchs, und diese Entdeckung gibt ihr den Rest. Bedenken Sie, daß sie eine religiöse Fanatikerin ist, ihre Ehe eine Farce war, und sie mehrere Tage Zeit hatte zu grübeln. Was wird sie also tun, wenn Daniel unerwartet nach Hause zurückkehrt?«

»Ja«, stimmte Walsh nachdenklich zu. »Das hört sich einleuchtend an. Aber wie hat sie die Leiche zum Eishaus befördert?«

»Das weiß ich nicht. Vielleicht hat sie ihn überredet, mit ihr dorthin zu gehen, als er noch lebte. Auf jeden Fall ist es ganz logisch, daß sie die Leiche irgendwo in Streech Grange deponierte, dem Ort seines Sündenfalls, und ebenso logisch ist es, daß sie ihm seine Kleider auszog und ein bißchen an ihm herumschnipselte, um den Eindruck zu erwecken, es handle sich um David Maybury. Sie würde das als gerechte Strafe für die sündigen Frauen sehen – wahrscheinlich glaubte sie, sie seien alle drei schuld –, die ihr Leben zerstört haben. Haben wir eigentlich inzwischen etwas Neues über diese Aussage, daß in der Nähe der ehemaligen Gesindehäuser der Farm jemand geweint hat?«

»Ja, aber nichts Hilfreiches. Beide Familien sagen übereinstimmend, daß es nach Mitternacht war, weil sie schon im Bett waren, und daß es während der Hitzewelle war, die wir in der letzten Maiwoche und den ersten beiden Juniwochen hatten. Die einen meinen allerdings, es sei im Mai gewesen, die anderen behaupten, es sei in der zweiten Juniwoche gewesen. Wir können's uns aussuchen.«

»Ja, das bringt wenig. Wir brauchen das genaue Datum. Hat Staley eigentlich Thompsons Haus durchsucht?«

»Zweimal, ja. Einmal in der Nacht seines Verschwindens und dann noch einmal ungefähr zwei Wochen später.«

McLoughlin runzelte die Stirn. »Warum die zweite Durchsuchung?«

»Hm, das ist nicht uninteressant. Er bekam einen anonymen Hinweis, der besagte, Mrs. Thompson habe durchgedreht, Daniel umgebracht und unter den Bodendielen versteckt. Staley kreuzte eines Tages Mitte Juni unangemeldet bei ihr auf und stellte das Haus von oben bis unten auf den Kopf. Er fand nichts außer einer sexuell ausgehungerten Mrs. Thompson, die ihm auf Schritt und Tritt folgte und ihm Avancen machte. Er ist überzeugt, daß sie selbst den anonymen Brief geschrieben hat.«

»Warum denn das?«

Walsh lachte. »Er meint, sie sei auf ihn scharf gewesen.«

»Vielleicht hat ihr das schlechte Gewissen keine Ruhe gelassen.«

Walsh lenkte den Wagen vor der Dienststelle an den Bordstein. »Das ist alles schön und gut, Andy, aber was fangen wir mit den verdammten Schuhen an? Wenn Daniel sie anhatte, warum hat sie sie dann auf dem Gutsgelände zurückgelassen? Und wenn er sie nicht anhatte, wie sind sie dann dahin gekommen?«

»Ja«, meinte McLoughlin, »das habe ich mich auch schon gefragt. Irgendwie habe ich das Gefühl, daß sie uns über die

Schuhe die Wahrheit gesagt hat. Der Landstreicher muß dagewesen sein. Die Beschreibung kam so prompt und sie stimmt genau mit der überein, die Nick Robinson gegeben wurde. Ich erinnere mich an die pinkfarbene Hose.« Er zog fragend eine Augenbraue hoch. »Ich könnte ja versuchen, den Burschen zu finden.«

»Zeitverschwendung«, brummte Walsh. »Selbst wenn Sie ihn finden sollten, was könnte er uns schon sagen?«

»Zum Beispiel, ob Mrs. Thompson lügt.«

»Hm.« Er beugte sich tief über das Lenkrad. »Ich hatte gerade einen fürchterlichen Gedanken.« Er sah aus, als würde ihm gleich übel werden.

McLoughlin sah ihn an.

»Kann es sein, daß diese verdammten Weiber von Anfang an recht hatten? Daß dieser elende Tippelbruder im Eishaus untergekrochen ist und dort einen Herzinfarkt bekam?«

»Was ist dann aus seiner pinkfarbenen Hose geworden?«

Walshs Gesicht hellte sich auf. »Aber ja, natürlich! Also gut, schauen Sie, ob Sie ihn finden können.«

»Dann muß ich aber die Maybury-Akte ruhen lassen.«

»Nur vorübergehend«, brummte Walsh.

»Und ich brauche ein Team, um noch einmal das Gelände von Streech zu durchsuchen.« Er sah die Gewitterwolken, die sich in Walshs Gesicht zusammenzogen. »Im Hinblick auf eine mögliche Verbindung von Mrs. Thompson zum Eishaus«, fügte er ruhig hinzu.

Elizabeth stand an ihrem Lieblingsplatz an der Terrassentür im Zimmer ihrer Mutter und sah in den Garten hinaus, in dem die Schatten langsam länger wurden. Wie oft, fragte sie sich, hatte sie schon an eben diesem Platz gestanden und hinausgesehen. »Ich muß zurückfahren«, sagte sie endlich. »Sonst verliere ich am Ende noch meinen Job.«

»Hast du keinen Urlaub mehr gut?« fragte Diana, froh darüber, daß das Schweigen endlich gebrochen war.

»Doch, aber den brauche ich später. Ich fliege Ende September für zwei Wochen in die Staaten.« Sie drehte sich um. »Tut mir leid, Mama.«

Diana schüttelte den Kopf. »Das braucht dir doch nicht leid zu tun. Besuchst du deinen Vater?«

Elizabeth nickte. »Ich habe ihn drei Jahre nicht mehr gesehen«, erklärte sie entschuldigend, »und der Flug ist schon gebucht.«

Welch eine Mauer aus Mißverständnissen zwischen ihnen stand, dachte Diana, und nur, weil es ihnen beiden so schwerfiel, miteinander zu sprechen. Im Rückblick über die Jahre sah sie, daß ihre Gespräche höflich und unverbindlich geblieben waren, niemals etwas berührt hatten, das Verlegenheit hätte auslösen können. In gewisser Weise hatte Phoebe es besser gehabt. Geteilte Elternliebe hatte es bei ihren Kindern nicht gegeben, keine bleibende Anhänglichkeit an den Vater, keine Notwendigkeit für Phoebe, sein Weggehen zu rechtfertigen.

»Möchtest du etwas trinken?« Sie ging zum Barschrank.

»Trinkst du auch etwas?«

»Ja.«

»Gut, dann nehme ich einen Gin Tonic.«

Diana schenkte die Drinks ein und trug die Gläser zur Terrassentür. »Cheers.« Sie setzte sich auf die Armlehne eines Sessels und blickte wie ihre Tochter auf den Garten hinaus. Es war einfacher, sie nicht anzusehen. »Jahrelang konnte ich nicht an deinen Vater denken, ohne wütend zu werden. Wenn seine Briefe an dich kamen und ich nur seine Handschrift sah, habe ich mich so verkrampft, daß mir stundenlang sämtliche Zähne weh getan haben. Ich habe mir unaufhörlich den Kopf darüber zerbrochen, was Miranda ihm bieten konnte, das mir fehlte.« Sie lachte kurz auf. »Ich habe lange gebraucht, aber mit der Zeit habe ich es überwunden. Jetzt versuche ich, mich an die schönen Zeiten zu erinnern. Was ist sie eigentlich für eine Frau? Ich habe sie nie kennengelernt.«

Elizabeth beobachtete einen Spatz, der draußen auf der Terrasse herumhüpfte. »Es war nicht nur seine Schuld«, sagte sie abwehrend.

»Nein, natürlich nicht. In vieler Hinsicht hatte ich mehr Schuld als er. Ich habe alles zu selbstverständlich hingenommen. Ich habe ihn für einen Mann gehalten, der mit einer berufstätigen Frau leben kann, aber das war falsch. Das Schlimmste für ihn war, geschäftlich mit mir konkurrieren zu müssen. Ich mache ihm das nicht zum Vorwurf. Er konnte es so wenig ändern, wie ich etwas daran ändern konnte, daß ich nach deiner Geburt wieder arbeiten wollte. Wir hätten einfach nie heiraten sollen. Wir waren beide viel zu jung, und keiner von uns wußte wirklich, was er tat. Phoebe sieht es bei sich genauso. Sie hat David geheiratet, weil sie Jonathan erwartete und es sich damals einfach gehörte, daß man verheiratet war, wenn man ein Kind bekam. Ich habe deinen Vater aus ähnlichen Gründen geheiratet. Ich wollte mit ihm in die Staaten, und meine Eltern wollten partout nicht, daß ich nur als seine Freundin mit ihm ging.« Sie seufzte. »Jetzt kann man das nur noch bedauern. Wir haben uns gegenseitig das Leben verpfuscht, weil wir nicht den Mut aufgebracht haben, gegen die Konventionen zu verstoßen.«

»Wenn du deine Ehe bedauerst, bedauerst du dann auch die Konsequenzen?«

»Du meinst, ob es mir leid tut, daß du geboren wurdest?«

»Natürlich«, gab Elizabeth gereizt zurück. »Das eine hängt doch mit dem anderen ziemlich eng zusammen, findest du nicht?« Der Stachel saß tief.

Diana suchte nach den richtigen Worten. »Nach deiner Geburt haben mich die Leute fast verrückt gemacht mit ihren ewigen Fragen, wem du nachschlägst, ob du mehr deinem Vater oder mir gleichst. Ich habe ihnen immer dasselbe geantwortet: weder noch. Ich konnte nicht verstehen, warum sie dich unbedingt mit einem von uns in einen Topf werfen mußten. Für mich warst du vom ersten Moment an ein eigenständiges Geschöpf mit einem eigenen Charakter und einer eigenen Art, mit den Dingen umzugehen. Ich liebe dich, weil du meine Tochter bist und wir zusammengewachsen sind, aber vor allem mag ich dich, weil du du bist. Ich mag Elizabeth Goode. Du bist ein selbständiger Mensch, nicht das Produkt einer Ehe.«

»Bin ich doch!« entgegnete Elizabeth scharf. »Ich bin das, was ihr beide, du und Dad, aus mir gemacht habt.«

Diana sah sie an. »Hör mal, du warst schon als Baby eine Rebellin. Als du gerade acht Wochen alt warst, mußte ich auf feste Nahrung umstellen, weil du ständig vor Hunger gebrüllt hast. Dein Vater hat dich die ›kleine Despotin‹ genannt, so gut hattest du uns gedrillt. Wie kommst du plötzlich auf den Gedanken, du seiest ohne alle Persönlichkeit zur Welt gekommen und hättest erst von zwei völlig unerfahrenen Menschen geformt werden müssen? Eines kann ich dir sagen, du wirst dein blaues Wunder erleben, wenn du glaubst, Säuglinge hätten keine eigene Persönlichkeit.«

Elizabeth lächelte. »Du weißt schon, was ich meine.«

»Ja«, gestand Diana ein, »das weiß ich.« Sie schwieg einen Moment. »Ich hätte mir da früher schon einmal Gedanken drüber machen sollen. Einerseits bin ich stolz darauf, eine charakterstarke, selbständige Tochter zu haben, auch wenn sie ein bißchen sehr eigensinnig ist; andererseits liege ich dir ständig damit in den Ohren, nur ja nicht dieselben Fehler zu machen wie ich.« Sie lächelte wehmütig. »Tut mir leid, Schatz. Ziemlich inkonsequent von mir.«

»Phoebe ist genauso«, bemerkte Elizabeth. »Das scheint eine häufig vorkommende mütterliche Schwäche zu sein.«

Diana lachte. »Wie äußert es sich denn bei Phoebe?«

»Ist dir das noch nie aufgefallen? Immer, wenn Jonathan etwas trinkt, markiert sie den Pegelstand in der Flasche mit einem Filzstift. Sie bildet sich ein, er hätte es nie gemerkt.«

»Nein, das ist mir nie aufgefallen«, sagte Diana überrascht. »Wie sonderbar! Warum tut sie das?«

»Weil sein Vater zu viel getrunken hat. Sie paßt auf wie ein Schießhund, daß er nicht auch damit anfängt.«

Ach, wie gut ich sie verstehen kann, dachte Diana, auch wenn ihr Verhalten objektiv betrachtet ausgesprochen töricht ist. »Versteht Jonathan, warum sie das tut?« fragte sie neugierig.

»Ich glaube schon, ja.«

»Und du, verstehst du es?«

»Ja, aber das heißt noch lange nicht, daß ihr recht habt, Phoebe und du. Ihr macht ein Riesengedöns um etwas, das wahrscheinlich überhaupt nicht eintreten wird.«

»Prost!« sagte Diana und stieß mit ihrer Tochter an. Aber wenn sie gehofft hatte, dieser erste Ansatz gegenseitigen Verstehens würde zu Vertraulichkeiten führen, so wurde sie enttäuscht. Elizabeth hatte die Dinge zu lange mit sich allein ausgemacht, um das so schnell zu ändern.

»Sie ist eine nette Frau«, sagte sie unvermittelt. »Ganz anders als du. Sie ist klein und ziemlich rundlich. Sie kocht ganz hervorragend. Dad hat ungefähr zehn Kilo zugenommen, seit er sie geheiratet hat.« Sie lächelte. »Er kriegt seine Hemdkragen nicht mehr zu. Jedenfalls war es vor drei Jahren so.«

Du meine Güte, dachte Diana, das hat er sich also gewünscht. Sie sah den schlanken jungen Mann vor sich, den sie geheiratet hatte, das schmale, gutaussehende Gesicht, die schicken Designerklamotten und lachte leise. »Der arme Steven.«

»Er ist sehr glücklich«, protestierte Elizabeth sofort.

Diana hob zum Zeichen der Kapitulation die Hände. »Das

glaube ich dir ja. Und ich bin froh darüber. Sehr froh«, sagte sie, und es war auch so.

»Ich werde wohl die Polizei fragen müssen, ob ich nach London zurückfahren kann«, meinte Elizabeth.

»Wann willst du denn fahren?«

»Morgen gleich nach dem Mittagessen. Jon hat mir versprochen, mich zum Bahnhof zu fahren.«

»Gut, dann fragen wir morgen Walsh«, sagte Diana. »Der kreuzt bestimmt schon in aller Frühe hier auf, um mir wegen meiner Ungezogenheit von heute nachmittag noch einmal tüchtig auf die Finger zu klopfen.«

»Wirklich, Mama«, mahnte Elizabeth, als spräche sie mit einem Kind, »du mußt ein bißchen vorsichtiger sein. Du gerätst immer gleich in Rage. Ich finde, du hast ein Heidenglück gehabt, daß du so glimpflich davongekommen bist.«

»Ja«, stimmte Diana kleinlaut zu.

Elizabeth sagte plötzlich: »Jon hat sich heute auch schon geprügelt. Aber sag Phoebe nichts davon. Sie regt sich nur auf.«

»Wo war das denn?«

»In Silverborne. Irgendwelche Kerle haben ihn auf dem Foto in der Zeitung erkannt, du weißt schon, das, was an dem Abend, als Anne überfallen worden ist, vor dem Krankenhaus gemacht wurde. Sie haben ihm ›Lesbenlover‹ nachgeschrien, und da hat er einem von ihnen eins auf die Nase gegeben und ist abgehauen.« Sie lächelte. »Ich war richtig beeindruckt, als er es mir erzählt hat. Das hätte ich ihm gar nicht zugetraut.«

Diana dachte an David Maybury. O ja, Jonathan war einiges zuzutrauen.

18

Innerhalb von vierundzwanzig Stunden hatte sich Anne so gründlich erholt, daß ihr der Nikotinentzug heftig zusetzte und sie ihre Absicht kundtat, das Krankenhaus zu verlassen. Jonathan protestierte energisch. »Du wärst beinahe gestorben, Anne. Wenn der Sergeant nicht gewesen wäre, wär's ausgewesen mit dir. Dein Körper braucht Zeit, um sich zu erholen und den Schock zu verarbeiten.«

»Ach, verdammt«, sagte sie, »und ich erinnere mich an gar nichts. Keine übersinnlichen Erfahrungen, kein freies Schweben unter der Zimmerdecke, keine göttlichen Lichter. So was Gemeines. Ich hätte so schön was darüber schreiben können. Das hat man nun davon, daß man Atheistin ist.«

Jonathan sah in McLoughlin so etwas wie einen Helden und nicht nur wegen Annes Rettung. »Hast du dich eigentlich bei ihm bedankt?« fragte er Anne.

Sie blickte stirnrunzelnd von ihm zu der Polizeibeamtin an ihrem Bett. »Wieso? Er hat doch nur seine Pflicht getan.«

»Er hat dir immerhin das Leben gerettet.«

»So wie ich mich im Augenblick fühle«, versetzte sie finster, »hätte er das genausogut lassen können. Das Leben sollte mühelos und schmerzfrei und voller Spaß sein. Hier merke ich davon überhaupt nichts. Man kommt sich vor wie im Gulag, von lauter Sadisten umgeben. Die Schwester sollte man einsperren. Sie lacht jedesmal, wenn sie mir die Spritze reinhaut, und erklärt mir, es sei nur zu meinem Besten. Mann, jetzt eine Zigarette! Schmuggel mir welche rein, Jonny. Ich paff einfach unter der Decke. Da merkt's keiner.«

Er grinste. »Bis das Bett in Flammen aufgeht.«

»Siehst du, jetzt lachst du auch schon«, sagte sie anklagend. »Was ist eigentlich los mit euch allen? Wieso findet ihr das alles so komisch?«

Constable Brownlow, die auf der anderen Seite des Betts Wache hielt, kicherte unterdrückt.

Anne warf ihr einen zornigen Blick zu. »Und was Sie hier zu suchen haben, verstehe ich überhaupt nicht«, schnauzte sie. »Ich habe Ihnen alles erzählt, woran ich mich erinnern kann, und das ist gleich null.« Sie hatte bisher mit niemandem offen sprechen können, und genau deshalb hatte man ihr die Person wahrscheinlich hier hereingesetzt. Es machte sie wahnsinnig.

»Befehl ist Befehl«, erwiderte die Beamtin gelassen. »Der Inspector möchte, daß jemand zur Stelle ist, wenn Ihre Erinnerungen zurückkehren.«

Anne schloß die Augen und stellte sich vor, wie sie McLoughlin den Kragen umdrehen würde, sobald er sich hier blicken ließ.

Er seinerseits hatte alle Informationen über den Landstreicher zusammengetragen und die Beschreibung im ganzen Landkreis durchgegeben. Er rief einen Kollegen in Southampton an und bat ihn um den Gefallen, die Obdachlosenheime in der Stadt zu überprüfen.

»Wieso glauben Sie, daß er hierher gekommen ist?«

»Ist doch logisch«, erwiderte McLoughlin. »Er war in eurer Richtung unterwegs, und euer Stadtrat hat für Penner und Landstreicher mehr übrig als die meisten Leute hier in der Gegend.«

»Aber zwei Monate, Andy. Der ist bestimmt schon vor Wochen weitergetippelt.«

»Ich weiß. Aber die Beschreibung ist sehr genau. Vielleicht erinnert sich jemand an ihn. Wenn wir einen Namen hätten, würde das einiges erleichtern. Sehen Sie mal zu, was sich machen läßt, ja?«

»Ich hab im Moment ziemlich viel um die Ohren.«

»Tja, das geht uns wohl allen so? Bis bald.« Er machte allen murrenden Einwendungen ein Ende, indem er den Hörer auflegte und schnellstens, ehe der Kollege mit einem Schwall von Ausreden zurückrufen konnte, sein Büro verließ. Leichten Herzens fuhr er nach Streech Grange hinaus, um sich mit Jane Maybury zu unterhalten, die sich bereit erklärt hatte, seine Fragen zu beantworten.

Er fragte sie, ob sie lieber ihre Mutter dabei hätte, aber sie schüttelte den Kopf und sagte, nein, das sei nicht nötig. Phoebe führte sie mit einem etwas unsicheren Lächeln ins Wohnzimmer und schloß die Tür. Sie setzten sich an die hohen Fenster. Jane war sehr blaß. Sie trug eine verblichene Jeans und ein viel zu weites T-Shirt mit der Aufschrift *Bristol City* quer über der Brust. An dem kindlich zarten Körper wirkte es absurd, fand er.

Sie schien seine Gedanken zu lesen. »Es ist der Triumph der Hoffnung über die Erfahrung«, sagte sie. »Ich brauche das.«

Er lächelte. »Ich denke, das braucht jeder von uns.«

Sie lachte ein wenig nervös. »Was wollten Sie mich fragen?«

»Nur ein paar Dinge, aber zuallererst möchte ich Ihnen sagen, daß ich Sie auf keinen Fall quälen möchte. Wenn meine Fragen Sie in irgendeiner Weise aufregen, dann brauchen Sie es nur zu sagen, und wir machen Schluß. Wenn Sie das Gefühl haben sollten, Sie würden lieber mit einer unserer weiblichen Beamtinnen sprechen, dann brauchen Sie das auch nur zu sagen. Einverstanden?«

Sie nickte. »Ja, gut.«

Er kam auf den Abend des Anschlags auf Anne Cattrell zurück und ließ sich von ihr noch einmal berichten, wie sie beim Fernsehen mit ihrem Bruder und Elizabeth Goode durch die Geräusche splitternden Glases und seine Hilferufe aufgeschreckt worden war. »Ihr Bruder lief als erster hinunter, sagten Sie.«

»Ja. Er dachte, es sei ein Einbrecher, und sagte, Lizzie und ich sollten oben bleiben, bis er uns ruft.«

»Aber Sie sind nicht geblieben?«

»Nein. Lizzie ist gleich nach ihm hinuntergerannt, um in Dianas Wohnung nachzusehen. Wir wußten ja noch nicht, welches Fenster eingeschlagen worden war. Ich sagte, ich würde bei meiner Mutter nachsehen, und Jon ist zu Anne hinübergelaufen.«

»Und dann?«

»Meine Mutter und Diana kamen zur gleichen Zeit mit uns in die Halle. Meine Mutter ist Jon nachgelaufen. Ich habe in diesem Zimmer hier nachgesehen und Lizzie in der Küche. Als ich wieder in den Vorsaal kam, rannte meine Mutter gerade mit Decken und einer Wärmflasche im Arm die Treppe hinunter und rief Diana zu, sie solle den Rettungsdienst anrufen. Dann habe ich gesagt, man müßte Fred Bescheid geben, damit er das Tor aufmacht, und meine Mutter sagte, natürlich, daran habe ich gar nicht gedacht.« Sie breitete ihre Hände aus. »Da habe ich die Taschenlampe genommen, die immer auf dem Tisch in der Halle liegt, und bin losgegangen.«

»Warum gerade Sie? Warum nicht Mrs. Goodes Tochter?«

Sie zuckte die Achseln. »Weil es meine Idee war. Außerdem war Lizzie noch nicht aus der Küche zurück.«

»Hatten Sie keine Angst? Haben Sie nicht daran gedacht, auf Miss Goode zu warten und mit ihr zusammen zu gehen?«

»Nein«, antwortete sie. »Vor wem hätte ich Angst haben sollen? Meine Mutter hatte nur gesagt, Anne gehe es nicht gut. Ich habe wahrscheinlich gedacht, sie hätte eine Blinddarmreizung oder so etwas. Ich fand's nur lästig, daß wir wegen der Reporter das Tor abschließen mußten.« Ihre Stimme wurde ein wenig lauter. »Und ich bin ja früher schon hundertmal die Auffahrt hinaufgelaufen. Auch im Dunklen. Manchmal, wenn Fred im Pub ist, besuche ich Molly auf einen Schwatz.«

»Gut«, sagte er. »Das hört sich alles sehr logisch an.« Er lächelte ihr aufmunternd zu. »Sie sind eine gute Sprinterin. Ich hatte Riesenmühe, Sie einzuholen.«

»Ich hatte Angst um Anne«, bekannte sie. »Ich hab ihr schon oft gesagt, daß sie eines Tages Krebs bekommt und tot umfällt. Ich hatte fürchterliche Angst, genau so etwas könnte passiert sein. Deswegen bin ich so gerannt.«

»Sie haben sie sehr gern, nicht wahr?«

»Anne tut mir immer gut«, sagte sie. »Leben und leben lassen, sagt sie immer. Sie mischt sich nie ein und kritisiert auch nie, aber wahrscheinlich ist das für sie auch leichter. Sie hat keine eigenen Kinder, um die sie sich sorgen muß.«

»Meine Mutter macht sich heute noch Sorgen um mich«, log McLoughlin, der genau wußte, daß seine Mutter einzig Sorge hatte, nicht zu spät zu ihrem Bingo-Abend zu kommen.

Jane stützte das Kinn auf die Hand. »Meine Mutter ist wirklich ein Schatz«, vertraute sie ihm naiv an, »aber sie glaubt immer noch, sie müsse mich beschützen. Anne sagt ihr immer, sie solle mich doch meine eigenen Kämpfe austragen lassen.« Sie drehte eine dunkle Haarsträhne um ihren Finger.

Er schlug die Beine übereinander und ließ sich, bewußt Entspanntheit demonstrierend, tiefer in den Sessel sinken. »Kämpfe?« neckte er gutmütig. »Was müssen Sie denn für Kämpfe austragen?«

»Ach, für Sie sind das bestimmt nur Kleinigkeiten«, erwiderte sie. »Sie würden darüber lachen.«

»Das glaube ich nicht. Genausogut könnten Sie über meine Kämpfe lachen.«

»Zum Beispiel?« sagte sie. »Erzählen Sie doch mal.«

»Na gut.« Er sah ihr in das vertrauensvoll lächelnde Gesicht und dachte, gebe Gott, daß du mir nichts verraten kannst, sonst wird dieses Lächeln nie wieder erscheinen. »Den schlimmsten Kampf überhaupt habe ich mit meiner Mutter ausgefochten, als ich ungefähr in Ihrem Alter war«, sagte er. »Ich hatte heimlich meine Freundin in mein Zimmer geschmuggelt, um eine heiße

Nacht mit ihr zu verbringen. Meine Mutter platzte mitten hinein ins Vergnügen.«

»Du lieber Schreck!« rief Jane. »Warum haben Sie denn nicht abgesperrt?«

»Ich hatte keinen Schlüssel.«

»Wie peinlich«, sagte Jane mitfühlend.

»Ja, das war es allerdings«, sagte er, sich erinnernd. »Meine Freundin ist schleunigst abgehauen, und ich mußte mich nackt wie ich war mit meiner Mutter herumschlagen. Sie stellte mich vor die Wahl: Entweder würde ich versprechen, so etwas nie wieder zu tun, oder sie würde mich splitterfasernackt vor die Tür setzen.«

»Und was haben Sie getan?«

»Raten Sie mal.«

»Sie sind splitterfasernackt abgehauen.«

Er hob die Faust mit aufgerichtetem Daumen. »Richtig.«

Sie sah ihn mit großen Augen an wie ein Kind. »Aber was haben Sie denn ohne Ihre Kleidung gemacht?«

Er lachte. »Ich habe mich im Gebüsch versteckt, bis alle Lichter aus waren, dann habe ich die Leiter aus dem Schuppen geholt und bin zu meinem Zimmer hinaufgestiegen. Das Fenster war glücklicherweise offen. Es war ganz einfach. Ich hab mich in mein Bett gelegt und erst noch eine Runde geschlafen, und am Morgen, ehe meine Mutter auf war, bin ich mit einem Koffer getürmt.«

»Haben Sie sich wieder mit ihr versöhnt?«

»O ja«, antwortete er. »Ich besuche sie jeden Sonntag zum Mittagessen. Ich glaube, sie hat die Sache hinterher bedauert, wissen Sie. Es wurde sehr still im Haus, als ich weg war.« Er schwieg einen Moment. »So, jetzt sind Sie dran«, sagte er dann.

Sie kicherte. »Das ist nicht fair. Ihr Kampf war amüsant, meine Kämpfe sind alle total erbärmlich. Zum Beispiel: Esse ich mein Kartoffelpüree, oder esse ich es nicht? Arbeite ich zuviel? Oder sollte ich lieber mehr ausgehen und mich amüsieren?«

»Und tun Sie es?«

»Ausgehen und mich amüsieren?«

Er nickte.

»Selten.« Sie verzog die Lippen zu einem zynischen Lächeln und sah plötzlich viel älter aus. »Unter Amüsement versteht meine Mutter, mit Jungens ausgehen. Aber ich finde das überhaupt nicht amüsant.« Sie kniff die Augen zusammen. »Ich mag es nicht, wenn Männer mich anfassen. Meine Mutter bedrückt das.«

»Das ist doch verständlich«, meinte er. »Sie gibt sich selbst die Schuld.«

»Aber dabei ist es nicht ihre Schuld«, entgegnete sie beinahe wegwerfend. »Wenn sie das nur endlich mal begreifen würde. Ehrlich, es ist das Schlimmste, was es gibt, mit der Schuld von anderen Leuten zurechtzukommen.«

»Was, glauben Sie, ist aus Ihrem Vater geworden, Jane?«

Die Frage hing wie ein übler Geruch zwischen ihnen in der Luft. Jane wandte sich ab und sah zum Fenster hinaus, und er hatte schon Angst, zu ungeduldig gewesen zu sein, sie verschreckt zu haben. Er hoffte es nicht – um ihretwillen nicht und um der Ermittlungen willen nicht.

»Passen Sie auf, ich erzähle Ihnen, was an dem Abend passiert ist, an dem er fortgegangen ist«, sagte sie schließlich, den Blick weiterhin zum Fenster hinaus gerichtet. »Ich erinnere mich sehr deutlich, aber nicht einmal mein Psychiater weiß alles darüber. Manches habe ich für mich behalten, Einzelheiten, die damals nicht ins Bild paßten. Die habe ich einfach weggelassen.« Sie machte eine kurze Pause. »Ich habe seit Ewigkeiten nicht mehr daran gedacht – bis neulich abend. Und seitdem kann ich kaum noch an etwas anderes denken. Ich glaube jetzt, daß das, was ich ausgelassen habe, vielleicht wichtig war.«

Sie sprach langsam und deutlich, als käme es ihr jetzt, da sie sich entschlossen hatte, die ganze Geschichte zu erzählen, darauf an, jede Unklarheit zu vermeiden. Sie erzählte ihm, wie ihr Vater, nachdem ihre Mutter zur Arbeit gegangen war, ihr ein Bad einlaufen ließ. Das, sagte sie, war immer das Zeichen gewesen, daß er mit ihr schlafen wollte. Es war eine Gewohnheit, die er eingeführt und die sie zu akzeptieren gelernt hatte. Sie beschrieb den ganzen Ablauf sachlich, ohne einen Anflug von Gefühl. McLoughlin vermutete, daß sie das viele Male auf der Couch des Analytikers geübt hatte. Sie sprach von den Annäherungen ihres Vaters, von den Geschehnissen in ihrem Kinderzimmer, als kommentierte sie eine Schachpartie.

»Aber an dem Abend«, sagte sie, ihren dunklen Blick auf McLoughlin richtend, »hat er etwas gemacht, was er vorher nie getan hatte.«

Mit einiger Anstrengung fragte er: »Was denn?«

»Er sagte mir, er habe mich lieb. Er hat mir das zum erstenmal gesagt.«

McLoughlin war fassungslos. Soviel Schmerz und ohne ein Wort der Liebe. Doch was hätten Worte bewirkt, außer daß sie den Mann zum Heuchler gemacht hätten? »Warum halten Sie das für wichtig?« fragte er ruhig.

»Lassen Sie mich fertig erzählen«, sagte sie, »vielleicht fällt es Ihnen dann auch auf.« Bevor es diesmal zu der Vergewaltigung kam, machte er ihr ein Geschenk, das in buntes Papier eingepackt war. »Das hatte er auch noch nie getan.«

»Was war es?«

»Ein kleiner Teddybär. Ich habe damals Teddybären gesammelt. Als er fertig war«, sagte sie, den ganzen Vorfall mit vier Worten abtuend, »hat er mir über das Haar gestreichelt und gesagt, es täte ihm leid. Ich habe ihn gefragt, warum, denn er hatte sich vorher noch nie entschuldigt, aber in dem Moment kam meine Mutter herein, und er hat mir nie eine Antwort gegeben.« Sie verstummte und sah auf ihre Hände.

Er wartete, aber sie sprach nicht weiter. »Was ist dann geschehen?« fragte er nach einigen Minuten.

Sie lachte trocken. »Eigentlich gar nichts. Sie haben einander nur angesehen. Mir kam es vor wie Stunden. Dann ist er vom Bett aufgestanden und hat seine Hose hochgezogen.« Ihre Stimme war brüchig. »Es war die reinste Farce. Ich erinnere mich noch an das Gesicht meiner Mutter. Es war völlig erstarrt, wie erfroren. Sie war weiß wie ein Leichentuch, bis auf den blauen Fleck, den er ihr am Tag vorher geschlagen hatte. Erst als er aus dem Zimmer gegangen war, hat sie sich wieder bewegt. Da ist sie zu mir gekommen und hat sich neben mich aufs Bett gelegt und mich ganz fest in ihre Arme genommen. So sind wir die ganze Nacht liegen geblieben, und am Morgen war er fort.« Sie zuckte die Achseln. »Wir haben ihn nie wiedergesehen.«

»Hat sie etwas zu ihm gesagt?« fragte er.

»Nein. Das brauchte sie gar nicht.«

»Wieso?«

»Sie kennen doch den Ausdruck, ›wenn Blicke töten könnten‹.« Er nickte. »So sah ihr Gesicht aus.« Sie biß sich auf die Lippe. »Was meinen Sie?«

Die Frage traf ihn völlig überraschend. Beinahe hätte er gesagt, ich glaube, Ihre Mutter hat ihn getötet. »Wozu?« fragte er.

Sie zeigte ihre Enttäuschung. »Mir erscheint es so offensichtlich. Ich hoffte, es würde Ihnen auch auffallen.« Ihr schmales Gesicht forderte etwas von ihm, das er nicht verstand.

»Moment mal«, sagte er. »Lassen Sie mir eine Minute Zeit zum Nachdenken. Sie kennen die Geschichte in- und auswendig. Ich habe sie eben zum erstenmal gehört. Das dürfen Sie nicht vergessen.«

Er starrte in die Notizen, die er sich gemacht hatte, und zermarterte sich das Gehirn darüber, was sie von ihm erhoffte. Drei Wörter hatte er umrandet: Liebe, Geschenk, Verzeihung. Was hatten sie zu bedeuten? Was glaubte sie, warum er gesagt hatte, er habe sie lieb; warum er ihr ein Geschenk gemacht, warum er sie um Verzeihung gebeten hatte? Und warum hatte er all dies in Wirklichkeit getan? Warum sagt ein Vater seiner Tochter, daß er sie liebhat, macht ihr ein Geschenk und entschuldigt sich dann bei ihr? Er sah auf und lachte. Es war eben doch offensichtlich. »Er hatte sowieso vor wegzugehen. Er hat Ihnen Lebewohl gesagt. Deshalb ist er spurlos verschwunden. Er hatte alles vorher arrangiert.«

Sie stieß einen tiefen Seufzer aus. »Ja, das glaube ich auch.«

Er beugte sich aufgeregt zu ihr. »Aber wissen Sie auch, welchen Grund er gehabt haben kann, plötzlich zu verschwinden?«

»Nein.« Sie setzte sich gerade und strich sich das Haar aus dem Gesicht. »Ich weiß nur eines, Sergeant: Es war nicht meine Schuld.« Langsam zog ein Lächeln über ihre Lippen. »Sie haben keine Ahnung, wie sehr mich das erleichtert.«

»Aber es hat Ihnen doch bestimmt nie jemand vorgeworfen, sein Verschwinden sei Ihre Schuld?« Die Vorstellung bestürzte ihn.

»Als ich acht Jahre alt war, erwischte mich meine Mutter mit meinem Vater im Bett. Mein Vater ist deswegen weggegangen, und meine Mutter haben die Leute zur Mörderin gestempelt. Mein Bruder, der damals zehn war, hat sich völlig verändert. Er war auf einmal kein Kind mehr, sondern nahm den Platz seines Vaters ein. Er mußte schwören, niemals auch nur ein Wort über die Ereignisse zu sagen, und hat seinen Vater nie wieder erwähnt. Die Schuld meiner Mutter ist eine Kleinigkeit im Vergleich zu meiner.« Sie hob den Blick. »Das, was neulich abend passiert ist, war im Grund ein Glück. Jahrelang habe ich bei einem Analytiker gesessen, der sein Bestes getan hat, mir meine Schuldgefühle auszureden. Bis zu einem gewissen Grad ist es ihm gelungen. Ich habe alles einfach weggeschoben. Ich war das Opfer, nicht die Täterin.

Ich war von einem Menschen manipuliert worden, den ich zu respektieren hatte. Ich habe die Rolle gespielt, die mir zugeteilt wurde, weil ich zu jung war, um zu begreifen, daß ich eine Wahl hatte.« Sie hielt einen Moment inne. »Aber neulich abend, vielleicht weil ich solche Angst hatte, kam mir die ganze Erinnerung mit einer unglaublichen Klarheit. Zum erstenmal fiel mir auf, wie sich das Muster an dem Abend, an dem er weggegangen war, verändert hatte. Zum erstenmal mußte ich mir nicht ganz bewußt meine Schuldlosigkeit vor Augen halten, weil ich erkannte, daß das ganze Elend und die Ungewißheit der letzten zehn Jahre sowieso gekommen wäre, ob meine Mutter uns nun entdeckt hätte oder nicht.«

»Haben Sie ihr das alles gesagt?«

»Noch nicht. Ich sag's ihr nachher, wenn Sie weg sind. Ich wollte erst sehen, ob noch jemand die gleiche Schlußfolgerung zieht wie ich.«

»Erzählen Sie mir noch einmal, was passiert ist, als Sie zum Pförtnerhaus gelaufen sind«, bat er. »Sie sagten, Sie hätten jemanden atmen hören.«

Sie preßte die Lippen zusammen, während sie nachdachte. »Es ist jetzt alles ein bißchen verschwommen«, bekannte sie. »Ich hatte überhaupt keine Angst, bis ich zu dem langen geraden Stück kam, das zum Tor führt. Ich bin ein bißchen langsamer gelaufen, als ich um die Kurve bog, weil ich Seitenstechen bekam, und da hab ich es gehört. Es klang, als hätte jemand einen Schwall Luft ausgestoßen. Wissen Sie, so, wie wenn man ausatmet, nachdem man eine Weile die Luft angehalten hat. Ich hatte das Gefühl, das Geräusch sei sehr nahe. Ich bin so erschrocken, daß ich sofort wieder losgerannt bin. Dann hörte ich hinter mir jemanden laufen und rufen.« Sie warf ihm einen verlegenen Blick zu. »Das waren Sie. Sie haben mich zu Tode erschreckt. Jetzt bin ich nicht mal mehr sicher, ob ich überhaupt jemanden atmen gehört habe.«

»Das macht nichts«, sagte er. »Es ist nicht so wichtig. Und als Sie gesagt haben, Sie hätten geglaubt, es sei Ihr Vater, da kam das nur aus Ihrem Erschrecken? Sie haben sich nicht durch das Atemgeräusch irgendwie an ihn erinnert gefühlt?«

»Nein«, antwortete sie. »Ich kann mich ja überhaupt nicht an ihn erinnern. Ich weiß nicht einmal mehr, wie er aussah. Es ist alles so lange her, und meine Mutter hat alle Fotos von ihm verbrannt. An seinem Atem hätte ich ihn bestimmt nicht erkannt.« Sie sah schweigend zu, wie er seine Sachen zusammenpackte. »Habe ich Ihnen wenigstens weitergeholfen?«

»Aber ja.« Impulsiv nahm er ihre Hände und drückte sie kurz. »Sie haben Ihre Sache großartig gemacht, Jane. Ihre Patentante wird stolz auf Sie sein.«

Phoebe saß auf einer Gartenbank neben der Haustür, das Kinn auf die Hände gestützt, und starrte leer in die Blumenbeete, die die Kiesauffahrt säumten. »Darf ich mich zu Ihnen setzen?« fragte er.

Sie nickte.

Ein paar Minuten lang schwiegen sie beide. Dann sagte er leise: »Der Unterschied zwischen einer Festung und einem Gefängnis ist sehr fein. Und zehn Jahre sind eine lange Zeit. Meinen Sie nicht, Mrs. Maybury, daß Sie Ihre Straftat verbüßt haben?«

Sie richtete sich auf und wies mit einer kurzen Handbewegung zum Dorf hinüber. »Fragen Sie die«, sagte sie bitter. »Die haben den Stacheldraht hochgezogen.«

»Wirklich?«

Instinktiv setzte sie wie zur Abwehr ihre Brille auf. »Natürlich. Ich habe mir dieses Leben nicht ausgesucht. Aber was soll man tun, wenn sich alle gegen einen verbünden? Soll man um Freundlichkeit betteln?« Sie lachte rauh. »Das hätte ich niemals getan.«

Er blickte zu seinen Händen hinunter. »Es war nicht Ihre Schuld«, sagte er ruhig. »Jane weiß das. Er war so, wie er war.

Nichts, was Sie getan oder nicht getan haben, hätte etwas ändern können.«

Sie zog sich in sich selbst zurück, und das Schweigen dehnte sich in die Länge. Über ihnen segelten die Schwalben, und eine Lerche jubilierte. Schließlich zog sie ein Taschentuch aus ihrem Ärmel und drückte es sich an die Augen. »Ich glaube, ich mag Sie nicht besonders«, sagte sie.

Er sah sie an. »Wir tragen doch alle Schuld – das gehört zum Menschsein. Hören Sie doch nur mal jemandem zu, der eben einen Angehörigen verloren oder eine Scheidung hinter sich hat. Sie werden immer das gleiche hören – wenn ich nur dies getan hätte... wenn ich nur das nicht getan hätte... wenn ich nur liebevoller gewesen wäre... wenn ich nur geahnt hätte... Unsere Bereitschaft zur Selbstbestrafung ist riesengroß. Der Trick besteht darin zu wissen, wann man Schluß machen muß.« Er legte ihr sanft die Hand auf die Schulter. »Sie bestrafen sich schon viel zu lange. Sehen Sie das denn nicht?«

Sie wandte sich von ihm ab. »Ich hätte es merken müssen«, sagte sie kaum hörbar. »Er hat sie mißhandelt, und ich hätte es merken müssen.«

»Wie hätten Sie es denn merken sollen? Sie sind nicht anders als wir alle«, sagte er brutal. »Jane hat Sie geliebt und wollte Sie schützen. Wenn Sie einzig sich selbst Vorwürfe machen, nehmen Sie ihr alles, was sie für Sie tun wollte.«

Sie kämpfte gegen die Tränen und sagte lange nichts. »Ich bin ihre Mutter. Nur ich hätte sie beschützen können, aber als sie mich brauchte, war ich nicht da. Ich kann es nicht ertragen, daran zu denken.« Die Schulter unter seiner Hand zuckte.

Er überlegte nicht erst, ob es richtig war, sondern er nahm sie einfach in die Arme und ließ sie weinen. Sie weinte sicher nicht zum erstenmal, aber sie weinte zum erstenmal um ihr verlorenes Ich, um dieses Ich, das in eine zauberhafte Welt gekommen war, fasziniert und überzeugt, alles meistern zu können. Darin bestand der Triumph der menschlichen Natur, eine kleine Niederlage nach der anderen hinzunehmen und sie relativ unversehrt zu überstehen. Phoebes Tragik war es gewesen, die schlimmste Niederlage allzufrüh hinnehmen zu müssen und sich niemals von ihr erholen zu können. Er fühlte tiefes Mitleid für sie.

An der Kurve vor dem letzten geraden Stück der Auffahrt hielt er seinen Wagen an und stieg aus. Ganz nahe, hatte Jane gesagt, und das hieß wahrscheinlich, irgendwo im Rhododendron am Wegrand. Seine Suchbemühungen bisher waren enttäuschend verlaufen. Während er ein Team abkommandiert hatte, das Eishaus und Umgebung nach Hinweisen auf eine Verbindung zu Mrs. Thompson abzusuchen, war er selbst auf allen vieren auf der Terrasse herumgekrochen und hatte sich nach Spuren von Annes Angreifer umgesehen. Wenn es sich so abgespielt hatte, wie er glaubte, würden sich hinreichend Hinweise finden lassen. Aber Walsh hatte recht. Abgesehen von ein paar herausgebrochenen Ziegeln und einer Zigarettenkippe einer Marke, die weder Fred noch Anne rauchten, entdeckte er nichts: keine Waffe – er hatte jeden Ziegel und jeden Stein gewissenhaft nach Blutflecken untersucht; keine Fußabdrücke – der Boden war infolge der langen Trockenperiode ausgedörrt und hart, die Terrasse dank der besenschwingenden Molly sauber; kein Blut, nicht einmal den winzigsten Fleck, der bewiesen hätte, daß Anne vor dem Haus und nicht drinnen niedergeschlagen worden war. Er begann sich zu fragen, ob er sich nicht allzusehr auf Phoebes Gewißheit verlassen hatte – zehn Jahre waren eine lange Zeit, die Menschen änderten sich, und sie hatte selbst zugegeben, daß es nur das eine Mal passiert war. Was, wenn sie sich täuschte oder wenn sie log? Er brachte es nicht über sich, diesen beiden Alternativen weiter nachzugehen. Noch nicht.

Wieder ließ er sich auf alle viere hinunter und kroch im Schnekkentempo die Auffahrt entlang. Wenn es hier etwas gab, würde es nicht leicht zu finden sein. Ein ganzer Trupp Leute hatte hier schon einmal erfolglos gesucht, aber damals hatte er sie angewiesen, sich auf den Teil weiter unten zu konzentrieren, nahe der Stelle, an der er Jane eingeholt hatte und das Gefühl gehabt hatte, sie würden beobachtet. Auf schmerzenden Knien und mit wachsamem Blick kroch er am linken Rand entlang, aber nach einer halben Stunde hatte er immer noch nichts entdeckt.

Schlapp setzte er sich einen Moment nieder und fluchte über die Ungerechtigkeit des Lebens. Laß mich doch nur ein einziges Mal Glück haben, dachte er. Laß mir nur einmal etwas in den Schoß fallen, ohne daß ich mich dafür halb zu Tode schuften muß.

Er ging hinüber zur rechten Seite der Auffahrt und kroch Zentimeter um Zentimeter zur Kurve zurück. Er war schon fast wieder bei seinem Wagen, als er es fand. Schnaufend schlug er mit der Faust auf den Boden, während er knurrend den Kopf schüttelte wie ein irrer Hund. Hätte er auf der rechten Seite angefangen, so hätte er das verdammte Ding schon vor mehr als einer Stunde gefunden und sich einen Haufen Arbeit erspart.

»Alles in Ordnung, junger Mann?« fragte jemand.

McLoughlin schaute nach oben und sah Fred, der ihn besorgt betrachtete. Mit einem verlegenen Grinsen stand er auf. »Bestens«, versicherte er. »Ich hab gerade das Schwein gefunden, das Miss Cattrell beinahe umgebracht hätte.«

»Ich seh nichts«, brummte Fred mit einem skeptischen Blick auf McLoughlin.

McLoughlin kauerte nieder und teilte das Gebüsch. Er fegte Laub vom Boden weg. »Da! Schauen Sie. Die Freunde von der Spurensicherung werden sich freuen.«

Keuchend und japsend ging Fred neben ihm in die Knie. »Na so was!« sagte er. »Ein Paddy Clarke Special!«

Gut verborgen unter dem Rhododendron lag eine altmodische

Bierflasche aus Steingut mit dunkelbraun verkrustetem Boden. McLoughlin, der nur an ein paar anständige Fingerabdrücke gedacht hatte, warf Fred einen neugierigen Blick zu. »Was, zum Teufel, ist ein Paddy Clarke Special?«

Fred richtete sich schwerfällig auf. »Da ist nichts Unrechtes dabei, glauben Sie mir«, beteuerte er unglücklich. »Es ist eher ein Hobby als ein Geschäft, obwohl das Finanzamt wahrscheinlich anderer Meinung wäre. Er braut das Bier hinten in seiner Garage, in einem Nebenraum. Er nimmt nur die traditionellen Zutaten und lagert es so lange, bis es richtig ausgereift ist. Sie können sich nicht vorstellen, wie gut das schmeckt. An Paddys Special kommt kein anderes Bier ran.« Er starrte düster in die Rhododendronbüsche. »Er schenkt es nur im Pub aus, und hütet die Flaschen wie seinen Augapfel. Er sagt, das Material atmet, wie das bei Glas gar nicht möglich ist, daher das unglaubliche Aroma.« Er wirkte tief beunruhigt. »Ich hab nie erlebt, daß er eine Flasche aus der Hand gegeben hat.«

»Was ist er für ein Typ? Ein Schläger?«

»Nein«, antwortete Fred überzeugt. »Bestimmt nicht. Er ist ein feiner Kerl, auch wenn meine Frau was gegen ihn hat, weil er verheiratet ist und es mit dem Eheversprechen nicht so genau nimmt. Aber Miss Cattrell niedergeschlagen?« Er schüttelte den Kopf. »Nie im Leben. Die beiden sind« – er sah weg – »Freunde, könnte man sagen.«

Ein Eintrag aus Annes Tagebuch fiel ihm ein. ›P. ist ein Rätsel. Er erzählt mir, er schläft mit fünfzig Frauen im Jahr, und ich glaube ihm. Trotzdem ist er der aufmerksamste Liebhaber, den man sich vorstellen kann.‹ »Raucht er?«

Fred, der Paddy im Lauf der Jahre manche Zigarette zugesteckt hatte, fand die Frage merkwürdig. »Nur die Zigaretten von anderen Leuten«, sagte er argwöhnisch. »Seine Frau hat was gegen das Rauchen und ist ziemlich streng.«

McLoughlin sah den Kamin voller Zigarettenstummel vor sich. »Lassen Sie mich raten«, sagte er finster. »Er ist eine Mischung aus Rudolph Valentino, Paul Newman und Laurence Olivier.« Er öffnete seine Autotür und griff nach dem Funktelefon.

»Blödsinn«, widersprach Fred ungeduldig. »Er ist groß, dunkel, ein Lebenskünstler und auf seine Art ein gescheiter Kerl. Mich erinnert er immer an den Schauspieler, der in *Magnum* spielt.«

Scheiß auf Tom Selleck, dachte McLoughlin.

Sergeant Jones war gerade auf dem Weg hinaus, als McLoughlin in die Dienststelle kam. »Ich hab was Neues über Ihren alten Landstreicher, Andy.«

»Hm?«

»Ihr Freund, der Pastor von East Deller, hat ihn gesehen. Seine Frau sagt, sie hat ihn zu einer Tasse Tee eingeladen.«

»Weiß sie das Datum?«

»Nein, aber der Pastor erinnert sich, daß er gerade an seiner Predigt saß und sich über die Störung geärgert hat. Er schreibt seine Predigten, wie es scheint, immer samstags und schaut sich dabei im Fernsehen Sport an. Hilft das?«

»Kann schon sein, Jones. Kann schon sein.«

19

Am nächsten Morgen läutete das Telefon auf McLoughlins Schreibtisch. »Sie haben vielleicht Schwein, Andy. Ich hab Ihren Tippelbruder gefunden«, sagte der Kollege aus Southampton. »Ein Sergeant von der Streife hat sich durch die Beschreibung an ihn erinnert. Vor ungefähr einer Woche hat er den alten Knaben aufgelesen und ihn in ein neues Heim draußen Richtung Shirley verfrachtet. Ich kann nicht garantieren, daß er noch dort ist, aber ich geb Ihnen mal die Adresse. Dann können Sie selbst nachschauen. Er heißt Wally Ferris und ist jeden Sommer hier unten bei uns. Sergeant Jones kennt ihn seit Jahren.« McLoughlin schrieb sich die Adresse auf und bedankte sich. »Sie schulden mir ein Bier«, sagte der andere vergnügt und legte auf.

Das *Heaven's Gate*-Heim war in einem stattlichen viktorianischen Haus untergebracht, das vor der Ankunft des Automobils wahrscheinlich sehr begehrt gewesen war; jetzt jedoch hatte es dank der stark befahrenen Durchgangsstraße, die direkt vor seiner Tür vorbeiführte, enorm an Reiz verloren.

Wally Ferris hatte abgesehen von Körpergröße und Alter keine Ähnlichkeit mit dem Mann, dessen Beschreibung McLoughlin in Umlauf gebracht hatte. Frisch gewaschene Apfelbäckchen und eine wie poliert wirkende Glatze, die von einem dünnen grauen Haarkranz umgeben war, leuchteten über einem weißen Hemd, schwarzer Hose und vorbildlich geputzten Schuhen. Er sah aus wie ein überalterter Schuljunge am ersten Schultag. Sie trafen sich im Salon, und Wally wies auf einen Sessel.

»Pflanzen Sie sich hin«, sagte er.

McLoughlin zeigte seine Enttäuschung. »Nicht nötig«, sagte er. »Ich glaube nicht, daß Sie der Mann sind, den ich suche.«

Wally machte kehrt wie der Blitz und strebte eilig der Tür zu. »Soll mir recht sein, Sportsfreund. Ich hab mit Polypen eh nichts am Hut.«

»Moment noch«, hielt McLoughlin ihn auf. »Überprüfen wir's wenigstens.«

Wally drehte sich mürrisch herum. »Entscheiden Sie sich, Mann. Ich bin sowieso nur hier, weil die Gnädige mich darum gebeten hat. Eine Hand wäscht die andere, wie man so sagt. Also, worum geht's?«

McLoughlin setzte sich. »Pflanzen Sie sich hin«, sagte er, Wally nachahmend.

»Sie wissen echt nicht, was Sie wollen, hm?« Er hockte sich auf die Kante eines entfernt stehenden Sessels.

»Wie waren Sie gekleidet, als Sie hierher kamen?« fragte McLoughlin.

»Das geht Sie 'nen feuchten Dreck an.«

»Ich kann die ›Gnädige‹ fragen«, sagte McLoughlin.

»Was interessiert Sie das überhaupt?«

»Antworten Sie einfach. Je eher Sie es tun, desto eher kann ich Sie in Frieden lassen.«

»Also gut. Grüne Jacke, brauner Hut, schwarze Schuhe, blauer Pulli, pinkrosa Hose«, zählte er auf.

»Hatten Sie die Sachen schon lange?«

»Lang genug.«

»Wie lange?«

»Ganz verschieden. Den Hut und die Jacke an die fünf Jahre, würd ich sagen.«

»Und die Hose?«

»Vielleicht 'n Jahr. Bißchen knallig, aber gesessen hat sie gut. Hey, Sie glauben doch nicht, ich hätt das Zeug geklaut? Hab ich alles geschenkt gekriegt.« Er machte ein entrüstetes Gesicht.

»Nein, nein«, sagte McLoughlin beschwichtigend. »Keine

Sorge. Es geht um etwas ganz anderes. Wir suchen einen Mann, der verschwunden ist, Wally, und wir halten es für möglich, daß Sie uns weiterhelfen können.«

Wally stellte beide Füße vor seinem Sessel fest auf den Boden, bereit, jederzeit aufzuspringen und davonzulaufen. »Ich weiß gar nichts«, erklärte er im Brustton der Überzeugung.

McLoughlin hob die Hände zu einer beruhigenden Geste. »Keine Panik, Wally. Soweit wir wissen, geht es nicht um ein Verbrechen. Die Ehefrau des Mannes hat uns ersucht, ihn ausfindig zu machen. Sie hat uns gesagt, daß Sie am Tag vor seinem Verschwinden zu ihnen ins Haus gekommen sind. Uns interessiert nur, ob Sie sich daran erinnern und ob Sie vielleicht etwas gesehen oder gehört haben, was uns weiterhelfen könnte.«

Wallys triefende Augen spiegelten tiefes Mißtrauen. »Ich komm in viele Häuser.«

»Diese Leute haben Ihnen ein Paar braune Schuhe geschenkt.«

Etwas wie Erleichterung flog über das alte Gesicht. »Wenn die Frau da war, wieso kann sie Ihnen nicht selbst sagen, warum ihr Alter getürmt ist?« fragte er ganz vernünftig.

»Sie ist sehr krank geworden danach«, schwindelte McLoughlin. »Sie konnte uns fast gar nichts sagen.«

»Was hat'n der Kerl getan?«

»Gar nichts, außer daß er sein ganzes Geld verloren hat und abgehauen ist.«

Das kam bei Wally an. »Das arme Schwein. Will der überhaupt gefunden werden?«

»Ich weiß es nicht. Was meinen Sie? Seine Frau will ihn jedenfalls zurückhaben.«

Wally überlegte einige Minuten. »Mich hat keiner gesucht«, sagte er schließlich. »Manchmal wünsch ich mir, sie hätten's getan. Aber die waren froh, daß sie mich los waren. Ehrlich. Also, dann fragen Sie mal los.«

Das Ganze dauerte über eine Stunde, aber am Ende hatte McLoughlin ein klares Bild von Wallys Wanderungen in der letzten Maiwoche, jedenfalls so klar, wie der Alte es ihm zeichnen konnte, der, wie er zugab, die meiste Zeit unter Alkohol gestanden hatte. »Ich hab 'n Fünfer geschenkt gekriegt«, erklärte er. »So 'n alter Knacker in Winchester hat 'n mir in die Hand gedrückt. Hab gleich alles auf 'nen Gaul gesetzt, der Vagabund hieß. Und der Hund hat doch tatsächlich mit elf zu eins gewonnen. Soviel Kohle hab ich seit Jahren nicht mehr gehabt. Drei Wochen lang hab ich in Saus und Braus gelebt.«

Den größten Teil dieser drei Wochen hatte er sich in der Gegend von Winchester herumgetrieben. Als er nur noch ein paar Pfund in der Tasche gehabt hatte, war er auf kleinen Straßen über die Dörfer in Richtung Southampton marschiert. »Ich bin gern auf dem Land«, sagte er. »Erinnert mich immer an die Radtouren in meiner Jugend.« Er erinnerte sich, in einem Pub in Streech eingekehrt zu sein. »Hat geschifft wie aus Eimern«, berichtete er. »Der Wirt war 'n netter Kerl. Hat mir keine Scherereien gemacht.« Paddys Frau hingegen bezeichnete er als alte Kuh, die ihm aus nicht näher erklärten Gründen höchst unsympathisch gewesen war. Um drei Uhr hatten sie ihn in den strömenden Regen hinausgesetzt. »Scheußlich, wenn's draußen so pißt«, sagte er finster. »Ich hab mir gleich 'ne Unterkunft gesucht, die ich schon gekannt hab, und bin den Nachmittag und die Nacht da geblieben.«

»Wo war das?« fragte McLoughlin, als der Alte schwieg.

»Ich hab da nichts angestellt«, sagte Wally sofort abwehrend. »Da braucht sich keiner zu beschweren.«

»Es hat sich ja auch niemand beschwert«, versicherte McLoughlin. »Ich verrate Sie nicht, Wally. Solange Sie sich ordentlich aufführen, können Sie dort meinetwegen unterkriechen, sooft Sie wollen.«

»Da ist so 'n großes Herrenhaus, wissen Sie«, sagte Wally. »Die

Mauer ist nicht hoch. Da kommt man leicht rüber. Ich war schon ’n paarmal da im Park und hab nie ’ne Menschenseele gesehen.« Er warf McLoughlin einen taxierenden Blick zu, um zu sehen, ob der interessiert war. Er war es. »Und da beim Wald ist so ’ne Art Höhle«, fuhr er fort. »Ich hab keine Ahnung, wozu sie da ist, aber drinnen werden Ziegelsteine gelagert. Die Tür sieht man nicht vor lauter Sträuchern und Gestrüpp, aber man kann leicht hinter den Büschen reinkriechen. Ich nehm mir immer einen Haufen Farn mit, damit ich gut liege. Hey, was schauen Sie so komisch?«

McLoughlin schüttelte den Kopf. »Oh, kein Grund. Mich interessiert das nur. Haben Sie eine Ahnung, an welchem Tag Sie dort waren, Wally?«

»Das weiß der Himmel.«

»Und Sie haben niemanden gesehen, als Sie im Park waren?«

»Keine Menschenseele.«

»War es dunkel in der Höhle?«

»Na, Strom gibt’s da nicht, wenn Sie das meinen, aber solange es hell ist, sieht man ganz gut. Natürlich nur, wenn die Tür angelehnt ist«, fügte er hinzu.

McLoughlin überlegte, wie er die nächste Frage formulieren sollte. »Und die Höhle war leer bis auf die Ziegelsteine, von denen Sie gesprochen haben?«

»Worauf wollen Sie raus?«

»Auf gar nichts. Ich möchte mir nur ein klares Bild machen.«

»Da schon. Da war sie leer.«

»Und was passierte am nächsten Morgen?«

»Na, ich bin ungefähr bis mittags geblieben.«

»In der Höhle?«

»Nee, im Wald. War so richtig schön friedlich. Dann hab ich ’n bißchen Hunger gekriegt. Ich bin über die Mauer und hab geschaut, ob ich irgendwo was zu essen krieg.« Er hatte an mehrere Türen geklopft, jedoch ohne großen Erfolg.

»Warum haben Sie sich nicht mit Ihrem Gewinn etwas zu essen gekauft?« fragte McLoughlin fasziniert.

Wally prustete verächtlich. »Na hören Sie mal!« sagte er. »Wieso soll ich für was zahlen, was ich umsonst kriegen kann? Whisky geben die Leute nicht her. Außerdem hatte ich nicht mehr viel von meinem Gewinn übrig.«

Er hatte eine Gruppe Häuser am Rand von Streech gefunden, wo eine ›alte Scharteke‹ ihm ein belegtes Brot mitgegeben hatte. Die Siedlungshäuser, dachte McLoughlin. »Haben Sie es noch woanders versucht?« fragte er.

»So 'ne Junge hat mich weitergeschickt. Die hat mir direkt leid getan. Hatte mindestens zehn brüllende Kinder in ihrem Wohnzimmer.« Nach diesem Mißerfolg hatte er Streech abgeschrieben und war weitermarschiert. Nach ungefähr einer Stunde war er zum nächsten Dorf gekommen. »An den Namen erinner ich mich nicht, aber es war ein Pfarrhaus da. Ein Pfarrhaus ist immer gut.« Er hatte die Frau des Pastors mobilisiert und ihr eine Tasse Tee und ein Stück Kuchen abgeschwatzt. »Ganz nette Frau, aber sie wollte mir gleich 'ne Predigt halten. Das ist der Haken bei Pfarrhäusern. Man kriegt zwar immer was zu essen, aber ohne Predigt kommt man da nie raus. Ich bin ziemlich schnell wieder abgedampft.« Es hatte wieder zu regnen angefangen. »Komisches Wetter war das, kann ich Ihnen sagen. Die meiste Zeit war's brüllend heiß, aber dazwischen gab's immer mal 'n Riesengewitter.« Er hatte sich nach einem Unterschlupf umgesehen. »Keine Chance. Lauter nette kleine Kästen mit pieksauberen Garagen. Das war nichts für mich. Aber dann hab ich ein Haus entdeckt, das 'n bißchen größer war, 'n Stück zurückgesetzt. Na, schauen wir uns mal um, hab ich mir gedacht. Vielleicht gibt's hinten einen Schuppen. Ich schleich mich also in den Garten, und tatsächlich, da steht 'n prima Geräteschuppen, und nirgends ist ein Mensch zu sehen. Ich mach die Tür auf und husch rein.« Er hielt inne.

»Und?« hakte McLoughlin nach.

Durchtriebenheit blitzte in den Augen des Alten auf. »Ich hab den Eindruck, ich erzähl Ihnen da 'ne ganze Menge interessanter Sachen, Mann. Was springt für mich dabei raus?«

»Ein Fünfer«, antwortete McLoughlin, »wenn die Informationen es wert sind.«

»Zehn«, sagte Wally. Er warf einen Blick zur geschlossenen Tür und beugte sich dann vertraulich näher zu McLoughlin. »Ehrlich gesagt, hier fällt mir langsam die Decke auf 'n Kopf. Die Gnädige ist ganz in Ordnung, aber Spaß gibt's hier keinen. Sie verstehen, was ich meine. Mit 'nem Zehner könnt ich mir mal 'nen schönen Tag machen. Ich bin jetzt schon 'ne volle Woche hier, Herrgott noch mal. Da war's ja im Knast lustiger.«

McLoughlin überlegte, ob es moralisch zu verantworten sei, Wally die Mittel zu liefern, *Heaven's Gate* den Rücken zu kehren, und kam zu dem Schluß, daß Wally so oder so kurz davor war auszurücken. Zehn Pfund waren wenigstens ein kleines Startkapital. »In Ordnung«, sagte er. »Was passierte also, als Sie in den Geräteschuppen kamen?«

»Zuerst hab ich geschaut, ob ich was finde, wo ich mich draufsetzen kann. Ich wollt mir's bißchen gemütlich machen. Und da tret ich doch fast auf diesen Typen, der sich hinter 'n paar Kartons versteckt hat. Wie der spitzgekriegt hat, daß ich ihn gesehen hab, hat er sich gleich aufgespielt und wollt mir befehlen, schleunigst sein Grundstück zu verlassen. Ich frag ihn ganz freundlich, wieso ich ihm glauben soll, daß er der Eigentümer ist, wo er sich doch selber im Schuppen versteckt hat. Da ist er wütend geworden und hat zu schimpfen angefangen. Und mittendrin kommt plötzlich 'ne Frau durch die Tür aus der Küche und will wissen, was los ist. Ich erklär's ihr, und sie sagt, der Typ wär ihr Mann und wär nur im Schuppen, weil er 'nen Pinsel sucht.«

Wally schnitt ein Gesicht. »Die müssen mich für blöd gehalten haben. Die Pinsel lagen alle sauber aufgereiht auf ’nem Arbeitstisch auf der Seite. Der Typ hatte sich im Schuppen versteckt, da wett ich was. Na, ich hab jedenfalls gemerkt, daß die zwei mich schnellstens loswerden wollten, und die Gelegenheit hab ich mir nicht entgehen lassen. Sollen sie ruhig ein bißchen bluten, hab ich mir gedacht. Ich hab ’ne Flasche Whisky, ’n anständiges Paar Schuhe und zehn Pfund rausgeholt. Ich wollt ihnen noch ’n bißchen mehr rauskitzeln, aber da sind sie sauer geworden, und ich bin lieber abgehauen. Ist das der Mann, den Sie suchen?«

McLoughlin nickte. »Klingt so. Können Sie ihn beschreiben?«

Wally krauste die Stirn. »Ungefähr einsfünfundsiebzig, dick, graue Haare. Kleine Füße für ’n Mann. Die Schuhe, die sie mir mitgegeben haben, haben elend gedrückt.«

»Wie sah die Frau aus?«

»’ne Maus mit ’nem wehleidigen Gesicht, aber ’n echter Besen. Die ist vielleicht auf uns losgegangen, auf ihren Alten und mich, weil wir Lärm gemacht hätten.« Er machte plötzlich ein nachdenkliches Gesicht. »Dabei haben wir nur geflüstert.« Er schüttelte den Kopf. »Echt Verrückte, die zwei.«

McLoughlin triumphierte. Haben wir Sie doch erwischt, Mrs. Thompson, dachte er. »Wohin sind Sie danach gegangen?«

»Hm«, machte Wally. »Es hatte zwar aufgehört zu regnen, aber ich hatte so ’n Gefühl, daß gleich wieder ’n Gewitter kommt. Ich hab mir gedacht, ich hab ’ne Flasche Whisky, aber kein gemütliches Örtchen, wo ich sie trinken kann. Wenn ich weitermarschiere, wer weiß, ob ich für die Nacht ’nen trockenen Unterschlupf find. Also bin ich zu der Höhle zurück und bin da über Nacht geblieben.« Er schielte McLoughlin aus dem Augenwinkel an. »Am nächsten Tag sag ich mir, ich hab ’n paar Eier in der Tasche und hab seit Tagen nichts Ordentliches mehr gegessen. Machen wir uns also mal auf den Weg nach Silverborne. Da ist ’n nettes Café an der Straße –«

»Haben Sie etwas zurückgelassen?« unterbrach McLoughlin. »Zum Beispiel?«

»Zum Beispiel die Schuhe.«

»Die hab ich im Wald weggeschmissen«, sagte Wally geringschätzig. »Die verdammten Dinger haben so gedrückt. Da ist Erfahrung gut. Ein junger Spund hätte die alten Schuhe weggeschmissen, ehe er die neuen richtig ausprobiert hat. Und dann hätte er Qualen gelitten, bis er andere aufgetrieben hätte.«

McLoughlin steckte sein Notizbuch ein. »Sie waren eine große Hilfe, Wally.«

»Fertig?«

McLoughlin nickte.

»Wo ist mein Zehner?«

McLoughlin nahm eine Zehn-Pfund-Note aus seiner Brieftasche und strich sie glatt. »Passen Sie auf, Wally, ich gebe Ihnen jetzt zehn Pfund als Zeichen meiner Gutgläubigkeit, aber ich möchte, daß Sie noch eine Nacht hierbleiben, weil ich vielleicht noch einmal mit Ihnen sprechen muß. Wenn Sie bleiben, komme ich morgen mit einem zweiten Zehner wieder.« Er hielt dem Alten den Geldschein hin. »Abgemacht?«

Wally sprang auf und schnappte sich den Schein. »Kann ich mich da drauf verlassen?«

»Ich gebe Ihnen einen Schuldschein, wenn Sie wollen.«

Wally machte Anstalten, auf den Teppich zu spucken, und überlegte es sich in letzter Minute anders. »Auf den bin ich ungefähr so scharf wie auf 'n Glas Wasser«, sagte er. »Okay, ich bin einverstanden. Aber wenn Sie morgen nicht in aller Frühe hier sind, hau ich ab.« Er kniff die Augen zusammen. »Sagen Sie bloß der Gnädigen nichts. Ich hab für diese Woche genug von guten Werken. Die wissen hier nicht, wann sie einen mal in Ruhe lassen müssen.«

McLoughlin lachte. »Sie können sich auf mich verlassen, Wally.«

»Ich habe Ihr *Muster* gefunden«, sagte McLoughlin mit einem Anflug von Ironie zu Walsh, »als ich die Häuser markierte, deren Bewohner uns gesagt hatten, daß sie den Landstreicher gesehen hatten.« Er wies auf kleine rote Kreuze auf dem Plan, der vor ihnen lag. »Sie erinnern sich, Nick Robinson hatte zwei Aussagen. Eine von der Frau im Clementine Cottage, die sagte, der Landstreicher sei an ihrem Haus vorbeigekommen und im Pub verschwunden. Das heißt, daß er aus der Richtung von Winchester kam. Die nächste Aussage erhielten wir vom Wirt des Pubs, der sagte, der Alte sei geblieben, bis sie für den Nachmittag zumachten, und dann an der Gutsmauer entlang abmarschiert, mit anderen Worten, in Richtung East Deller.« Er zog mit dem Finger die eingezeichnete Straße nach. »Die nächsten Berichte über den Landstreicher bekamen wir von Constable Williams. Er sagte, eine alte Frau habe ihm ein Brot gegeben und eine junge Frau habe ihn abgewiesen, weil ihr kleiner Sohn gerade Geburtstag feierte. Die beiden Frauen wohnen in der Siedlung, die westlich von Streech an der Straße nach East Deller liegt. Der Tag war, wie uns die junge Frau gesagt hat, der siebenundzwanzigste Mai. Aber Mrs. Thompson hat uns erzählt, der Alte sei am vierundzwanzigsten bei ihnen gewesen. Das würde heißen, daß er aus irgendeinem Grund einen Bogen geschlagen hatte und drei Tage später aus der Richtung von Winchester nach Streech kam.«

Walsh raffte die letzten Überreste seiner Autorität zusammen und verbrämte sie mit aller Würde, die er aufbringen konnte. »Ich habe mir das selbst gründlich durch den Kopf gehen lassen«, log er. »Die Tatsache, daß wir die Schuhe auf dem Gutsgelände gefunden haben, läßt genau darauf schließen.«

»Da stimme ich zu. Deshalb brauchten wir einen zusätzlichen Hinweis auf East Deller, wenn möglich mit Datum. Jones war drüben und hat sich umgehört. Er hat mit unserem Freund, dem Pastor, gesprochen, und der erzählte ihm, er habe gerade an seiner

Predigt geschrieben, als der Landstreicher im Pfarrhaus aufkreuzte. Der Pastor konnte kein Datum nennen, aber er schreibt seine Predigten immer am Samstag. Gut, somit haben wir also genaue Daten nur von zwei Personen: von Mrs. Thompson den vierundzwanzigsten Mai, einen Mittwoch, und von der Frau in der Siedlung den siebenundzwanzigsten, den Tag der Geburtstagsfeier, einen Samstag. Wally behauptet steif und fest, er sei von der Siedlung in Streech direkt nach East Deller getippelt, erst zum Pfarrhaus, dann zu den Thompsons. Das heißt, er war am Samstag dort, am siebenundzwanzigsten Mai. Warum hat Mrs. Thompson uns ein falsches Datum genannt?«

»Machen Sie schon weiter«, befahl Walsh ungeduldig.

»Weil wir trotz ihrer Lüge nachgewiesen hatten, daß die Schuhe ihrem Mann gehörten, und sie erklären mußte, wieso sie nicht mehr in ihrem Besitz waren. Sie entschied sich diesmal für die Wahrheit, oder zumindest die halbe Wahrheit, und gab uns sogar die Möglichkeit, die Geschichte zu überprüfen, indem sie uns eine Beschreibung des Landstreichers lieferte. Sie wissen, wir haben ihr nicht gesagt, wo wir die Schuhe gefunden hatten. Sie mußte annehmen, wir hätten sie von dem Landstreicher selbst bekommen.« Er sammelte seine Gedanken. »Nun konnte sie natürlich ziemlich sicher sein, daß der Landstreicher, wenn wir ihn finden sollten, uns sagen würde, daß er ihren Mann gesehen hatte. Hätte sie uns also das richtige Datum seines Besuchs angegeben, so hätten wir erfahren, daß ihr Mann noch frisch und munter in East Deller lebte, nachdem sie ihn bereits vermißt gemeldet hatte. Und damit wäre ihr Alibi hinübergewesen. Darum datierte sie den Besuch des Landstreichers einfach drei Tage vor. Es war ein Risiko, aber es hätte sich beinahe gelohnt. Wally hatte keinen Schimmer, wann er in East Deller war, und wenn nicht der Kindergeburtstag gewesen wäre, ginge es uns jetzt genauso. Niemand sonst kann sich an ein genaues Datum erinnern.« Er hielt einen

Moment inne. »Das wird ein ziemlicher Schock für sie werden, wenn wir ihr sagen, wo Wally die Schuhe weggeworfen hat. Bestimmt hat sie sich nicht mal in ihren wildesten Alpträumen vorgestellt, daß er sie ausgerechnet am Schauplatz des von ihr geplanten Verbrechens deponieren würde.«

Walsh stand auf. »Ausgleichende Gerechtigkeit, würde ich sagen. Aber ich würde gern wissen, wie sie ihren Mann dazu überredet hat, sich versteckt zu halten, und wie sie ihn in das Eishaus gelotst hat.«

»Lassen Sie Ihren Charme spielen, dann sagt sie es uns wahrscheinlich«, meinte McLoughlin.

20

Mrs. Thompson öffnete die Tür mit einem Lächeln des Willkommens. Sie war zum Ausgehen gekleidet. Das adrette blaue Kostüm und die weißen Handschuhe wirkten allerdings jämmerlich altmodisch, als hätte sie mit dem Ende der fünfziger Jahre jedes Gespür für Mode verloren. Zwei Koffer standen hinter ihr im Flur. Das Rouge auf den Wangen und der Lippenstift auf dem Mund verliehen dem Gesicht eine falsche Frische, aber als sie die versammelten Polizeibeamten erblickte, verzog sich ihr Mund beinahe weinerlich.

»Oh«, hauchte sie enttäuscht. »Ich dachte, es sei der Pastor.«

»Dürfen wir hereinkommen?« fragte Walsh höflich.

»Sie sind so viele«, flüsterte sie. »Hat der Teufel Sie geschickt?«

Walsh nahm sie beim Arm und schob sie ins Haus hinein, so daß seine Männer folgen konnten. »Wollen wir nicht ins Wohnzimmer gehen, Mrs. Thompson? Es ist doch ungemütlich, hier zwischen Tür und Angel zu stehen.«

Sie leistete nur schwachen Widerstand. »Was hat das zu bedeuten?« sagte sie kläglich mit Tränen in den Augen. »Bitte rühren Sie mich nicht an.«

McLoughlin hakte seine Hand unter ihren anderen Arm, und gemeinsam führten sie sie ins Wohnzimmer und drückten sie in einen Sessel. Während McLoughlin bei ihr blieb, eine Hand fest auf ihrer Schulter, um sie am Aufstehen zu hindern, teilte Walsh seine Leute zu einer gründlichen Durchsuchung von Haus und Garten ein. Dann hielt er ihr kurz seinen Ausweis unter die Nase, steckte ihn wieder ein und setzte sich ihr gegenüber.

»Mitten im Aufbruch zum Erholungsurlaub am Meer, Mrs. Thompson?« sagte er jovial.

Sie schüttelte McLoughlins Hand ab, blieb aber sitzen. »Ich erwarte jeden Moment den Pastor. Er will mich zum Bahnhof bringen«, erklärte sie würdevoll.

»Dann kommen wir am besten gleich zur Sache«, meinte Walsh. »Wir wollen ihn doch nicht warten lassen.«

»Was tun Sie hier? Warum durchsuchen Ihre Leute mein Haus?«

Walsh legte die Hände aneinander wie zum Gebet und stützte das Kinn auf die Fingerspitzen. »Sie erinnern sich an den Landstreicher, von dem Sie uns berichtet haben, Mrs. Thompson?« Sie nickte kurz. »Wir haben ihn gefunden.«

»Gut. Dann wissen Sie jetzt, daß ich über Daniels Großzügigkeit die Wahrheit gesagt habe.«

»O ja. Er sagte uns, Mr. Thompson habe ihm außerdem eine Flasche Whisky und zehn Pfund gegeben.«

Die leidvollen Augen leuchteten freudig auf. »Ich habe Ihnen ja gesagt, daß Daniel ein Heiliger war. Er hätte dem Mann sein letztes Hemd gegeben, wenn er darum gebeten hätte.«

McLoughlin setzte sich in den Sessel neben Walsh und beugte sich aggressiv vor. »Der Landstreicher heißt Wally Ferris. Ich habe mich lange mit ihm unterhalten. Er sagt, Sie und Ihr Mann hätten ihn schnell loswerden wollen, deshalb seien Sie so großzügig gewesen.«

»Diese Undankbarkeit«, entrüstete sie sich mit bebenden Lippen. »Wie sagt unser Herr? ›Gebet, so wird euch gegeben.‹ Mein armer Daniel, er hat sich durch seine Güte gewiß einen Platz im Himmelreich verdient. Von diesem Landstreicher kann man das nicht behaupten.«

»Er erzählte mir außerdem«, fuhr McLoughlin unbeeindruckt fort, »er habe Ihren Mann draußen im Schuppen entdeckt, wo er sich versteckt gehalten habe.«

Sie kicherte hinter vorgehaltener Hand wie ein Backfisch. »In

Wirklichkeit«, entgegnete sie und sah ihm dabei direkt in die Augen, »war es genau umgekehrt. Daniel fand den, der sich im Schuppen versteckt hatte. Er wollte sich einen Pinsel holen und stolperte über ein Lumpenbündel hinter einem Stapel Kartons. Sie können sich vorstellen, wie erstaunt er war, als das Bündel plötzlich zu sprechen anfing.«

Ihre Worte klangen überzeugend, und McLoughlin befiel plötzlicher Zweifel. Hatte er sich allzu blind auf einen alten Mann verlassen, der, wie er selbst eingestanden hatte, fast ständig im Alkoholrausch lebte? »Wally behauptet, es habe geregnet an dem Tag, an dem er in Ihrem Schuppen war. Ich habe mich beim örtlichen Wetteramt erkundigt und erfahren, daß es am Mittwoch, dem vierundzwanzigsten Mai, keinen Tropfen geregnet hat. Die Gewitter setzten erst zwei Tage später ein und hielten mit Unterbrechungen über die folgenden drei Tage an.«

»Der arme Mann«, murmelte sie. »Ich habe Daniel gleich gesagt, wir sollten versuchen, ihn zu einem Arzt zu bringen. Er war betrunken und sehr verwirrt. Er fragte mich zum Beispiel, ob ich seine Schwester sei. Er dachte, ich wäre endlich gekommen, um ihn zu holen.«

»Aber, Mrs. Thompson«, bemerkte Walsh scheinbar überrascht, »wenn er betrunken war, warum haben Sie ihm dann eine Flasche Whisky gegeben? Haben Sie damit nicht noch zu seinem sowieso schon ernsten Alkoholproblem beigetragen?«

Sie verdrehte die Augen zum Himmel. »Er hat uns unter Tränen angefleht, Inspector. Stand es uns da zu, ihm diesen Trost zu verweigern? Richtet nicht, und ihr werdet nicht gerichtet werden. Wenn dieser arme Mensch sich dafür entschieden hat, sich mit Alkohol umzubringen, habe ich nicht das Recht, ihn dafür zu verdammen.«

»Aber Sie haben das Recht, den Prozeß zu beschleunigen, wie?« warf McLoughlin sarkastisch ein.

»Er war ein trauriger alter Mann. Sein einziger Trost war der Whisky«, sagte sie ruhig. »Es wäre grausam gewesen, ihm diesen Trost zu verweigern. Wir haben ihm Geld für Essen gegeben, Schuhe für seine Füße, und wir haben ihn beschworen, Hilfe gegen seine Sucht zu suchen. Viel mehr konnten wir nicht tun. Ich habe ein reines Gewissen, Sergeant.«

»Wally behauptet, er sei am Samstag, dem siebenundzwanzigsten Mai hier gewesen«, bemerkte Walsh in beiläufigem Ton.

Sie runzelte die Stirn und überlegte einen Moment. »Aber das kann nicht stimmen«, erklärte sie mit echter Verwunderung. »Daniel war noch hier. Hatten wir nicht festgestellt, daß es der vierundzwanzigste war?«

McLoughlin fand ihre Vorstellung faszinierend. Sie schien alle Erinnerung an den Mord aus ihrem Gedächtnis gestrichen und sich selbst davon überzeugt zu haben, daß die Geschichte, die sie erzählte, die Wahrheit war. Wenn das zutraf, würden sie die größten Probleme haben, sie vor Gericht zu stellen. Wenn sie ihren Verdacht nur auf Wallys Aussage und deren Bestätigung durch die junge Frau aus der Siedlung stützen konnten, hatten sie überhaupt keine Chance. Sie brauchten ein Geständnis.

»Das Datum wird von einer unabhängigen Zeugin bestätigt«, sagte er zu ihr.

»Wirklich?« hauchte sie. »Wie sonderbar. Ich kann mich gar nicht erinnern, jemanden in seiner Begleitung gesehen zu haben, und wir wohnen hier ja so abgelegen.« Sie spielte mit ihrem Kreuz und sah ihn vorwurfsvoll an. »Wer kann das denn sein?«

Walsh räusperte sich geräuschvoll. »Würde es Sie interessieren, wo wir die Schuhe Ihres Mannes gefunden haben, Mrs. Thompson?«

»Nicht besonders. Dem, was Sie gesagt haben, entnehme ich, daß der Landstreicher – Wally – sie einfach weggeworfen hat. Das tut mir weh, wenn ich an Daniels Güte denke.«

»Sie sind überzeugt davon, daß er tot ist?«

»Er hätte mich niemals verlassen«, kam die ewig gleiche alte Leier. Sie zauberte eines ihrer Spitzentüchlein hervor und tupfte sich die Tränen aus den Augen.

»Wir haben die Schuhe im Wald von Streech Grange gefunden, nicht weit vom Eishaus«, sagte Walsh und beobachtete sie scharf.

»Ach ja?« sagte sie höflich.

»Wally hat die Nacht vom siebenundzwanzigsten Mai im Eishaus verbracht und die Schuhe im Wald liegengelassen, als er am nächsten Morgen weitergezogen ist.«

Sie senkte das Tüchlein und blickte neugierig von einem zum anderen. »Ist das von irgendwelcher Bedeutung?« fragte sie verständnislos.

»Sie wissen doch wohl, daß wir im Eishaus von Streech Grange eine Leiche gefunden haben?« bemerkte McLoughlin brutal. »Es ist die Leiche eines Mannes, der zwischen fünfzig und sechzig Jahre alt war, korpulent, graues Haar, etwa einen Meter fünfundsiebzig groß. Der Mann wurde vor zwei Monaten ermordet, ungefähr um die Zeit, als Ihr Mann verschwand.«

Sie fiel aus allen Wolken. Eine Fülle verschiedener Gefühle spiegelte sich in ihrem Gesicht. Die beiden Männer beobachteten sie scharf, aber wenn Schuld darunter war, so war sie unmöglich herauszufiltern. Im Vordergrund stand jedenfalls Verblüffung. »Ich hatte keine Ahnung«, sagte sie. »Überhaupt keine Ahnung. Kein Mensch hat mir etwas gesagt. Wer ist der Tote?«

McLoughlin sah Walsh an und zog verzweifelt eine Augenbraue hoch. »Es stand in allen Zeitungen, Mrs. Thompson«, sagte Walsh. »Das Fernsehen hat darüber berichtet. Das müssen Sie doch mitbekommen haben. Der Tote befindet sich in einem Zustand der Verwesung, der es uns bisher unmöglich gemacht hat, ihn zu identifizieren. Wir haben jedoch gewisse Vermutungen.« Er sah sie scharf an.

Sie holte so mühsam Luft, als machte ihr das Atmen Schwierigkeiten. Das Rouge auf ihren Wangen glühte. »Ich habe keinen Fernsehapparat«, sagte sie. »Daniel hat die Zeitung immer im Büro gelesen und mir abends, wenn er nach Hause kam, das Neueste erzählt.« Sie rang nach Luft. »Mein Gott«, sagte sie und drückte eine Hand auf ihre Brust. »Sie haben es mir alle verheimlicht, weil sie mich schonen wollten. Ich hatte keine Ahnung. Kein Mensch hat mir ein Wort gesagt.«

»Sie hatten keine Ahnung, daß wir den Toten gefunden hatten, oder keine Ahnung, daß es überhaupt einen Toten gab?«

Sie brauchte einen Moment, um das Angedeutete zu verarbeiten. »Keine Ahnung, daß es einen Toten gab, natürlich«, sagte sie dann bissig und preßte ihre Lippen zu gewohnter Verkniffenheit zusammen. Sie wandte sich Walsh zu. »Jetzt verstehe ich Ihr Interesse an Daniels Schuhen«, sagte sie. »Sie vermuten, daß sie irgendwie mit diesem Toten zu tun haben, den Sie gefunden haben.«

»Vielleicht«, erwiderte er vorsichtig.

Triumph leuchtete in ihren Augen auf. »Aber der Landstreicher hat doch bewiesen, daß es nicht so sein kann. Sie sagen, er hat die Nacht vom siebenundzwanzigsten in diesem – wie nannten Sie es?«

»Eishaus.«

»In diesem Eishaus verbracht. Ich kann mir nicht denken, daß er geblieben wäre, wenn dieser Tote da drinnen gelegen hätte. Er muß also die Schuhe weggeworfen haben, ehe der Tote dahin kam.« Sie schien sich etwas zu entspannen. »Ich kann keinen Zusammenhang sehen, höchstens einen merkwürdigen Zufall.«

»Sie haben völlig recht«, stimmte Walsh zu. »In diesem Sinn besteht kein Zusammenhang.«

»Warum stellen Sie mir dann alle diese Fragen?«

»Ein merkwürdiger Zufall hat uns zu dem Landstreicher geführt, Mrs. Thompson, und weiter zu einigen interessanten Fakten, die Sie und Ihren Mann betreffen. Wir können beweisen, daß er sich zwei Tage, nachdem Sie ihn vermißt gemeldet hatten und damit außerhalb der Zeit, für die Sie ein Alibi haben, noch lebend in diesem Haus aufgehalten hat. Seitdem ist Ihr Mann nicht mehr gesehen worden, und vor einer Woche haben wir, weniger als sechs Kilometer entfernt, einen unidentifizierbaren Toten gefunden, auf den seine Beschreibung paßt. Um es ganz offen zu sagen, wir haben allen Anlaß zu vermuten, daß Sie Ihren Mann am achtundzwanzigsten Mai oder später ermordet haben.«

Ihre Oberlippe zuckte. »Der Tote kann gar nicht Daniel sein.«

»Wieso nicht?« fragte McLoughlin.

Sie schwieg.

»Wieso nicht?« fragte er noch einmal.

»Weil ich vor ungefähr zwei Wochen einen Brief von ihm bekommen habe.« Ihre Schultern sackten nach unten, und sie begann wieder zu weinen. »Es war ein gemeiner Brief voller Vorwürfe. Wie überdrüssig er meiner sei, was für eine schlechte Frau ich –«

»Würden Sie uns den Brief bitte zeigen?« unterbrach McLoughlin.

»Das kann ich nicht«, antwortete sie schluchzend. »Ich habe ihn verbrannt. Es war ein so böser und häßlicher Brief.«

Es klopfte kurz, dann trat ein uniformierter Beamter ins Zimmer. »Wir haben Haus und Garten durchsucht, Sir.« Auf Walshs fragenden Blick schüttelte er den Kopf. »Nichts bis jetzt. Bleibt uns noch das Zimmer hier und Mrs. Thompsons Koffer. Sie sind abgeschlossen. Wir brauchen die Schlüssel.«

Mrs. Thompson packte ihre Handtasche und drückte sie an sich. »Ich gebe Ihnen die Schlüssel nicht. Ich erlaube nicht, daß Sie in meinen Koffern herumwühlen. Ich habe meine Unterwäsche darin.«

»Holen Sie eine Beamtin«, befahl Walsh. Er neigte sich Mrs.

Thompson zu. »Tut mir leid, aber Sie haben keine Wahl. Wenn es Ihnen lieber ist, werde ich die Beamtin bitten, die Koffer hier hereinzubringen. Dann können Sie zusehen, während sie den Inhalt untersucht.« Er streckte seine Hand aus. »Die Schlüssel bitte.«

»Also gut, meinetwegen«, sagte sie unwirsch und holte zwei kleine Schlüssel an einem weißen Bändchen aus ihrer Handtasche. »Ich finde dieses Vorgehen unerhört. Ich werde mich beim Chief Constable beschweren.«

Kein Wunder, daß sie ihre Unterwäsche nicht zeigen wollte, dachte Walsh, als er die frivolen schwarzen Spitzendessous sah, die seiner Meinung nach eher in ein Bordell gehört hätten als in die Koffer dieser faden Person. Doch er wußte aus beruflicher Erfahrung, daß häufig gerade die Frauen, von denen man es am wenigsten erwartete, eine Vorliebe für extravagante Wäsche hatten. Seine eigene Frau war ein gutes Beispiel. Jeden Abend ihres Ehelebens war sie in fließender Seide oder weichem Satin zu Bett gekommen, einzig für ihn, wie er geglaubt hatte. Und lange Zeit hatte er sich alle Mühe gegeben, sich dieser Ehre würdig zu erweisen, bis Jahre entrüsteter Zurückweisung ihn endlich gelehrt hatten, daß Mrs. Walsh sich nicht seinetwegen in Reizwäsche hüllte, sondern allein zu ihrem ganz persönlichen Privatvergnügen.

Die Polizeibeamtin sperrte die Koffer wieder ab und schüttelte den Kopf. »Nichts, Sir.«

»Das habe ich Ihnen ja gesagt«, bemerkte Mrs. Thompson. »Ich verstehe überhaupt nicht, was Sie suchen.«

»Ihre Handtasche bitte.«

Sie überließ sie ihnen mit einer empörten Grimasse. Die Beamtin leerte den Inhalt auf den Couchtisch, tastete das weiche Leder gründlich ab, sah dann die verschiedenen Gegenstände durch. Sie warf Walsh einen fragenden Blick zu. »Scheint in Ordnung zu sein, Sir.«

Er bedeutete ihr, Mrs. Thompson die Tasche zurückzugeben.

»Möchten Sie lieber draußen warten, während wir das Zimmer hier durchsuchen, Mrs. Thompson?« fragte er.

Sie drückte sich tief in ihren Sessel und umklammerte das Polster unter sich, als machte sie sich zum Kampf bereit. »Nein, Inspector, das möchte ich nicht.«

Sobald die Beamten mit der Durchsuchung begonnen hatten, setzte Walsh das Verhör fort. »Sie haben also, wie Sie sagen, einen Brief von Ihrem Mann bekommen. Warum haben Sie das nicht früher schon erwähnt?«

Sie wich zurück und drückte sich seitlich in ihren Sessel. »Weil mir außer meinem Stolz nichts geblieben war. Ich wollte nicht, daß die Leute erfahren, wie gemein er mich behandelt hat.« Sie betupfte ihre trockenen Augen.

»Wo war der Brief abgestempelt?« fragte McLoughlin.

»In London, glaube ich.«

»Er hatte ihn vermutlich mit der Hand geschrieben«, meinte er. »Eine Schreibmaschine hatte er sicher nicht zur Verfügung.«

Sie nickte. »Ja.«

»Wie sah der Umschlag aus?«

Sie überlegte einen Moment. »Weiß.«

McLoughlin lachte. »Damit kommen Sie nicht durch, Mrs. Thompson. Wir werden Ihren Briefträger fragen. In so einem kleinen Dorf wie diesem hier haben Sie bestimmt seit Jahren denselben Briefträger. Wahrscheinlich ist es der Mann, der den kleinen Laden mit Postamt bei der Kirche führt. Er hatte in letzter Zeit sicher großes Interesse an den Briefen, die Sie bekommen haben. Es wird sich zeigen, ob Sie tatsächlich einen Brief von Ihrem Mann bekommen haben, Mrs. Thompson.«

Sie sah an ihm vorbei zu der Beamtin, die ihr Sideboard durchsuchte. »Fragen Sie den Briefträger, Sergeant. Sie werden sehen, daß ich die Wahrheit sage.« Ihre Stimme klang aufrichtig, aber ihr Blick war kalt und berechnend. »Wenn ich gewußt hätte, was Sie vermuten, hätte ich Ihnen schon bei Ihrem ersten Besuch von dem Brief erzählt.«

McLoughlin stand auf. Er neigte sich zu ihr vor und stützte sich mit den Händen auf die Armlehnen ihres Sessels. »Wieso waren Sie so erschrocken, als Sie von dem Toten im Eishaus hörten? Wenn Sie wissen, daß Ihr Mann am Leben ist, hätte Sie das doch gar nicht zu berühren brauchen.«

»Der Mann bedroht mich«, schrie sie Walsh an. »Das will ich nicht.« Sie kroch tief in ihren Sessel.

»Zurück, Andy.«

»Mit Vergnügen.« Ohne Vorwarnung griff er ihr mit der Hand unter den Arm und trat ruckartig zurück. Sie flog aus dem Sessel, versuchte sich von ihm loszureißen, spuckte ihm wütend ins Gesicht. Er hielt ihren wedelnden Arm fest, wich einem Schlag ihrer freien Hand aus und fühlte warmen Speichel in seinem Gesicht. »Der Sessel, Sir«, rief er. »Sie hat da was versteckt.«

»Hab's schon.«

McLoughlin packte sie bei beiden Armen und wich zurück, um ihren Fußtritten auszuweichen. »Los, kommen Sie her«, rief er zwei Beamten ungeduldig zu. »Die schlägt mich ja grün und blau. Wer hat die Handschellen, verdammt noch mal?«

»Sie Schwein!« kreischte sie. »Sie elender Mistkerl.« Noch einmal spuckte sie ihn an, und ekelhafterweise traf ihn ihr Speichel direkt auf der Lippe.

Die beiden Constables legten ihr Handschellen an und stießen sie auf das Sofa hinunter. Sie sah zu, wie McLoughlin sich den Speichel vom Gesicht wischte, und lachte schrill. »Geschieht Ihnen ganz recht. Hoffentlich kriegen Sie die Pest.«

»Jetzt habe ich erst mal Sie gekriegt«, versetzte er kalt. Er wandte sich Walsh zu. »Was ist es?«

Walsh reichte ihm einen dünnen Umschlag. »Sie muß ihn heimlich aus ihrer Handtasche gezogen haben, als wir ihre Reizwäsche bewundert haben.« Er lachte gutgelaunt. »Alles umsonst, Mrs. Thompson. Wir hätten das auf jeden Fall gefunden.«

McLoughlin öffnete den Umschlag. Er enthielt zwei Billetts für einen Flug nach Marbella am selben Abend. Sie waren auf Mr. und Mrs. Thompson ausgestellt. »Wo hat er sich denn die ganze Zeit versteckt gehalten?« fragte er sie.

»Sie können mich mal!«

»Aber Mrs. Thompson! Mrs. Thompson!« rief es schockiert von der Tür her. »Ich bitte Sie, nehmen Sie sich ein wenig zusammen.«

Sie lachte. »Ach, verpissen Sie sich, Sie alberner Pinscher.«

»Ist sie verrückt geworden?« fragte der Pastor entsetzt.

»Könnte man so nennen«, erwiderte Walsh vergnügt.

21

Anne lachte, als McLoughlin ihr die Geschichte erzählte. Ihr Gesicht hatte wieder Farbe bekommen, und ihre dunklen Augen versprühten Leben. Als einzige Erinnerung an den Überfall trug sie ein leuchtend rot-weiß gepunktetes Tuch, das sie sich nach Seeräubermanier um den bandagierten Kopf gebunden hatte. Entgegen allen ärztlichen Empfehlungen hatte sie am Vortag das Krankenhaus auf eigene Verantwortung verlassen. Phoebe hatte sich dem Unausweichlichen gebeugt und sie nach Hause geholt, nachdem sie ihr das Versprechen abgenommen hatte, daß sie genau das tun würde, was ihr gesagt wurde. Anne hatte das Versprechen bereitwillig gegeben. »Hauptsache, ich bekomme eine Zigarette«, sagte sie.

Was sie allerdings nicht wußte, war, daß Phoebe die Verantwortung für ihre Sicherheit übernommen hatte. »Wenn sie das Krankenhaus verläßt, Mrs. Maybury«, hatte Walsh erklärt, »können wir weder Mrs. Cattrell noch Sie beschützen. Wir haben nicht genug Leute, um Streech Grange ständig zu überwachen. Ich werde ihr raten, im Krankenhaus zu bleiben. Geradeso, wie ich Ihnen geraten habe, sich eine andere Wohnung zu suchen.«

»Sparen Sie sich Ihre Worte, Inspector«, sagte Phoebe mit Verachtung. »Streech ist unser Zuhause. Wenn wir uns auf Ihren Schutz verlassen müßten, wären wir sowieso aufgeschmissen.«

Walsh zuckte die Achseln. »Sie sind töricht, Mrs. Maybury.«

Diana, die sich mit ihnen im Zimmer befand, ging in die Luft. »Mein Gott, Sie sind wirklich das Letzte«, schrie sie ihn an. »Vor zwei Tagen noch haben Sie Phoebe kein Wort geglaubt. Und jetzt, nur weil Sergeant McLoughlin sich die Mühe gemacht hat, nach Spuren zu suchen, erklären Sie sie für töricht, weil sie nicht auf

Ihren Rat hin sofort die Flucht ergreift. Soll ich Ihnen mal was sagen: Das einzige, was sich in den letzten zwei Tagen geändert hat, sind Ihre sturen Ansichten.« Sie stampfte wütend mit dem Fuß auf. »Weshalb sollten wir heute davonlaufen, wenn wir gestern und vorgestern geblieben sind? Die Gefahr ist die gleiche. Und wer, glauben Sie wohl, hat uns die ganze Zeit beschützt?«

»Wer denn, Mrs. Goode?«

Sie wandte ihm den Rücken zu.

»Wir haben uns selbst beschützt«, sagte Phoebe kalt, »und wir werden es auch weiterhin tun. Die Hunde sind unser bester Schutz.«

Anne lag in ihrem Lieblingssessel, die Füße auf einem Hocker, um die Schultern eine alte gesteppte Jacke, hinter dem Ohr einen Bleistift.

Was andere von ihr dachten, schien ihr egal zu sein. Die Botschaft war einfach: Ich bin, was ihr seht. Nehmt mich also so, wie ich bin, oder laßt es bleiben. McLoughlin fragte sich, ob diese Einstellung einem gesunden Selbstbewußtsein entsprang oder totaler Gleichgültigkeit. Ganz gleich, er wünschte, er hätte selbst von beidem etwas mehr gehabt. Er brauchte immer noch die Anerkennung anderer.

»Und wo hatte sich Mr. Thompson versteckt gehalten?« fragte sie ihn.

»Sie wollte es uns nicht sagen, aber es war nicht schwer, ihn zu finden. Er kam pünktlich wie die Maurer zum Flugzeug nach Marbella.«

»Mitsamt dem Geld, mit dem sie durchbrennen wollten?«

McLoughlin nickte. Nachdem Daniel Thompson erst festgenommen und von Wally Ferris identifiziert worden war, hatte er sich kooperativ gezeigt. Die Idee, sagte er, hatten sie aus einem Buch, in dem das Luxusleben britischer Schwindler an der spanischen Riviera geschildert wurde. Thompsons Firma ging schlecht, und er hatte sich bei seiner Frau darüber beschwert, daß er sich abrackern müsse, um sie irgendwie über Wasser zu halten, während andere, die vor dem gleichen Problem standen, einfach mit dem Kapital durchbrannten und sich einen Platz an der Sonne suchten. Sie brauchten es doch nur genauso zu machen, meinte Mrs. Thompson. Sie hatten keine Kinder, sie hatte England nie gemocht, verabscheute East Deller und hatte nicht die geringste Lust, die nächsten zehn Jahre jeden Penny zweimal umzudrehen, nur um zu verhindern, daß Daniels Firma Pleite machte. »Das Verblüffendste war«, sagte Thompson, »wie leicht es war, die Leute zu überreden, in durchsichtige Heizkörper zu investieren. Mir hat das gezeigt, wieviel Geld und wie wenig Verstand die Leute hier im Süden haben.«

»Woraus hätten Sie denn die durchsichtigen Heizkörper hergestellt?« fragte McLoughlin neugierig.

»Aus hitzebeständigem Glas«, antwortete Thompson. »Genau wie die Auflaufformen und Schüsseln, die man in der Küche verwendet. Man hätte noch Farbe ins Wasser geben können, das hätte sicher gut ausgesehen.«

»Mrs. Goode meinte, es hätte eine revolutionäre Neuheit sein können.«

Der heilige Daniel seufzte. »Tja, das ist eben die Ironie an der Sache. Es kann leicht sein, daß sie recht hat. Ich habe mich für diese Idee entschieden, weil sie einerseits durchführbar erschien, andererseits so absurd war, daß man mit einer Pleite rechnen mußte. Können Sie sich vorstellen, wie erstaunt ich war, als das Ganze ganz ohne Werbung ins Rollen kam? Aber da war es natürlich schon zu spät. Das Geschäft in einen Erfolg zu verwandeln, hätte mich vor enorme Schwierigkeiten gestellt. Außerdem war Maisie – meine Frau«, erklärte er hilfreich, »schon ganz versessen auf die Costa del Sol. Schade eigentlich«, meinte er mit träumerischem Blick. »Wir hätten vielleicht alle ein Vermögen verdient, und uns dann als gemachte Leute in den sonnigen Süden zurückziehen können.«

»Wozu haben Sie sich eigentlich die Mühe mit der Vermißtenanzeige gemacht? Warum haben Sie beide nicht einfach Ihre Sachen gepackt und sich aus dem Staub gemacht?«

Thompson strahlte. »Na, das hätte doch sofort Verdacht erregt«, sagte er, »und wir wollten den Spaniern keinesfalls auffallen. Die sind nämlich heute auch nicht mehr so locker, wie sie schon mal waren. Solange Maisie blieb, tat sie allen nur leid, weil sie so einen inkompetenten Schwächling geheiratet hatte.«

»Und wo waren Sie in den vergangenen zwei Monaten?«

»In East Deller«, antwortete er, als verwunderte ihn die Frage. »Erst die letzten zwei Nächte bin ich in ein Hotel gezogen, damit Maisie in Ruhe packen konnte. Ihre Besuche wurden langsam ein bißchen ungemütlich.«

»Sie haben sich in Ihrem eigenen Haus versteckt gehalten?«

Er nickte. »Das war das sicherste. Nachdem die Polizei Haus und Garten das erste Mal durchsucht hatte, hat Maisie mich in meinem Hotel angerufen. Ich bin dann in der Nacht vom sechsundzwanzigsten nach Hause gekommen und habe mich oben auf dem Speicher eingerichtet. Wir hielten das für das sicherste.«

»Aber Wally hat Sie in Ihrem Schuppen gesehen«, widersprach McLoughlin.

»Ja, das war mein Pech«, meinte er. »Wir hielten den Schuppen für das beste Versteck, weil man von dort aus am ehesten fliehen konnte, falls unerwartet die Polizei auftauchen sollte. Aber natürlich konnte da auch am ehesten jemand hineinplatzen. Das wäre aber auch nicht so schlimm gewesen, weil ich hinter einem Stapel Kartons versteckt war. Da hätte mich normalerweise kein Mensch gesehen«, erklärte er. »Das Pech war, daß der alte Tippelbruder selbst ein Versteck gesucht hat. Ich weiß nicht, wer von uns mehr erschrocken ist, als er die Kartons weggezogen hat.«

»Die Polizei hat zwei Durchsuchungen vorgenommen«, sagte McLoughlin. »Wie kommt es, daß man Sie auch beim zweiten Mal nicht gefunden hat?«

»Weil wir die Durchsuchung erwartet haben. Wir haben uns überlegt, daß die Polizei Maisie am ehesten glauben würde, wenn sie eine überraschende Durchsuchung machte und nichts fand. Darum hat Maisie einen anonymen Brief geschrieben. Das Warten war nervenaufreibend, aber als Ihre Leute anrückten, waren wir vorbereitet. Ich bin einfach über den Zaun in den Nachbargarten gestiegen und habe mich dort hinter einem Busch versteckt, bis Maisie mir wieder grünes Licht gegeben hat.«

Er lächelte liebenswürdig. Er war, wie Diana gesagt hatte, wie eine Dampfwalze gebaut. Das Lächeln teilte sein rundes Gesicht in zwei füllige Halbmonde. »Danach hatten wir Ruhe, bis Sie mit den Schuhen kamen.«

»Aber Sie haben ein ziemliches Risiko auf sich genommen«, meinte McLoughlin. »Sind denn nicht dauernd irgendwelche Nachbarn oder Bekannten vorbeigekommen?«

»Nein, nachdem Maisie ihren peinlichen sexuellen Wahn entwickelt hatte, nicht mehr«, sagte Thompson. »Die Frauen kamen aus reiner Menschenfreundlichkeit noch ein paar Tage, um nach ihr zu sehen, aber dann war's vorbei. Wenn's peinlich wird, bleiben die Leute schnell weg. Maisie hätte Schauspielerin werden sollen, das hab ich immer schon gesagt.«

»Und von der Leiche im Eishaus wußte sie wirklich nichts? Ich kann es kaum glauben.«

»Das war ziemlich blöd«, sagte Thompson und zeigte zum erstenmal Verärgerung. »Sie konnte doch nicht plötzlich ihre Gewohnheiten ändern. Wenn sie einen Fernseher gemietet oder eine Zeitung abonniert hätte, hätten die Leute geglaubt, sie nähme wieder am Leben Anteil. Das hätte ihr Image verpfuscht, verstehen Sie?«

McLoughlin nickte. »Und niemand sagte ihr etwas, weil alle fürchteten, der Tote seien Sie.«

Daniel nickte seufzend.

»Warum haben Sie Ihre Abreise so lange hinausgeschoben? Sie hätten doch schon vor Wochen abfliegen können.«

»Wir waren geldgierig«, gestand Thompson. »Wir wollten das Geld aus dem Hausverkauf. Für so ein Grundstück bekommt man gut und gern eine Viertelmillion. Das wäre der Guß auf dem Kuchen gewesen. Wir hatten es so geplant, daß Maisie immer depressiver werden sollte, bis es sich für sie schließlich von selbst als Lösung angeboten hätte, das Haus zu verkaufen und sich etwas Kleineres zu suchen, wo sie nicht dauernd an die glücklichen Zeiten mit mir erinnert wurde. Keiner hätte da unangenehme Fragen gestellt. Ich vermute eher, alle wären froh gewesen, sie loszuwerden. Mit dem Geld im Koffer wollten wir dann die Fähre nach Frankreich nehmen und von dort nach Spanien weiterreisen.«

»Und Sie wollten Ihre eigenen Pässe benutzen?«

Thompson nickte.

»Sie waren vermißt gemeldet, Mr. Thompson. Man hätte Sie aufgehalten.«

»Ach, das glaube ich nicht, Sergeant«, widersprach er gelassen. »In sechs Monaten hätte keine Hahn mehr nach mir gekräht, und bei dem Betrieb auf der Fähre wären wir mit unserem Allerweltsnamen wahrscheinlich überhaupt nicht aufgefallen. Im übrigen, was hätte man mir vorwerfen sollen? Meine Frau hätte bestätigt, daß ich wieder aufgetaucht war, ein Verbrechen hatte ich nicht begangen, ein Haftbefehl wartete auch nicht auf mich. Also?« Er neigte den Kopf zur Seite und sah McLoughlin belustigt an.

»Da haben Sie recht«, bekannte McLoughlin.

»Ich war nicht besonders geschäftstüchtig«, fuhr Thompson fort. »Das gebe ich offen zu. Aber niemand hat infolge meines Versagens sehr viel Geld verloren.« Er faltete die Hände auf seinem runden Bauch. »Meine Angestellten haben alle wieder Arbeit gefunden. Die zuständigen Stellen haben sich bereit erklärt, ihnen die Versicherungsbeiträge gutzuschreiben, die ich mir so unüberlegt – wie soll ich sagen? – geborgt habe, um die Firma über Wasser zu halten. Das ist meinem stellvertretenden Geschäftsleiter zu verdanken. Er hat das für die Leute ausgehandelt, wie Maisie mir berichtet hat. Prachtvoller Bursche, großes Organisationstalent und absolut integer. Er hat die Bescherung, die ich angerichtet habe, in Ordnung gebracht und den Konkurs angemeldet. Natürlich hat er Maisie am Telefon ein paar harte Sachen über mich gesagt, nannte mich einen dilettantischen Pfuscher, aber das nehme ich ihm nicht übel.« Er schnippte ein Stäubchen von seinem Jackett. »Die Anleger sind ein geschäftliches Risiko eingegangen, das sich für sie leider nicht gelohnt hat, aber sie haben mittlerweile ihre Verluste abgeschrieben und sich lukrativeren Projekten zugewandt. Es hat mir sehr leid getan, sie enttäuscht zu haben.«

»Moment mal«, sagte McLoughlin scharf. »Sie haben sie nicht nur enttäuscht. Sie haben ihr Geld unterschlagen.«

»Wer sagt das?«

»Das haben Sie selbst zugegeben.«

»Wann?«

McLoughlin sagte zu Constable Brownlow, die alles mitgeschrieben hatte: »Suchen Sie die Stelle heraus, an der er sagte, sie seien durch die britischen Schwindler, die in Spanien sich einen schönen Lenz machen, auf die Idee gekommen.«

Sie blätterte zurück. »Er hat aber nicht gesagt, daß *er* ein Schwindler ist, nur, daß seine Firma schlechtging.«

»Blättern Sie weiter«, sagte McLoughlin. »Er hat gesagt, es sei ein Kinderspiel gewesen, die Leute zu überreden, ihr Geld in das Heizkörperprojekt zu stecken.«

»Das war's auch«, bestätigte Thompson. »Die Idee war ja auch gut.«

»Verdammt noch mal!« explodierte McLoughlin. »Sie haben gesagt, sie sei absurd genug gewesen, um mit einer Pleite rechnen zu müssen.«

»Ja, und das hat sich ja auch als richtig erwiesen. Genau das ist passiert.«

»Sie haben nicht Bankrott gemacht, weil das Projekt sich nicht verkaufen ließ. Sie haben das Geld für sich genommen. Sie haben selbst gesagt, es hätte ein großer Erfolg werden können.«

Thompson seufzte tief. »Und das wäre es sicher auch geworden, wenn ich ein bißchen mehr Geschäftssinn hätte. Ich hab's Ihnen doch erklärt, ich bin einfach nicht geschäftstüchtig genug. Das ist mein Problem. Haben Sie vor, uns festzunehmen, Sergeant?«

»Ja, Mr. Thompson, das habe ich vor.«

»Mit welcher Begründung?«

»Da wird sich schon eine finden lassen.«

»Wo denn?«

»Bei einer Ihrer Gläubigerinnen, Mrs. Goode.«

»Ich werde meinen Anwalt beauftragen, einen außergerichtlichen Vergleich mit ihr zu schließen«, meinte er unerschüttert. »Das ist viel vernünftiger als lange Auseinandersetzungen vor Gericht.«

»Und Ihre Frau kriege ich mit tätlichem Angriff.«

»Die arme Maisie. Sie wissen doch, daß sie nicht bei Verstand ist.« Er zwinkerte McLoughlin vergnügt zu. »Die meiste Zeit weiß sie nicht, was sie tut. Ärztliche Behandlung wird bei ihr viel mehr ausrichten als eine Strafverfolgung. Da wird mir der Pastor sicher zustimmen.«

»Sie sind zwei richtige Gauner.«

»Harte Worte, Sergeant. Die Wahrheit ist, daß ich ein Feigling bin, der der Enttäuschung der Leute, die ihm vertraut hatten, nicht ins Auge sehen konnte. Darum bin ich davongelaufen und habe mich versteckt. Armselig, ich weiß, aber doch wohl kaum ein Verbrechen.« Sein Blick war fest und aufrichtig, aber sein Doppelkinn zitterte: McLoughlin wußte nicht, ob aus Reue oder vor Vergnügen.

Als er zum Ende seines Berichts kam, lachte Anne so heftig, daß ihr alles weh tat. »Haben Sie sie laufenlassen?«

Er grinste verlegen. »Die waren wie zwei Aale. Jedesmal, wenn man glaubte, man hätte sie erwischt, flutschten sie einem aus der Hand. Sie sind jetzt zu Hause, aber in zwei Wochen müssen sie wegen Behinderung der Polizei vor Gericht. Ich habe mir inzwischen Thompsons Stellvertreter geschnappt, der eine Riesenwut im Bauch hat, und habe ihm gesagt, er soll mit einem Prüfer die Bücher durchgehen und nach Unterschlagungen suchen.«

»Die findet er bestimmt nicht«, meinte Anne, sich die Augen wischend. »Mr. Thompson scheint ein echter Profi zu sein. Er hat das Geld wahrscheinlich längst in einer hübschen Villa in Spanien angelegt.«

»Möglich.« McLoughlin streckte die Arme über den Kopf und sank dann mit Behagen in seinem Sessel zusammen. Er war wieder die ganze Nacht auf den Beinen gewesen und dementsprechend müde.

Jane hatte Anne erklärt, McLoughlin habe den falschen Beruf. Wieso? hatte Anne gefragt. Weil er für die Probleme anderer übersensibel sei. Anne betrachtete ihn durch den Rauch ihrer Zigarette. Ihr fehlte Janes Naivität, darum war ihre Beurteilung von Gefühlen ungetrübt. Er reizte sie vielleicht als Mann, aber das hatte keinen Einfluß auf ihre Objektivität. Nicht übermäßige Sensibilität für andere plagte ihn, ihrer Meinung nach, sondern übermäßige Empfindlichkeit, was die eigene Person anging, eine Falle, in Annes Augen, in die viel zu viele Männer hineinstolperten. Wenn man von der Gesellschaft um jeden Preis akzeptiert werden wollte, hieß das, sich selbst in eine Zwangsjacke zu stecken. Es hätte sie interessiert, wann McLoughlin das letzte Mal über sich selbst gelacht hatte – wenn überhaupt je. Das Leben, dachte sie, war für ihn eine Folge von Hürden, von denen jede sauber genommen werden mußte. Eine zu berühren, wäre Versagen gleichgekommen.

»Was denken Sie?« fragte er.

»Ich habe mir überlegt, warum Männer sich so ernst nehmen.«

»Ich wußte nicht, daß sie das tun.«

»Ich überlege gerade, ob mir je einer begegnet ist, der es nicht tut. Ihr Mr. Thompson könnte als Kandidat in Frage kommen.« Sie sah ihn an. »Die Probleme der Frau gründen auf ihrem biologischen Programm. Ohne ihre Bereitschaft, eine neue Generation hervorzubringen und großzuziehen, würde die Spezies aussterben. Ihre Frustrationen entspringen der Weigerung der Spezies, die Opfer anzuerkennen, die sie für das Allgemeinwohl bringt. Da gibt es keine dankbare Regierung, die die Frau dafür bezahlt, daß sie rund um die Uhr im Dienst der Familie ist; sie bekommt keinen Magistergrad dafür, daß sie die Kinder zu guten Staatsbürgern erzieht; neun- von zehnmal danken die Kinder ihr die Anstrengungen überhaupt nicht, sondern werfen ihr noch vor, sie hätten schließlich nicht darum gebeten, geboren zu werden.« Sie streifte die Asche ihrer Zigarette im Aschenbecher ab und lachte leise. »Als Mutter führt man ein Hundeleben. Es gibt keine Management-Struktur, kein unabhängiges Schiedsgericht, keine Kündigungsvorschriften für Wiederholungstäter und keine Aussichten auf Beförderung. Emotionale Erpressung und sexuelle Belästigung sind an der Tagesordnung.« Ihre Augen blitzten, als sie sich vorbeugte. »Kein Mann würde das auf die Dauer aushalten. Seine Selbstachtung würde vor die Hunde gehen.«

Im stillen schimpfte sich McLoughlin einen Idioten. Er hätte seinem ersten Eindruck trauen und um diese Frau einen weiten Bogen machen sollen. Gab es, dachte er, wirklich einen so großen

Unterschied zwischen ihr und seiner Frau? Die Beschwerden waren die gleichen, nur klangen sie aus Annes Mund besser formuliert. Er gelobte sich für jetzt und alle Ewigkeit strikte Enthaltsamkeit. Er hatte weder Lust noch Energie, jedesmal, wenn er mit einer Frau schlafen wollte, erst einen Krieg zu führen. Wenn der Preis für das Vergnügen die Kapitulation war, dann konnte er auch ohne auskommen.

Er stand abrupt auf und ließ seiner angestauten Wut und Enttäuschung freien Lauf. »Ich will Ihnen mal was sagen, *Ms* Cattrell. Ich habe die Nase voll vom Gejammer der Frauen. Dauernd heult ihr uns vor, wie gut wir Männer es haben und wie schlecht wir euch behandeln.« Er ging zum Kamin und stützte beide Hände auf den Sims. »Glauben Sie denn, Ihr Geschlecht ist das einzige, das unter seinem biologischen Programm leidet? Haben Sie eine Ahnung, was es kostet, eine Frau zum Geschlechtsverkehr zu überreden?

Nicht nur Geld, nein! Anstrengung, emotionale Bindung und die Schmach regelmäßiger Zurückweisung. Wenn ein Mann seinen Beitrag zum Wohl der Gesellschaft leisten möchte, muß er sein Leben in Ketten verbringen und sich zu Tode schuften, um seine Frau zu versorgen und bei Laune zu halten, damit sie erstens bereit ist, seine Kinder zur Welt zu bringen, und zweitens, sich angemessen um sie zu kümmern, wenn sie da sind.« Er drehte sich zu ihr um. »Es ist demütigend und entwürdigend«, sagte er mit Bitterkeit. »Mein Fortpflanzungsinventar unterscheidet sich in nichts von dem eines Hundes. Uns beide treibt die Natur, unser Sperma im Schoß eines fruchtbaren Weibchens abzulegen, nur braucht der Hund keine Rechtfertigung dafür zu geben, warum er das tun möchte; ich hingegen schon. Denken Sie daran das nächste Mal, wenn Sie sich über die männliche Selbstachtung mokieren wollen. Sie ist äußerst fragil. Sie haben ganz recht, ich nehme mich ernst. Das muß ich auch. Nur in meinem Büro haben Verhaltensregeln noch Geltung; nur im Büro muß ich mich nicht dauernd krummlegen, um die Ziele zu erreichen, die mir gesetzt wurden.«

Sie nahm einen Apfel aus der Schale, die neben ihr stand, und warf ihn ihm zu. »Bravo, McLoughlin. Gleich werden Sie mir sagen, Sie wären viel lieber eine Frau.«

Er sah sie an, bemerkte die Erheiterung in ihrem Gesicht und lachte. »Stimmt. Das hätte ich tatsächlich beinahe gesagt. Sie treiben mich wirklich auf die Palme.«

»Nein«, widersprach sie lächelnd. »Ich hole Sie auf die Erde zurück. Das Leben ist doch von Anfang bis Ende eine einzige Farce, hier und da vielleicht mit einer Spur schwarzem Humor gewürzt. Wenn es anders wäre, hätte sich die gesammelte Menschheit längst aufgehängt. Kein Mensch könnte siebzig Jahre fortgesetzter Tragödie ertragen. Jane hat mir versprochen, mir folgenden netten Spruch auf den Grabstein zu setzen, wenn ich mal – voraussichtlich an Krebs – sterbe: ›Hier ruht in Frieden Anne Cattrell. Sie hat sich durchs Leben gelacht. Daß der Scherz auf ihre Kosten ging, hat ihr kaum was ausgemacht.‹ Ohne Zynismus geht es nicht.« Sie warf einen zweiten Apfel in die Luft und fing ihn auf. »Schreiben Sie sich das hinter die Ohren, McLoughlin. Dann sind Sie bald ein glücklicher Mensch.«

Er setzte sich, den Apfel zwischen den Zähnen, und zog seine Aktentasche zu sich heran. »Sie sind nicht nur zynisch«, sagte er, den Apfel aus dem Mund nehmend.

»Wie kommen Sie darauf?«

»Ich habe Ihr Tagebuch gelesen.« Er öffnete die Aktentasche und nahm den dünnen Band heraus.

Sie sah ihn neugierig an. »Und hat es Ihnen gefallen?«

»Sollte es mir denn gefallen?«

»Nein. Es ist nicht zur Veröffentlichung bestimmt.«

»Ein Glück«, sagte er freimütig. »Es braucht nämlich einiges an Bearbeitung.«

Sie sah ihn wütend an. »Ach, und das können ausgerechnet Sie beurteilen?« Sie war tief verletzt. Das Schreiben war ihr wichtig, auch wenn sie nur für sich selbst schrieb.

»Ich kann lesen.«

»Ich kann einen Pinsel halten. Das macht mich noch nicht zur Kunstsachverständigen.« Sie sah demonstrativ auf ihre Uhr. »Sollten Sie sich nicht langsam wieder daranmachen, Ihren Mordfall aufzuklären? Soweit ich feststellen kann, haben Sie immer noch keine Ahnung, wer der Tote aus dem Eishaus ist oder wer mir eins über den Schädel gegeben hat.« Es konnte ihr piepegal sein, was er dachte, er war nur ein läppischer Bulle, wieso fühlte sie sich also, als hätte er ihr einen Magenschwinger verpaßt?

Er aß seinen Apfel. »P. gehört rausgestrichen«, sagte er. »P. verpatzt alles.« Er warf ihr das Tagebuch in den Schoß. »Das Fleischermesser liegt noch auf der Dienststelle und wartet auf Ihre Unterschrift. Das hier habe ich gleich an mich genommen, damit Friar es nicht rausschmuggelt und die ungehörigen Stellen kopiert.« Er saß mit dem Rücken zum Fenster, und seine Augen verrieten nichts. Sie konnte nicht erkennen, ob er scherzte.

»Schade. Friar hätte es vielleicht zu würdigen gewußt.«

»Erzählen Sie mir von P., Anne.«

Sie musterte ihn mißtrauisch. »Was wollen Sie wissen?«

»Könnte er Sie überfallen haben?«

»Nein.«

»Bestimmt nicht? Vielleicht ist er der eifersüchtige Typ. Sie sind mit einer seiner speziellen Bierflaschen niedergeschlagen worden, und man hat mir erzählt, die gibt er nie aus der Hand.«

Sie hätte leugnen können, daß P. und Paddy derselbe waren – die Vorstellung einer Begegnung McLoughlins mit dem P., über den er gelesen hatte, erschreckte sie –, aber es wäre feige gewesen, und feige war Anne nie. »Ich bin ganz sicher«, sagte sie. »Haben Sie mit ihm gesprochen?«

»Noch nicht. Wir haben die Befunde erst heute morgen bekommen.« Spuren von Annes Haar und Blut hatten eindeutig bewiesen, daß die Flasche die Tatwaffe war. Alle anderen Ergebnisse waren jedoch enttäuschend gewesen. Einige verwischte Fingerabdrücke am Flaschenhals und ein bruchstückhafter Fußabdruck. Damit ließ sich nichts anfangen.

Anne wünschte, sie wüßte, was ihm durch den Kopf ging. War er ein harter Richter? Würde er verstehen können, daß Paddy, allein dadurch, daß er immer wiederkam, ganz gleich wie unregelmäßig, das Leben in Streech erträglich machte? Sie bezweifelte es. McLoughlin war, auch wenn er sich im Moment so stark zu ihr hingezogen fühlte, im Grunde ein konventioneller Mensch. Die Faszination würde nicht anhalten, das wußte sie. Früher oder später würde er in sein altes Rollenverhalten zurückfallen, und dann würde sie für ihn nur noch eine flüchtige Verirrung bleiben. Und es würde wieder einmal Paddy sein, der sie daran erinnerte, daß die Mauern von Streech Grange nicht undurchdringlich waren. Tränen drängten sich in ihre Augen. »Er ist ein guter Mensch«, sagte sie, »und er versteht alles.«

Wenn McLoughlin verstand, so zeigte er es nicht. Er ging, ohne sich zu verabschieden.

Paddy schleppte hinter dem Pub leere Bierfässer. Er musterte McLoughlin fragend, während er mühelos ein weiteres Faß auf den Stapel hievte. »Was kann ich für Sie tun?«

»Sergeant McLoughlin, Kriminalpolizei Silverborne.« McLoughlin hatte sich einen gutgewachsenen, athletischen Adonis mit unwiderstehlichem Charme vorgestellt. Die Realität präsentierte einen großen, übergewichtigen Mann in einem ausgeleierten Pullover und schlabberiger Hose. Das Feuer der Eifersucht verlor beträchtlich an Hitze. Er hielt Paddy ein Foto der Steingutflasche hin, das im Labor gemacht worden war. »Kennen Sie die?«

Paddy warf einen kurzen Blick auf die Aufnahme. »Kann schon sein.«

»Ich habe gehört, daß Sie Ihr Spezialbier in diesen Flaschen abfüllen.«

Einen Moment nahmen sie mißtrauisch Witterung auf wie zwei kampfbereite Hunde. Dann entschloß sich Paddy, einen Rückzieher zu machen. Er zuckte gutmütig die Achseln. »Stimmt, sieht aus wie eine von meinen Flaschen«, sagte er. »Aber das ist ein reines Hobby. Ich schreibe an einem Buch über traditionelle Bierbrauerei, weil ich nicht möchte, daß die alten Methoden ganz in Vergessenheit geraten.« Sein Blick war aufrichtig, ohne jede Falschheit. »Ab und zu lad ich die Stammgäste zu einer Kostprobe ein, um ihre Meinung zu hören.« Er sah McLoughlin abwartend an. Als der nicht reagierte, fügte er hinzu: »Gut, ja, ich hab auch ab und zu mal einen Unkostenbeitrag verlangt. Das ist schließlich ein teures Hobby.« Das beharrliche Schweigen des anderen irritierte ihn. »Verdammt noch mal, Mann, haben Sie und Ihre Leute im Augenblick eigentlich nichts Wichtigeres zu tun, als sich über mein Bier den Kopf zu zerbrechen? Woher haben Sie die Flasche überhaupt? Dem Kerl werd ich das Fell über die Ohren ziehen.«

»Stimmt es, daß Sie die Flaschen nie aus der Hand geben, Mr. Clarke?« fragte McLoughlin kalt.

»Ja, das stimmt, und wenn ich den Kerl erwische, der die hier mitgehen lassen hat, kann er was erleben. Wer war's?«

McLoughlin tippte auf den dunklen Rand rund um den Flaschenboden. »Das ist Blut, Mr. Clarke. Miß Cattrells Blut.«

Paddy schien zu erstarren. »Was soll das heißen?«

»Mit dieser Flasche wurde Anne Cattrell niedergeschlagen. Ich dachte, Sie könnten mir vielleicht sagen, wie sie in ihren Garten gekommen ist.«

Paddy öffnete den Mund, als wollte er etwas erwidern, dann ließ er sich plötzlich auf das nächste Bierfaß fallen. »Um Gottes willen! Die Flaschen haben ein Riesengewicht. Ich habe gehört, es geht ihr wieder gut, aber – du meine Güte!«

»Wie ist die Flasche in ihren Garten gekommen, Mr. Clarke?«

Paddy achtete nicht auf ihn. »Robinson hat mir erzählt, daß sie einen Schlag auf den Kopf bekommen hat. Ich dachte, es sei eine Gehirnerschütterung. Die verdammten Schmierfinken reden dauernd von Gehirnerschütterung.«

»Wer sind die verdammten Schmierfinken?«

»Na, die Journalisten.«

»Sie hatte einen Schädelbruch.«

Paddy starrte zu Boden. »Geht es ihr wieder besser?«

»Der Täter hat sie mit einer Ihrer Flaschen niedergeschlagen.«

»Verdammt, Mann, ich hab Sie was gefragt!« Paddy sprang ärgerlich auf. »Geht es ihr wieder besser?«

»Ja. Aber wieso interessiert Sie das so sehr? Haben Sie vielleicht stärker zugeschlagen, als Sie wollten?«

Paddys Gesicht lief rot an. Er warf einen Blick zur Küchentür und senkte die Stimme. »Sie sind auf der falschen Fährte. Anne ist eine Freundin von mir. Schon seit Ewigkeiten. Sie kann Ihnen sagen, daß ich ihr niemals was antun würde.«

»Es war dunkel. Vielleicht haben Sie sie mit Mrs. Goode oder Mrs. Maybury verwechselt?«

»Quatsch, die kenn ich genauso lange. Mann, das sind alles meine Freundinnen.«

McLoughlin sperrte den Mund auf. »Alle drei?«

»Ja.«

»Wollen Sie mir sagen, daß Sie mit allen dreien schlafen?«

Paddy hob abwehrend die Hände. »Leise, Mann. Wer hat was von schlafen gesagt? Es ist verdammt einsam da oben. Ich leiste jeder von Zeit zu Zeit mal ein bißchen Gesellschaft, das ist alles.«

McLoughlin lachte, während die letzten Flammen der Eifersucht in sich zusammenfielen und erloschen. »Wissen sie das?«

Paddy spürte, daß die Feindseligkeit sich verflüchtigt hatte, und grinste. »Keine Ahnung. So was fragt man nicht.« Er faßte einen schnellen Entschluß. »Erlaubt's Ihnen Ihr Gewissen, mein Spezialbier zu probieren? Besser, wir trinken das Zeug, ehe es vom Finanzamt beschlagnahmt wird. Und ich geb Ihnen dabei eine Liste aller meine Stammgäste. Fremde kriegen von mir nichts. Ich kenne jeden von meinen Spezialkunden persönlich. Das Schwein, das Sie suchen, muß einer von ihnen sein, und ich glaube, ich weiß auch schon, wer. In diesem Dorf gibt es nur einen, der für so was blöd und gemein genug ist.«

Er führte McLoughlin durch den Hof in das Hinterzimmer der Garage, wo der satte Duft von gärendem Malz ihm in die Nase stieg. »Ich hab mir ehrlich gesagt schon oft überlegt, ob ich nicht ganz legal ins Brauereigeschäft einsteigen sollte. Vielleicht ist das der Anstoß, den ich gebraucht habe. Meine Frau kann die Lizenz für das Pub übernehmen, die ist sowieso der bessere Wirt.« Er nahm zwei Flaschen, öffnete sie und goß sehr bedächtig und sorgsam eine tiefgoldene, schäumende Flüssigkeit in zwei hohe, gerade Gläser. Eines reichte er McLoughlin. »Hören Sie gut zu, Sergeant.« Seine Augen lächelten verschmitzt. »Nehmen Sie sich Zeit, nähern Sie sich so an, wie Sie sich einer Frau annähern würden. Langsam, liebevoll, geduldig und mit großem Respekt. Wenn Sie das nämlich nicht tun, liegen Sie nach drei Schlucken flach und wissen nicht, wie Ihnen geschehen ist.«

»Ist das Ihr Geheimnis?«

»Richtig.«

McLoughlin hob sein Glas. »Prost.«

Der Brief wartete auf Sergeant Robinsons Schreibtisch, als er am Morgen ins Büro kam. Die Handschrift auf dem Umschlag war kindlich und unförmig. Abgestempelt war der Brief hier im Ort. Er riß ihn begierig auf und breitete das linierte Papier vor sich auf dem Schreibtisch aus. Der anonyme Brief von Eddie Staines.

›Sie haben nach ner Frau gefragt, wann und so. Es war ein Sontag. Das weis ich, weil meine Freundin fromm ist und erst nich wollte, weil sie vorher bei der Heiligen Kommunion war. Muß der 14. Mai gewesen sein, weil nämlich am 12. mein Geburtztag ist und das war so ne Art verspätetes Geschenck.

Wir habens im Wald von Grange gemacht wie immer. Nach 12 sind wir gegangen, an der Mauer von der Farm entlang. Da haben wirs auf der andern Seite so jammern und weinen hören. Meine Freundin wollte abhaun, aber ich bin raufgesprungen, weil ich sehn wollte, wass es war. Sie haben sich getäuscht. Es war ein Mann und keine Frau und er hat hin und her gewackelt und dauernd seinen Kopf angeschlagen. Tohtal verrückt, wenn sie mich fragen. Ich hab ihn mit der Taschenlampe angeleuchtet und gefragt, ob er krank ist. Er hat gesagt, verpiß dich, und da sind wir abgehaun. Ich habe die Beschreibung von dem Toten gesehn. Die stimmt. Jedenfalls hat er lange graue Haare gehabt. Ich hab bis vor kurzem nich mehr dran gedacht. Ich hab den nämlich gekannt. Der Name ist mir nicht eingefallen, aber das Gesicht hab ich gekannt. Ich mein, es war einer, den man nich jeden Tag sieht. Jetzt würd ich sagen, es war der Mayberry. Das ist alles.‹

Mit Gedanken an Beförderung im Kopf rief Sergeant Robinson Walsh an. Einen Moment lang hatte er Skrupel wegen seines Versprechens, den Namen nicht zu verraten – es war jetzt unmöglich, Eddies Identität geheimzuhalten –, aber die Bedenken verflüchtigten sich rasch. Eddie hatte ja auch nicht gedroht, ihm die Eier abzuschneiden.

22

McLoughlin stieß die Glastür des Polizeireviers auf. Paddys Spezialbier, langsam, liebevoll und mit großem Respekt genossen, versenkte sein Hirn in feine Alkoholnebel. »Auf in den Kampf«, brüllte er. »Wo ist Monty? Ich brauche Truppen.«

Der diensthabende Sergeant grinste belustigt. Es bestand tatsächlich eine gewisse äußere Ähnlichkeit zwischen dem schmächtigen Walsh und Montgomery. »Draußen beim Manöver.«

»Scheiße!«

»Es hat einer die Leiche identifiziert.«

»Und?«

»David Maybury. Der Inspector ist total ausgeflippt.«

Der Schock trieb McLoughlin den Alkoholdunst aus dem Hirn. Gottverdammich, dachte er, das kann nicht sein. Er hatte diese Frauen liebgewonnen, und der Schmerz seiner Liebe zu ihnen nagte an ihm wie eine halbverhungerte Ratte. »Wohin ist er?«

Der andere schüttelte den Kopf. »Keine Ahnung. Vermutlich den Zeugen vernehmen. Er und Nick sind hier vor ungefähr zwei Stunden abgezischt wie die Feuerwehr.«

»Er täuscht sich.« Seine Stimme war rauh. »Das ist nicht Maybury. Sagen Sie ihm das, wenn er vor mir zurückkommen sollte, okay?«

Wohl kaum, dachte der Sergeant, während er dem zornigen jungen Mann nachblickte, der mit der Schulter die Tür aufstieß und hinausrannte. Wenn McLoughlin sich unbedingt selbst das Grab schaufeln wollte, sollte er das tun. Er hatte nicht die Absicht, mit ihm hineinzuspringen. Er sah auf seine Uhr und stellte erleichtert fest, daß seine Schicht fast um war.

McLoughlin zerrte Anne aus ihrem Sessel und schüttelte sie, bis ihre Zähne aufeinanderschlugen. »War es David Maybury?« schrie er sie an. »Los, war er's?«

Sie sagte nichts. Mit einem Fluch stieß er sie von sich. Die Jacke glitt von ihren Schultern, und sie stand in einem Herrenpyjama vor ihm, der ihr viel zu groß war. Sie sah merkwürdig rührend aus, wie ein Kind, das gern groß sein möchte.

»Ich weiß es nicht«, sagte sie ruhig. »Die Leiche war unkenntlich. Aber ich glaube nicht, daß es David war. Es ist unwahrscheinlich, daß er nach zehn Jahren zurückgekommen ist, immer vorausgesetzt, daß er noch lebte.«

»Treiben Sie keine Spielchen mit mir, Anne«, sagte er zornig. »Sie haben den Toten gesehen, ehe er zu verwesen begann. Wer war es?«

Sie schüttelte den Kopf.

»Jemand hat ihn identifiziert und behauptet, es sei David Maybury.«

Sie leckte sich die Lippen, sagte aber nichts.

»Helfen Sie mir doch!«

»Ich kann nicht.«

»Können Sie nicht, oder wollen Sie nicht?«

»Spielt das eine Rolle?«

»Ja«, antwortete er bitter. »Für mich spielt es eine Rolle. Ich habe Ihnen vertraut. Ich habe Ihnen allen vertraut.«

Ein Schatten flog über ihr Gesicht. »Das tut mir leid.«

Er lachte rauh. »Es tut Ihnen leid? Wie reizend.« Er packte wieder ihre Arme. Seine Finger drückten ihr ins Fleisch. »Begreifen Sie denn nicht, Sie kaltschnäuzige Person? Ich habe Ihnen vertraut. Ich bin für Sie in die Bresche gesprungen. Sie sind mir etwas schuldig, verdammt noch mal.«

Sehr lange blieb es still. Als sie sprach, war ihre Stimme schneidend scharf. »Du meine Güte, McLoughlin, kein Mensch soll sagen können, daß die Cattrell ihre Schulden nicht bezahlt.« Sie zog die Kordel ihrer Pyjamajacke auf und ließ die Hose zu Boden fallen. »Bitte. Bedienen Sie sich. Das ist doch das einzige, was Sie von Anfang an interessiert hat, stimmt's? Ein guter Fick. Genauso wie Ihr Boß vor zehn Jahren.«

Unter seinen Füßen brach der Boden ein. Er legte seine Hände an ihren Hals und streichelte das weiche, weiße Fleisch.

»Sie haben das nicht gewußt?« Ihre Augen glitzerten, als sie ihre Hände zwischen seine Handgelenke schob und sie auseinanderdrückte, um sich aus seiner Umklammerung zu befreien. »Das miese Schwein machte Phoebe einen Antrag – ein sauberer Schlußstrich unter das Ermittlungsverfahren gegen einmal wöchentlich Bumsen. Ganz so vulgär hat er es natürlich nicht ausgedrückt. Er hat's ein bißchen verbrämt.« Sie ahmte Walshs Stimme nach. »Sie sind so allein und schutzlos. Ich möchte Sie beschützen. Ihre Schönheit rührt mich. Sie verdienen etwas Besseres als diesen brutalen Kerl, Ihren Mann.« Ihre Lippen kräuselten sich spöttisch. »Sie hat ihm eine Abfuhr erteilt und ihm gesagt, was er mit seinem Schutz machen kann.« Ein schriller Ton verzerrte ihre Stimme. »Mein Gott, war sie naiv. Nicht einen Moment lang hat sie daran gedacht, daß dieser Mann ihre Zukunft in seinen Händen hielt.«

»Ich glaube das nicht.«

Sie ging zum Sessel und nahm sich eine Zigarette aus der Pakkung, die auf der Armlehne lag. »Warum nicht?« fragte sie kühl, während sie ihr Feuerzeug anknipste. »Bilden Sie sich vielleicht ein, Sie hätten ein Monopol darauf, mit Mordverdächtigen ins Bett hüpfen zu wollen?« Ihre Augen verspotteten ihn. »Weiß der Himmel, was es ist, aber wir scheinen etwas sehr Reizvolles an uns zu haben. Vielleicht ist es die Ungewißheit.«

Er schüttelte den Kopf. »Was meinen Sie, als Sie sagten, er habe ihre Zukunft in den Händen gehalten? Sie sagten, sie sei naiv gewesen.«

»Ja, Herrgott noch mal«, rief sie verächtlich. »Wer hat denn in die Welt hinausposaunt, Phoebe habe ihren Mann umgebracht? Wer hat die Presse informiert, McLoughlin?«

Er sah sehr nachdenklich aus. »Sie hätte klagen können.«

»Gegen wen?«

»Die Zeitungen.«

»Es sind nie direkte Beschuldigungen erhoben worden. Sie waren nicht so plump, sie eine Mörderin zu nennen. Sie bezeichneten sie als ›leidenschaftliche Gärtnerin‹, und zwei Zeilen weiter berichteten sie, daß die Polizei nunmehr die Blumenbeete umgrabe. Und die Tips hatten sie alle von Ihrem Boß!«

»Warum hat sie keine Beschwerde eingereicht?« Er sah den Ausdruck auf ihrem Gesicht und hob abwehrend die Hände. »Sagen Sie es nicht. Ihr Wort gegen seines, und er war Inspector der Kriminalpolizei.« Er verfiel für einen Moment in Schweigen. »Und was passierte dann?«

Sie zog an ihrer Zigarette und sah ihn zornig an. »Walsh konnte nicht liefern, weil David ja nicht ermordet worden war, also wurden die Ermittlungen schließlich fallengelassen. Aber da ging der Spaß erst richtig los. Sie wurde Zielscheibe einer hundsgemeinen Verleumdungskampagne, und kein Mensch in diesem gottverdammten Kaff hier hat auch nur einen Finger für sie gerührt. Sie war am Rand eines Nervenzusammenbruchs, als ich hier eingezogen bin. Jonny, der damals elf war, hatte angefangen, wieder ins Bett zu machen, und Jane...« Sie sah ihm forschend ins Gesicht. »Und genauso wird es wieder werden. Dieser Schweinehund wird Phoebe ein zweites Mal den Wölfen zum Fraß vorwerfen!« Sie sah sehr bleich aus unter dem roten Tuch.

»Warum haben Sie mir das alles nicht gleich zu Beginn erzählt?«

»Hätten Sie mir geglaubt?«

»Nein.«

»Und jetzt?«

»Vielleicht.« Er rieb sich nachdenklich das Kinn, während er sie ansah. »Sie sind eine gute Journalistin, Anne. Hätten Sie nicht darüber schreiben und Phoebe entlasten können?«

»Sagen Sie mir, wie ich das machen soll, ohne Jane in die Geschichte zu verwickeln, und ich tue es sofort. Phoebe würde sich lieber auf dem Scheiterhaufen verbrennen lassen, als ihre Tochter der allgemeinen Sensationslust preiszugeben. Und ich übrigens auch.« Sie nahm einen tiefen Zug. »Außerdem ist es kein richtiges Alibi. Jane hätte ja eingeschlafen sein können.«

Er nickte. »Wieso sind Sie dann so sicher, daß er das Haus lebend verlassen hat?«

Sie wandte sich ab, um ihre Zigarette auszudrücken. »Wieso sind *Sie* so sicher?« Sie drehte sich zu ihm um. »Denn das sind Sie doch, nicht wahr?«

»Ja.«

»Weil jetzt jemand behauptet, der Tote aus dem Eishaus sei David?«

»Nein.«

»Warum dann?«

Er sah sie einen Moment schweigend an. »Weil Sie sich freiwillig in Streech Grange eingekerkert haben. Daher weiß ich, daß er das Haus lebend verlassen hat.«

»Ich weiß nicht, wovon Sie reden.«

»Sie sind eine gottverdammte Lügnerin, Cattrell.«

»Hören Sie endlich auf! Das sagen Sie dauernd«, fuhr sie ihn ärgerlich an. »Außerdem friere ich.«

»Dann ziehen Sie sich doch was an«, meinte er vernünftig, bückte sich nach der Pyjamahose und warf sie ihr zu. Er sah ihr beim Anziehen zu. »Sehr verlockend, Cattrell«, murmelte er, »aber ich bin nur wegen der Wahrheit gekommen. So eine Wahrheit hatte ich allerdings nicht erwartet.«

Er fuhr zum Labor und suchte Dr. Webster in seinem Büro auf. »Ich bin zufällig gerade vorbeigekommen«, sagte er, »und wollte mal hören, ob Sie neue Erkenntnisse über unseren Toten haben.«

Wenn Dr. Webster dieses Vorgehen etwas unorthodox fand, so ließ er es sich jedenfalls nicht merken. »Ich habe hier einen umfassenden Bericht«, sagte er und schlug mit der flachen Hand auf einen Hefter, der auf dem Schreibtisch neben ihm lag. »Er ist heute morgen fertig geworden. Sie können eine Kopie mitnehmen, wenn Sie wollen.« Er lachte. »Ich fürchte allerdings, daß George wenig Freude daran haben wird, aber so ist das nun mal. Er drängt auf schnelle Urteile, und die sind dann nicht immer zutreffend. Haben Sie inzwischen Fortschritte gemacht?«

McLoughlin winkte ab. »Kaum. Unser wahrscheinlichster Kandidat hat sich als quicklebendig entpuppt. Jetzt tappen wir wieder im dunklen.«

»In dem Fall wird Ihnen das, was ich da mit viel Arbeit zusammengebastelt habe, wahrscheinlich auch nicht viel helfen. Geben Sie mir eine Beschreibung, oder noch besser, ein Foto, und ich kann ja oder nein sagen. Aber ich kann Ihnen nicht sagen, wer der Mann ist. George ruft mich jeden Tag an und verlangt Ergebnisse, aber Wunder brauchen ihre Zeit. Mit frischen Leichen läßt sich was anfangen, aber um so ein paar Fetzen altes Schuhleder einzuordnen, braucht man Geduld.«

»Wie steht's mit Maybury?«

Der Pathologe brummte ungeduldig. »Ihr seid alle besessen von dem Kerl. Maybury ist es auf keinen Fall. Sie können George ausrichten, daß ich ein zweites Gutachten eingeholt habe, und der Kollege stimmt mit mir überein. Fakten sind nun mal Fakten«, knurrte er, »und in diesem Fall lassen sie keinen Spielraum zur Interpretation.«

McLoughlin atmete tief durch. »Woher wissen Sie das?«

»Der Mann ist zu alt. Ich habe die Röntgenaufnahmen genauestens studiert. Die Verknöcherung ist wesentlich weiter fortgeschritten, als ich zunächst glaubte. Ich bin jetzt sicher, daß wir es mit einem Sechzig- bis Siebzigjährigen zu tun haben. Sechzig ist die unterste Grenze. Und wie alt wäre Maybury jetzt? Vierundfünfzig, fünfundfünfzig?«

»Vierundfünfzig.«

Webster ergriff den Hefter und entnahm ihm einige Fotografien. »Ich spreche mich in meinem Bericht gegen eine Verstümmelung aus, aber das ist nur eine Meinung, und ich bin durchaus bereit, mich eines Besseren belehren zu lassen. Es sind da einige Kerben im Knochen, die von einem scharfen Messer stammen könnten, aber meiner Ansicht nach sind sie anderen Ursprungs.« Er wies auf eine der Aufnahmen. »Eindeutig Rattenkot.«

McLoughlin nickte. »Sonst noch etwas?«

»Ich bin mir nicht sicher, wie er umgekommen ist. Es wäre wichtig zu wissen, ob er zum Zeitpunkt seines Todes bekleidet war. Haben Sie da schon was gefunden?«

»Nein.«

»Ich habe eine Menge Erde vom Boden rund um die Leiche abgeschabt. Wir haben die Proben analysiert, aber die enthaltene Menge Blut ist minimal.«

McLoughlin runzelte die Stirn. »Und?«

»Nun, das macht es mir sehr schwer, mit Gewißheit zu sagen, wie er umgekommen ist. Wenn er nackt war und erstochen wurde, wäre der Boden mit Blut durchtränkt gewesen. Wäre er bekleidet gewesen und erstochen worden, so hätten die Kleider den größten Teil des Bluts aufgefangen. Sie müssen seine Kleider finden.«

»Moment mal, Doktor. Sie sagen, wenn er nackt war, kann er nicht erstochen worden sein?«

»Ja, das ist im wesentlichen richtig. Es besteht eine geringe Chance, daß Tiere den Boden abgeleckt haben, aber das wird niemals schlüssig zu beweisen sein.«

»Weiß Chief Inspector Walsh das?«

Webster blickte ihn über die Ränder seiner Brillengläser scharf an. »Warum fragen Sie?«

McLoughlin fuhr sich durch das Haar. »Weil er es nicht erwähnt hat.« Oder hat er es doch erwähnt? McLoughlin konnte sich nur an sehr weniges von dem erinnern, was Walsh an jenem ersten Abend gesagt hatte. »Okay. Nehmen wir an, er war nackt. Wie ist er dann umgekommen?«

Webster schob die Lippen vor. »Altersschwäche. Unterkühlung. Das läßt sich aus dem wenigen, was noch da ist, nicht entnehmen. Ich konnte keine Spuren von Barbituraten oder Asphyxie finden, aber...« Er zuckte die Achseln und tippte auf die Fotografien. »Schuhleder. Finden Sie mir die Kleider. Dann kann ich Ihnen mehr sagen.«

McLoughlin stemmte die Hände auf den Schreibtisch und krümmte die Schultern. »Wir sind bei unseren Ermittlungen davon ausgegangen, daß es sich um Mord handelt und daß der Mann Messerstiche in den Bauch bekommen hatte. Jetzt sagen Sie mir, daß er eines natürlichen Todes gestorben sein kann. Haben Sie eine Ahnung, wie viele Stunden ich in der letzten Woche an dem Fall gearbeitet habe?«

Webster lachte leise. »Ungefähr halb so viele wie ich, schätze ich. Ich bin nämlich überhaupt nicht mehr zur Ruhe gekommen. Wir kriegen nicht jeden Tag so etwas zu sehen. Die meisten Leichen verfügen über wenigstens neunzig Prozent ihrer Bestandteile, wenn sie zu uns kommen. Aber wie dem auch sei, solange Sie nicht ein Bündel sauberer, unversehrter Kleider präsentieren können, um mir nachzuweisen, daß ich mich irre, halte ich Tod durch Erstechen für das Wahrscheinlichste. Alte Männer, die pudelnackt durch den Wald streifen, um ein Eishaus zu finden, in dem sie langsam erfrieren können, sind mir noch nicht untergekommen.«

McLoughlin richtete sich auf. »Okay. Sonst noch Überraschungen?«

»Hm. Ich habe mir gestern das Eishaus noch einmal angesehen. Es war jetzt über eine Woche versiegelt, und die Temperatur ist erheblich gefallen. Die Tür ist uralt, aber sie schließt immer noch perfekt. Ich war beeindruckt. Offensichtlich eine ungewöhnlich effiziente Art, Eis zu lagern. Sehr kalt und sehr steril. Das muß sich da drinnen Monate gehalten haben.«

»Und?«

Webster richtete seine Aufmerksamkeit auf einige Briefe, die vor ihm lagen. »Ich habe mal Spekulationen darüber angestellt, in welchem Zustand er sich befunden hätte, wenn die Tür geschlossen geblieben wäre, bis der Gärtner ihn fand.« Er kritzelte seinen Namen auf den obersten Brief. »Meiner Ansicht nach in einem erstaunlich guten. Das hätte mich schon interessiert. Rein wissenschaftlich, natürlich.«

Er sah auf. McLoughlin war mitsamt dem Bericht verschwunden.

Sergeant Bob Rogers, der nach zweitägiger Pause zur Nachmittagsschicht gewechselt und jetzt Wachdienst hatte, blickte auf, als McLoughlin zur Tür hereinkam. »Ah, Andy! Sie kommen gerade richtig.« Er hielt die Beschreibung von Wally Ferris hoch, die im ganzen Landkreis herausgegeben worden war. »Es geht um den Landstreicher, den Sie suchen.«

»Ich hab ihn schon gefunden. Sobald ich beim Inspector war, fahr ich noch einmal zu ihm.«

»Gut, dann können Sie ihn gleich mitbringen. Er steht auf unserer Vermißtenliste.«

McLoughlin ging langsam auf Rogers zu. »Sie haben Wally Ferris auf der Vermißtenliste? Aber der tippelt doch schon seit Jahren.«

Rogers drehte die Liste so, daß McLoughlin sie lesen konnte. »Da, schauen Sie. Die Beschreibung hier paßt haargenau auf die, die Sie ausgegeben haben.«

McLoughlin überflog den Text. »Hat Walsh das gesehen?«

»Ich hab's ihm am ersten Abend hingelegt.«

McLoughlin griff zum Telefon. »Tun Sie mir einen Gefallen, Bob. Wenn Sie das nächste Mal mitkriegen, daß ich zu verkatert bin, um nachzuprüfen, was dieser Kerl macht, dann hauen Sie mir hier eine drauf.« Er tippte sich an die Kinnspitze.

Er saß in Walshs Büro und beobachtete die Rauchfäden, die zwischen den schmalen, blutlosen Lippen hervorquollen. Unmerklich hatte das Gesicht sich verändert. Wo Autorität es einst mit Klugheit und Jovialität ausgestattet hatte, hatte Verachtung seine Bosheit aufgedeckt. Abgerissene Sätze drangen gelegentlich zu McLoughlin durch – »eindeutig Maybury«... »junge Mann ihn erkannt...« »zwei Wochen im Eishaus...« »Landstreicher muß ihn dort gesehen haben...«

»Sie haben das völlig übersehen...« »schreibe einen Bericht...« »häusliche Probleme sind keine Entschuldigung für Ihre Nachlässigkeit« –, aber der größte Teil dessen, was gesagt wurde, rauschte an ihm vorbei. Er starrte Walsh unverwandt an und dachte an die Zähne hinter dem Lächeln.

Walsh stieß mit seiner Pfeife ärgerlich nach McLoughlin. »Sergeant Robinson bringt jetzt Wally Ferris hierher, und das verspreche ich Ihnen, diesmal gibt es keine Fehler.«

McLoughlin richtete sich ein wenig auf. »Was wollen Sie tun? Ihm ein Foto von Maybury zeigen und andeuten, daß er der Tote ist? Wally wird Ihnen sofort zustimmen, nur um schnellstens hier herauszukommen.«

»Staines hat den Mann schon identifiziert. Wenn wir von Wally eine Bestätigung bekommen, ist die Sache gelaufen.«

»Wie alt ist Staines?«

»Um die fünfundzwanzig.«

»Er war also fünfzehn, als er Maybury das letzte Mal gesehen hat. Und er behauptet, ihn im Dunkeln erkannt zu haben? Das nimmt Ihnen kein Gericht ab.«

»Der Fall ist klar«, behauptete Walsh gelassen. »Wir haben ein Motiv und eine Gelegenheit und dazu eine Fülle von Indizien. Verstümmelung zum Zweck der Identitätsverschleierung, Lammknochen, um Tiere ins Eishaus zu locken, das Entfernen der Kleider, um die Ermittlungen zu erschweren, die Beseitigung von Spuren und Hinweisen durch Fred Phillips. Wenn wir ihr das alles präsentieren und dazu die positiven Identifizierungen, wird sie endlich ihr Geständnis ablegen, denke ich.«

McLoughlin rieb sich das unrasierte Kinn und gähnte. »Sie vergessen die gerichtsmedizinischen Befunde. Die lassen sich nicht so leicht manipulieren. Webster wird sich hüten, für Sie zu lügen.«

Walsh fuhr hoch. »Was soll das heißen?«

»Das wissen Sie genau – *Sir*. Der Tote war zu alt, um Maybury sein zu können. Und was ist aus dem Blut geworden?«

Walsh musterte ihn feindselig. »Verschwinden Sie!« knurrte er.

McLoughlins dunkles Gesicht zeigte spöttische Erheiterung. »Wollen Sie ihren Verteidiger auch jedesmal hinausschicken, wenn er eine vernünftige Frage stellt?«

»Das Blut war an den Kleidern und ist vermutlich mit ihnen vernichtet worden«, sagte Walsh mühsam beherrscht. »Was Websters Interpretation seiner Schädelaufnahmen angeht, so handelt es sich eben nur um eine Interpretation. Die Diskrepanz zwischen seiner Position und meiner beträgt sechs Jahre. Ich sage, vierundfünfzig. Er sagt sechzig. Er täuscht sich. Und jetzt machen Sie, daß Sie rauskommen.«

McLoughlin stand achselzuckend auf, griff in seine Tasche und zog ein gefaltetes Blatt Papier heraus. »Die Vermißtenliste«, sagte er und legte sie auf den Schreibtisch. »Ich habe mir eine Fotokopie gemacht. Das hier ist Ihre. Behalten Sie sie zur Erinnerung.«

»Ich habe sie gesehen.«

McLoughlin starrte auf die rosige Kopfhaut, die durch das dünne Haar schimmerte. Er erinnerte sich, diesen Mann einmal gemocht zu haben. Aber das war lange vor Annes Enthüllungen gewesen. »Das habe ich gehört. Bob Rogers hat sie Ihnen an dem Abend gezeigt, an dem die Leiche gefunden wurde. Der Fall, wenn es je ein Fall war, hätte spätestens am nächsten Morgen abgeschlossen sein müssen.«

Walsh starrte ihn einen Moment an, dann nahm er das Blatt und faltete es auseinander. Dieselben fünf Namen und Beschreibungen standen darauf, jedoch mit einem ›Gefunden‹ quer über Daniel Thompsons Kästchen. Die beiden jungen Frauen schieden aufgrund ihres Geschlechts von vornherein aus; somit blieben der Asiate, Mohammed Mirahmadi, der zu jung war, und der halbseidene Keith Chapel, 68 Jahre alt, der fünf Monate zuvor, mit einer grünen Jacke, einem blauen Pullover und einer pinkfarbenen Hose bekleidet, aus seinem Pflegeheim verschwunden war. Eine eiskalte Hand drückte Walshs Eingeweide zusammen. Er legte das Blatt auf den Schreibtisch. »Der Landstreicher tauchte erst am folgenden Tag auf«, murmelte er. »Und woher soll dieser alte Kerl von Streech Grange und dem Eishaus gewußt haben?«

McLoughlin deutete mit dem Zeigefinger auf den Kasten. »Sehen Sie sich die Initialen an«, sagte er. »Keith Chapel. K. C., gesprochen Key-Si. Ich habe in seinem Heim angerufen und mit einem der Pfleger gesprochen. Der Alte hat unentwegt von einer Autowerkstatt gebabbelt, die ihm einmal gehört hat und sehr gut ging, bis er sie verkaufen mußte, weil eine Frau Lügen über ihn verbreitet hat, die alle seine Kunden vertrieben haben. Das war Ihnen alles bekannt. Verdammt noch mal, Sie selbst haben doch Mrs. Goode aufgefordert, alles noch einmal zu erzählen.«

»Ich hatte nur gerüchteweise von der Sache gehört«, murmelte Walsh. »Ich habe den Mann nie kennengelernt. Zu der Zeit, als Maybury verschwand, hat er schon nicht mehr hier gelebt. Ich dachte, Casey sei ein Name. Alle sprachen immer von Casey. So steht's auch in der Akte.«

»Ja, so steht's in der Akte. Dafür, daß Sie nur gerüchteweise von der Geschichte gehört haben, haben Sie verdammt viel Wind um sie gemacht. Tolle Story, schade, daß man nichts beweisen kann. Darauf lief es doch raus, wie?«

»Ich kann doch nichts dafür, wenn die Leute hier glaubten, sie habe ihre Eltern umgebracht. Wir haben nur aufgeschrieben, was sie uns erzählt haben.«

»Von wegen! Sie haben es ihnen doch erst suggeriert. Herrgott noch mal, Sie haben die Geschichte neulich abend extra für mich noch mal aufgewärmt. Und ich habe sie geglaubt.« Er schüttelte den Kopf. »Was hat sie Ihnen denn getan? Hat sie Sie ausgelacht? Hat sie Sie einen alten Lustmolch genannt? Gedroht, zu Ihrer Frau zu gehen?« Er wartete einen Moment. »Oder hat sie sich vor Ihnen geekelt?«

»Sie sind suspendiert«, flüsterte Walsh. Seine Hände zitterten.

»Weshalb? Weil ich die Wahrheit aufgedeckt habe?« Er schlug mit der flachen Hand auf die Vermißtenliste. »Sie elendes Schwein! Sie hatten die Stirn, mir Nachlässigkeit vorzuwerfen. Bei der Hose hätte es bei Ihnen klingeln müssen. Sie ist Ihnen zweimal innerhalb von zwölf Stunden beschrieben worden. Wie viele Männer gibt es, die pinkfarbene Hosen tragen, hm? Sie wußten, daß ein alter Mann mit einer pinkfarbenen Hose vermißt gemeldet worden war. Und es war nicht schwierig, Wally zu finden. Wenn ich diese Information gehabt hätte, als ich mit ihm gesprochen habe...« Er schüttelte zornig den Kopf und griff nach seiner Aktentasche. »Hier ist Dr. Websters endgültiger Befund.«

Er warf ihn auf den Schreibtisch. »Angesichts der Tatsache, daß

Wally K. C.'s Kleider soweit in Ordnung fand, daß er sich mit ihnen einkleidete, können wir wohl annehmen, daß sie weder von einem Messer zerfetzt noch mit Blut durchtränkt waren. Der arme Kerl ist wahrscheinlich an Unterkühlung gestorben.«

»Er ist schon vor fünf Monaten verschwunden«, stieß Walsh hervor. »Wo war er in den ersten zwei Monaten?«

»Auf einer Bank in einem U-Bahnhof, vermute ich, wie die anderen armen Hunde, für die unsere Scheißgesellschaft nichts übrig hat.«

Walsh bewegte ruhelos die Hände. »Und Maybury? Da Sie ja alle Antworten wissen – wo ist Maybury?«

»Keine Ahnung. Macht sich wahrscheinlich in Frankreich das Leben schön. Er scheint dort durch sein Geschäft Kontakte genug gehabt zu haben.«

»Sie hat ihn umgebracht.«

McLoughlin kniff die Augen zusammen. »Der Kerl ist abgehauen, als das Geld knapp wurde, und hat sie mit zwei kleinen Kindern sitzenlassen. Das Verschwinden war geplant, verdammt noch mal.« Er schwieg einen Moment. »Mir fällt nicht ein einziger Grund ein, warum er ihr etwas Böses hätte wünschen sollen, aber wenn er's getan hat, hätte ihm nichts Besseres passieren können, als daß so ein Schwein wie Sie daherkommt.« Er ging zur Tür.

»Was haben Sie vor?« Die Worte waren kaum zu hören.

McLoughlin antwortete nicht.

Im Korridor stieß er auf Nick Robinson und Wally Ferris. Er gab dem Alten einen freundschaftlichen Klaps auf die Schulter. »Die Unterhose hätten Sie ihm wenigsten lassen können, Sie alter Gauner.«

Wally trat unbehaglich von einem Fuß auf den anderen und schielte die beiden Beamten von unten herauf an. »Komm ich vor Gericht?«

»Weswegen denn?«

»Ich hab nichts Unrechtes getan, ehrlich nicht. Patschnaß war ich von dem verdammten Regen, und er hat da mucksmäuschenstill in der Ecke gehockt. Ehrlich gesagt, ich hab's erst gar nicht geschnallt, daß er tot war. Ich hab gedacht, er wäre einer wie ich, aber halt nicht ganz richtig im Kopf. Gibt viele von der Sorte, die zuviel Sprit getrunken haben und nicht genug Whisky. Ich hab mich ganz gut mit ihm unterhalten.« Er zog ein trauriges Gesicht. »Er hat gar keine Unterhose angehabt, Mann. Er hat nichts gehabt außer den Sachen, die er schön gefaltet neben sich auf dem Boden liegen hatte.« Er warf McLoughlin einen verschlagenen Blick zu. »Ich hab mir gedacht, ist doch nichts dabei, wenn ich mir die Sachen nehme, wo er sie ja sowieso nicht mehr braucht. Ich hab sie über meine eigenen angezogen.«

Nick Robinson, der sich vergeblich bemüht hatte, Wally zum Reden zu bringen, lachte verächtlich. »Sie meinen, der saß da splitterfasernackt und mausetot, und Sie haben sich mit ihm unterhalten?«

»Na ja, er war wenigstens ein Mensch«, brummte Wally, »und es hat 'ne Weile gedauert, bis ich mich an die Dunkelheit in der Höhle gewöhnt hatte. In meinem Gewerbe sieht man die komischsten Sachen.«

»Vor allem weiße Mäuse, vermute ich.« Robinson sah McLoughlin fragend an. »Was soll das alles mit den Kleidern?«

»Das erfahren Sie schon noch. Wally, was glauben Sie, woran er gestorben ist?«

»Weiß der Himmel. An der Kälte, nehm ich an. In der Höhle ist es eiskalt, wenn die Tür zu ist, und er hatte sogar noch 'n Ziegelstein davorgelegt. Ich hab ganz schön Kraft gebraucht, um sie aufzukriegen. War alles ganz friedlich. Er hat sogar gelächelt.«

Robinson starrte ihn an. »Aber es war doch alles voller Blut.«

Wally war schockiert. »Da war kein bißchen Blut. Ich wär nicht geblieben, wenn da Blut gewesen wäre. Er hat richtig gut ausgesehen, bißchen weiß vielleicht, aber das war ganz natürlich. Es war finster vom Regen draußen.« Er rümpfte die Nase. »Gestunken hat's ein bißchen, aber das hab ich ihm nicht übelgenommen. Ich hab wahrscheinlich selber auch nicht gerade wie 'ne Rose geduftet.«

Wie aus einem Samuel Beckett-Stück, dachte McLoughlin. Zwei alte Männer sitzen im Halbdunkel – der eine nackt und tot, der andere, durchnäßt und betrunken, schwatzt munter darauf los. Er zweifelte keinen Moment daran, daß Wally die Nacht mit K. C. verbracht und ihm vergnügt alles mögliche erzählt hatte. Wally redete gern. War er sehr erschrocken, als er im nüchternen Morgenlicht erkannte, daß er mit einer Leiche Zwiesprache gehalten hatte? Wahrscheinlich nicht. Wally hatte bestimmt schon viel Schockierendes erlebt. »Und haben Sie die Tür wieder zugemacht, als Sie gegangen sind?«

Der Alte zupfte nachdenklich an seiner Unterlippe. »Zuerst schon.« Er schien die Frage gründlich zu überdenken. »Das heißt, als ich das erste Mal gegangen bin, hab ich sie zugemacht. Ich hab mir gedacht, daß er seinen Frieden haben will, sonst hätte er keinen Backstein vor die Tür geschoben. Dann hat der Typ im Geräteschuppen mir den Whisky geschenkt, und ich hab 'n bißchen was getrunken, und da hab ich mir so meine Gedanken über ein ordentliches Begräbnis gemacht und so. Irgendwie ist es mir falsch vorgekommen, daß der gar keine Chance haben sollte, ein paar gute Worte über sich zu hören. Ich persönlich würd's auch nicht so wollen. Drum bin ich noch mal zurück und hab die Tür aufgemacht. Hab mir gedacht, daß er dann eher gefunden wird.«

Es wäre grausam gewesen, dachte McLoughlin, ihm zu sagen, daß er durch das Öffnen der Tür die Hitze, die Hunde, die Ratten und die Verwesung eingelassen hatte. Er hoffte, Walsh würde es nicht tun.

»Und das«, schloß Wally entschieden, »ist alles, was ich weiß. Kann ich jetzt gehen?«

»Wohl kaum«, sagte Nick Robinson. »Der Inspector möchte Sie erst noch sprechen.« Er umfaßte fest Wallys Arm und sah McLoughlin fragend an. »Wie wär's, wenn Sie mich aufklären?«

McLoughlin grinste boshaft. »Sagen wir einfach, Sie sind schiefgewickelt, alter Knabe.«

23

Er wohnte in einem modernen Kasten, der zu einer großen Wohnanlage im Nordwesten von Silverborne gehörte. Ein Haus sah aus wie das andere, und die Individualität der Bewohner drückte sich allenfalls in der Farbe der Haustür aus. Ihm hatte das einmal genügt. Bevor er Streech Grange gesehen hatte.

»Hallo, Andy«, sagte Kelly. Sie stand mit der Bürste in der Hand unsicher an der Spüle in der Küche, damit beschäftigt, das schmutzige Geschirr zu spülen, das er zehn Tage lang nicht angerührt hatte. Er hatte vergessen, wie schön sie war und wie leicht dieser herrliche Körper ihn einmal in Erregung versetzt hatte.

»Hallo.«

»Freust du dich, daß ich da bin?«

Er zuckte die Achseln. »Klar. Hör mal, laß das Geschirr ruhig stehen. Das mache ich übers Wochenende. Ich war diese Woche kaum zu Hause.«

»Ich weiß. Ich habe versucht, dich anzurufen.«

Er ging zum Kühlschrank und nahm ein Stück Käse heraus. Er hielt es ihr hin. »Möchtest du?« Sie schüttelte den Kopf, also verdrückte er das ganze Stück, bevor er auf seine Uhr sah. »Ich muß nur schnell telefonieren, duschen, und dann bin ich wieder weg.« Er machte eine Armbewegung, die das ganze Haus umfaßte. »Laß dir Zeit und nimm dir, was du willst.« Er lächelte ohne Feindseligkeit. »Laß mir nur meine Bücher und meine zwei Schiffsbilder, okay? Du hast sowieso immer gesagt, das seien nur Staubfänger.« Und sie genau wie mich ins Gästezimmer ausgelagert, vollendete er im stillen.

Er war schon auf dem Weg zur Treppe, als sich sein Gewissen meldete und er sich noch einmal umdrehte. »Wirklich, laß das

Geschirr stehen. Ich mach das schon.« Er lächelte wieder. »Du ruinierst dir nur deine Nägel.«

Ihre Lippen zitterten. »Mit Jack und mir, das war nichts.« Sie lief ihm nach und drückte den Kopf mit dem duftenden Haar an seine Brust. »Ach, Andy, du hast mir gefehlt. Ich möchte wieder nach Hause. Ich möchte so gern wieder nach Hause.«

Eine schreckliche Lethargie bemächtigte sich seiner, eine Lethargie, wie sie vielleicht ein Ertrinkender in dem Moment verspürt, in dem er aufgibt. Er starrte über ihren Kopf hinweg in die Ferne, suchte nach rettenden Strohhalmen. Es gab keine. Ein, zwei Sekunden lang hielt er sie im Arm, dann löste er sich behutsam. »Dann komm nach Hause«, sagte er. »Es ist genausogut dein Zuhause wie meines.«

»Du bist mir nicht böse?«

»Gar nicht. Ich bin froh.«

Ihre herrlichen Augen leuchteten wie Sterne. »Deine Mutter meinte, du würdest böse sein.«

Strohhalme, dachte er, waren ohne Nutzen für einen Ertrinkenden. Es war das unstillbare Verlangen nach Leben, das rettete. »Ich dusche jetzt noch rasch, dann gehe ich«, sagte er. »Die Bücher und die Bilder hole ich morgen. Und vielleicht die Platten, die ich vor unserer Heirat gekauft habe.« Er warf einen Blick ins Wohnzimmer, auf den chromblitzenden Couchtisch, den hellen Teppich, die Stores, die weiße Kunststoffschrankwand und die Sitzgruppe in zarten Pastellfarben, und er dachte, hier hat nie jemand gelebt. Er schüttelte den Kopf. »Sonst will ich nichts haben.«

Sie faßte ihn am Arm. »Du bist doch böse.«

Sein dunkles Gesicht verzog sich zu einem Lächeln. »Nein, ich bin froh. Ich habe einen Tritt in den Hintern gebraucht. Ich hasse dieses Haus. Ich habe es immer gehaßt. Es ist so« – er suchte nach einem Wort – »steril.« Er sah sie mitleidig an. »Wie unsere Ehe.«

Sie grub ihre Finger in seinen Arm. »Ich hab ja gewußt, daß du mir das vorhalten würdest, du gemeiner Kerl. Aber es ist nicht meine Schuld. Du wolltest genausowenig Kinder wie ich.«

Er schob ihre Hände weg. »Das war nicht die Art von Sterilität, die ich gemeint habe.«

»Du hast eine andere«, sagte sie bitter.

Er ging zum Telefon, zog einen Zettel aus seiner Tasche und wählte die Nummer, die darauf stand. »McLoughlin«, sagte er. »Wir haben den Toten identifiziert. Richtig, in sämtlichen Zeitungen, gleich morgen früh. Dann wird er sich schön ruhig verhalten, wenn er auch nur einen Funken Verstand hat. Ja, es muß heute abend sein. Aber genau, ich will's ihm geben. Sagen wir einfach, ich nehme das, was er getan hat, ganz persönlich. Also, können Sie das schaffen?« Er lauschte einen Moment. »Gut. Ich bin um zehn bei Ihnen.« Er sah auf und erwiderte Kellys Blick.

Die Augen unter den getuschten Wimpern waren voll Tränen. »Wohin gehst du?«

»Ich weiß noch nicht. Vielleicht nach Glasgow.«

Aus den Tränen wurde Wut, und in ihrer Wut fiel sie über ihn her, wie sie das immer getan hatte. »Jetzt gibst du diese Scheißarbeit auf? Ich hab dich jahrelang umsonst angefleht, und jetzt machst du's, weil dich eine andere darum bittet.«

»Niemand bittet mich darum, Kelly. Und ich habe die Arbeit nicht aufgegeben. Noch nicht.«

»Aber du hast es vor.«

»Vielleicht.«

»Wer ist die Frau?«

Er wurde sich bewußt, daß er ihr weh tun wollte, es mußte also doch noch Gefühl dasein. Vielleicht würde immer ein Rest bleiben. Sieben Jahre, wie steril auch immer, hatten ihre Spuren hinterlassen. »Sie ist meine Rose«, sagte er, »meine rote, rote Rose.« Und Kelly, die im Lauf der Jahre genug von dem verhaßten Robert

Burns gehört hatte, um ein Leben lang davon zu zehren, krampfte sich angstvoll das Herz zusammen.

Phoebe rüttelte Diana sachte an der Schulter, um sie zu wecken. »Wir haben Besuch«, flüsterte sie. »Ich brauche Hilfe.« Irgendwo in der Dunkelheit hinter ihr war das Knurren der Hunde zu hören.

Diana sah sie blinzelnd an. »Mach Licht«, sagte sie schlaftrunken.

»Nein, sie sollen nicht merken, daß wir wach sind.« Sie packte Dianas Morgenrock. »Komm schon, Diana, steh auf.«

»Hast du die Polizei angerufen?« Diana setzte sich auf und schob die Arme in ihren Morgenrock.

»Das hat gar keinen Sinn. Der Spuk wird längst vorbei sein, auf die eine oder andere Art, ehe die Polizei kommt.« Phoebe knipste eine kleine Taschenlampe an und richtete den Strahl zu Boden. »Komm schon«, drängte sie. »Wir haben nicht viel Zeit.«

Diana schlüpfte in ihre Hausschuhe und folgte ihr. »Warum sind die Hunde drinnen? Und wo ist McLoughlin?«

»Er ist heute abend nicht gekommen.« Sie seufzte. »Ausgerechnet an dem Abend, an dem wir ihn brauchen, kommt er nicht.«

»Und was willst du tun?«

Phoebe hob die Flinte, die sie vor Dianas Zimmertür abgestellt hatte. »Ich helfe mir mit der hier«, sagte sie, schon auf dem Weg nach unten. »Und ich möchte nicht aus Versehen die Hunde erschießen. Darum habe ich sie reingeholt. Die können sich nützlich machen, wenn diese Schweine es schaffen sollten, ins Haus zu kommen.«

»Mann o Mann«, murmelte Diana, »du hast doch nicht etwa vor, jemanden umzubringen?«

»Sei nicht albern.« Sie schlich durch den Vorsaal in ihr Wohnzimmer. »Ich will den Kerlen angst machen. Sie haben mich das letzte Mal nicht vertrieben, und sie werden mich jetzt nicht vertreiben.« Sie wies Diana zur einen Seite der Terrassentür, knipste die Taschenlampe aus und stellte sich auf der anderen Seite auf. »Paß genau auf. Wenn du drüben an der Terrasse jemanden siehst, dann sag's mir.«

»Das wird mir noch leid tun«, murmelte Diana, als sie den Vorhang leicht beiseite zog und in die Finsternis hinausspähte. »Ich sehe überhaupt nichts. Woher weißt du, daß sie draußen sind?«

»Benson ist durchs Kellerfenster gekommen und hat mich geweckt. Ich habe ihm das damals beigebracht, nachdem diese Kerle mich das erste Mal einschüchtern wollten.« Sie kraulte den alten Hund am Kopf. »Du bist ein ganz gescheiter Bursche, stimmt's? Ich habe das schon jahrelang nicht mehr mit dir geübt, und trotzdem hast du's nicht vergessen.« Hedges, der zur Zeit von David Mayburys Verschwinden noch gar nicht geboren war, kauerte zu Phoebes Füßen, jeden Muskel angespannt, um sofort zu reagieren, wenn er an der Reihe war. Phoebes Blick schweifte suchend über die breite Terrasse. »Deine Augen werden sich gleich an die Dunkelheit gewöhnt haben.«

»Da ist jemand«, sagte Diana plötzlich. »Bei der Mauer rechts. Siehst du ihn?«

»Ja. Und da kommt noch einer. Drüben bei Annes Flügel.« Sie faßte die Flinte fester. »Kannst du die Tür aufmachen, ohne Lärm zu machen?«

Einen Moment zögerte Diana, dann zuckte sie die Achseln und begann vorsichtig, den Schlüssel zu drehen. Phoebe, sagte sie sich, kannte die Hölle. Sie war schon dort gewesen. Sie würde freiwillig kein zweites Mal dorthin zurückkehren. Und wir stehen mit dem Rücken zur Wand, dachte sie. Wir sind in einer Situation, in der jeder, selbst ein Karnickel, die Zähne zeigt. »Okay«, flüsterte sie, als das Schloß leise aufschnappte. Wieder spähte sie um den Vorhang herum nach draußen. »Oh, mein Gott«, hauchte sie. »Es sind Massen.«

Schwarze Gestalten lungerten am Ende der Terrasse wie eine Horde Affen, aber es war eine Beleidigung für die Affen, sie mit diesen Typen zu vergleichen. Nur der Mensch, dieses einzigartige, mit Logik und Verstand begabte Wesen, erfreut sich daran, anderen Geschöpfen Schmerz zuzufügen. Diana schluckte.

»Massen bestimmt nicht. Höchstens sechs. Wenn ich ›jetzt‹ sage, reißt du die Tür ganz weit auf.« Phoebe lachte ironisch. »Wir werden mal die alte Jagdregel auf die Probe stellen und warten, bis wir das Weiße ihrer Augen sehen. Das wollte ich immer schon mal ausprobieren.«

Die Horde draußen bewegte sich hin und her, schob sich am Rand der Terrasse zusammen und trennte sich wieder. »Was tun sie?« fragte Diana.

»Sie reißen oben Ziegelsteine heraus, glaube ich. Zieh den Kopf ein, wenn sie anfangen, damit zu werfen.«

Einer schien der Anführer zu sein. Mit den Armen gab er seiner Truppe Anweisungen, schickte die erste Hälfte zur einen Seite der Terrasse und die zweite zur anderen Seite. »Jetzt«, flüsterte Phoebe hastig. »Ich will nicht, daß sie sich aufteilen.«

Diana drehte den Knauf und riß die Tür auf. Blitzartig huschte Phoebe hinaus. Ihre Gestalt verschmolz mit den Schatten. Sie hatte den Gewehrschaft schon an ihre Schulter gehoben und war dabei, ihr Ziel ins Auge zu fassen, als sich eine Hand auf ihren Mund legte und eine zweite ihr das Gewehr entriß.

»Lieber nicht, Madam«, flüsterte Fred ihr leise ins Ohr. Er hielt seine Hand fest auf ihren Mund gedrückt und zwang sie, den Unterarm auf ihre Schulter gepreßt, in die Knie. Lautlos legte er die Flinte auf die Steinplatten, zog Phoebe wieder hoch, faßte sie um die Taille und hob sie, als wöge sie nicht mehr als eine Feder, in die Höhe, um sie durch die Tür wieder ins Wohnzimmer zu bugsieren. Er spürte Dianas Gegenwart und flüsterte warnend: »Ganz leise. Und machen Sie bitte die Tür zu.«

»Aber Fred –« begann sie.

»Tun Sie, was ich sage, Mrs. Goode. Oder möchten Sie, daß Madam etwas zustößt?«

Wortlos tat Diana, was er gesagt hatte.

Obwohl Phoebe zu kratzen und zu beißen versuchte, schleppte Fred sie ohne viel Federlesens durch das Zimmer und schob sie in den Vorsaal hinaus. Diana lief ihm nach. »Was tun Sie da?« fragte sie zornig und trommelte ihm mit geballten Fäusten auf Schultern und Rücken. »Lassen Sie Mrs. Maybury sofort los.«

Benson und Hedges, von Dianas Ton aufgeschreckt, warfen sich auf Freds Beine.

»Die Tür bitte auch noch, Mrs. Goode.«

Sie packte ihn beim schütteren Haar und zog kräftig. »Lassen Sie sie los!« zischte sie.

Mit einem Stöhnen des Schmerzes fuhr er herum, verscheuchte die Hunde, schleppte beide Frauen mit sich und stieß die Tür mit dem Fuß zu. Sekunden später zersprangen klirrend die Fenster der Terrassentür. »So«, sagte er gutmütig, ließ Phoebe behutsam zu Boden und zog seine Hand von ihrem Mund. »Jetzt sind wir in Sicherheit, denke ich. Bitte, Mrs. Goode, das tut wirklich ziemlich weh. – Danke.« Er zog ein Taschentuch heraus und wickelte es um einen blutenden Finger. »Brave Burschen«, murmelte er, die Hunde kraulend. »So gehört sich's. Ich kann nicht behaupten, daß es mir nichts ausmacht, daß wir jetzt noch ein Fenster neu machen müssen, aber diesmal werden wir dafür sorgen, daß es bezahlt wird.« Er öffnete die Tür. »Würden Sie mich entschuldigen, Madam? Ich möchte bei dem Spaß gern dabeisein.«

Sprachlos sahen ihm die beiden Frauen nach, wie er ins Wohnzimmer zurückkehrte, schnell über die Scherben eilte und auf die Terrasse hinaustrat. Jenseits bot sich, vom Mond hell erleuchtet, eine Szene, wie Hieronymus Bosch sie gemalt haben könnte. Ein groteskes Gemenge miteinander verschlungener Gestalten wogte in scheußlichem, lärmendem Durcheinander auf dem Rasen. Als Fred mit lautem Schlachtgebrüll über die Terrasse rannte und sich ins Getümmel stürzte, begriff Phoebe plötzlich, was los war, pfiff Hedges und wies auf einen Flüchtigen, dem es gelungen war, sich aus dem Gewühl zu entfernen. »Los, Hedges, faß!« Aufgeregt kläffend raste Hedges über den Rasen, brachte den Mann zum Stolpern und umrundete ihn mit Triumphgeheul. Benson trottete auf die Terrasse hinaus, setzte sich bequem und hob die weiße Schnauze, um in das Freudengeheul einzustimmen.

Der Lärm war ohrenbetäubend.

»Männer!« rief Diana kopfschüttelnd, und Phoebe fing an zu lachen.

24

Das Getümmel war von kurzer Dauer. Als es Diana einfiel, im Wohnzimmer Licht zu machen, hatten die Vandalen bereits das Handtuch geworfen und wurden von McLoughlin, dem jungen Constable Williams, der außer Dienst war, von Jonathan, Fred und Paddy Clarke über die Terrasse getrieben.

»Hinein!« befahl McLoughlin kurz. »Sie sind alle festgenommen.«

Im hellen Licht der Deckenbeleuchtung aller finsteren Bedrohlichkeit beraubt, entpuppte sich die Horde als ein wenig einnehmendes Häufchen schwitzender Jugendlicher mit mürrischen Gesichtern. Diana kannte alle vom Sehen, aber mit Namen nur Eddie Staines und den neunzehnjährigen Peter Keller, Dilys' Sohn und Emmas Bruder. Sie sah die jungen Männer fassungslos an. »Was haben wir Ihnen denn getan? Die meisten von Ihnen kenne ich nicht einmal.«

Keller war ein gutaussehender junger Mann, groß, sportlich; der ehemalige Schüler eines Nobelinternats, der jetzt in Silverborne in der Druckerei seines Vaters arbeitete, grinste höhnisch, ohne ihr zu antworten. Eddie Staines und die anderen vier hielten die Blicke beharrlich zu Boden gerichtet.

»Das ist eine verständliche Frage«, sagte McLoughlin ruhig. »Was haben diese Frauen Ihnen getan?«

Keller sah ihn an. »Welche Frauen?« fragte er herausfordernd. »Meinen Sie die Lesben da?«

Kellers Stimme, kultiviert, ohne einen Anflug von Dialekt, erregte McLoughlins Interesse. Sie klang anders als die rauhen Arbeiterstimmen, die er draußen im Garten gehört hatte. Mit einem leichten Kopfschütteln brachte er Diana, die etwas erwidern wollte, zum Schweigen. »Ich meine Mrs. Maybury und ihre Freundinnen«, sagte er im gleichen ruhigen Ton. »Was haben sie Ihnen getan?« Er blickte aufmerksam in die abweisenden Gesichter. »Na schön, fürs erste werden wir Sie wegen gewaltsamen Angriffs auf die Eigentümer von Streech Grange festnehmen.«

»Wir haben sie überhaupt nicht angerührt«, protestierte Eddie Staines.

»Schnauze!« fuhr Keller ihn an.

»Wen haben Sie nicht angerührt?«

»Na, sie. Mrs. Maybury.«

»Das habe ich auch nicht behauptet.«

»Was soll dann der Quatsch mit dem gewaltsamen Angriff?«

»Sie ist nicht die Eigentümerin von Streech Grange«, erklärte McLoughlin. »Mr. Jonathan Maybury und seine Schwester sind die Eigentümer.«

»Ach so.« Eddie runzelte die Stirn. »Wir haben gedacht, das Gut gehört den Lesbenweibern.«

McLoughlin zog eine Augenbraue hoch. »Sprechen Sie von Mrs. Maybury?«

»Was ist'n mit Ihnen los? Sind Sie 'n bißchen schwer von Kapee?«

»Ich habe den Eindruck«, entgegnete McLoughlin milde, »das könnte man eher von Ihnen sagen. Eddie Staines, richtig?«

»Ja.«

»Halt endlich deine große Klappe, du Idiot«, knirschte Keller.

Ein kalter Glanz trat in McLoughlins Augen. »Sie hatten recht, Paddy. Dieser aufgemotzte kleine Pinscher hat hier das Sagen. Was hat er denn für ein Problem?«

»Seine Mutter«, antwortete Paddy lakonisch.

Der Junge warf ihm einen mörderischen Blick zu.

Paddy zuckte gleichgültig die Achseln. »Du tust mir leid, Junge. Wenn du nur halb soviel Grips hättest wie deine Schwester, wärst du heil davongekommen. Du hättest dieser dummen Ziege mit ihrem falschen Ehrgeiz gesagt, sie soll dir den Buckel runterrutschen, und wärst ein normaler Mensch geblieben.«

Er sah McLoughlin an. »Haben Sie schon mal den Ausdruck gehört, wenn der Bettler aufs Roß kommt? Ein Bettler erbt ein bißchen Geld, kauft sich ein Pferd, damit er sich über die andren erheben kann, und muß dann feststellen, daß er das verdammte Vieh nicht reiten kann. Da haben Sie Dilys Keller. Die hat sich's Genick gebrochen, als sie zu hoch hinauswollte und mit der Familie nach Streech gezogen ist. Daran wär ja eigentlich nichts auszusetzen. Wir leben in einem freien Land. Aber wenn man auch nur einen Funken Verstand hat, behandelt man nicht das eine Ende vom Dorf wie den letzten Dreck, weil man sich über die Leute erhaben fühlt, und kriecht dabei den anderen förmlich in den Hintern. Auf die Art und Weise macht man sich bei allen unbeliebt.«

Peters Gesicht verzerrte sich vor Wut. »Blöder Hund!« zischte er.

Paddy ignorierte es. »Die Leute haben natürlich über sie gelacht. Logisch.« Er strich sich das Kinn. »Sie ist eine ausgesprochen dumme Frau. Ging überall mit ihrem lächerlichen Stammbaum hausieren und hat nicht begriffen, daß Klasse keine Reklame braucht.« Sein Blick verweilte kurz bei Peter. »Du brauchst wahrscheinlich eine Übersetzung, was, Junge? Je mehr Klasse einer hat, desto weniger Wind braucht er darum zu machen.«

Peter ballte die Fäuste. »Hören Sie doch auf, Paddy. Sie sind doch sowieso nichts anderes als irischer Dreck.« McLoughlin hatte den merkwürdigen Eindruck, daß der Junge die Szene genoß.

Paddy lachte. »Ich nehm das als Kompliment, Junge. Es ist lange her, daß einer mein irisches Blut bemerkt hat.« Er wich geschickt einem blitzschnellen Faustschlag aus. »Menschenskind«, sagte er verärgert. »Du bist wahrhaftig noch dümmer als deine Mutter, trotz deiner hochherrschaftlichen Schulbildung und den Fürzen, die sie dir in den Kopf gesetzt hat.« Er drohte Phoebe spielerisch mit dem Finger. »Das ist alles deine Schuld, meine Liebe. Du hast sie zum Gespött gemacht, und das sollte man bei den Dilys Kellers dieser Welt lieber nicht tun. Da werden sie nämlich giftig.«

Phoebe sah ihn verblüfft an. »Wieso? Ich kenne sie doch kaum. Wir hatten einmal einen Zusammenstoß am Dorfteich, aber da war ich viel zu zornig, um zu lachen.«

»Vor Davids Verschwinden«, erinnerte er sie. »Eigentlich hat er erst den Schaden angerichtet. Er hat die Geschichte im Pub erzählt, und im Nu war sie im ganzen Dorf herum.«

Phoebe starrte ihn verständnislos an und schüttelte den Kopf.

Er beugte sich hinunter, um dem alten Labrador, der zu seinen Füßen lag, die Ohren zu kraulen. »Weißt du nicht mehr? Als Benson noch jung und unternehmungslustig war? Dilys hat ihn erwischt, wie er ihre Pekinesenhündin besprungen hat.« Er zwinkerte belustigt. »Sie hat dich angerufen und dich zur Schnecke gemacht, weil du nicht besser auf ihn aufpaßt.«

»Ach, du lieber Gott!« Phoebe schlug sich mit der Hand vor die Stirn. »Diese alte Geschichte? Aber das war doch nur ein Witz«, protestierte sie. »Willst du etwa behaupten, sie hat das persönlich genommen? Das war doch auf ihren Hund gemünzt. Das Tier war läufig, und sie hat es hinausgelassen.«

Paddy grinste nur.

Phoebes Stimme zitterte. »Außerdem war es ihre eigene Schuld. Sie hat Benson dauernd einen unanständigen Hund genannt.« Ganz unbewußt ahmte sie Dilys Kellers gezierte Sprechweise nach. »›Ihr unanständiger Hund sollte sich schämen, Mrs. Maybury.‹ Gott, war das komisch. Sie brachte es nicht über sich zu sagen, daß Benson es mit ihrer Hündin getrieben hatte.« Sie wischte sich die Augen mit dem Ärmel. »Schließlich habe ich gesagt, es täte mir sehr leid, aber wie sie wohl wisse, könne man unanständige Hunde nicht davon abhalten, ihre Nase in muffige Keller zu stecken.« Sie sah auf, begegnete Dianas Blick und platzte laut heraus.

Eddie Staines, der nicht an übermäßiger Intelligenz litt, aber einen gut entwickelten Humor besaß, grinste breit. »Hey, das ist gut! Die Story hab ich noch nie gehört. Echt Klasse! Aua!« Er krümmte sich zusammen, als Peter Kellers Stiefelspitze ihn genau zwischen den Beinen traf. »Spinnst du, Mann?« stöhnte er und taumelte nach rückwärts.

McLoughlin beobachtete die kleine Szene amüsiert. »Ach, und von da an hieß Dilys wohl die muffige Keller?«

Paddy lachte. »Für ein paar Monate jedenfalls. Und das war schlimm. Die nimmt sich selbst einfach zu ernst. Wenn einen der Ehrgeiz fast auffrißt, ist für Humor wenig Platz.« Sein Blick ruhte auf dem bitterbösen Gesicht des Jungen. »Und das gilt für dich genauso, mein Junge.«

Mehr, das wußte McLoughlin, konnte Paddy Clarke für ihn nicht tun. Er hatte Peter Keller von Anfang an in Verdacht gehabt und ihn McLoughlin deshalb auf diese Weise vorgeführt; aber daß der Junge Anne tatsächlich niedergeschlagen hatte, konnte er sowenig beweisen wie seinen Verdacht, daß Dilys die Urheberin der Verleumdungskampagne gegen Phoebe war. »Sie ist viel zu gerissen«, hatte er an diesem Morgen gesagt. »Sie ist krankhaft eifersüchtig. Solchen Typen begegnet man ab und zu. Im allgemeinen sind es Frauen, immer solche, die sich minderwertig fühlen, und ihre Bosheit richtet sich immer gegen Angehörige ihres eigenen Geschlechts. Sie sind echt bösartig. Und häufig richtet sich ihre Gemeinheit gegen die eigene Tochter.«

»Aber warum hat sie sich ausgerechnet Mrs. Maybury ausgesucht?« hatte McLoughlin gefragt.

»Weil sie die ›First Lady‹ von Streech war und ihr Bullen sie in den Dreck gezogen habt. Zehn Jahre lang hat Dilys sich ins Fäustchen gelacht, daß sie auf Mrs. Maybury von Streech Grange herunterschauen konnte, und sie hat dafür gesorgt, daß sich daran nichts änderte.«

»Was hat sie getan?«

»Ein bösartiges Gerücht nach dem anderen in die Welt gesetzt, natürlich. Nachdem Ihre Leute mit Phoebe fertig waren, waren die Leute hier bereit, alles zu glauben, und Geschichten von Mord und Totschlag waren noch das Harmloseste, was Dilys ihnen eingeblasen hat.«

»Sie leben ja wirklich in einer Kloake, Paddy«, sagte McLoughlin ruhig.

Paddy Clarke überraschte ihn. »Wenn das so ist, dann ist es Phoebes Schuld«, erklärte er. »Sie stand schließlich im Mittelpunkt des Ganzen. Ob nun Recht oder Unrecht, jeder normale Mensch hätte verkauft und sich was anderes gesucht. Streech Grange ist den Preis nicht wert, den sie dafür zahlen mußte.«

Falsch, Paddy, dachte McLoughlin. Für sie war es den Preis wert, und sie würde ihn weiter zahlen. Doch die wahren Kosten werden von den Leuten getragen, die sie liebten. Mit plötzlicher Verärgerung sah er zu ihr hinüber. Diese verdammte Frau! Die Leute liebten sie entweder oder sie haßten sie. Dazwischen schien es nichts zu geben.

»Okay«, sagte er unvermittelt in die Stille hinein. »Sie« – er wies mit dem Finger auf Eddie Staines – »werden sich jetzt erst einmal ein paar harte Fakten anhören. Sie scheinen zwar die Weisheit nicht gerade mit Löffeln gefressen zu haben, aber heller als dieser Holzkopf hier müssen Sie auf jeden Fall sein.« Er warf einen finsteren Blick auf Keller, dann hielt er einen Finger hoch. »Erstens, Eddie: Mrs. Maybury hat ihre Eltern nicht getötet. Mr. und Mrs. Gallagher sind ums Leben gekommen, weil die Bremse ihres

Wagens nicht funktionierte, und die Bremse funktionierte nicht, weil K. C. den Wagen nicht ordnungsgemäß überholt hat. Hätte er es getan, so hätte er die defekte Bremsleitung entdeckt. Kapiert?«

»Ja, aber wer hat sie denn dann kaputtgemacht«, widersprach Eddie triumphierend. »Das ist doch die Frage.«

»Lesen Sie den Bericht des Coroners«, sagte McLoughlin müde. »Mr. Gallagher brachte den Wagen damals zu K. C., *weil* er den Eindruck hatte, daß mit der Bremse etwas nicht stimmte. Er hat einen entsprechenden Zettel geschrieben, und dieser Zettel, in seiner Handschrift, liegt bei den Akten. K. C. hat die Notiz einfach ignoriert.« Er hob einen zweiten Finger. »Zweitens: Mr. David Maybury hat vor zehn Jahren gesund und wohlbehalten dieses Haus verlassen. Niemand hat ihn ermordet. Er ist getürmt, weil er Mrs. Mayburys ganzes Geld durchgebracht hatte und keine Lust hatte, für seinen Lebensunterhalt zu arbeiten.«

»Hat doch keiner das Gegenteil behauptet. Ich hab den Mann ja vor drei Monaten selbst gesehen. Jetzt ist er allerdings tot.« Eddie sah zu Phoebe hinüber. »Das haben Sie ihm fein heimgezahlt.«

McLoughlin hielt den dritten Finger hoch. »Drittens, Eddie: Der Mann war nicht David Maybury.«

Er machte ein skeptisches Gesicht. »Ach, nein?«

»Nein. Es war K. C. Und da gibt's nichts dran zu rütteln. Das ist eine Tatsache.«

Lange sagte Eddie gar nichts. Sehr langsam ging ihm ein Licht auf. »Hey, Mann, da können Sie recht haben. Ich hab doch gewußt, daß ich ihn kenn. Aber Ihr Inspector war so verdammt sicher, daß es Maybury ist.«

Paddy lachte verächtlich. »Verdammt sicher sind sich immer nur Idioten und Politiker. Aber das ist ja so ziemlich das gleiche.«

Man konnte den Verlauf von Eddies Gedanken beinahe Schritt für Schritt von seinem Gesicht ablesen. »Trotzdem, ich seh da keinen Unterschied. Wir sind wieder da, wo wir angefangen haben.

Wenn's diesmal K. C. war, den sie um die Ecke gebracht hat, dann ist doch logisch, daß sie vor zehn Jahren ihren Alten umgebracht hat. Sie haben doch nur geglaubt, sie hätt's nicht getan, weil ich gedacht hab, der Alte wär der Maybury. Verstehen Sie?«

»Ich verstehe«, sagte McLoughlin. »Aber die ganze Geschichte stinkt. Ist Ihnen mal der Gedanke gekommen, daß Sie, wenn es diesmal Maybury gewesen wäre, zehn Jahre lang eine unschuldige Frau gepiesackt hätten?«

»Aber sie hat doch ihre Eltern –« Er brach ab, als sein Hirn seine Zunge einholte. »Na ja, wie ich schon gesagt hab, wir sind wieder da, wo wir angefangen haben.«

»Im Gegenteil. Mrs. Maybury hat K. C. nicht getötet, Eddie. Das haben Sie getan.«

»So ein Quatsch!«

»Er wurde nicht ermordet. Er ist an Unterkühlung, Hunger und Verwahrlosung gestorben. Sie waren der letzte, der ihn lebend gesehen hat. Wenn Sie ihm geholfen hätten, wäre er jetzt nicht tot. Er brauchte Hilfe, und Sie haben sie ihm nicht gegeben.«

»Jetzt hören Sie mal her, Mister. Wollen Sie mir vielleicht was anhängen? Der Inspector hat gesagt, er ist erstochen worden.«

War es ein Wunder, daß Phoebe sich, auf der einen Seite von Keller, auf der anderen von Walsh bedrängt, in ihre Festung zurückgezogen hatte? Ohne einen Funken Bedauern demontierte er Walsh und seine dreißigjährige Polizeikarriere. »Der Inspector hat ein paar Leute geschmiert und ist unverdient befördert worden«, erklärte er unverblümt. »Das kommt bei der Polizei genauso vor wie in anderen Organisationen. Für den Pfusch, den er hier gemacht hat, wird man ihn in Rente schicken.«

»Wau!« sagte Eddie, tief beeindruckt von einer derartigen Offenheit eines Polizeibeamten.

»Du Dummkopf«, knurrte Peter Keller. »Der will dich doch nur einwickeln.«

McLoughlin achtete nicht auf ihn. »Viertens, Eddie«, fuhr er fort, »und wenn Sie mit dem Gesindel, mit dem Sie befreundet sind, hier heraufkommen, weil es Ihnen Spaß macht, Lesben zu schikanieren, dann sind Sie auf dem falschen Dampfer. Auf Streech Grange gibt es keine Lesben. Ich weiß nicht, woher Sie das haben?«

»Das weiß doch jeder.« Eddie fühlte sich sichtlich unbehaglich. »Die drei Lesben. Die drei Hexen. Das sagen doch alle.«

Sein Blick flog zu Peter Keller. »Ich persönlich hab eh nichts gegen Lesben.«

»Ach so.« McLoughlin richtete seine Aufmerksamkeit auf Keller. »Sie sind also derjenige, der was gegen Homosexualität hat.« Er gähnte plötzlich und rieb sich die Augen. »Und wie kommt das? Hat's auf dem Internat, auf dem Sie waren, jemand bei Ihnen versucht?« Er sah, wie die Nasenflügel des Jungen plötzlich zu beben begannen, und grinste. »Sagen Sie bloß, es hat Ihnen Spaß gemacht, und jetzt müssen Sie mit allen Mitteln das Gegenteil beweisen.«

»Beschissene Perverse!« zischte Keller. »Da kriegt man ja das Kotzen.« Er spie vor Phoebe aus. »Scheißperverse. Eingesperrt gehören die.« Ein tiefer Brunnen des Abscheus schien überzufließen. »Ich hasse sie!«

In McLoughlins dunklen Augen leuchtete Feindseligkeit auf. Blitzschnell trat er zu Keller und drückte ihm eine Hand auf den Mund. Er bohrte Finger und Daumen in das weiche Fleisch der Wangen und zog den Jungen so auf die Zehenspitzen. »Ich finde Sie ausgesprochen widerlich«, sagte er leise. »Sie sind nichts weiter als ein ekelhafter kleiner Psychopath, und wenn's nach mir ginge, würden Leute wie Sie eingesperrt, nicht solche wie Oscar Wilde. Ihr einziger Beitrag zum *Wohl* unserer Gesellschaft besteht doch darin, daß Sie Ihre verdammten Vorurteile und Ihre unterentwickelte Intelligenz an kommende Generationen weitergeben.« Er drückte Keller noch ein Stück weiter in die Höhe. »Außerdem gefällt es mir gar nicht, wenn Sie diese Frauen als pervers bezeichnen. Haben Sie mich verstanden?«

Keller wollte etwas sagen, doch die Worte blieben ihm im Hals stecken. McLoughlin bohrte seine Finger noch tiefer, und Keller nickte heftig.

»Gut.« McLoughlin ließ ihn los und stieß ihn weg. Dann wandte er sich Eddie Staines zu. »So, Eddie, Sie haben jetzt hoffentlich kapiert, was los ist. Ich will mal davon ausgehen, daß Sie wirklich geglaubt haben, die Leute hier hätten was angestellt.«

Eddies Gesicht runzelte die Stirn vor ängstlicher Aufmerksamkeit. »Hey, Mister, ich bin bloß mitgekommen, weil ich für Gerechtigkeit sorgen wollte. Das war der echt einzige Grund.« Er wies auf die anderen Jugendlichen. »Das gilt für uns alle. Wir haben gehört, daß Sie sie wieder laufenlassen wollen. Der Schwulenhaß, das ist Peters Tick.« Er warf einen scheuen Blick auf Phoebe und Diana. »Mensch, ich versteh das sowieso nicht. Wenn Sie keine Homos sind, warum sagen Sie dann nichts dagegen?«

Diana verdrehte die Augen. »Das habe ich mich auch schon gefragt.« Sie drehte sich zu Phoebe um. »Ich hab's total vergessen, Phoebe, warum sagen wir nichts dagegen?«

Phoebe lachte. »Sei nicht albern.« Sie sah Eddie an und hob hilflos die Hände. »Wir hatten überhaupt keine Wahl. Es spricht ja kaum ein Mensch mit uns. Die, die es tun, wissen über uns Bescheid. Die, die es nicht tun, vermuten, was sie vermuten wollen. Sie haben vermutet, daß wir homosexuell sind. Wie hätten wir Ihnen das Gegenteil beweisen sollen? Und hätten Sie dann besser von uns gedacht, wenn Sie gewußt hätten, daß wir Männer vorziehen?«

»Ich schon«, erklärte Eddie mit einem bewundernden Augenzwinkern. »Ganz bestimmt. Aber«, fuhr er nachdenklich fort, »jetzt wissen wir immer noch nicht, was Ihrem Mann passiert ist.

Wenn er nur abgehauen ist, weil keine Kohle mehr da war, warum hat er Ihnen dann nicht geholfen, wie er gelesen hat, was die mit Ihnen machen? Ein Anruf bei den Bullen hätte genügt.«

Seinen Worten folgte unbehagliches Schweigen.

»Sie reden, als hätte der Mann ein reines Gewissen«, sagte McLoughlin schließlich. Er sah, wie Jonathans starres Gesicht bleich wurde. Verdammt noch mal, dachte er, man kann machen, was man will, immer setzt man sich in die Nesseln. »Die Sache wird noch untersucht, Eddie, darum haben wir keine Einzelheiten an die Presse weitergegeben. Aber eines kann ich Ihnen immerhin sagen: Sobald der Mann wieder aufkreuzt, wird er unter Anklage gestellt.« Er zuckte die Achseln. »Im Moment, das können Sie mir glauben, paßt es ihm bestens in den Kram, wenn alle Welt ihn für tot hält. Er ist ein Schuft. Und eines Tages werden wir ihn schnappen.«

Selbst Paddy schien beeindruckt.

»Wau!« sagte Eddie wieder. »Mann o Mann!« Er zermalmte mit dem Fuß eine Glasscherbe. »Hey, Mrs. Maybury«, sagte er, »die Fenster da, die machen wir Ihnen neu.« Er wies auf die Jugendlichen, die hinter ihm standen. »Wir machen hier alles sauber und setzen neue ein. Das ist echt das mindeste, was wir tun können.«

»Sie können mehr tun, Eddie«, sagte McLoughlin freundlich. »Wir brauchen Namen. Fangen wir mit dem Anschlag auf Miß Cattrell an. Wer war der Täter?«

Eddie schüttelte bedauernd den Kopf. »Ich kann's mir denken, genau wie Sie, aber wenn Sie Beweise brauchen, kann ich Ihnen nicht helfen.« Er deutete auf einen seiner Freunde. »Bob und ich waren an dem Abend mit zwei Mädchen im Kino. Was die anderen gemacht haben, weiß ich nicht.«

Die anderen reagierten sofort. »Ich war daheim und hab ferngesehen. Mit meinen Eltern.« »Mensch, Eddie, ich war bei deiner

Schwester. Das weißt du doch.« »Ich hab's auch erst am nächsten Morgen gehört. Genau wie du.«

McLoughlin blickte zu Paddy Clarke hinüber und fand in dessen Augen seine eigene Enttäuschung gespiegelt. Die Wahrheit hatte einen unverwechselbaren Klang. »Und Sie?« fragte er Peter Keller, obwohl er schon wußte, daß dem Burschen nichts nachzuweisen sein würde. »Wo waren Sie?«

Keller grinste. »Ich war den ganzen Abend mit meiner Mutter zusammen. Bis kurz vor Mitternacht. Dann bin ich ins Bett gegangen. Sie gibt's Ihnen schriftlich, wenn Sie sie höflich drum bitten.« Er reckte seinen Mittelfinger in die Höhe und zeigte dann damit auf Paddy. »Da haben Sie Ihre beschissene Bettlergeschichte, Sie Arsch.« Er lachte. »Alle Hochachtung, die Falle, die Sie uns gestellt haben, war so auffällig, daß sie sogar ein Blinder mit Krückstock durchschaut hätte. Sie halten mich wohl für total blöd, was? Glauben Sie vielleicht, ich hab die Bude hier nicht ausspioniert und die zahmen Bullen gesehen, die hier überall rumgekrochen sind?« Er lachte wieder.

»Warum sind Sie dann gekommen?« fragte McLoughlin kalt und griff nach den Handschellen in seiner Jackentasche. »Es gibt Ihnen wohl einen Kick, verhaftet zu werden?«

»Auf jeden Fall gibt's mir einen Kick, euch Kretins dabei zuzusehen, wie ihr Mist baut. Das ist jederzeit eine Nacht in der Zelle und ein kleines Bußgeld wert. Ein Jux war's. Mein Vater wird schon für den Schaden geradestehen.«

Einen Moment lang war es still. Dann sagte Jonathan, der drinnen am zersplitterten Fenster stand, mit eisiger Stimme: »Na wunderbar. Und ich stehe für den Schaden gerade, den ich dir gleich antun werde.«

Alle waren so überrascht, daß keiner sich rührte. Sie sahen wie in Zeitlupe, daß Jon durch das Zimmer ging, die Flinte seiner Mutter entsicherte, Keller den Lauf zwischen die Beine rammte und abdrückte. Die Explosion war ohrenbetäubend. Durch eine dichte Staubwolke sahen sie den schreiend aufgerissenen Mund des Jungen, sahen die Pfütze, die sich auf dem Boden unter ihm sammelte.

Voller Entsetzen wollte McLoughlin eingreifen, doch ein Paar kräftiger Arme legte sich um seine Brust und hielt ihn zurück. »Jon!« brüllte er. »Um Gottes willen! Das ist der doch nicht wert.«

»Lassen Sie ihn, Sir.« Es war Freds Stimme. »Auf diesen Moment hat er lange gewartet.«

Fassungslos sah McLoughlin zu, wie Jonathan Maybury Peter Keller an die Wand drängte und ihm die Flinte in den schreiend geöffneten Mund stieß.

25

Innerhalb einer Stunde waren drei Streifenwagen eingetroffen, um die Missetäter auf die Wache zu bringen. Constable Gavin Williams hatte die Aufsicht übernommen, allerdings nur widerstrebend. »Das ist doch Ihr Job, Sarge«, protestierte er. »Sie sollten die Burschen einlochen.«

»Nein, machen Sie das mal. Ich hab hier noch was zu tun.«

»Und was mach ich mit Maybury, Sarge?«

McLoughlin verschränkte die Arme und sagte nichts.

»Keller sagt bestimmt was.«

»Soll er.«

»Sollten wir Maybury nicht festnehmen?«

»Weswegen denn? Weil ganz unbeabsichtigt die Flinte losgegangen ist?«

»Damit kommen Sie nie durch. Eddie weiß ganz genau, daß es nicht unbeabsichtigt war.«

McLoughlin lachte vergnügt. »Ich denke, Sie werden feststellen, daß Eddie ziemlich ernüchtert ist, was den guten Peter Keller angeht. Abgesehen von allem anderen, fühlt er sich von dem Kerl verschaukelt und ist deswegen stocksauer. Er hat mir gesagt, er und seine Freunde haben überhaupt nicht gesehen, wie es zu dem Unfall kam.«

Williams war sichtlich nicht wohl bei der Sache. »Und was soll ich sagen, Sarge?«

»Das ist Ihre Sache, Gavin. Ich kann Ihnen leider nicht helfen. Als die Kanone losging, stand ich mit dem Rücken zu Keller und habe Namen und Adressen der Einbrecher aufgenommen. Und danach konnte ich vor lauter Staub nicht mal die eigene Hand vor den Augen sehen.«

»Ach, verdammt!«

»Ich dachte, Sie seien dabei gewesen, die Namen und Adressen der Zeugen aufzuschreiben, Gavin. Das ist in solchen Fällen doch das Standardverfahren.«

Der Constable verdrehte die Augen. »Und wie wollen Sie Kellers Geständnis erklären? Wenn's nur ein Unfall gewesen wäre, hätte der sich doch nicht selber den Strick um den Hals gelegt. Mann, der hat sich doch vor Angst in die Hose gemacht.«

McLoughlin gab ihm einen freundschaftlichen Klaps auf die Schulter. »Tatsächlich, Gavin? Wie gesagt, ich hab vor lauter Staub überhaupt nichts gesehen. Mich dürfen Sie nicht fragen, was ihn zum Reden gebracht hat. Vielleicht war's einfach der Schreck über den Schuß. Da reagiert jeder anders drauf. Ich hab in dem Moment jedenfalls überhaupt nichts gesehen, aber gehört hab ich prima. Vielleicht so eine Art Kompensationseffekt. Gesehen hab ich null, aber gehört hab ich jedes Wort, das dieser Schweinehund gesprochen hat.«

Williams schüttelte den Kopf. »Mir wär beinahe das Herz stehengeblieben. Ich hab gedacht, der Doktor hätte ihm die Eier weggeschossen.«

Ich auch, dachte McLoughlin, ich auch. Und Peter Keller offenbar ebenfalls. Überwältigt von Jonathans Angriff und betäubt vor Schreck über den krachenden Schuß aus der Flinte, deren Ladung völlig harmlos in die Wohnzimmerwand eingeschlagen war, hatte er jämmerlich zu flennen begonnen, als Jonathan ihm den Flintenlauf gegen die Zähne gedrückt und gedroht hatte, ein zweites Mal abzudrücken. »Ich wollte es nicht«, hatte er gekreischt. »Ich hab mich doch nur ins Haus geschlichen. Ich wollte es nicht. Ich wollte es nicht«, sprudelte er hervor. »Aber sie ist zurückgekommen. Die blöde Kuh ist zurückgekommen. Da hab ich zuschlagen müssen.«

Jonathans Finger am Abzug der Flinte verkrampften sich. »Und jetzt will ich wissen, wie das vor neun Jahren war.«

»Mensch, helft mir doch! Hilf mir doch einer!« Seine Hose war mit Urin durchtränkt.

»Los, rede!« brüllte Jonathan ihn an. Sein Gesicht war weiß vor Wut. »Wer hat damals unser Haus verwüstet? Wer war es?«

»Mein Vater«, schrie Keller schluchzend. »Mein Vater und ein paar von seinen Freunden. Sie waren betrunken.« Er riß voller Angst die Augen auf, als Jonathan den Finger am Abzug krümmte. »Nein! Es ist doch nicht meine Schuld. Es ist nicht meine Schuld. Es war mein Vater.« Seine Augen verdrehten sich plötzlich, und er sackte zusammen.

Jonathan senkte die Flinte und sah zu McLoughlin hinüber. »Wir haben nie erfahren, wer das damals war. Meine Mutter, Jane und ich haben uns im Keller eingeschlossen und gewartet, bis sie wieder weg waren. Ich hatte in meinem ganzen Leben noch nie solche Angst. Wir konnten sie oben herumbrüllen und die Möbel zertrümmern hören. Ich dachte, sie würden uns umbringen.« Er schüttelte den Kopf und sah zu dem zuckenden Jungen hinunter. »Ich habe mir geschworen, daß ich es ihnen heimzahlen würde, wenn ich je herausbekommen sollte, wer sie waren. Sie haben das Haus als Toilette benützt und überall an die Wände mit Tomatenketchup ›Mörderin‹ geschrieben. Ich war erst elf. Ich hab geglaubt, es sei Blut.«

McLoughlin schüttelte Freds große Hände ab und klopfte sich den Staub aus den Kleidern. »Das wäre ja beinahe schiefgegangen, Jon? Was ist denn da passiert, um Gottes willen? Sind Sie auf einer Glasscherbe ausgerutscht?«

»Genau so war's, Sergeant«, sagte Fred ruhig. »Ich hab's gesehen. Hätte schlimm enden können, wenn Jon nicht die Nerven behalten hätte.«

»Dann lassen Sie das verdammte Ding verschwinden, ehe es noch einmal losgeht.« Er wartete schweigend, während Fred Jonathan die Flinte abnahm und öffnete, um die zweite Patrone zu entfernen. »Los, Keller, stehen Sie auf. Stellen Sie sich nicht so an. Sie können von Glück reden, daß Dr. Maybury so gescheit war, den Lauf nach unten zu halten.« Er riß den Jungen auf die Beine und legte ihm Handschellen an. »Sie sind verhaftet. Constable Williams verliest Ihnen gleich Ihre Rechte.«

Keller heulte immer noch. »Er wollte mich umbringen.«

»Na, das ist doch wirklich der Gipfel der Undankbarkeit«, sagte Paddy, während er sich Mörtelbröckchen aus dem Haar schüttelte. »Jon schießt sich beinahe in den eigenen Fuß, damit dem Kerl nichts passiert, und dem fällt nichts Besseres ein, als ihn zu beschuldigen.« Er sah Jonathan in das kalkweiße Gesicht, erkannte die Gefahrensignale und zwinkerte Fred mit einer Kopfbewegung zur Tür zu.

Ruhig nahm Fred Jonathan beim Arm und führte ihn zur Tür in den Vorsaal. »Ich schlage vor, wir sehen uns jetzt mal im Haus um. Ist mir gar nicht sympathisch, daß Miß Cattrell ganz allein oben ist.« Er schloß fest die Tür hinter sich und dem Jungen.

Eine halbe Stunde, dachte McLoughlin, und es erschien ihm wie eine Ewigkeit. Nachdenklich sah er den jungen Constable an. »Ich kann Ihnen nicht helfen, Gavin. Sie sind ein guter Polizeibeamter, und es steht mir nicht zu, Ihnen zu sagen, was Sie zu tun haben. Sie müssen selbst entscheiden.«

Der junge Mann warf einen Blick ins Wohnzimmer, wo Fred und Phoebe dabei waren, Ordnung zu machen. »Eigentlich hab ich heute abend nur wegen Fred und seiner Frau mitgemacht. Die zwei sind echt in Ordnung. Ich hätt's nicht richtig gefunden, sie diesen Kerlen auszuliefern.«

»Der Meinung bin ich auch«, sagte McLoughlin trocken.

Williams runzelte die Stirn. »Also, wenn Sie mich fragen, Sarge, der Chief Inspector muß in dieser Sache einiges erklären. Sie hätten mal hören sollen, was Molly erzählt hat, wie es hier ausgesehen hat, als sie ihre Stelle bei Mrs. Maybury angetreten haben. Das

Haus war völlig zerstört. Mrs. Maybury und die beiden Kinder hausten in einem Zimmer oben, das Miß Cattrell und der Junge, Jonathan, einigermaßen saubergemacht hatten. Molly sagt, Mrs. Maybury und die Kleine, Jane, waren völlig verstört. Noch nach drei Monaten konnte man überall im Haus den Urin riechen, hat Molly mir erzählt, und der Schimmel auf dem Tomatenketchup hatte angefangen, in die Wände einzudringen. Sie haben Wochen gebraucht, um das Haus sauberzukriegen. Was hat der Chef gegen die Leute, Sarge? Warum hat er ihnen nicht geglaubt?«

Weil er es sich nicht leisten konnte, dachte McLoughlin. Walsh selbst hatte ja damals das Klima des Hasses geschaffen, das es erlaubte, diese Frau und ihre zwei kleinen Kinder zu terrorisieren. Für ihn war Phoebe immer schuldig gewesen. Er hatte sie mit seiner Feindseligkeit erbarmungslos verfolgt, und das hatte dazu geführt, daß schließlich auch andere begonnen hatten, sich als strafende Richter aufzuspielen, weil es ihm nicht gelang, ihr etwas nachzuweisen. »Er ist ein kleinkarierter Mensch, Gavin«, war alles, was er sagte.

»Also, mir gefällt das jedenfalls nicht, und ich werde meinen Mund nicht halten. Ich habe Molly gefragt, warum sie damals nicht die Polizei geholt haben, und wissen Sie, was sie gesagt hat? ›Weil Mrs. Maybury gewußt hat, daß sie vom Feind keine Hilfe erwarten kann.‹« Er scharrte ein wenig verlegen mit dem Fuß. »Ich unternehme in Zukunft ab und zu mal was mit Molly und Fred. Nur so. Um ihnen zu zeigen, daß wir nicht alle Feinde sind.«

McLoughlin sah den Constable, der den Kopf gesenkt hatte, lächelnd an.

»Ich hab gehört, sie bäckt einen hervorragenden Sandkuchen.«

»Einmalig, echt!« Die jungen Augen blitzten. »Sie sollten ihn mal probieren.«

»Werd ich tun.« Er schob den jungen Mann zur Haustür. »Es kann Eddie und seinen Kumpeln nicht schaden, wenn sie die

Nacht in der Zelle verbringen. Sperren Sie sie also ruhig ein. Den Papierkram können wir morgen auch noch erledigen, falls Mrs. Maybury Anzeige erstatten sollte. Ich glaube aber nicht, daß sie das machen wird. Sie hat heute abend den ersten Schritt zu einer Aussöhnung getan.«

»Und Keller?«

»Den können Sie für mich auf Eis legen. Ich komme morgen in aller Frühe und nehme seine Aussage dann selbst auf. Hören Sie, Gavin?«

»Ja.«

»Er hätte so oder so geredet. Er hätte der Versuchung nicht widerstehen können. Er ist zu eitel und zu arrogant, um lange den Mund halten zu können. Sie werden es sehen. Morgen wird er uns ohne jeden Druck sein ganzes Herz ausschütten.«

Dem Constable schien eine Last von der Seele zu fallen. »Gut. Soll ich sonst noch was erledigen?«

»Ja, rufen Sie in zwei Stunden seine Eltern an, sagen wir, so um drei, und sagen Sie ihnen, daß wir ihren Sohn festgenommen haben. Sie sollen auf die Dienststelle kommen. Aber lassen Sie sie auf keinen Fall mit ihm sprechen. Lassen Sie sie die Nacht durch warten, bis ich komme. Sagen Sie ihnen nur, daß er zehn Jahre Hetze und Verleumdung gestanden hat. Ich will sie richtig mürbe haben.«

Williams sah ihn zweifelnd an. »Aber nach zehn Jahren ist da doch gerichtlich nichts mehr zu machen.«

»Nein.« McLoughlin grinste. »Aber das brauchen sie ja nicht gleich zu wissen. Sie sollen ruhig ein paar Stunden schwitzen.«

Auch Paddy schien den Weg nach Hause nicht finden zu wollen. »Ihr müßt jetzt aus eurer Klausur herauskommen«, sagte er zu Phoebe und Diana. »Die Tür ist jetzt mit Gewalt aufgebrochen worden. Und das ist gut so. Es wird Zeit, daß ihr euch mal ein bißchen Mühe gebt. Wie wär's denn morgen im Pub. Wäre doch kein schlechter Start.« Er schüttelte McLoughlin die Hand. »Hängen Sie Ihren Job an den Nagel, Andy, und steigen Sie mit mir ins Brauereigeschäft ein.«

»Ich habe vom Bierbrauen keine Ahnung.«

»Das ist auch nicht nötig. Das ist meine Domäne. Sie bauen den Vertrieb auf, schaffen die Kunden ran, bringen das Ganze ins Rollen. Dafür wären Sie der richtige Mann. Ich brauche jemand, dem ich vertrauen kann.«

McLoughlin lachte. »Sie meinen, jemand, dem das Finanzamt vertraut? Nein, Paddy, Sie sind mir ein zu großer Anarchist. Innerhalb von drei Monaten wäre ich ein Wrack und würde mich ständig verzweifelt zu erinnern versuchen, was ich als nächstes vertuschen muß.«

Paddy versetzte ihm lachend einen Puff an die Schulter. »Überlegen Sie sich's, Sportsfreund. Ich würde mich jedenfalls freuen.« Dann ging er.

Jonathan hatte sich in einen tiefen Sessel zurückgezogen. Dort saß er in verlegenem Schweigen, tunlichst die Blicke der anderen meidend. Sein Zorn war längst verraucht, und er versuchte verzweifelt, sich mit dem, was er Peter Keller angetan hatte, auseinanderzusetzen. Er konnte keine Entschuldigung für seine Gewalttätigkeit finden.

Fred hüstelte höflich. »Wenn Sie mich jetzt nicht mehr brauchen, Madam«, sagte er zu Phoebe, »gehe ich zurück ins Pförtnerhaus. Meine Frau und Jane wollen sicher wissen, was passiert ist.«

Jane hatte in den letzten Nächten bei Molly im Pförtnerhaus übernachtet, wenn Fred mit McLoughlin und Constable Williams im Park Wache hielt.

»Ach Fred«, sagte Phoebe reuig, »verzeihen Sie mir. Ich habe natürlich nie wirklich geglaubt, daß Sie zu denen gehören. Es war der Schock. Das glauben Sie mir doch, ja? Ich fahre morgen mit Ihnen zum Arzt, dann lassen Sie sich eine Tetanusspritze geben.«

Fred sah auf seine verbundene Hand hinunter, die Phoebe und Diana unter Tränen und Entschuldigungen gereinigt, desinfiziert und verbunden hatten. »Wenn Sie darüber auch nur noch ein einziges Wort verlieren, Madam«, sagte er streng, »muß ich leider kündigen. Wenn ich etwas hasse, dann ist es überflüssiges Getue. So, und jetzt gehe ich.«

»Ich fahre Sie«, sagte Phoebe augenblicklich.

»Mir wär's lieber, unser Herr Doktor fährt mich, wenn Ihnen das recht ist. Ich wollte ihm nämlich eine Frage stellen.«

Die Tür schloß sich hinter den beiden Männern.

Phoebes Augen waren feucht. »So etwas wie Fred und Molly gibt's kein zweites Mal«, sagte sie. »Sie haben das alles weiß Gott nicht verdient, und trotzdem sind sie mit uns durch dick und dünn gegangen. Verdammt noch mal, Diana«, fuhr sie energisch fort. »Morgen lasse ich mich mal im Pub blicken. Einer muß den Anfang machen, warum also nicht ich? Fred geht seit Jahren hinüber, und außer Paddy spricht kein Mensch mit ihm. Das wird sich ändern. Dafür werde ich sorgen.«

Diana sah ihrer Freundin in das wildentschlossene Gesicht. »Wie denn? Willst du sie mit deiner Flinte bedrohen, bis sie klein beigeben und mit dir reden?«

Phoebe lachte. »Unsinn! Ich werde einfach die Vergangenheit begraben.«

»Wenn das so ist, komme ich mit.« Sie sah McLoughlin an. »Können wir das wohl wagen? Jetzt ist doch alles vorbei, nicht wahr? Der Inspector war sehr kurz angebunden am Telefon, aber er schien uns freigesprochen zu haben.«

Er nickte. »Sie sind freigesprochen.«

»War es Selbstmord?« fragte Phoebe.

»Das glaube ich nicht. Er war ein verwirrter alter Mann, dessen Erinnerungen an Streech alle seine anderen Erinnerungen überlebt hatten. Ich glaube, er ist zum Sterben hierher zurückgekehrt.«

»Aber woher kann er vom Eishaus gewußt haben?«

»Aus der Broschüre, die Ihr Mann damals drucken ließ. Er hat K. C. sicher welche zum Verteilen in seiner Tankstelle gegeben. Auf dem Papier hat K. C. sich hier im Park wahrscheinlich besser ausgekannt als Sie.«

»Aber daß er sich nach so langer Zeit noch erinnert hat!«

»So ist das menschliche Gedächtnis nun mal beschaffen«, warf Diana ein. »Alte Menschen können sich an jede Einzelheit aus ihrer Kindheit erinnern, aber was sie gefrühstückt haben, wissen sie nicht mehr.« Sie schüttelte den Kopf. »Ich habe den Mann nicht gekannt, aber ich fand es immer furchtbar, was er Phoebes Eltern angetan hat und wie er danach Phoebe durch seine Lügen in Verruf gebracht hat. Trotzdem« – sie zuckte die Achseln –, »so zu sterben, so allein und verlassen. Das ist schon traurig. Es klingt vielleicht albern, aber wenn er sich wenigstens nicht nackt ausgezogen hätte. Das macht alles noch schlimmer, fast so, als wollte er auf die Vergeblichkeit seines Lebens hinweisen. Nackt kommen wir auf diese Welt, und nackt gehen wir wieder aus ihr hinaus. Als sei alles, was dazwischen lag, für ihn sinnlos gewesen.«

McLoughlin streckte sich. »Ich würde das nicht überinterpretieren, Mrs. Goode. Der einzige, der weiß, daß der Tote nackt war, ist Wally. Ich habe den Verdacht, der Alte schämt sich einfach. Es ist ein großer Unterschied, ob man ein paar abgelegte Kleider an sich nimmt, die nicht mehr gebraucht werden, oder ob man einen Toten auszieht, um ihm seine Sachen zu stehlen.« Er sah auf seine Uhr. »Sonst noch etwas?«

»Wir möchten Ihnen danken«, sagte Phoebe.

»Wofür?«

»Für alles, was Sie für uns getan haben. Für Jonathan. Und Jane. Für Anne. Und für uns.«

Er nickte und wandte sich zur Tür. Die beiden Frauen wechselten einen Blick.

»Sie werden doch mal wieder vorbeikommen?« fragte Diana hastig.

Er lachte leise. »Wenn es nicht anders geht.«

»Was soll das heißen?«

»Ich glaube«, sagte Phoebe lächelnd, »das soll heißen, daß er gar nicht vorhat zu gehen.«

Der Schuß und der nachfolgende Tumult hatten Anne aus dem Tiefschlaf in einen leichteren Schlummer versetzt, der von bunten Träumen in Technicolor belebt war. Es waren keine Alpträume, es war eine endlose Parade von Orten und Gesichtern, manche nur vage erinnert, die in surrealistischem Nebeneinander über ihre innere Leinwand flimmerten. Und irgendwo klopfte McLoughlin irritierend an die Doppelfenster einer mächtigen Zitadelle und erklärte ihr, sie müßten die Scheibe zu zweit hochheben, sonst würden sie unter ihr begraben werden.

Mit einem Ruck setzte sie sich auf und sah ihn an. Ihre Nachttischlampe brannte. »Ich habe geträumt, Jon und Lizzie hätten geheiratet«, sagte sie, und griff diese eine Erinnerung aus dem Wust anderer heraus, die sich für immer verflüchtigten.

Er zog sich den Korbstuhl heran und setzte sich. »Das werden sie vielleicht tun, wenn man ihnen Zeit läßt und Raum zum Atmen.«

Sie ließ sich das durch den Kopf gehen. »Ihnen entgeht aber auch nichts, hm?«

»Kommt darauf an. Wir haben den Kerl geschnappt, der Sie überfallen hat.« Er streckte seine langen Beine aus. »Und Paddy möchte mit mir zusammen eine Brauerei gründen.«

Sie lächelte. »Mögen Sie ihn?«

»Er ist ein Gauner.«

»Aber Sie mögen ihn?«

Er nickte. »Er ist ein guter Typ. Ich mag ihn wirklich gern.«

»Und – steigen Sie in die Brauerei ein?«

»Eher nicht. Ich hätte Angst, von seinem Spezialbier abhängig zu werden.« Er sah sie prüfend an. »Jon fährt morgen nach London zurück. Er bat mich, Sie zu fragen, ob Sie Ihre Liebesbriefe zurückhaben wollen. Er sagt, er kann versuchen, sie herauszufischen, ehe er fährt.«

Sie starrte auf ihre Hände. »Wissen Sie, wo er sie versteckt hat?«

»Soweit ich verstanden habe, stecken sie in der hohlen alten Eiche hinter dem Eishaus. Er ist sich nicht ganz sicher, ob er sie wieder rausholen kann, und scheint deshalb ein bißchen beunruhigt zu sein. Er hat mich gebeten, ihm zu helfen.« Er sah ihr forschend ins Gesicht. »Soll ich das tun, Anne?«

»Nein. Mir ist es lieber, sie bleiben da, wo sie sind.« Sie hob den Kopf und sah ihn an. »Wenn ich wieder auf den Beinen bin, besorge ich mir einen Sack Zement und schmiere ihn in jede Ritze der Eiche, damit die verdammten Dinger nie wieder zum Vorschein kommen. Ich mußte Jon bitten, sie zu verstecken – er war als einziger da, als Walsh mich hinausführte –, aber es wäre schrecklich, wenn der sie zu Gesicht bekäme. Ach Gott, ich wollte, es *wären* Liebesbriefe.« Sie verstummte.

»Was sind es für Papiere?«

»Fotos.«

»Von David Maybury?« Sie nickte. »Nachdem Phoebe ihn getötet hatte?« Sie nickte nochmals. »Eine Ihrer berühmten Rückversicherungen, nehme ich an.«

Sie seufzte. »Ich konnte nicht glauben, daß es nie herauskommen würde. Darum habe ich alles fotografiert; für den Fall, daß die Leiche gefunden und Phoebe vor Gericht gestellt würde.« Ihr Gesicht verdunkelte sich. »Ich habe sie selbst entwickelt. Es sind grauenvolle Bilder: David zwei Wochen, nachdem Phoebe ihn getötet hatte; Phoebe, so außer sich, daß man sie kaum wiedererkennt; das Haus, wie die Vandalen es zurückgelassen hatten; die

Gruft, die ich im Keller gebaut habe. Ich will die Dinger nie wieder sehen.«

»Erzählen Sie es mir, Anne.«

Sie holte tief Luft. »David kam an dem Abend nach dem Überfall zurück. Es war abzusehen gewesen, daß er eines Tages wieder auftauchen würde, aber daß er sich ausgerechnet diesen Abend aussuchte...« Sie schüttelte den Kopf. »Er hatte natürlich keine Ahnung, was geschehen war. Er hätte sich sicher nicht sehen lassen, wenn er es gewußt hätte. Die Türen waren mit Möbelstapeln verbarrikadiert, darum kam er durch das Kellerfenster herein. Phoebe war in der Küche und hörte ihn unten im Dunklen herumstolpern.« Sie sah ihn an. »Sie müssen begreifen, wie verängstigt sie war. Sie glaubte, diese besoffenen Schweine seien zurückgekommen, um sie und die Kinder zu töten.«

»Ich glaube, ich kann es mir vorstellen.«

»Sie packte den schwersten Gegenstand, den sie finden konnte, das Beil zum Holzhacken, das neben dem Ofen stand, und als er durch die Kellertür kam, spaltete sie ihm den Kopf.«

»Hat sie ihn erkannt?«

»Ob sie wußte, daß es David war, als sie ihn tötete, meinen Sie? Ich glaube nicht. Es ging alles viel zu schnell. Aber hinterher hat sie ihn natürlich erkannt.«

Sie schwiegen beide.

»Aber da hätten Sie doch die Polizei holen können«, sagte er schließlich. »Nach den Zerstörungen, die zuvor in der Nacht im Haus angerichtet worden waren, hätte sie sich auf Notwehr berufen können. Sie wäre ohne Schwierigkeiten freigesprochen worden.«

Anne starrte auf ihre Hände. »Ich hätte es getan, wenn ich von allem gewußt hätte. Aber Jon hat mich erst vierzehn Tage später angerufen.« Sie nahm die Hände vor die Augen, als könnte sie so die alptraumhaften Bilder ausblenden. »Phoebe hat keinerlei Erinnerung an diese zwei Wochen. Das einzige, was sie vernünftigerweise tat, ehe sie in Schock verfiel, war, Davids Leiche die Kellertreppe hinunterzustoßen und die Tür zu verriegeln. Die Kinder haben nie etwas erfahren. Jon hat mich nur angerufen, weil sie sich und die Kinder zwei Wochen lang in ihrem Schlafzimmer eingesperrt gehalten hat. Sie lebten von Konserven, die sie aus der Speisekammer mitgenommen hatte. Er nahm ihr den Schlüssel ab, als sie schlief, schlich sich aus dem Schlafzimmer und rief so lange bei mir an, bis ich mich endlich meldete.«

Ihr schossen die Tränen in die Augen bei der Erinnerung. »Er war erst elf, ein kleiner Junge, und er sagte, er gäbe sich wirklich Mühe, aber es müßte sich ein ›Großer‹ um Jane und seine Mama kümmern.« Sie wischte sich die Tränen aus den Augen. »Entschuldigen Sie. Ich kann's nicht ändern, ich muß jedesmal weinen, wenn ich daran denke. Er muß entsetzliche Angst gehabt haben. Ich bin sofort hergefahren.«

Sie sah plötzlich sehr müde aus. »Ich konnte nicht zur Polizei gehen, McLoughlin. Sie hatte völlig den Verstand verloren, und Jon und Jane bekamen kaum ein Wort heraus. Ich glaubte, Phoebe selbst habe das Haus in Trümmer gelegt, *nachdem* sie David getötet hatte. Es war unmöglich festzustellen, was zuerst stattgefunden hatte. Und wenn ich schon so dachte, was meinen Sie wohl, was für Schlüsse Walsh gezogen hätte? Ich hatte nur eins im Kopf: die Kinder. Darum hatte Phoebes Vater mich gebeten, als er mich als Treuhänderin einsetzte. Und für die Kinder war es am wichtigsten, daß sie ihre Mutter behielten.« Sie seufzte. »Ich kaufte über einen Zeitraum von mehreren Tagen kleine Mengen von Backsteinen bei Heimwerkergeschäften in ganz Süd-Hampshire. Ich konnte immer nur so viele kaufen, wie in Phoebes Auto hineinpaßten. Ich wagte nicht, sie liefern zu lassen. Dann hab ich mich unten im Keller eingesperrt und David hinter einer Wand eingemauert. Er ist immer noch dort. Die Wand ist nie angerührt worden. Diana war unten und hat nachgesehen, nachdem Fred den Toten im Eishaus gefunden hatte. Wir hatten furchtbare Angst, er wäre irgendwie rausgekommen.«

»Weiß Fred Bescheid?«

»Nein. Nur Diana, Phoebe und ich.«

»Und Phoebe weiß, was sie getan hat?«

»O ja. Es dauerte eine Weile, aber schließlich hat sie sich an alles erinnert. Vor ungefähr vier Jahren wollte sie ein Geständnis ablegen. Wir haben es ihr ausgeredet. Jane – sie war damals vierzehn – wog gerade mal zweiundzwanzig Kilo. Diana und ich haben ihr klargemacht, daß sie auf das Kind Rücksicht nehmen müsse.« Wieder holte sie tief Luft. »Das hieß natürlich, daß wir Streech Grange niemals verkaufen konnten. Bei den heutigen Tendenzen hätte der Käufer bestimmt im Keller sämtliche Wände herausreißen lassen, um eine Sauna einzubauen.« Sie lächelte schwach. »Manchmal war es völlig unerträglich. Aber wenn ich mir die drei heute ansehe, weiß ich, daß sich das alles gelohnt hat.«

Er nahm ihre Hand. »Was kann ich da noch groß dazu sagen? Höchstens eines: Wenn ich Ihnen das nächste Mal vorschreibe, wie Sie Ihr Leben zu führen haben, dann erinnern Sie mich daran, daß Sie das selbst am besten wissen.« Er spielte mit ihren Fingern. »Mit den Aufnahmen vom Haus könnte ich Walsh und Keller fertigmachen für das, was sie Phoebe angetan haben.«

»Nein!« widersprach sie augenblicklich. »Kein Mensch weiß von ihrer Existenz. Nur Sie und ich. Phoebe und Diana wissen nichts. Lassen wir sie, wo sie sind. Phoebe würde es sowieso nicht wollen. Walsh hatte recht. Sie hat David wirklich getötet.«

Er nickte und wandte sich ab. Es verging eine Weile, ehe er sprach. »Meine Frau ist heute abend zurückgekommen.«

Sie zwang sich zu lächeln. »Sind Sie froh?«

»Ja.« Sie wollte ihm taktvoll ihre Hand entziehen, aber er ließ es nicht zu.

»Dann freue ich mich für Sie. Was glauben Sie, wird es diesmal klappen?«

»O ja. Ich spiele mit dem Gedanken, aus der Polizei auszuscheiden. Was halten Sie davon?«

»Das wird zu Hause sicher einiges erleichtern. Die Scheidungsrate bei Polizeibeamten ist ja enorm hoch.«

»Vergessen Sie mal das Allgemeine. Geben Sie mir einen ganz persönlichen Rat.«

»Das kann ich nicht«, entgegnete sie. »Diese Entscheidung müssen Sie allein treffen. Wichtig ist, denke ich, daß Sie sicher sind, daß Sie auf Dauer mit ihr leben wollen.« Sie warf ihm einen scheuen Blick zu. »Ich habe mich übrigens getäuscht. Mittlerweile denke ich, die Polizei ist doch der richtige Platz für Sie. Sie wäre auf jeden Fall um einiges ärmer, wenn Sie gehen würden.«

Er nickte. »Und Sie? Was haben Sie jetzt vor?«

Sie lächelte. »Ach, das übliche. Ich werde ein paar Zitadellen erstürmen und ein, zwei Bildhauer verführen.«

Er lachte. »Würden Sie mir vorher mal einen Abend unten im Keller zur Hand gehen? Ich denke, es ist an der Zeit, daß die Wand eingerissen wird und David Maybury dieses Haus für immer verläßt. Keine Angst. Es wird schon nicht so schlimm werden. Nach neun Jahren dürfte kaum noch etwas übrig sein, und diesmal lassen wir ihn ordnungsgemäß verschwinden.«

»Wäre es nicht besser, die Finger davon zu lassen?«

»Nein.«

»Wieso nicht?«

»Weil Sie und Diana auf immer und ewig an dieses Haus gebunden sein werden, Anne, wenn Phoebe nicht von dem Kerl befreit wird.«

Sie horchte tief in sich hinein. Wie wenig er verstand. Sie würden für immer zusammengekettet sein. Dieser Zustand hatte einfach zu lange angedauert. Sie hatten das Vertrauen verloren, einen neuen Anfang zu wagen.

Er stand auf und drückte ihre Hand. »Tja, dann will ich mich mal auf den Weg ins Bett machen.«

Sie nickte, einen unnatürlichen Glanz in den Augen. »Leben Sie wohl, McLoughlin. Ich wünsche Ihnen Glück. Wirklich.«

Er rieb sich die Wange. »Sie könnten mir wohl nicht zufällig ein Kopfkissen leihen? Und vielleicht eine Zahnbürste?«

»Wozu?«

»Ich bin obdachlos, Anne. Ich habe Ihnen doch erzählt, daß meine Frau zurückgekommen ist. Ich habe nicht die Absicht, noch einmal sieben Jahre mit einer Frau zu verbringen, deren Lieblingsfarbe Beige ist. Darum bin ich gegangen.« Er sah, wie sie lächelte. »Ich hab gedacht, ich kriech erst mal bei einer Freundin unter.«

»Bei was für einer Freundin?«

»Hm, ich weiß auch nicht. Wir wär's mit einer zynischen, egoistischen Person, die ein intellektueller Snob ist, beziehungsunfähig, sich nicht anpaßt und häufig aneckt?«

Sie lachte. »Das trifft alles auf mich zu!«

»Natürlich. Wir haben viel gemeinsam. Die Beschreibung trifft auch auf mich zu.«

»Sie fänden das Leben hier unerträglich.«

»Genau wie Sie. Wie wär's mit Glasgow?«

»Was würden wir denn dort tun?«

»Experimentieren, Cattrell, experimentieren.«

Ihre Augen blitzten. »Würden Sie es akzeptieren, wenn ich nein sage, McLoughlin?«

»Nein.«

»Worauf warten Sie dann noch?«

Die Bildhauerin

Für Roland und Philip

Die Wahrheit liegt innerhalb eines kleinen,
bestimmten Umkreises, doch der Irrtum ist immens.

HENRY ST. JOHN, VISCOUNT BOLINGBROKE

»Es war das Gefühl, dass der große, tödliche, ausgestreckte Zeigefinger der Gesellschaft auf mich zeigte – und die Stimme von Millionen intonierte: ›Schande. Schande. Schande.‹ So geht die Gesellschaft mit jemandem um, der anders ist.«

KEN KESEY – *Einer flog übers Kuckucksnest*

Wachsskulptur – Böser Wille und Aberglaube drückten sich auch in der Herstellung von Wachsbildern verhasster Personen aus, in deren Körper man lange Nadeln stieß, weil man hoffte, dadurch bei den repräsentierten Personen eine tödliche Verletzung herbeizuführen. Der Glaube an diese Form der Schwarzen Magie ist niemals ganz ausgestorben.

ENCYCLOPAEDIA BRITANNICA

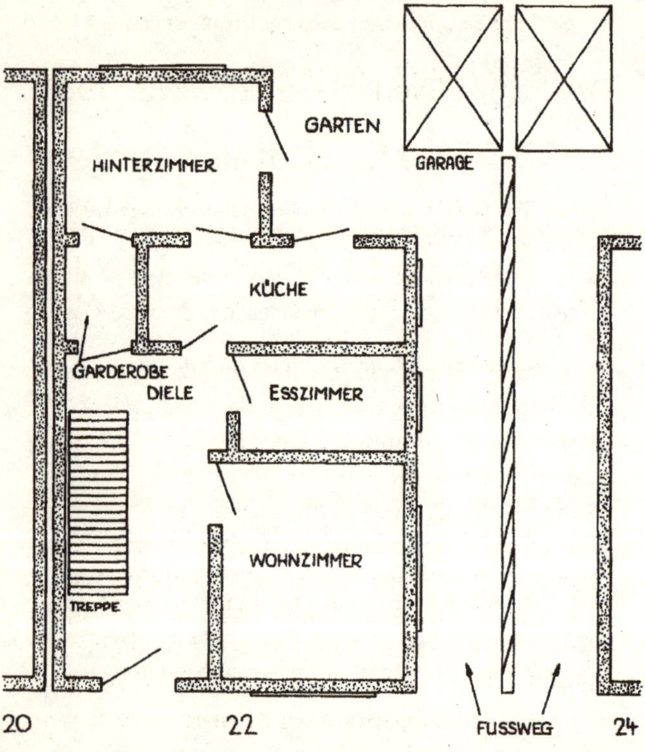

ERDGESCHOSS-GRUNDRISS DES HAUSES AN DER LEVEN ROAD, NUMMER 22, IN DAWLINGTON/SOUTHAMPTON, ZUR ZEIT DER MORDE.

PROLOG

Dawlington Evening Herald, Januar 1988

25 Jahre für brutale Morde

Vor dem Strafgericht in Winchester wurde gestern Olive Martin, 23, wohnhaft in der 22 Leven Road in Dawlington, für die brutalen Morde an Mutter und Schwester zu einer lebenslänglichen Zuchthausstrafe verurteilt, wobei die Empfehlung erging, sie solle mindestens 25 Jahre davon abbüßen. Der Richter, der die Martin als ›ein Monstrum ohne einen Funken Menschlichkeit‹ bezeichnete, erklärte, nichts könnte die barbarische Grausamkeit entschuldigen, die sie zwei wehrlosen Frauen gegenüber an den Tag gelegt habe. Der Mord an einer Mutter durch ihre Tochter sei das unnatürlichste aller Verbrechen und verlange die strengste Strafe, die das Gesetz auferlegen könne. Der Mord an einer Schwester durch die Schwester sei nicht minder schändlich. »Die Zerstückelung der Leichen«, fuhr er fort, »war eine unverzeihliche und barbarische Schändung, die als ein Akt tiefster Verwerflichkeit in die Annalen des Verbrechens eingehen wird.« Olive Martin zeigte keine Gefühlsregung, als das Urteil verlesen wurde …

1

Es war unmöglich, sie ohne einen Schauer des Abscheus näher kommen zu sehen. Sie war die groteske Parodie einer Frau, so unförmig, dass Kopf, Hände und Füße auf absurde Weise wie viel zu klein geratene nachträgliche Anhängsel von der gewaltigen Masse ihres Körpers abstanden. Schmutziges blondes Haar klebte feucht und dünn an ihrer Kopfhaut, und unter ihren Achselhöhlen hatten sich dunkle Schweißflecken ausgebreitet. Das Gehen bereitete ihr offensichtlich Mühe. Immer in Gefahr, das Gleichgewicht zu verlieren, schlurfte sie auf den Innenkanten ihrer Füße vorwärts, die Beine auseinander getrieben von der Stoßkraft eines gigantischen Oberschenkels gegen den anderen. Und selbst bei der kleinsten Bewegung spannte sich mit der Verlagerung der Fleischmassen der Stoff ihres Kleides gefährlich. Sie besaß, so schien es, nicht ein einziges Charakteristikum, das mit ihrer Erscheinung versöhnt hätte. Selbst ihre Augen, von einem tiefen Blau, gingen förmlich unter in den hässlichen Falten gewellten weißen Fetts.

Seltsam, dass sie nach so langer Zeit noch immer ein Objekt der Neugier war. Leute, die sie jeden Tag sahen, starrten ihr nach, wenn sie durch den Korridor ging, als sähen sie sie zum ersten Mal. Was war es, das sie so faszinierte? Einfach die Dimensionen einer Frau, die einen Meter achtzig groß war und fast hundertvierzig Kilo wog? Oder ihr Ruf? Der

Abscheu vor ihr? Nie lächelte jemand. Die meisten beobachteten sie unbewegt, wenn sie vorüberging, vielleicht aus Furcht, ihre Aufmerksamkeit zu erregen. Sie hatte ihre Mutter und ihre Schwester in kleine Stücke zerhackt und die einzelnen Teile in blutiger Abstraktion auf ihrem Küchenboden geordnet. Wenige, die sie sahen, konnten das vergessen. Wegen ihres grausigen Verbrechens und der Furcht, die sie, finster und gewaltig, allen im Gerichtssaal eingeflößt hatte, war sie zu lebenslänglicher Zuchthausstrafe verurteilt worden, mit der Empfehlung, dass sie mindestens fünfundzwanzig Jahre der Strafe verbüßen sollte. Was sie, abgesehen von dem Verbrechen selbst, zu einer ungewöhnlichen Person machte, war die Tatsache, dass sie sich schuldig bekannt und jede Verteidigung abgelehnt hatte.

Innerhalb der Zuchthausmauern war sie als die Bildhauerin bekannt. Ihr richtiger Name war Olive Martin.

Rosalind Leigh, die an der Tür des Besprechungsraums wartete, fuhr sich mit der Zunge durch den Mund. Ihr Abscheu war so unmittelbar, als hätte das Böse an Olive Martin die Hand nach ihr ausgestreckt und sie berührt. *Mein Gott,* dachte sie, und der Gedanke erschreckte sie, *ich halte das nicht durch!* Aber sie hatte keine Wahl. Hinter ihr, der Besucherin, waren die Zuchthaustore so fest geschlossen wie hinter den Insassen der Anstalt. Sie drückte ihre zitternde Hand auf ihren Oberschenkel, dessen Muskeln unkontrollierbar zuckten. Ihre praktisch leere Aktentasche hinter ihr war hohnlachendes Zeugnis ihrer mangelnden Vorbereitung auf dieses Zusammentreffen und ihres naiven Vertrauens darauf, dass ein Gespräch mit Olive sich entwickeln werde wie jedes andere. Nicht einen Moment lang war ihr der Gedanke gekommen, Furcht könnte ihren Einfallsreichtum lähmen.

Lizzie Borden mit dem Beile, hackt ihre Mutter in zehn Teile. Schaut sich die Bescherung an, nimmt gleich den Vater auch noch dran. Der Reim ging ihr unaufhörlich im Kopf herum, benebelnd in seiner ständigen Wiederholung. *Olive Martin mit dem Beile, hackt ihre Mutter in zehn Teile. Schaut sich die Bescherung an, nimmt gleich die Schwester auch noch dran ...*

Roz trat von der Tür weg und zwang sich zu lächeln. »Hallo, Olive. Ich bin Rosalind Leigh. Es freut mich, Sie endlich kennen zu lernen.« Sie reichte Olive herzlich die Hand, vielleicht in der Hoffnung, sie könnte ihre Abneigung bezwingen, wenn sie unvoreingenommene Freundlichkeit demonstrierte. Olives Berührung war rein mechanisch, ein Hauch lebloser Finger. »Danke«, sagte Roz kurz zu der wartenden Zuchthausbeamtin. »Ich komme jetzt allein zurecht. Wir haben die Genehmigung der Direktorin, eine Stunde lang miteinander zu sprechen.«

Lizzie Borden mit dem Beile ... Sag ihr, dass du es dir anders überlegt hast. *Olive Martin* mit dem Beile, hackt ihre Mutter in zehn Teile ... Ich halte das nicht durch!

Die Frau in Uniform zuckte die Achseln. »Okay.« Sie ließ den Stuhl aus geschweißtem Metall, den sie mitgebracht hatte, achtlos zu Boden fallen und stützte ihn mit dem Knie ab. »Den werden Sie brauchen. Alles andere bricht zusammen, wenn sie sich drauf setzt.« Sie lachte durchaus liebenswürdig. Eine attraktive Frau. »Letztes Jahr war sie in der Toilette eingeklemmt. Vier Männer waren nötig, um sie wieder rauszuholen. Allein würden Sie sie niemals auf die Beine bringen.«

Roz bugsierte den Stuhl unbeholfen durch den Raum. Sie fühlte sich in die Ecke gedrängt wie die Freundin verfeindeter Partner, die genötigt wird, Partei zu ergreifen. *Doch Olive schüchterte sie auf eine Weise ein, wie die Gefängniswärterin das nie gekonnt hätte.*

»Ich werde bei diesem Gespräch mit dem Kassettenrecorder arbeiten«, blaffte sie in ihrer Nervosität kurz. »Die Direktorin ist damit einverstanden. Ich vertraue also darauf, dass das in Ordnung ist.«

Darauf folgte kurzes Schweigen. Die Beamtin zog eine Augenbraue hoch. »Wenn Sie meinen. Es wird sich ja wohl jemand die Mühe gemacht haben, das Einverständnis der Bildhauerin einzuholen. Wenn's Probleme geben sollte, zum Beispiel handgreifliche Proteste«, sie fuhr sich mit einem Finger quer über den Hals, ehe sie an die Glasscheibe neben der Tür klopfte, die dem Personal ungehinderten Blick in das Zimmer gestattete, »dann klopfen Sie ans Fenster. Immer vorausgesetzt natürlich, sie lässt sie.« Sie lächelte kühl. »Die Vorschriften haben Sie hoffentlich gelesen. Sie bringen nichts mit herein, und Sie nehmen nichts mit hinaus. Im Besprechungszimmer darf sie Ihre Zigaretten rauchen, aber sie darf keine in ihre Zelle mitnehmen. Ohne Genehmigung der Direktorin dürfen Sie ihr weder Botschaften überbringen, noch dürfen Sie für sie welche weitergeben. Wenn Sie wegen irgendwas Zweifel haben, wenden Sie sich an eine Beamtin. Ist das klar?«

Miststück, dachte Roz zornig. »Ja, danke.« Aber natürlich verspürte sie nicht Zorn, sondern Angst. Angst davor, mit diesem Monstrum, das nach dem Schweiß der Dicken stank und dessen grotesk aufgedunsenes Gesicht keinerlei Regung zeigte, in einem engen Raum eingesperrt zu sein.

»Gut.« Mit einem Zwinkern zu einer Kollegin ging die Beamtin davon.

Roz sah ihr nach. »Kommen Sie herein, Olive.« Sie wählte absichtlich den Stuhl, der am weitesten von der Tür stand. Es war eine Vertrauenserklärung. Sie war so verdammt nervös, dass sie dringend pinkeln musste.

Die Idee zu dem Buch war ihr von ihrer Agentin in Form eines Ultimatums vorgetragen worden. »Dein Verleger ist drauf und dran, dich fallen zu lassen, Roz. Seine genauen Worte waren: ›Ich gebe ihr eine Woche Zeit. Entweder sie verpflichtet sich, etwas zu schreiben, das sich verkauft, oder ich streiche sie aus unseren Listen.‹ Und ich sag's zwar nicht gern, aber ich bin kurz davor, genau dasselbe zu tun.« Iris' Gesicht wurde eine Spur weicher. Roz auszuzanken, dachte sie, war ungefähr so, als versuchte man, mit dem Kopf durch die Wand zu gehen, es war schmerzhaft und völlig wirkungslos. Sie war, das wusste sie, Roz' beste Freundin – ihre einzige, glaubte sie manchmal. Der Stacheldrahtzaun, den Roz um sich herum hochgezogen hatte, schreckte alle außer den Entschlossensten ab. Dieser Tage erkundigte sich kaum jemand nach ihr. Mit einem geheimen Seufzer schlug Iris alle Vorsicht in den Wind. »Hör zu, Schatz, du kannst so wirklich nicht weitermachen. Es ist einfach ungesund, sich so abzuriegeln und nur zu grübeln. Hast du mal über meinen letzten Vorschlag nachgedacht?«

Roz hörte gar nicht zu. »Tut mir Leid«, murmelte sie mit diesem leeren Blick, der einen wahnsinnig machen konnte. Sie sah die Verstimmung in Iris' Gesicht und zwang sich zur Konzentration. Iris, dachte sie, hatte wieder einmal einen Vortrag gehalten. Warum machte sie sich überhaupt die Mühe? Wo doch die Sorgen anderer Leute so anstrengend waren.

»Hast du den Psychiater angerufen, den ich dir empfohlen habe?«, fragte Iris direkt.

»Nein, das war nicht nötig. Mir geht's gut.« Sie musterte das makellos geschminkte Gesicht, das sich in fünfzehn Jahren kaum verändert hatte. Irgendjemand hatte einmal zu Iris Fielding gesagt, sie sähe aus wie Elizabeth Taylor in *Kleopatra*. »Eine Woche ist zu wenig«, sagte Roz im Hinblick auf das Ultimatum ihres Verlegers. »Sag ihm, ich brauche einen Monat.«

Iris schnippte ein Blatt Papier über ihren Schreibtisch. »Du hast leider keinen Spielraum mehr. Er ist nicht einmal bereit, dir beim Thema freie Wahl zu lassen. Er möchte Olive Martin. Hier sind Name und Adresse ihres Anwalts. Stell fest, warum sie nicht nach Broadmoor oder Rampton gekommen ist. Stell fest, warum sie die Morde überhaupt begangen hat. Da gibt's bestimmt irgendwo eine Story.« Sie sah, wie die Falten auf Roz' Stirn sich vertieften, und zuckte die Achseln. »Ich weiß. So was ist nicht dein Fall, aber du hast es dir selbst zuzuschreiben. Ich sag' dir seit Monaten, du sollst ein Exposé beibringen. Jetzt ist es eben das hier oder gar nichts. Ehrlich gesagt, ich glaube, er hat's mit Absicht getan. Wenn du das Buch schreibst, wird es ein Schlager, wenn du dich weigerst, es zu schreiben, weil es reiner Sensationsjournalismus ist, hat er einen guten Vorwand gefunden, dich fallen zu lassen.«

Roz' Reaktion überraschte sie. »Okay«, sagte sie milde, nahm den Zettel und steckte ihn in ihre Handtasche.

»Ich dachte, du würdest ablehnen.«

»Warum?«

»Wegen der Art und Weise, wie die Sensationsblätter *deine* Geschichte ausgeschlachtet haben.«

Roz zuckte die Achseln. »Vielleicht wird es Zeit, dass ihnen mal jemand vormacht, wie man eine menschliche Tragödie mit Würde behandelt.« Sie würde das Buch selbstverständlich nicht schreiben – sie hatte nicht die geringste Absicht, noch irgendetwas zu schreiben, aber sie sah Iris mit einem ermutigenden Lächeln an. »Ich bin noch nie einer Mörderin begegnet.«

Roz' Antrag auf Erlaubnis, Olive Martin zu besuchen, um Recherchen für ein Buch über sie anzustellen, wurde von der

Anstaltsdirektorin an das Innenministerium weitergeleitet. Es dauerte mehrere Wochen, ehe diese Erlaubnis mit einem missmutigen computergeschriebenen Brief von einem Beamten erteilt wurde. Martin habe den Besuchen zwar zugestimmt, sich jedoch das Recht vorbehalten, ihr Einverständnis jederzeit ohne Grund und ohne Obligo zurückzuziehen. Es wurde betont, die Besuche würden nur unter der Voraussetzung gestattet, dass nicht gegen die Zuchthausvorschriften verstoßen werde, dass die letzte Entscheidung in jedem Fall der Anstaltsleitung vorbehalten bleibe und Ms. Leigh zur Verantwortung gezogen werde, sollte sie in irgendeiner Weise zur Unterminierung der Zuchthausdisziplin beitragen.

Es fiel Roz schwer, Olive anzusehen. Der Anstand und die Hässlichkeit der Frau verboten es, sie anzustarren, und das monströse Gesicht war so stumpf, so teilnahmslos, dass ihr Blick von ihm abglitt wie Butter von einer heißen Kartoffel. Olive ihrerseits verschlang Roz mit gierigen Blicken. Ein attraktives Äußeres setzt neugierigen Blicken keine solche Abwehr entgegen – im Gegenteil, es lädt zum Schauen ein –, und Roz war ja außerdem etwas Neues. Besucher waren selten in Olives Leben, insbesondere solche, die nicht mit einem Sack voll missionarischen Bekehrungseifers kamen.

Nachdem Olive sich umständlich gesetzt hatte, wies Roz auf den Kassettenrecorder. »Sie erinnern sich vielleicht, dass ich Ihnen in meinem zweiten Brief geschrieben habe, dass ich unsere Gespräche gern aufzeichnen würde. Als mir die Direktion die Erlaubnis dazu erteilte, nahm ich an, dass Sie Ihre Zustimmung gegeben hatten.« Ihre Stimme klang viel zu hoch.

Olive zuckte in einer Art stillschweigenden Einverständnisses die Achseln.

»Sie haben also keine Einwände?«

Ein Kopfschütteln.

»Gut. Dann schalte ich jetzt ein. Montag, zwölfter April. Gespräch mit Olive Martin.« Sie warf einen Blick auf ihre allzu flüchtig hingeworfene Liste von Fragen. »Fangen wir mit einigen Fakten an. Wann sind Sie geboren?«

Keine Antwort.

Roz sah mit einem ermutigenden Lächeln auf und begegnete dem kühl prüfenden Blick der Frau. »Na schön«, sagte sie, »das weiß ich, glaube ich, sowieso schon. Schauen wir mal. Am achten September 1964, das heißt, Sie sind jetzt achtundzwanzig. Richtig?«

Wieder keine Antwort.

»Und Sie sind in Southampton zur Welt gekommen, als erstes Kind von Gwen und Robert Martin. Ihre Schwester Amber wurde zwei Jahre später, am fünfzehnten Juli 1966 geboren. Haben Sie sich darüber gefreut, eine Schwester zu bekommen? Oder hätten Sie lieber einen Bruder gehabt?«

Nichts.

Diesmal sah Roz nicht auf. Sie spürte den Druck von Olives Blick auf sich. »Ihre Eltern hatten offensichtlich eine Vorliebe für Farben. Wie hätten sie Amber wohl genannt, wenn sie ein Junge gewesen wäre?« Sie kicherte nervös. »Red? Ginger? Es war vielleicht gut, dass das zweite Kind auch ein Mädchen war.« Sie fand sich ekelhaft. *Gottverdammich, warum, zum Teufel, habe ich mich darauf eingelassen?* Ihre Blase zwickte erbärmlich. Olive streckte einen dicken Finger aus und schaltete den Recorder aus. Roz verfolgte den Vorgang mit schaudernder Faszination.

»Sie brauchen keine Angst zu haben«, sagte Olive mit tiefer, überraschend kultivierter Stimme. »Miss Henderson hat nur Spaß gemacht. Sie wissen alle, dass ich völlig harmlos bin. Wenn es nicht so wäre, wäre ich in Broadmoor.« Ein merkwürdiges dröhnendes Geräusch ließ die Luft vibrieren.

Ein Lachen? »Ist doch eigentlich ganz logisch.« Der Finger hing über den Knöpfen. »Sehen Sie, ich tu' nur das, was jeder normale Mensch tut, wenn er Einwände hat. Ich äußere sie.« Der Finger wanderte zu ›Aufnahme‹ und drückte sachte den Knopf. »Wenn Amber ein Junge geworden wäre, dann hätten sie ihn Jeremy genannt, nach dem Vater meiner Mutter. Eine Vorliebe für Farben hat da nicht mitgespielt. Amber hieß in Wirklichkeit Alison. Ich habe sie nur Amber genannt, weil ich im Alter von zwei Jahren mit dem ›l‹ und dem ›s‹ nicht zurechtgekommen bin. Der Name hat zu ihr gepasst. Sie hatte wunderschönes honigblondes Haar, und sie hat später nie auf Alison gehört, immer nur auf Amber. Sie war sehr hübsch.«

Roz wartete einen Moment, bis sie sicher war, ihre Stimme in der Gewalt zu haben. »Tut mir Leid.«

»Schon gut. Ich bin's gewöhnt. Am Anfang haben alle Angst.«

»Stört Sie das nicht?«

Ein Funke der Erheiterung zuckte in den tief in Fettmassen eingebetteten Augen. »Würde es Sie stören?«

»Ja.«

»Na also. Haben Sie eine Zigarette?«

»Natürlich.« Roz nahm eine ungeöffnete Packung aus ihrer Aktentasche und schob sie zusammen mit einem Heftchen Streichhölzer über den Tisch. »Bedienen Sie sich. Ich rauche nicht.«

»Sie würden anfangen, wenn Sie hier drinnen säßen. Hier rauchen alle.« Sie wühlte sich in die Packung und zündete sich mit einem Aufatmen der Befriedigung eine Zigarette an. »Wie alt sind Sie?«

»Sechsunddreißig.«

»Verheiratet?«

»Geschieden.«

»Kinder?«

Roz schüttelte den Kopf. »Ich bin nicht der mütterliche Typ.«

»Haben Sie sich deshalb scheiden lassen?«

»Wahrscheinlich. Meine Karriere hat mich mehr interessiert. Wir haben uns in aller Freundschaft getrennt.« Absurd, dachte sie, sich vor Olive die Mühe der Schmerzverleugnung zu machen, aber wenn man eine Lüge oft genug wiederholte, wurde sie eben Wahrheit, und der Schmerz meldete sich nur noch gelegentlich in diesen eigenartigen Momenten der Desorientiertheit beim Erwachen, wenn sie glaubte, wieder zu Hause zu sein und voller Liebe und Lachen einen warmen Körper in den Armen zu halten.

Olive blies einen Rauchring in die Luft. »Ich hätte gern Kinder gehabt. Einmal war ich schwanger, aber da hat meine Mutter mich überredet, es loszuwerden. Jetzt wollte ich, ich hätte es nicht getan. Ich frage mich oft, ob es ein Junge oder ein Mädchen war. Manchmal träume ich von meinem Kind.« Sie folgte mit ihrem Blick einem Rauchfaden, der zur Decke hinaufstieg. »Das arme kleine Ding. Eine Frau hier hat mir erzählt, dass sie sie im Spülbecken runterspülen – ich meine, wenn sie sie mit der Saugglocke aus einem rausgeholt haben.«

Roz beobachtete die dicken Lippen, die feucht an der winzigen Zigarette sogen, und dachte an Föten, die aus dem Mutterleib herausgesaugt wurden.

»Das wusste ich gar nicht.«

»Das mit dem Spülbecken?«

»Nein. Dass Sie abgetrieben haben.«

Olives Gesicht blieb unbewegt. »Wissen Sie denn überhaupt etwas von mir?«

»Nicht viel.«

»Wen haben Sie nach mir gefragt?«

»Ihren Anwalt.«

Wieder rollte dieses dröhnende Geräusch aus den Tiefen ihres Brustkorbs herauf.

»Ich wusste gar nicht, dass ich einen hatte.«

»Peter Crew«, sagte Roz mit einem Stirnrunzeln und zog einen Brief aus ihrer Aktentasche.

»Ach, der.« Olives Ton war verächtlich. »Ein Widerling.« Sie sprach mit unverhohlener Gehässigkeit.

»Er schreibt hier, dass er Ihr Anwalt sei.«

»Ach ja? Und die Regierung behauptet, das Wohl ihrer Bürger liege ihr am Herzen. Ich habe seit vier Jahren kein Wort von ihm gehört. Ich habe ihn weitergeschickt, als er mit seiner glänzenden Idee hier ankam, mir einen unbegrenzten Aufenthalt in Broadmoor zu verschaffen. Schleimiger kleiner Wichser. Er hat mich überhaupt nicht gemocht. Der hätte sich vor Freude in die Hose gemacht, wenn er es geschafft hätte, mich in eine Anstalt zu kriegen.«

»Er schreibt ...« Roz überflog ohne zu überlegen den Brief. »Ah, ja, hier ist es. ›Leider hat Olive nicht begriffen, dass eine Berufung auf verminderte Schuldfähigkeit ihr die Art der Hilfe in einer psychiatrischen Einrichtung gesichert hätte, die aller Wahrscheinlichkeit nach ihre Entlassung in die Gesellschaft innerhalb von höchstens fünfzehn Jahren zur Folge gehabt hätte. Mir war immer klar ...‹« Sie brach abrupt ab, als ihr auf dem Rücken der Schweiß ausbrach. *Wenn's Probleme geben sollte, zum Beispiel handgreifliche Proteste* ... War sie denn von allen guten Geistern verlassen? Sie lächelte schwach. »Der Rest ist belanglos.«

»›Mir war immer klar, dass Olive psychologisch gestört ist, möglicherweise in einem Maß, das an paranoide Schizophrenie oder Psychopathie grenzt.‹ Steht es so in dem Brief?« Olive stellte ihren glühenden Stummel aufrecht auf den Tisch und nahm sich eine neue Zigarette aus der Packung. »Ich will nicht behaupten, dass ich nicht in Versuchung war. Wenn ich das Gericht davon hätte überzeugen können, dass ich vorübergehend geistig verwirrt war, als ich es getan habe, wäre ich fast mit Sicherheit ein freier Mensch. Haben Sie meine psychologischen Befunde gesehen?«

Roz schüttelte den Kopf.

»Abgesehen von einem unablässigen Drang zu essen, der allgemein als unnormal betrachtet wird – ein Psychiater bezeichnete ihn als eine Neigung zur Selbstmisshandlung –, gelte ich als ›normal‹.« Sie blies das Streichholz mit einem Anflug von Erheiterung aus. »Was immer normal bedeutet. Sie haben wahrscheinlich mehr Macken als ich, aber ich vermute, Sie passen in ein ›normales‹ psychologisches Raster.«

»Ich habe keine Ahnung«, sagte Roz fasziniert. »Ich habe mich nie analysieren lassen.« *Ich habe viel zu viel Angst davor, was man da finden würde.*

»In einer Anstalt wie dieser hier gewöhnt man sich daran. Ich denke, die tun's, um nicht aus der Übung zu kommen, und wahrscheinlich macht's mehr Spaß, sich mit einer Muttermörderin zu unterhalten als mit einer langweiligen alten Depressiven. Ich bin von fünf verschiedenen Psychiatern auf Herz und Nieren geprüft worden. Etiketten lieben sie geradezu. Da können sie uns nachher, wenn sie überlegen, was sie mit uns anfangen sollen, leichter in Schubladen stecken. Ich mache ihnen Probleme. Ich bin gesund, aber gefährlich, wohin, zum Teufel, sollen sie mich also stecken? Eine offene Anstalt kommt nicht in Frage; da könnte ich ja raus und es womöglich wieder tun. Und das wäre der Öffentlichkeit bestimmt nicht recht.«

Roz hielt den Brief hoch. »Sie sagen, Sie waren in Versuchung. Warum sind Sie nicht darauf eingegangen, wenn Sie geglaubt haben, es bestünde wirklich eine Chance, früher herauszukommen?«

Olive antwortete nicht sogleich, sondern strich das formlose Kleid über ihren Schenkeln glatt. »Wir müssen wählen. Die Wahl ist nicht immer die richtige, aber wenn sie einmal getroffen ist, müssen wir mit ihr leben. Ich war sehr unwissend, als ich hierherkam. Jetzt habe ich einige Erfahrungen gesammelt.« Sie machte einen tiefen Lungenzug. »Psychologen, Polizeibeamte, Gefängnisbeamte, Richter – die waren alle aus demselben Holz geschnitzt. Autoritätspersonen, denen ich völlig ausgeliefert war. Angenommen, ich hätte mich auf verminderte Schuldfähigkeit berufen und sie hätten gesagt, der Zustand dieser Frau wird sich niemals bessern. Sperren wir die Tür ab und werfen den Schlüssel weg. Fünfundzwanzig Jahre unter geistig gesunden Menschen erschien mir weit attraktiver als ein ganzes Leben unter Verrückten.«

»Wie denken Sie jetzt?«

»Man lernt immer dazu, nicht? Wir kriegen hier manchmal richtige Verrückte, ehe sie in eine andere Anstalt kommen. So übel sind die gar nicht. Die meisten haben eine Gabe, die Dinge von der komischen Seite zu sehen.« Sie stellte einen zweiten Stummel neben dem ersten auf. »Und ich sag' Ihnen noch etwas, sie sind lange nicht so kritisch wie die Gesunden. Wenn man aussieht wie ich, weiß man das zu schätzen.« Sie hob die Lider mit den dünnen blonden Wimpern und sah Roz prüfend an. »Das will nicht heißen, dass ich es anders gemacht hätte, wenn ich mich im System besser ausgekannt hätte. Ich bin immer noch der Meinung, es wäre unmoralisch gewesen, zu behaupten, ich habe nicht gewusst, was ich tat, obwohl ich es doch ganz genau wusste.«

Roz sagte nichts. Was kann man auch zu einer Frau sagen, die ihre Mutter und ihre Schwester zerstückelt und dann in aller Gelassenheit über die Moral dieser oder jener Rechtsmittel Haare spaltet?

Olive erriet, was sie dachte, und antwortete mit ihrem

dröhnenden Lachen. »Ich finde das logisch. Nach meinen eigenen Maßstäben habe ich nichts Unrechtes getan. Nur gegen das Gesetz, die Maßstäbe, die die Gesellschaft geschaffen hat, habe ich verstoßen.«

Dieser letzte Satz hatte einen gewissen biblischen Tonfall, und Roz fiel ein, dass heute Ostermontag war. »Glauben Sie an Gott?«

»Nein. Ich bin Heidin. Ich glaube an die Naturkräfte. Die Sonne zu verehren, das, finde ich, ergibt Sinn. Ein unsichtbares Wesen zu verehren, nicht.«

»Und Jesus Christus? Der war doch nicht unsichtbar.«

»Aber er war auch nicht Gott.« Olive zuckte die Achseln. »Er war ein Prophet, wie Billy Graham. Können Sie vielleicht den Quatsch von der Dreifaltigkeit schlucken? Ich meine, entweder gibt es einen einzigen Gott, oder es gibt einen ganzen Haufen. Es kommt nur darauf an, wie viel Fantasie man hat. Ich jedenfalls habe keinen Anlass, die Wiederauferstehung Christi zu feiern.«

Roz, deren Glaube tot war, konnte Olives Zynismus nachfühlen. »Wenn ich Sie also richtig verstehe, sagen Sie, dass es ein absolutes Recht oder Unrecht nicht gibt, sondern nur das Gewissen des Einzelnen und das Gesetz.« Olive nickte. »Und Ihr Gewissen plagt Sie nicht, weil Sie nicht der Meinung sind, etwas Unrechtes getan zu haben.«

Olive sah sie beifällig an. »Genau.«

Roz kaute nachdenklich auf ihrer Unterlippe. »Das heißt, dass Sie glauben, Ihre Mutter und Ihre Schwester verdienten den Tod.« Sie runzelte die Stirn. »Aber dann verstehe ich nicht, wieso Sie sich bei Ihrem Prozess überhaupt nicht verteidigt haben.«

»Ich hatte keine Verteidigung.«

»Provokation. Seelische Grausamkeit. Vernachlässigung. Irgendetwas müssen Ihre Mutter und Ihre Schwester doch getan haben, dass Sie sich dazu berechtigt fühlten, sie zu töten.«

Olive nahm sich noch eine Zigarette aus der Packung, antwortete aber nicht.

»Also?«

Wieder der intensiv prüfende Blick. Diesmal hielt Roz ihm stand.

»Also?«, wiederholte sie.

Abrupt klopfte Olive mit dem Handrücken an die Fensterscheibe. »Ich bin jetzt fertig, Miss Henderson!«, rief sie hinaus.

Roz war verblüfft. »Wir haben noch vierzig Minuten.«

»Ich habe genug geredet.«

»Tut mir Leid. Ich habe Sie offensichtlich verärgert.« Sie wartete. »Es ist ohne Absicht geschehen.«

Auch jetzt antwortete Olive nicht, sondern blieb reglos sitzen, bis die Beamtin hereinkam. Dann umfasste sie die Tischkante und stemmte sich mit einem Ruck in die Höhe. Die unangezündete Zigarette klebte ihr an der Unterlippe wie eine Wattewurst. »Wir sehen uns nächste Woche«, sagte sie und schob sich im Krebsgang durch die Tür, um dann, gefolgt von Miss Henderson, die den Metallstuhl trug, davonzuschlurfen.

Roz blieb noch einige Minuten sitzen und sah ihnen durch das Fenster nach. Warum hatte Olive eine Antwort verweigert, als sie die Frage der Berechtigung angeschnitten hatte? Roz fühlte sich betrogen – dies war eine der wenigen Fragen, auf die sie eine Antwort gewollt hatte – und doch ... Wie eine Lebenskraft, die lange brachgelegen hat, begann ihre Neugier sich zu regen. Es war wahrhaftig unerklärlich – sie und Olive waren so unterschiedlich wie zwei Frauen nur sein konnten –, aber sie musste zugeben, dass ihr diese Frau auf eine eigenartige Weise sympathisch war.

Sie klappte ihre Aktentasche zu und merkte gar nicht, dass ihr Bleistift fehlte.

Iris hatte eine Nachricht auf dem Anrufbeantworter hinterlassen. »Ruf mich an und erzähl ... Ist sie absolut grässlich? Wenn sie so verrückt und dick ist, wie ihr Anwalt gesagt hat, muss sie entsetzlich sein. Ich kann's kaum erwarten, die grusligen Details zu hören. Wenn du dich nicht meldest, komm' ich einfach bei dir vorbei und fall' dir auf die Nerven ...«

Roz machte sich einen Gin Tonic und überlegte, ob Iris' Mangel an Sensibilität ererbt oder erworben war. Sie wählte ihre Nummer. »Ich rufe an, weil es das kleinere von zwei Übeln ist. Wenn ich zusehen müsste, wie du hier vor lauter Sensationslust meinen Teppich voll sabberst, würde mir schlecht werden.«

Mrs. Antrobus, ihre tyrannische weiße Katze, strich ihr mit aufgestelltem Schweif schnurrend um die Beine. Roz zwinkerte ihr zu. Zwischen ihr und Mrs. Antrobus bestand eine lang andauernde Beziehung, in der Mrs. Antrobus die Hosen anhatte, und Roz wusste, wie sie sich zu verhalten hatte. Niemals konnte man Mrs. A. zu etwas überreden, was sie nicht wollte.

»Na, wunderbar. Sie hat dir also gefallen?«

»Du bist doch wirklich eine schreckliche Person.« Sie trank einen Schluck aus ihrem Glas. »Ich weiß nicht, ob ›gefallen‹ das Wort ist, das ich gebrauchen würde.«

»Wie dick ist sie?«

»Grotesk. Und es ist traurig, nicht komisch.«

»Hat sie mit dir geredet?«

»Ja. Sie spricht sehr kultiviert und ist durchaus eine Intellektuelle. Überhaupt nicht das, was ich erwartet habe. Sehr vernünftig übrigens.«

»Ich dachte, der Anwalt hätte gesagt, sie sei eine Psychopathin.«

»Stimmt. Ich treffe mich morgen mit ihm. Ich möchte gern wissen, wer ihm das eingeblasen hat. Nach dem, was Olive mir erzählt hat, ist sie von fünf Psychiatern als normal diagnostiziert worden.«

»Vielleicht lügt sie.«

»Nein. Ich habe mich hinterher bei der Direktorin erkundigt.« Roz bückte sich und hob Mrs. Antrobus in ihre Arme. Die Katze leckte ihr laut schnurrend die Nase ab. Reine Berechnung. Sie hatte Hunger. »Aber mach dir mal keine allzu großen Hoffnungen. Kann gut sein, dass Olive es ablehnt, noch einmal mit mir zu sprechen.«

»Warum? Und was ist das für ein fürchterlicher Lärm?«, fragte Iris.

»Das ist Mrs. Antrobus.«

»Du meine Güte. Die räudige Katze!« Iris war abgelenkt. »Das hört sich ja an, als hättest du die Handwerker im Haus. Was machst du denn mit ihr?«

»Ich bin lieb zu ihr. Sie ist das einzige Wesen, für das es sich lohnt, in diese grauenvolle Wohnung zurückzukommen.«

»Du bist ja verrückt«, sagte Iris, deren Verachtung für Katzen nur von ihrer Verachtung für Schriftsteller übertroffen wurde. »Ich verstehe nicht, warum du sie überhaupt gemietet hast. Nimm das Geld von der Scheidung und such dir was Anständiges. Warum kann es sein, dass Olive es ablehnt, noch einmal mit dir zu sprechen?«

»Sie ist unberechenbar. Sie wurde plötzlich wütend auf mich und hat das Gespräch einfach beendet.«

Sie hörte, wie Iris nach Luft schnappte. »Roz, du Flasche. Du hast es doch hoffentlich nicht vermasselt.«

Roz grinste den Hörer an. »Ich bin nicht sicher. Wir können nichts anderes tun als abwarten. Jetzt muss ich aber

Schluss machen. Tschü-üs.« Mitten in Iris' ärgerliche Proteste hinein legte sie auf und ging in die Küche, um Mrs. Antrobus zu füttern. Als das Telefon zu läuten begann, nahm sie ihren Gin, ging ins Schlafzimmer und begann zu tippen.

Olive nahm den Bleistift, den sie Roz gestohlen hatte, und stellte ihn sorgfältig neben der kleinen weiblichen Tonfigur auf, die hinten an ihre Kommode angelehnt stand. Ihre feuchten Lippen zuckten unwillkürlich, machten Mahl- und Saugbewegungen, während sie die Figur kritisch musterte. Sie war roh geformt, ein Klumpen getrockneten grauen Tons, nicht gebrannt und nicht glasiert, aber, wie ein Fruchtbarkeitssymbol einer primitiveren Zeit, mächtig in ihrer Weiblichkeit. Olive wählte aus einem Glas einen roten Leuchtstift und färbte sorgfältig den Block des Haars rund um das Gesicht, griff dann zu einem grünen Stift und malte damit ein rohes Abbild des seidenen Hemdblusenkleids, das Roz angehabt hatte, auf den Körper.

Einem Beobachter wäre ihr Verhalten kindlich erschienen. Sie umschloss die Figur mit ihren Händen wie eine kleine Puppe und summte leise, ehe sie sie wieder neben den Bleistift stellte, an dem so schwach, dass die menschliche Nase ihn nicht wahrnahm, noch der Geruch Rosalind Leighs haftete.

2

Die Kanzlei Peter Crews war im Zentrum von Southampton, in einer Straße, in der vorwiegend Immobilienmakler ihre Büros hatten. Es war ein Zeichen der Zeit, dachte Roz, als sie an ihnen vorüberging, dass sie größtenteils leer standen. Die Depression hing genau wie über allem anderen wie eine schwarze unbewegliche Wolke über ihnen.

Peter Crew war ein hochaufgeschossener Mann unbestimmbaren Alters mit blassen blauen Augen und einem blonden Toupet mit Seitenscheitel. Sein eigenes Haar, ein gelblich getöntes Weiß, hing wie ein vergilbter alter Store darunter hervor. Immer wieder hob er den Rand des Toupets an, um mit einem Finger darunterzufahren und sich am Kopf zu kratzen. Unvermeidliche Folge so viel unbedachten Zupfens und Lupfens war, dass das Toupet sich stark gedehnt hatte und nun über seiner Nase spitz in die Höhe stand. Es sah aus, dachte Roz bei sich, als hockte ein Küken auf seinem Kopf. Sie konnte Olives Verachtung für den Mann ganz gut nachempfinden.

Über ihre Bitte, das Gespräch aufzeichnen zu dürfen, lächelte er, ein gekünsteltes Hochziehen der Lippen, dem alle Aufrichtigkeit fehlte. »Wie Sie möchten.« Er faltete seine Hände auf dem Schreibtisch. »Also, Miss Leigh, Sie haben bereits mit meiner Mandantin gesprochen. Wie haben Sie sie vorgefunden?«

»Erstaunt, dass sie noch einen Anwalt hat.«

»Ich kann nicht ganz folgen.«

»Olive Martin behauptet, seit vier Jahren nicht mehr von Ihnen gehört zu haben. Vertreten Sie sie überhaupt noch?«

Er setzte eine Miene komischer Bestürzung auf, aber ihr fehlte wie seinem Lächeln die Überzeugungskraft. »Du meine Güte! So lang ist das schon her? Habe ich ihr nicht erst letztes Jahr geschrieben?«

»Das müssen schon Sie mir sagen, Mr. Crew.«

Er lief geschäftig zu einem Aktenschrank in der Ecke und ging die Hefter durch. »Ah, da haben wir es. Olive Martin. Lieber Gott ja, Sie haben Recht. Vier Jahre. Aber damit wir uns recht verstehen«, fügte er scharf hinzu, »auch sie hat nichts von sich hören lassen.« Er zog die Akte und nahm sie mit zu seinem Schreibtisch. »Die Jurisprudenz ist eine kostspielige Angelegenheit, Miss Leigh. Nur zum Zeitvertreib schreiben wir keine Briefe, wissen Sie.«

Roz hob eine Augenbraue hoch. »Wer bezahlt denn? Ich dachte, sie bekäme Prozesskostenhilfe.«

Er rückte sein gelbes Toupet zurecht. »Ihr Vater hat bezahlt. Ich bin mir, um ehrlich zu sein, allerdings nicht sicher, wie die Situation jetzt aussähe. Er ist tot, wie Sie wissen.«

»Das wusste ich nicht.«

»Ein Herzinfarkt. Vor einem Jahr. Man hat ihn erst nach drei Tagen gefunden. Schlimme Geschichte. Wir sind immer noch dabei, den Nachlass zu sichten.« Er zündete sich eine Zigarette an und legte sie dann auf dem Rand eines überquellenden Aschenbechers ab.

Roz kritzelte Kringel auf ihren Notizblock. »Weiß Olive, dass ihr Vater tot ist?«

Er gab sich überrascht. »Aber natürlich.«

»Wer hat es ihr gesagt? Ihre Kanzlei hat ihr ja offensichtlich nicht geschrieben.«

Er beäugte sie mit dem plötzlichen Misstrauen eines arglosen Wanderers, der im Gras auf eine Schlange gestoßen ist. »Ich habe mit der Anstalt telefoniert und mit der Direktorin gesprochen. Ich dachte, es wäre schonender, wenn Olive die Nachricht persönlich überbracht wird.« Er wurde plötzlich aufgeregt. »Wollen Sie sagen, dass man es ihr nie mitgeteilt hat?«

»Nein. Ich habe mich nur gefragt, wieso keine Korrespondenz mit Olive stattgefunden hat, wenn ihr Vater Geld hinterlassen hat. Wer ist denn der Erbe?«

Peter Crew schüttelte den Kopf. »Das kann ich Ihnen nicht sagen. Olive ist es natürlich nicht.«

»Wieso natürlich?«

Er schnalzte ungehalten mit der Zunge. »Was glauben Sie wohl, warum, junge Frau? Sie hat seine Frau und seine jüngere Tochter ermordet und den armen Mann dazu verdammt, die letzten Jahre seines Lebens in dem Haus zuzubringen, in dem es geschehen ist. Es war absolut unverkäuflich. Haben Sie überhaupt eine Ahnung, wie tragisch sein Leben war? Er ist zum Einsiedler geworden. Er ist niemals ausgegangen und hat nie Besuch bekommen. Nur weil sich die Milchflaschen vor der Tür häuften, hat überhaupt jemand gemerkt, dass etwas nicht in Ordnung war. Wie ich vorhin sagte, er war schon drei Tage tot, als man ihn fand. Selbstverständlich hat er Olive nichts hinterlassen.«

Roz zuckte die Achseln. »Aber warum hat er dann ihre Anwaltskosten bezahlt? Das stimmt doch nicht überein.«

Er ignorierte den Einwand. »Es hätte im Übrigen sowieso Schwierigkeiten gegeben. Es wäre Olive verwehrt worden, aus der Ermordung ihrer Mutter und ihrer Schwester Profit zu ziehen.«

Das musste Roz zugeben. »Hat er viel hinterlassen?«

»Überraschenderweise, ja. Er hat eine stattliche Summe an

der Börse verdient.« In seinen Augen war ein Ausdruck wehmütigen Bedauerns, während er sich heftig unter dem Toupet kratzte. »Ob er mehr Glück als Verstand gehabt hat oder umgekehrt, unmittelbar vor dem Schwarzen Montag hat er alles verkauft. Der Nachlass wird jetzt auf eine halbe Million Pfund geschätzt.«

»Mein Gott!« Sie schwieg einen Moment. »Weiß Olive das?«

»Ganz sicher, wenn sie die Zeitung liest. Der Betrag wurde veröffentlicht und wegen der Morde natürlich auch in der Sensationspresse.«

»Ist der Erbe bereits im Besitz des Geldes?«

Er runzelte die Stirn so stark, dass die Brauen hervorsprangen. »Darüber kann ich leider nicht sprechen. Das verbieten die Testamentsbestimmungen.«

»Hm.« Roz tippte sich mit dem Bleistift an die Zähne. »Der Schwarze Montag war im Oktober siebenundachtzig. Die Morde sind am neunten September siebenundachtzig geschehen. Das ist doch seltsam, finden Sie nicht?«

»Inwiefern?«

»Ich hätte erwartet, er war danach so tief geschockt, dass Aktien und Obligationen ihn überhaupt nicht interessiert haben.«

»Genau umgekehrt«, widersprach Peter Crew ruhig. »Eben deshalb brauchte er dringend etwas, um sich abzulenken. Nach den Morden hat er nicht mehr voll gearbeitet. Vielleicht war der Börsenbericht das einzige Interesse, das ihm noch geblieben war.« Er sah auf seine Uhr. »Die Zeit drängt. War sonst noch etwas?«

Es lag Roz auf der Zunge zu fragen, warum Robert Martin den Rest seiner Tage in einem unverkäuflichen Haus abgesessen hatte, wenn er an der Börse einen Riesengewinn gemacht hatte. Ein Mann mit einer halben Million Vermögen hätte sich doch einen Umzug leisten können, ganz gleich, was er für sein Haus noch bekommen hätte. Was in diesem Haus, fragte sie sich, hatte Martin veranlasst, sich zu opfern? Doch sie spürte Crews Feindseligkeit und hielt es für klüger, den Mund zu halten. Dieser Mann war eine der wenigen Informationsquellen, die ihr offen standen, und sie würde ihn wieder brauchen, auch wenn seine Sympathien ganz offensichtlich mehr dem Vater als der Tochter galten.

»Für heute Morgen nur noch ein oder zwei Fragen.« Sie lächelte freundlich, so berechnend und unaufrichtig wie er. »Ich muss mir in dieser Sache meinen Weg erst noch ertasten, Mr. Crew. Um ehrlich zu sein, ich bin noch gar nicht überzeugt davon, dass der Stoff für ein Buch drinsteckt.« Wenn das keine Untertreibung war! Sie hatte gar nicht die Absicht, auch nur eine Zeile zu schreiben. Oder doch?

Er bildete mit seinen Fingern ein spitzes Giebeldach und schlug sie ungeduldig aneinander. »Sie werden sich vielleicht erinnern, Miss Leigh, dass ich genau darauf in meinem Brief hingewiesen habe.«

Sie nickte ernsthaft, um seinem Ego zu schmeicheln. »Und wie ich Ihnen gesagt habe, ist es nicht meine Absicht, Olives Geschichte nur zu schreiben, um den Leuten die schauerlichen Details ihrer Tat auszumalen. Aber in einem Teil Ihres Briefes wurde ein Aspekt angesprochen, dem nachzugehen sich vielleicht lohnen würde. Sie rieten ihr, sich auf verminderte Schuldfähigkeit zu berufen und sich nicht schuldig zu bekennen. Hätte sie das getan und hätte das Gericht dies akzeptiert, meinten Sie, so hätte man sie wegen Totschlags verurteilt und ihr höchstwahrscheinlich eine Haftstrafe unbestimmter Dauer auferlegt. Sie rechneten, glaube ich, mit zehn bis fünfzehn Jahren in einer geschlossenen Anstalt, hätte sie sich einer psychiatrischen Behandlung unterzogen und positiv darauf angesprochen.«

»Richtig«, stimmte er zu. »Und ich denke, das war eine realistische Schätzung. Keinesfalls hätte sie die fünfundzwanzig Jahre verbüßen müssen, die der Richter ihr jetzt als Mindeststrafe gegeben hat.«

»Aber sie hat Ihren Rat in den Wind geschlagen. Wissen Sie warum?«

»Ja. Sie hatte krankhafte Angst davor, mit Verrückten eingesperrt zu werden, und missverstand das Wesen der Haft auf unbestimmte Zeit. Sie war überzeugt, es bedeute eine Inhaftierung von endloser Dauer, und sosehr wir uns auch bemüht haben, wir konnten sie von dieser Überzeugung nicht abbringen.«

»Warum haben Sie dann nicht einfach in ihrem Namen auf nicht schuldig plädiert? Allein die Tatsache, dass sie nicht begreifen konnte, was Sie ihr sagten, lässt doch darauf schließen, dass sie gar nicht fähig war, im eigenen Namen zu handeln. Sie müssen der Ansicht gewesen sein, es gäbe eine Verteidigung für sie, sonst hätten Sie doch so etwas gar nicht erst vorgeschlagen.«

Er lächelte grimmig. »Mir ist zwar nicht klar, warum, Miss Leigh, aber Sie scheinen zu glauben, wir hätten Olive Martin irgendwie im Stich gelassen.« Er kritzelte einen Namen und eine Adresse auf einen Zettel. »Sie reden besser erst mal mit diesem Mann, ehe Sie weitere irrige Schlüsse ziehen.« Er schob ihr den Zettel zu. »Er ist der Strafverteidiger, den wir mit ihrer Vertretung beauftragt hatten. Graham Deedes. Tatsächlich hat sie uns ausmanövriert, und er wurde nie zu ihrer Verteidigung aufgerufen.«

»Aber wieso denn? Wie konnte sie Sie ausmanövrieren?« Roz runzelte die Stirn. »Es tut mir Leid, wenn ich kritisch erscheine, Mr. Crew, und bitte glauben Sie mir, Sie täuschen sich, wenn Sie annehmen, ich hätte irgendwelche negativen Schlussfolgerungen gezogen.« Aber war das wirklich die

Wahrheit?, fragte sie sich. »Ich bin nichts weiter als eine verblüffte Außenstehende, die Fragen stellt. Wenn dieser Deedes in der Lage war, ernsthafte Zweifel an ihrer geistigen Gesundheit zu wecken, dann hätte er darauf bestehen müssen, dass das Gericht sich ihre Verteidigung anhört, ganz egal, ob sie selbst das nun wollte oder nicht. Um es mal ganz grob zu sagen: Wenn sie verrückt war, dann hatte die Justiz die Pflicht, dieser Tatsache Rechnung zu tragen, auch wenn sie selbst sich einbildete, geistig normal zu sein.«

Er wurde ein wenig zugänglicher. »Sie sprechen eine sehr emotionale Sprache, Miss Leigh – es war nie die Rede davon, auf Geistesgestörtheit zu plädieren, immer nur auf verminderte Schuldfähigkeit –, aber ich verstehe, was Sie sagen wollen. Ich habe das Wort ›ausmanövrieren‹ mit voller Überlegung gebraucht. Die schlichte Wahrheit ist, dass Olive wenige Wochen vor dem angesetzten Beginn ihres Prozesses an den Innenminister schrieb und wissen wollte, ob sie das Recht habe, sich schuldig zu bekennen, oder ob ihr dieses Recht nach britischem Gesetz verwehrt sei. Sie behauptete, es werde ungebührlicher Druck ausgeübt, um einen lang dauernden Prozess zu erzwingen, der ihr in keiner Weise nützen und für ihren Vater lediglich die Qual verlängern würde. Der Prozessbeginn wurde verschoben, während man sie untersuchte, um festzustellen, ob sie prozessfähig sei. Sie wurde für absolut prozessfähig befunden und erhielt die Genehmigung, sich schuldig zu bekennen.«

»Mein Gott!« Roz biss sich auf die Unterlippe. »Mein Gott«, sagte sie wieder. »Und die Untersuchungen hatten Hand und Fuß?«

»Aber ja.« Er bemerkte die vergessene Zigarette mit lang herabhängender Asche an ihrem Ende und drückte sie mit einer Geste der Gereiztheit aus. »Sie wusste genau, was auf sie zukam. Man sagte ihr sogar, was für ein Urteil sie zu erwarten hätte. Und das Gefängnis war auch nichts Neues für sie. Sie hatte vor dem Prozess vier Monate in Untersuchungshaft gesessen. Um es ganz offen zu sagen, selbst wenn sie mit einer Verteidigung einverstanden gewesen wäre, wäre das Resultat dennoch das gleiche geblieben. Das Fundament für eine Berufung auf verminderte Schuldfähigkeit war sehr dünn. Ich bezweifle, dass es uns gelungen wäre, ein Geschworenengericht zu überzeugen.«

»Aber in Ihrem Brief haben Sie geschrieben, Sie seien trotz allem überzeugt davon, dass sie eine Psychopathin ist. Warum?«

Er fingerte an der Akte auf seinem Schreibtisch. »Ich habe die Aufnahmen von Gwens und Ambers Leichen gesehen, die man gemacht hat, ehe sie aus der Küche weggebracht wurden. Es war ein Schlachthaus, ein Blutbad, das Schlimmste, was ich je gesehen habe. Nichts wird mich je davon überzeugen, dass ein psychisch gesunder Mensch etwas derartig Grausames irgend jemandem antun kann, geschweige denn einer Mutter und einer Schwester.« Er rieb sich die Augen. »Nein, trotz allem, was die Psychiater sagen – und Sie dürfen nicht vergessen, Miss Leigh, dass man sich immer noch darüber streitet, ob Psychopathie überhaupt eine diagnostizierbare Krankheit ist –, ist Olive Martin eine gemeingefährliche Person. Ich würde Ihnen raten, im Umgang mit ihr äußerst vorsichtig zu sein.«

Roz schaltete den Recorder aus. »Es gibt wohl keinen Zweifel daran, dass sie es wirklich getan hat.«

Er starrte sie an, als hätte sie etwas Obszönes gesagt. »Nicht den geringsten«, blaffte er. »Was wollen Sie damit andeuten?«

»Mir kam nur der Gedanke, dass eine einfache Erklärung für die Diskrepanz zwischen den psychiatrischen Gutachten über Olives Geisteszustand und die anomale Natur des Verbrechens darin liegen könnte, dass sie das Verbrechen gar nicht selbst begangen hat, sondern den Täter deckt.« Sie stand auf und begegnete seiner verkniffenen Miene mit einem leichten Achselzucken. »Es war nur ein Gedanke. Ich gebe zu, er ist ziemlich unsinnig, aber an diesem Fall ist fast alles unsinnig. Ich meine, wenn sie wirklich eine psychopathische Mörderin wäre, wäre es ihr doch bestimmt piepegal gewesen, ob ihr Vater die Qualen eines sich lang hinziehenden Prozesses über sich ergehen lassen muss oder nicht. Ich danke Ihnen, Mr. Crew. Ich finde selbst hinaus.«

Er hielt eine Hand hoch, um sie aufzuhalten. »Haben Sie ihre Aussage gelesen, Miss Leigh?«

»Noch nicht. Ihre Kanzlei hat versprochen, sie mir zu schicken.«

Er blätterte in der Akte und entnahm ihr mehrere zusammengeheftete Bögen Papier. »Hier ist eine Kopie. Sie können sie behalten«, sagte er zu ihr und reichte ihr die Papiere über den Schreibtisch. »Ich würde Ihnen dringend empfehlen, die Aussage zu lesen, ehe Sie die nächsten Schritte unternehmen. Sie wird Sie, denke ich, genau wie mich, von Olives Schuld überzeugen.«

Roz nahm die Papiere. »Sie mögen sie nicht, nicht wahr?«

Seine Augen wurden hart. »Ich bringe ihr weder positive noch negative Gefühle entgegen. Ich stelle nur die Überlegungen in Frage, die die Gesellschaft bewegen, sie am Leben zu lassen. Sie tötet andere. Vergessen Sie das nicht, Miss Leigh. Und jetzt guten Tag.«

Roz brauchte anderthalb Stunden für die Rückfahrt zu ihrer Wohnung in London, und die meiste Zeit waren alle Gedanken von Crews Worten – *Sie tötet andere* – überschattet. Sie riss sie aus ihrem Zusammenhang und schrieb sie in großen Lettern auf die Leinwand ihres Geistes und verweilte mit einer Art grimmiger Genugtuung bei ihnen.

Erst später, als sie es sich in einem Sessel bequem gemacht hatte, wurde ihr bewusst, dass die ganze Heimfahrt ein einziges schwarzes Loch war. Sie hatte nicht einmal eine Erinnerung daran, aus Southampton, einer Stadt, die sie kaum kannte, hinausgefahren zu sein. Sie selbst hätte jemanden getötet, unter den Rädern ihres Autos zermalmt haben können, und wäre nicht in der Lage gewesen, sich zu erinnern, wie es passiert war. Sie starrte aus dem Wohnzimmerfenster auf die tristen grauen Fassaden gegenüber und machte sich durchaus ernsthafte Gedanken über die Natur der verminderten Schuldfähigkeit.

AUSSAGE VON OLIVE MARTIN, ZU PROTOKOLL
GEGEBEN AM 9. 9. 87 UM 21 UHR 30
ANWESENDE: HAWKSLEY, DETECTIVE SERGEANT
WYATT, DETECTIVE SERGEANT
E. P. CREW, RECHTSANWALT

›Mein Name ist Olive Martin. Ich bin am 8. September 1964 geboren und wohne in der Leven Road 22 in Dawlington, Southampton. Ich bin als Angestellte beim Referat für Gesundheit und Soziales in der Dawlington High Street tätig. Gestern war mein Geburtstag. Die Beziehung zu meiner Mutter und meiner Schwester war niemals eng. Mit meinem Vater verstehe ich mich gut. Ich wiege einhundertachtzehn Kilo, und meine Mutter und meine Schwester haben mich deswegen immer gehänselt. Sie nannten mich Fattie-Hattie, nach Hattie Jacques, der Schauspielerin. Ich reagiere sehr empfindlich, wenn man mich wegen meines Körperumfangs auslacht.

Für meinen Geburtstag war nichts geplant, und das hat mich sehr gekränkt. Meine Mutter sagte, ich sei kein Kind mehr und müsste selbst für meine Feier sorgen. Ich wollte ihr zeigen, dass ich fähig war, auf eigene Faust etwas zu unternehmen. Ich hatte mir den Tag von der Arbeit freigenommen und wollte mit dem Zug nach London fahren, um dort den Tag zu verbringen und mir die Stadt anzusehen. Ich hatte den Ausflug nicht für gestern geplant, meinen Geburtstag, weil ich dachte, sie hätte vielleicht für den Abend eine Überraschung für mich vorbereitet so wie im Juli zum einundzwanzigsten Geburtstag meiner Schwester. Aber es gab keine Überraschung. Wir saßen den ganzen Abend nur alle zusammen vor dem Fernseher. Ich war sehr erregt, als ich zu Bett ging. Meine Eltern schenkten mir zum Geburtstag einen blassrosa Pullover. Er war sehr unvorteilhaft und hat mir überhaupt nicht gefallen. Meine Schwester hat mir ein Paar neue Hausschuhe geschenkt, die mir gefallen haben.

Als ich am nächsten Morgen aufgewacht bin, war ich sehr nervös und hatte Angst davor, allein nach London zu fahren. Ich bat Amber, meine Schwester, sich krank zu melden und mit mir zu kommen. Sie arbeitete seit einem Monat bei *Glitzy,* einer Boutique in Dawlington. Meine Mutter wurde böse und verbot es ihr. Beim Frühstück hatten wir Streit, und mein Vater ist mittendrin gegangen. Er ist fünfundfünfzig und arbeitet drei Tage die Woche als Buchhalter für ein Transportunternehmen. Viele Jahre lang hatte er selbst eine Tankstelle mit Reparaturwerkstatt. Er hat sie 1985 verkauft, weil er keinen Sohn hat, der sie hätte übernehmen können.

Nachdem er gegangen war, wurde der Streit sehr heftig. Meine Mutter hat mir vorgeworfen, ich würde Amber verderben. Immer wieder hat sie mich Fattie genannt und ausgelacht, weil ich Angst hatte, allein nach London zu fahren. Sie sagte, vom Tag meiner Geburt an sei ich eine einzige Enttäuschung für sie gewesen. Ich bekam Kopfschmerzen von ihrem Geschrei und Geschimpfe. Ich war immer noch sehr gekränkt darüber, dass sie zu meinem Geburtstag überhaupt nichts geplant hatte, und ich war eifersüchtig, weil sie für Amber eine Party gegeben hatte.

Da bin ich zur Schublade gegangen und habe das Nudelholz herausgeholt. Ich habe sie damit geschlagen, damit sie endlich ruhig ist, und als sie zu schreien anfing, habe ich noch einmal zugeschlagen. Danach hätte ich vielleicht aufgehört, aber da fing Amber zu schreien an wegen dem, was ich getan hatte. Ich musste sie auch schlagen. Ich habe Lärm noch nie vertragen.

Dann habe ich mir eine Tasse Tee gemacht und gewartet. Ich dachte, ich hätte sie beide bewusstlos geschlagen. Sie lagen auf dem Fußboden. Nach einer Stunde dachte ich, sie könnten tot sein. Sie waren beide sehr blass und haben sich nicht gerührt. Ich weiß, wenn man jemand einen Spiegel vor den Mund hält und der Spiegel nicht beschlägt, dann bedeutet das, dass der Betreffende tot ist. Ich habe es mit dem Spiegel aus meiner Handtasche versucht. Ich habe ihn ihnen lange vor den Mund gehalten, aber er beschlug nicht. Überhaupt nicht.

Ich bekam Angst und überlegte, wie ich die Leichen verstecken sollte. Zuerst wollte ich sie auf den Speicher schaffen, aber sie waren zu schwer. Ich konnte sie nicht die Treppe hinauftragen. Dann habe ich mir gedacht, das Meer wäre das beste Versteck; es ist ja nur zwei Meilen von unserem Haus entfernt. Aber ich kann nicht Auto fahren und außerdem hatte mein Vater den Wagen mitgenommen. Ich dachte mir, wenn ich sie kleiner machen könnte, könnte ich sie in ein paar Koffer packen und wegtragen. Ich habe oft Hühnchen tranchiert. Ich dachte, es wäre ganz leicht, das gleiche mit Amber und meiner Mutter zu tun. Ich habe eine Axt geholt, die bei uns in der Garage war, und ein Tranchiermesser aus der Küchenschublade.

Aber es war mit dem Tranchieren von Hühnern überhaupt nicht zu vergleichen. Um zwei Uhr war ich todmüde und hatte nur die Köpfe und die Beine und drei Arme abgetrennt. Alles war voll Blut, und meine Hände sind dauernd abgerutscht. Ich wusste, dass mein Vater bald heimkommen würde und ich bis dahin niemals fertig sein würde, denn ich musste die Stücke ja noch ans Meer bringen. Ich überlegte mir, dass es besser wäre, die Polizei anzurufen und zuzugeben, was ich getan hatte. Als ich mich dazu entschlossen hatte, fühlte ich mich gleich viel wohler.

Mir ist nie der Gedanke gekommen, einfach wegzugehen und so zu tun, als hätte jemand anders es getan. Ich weiß nicht, warum, aber ich war vollkommen darauf fixiert, die Leichen zu verstecken. Das war das Einzige, woran ich dachte. Es war schrecklich, sie zerschneiden zu müssen. Ich musste sie ausziehen, um sehen zu können, wo die Gelenke waren. Ich wusste nicht, dass ich die einzelnen Stücke durcheinander gebracht hatte. Ich habe sie aus Anstand wieder hingelegt, aber alles war so voll Blut, dass ich nicht erkennen konnte, welche Körperteile zu wem gehörten. Ich habe anscheinend den Kopf meiner Mutter aus Versehen zu Ambers Körper gelegt. Ich habe allein gehandelt.

Was ich getan habe, tut mir Leid. Ich habe die Beherrschung verloren und mich dumm benommen. Ich bestätige, dass alles, was hier geschrieben steht, der Wahrheit entspricht.

Gezeichnet – *OLIVE MARTIN*.‹

Das Protokoll war eine Fotokopie und nahm drei DIN-A4-Blätter ein. Es war mit Maschine geschrieben. Auf der Rückseite des letzten Blattes war die Fotokopie eines Auszugs aus dem Befund des Pathologen. Er war kurz, nur der Schlussabsatz, und es war nicht zu erkennen, wer der Verfasser war.

›Die Kopfverletzungen stammen eindeutig von einem Schlag oder mehreren Schlägen mit einem schweren, harten Gegenstand. Diese Schläge wurden vor Eintritt des Todes verabreicht und waren nicht tödlich. Es gibt zwar forensisch gesehen keinen Beweis dafür, dass die Schläge mit dem Nudelholz verabreicht wurden, aber auch das Gegenteil ist nicht beweisbar. Der Tod trat in beiden Fällen infolge der Durchtrennung der Halsschlagader bei der Enthauptung ein. Untersuchungen der Axt zeigten beträchtliche Roststellen unter den Blutflecken. Es ist sehr wahrscheinlich, dass das Werkzeug schon stumpf war, ehe es zur Zerstückelung der Leichen benutzt wurde. Die Blutergüsse rund um die Schnittwunden an Amber Martins Hals und Rumpf lassen darauf schließen, dass sie drei oder vier Schläge mit der Axt bekam, ehe ihr mit dem Tranchiermesser die Kehle durchgeschnitten wurde. Es ist unwahrscheinlich, dass sie das Bewusstsein wiedererlangt hat. Im Fall von Mrs. Gwen Martin jedoch zeigen die Risswunden an Händen und Unterarmen, die ihr vor dem Tod beigebracht wurden, dass sie das Bewusstsein wiedererlangte und versuchte, sich zu wehren. Zwei Messerstiche unterhalb des Kiefers deuten auf zwei verunglückte Versuche, ihr die Kehle zu durchschneiden, ehe der dritte Versuch dann gelang. Die ganze Aktion wurde mit brutaler Grausamkeit ausgeführt.‹

Roz las das alles durch, dann legte sie die Blätter neben sich auf den Tisch und starrte in die Ferne. Ihr war sehr kalt. *Oli-*

ve Martin mit dem Beile ... O Gott! Kein Wunder, dass Peter Crew sie als Psychopathin bezeichnet hatte. Drei oder vier Schläge mit einer stumpfen Axt, und Amber war noch am Leben gewesen. Die Galle kam ihr hoch, bitter, eklig, erstickend. Sie musste aufhören, daran zu denken. Aber das konnte sie natürlich nicht. Der gedämpfte Aufprall von Metall auf weichem Fleisch dröhnte ihr in den Ohren. Wie dunkel und düster die Wohnung war! Mit plötzlicher Bewegung streckte sie den Arm aus und knipste eine Tischlampe an, aber das Licht konnte die lebhaften Bilder nicht vertreiben, die sie bedrängten, albtraumhafte Visionen einer Wahnsinnigen im Blutrausch. Und die Leichen ...

Hatte sie sich wirklich verpflichtet, dieses Buch zu schreiben?

Hatte sie etwas unterschrieben? Hatte sie einen Vorschuss bekommen? Sie konnte sich nicht erinnern, und eisige Panik packte sie. Sie lebte in einer Dämmerwelt, in der alles so unwichtig war, dass die Tage aufeinander folgten, ohne sich irgendwie voneinander zu unterscheiden. Sie stand aus dem Sessel auf und lief im Zimmer auf und ab. Verfluchte Iris dafür, dass sie sie da hineingetrieben hatte, verfluchte sich selbst für ihren Irrsinn, verfluchte Peter Crew dafür, dass er ihr das Protokoll nicht gleich geschickt hatte, als sie ihm das erste Mal geschrieben hatte.

Sie holte sich das Telefon und wählte Iris' Nummer. »Habe ich eigentlich für dieses Olive-Martin-Buch etwas unterschrieben? Warum? Weil ich es verdammt noch mal nicht schreiben kann, wenn du es unbedingt wissen willst. Die Frau macht mir eine Heidenangst, und ich geh' bestimmt nicht wieder zu ihr.«

»Ich dachte, sie hätte dir gefallen?« Iris sprach gelassen, einen Bissen von ihrem Abendessen im Mund.

Roz ignorierte die Bemerkung. »Ich habe hier ihre Aussage

und den Bericht des Pathologen oder zumindest seine Schlussfolgerungen. Die hätte ich als allererstes lesen sollen. Ich mache das Buch nicht. Ich werde doch nicht das, was diese Frau getan hat, noch dadurch glorifizieren, dass ich ein Buch darüber schreibe. Mein Gott, Iris, sie waren noch am Leben, als sie sie enthauptet hat. Und die Mutter, diese arme, unglückliche Person, versuchte, die Axt abzuwehren. Mir wird übel, wenn ich nur daran denke.«

»Okay.«

»Was okay?«

»Dann schreib es eben nicht.«

Roz kniff argwöhnisch die Augen zusammen. »Ich dachte, du würdest mir zumindest widersprechen.«

»Wozu? Eines habe ich in diesem Geschäft gelernt – man kann die Leute nicht zum Schreiben zwingen. Nein, stimmt nicht – man kann sie zwingen, wenn man hartnäckig und manipulativ genug ist, aber das Ergebnis ist unweigerlich unter Niveau.« Roz hörte, wie sie trank. »Wie dem auch sei, Jenny Atherton hat mir heute Morgen die ersten zehn Kapitel ihres neuen Buchs geschickt. Lauter interessante Betrachtungen über die Gefahren eines negativen Selbstbildes, wobei Fettleibigkeit der Selbstwert-Killer Nummer eins ist. Sie hat ein ganzes Heer von Film- und Fernsehgrößen ausgegraben, die alle in tiefste Tiefen gesunken sind, seit sie dick geworden sind, und keine Rolle mehr bekommen. Es ist natürlich ekelhaft geschmacklos, wie alle Bücher Jennys, aber es verkauft sich bestimmt. Ich denke, du solltest ihr dein Material schicken. Olive Martin gäbe doch einen hochdramatischen Schlusspunkt ab, meinst du nicht, besonders, wenn es uns gelingen sollte, ein Foto von ihr in ihrer Zelle zu bekommen.«

»Keine Chance.«

»Keine Chance ein Foto zu bekommen? Wie schade!«

»Keine Chance, dass ich irgendetwas an Jenny Atherton

schicke. Wirklich, Iris«, rief sie aufgebracht, »du bist echt das Letzte. Du solltest für die Revolverpresse arbeiten. Du bist doch bereit, jeden auszubeuten, Hauptsache, es bringt Geld. Jenny Atherton ist die Letzte, die ich an Olive heranlassen würde.«

»Versteh' ich nicht«, sagte Iris herzhaft kauend. »Ich meine, wenn du nicht über sie schreiben willst und dich weigerst, je wieder zu ihr zu gehen, weil sie dich so anwidert, warum regst du dich dann über jemand anders auf, der bereit ist, sein Glück zu versuchen.«

»Es geht ums Prinzip.«

»Das sehe ich anders, Schatz. Mir klingt das mehr nach dem Fuchs mit den sauren Trauben. Aber hör mal, ich hab' jetzt leider keine Zeit mehr. Wir haben Besuch. Lass mich Jenny wenigstens sagen, dass Olive zur Verfügung steht. Sie kann ja von vorn anfangen. Sehr weit bist du doch sowieso noch nicht gekommen, nicht?«

»Ich hab's mir anders überlegt«, fuhr Roz sie gereizt an. »Ich mach' das Buch doch. Wiedersehen.« Sie knallte den Hörer auf.

Am anderen Ende zwinkerte Iris ihrem Mann zu. »Und du bezichtigst mich der Herzlosigkeit«, murmelte sie. »Was hätte weniger herzlos sein können als das?«

»Ein Schlag mit dem Holzhammer«, sagte Gerry Fielding ätzend.

Roz las noch einmal Olives Aussage. »Meine Beziehung zu meiner Mutter und meiner Schwester war niemals eng.« Sie griff nach ihrem Kassettenrecorder und spulte zurück, ließ das Band vorwärts- und rückwärtslaufen, bis sie die Stelle hatte, die sie suchte. »Ich habe sie Amber genannt, weil ich im Alter von zwei Jahren mit dem ›l‹ und dem ›s‹ nicht zurechtgekommen bin. Der Name passte zu ihr. Sie hatte wunderschönes honigblondes Haar, und sie hat nie auf Alison gehört, immer nur auf Amber. Sie war sehr hübsch ...«

Das hieß natürlich gar nichts. Es gab kein ungeschriebenes Gesetz, das besagte, Psychopathen seien nicht fähig, sich zu verstellen. Eher traf das Gegenteil zu. Doch ihre Stimme klang eindeutig weicher, wenn sie von ihrer Schwester sprach, eine Zärtlichkeit schwang in ihr, die Roz bei jedem anderen als Liebe interpretiert hätte. Und warum hatte sie den Streit mit ihrer Mutter nicht erwähnt? Wirklich, das war sehr merkwürdig. Er hätte durchaus die Rechtfertigung für das sein können, was sie an jenem Tag tat.

Der Kaplan, der nicht merkte, dass Olive sich hinter ihm befand, fuhr heftig zusammen, als eine große Hand auf seine Schulter herabfiel. Es war nicht das erste Mal, dass sie sich an ihn angeschlichen hatte, und wieder einmal, wie früher schon, fragte er sich, wie sie das fertig brachte. Ihre normale Gangart war ein mühsames Schlurfen, bei dem er, jedes Mal wenn er es hörte, die Zähne zusammenbiss. Er wappnete sich innerlich und drehte sich mit einem freundlichen Lächeln herum. »Olive, wie nett Sie zu sehen. Was führt Sie in die Kapelle?«

Die nackten Augen waren belustigt. »Hab' ich Sie erschreckt?«

»Sie haben mich überrascht. Ich habe Sie nicht kommen gehört.«

»Wahrscheinlich weil Sie nicht hingehört haben. Sie müssen hinhören, wenn Sie hören wollen, Herr Kaplan. Diese Kleinigkeit wird man Ihnen im theologischen Seminar doch wenigstens beigebracht haben. Gott spricht bestenfalls mit Flüsterstimme.«

Es wäre einfacher, dachte er manchmal, wenn er Olive verachten könnte. Aber das hatte er nie geschafft. Er fürchtete sie, und er mochte sie nicht, aber er verachtete sie nicht. »Was kann ich für Sie tun?«

»Sie haben heute Morgen eine Lieferung mit neuen Tagebüchern bekommen. Ich hätte gern eines davon.«

»Wirklich? Die neuen sind nicht anders als die letzten. Sie enthalten für jeden Tag einen religiösen Text, und das letztemal, als ich Ihnen so ein Buch gegeben habe, haben Sie es zerrissen.«

Sie zuckte die Achseln. »Aber ich brauche ein Tagebuch. Ich bin bereit, die kleinen Sprüche aus dem kirchlichen Schatzkästlein hinzunehmen.«

»Sie sind in der Sakristei.«

»Ich weiß.«

Sie war nicht wegen des Tagebuchs gekommen. Das immerhin war ihm klar. Aber was beabsichtigte sie aus der Kapelle zu stehlen, sobald er ihr den Rücken kehrte? Was gab es schon zu stehlen außer Bibeln und Gebetbüchern?

Eine Kerze, berichtete er später der Direktorin. Olive Martin hatte eine fünfzehn Zentimeter hohe Kerze vom Altar gestohlen. Aber sie leugnete es natürlich, und obwohl ihre Zelle von oben bis unten durchsucht wurde, fand man die Kerze nicht.

3

Graham Deedes war jung, erschöpft und schwarz. Er sah Roz' Überraschung, als sie in sein Zimmer kam, und runzelte verärgert die Stirn. »Ich hatte keine Ahnung, dass schwarze Anwälte so eine Seltenheit sind, Miss Leigh.«

»Warum sagen Sie das?«, fragte sie neugierig und setzte sich in den Sessel, den er ihr anbot.

»Sie haben so ein verwundertes Gesicht gemacht.«

»Ja, aber nicht wegen Ihrer Hautfarbe. Sie sind weit jünger, als ich erwartet hatte.«

»Dreiunddreißig«, sagte er. »So jung ist das nicht.«

»Nein. Aber als Ihnen die Verteidigung von Olive Martin übertragen wurde, können Sie höchstens sechs- oder siebenundzwanzig gewesen sein. Das ist nun wirklich jung für einen Mordprozess.«

»Das ist wahr«, stimmte er zu, »aber ich war nur der Junior. Der erste Anwalt war wesentlich älter.«

»Aber Sie haben den größten Teil der Vorbereitungsarbeit geleistet?«

Er nickte. »Soweit möglich. Es war ein sehr ungewöhnlicher Fall.«

Sie nahm ihren Recorder aus der Tasche. »Haben Sie etwas dagegen, wenn ich unser Gespräch aufzeichne?«

»Nicht, wenn Sie die Absicht haben, über Olive Martin zu sprechen.«

»Die habe ich.«

Er lachte. »Dann habe ich nichts dagegen; ich kann Ihnen nämlich praktisch nichts über sie sagen. Ich habe die Frau ein einziges Mal gesehen, an dem Tag, an dem sie verurteilt worden ist, und nicht einmal da habe ich mit ihr gesprochen.«

»Aber so viel ich weiß, haben Sie doch eine Verteidigung auf der Grundlage verminderter Schuldfähigkeit vorbereitet. Haben Sie denn im Lauf dieser Arbeit nicht mit ihr gesprochen?«

»Nein, sie lehnte jedes Gespräch mit mir ab. Ich habe mich bei meiner Arbeit einzig auf das Material gestützt, das ihr Anwalt mir übersandt hat.« Er lächelte schief. »Und viel war das nicht, das muss ich sagen. Die hätten uns ausgelacht, wenn wir damit vor Gericht erschienen wären; ich war daher sehr erleichtert, als der Richter ihr Schuldgeständnis für zulässig erklärte.«

»Was für Argumente hätten Sie denn vorgebracht, wenn Sie aufgerufen worden wären?«

»Wir hatten zwei unterschiedliche Ansätze geplant.« Deedes dachte einen Moment nach. »Einmal, dass ihr geistiges Gleichgewicht vorübergehend gestört war – soweit ich mich erinnere, war es der Tag nach ihrem Geburtstag, und sie war tief verstört, weil ihre Angehörigen sie wegen ihrer Fettleibigkeit hänselten, anstatt ihren Geburtstag zu feiern.« Er hob fragend die Augenbrauen, und Roz nickte. »Ferner machte sie, glaube ich, in ihrer Aussage eine Bemerkung darüber, dass sie Lärm schlecht ertragen kann. Es gelang uns damals tatsächlich, einen Arzt zu finden, der bereit war, vor Gericht auszusagen, dass Lärm bei manchen Menschen einen so ungeheuren seelischen Druck erzeugen kann, dass sie imstande sind, etwas völlig Uncharakteristisches zu tun, um ihm ein Ende zu bereiten. Es gab jedoch kein psychiatrisches oder ärztliches Material, das bewiesen hätte, dass Olive Martin zu diesem Menschentyp gehörte.«

Er tippte leicht seine Zeigefinger aneinander. »Zum zweiten wollten wir, von der barbarischen Grausamkeit des Verbrechens ausgehend, das Gericht zu der Schlussfolgerung führen, dass Olive Martin eine Psychopathin ist. Mit unserem Vorbringen von der vorübergehenden geistigen Gestörtheit hatten wir nicht die geringste Chance, aber mit dem Psychopathie-Argument«, er machte mit einer Hand eine abwägende Geste, »da wären wir vielleicht durchgekommen. Wir stöberten einen Psychologieprofessor auf, der bereit war, vor Gericht aufzutreten, nachdem er die Fotografien der Leichen gesehen hatte.«

»Aber hat er je mit ihr *gesprochen?*«

Er schüttelte den Kopf. »Dazu reichte die Zeit nicht, und sie hätte ein Gespräch sowieso abgelehnt. Sie war eisern entschlossen, sich schuldig zu bekennen. Ich nehme an, Mr. Crew hat Ihnen erzählt, dass sie an das Innenministerium schrieb und um ein unabhängiges psychiatrisches Gutachten bat, um zu beweisen, dass sie prozessfähig sei?«

Roz nickte.

»Danach konnten wir im Grunde nichts mehr tun. Es war wirklich eine außergewöhnliche Geschichte«, sagte er nachdenklich. »Die meisten Angeklagten überschlagen sich, um Entschuldigungen für sich zu finden.«

»Mr. Crew ist überzeugt, dass sie eine Psychopathin ist.«

»Ich glaube, ich würde ihm zustimmen.«

»Auf Grund dessen, was sie ihrer Mutter und ihrer Schwester angetan hat? Andere Beweise haben Sie nicht?«

»Nein. Reicht das nicht?«

»Wie erklären Sie es dann, dass fünf Psychiater sie für normal befunden haben?« Roz blickte auf. »Sie hat, soweit ich unterrichtet bin, im Zuchthaus mehrere Sitzungen gehabt.«

»Wer hat Ihnen das erzählt? Olive Martin?« Er machte ein skeptisches Gesicht.

»Ja, aber ich habe hinterher noch mit der Direktorin gesprochen, und die hat es bestätigt.«

Er zuckte die Achseln. »Ich würde dem nicht allzu viel Gewicht beimessen. Sie müssten erst die Berichte sehen. Es kommt doch darauf an, wer sie geschrieben hat und warum man sie untersucht hat.«

»Merkwürdig ist es trotzdem, finden Sie nicht?«

»Inwiefern?«

»Man würde doch über eine gewisse Zeitspanne hinweg einen messbaren Grad an soziopathischem Verhalten erwarten, wenn sie wirklich eine Psychopathin wäre.«

»Nicht unbedingt. Im Zuchthaus hat sie vielleicht genau das streng strukturierte Milieu, das sie braucht. Oder vielleicht war ihre besondere Art der Psychopathie nur gegen die Familie gerichtet. Irgendetwas hat diese Psychose an dem fraglichen Tag zum Ausbruch gebracht, und nachdem sie Mutter und Schwester getötet hatte, beruhigte sie sich wieder.« Erneut zuckte er die Achseln. »Wer weiß? Die Psychiatrie ist nun mal keine exakte Wissenschaft.« Er schwieg einen Moment. »Meiner Erfahrung nach hacken sozial angepasste Menschen ihre Angehörigen nicht in Stücke. Sie wissen doch, dass die Mutter und die Schwester noch am Leben waren, als sie mit der Axt auf sie losging?« Er lächelte bitter. »Und sie hat es gewusst. Glauben Sie ja nicht, sie hätte es nicht gewusst.«

Roz runzelte die Stirn. »Es gibt noch eine andere Erklärung«, sagte sie langsam. »Der Haken ist nur, dass sie zwar den Fakten entsprechen würde, aber zu absurd ist, um glaubhaft zu sein.«

Er wartete. »Ja?«, sagte er schließlich.

»Olive hat es gar nicht getan.« Sie fügte hastig hinzu: »Ich sage nicht, dass ich daran glaube, ich sage nur, dass diese Erklärung sich mit den Fakten decken würde.«

»Mit *Ihren* Fakten«, sagte er freundlich. »Ich habe den Eindruck, Sie sind ein bisschen tendenziös in der Wahl dessen, was Sie glauben und was nicht.«

»Vielleicht.« Roz erinnerte sich ihrer extremen Stimmungsschwankungen vom Abend zuvor.

Er sah sie einen Moment lang an. »Sie wusste eine ganze Menge über die Morde für jemand, der sie nicht begangen hat.«

»Finden Sie?«

»Natürlich. Sie nicht?«

»Sie hat kein Wort davon gesagt, dass ihre Mutter sich gegen die Axt und das Messer gewehrt hat. Aber das muss doch das Erschreckendste gewesen sein. Warum hat sie nichts davon erwähnt?«

»Scham. Verlegenheit. Traumatische Amnesie. Sie können sich nicht vorstellen, wie viele Mörder das, was sie getan haben, aus ihrem Gedächtnis ausblenden. Manchmal dauert es Jahre, bis sie ihrer Schuld ins Auge sehen. Aber ganz gleich, ich bezweifle, dass der Kampf mit ihrer Mutter für Olive so erschreckend war, wie Sie meinen. Gwen Martin war eine zierliche kleine Frau, höchstens eins fünfzig groß, nehme ich an. Körperlich schlägt Olive ihrem Vater nach; es wäre also ein Leichtes für sie gewesen, ihre Mutter zu überwältigen.« Er sah die Unsicherheit in Roz' Augen. »Lassen Sie mich *Ihnen* eine Frage stellen: Weshalb sollte Olive Martin zwei Morde gestehen, die sie nicht begangen hat?«

»Weil Leute das immer wieder tun.«

»Aber nicht, wenn sie ihren Anwalt an ihrer Seite haben, Miss Leigh. Ich gebe zu, dass so etwas vorgekommen ist; eben deshalb sind ja die neuen Vorschriften zur Beweisaufnahme eingeführt worden, aber Olive Martin gehört nicht zu denen, die ein Geständnis unter Nötigung abgelegt haben oder deren Geständnis später verdreht worden ist. Sie hatte die ganze Zeit einen Rechtsbeistand an ihrer Seite. Deshalb sage ich noch einmal, warum sollte sie etwas gestehen, was sie nicht getan hat?«

»Um jemand anders zu schützen?« Sie war froh, dass sie nicht vor Gericht standen. Sein Kreuzverhör war nicht von schlechten Eltern.

»Wen?«

Sie schüttelte den Kopf. »Ich weiß es nicht.«

»Als Einziger käme der Vater in Frage, und der war an seinem Arbeitsplatz. Die Polizei hat ihn genauestens überprüft, und sein Alibi war nicht zu erschüttern.«

»Olives Liebhaber wäre auch noch eine Möglichkeit.«

Er starrte sie verblüfft an.

»Sie hat mir erzählt, dass sie einen Schwangerschaftsabbruch hinter sich hat. Demnach muss sie ja wohl einen Liebhaber gehabt haben.«

Das fand er höchst erheiternd. »Die arme Olive.« Er lachte. »Na ja, eine Abtreibung ist wahrscheinlich so gut wie jedes andere Mittel, um den Schein zu wahren. Besonders«, er lachte wieder, »wenn alle ihr glauben. Ich wäre da an Ihrer Stelle nicht so leichtgläubig.«

Sie lächelte kalt. »Vielleicht sind Sie der Leichtgläubige, wenn Sie so ohne weiteres die billige männliche Perspektive übernehmen, dass eine Frau wie Olive Martin für einen Mann nicht attraktiv ist.«

Deedes musterte ihr entschlossenes Gesicht und fragte sich nach ihrem Motiv. »Sie haben Recht, Miss Leigh, das war billig, und ich entschuldige mich dafür.« Er hob kurz die Hände und ließ sie wieder herabfallen. »Aber das ist das erste Mal, dass ich von einem Schwangerschaftsabbruch höre. Sagen wir einfach, ich halte das für einigermaßen unwahrscheinlich. Und vielleicht recht bequem? Ich meine, ohne Olive Martins Einverständnis kann das niemand überprüfen. Wenn es Nichtmedizinern erlaubt wäre, die Krankengeschichten anderer Leute einzusehen, käme wahrscheinlich manches delikate Geheimnis ans Licht.«

Roz bedauerte ihre scharfe Bemerkung. Deedes war ein sympathischerer Mann als Crew und hatte sie nicht verdient. »Olive erwähnte einen Abbruch. Der Liebhaber war *meine* Vermutung. Aber vielleicht wurde sie vergewaltigt. Kinder können ebenso gut in Hass wie in Liebe gezeugt werden.«

»Lassen Sie sich nicht benutzen, Miss Leigh. An dem Tag, an dem Olive Martin vor Gericht erschien, beherrschte sie die Szene. Ich hatte damals den Eindruck und habe ihn heute noch, dass wir nach *ihrer* Pfeife getanzt haben und nicht sie nach unserer.«

Dawlington war ein kleiner Vorort im Osten Southamptons, ein ehemals abgelegenes Dorf, das von der rasch wachsenden Stadt verschlungen worden war. Dank der viel befahrenen Durchgangsstraßen, die es eingrenzten, hatte es sich eine Art Identität erhalten, aber es war dennoch leicht zu übersehen. Nur ein heruntergekommenes altes Ladenschild mit der Aufschrift *Dawlington Newsagents* machte Roz darauf aufmerksam, dass sie den einen Vorort hinter sich gelassen und den anderen erreicht hatte. Vor einer Linkskurve fuhr sie an den Bürgersteig und warf einen Blick in ihren Stadtplan. Sie befand sich jetzt vermutlich in der High Street, und die Straße links – sie entzifferte mit zusammengekniffenen Augen das Straßenschild – war die Ainsley Street. Sie suchte auf ihrem Plan. »Ainsley Street«, murmelte sie. »Na komm schon, wo bist du? Okay. Leven Road. Erste rechts, zweite links.« Mit einem Blick in ihren Rückspiegel steuerte sie den Wagen wieder auf die Straße hinaus und bog nach rechts ab.

Olives Geschichte, dachte sie, während sie von ihrem geparkten Wagen aus das Haus in der Leven Road 22 musterte, wurde immer seltsamer. Peter Crew hatte behauptet, das Haus sei unverkäuflich. Sie hatte sich etwas wie aus einem Gruselroman vorgestellt, zwölf Monate der Verwahrlosung und des Verfalls seit dem Tod Robert Martins, ein Haus, das von den ewig bleibenden Horrorvisionen in seiner Küche zum Ruin verdammt war. Stattdessen sah sie eine freundliche kleine Doppelhaushälfte, frisch gestrichen, mit Blumenkästen, in denen rosafarbene, weiße und rote Geranien nickten. Wer hatte das Haus gekauft? Wer war mutig genug (oder morbide genug), um mit den Geistern dieser Unglücksfamilie zu leben? Sie überprüfte anhand der Zeitungsausschnitte, die sie am Morgen im Archiv der Lokalzeitung zusammengestellt hatte, noch einmal die Adresse. Kein Zweifel. Eine Schwarz-Weiß-Fotografie vom ›Haus des Schreckens‹ zeigte eben dieses adrette Häuschen, nur ohne Blumenkästen.

Sie stieg aus und ging über die Straße. Das Haus blieb hartnäckig still auf ihr Läuten, so dass sie schließlich zum Nachbarhaus ging und dort ihr Glück versuchte.

Eine junge Frau mit einem schläfrigen Kleinkind auf dem Arm öffnete ihr. »Ja?«

»Guten Tag«, sagte Roz. »Verzeihen Sie, dass ich Sie störe.« Sie wies nach rechts. »Ich wollte eigentlich zu Ihren Nachbarn, aber da ist niemand zu Hause. Haben Sie eine Ahnung, wann sie zurückkommen?«

Die junge Frau schob eine Hüfte vor, um das Kind besser halten zu können und maß Roz mit durchdringendem Blick. »Hier gibt es nichts zu sehen. Sie verschwenden Ihre Zeit.«

»Pardon?«

»Sie haben das Haus ausgeschlachtet und innen alles neu gemacht. Sehr hübsch. Es gibt nichts zu sehen, keine Blutflecken, keine Gespenster, nichts.« Sie drückte den Kopf des

Kindes an ihre Schulter, eine beiläufige, besitzergreifende Geste, eine Demonstration mütterlicher Zärtlichkeit, die sich mit der Feindseligkeit ihres Tons nicht vertrug. »Soll ich Ihnen sagen, was ich denke? Sie sollten einen Psychiater aufsuchen. Leute wie Sie sind die wirklich Kranken dieser Gesellschaft.« Sie machte Anstalten, die Tür zu schließen.

Roz hob in einer Geste der Kapitulation die Hände. Sie lächelte verlegen. »Ich bin nicht hier, um Maulaffen feilzuhalten«, sagte sie. »Mein Name ist Rosalind Leigh, und ich arbeite mit dem Anwalt des verstorbenen Mr. Martin zusammen.«

Die Frau musterte sie argwöhnisch. »Ach ja? Wie heißt der denn?«

»Peter Crew.«

»Das können Sie auch aus der Zeitung haben.«

»Ich habe einen Brief von ihm. Darf ich ihn Ihnen zeigen? Er wird Ihnen beweisen, dass ich die bin, für die ich mich ausgebe.«

»Bitte.«

»Er liegt im Wagen. Ich hole ihn.« Sie holte eilig ihre Aktentasche aus dem Kofferraum, aber als sie zurückkam, war die Tür geschlossen. Sie läutete mehrmals und wartete zehn Minuten lang auf der Schwelle, aber es war klar, dass die junge Frau nicht die Absicht hatte, ihr zu öffnen. Aus einem der oberen Räume kam das Quengeln eines Säuglings. Roz lauschte einen Moment der beschwichtigenden Stimme der Mutter, dann ging sie schließlich ärgerlich über sich selbst zum Wagen zurück und überlegte, was sie nun tun sollte.

Die Zeitungsausschnitte waren enttäuschend. Sie brauchte Namen, Namen von Freunden oder Nachbarn oder auch alten Lehrern, die ihr Hintergrundinformationen liefern konnten. Aber die Lokalzeitung hatte wie die großen überregionalen Blätter den Horror und die Brutalität des Verbrechens ausgeschlachtet, ohne irgendwelche Details über Olives Leben oder ihre möglichen Gründe für die Tat zu berichten. Es gab die üblichen Zitate von Nachbarn – alle anonym und alle geprägt von dieser Klugheit im Nachhinein –, aber sie waren alle so gleichermaßen unergiebig, dass Roz argwöhnte, hier sei vor allem journalistischer Erfindungsgeist am Werk gewesen.

> »›Nein, ich bin nicht überrascht‹, sagte ein Nachbar. ›Entsetzt und erschrocken, ja, aber nicht überrascht. Sie war ein merkwürdiges Mädchen, unfreundlich, eigenbrötlerisch. Ganz anders als ihre Schwester. Die war die Hübsche, Umgängliche. Amber haben wir alle gemocht.‹ ›Die Eltern fanden sie sehr schwierig. Sie ging nie unter Leute und hat keine Freundschaften geschlossen. Sie war wahrscheinlich sehr schüchtern wegen ihres Umfangs, aber sie hatte eine Art, einen anzusehen, die nicht normal war.‹«

Über die Sensationsmache hinaus hatte es nichts zu schreiben gegeben. Eine polizeiliche Ermittlung, über die man hätte berichten können, hatte nicht stattgefunden – Olive hatte sich selbst gestellt, hatte ihr Verbrechen im Beisein ihres Anwalts gestanden und war wegen Mordes unter Anklage gestellt worden. Da sie sich sogleich schuldig bekannt hatte, waren keine saftigen Details aus einem langen Prozess angefallen, waren keine Namen von Freunden oder Bekannten genannt worden, bei denen man nachhaken konnte, und ihre Verurteilung hatte nur einen einzigen Absatz mit der Überschrift ›Fünfundzwanzig Jahre für brutale Morde‹ zur Folge gehabt. Eine Verschwörung journalistischer Teilnahmslosigkeit schien den ganzen Fall zu umgeben. Von den fünf großen W des Journalismus – Wo, Wann, Was, Wer, Warum – waren die ersten vier sonnenklar. Jeder wusste, was passiert war, wer es getan hatte, wo und wann. Aber niemand, so schien es, wusste, warum. Und – das war das eigentlich Rätselhafte – niemand hatte je danach gefragt. Konnten Hänseleien allein eine junge Frau wirklich in eine solche Wut hineintreiben, dass sie ihre Angehörigen in Stücke hackte?

Mit einem Seufzer machte Roz das Radio an und legte eine Pavarotti-Kassette ein. Schlechte Wahl, dachte sie, als die Klänge von »Nessun dorma« den Innenraum des Wagens füllten und bittere Erinnerungen an einen Sommer weckten, den sie lieber vergessen hätte. Merkwürdig, dass ein Musikstück solche Auswirkungen haben konnte. Aber der Weg zur Trennung war gewissermaßen der Choreografie des Fernsehgeräts gefolgt, und »Nessun dorma« hatte stets Anfang und Ende ihrer Auseinandersetzungen markiert. An jedes Detail jedes einzelnen Weltmeisterschaftsfußballspiels konnte sie sich erinnern. Es waren die einzigen friedlichen Perioden in einem Sommer des Krieges gewesen. Wie viel besser, dachte sie müde, wäre es gewesen, hätte sie damals schon Schluss gemacht, anstatt das Elend bis zu seinem weit schrecklicheren Ende hinauszuziehen.

Im Haus rechts, Nummer 24, bewegte sich ein dünner Vorhang, hinter einem Aufkleber, der lauthals die Vorzüge einer wachsamen Nachbarschaft pries. War das so ein Fall, fragte sich Roz, wo man den Stall schloss, nachdem das Pferd weggelaufen war? Oder hatte sich derselbe dünne Vorhang an dem Tag bewegt, als Olive ihr Hackebeil schwang? Zwei Garagen füllten die Lücke zwischen den Häusern, aber es war möglich, dass die Bewohner etwas gehört hatten. *Olive Martin mit dem Beile, hackt ihre Mutter in zehn Teile* ... Die Worte kreisten in ihrem Kopf wie seit Tagen immer wieder.

Sie richtete ihre Aufmerksamkeit wieder auf das Haus Nummer 22, beobachtete aber aus dem Augenwinkel den Vorhang in Nummer 24. Wieder bewegte er sich, von begierigen Fingern zur Seite gezogen, und sie war plötzlich unangemessen wütend auf diese zudringliche Person, die sie da bespitzelte. Das musste ein leeres, vertanes Leben sein, das seine Zeit damit zubrachte, andere heimlich zu beobachten. Was für eine Klatschbase mochte da wohnen? Die frustrierte alte Jungfer, die im Voyeurismus ihre Befriedigung fand? Oder die gelangweilte und langweilige Ehefrau, die nichts Besseres zu tun wusste als zu nörgeln? Aber da hakte plötzlich in ihrem Hirn etwas ein, es wurde gewissermaßen eine gedankliche Weiche gestellt. Genau die Art von Klatschbase, die sie suchte, natürlich, aber wieso war ihr das nicht gleich aufgefallen? Wirklich, das wurde allmählich Besorgnis erregend. Sie war eigentlich dauernd abwesend, lauschte immer nur den Schritten, die nichts als ein Echo in ihrer Erinnerung waren und nirgendwohin führten.

Ein gebrechlicher alter Mann öffnete ihr die Tür, ein geschrumpfter kleiner Mensch mit durchsichtiger Haut und gekrümmten Schultern. »Kommen Sie herein, kommen Sie herein«, sagte er und führte sie in den Flur. »Ich habe gehört, was Sie zu Mrs. Blair gesagt haben. Aber sie redet bestimmt nicht mit Ihnen, und ich sag' Ihnen noch was, es würde Ihnen gar nicht helfen, wenn sie mit Ihnen reden würde. Die sind erst vor vier Jahren hierher gezogen, als das erste Kind unterwegs war. Die haben die Familie überhaupt nicht gekannt und mit dem armen alten Bob haben sie meines Wissens nie ein Wort gewechselt. Was soll ich sagen? Sie hat wirklich Nerven. Typisch die jungen Leute von heute. Immer wollen sie irgendwas umsonst.«

Unaufhörlich vor sich hinbrummelnd ging er ihr in sein Wohnzimmer voraus. »Sie regt sich drüber auf, dass sie im Goldfischglas wohnt, aber sie vergisst, dass sie das Haus nur zu einem Schleuderpreis gekriegt hat, weil es eben ein Goldfischglas war. Ted und Dorothy Clarke haben es praktisch verschenkt, weil sie's nicht mehr ausgehalten haben. Tja, was soll ich sagen? Eine undankbare junge Person. Stellen Sie sich doch mal vor, wie es für uns andere ist, die immer hier gewohnt haben. Von wegen Gelegenheitskauf! Wir müssen sehen, wie wir damit zurechtkommen, stimmt's? Nehmen Sie Platz. Nehmen Sie Platz.«

»Danke.«

»Sie kommen von Mr. Crew, sagen Sie. Ist das Kind schon gefunden?« Mit beunruhigend leuchtend blauen Augen starrte er ihr ins Gesicht.

Roz überlegte fieberhaft. »Das ist nicht mein Ressort«, sagte sie vorsichtig. »Darum bin ich nicht sicher, wie weit sie im Augenblick in dieser Sache sind. Ich führe eine Nachuntersuchung von Olive Martins Fall durch. Sie wussten, dass Mr. Crew sie immer noch vertritt?«

»Was gibt's da zu vertreten?«, entgegnete er. Sein Blick schweifte enttäuscht ab. »Arme kleine Amber. Sie hätten sie niemals zwingen dürfen, es wegzugeben. Ich hab' gleich gesagt, dass das Ärger gibt.«

Roz saß ganz still und blickte zum abgetretenen Teppich hinunter.

»Aber die Leute wollen ja nicht hören«, sagte er unwirsch. »Man gibt ihnen einen gut gemeinten Rat, und sie behaupten, man mische sich in Dinge ein, die einen nichts angehen. Tja, was soll ich sagen? Ich hab' gleich gesehen, wohin das führen würde.« Er hüllte sich in grollendes Schweigen.

»Sie sprechen von dem Kind«, sagte Roz schließlich.

Er sah sie neugierig an. »Wenn sie ihn gefunden hätten, dann wüssten Sie es.«

Es war also ein Junge. »O ja.«

»Bob hat alles versucht, aber es gibt eben Vorschriften. Sie hatten ihn weggegeben, sozusagen auf alle Rechte verzichtet. Man sollte meinen, wenn Geld im Spiel ist, wär' das was anderes, aber unsereins kommt gegen den Staat nicht an. Tja, was soll ich sagen? Diebe sind das, lauter Diebe.«

Roz bemühte sich nach Kräften, aus dieser Rede klug zu werden. Sprach er von Robert Martins Testament? War dieses Kind (Ambers Kind?) der Erbe? Unter dem Vorwand, ein Taschentuch zu suchen, öffnete sie ihre Handtasche und schaltete heimlich den Recorder ein. Dieses Gespräch, dachte sie, würde mühsam werden.

»Sie meinen, dass der Staat das Geld bekommt?«

»'türlich.«

Sie nickte bedächtig. »Ja, wir haben ziemlich schlechte Karten.«

»War doch immer schon so. Verdammte Diebe. Nehmen einem den letzten Penny. Und wozu? Damit dieses faule Pack sich weiterhin auf unsere Kosten wie die Karnickel vermehren kann. Das kann einen schon anwidern. In den Sozialwohnungen drüben wohnt eine Frau mit fünf Kindern, jedes von einem anderen Mann. Tja, was soll ich sagen? Alles wertloses Gesindel. Ist das vielleicht die Rasse Mensch, die wir hier in unserem Land haben wollen? Faulpelze und Strohköpfe? Was soll das, eine solche Frau noch zu ermutigen? Sterilisieren hätte man sie sollen und basta.«

Roz, die keine Lust hatte, sich in eine polemische Sackgasse zerren zu lassen, und noch weniger Lust, sich mit ihm anzulegen, antwortete unverbindlich. »Da haben Sie sicher Recht.«

»'türlich hab' ich Recht, das ist das Ende der Gattung. Früher, als es keine Sozialhilfe gab, wär' die mit ihrer ganzen Brut verhungert, und recht wär' ihnen geschehen. Was soll ich sagen? In dieser Welt gilt eben das Gesetz vom Überleben des Stärkeren. Es gibt keine andere Gattung, die ihre faulen Äpfel so in Watte packt, wie wir das tun, und bestimmt keine, die ihre faulen Äpfel noch dafür bezahlt, dass sie immer neue faule Äpfel produzieren. Es widert einen wirklich an. Wie viele Kinder haben Sie?«

Roz lächelte schwach. »Keine leider. Ich bin nicht verheiratet.«

»Da sehen Sie's.« Er räusperte sich geräuschvoll. »Es macht einen wirklich krank. Tja, was soll ich sagen? Leute wie Sie, die anständigen, die sollten die Kinder bekommen.«

»Wie viele haben Sie denn, Mr. äh ...?« Sie sah ostentativ in ihren Notizkalender, als suchte sie seinen Namen.

»Hayes. Mr. Hayes. Zwei Söhne. Feine Kerle. Sind inzwischen natürlich erwachsen. Leider nur eine Enkelin«, fügte er düster hinzu. »Das ist einfach nicht richtig. Ich sag' ihnen immer wieder, dass sie ihrer Klasse gegenüber eine Pflicht haben, aber genauso gut könnt' ich gegen den Wind pinkeln – verzeihen Sie meine Ausdrucksweise. Es nützt überhaupt nichts.« Sein Gesicht nahm einen Ausdruck altvertrauter Verdrossenheit an. Diese fixe Idee saß bei ihm offensichtlich tief.

Roz wusste, dass sie jetzt die Initiative ergreifen musste, wenn sie nicht wollte, dass er anfing, ein Steckenpferd nach dem anderen zu reiten. »Sie sind ein sehr aufmerksamer Mann, Mr. Hayes. Wieso waren Sie so sicher, dass es Ärger geben würde, als Amber gezwungen wurde, ihren Sohn aufzugeben?«

»War doch klar, dass mal eine Zeit kommen würde, wo sie ihn würde wiederhaben wollen. Ist doch immer so, oder? Kaum hat man was weggeschmissen, merkt man, dass man es noch gebraucht hätte. Aber dann ist es zu spät. Es ist weg. Meine Frau war so eine, dauernd hat sie alles weggeschmissen, Farbdosen, Teppichreste, und zwei Jahre später hat man das Zeug gebraucht, um was auszubessern. Ich dagegen, ich hebe alles auf. Tja, was soll ich sagen? Für mich hat alles einen Wert.«

»Sie wollen also sagen, dass sich Mr. Martin vor den Morden nicht um seinen Enkel gekümmert hat?«

Er legte Daumen und Zeigefinger an seine Nasenspitze. »Wer weiß das? Er war ja immer ziemlich verschlossen, Bob, mein' ich. Gwen war diejenige, die das Kind unbedingt weggeben wollte. Sie wollte es partout nicht im Haus haben. Vielleicht ganz verständlich, wenn man Ambers Alter bedenkt.«

»Wie alt war sie denn?«

Er runzelte die Stirn. »Ich dachte, Mr. Crew wüsste das alles.«

Sie lächelte. »Er weiß es auch, aber es ist nicht mein Ressort, wie ich Ihnen schon sagte. Mich interessiert das nur. Es erscheint mir so tragisch.«

»Ja, das ist es. Dreizehn«, sagte er bekümmert. »Sie war dreizehn. Armes kleines Ding. Hatte von nichts eine Ahnung. So ein Lümmel von der Schule war schuld.« Er wies mit dem Kopf zum rückwärtigen Teil des Hauses. »Von der Parkway Gesamtschule.«

»Ist das die Schule, die Amber und Olive besucht haben?«

»Ha!« Seine alten Augen blitzten erheitert. »Das hätte Gwen nie zugelassen. Sie hat die beiden in so eine vornehme Klosterschule geschickt, wo sie Gedichte gelernt haben, aber nichts über das wirkliche Leben.«

»Warum hat Amber die Schwangerschaft nicht abgebrochen? Waren die Martins katholisch?« Ihr fiel wieder Olive ein und die Föten, die im Spülbecken hinuntergespült wurden.

»Sie wussten nicht, dass sie schwanger war. Sie dachten, es wäre Babyspeck.« Er lachte plötzlich. »Sie haben sie ins Krankenhaus gebracht, weil sie dachten, sie hätte eine Blinddarmentzündung, und dabei war's ein strammer kleiner Junge. Und keiner hat was gemerkt. Das war bestimmt das bestgehütete Geheimnis, das ich je erlebt habe. Nicht mal die Nonnen haben's gewusst.«

»Aber Sie wussten es«, hakte Roz nach.

»Meine Frau hat sich's gedacht«, antwortete er mit einem weisen Nicken. »Es war offensichtlich, dass was Schlimmes passiert war und dass es keine Blinddarmentzündung war. Gwen war praktisch hysterisch an dem Abend, an dem es passiert ist, und meine Jeannie hat sich's eben zusammengereimt. Aber wir waren immer schon Leute, die den Mund halten konnten. Wir wollten der Kleinen das Leben nicht noch schwerer machen. Es war ja nicht ihre Schuld.«

Roz rechnete in aller Eile. Amber war zwei Jahre jünger gewesen als Olive, somit wäre sie, wenn sie noch am Leben gewesen wäre, jetzt sechsundzwanzig gewesen. »Ihr Sohn ist jetzt dreizehn«, sagte sie, »und Erbe von einer halben Million Pfund. Es wundert mich, dass Mr. Crew ihn nicht finden kann. Es muss doch amtliche Unterlagen über die Adoption geben.«

»Ich hatte gehört, sie hätten eine Spur gefunden.« Der Alte klapperte in seiner Enttäuschung mit seinem künstlichen Gebiss. »Aber das waren wahrscheinlich nur Gerüchte, Brown, Australien«, murmelte er verärgert, als erkläre das alles. »Ich bitte Sie!«

Roz ließ diese rätselhafte Bemerkung unkommentiert. Sie konnte sich später darüber Gedanken machen, ohne jetzt schon wieder ihre Unwissenheit zeigen zu müssen. »Erzählen Sie mir von Olive«, forderte sie ihn auf. »Waren Sie überrascht über das, was sie getan hat?«

»Ich hab' das Mädchen ja kaum gekannt.« Er sog geräuschvoll an seinen Zähnen. »Und man ist nicht überrascht, wenn Leute, die man kennt, mit der Axt totgeschlagen werden, junge Frau, man ist entsetzt. Meine Frau Jeannie hat es fertiggemacht. Sie hat sich nie davon erholt und ist zwei Jahre später gestorben.«

»Das tut mir Leid.«

Er nickte, aber es war offenbar eine alte verheilte Wunde. »Ich hab' Olive nach Hause kommen und weggehen sehen, aber sie hat nie viel geredet. Schüchtern wahrscheinlich.«

»Weil sie dick war?«

Er schürzte nachdenklich die Lippen. »Vielleicht. Jeannie hat gesagt, sie würde dauernd gehänselt, aber ich hab' dicke Mädchen gekannt, die bei jeder Party erst richtig Leben in die Bude gebracht haben. Es war wahrscheinlich ihr Wesen, nehm' ich an, immer alles negativ zu sehen. Sie hat nie viel gelacht. Kein Humor. Solche Leute finden nicht leicht Freunde.«

»Aber Amber hatte da keine Schwierigkeiten?«

»Nein. Die war sehr beliebt.« Er blickte den Lauf der Zeit zurück. »Sie war ein hübsches Ding.«

»War Olive auf sie eifersüchtig?«

»Eifersüchtig?«, wiederholte Hayes überrascht. »Darüber hab' ich nie nachgedacht. Was soll ich sagen? Ich hatte immer den Eindruck, dass die beiden sich sehr gern hatten.«

»Aber warum hat Olive ihre Schwester dann getötet?«, fragte Roz verwundert. »Und warum hat sie die Leichen zerstückelt. Das ist doch sehr seltsam.«

Er kniff argwöhnisch die Augen zusammen. »Ich dachte, Sie vertreten sie. Wenn überhaupt einer das weiß, dann müssten das doch Sie sein.«

»Aber sie sagt nichts.«

Er starrte zum Fenster hinaus. »Tja dann.«

Tja dann was. »Wissen Sie, warum?«

»Jeannie meinte, es wären die Hormone gewesen.«

»Die Hormone?«, wiederholte Roz verständnislos. »Was für Hormone?«

»Na, Sie wissen schon«, sagte er sichtlich verlegen. »Die monatlichen.«

»Ach so.« Post-menstruelles Trauma? Nun, das war wohl kaum ein Thema, das sie mit ihm besprechen konnte. Er gehörte einer Generation an, für die das Thema Menstruation nicht existiert hatte. »Hat Mr. Martin mal etwas darüber gesagt, aus welchem Grund sie es seiner Ansicht nach getan hat?«

Er schüttelte den Kopf. »Auf das Thema sind wir nie zu sprechen gekommen. Was soll ich sagen? Wir haben ihn danach kaum noch gesehen. Er hat ein- oder zweimal von seinem Testament gesprochen, und von dem Kind – das war alles, woran er noch dachte.« Er räusperte sich wieder. »Er wurde ein richtiger Einsiedler, wissen Sie. Er hat keinen Menschen ins Haus gelassen, nicht einmal die Clarkes, und dabei gab's mal eine Zeit, da waren Ted und er so wie zwei Brüder.« Er zog die Mundwinkel herunter. »Aber angefangen hat Ted. Er hat aus irgendeinem Grund plötzlich was gegen Bob gehabt und ist nicht mehr rübergegangen. Und die anderen haben's natürlich nachgemacht, wie das immer so ist. Ich glaube, am Schluss war ich sein einziger Freund. Ich war auch derjenige, der überhaupt gemerkt hat, dass was nicht stimmt. Ich hab' die Milchflaschen draußen stehen sehen.«

»Aber warum ist er denn geblieben? Er hatte doch genug Geld, um das Haus billig weggeben zu können. Man hätte meinen sollen, er wäre lieber umgezogen, als hier zu bleiben, bei den Gespenstern seiner Familie.«

Mr. Hayes brummelte vor sich hin. »Ich hab' das selbst auch nie verstanden. Vielleicht wollte er einfach seine Freunde in der Nähe haben.«

»Sie sagten eben, dass die Clarkes weggezogen sind. Wissen Sie, wohin?«

Er schüttelte den Kopf. »Keine Ahnung. Eines Morgens waren sie weg, ohne einer Menschenseele was zu sagen. Die Möbelpacker haben drei Tage später ihre Sachen abgeholt, und das Haus hat ein Jahr lang leer gestanden, bis es die Blairs gekauft haben. Seitdem hab' ich nichts mehr von ihnen gehört. Keine Nachsendeadresse, nichts. Was soll ich sagen? Wir waren gute Freunde, wir sechs, und ich bin der einzige, der jetzt noch übrig ist. Merkwürdige Geschichte.«

Sehr merkwürdig, dachte Roz. »Können Sie sich erinnern, welcher Makler das Haus verkauft hat?«

»Peterson, aber von denen erfahren Sie nichts. Lauter kleine Hitler«, sagte er, »die vor Wichtigtuerei platzen. Mir haben Sie gesagt, ich soll mich gefälligst um meine eigenen Angelegenheiten kümmern, wie ich hingegangen bin und gefragt hab'. Ich hab' ihnen gesagt, wir leben in einer freien Welt, und es gibt keinen Grund, warum ein Mann sich nicht nach seinen Freunden erkundigen darf, aber sie sind mir so richtig von oben herab gekommen. Sie hätten Anweisungen, die Sache vertraulich zu behandeln oder irgend so ein Quark. Tja, was soll ich sagen? Die haben so getan, als wär' ich derjenige, zu dem die Clarkes jede Verbindung abbrechen wollten. Von wegen, hab' ich gesagt, das ginge wohl eher Bob an, aber vielleicht hätten sie ja auch Angst vor Gespenstern. Da haben sie gesagt, wenn ich solche Gerüchte verbreite, würden sie gerichtlich gegen mich vorgehen. Soll ich Ihnen sagen, wer meiner Ansicht nach schuld ist? Der Verband der Immobilienmakler, wenn's einen gibt, was ich bezweifle ...« Er plapperte immer weiter, machte seinem Ärger, seiner Einsamkeit und seiner Frustration auf diese Weise Luft.

Roz hatte Mitleid mit ihm. »Sehen Sie Ihre Söhne oft?«, fragte sie, als der Redeschwall versiegte.

»Hin und wieder.«

»Wie alt sind sie?«

»In den Vierzigern«, antwortete er nach einem Moment des Überlegens.

»Wie fanden sie denn Olive und Amber?«

Er kniff wieder seine Nasenspitze zwischen Zeigefinger und Daumen zusammen und bewegte sie hin und her. »Die haben sie gar nicht gekannt. Die waren schon aus dem Haus, ehe die Mädchen in die Pubertät kamen.«

»Sie waren nicht mal zum Babysitten drüben oder so?«

»Meine Jungs? Nie im Leben hätten Sie die zum Babysitten gekriegt.« Seine alten Augen wurden feucht, und er wies mit dem Kopf zur Kredenz, wo Fotografien von zwei jungen Männern in Uniform standen. »Feine Kerle. Soldaten.« Er warf sich in die Brust. »Sie haben sich meinen Rat zu Herzen genommen und sind zum Militär gegangen. Jetzt sind sie arbeitslos. Das verdammte Regiment ist ihnen praktisch unterm Hintern aufgelöst worden. Es widert einen wirklich an, wenn man dran denkt, dass sie und ich zusammen der Königin und dem Vaterland fast fünfzig Jahre gedient haben. Hab' ich Ihnen erzählt, dass ich im Krieg in der Wüste war?« Er sah sich mit leerem Blick im Zimmer um. »Irgendwo muss doch ein Foto von Churchill und Monty im Jeep stehen. Jeder von uns, der da unten war, hat eins bekommen. Wird heute schon ein paar Pfund wert sein, denk' ich mir. Wo ist es denn bloß?« Er wurde regelrecht unruhig.

Roz nahm ihre Aktentasche. »Machen Sie sich darüber jetzt keine Gedanken, Mr. Hayes. Vielleicht kann ich es mir ansehen, wenn ich das nächstemal komme.«

»Sie kommen wieder?«

»Ich würde gern, wenn es Ihnen nicht ungelegen kommt.« Sie nahm eine Karte aus ihrer Handtasche und knipste gleichzeitig den Recorder aus. »Da haben Sie meinen Namen und meine Telefonnummer. Rosalind Leigh. Es ist eine Londoner Nummer, aber ich werde in den nächsten Wochen regelmäßig hier unten sein. Wenn Sie also Lust zum Plaudern haben«, sie lächelte ermutigend und stand auf, »dann rufen Sie mich einfach an.«

Er betrachtete sie voller Erstaunen. »Einfach nur so zum Plaudern? Du meine Güte. Eine junge Frau wie Sie hat doch Besseres zu tun.«

Sehr richtig, dachte sie, aber ich brauche Informationen. Ihr Lächeln war wie das von Mr. Crew falsch. »Also, bis bald, Mr. Hayes.«

Er hievte sich schwerfällig aus seinem Sessel und bot ihr eine marmorierte Hand. »Es war mir ein Vergnügen, Sie kennen zu lernen, Miss Leigh. Was soll ich sagen? Es kommt nicht oft vor, dass ein alter Mann wie ich aus heiterem Himmel von einer hübschen jungen Dame Besuch bekommt.«

Er sprach mit solcher Aufrichtigkeit, dass sie sich ihrer eigenen Falschheit schämte. Warum, fragte sie sich, war das Wesen der Menschen nur so verdammt gemein?

4

Roz fand die Klosterschule mit Hilfe eines Polizisten. »Das wird St. Angela sein«, sagte er zu ihr. »Bei der Ampel links und dann gleich wieder links. Ein großer roter Backsteinbau, etwas von der Straße zurückgesetzt. Sie können es gar nicht verfehlen. Es ist das einzige anständige Stück Architektur, das hier in der Gegend noch steht.«

Es erhob sich in massiger viktorianischer Pracht über das umgebende Gewirr billiger Betongestrigkeiten, ein Tempel der Bildung wie die modernen, in Fertigbauweise errichteten Schulen es niemals sein konnten. Roz trat mit einem Gefühl von Vertrautheit ein; solche Schulen kannte sie. Hinter offenen Türen sah sie flüchtig Pulte, Tafeln, Bücherregale, aufmerksame Mädchen in adretten Schuluniformen. Ein Ort ernsthaften Studiums, an dem die Eltern über die Qualität der Schulbildung ihrer Töchter bestimmen konnten, indem sie ganz einfach drohten, die Mädchen von der Schule zu nehmen und kein Schulgeld zu bezahlen. Und immer wenn Eltern diese Macht besaßen, waren die Anforderungen die gleichen: Disziplin, Struktur, Resultate. Durch ein Fenster warf sie einen neugierigen Blick in einen Raum, der offensichtlich die Bibliothek war. Hm, hm, kein Wunder, dass Gwen darauf bestanden hatte, die Mädchen hierherzuschicken. Roz hätte Geld darauf gewettet, dass die Parkway-Gesamtschule ein Tollhaus war, in dem es drunter und drüber ging, Rechtschreibung ein Anachronismus war, Französisch ein Wahlfach, Latein nie da gewesen und der naturwissenschaftliche Unterricht sich in Plaudereien über den Treibhauseffekt erschöpfte …

»Kann ich Ihnen behilflich sein?«

Sie drehte sich mit einem Lächeln herum. »Ich hoffe es.«

Eine elegante Frau Ende Fünfzig war vor einer Tür mit der Aufschrift *Sekretariat* stehen geblieben. »Suchen Sie eine Schule für Ihr Kind?«

»Ich wollte, es wäre so. Die Schule ist sehr schön. Ich habe keine Kinder«, erklärte sie auf den verwundert fragenden Blick der Frau.

»Ach so. Ja, also, wie kann ich Ihnen helfen?«

Roz nahm eine ihrer Karten heraus. »Rosalind Leigh«, stellte sie sich vor. »Ich würde mich gern einmal mit der Schulleiterin unterhalten.«

»Jetzt?«, fragte die Frau überrascht.

»Ja, wenn sie Zeit hat. Wenn nicht, kann ich einen Termin vereinbaren und später wiederkommen.«

Die Frau nahm die Karte und las sie aufmerksam. »Darf ich fragen, worum es Ihnen geht?«

Roz zuckte die Achseln. »Einfach um ein paar allgemeine Informationen über die Schule und die Art von Mädchen, die hierher kommen.«

»Sind Sie vielleicht zufällig die Rosalind Leigh, die *Hinter dem Spiegel* geschrieben hat?«

Roz nickte. *Hinter dem Spiegel,* ihr letztes Buch und ihr bestes, hatte sich gut verkauft und einige ausgezeichnete Besprechungen bekommen. Es war eine Studie über die wechselnde Wahrnehmung weiblicher Schönheit im Lauf der Jahrhunderte, und sie fragte sich jetzt, wie sie die Energie aufgebracht hatte, es zu schreiben. Ein Werk der Liebe, weil das Thema sie fasziniert hatte.

»Ich habe es gelesen.« Die Frau lächelte. »Ich war zwar nur mit wenigen Ihrer Schlussfolgerungen einverstanden, aber es war dennoch eine ungemein anregende Lektüre. Sie haben einen sehr schönen Stil, aber das wissen Sie sicher.«

Roz lachte. Die Frau war ihr auf Anhieb sympathisch. »Sie sind wenigstens ehrlich.«

Die andere sah auf ihre Uhr. »Kommen Sie mit in mein Büro. In einer halben Stunde habe ich einen Termin mit einem Elternpaar, aber bis dahin will ich Ihnen gern die allgemeinen Informationen geben. Bitte.« Sie öffnete die Tür zum Sekretariat und führte Roz in ein anschließendes Büro. »Bitte, nehmen Sie Platz. Kaffee?«

»Gern. Danke.« Roz setzte sich und wartete, während die Frau mit Wasserkessel und Tassen hantierte. »Sind Sie die Schulleiterin?«

»Ja.«

»Zu meiner Zeit waren das immer Nonnen.«

»Aha, Sie sind also Klosterschülerin gewesen. Ich habe es mir fast gedacht. Milch?«

»Schwarz und ohne Zucker, bitte.«

Sie stellte eine dampfende Tasse vor Roz auf den Schreibtisch und setzte sich ihr gegenüber. »Ich *bin* Nonne. Schwester Bridget. In unserem Orden tragen wir schon seit einiger Zeit kein Habit mehr. Wir haben festgestellt, dass es wie eine künstliche Barriere zwischen uns und dem Rest der Gesellschaft wirkt.« Sie lächelte. »Ich weiß nicht, was Ordenstrachten an sich haben, aber sobald man sie trägt, gehen einem die Leute am liebsten aus dem Weg. Wahrscheinlich glauben sie, man verlange tadelloses Benehmen von ihnen. Es ist sehr frustrierend. Die Gespräche sind oft so gehemmt.«

Roz schlug die Beine übereinander und lehnte sich bequem zurück. Sie war sich dessen nicht bewusst, aber ihre Augen verrieten sie. Sie spiegelten die ganze Wärme und den ganzen

Humor, die noch vor einem Jahr Ausdruck ihrer Persönlichkeit gewesen waren. Bitterkeit, so schien es, konnte sich nur bis zu einem gewissen Punkt einfressen.

»Das sind wahrscheinlich Schuldgefühle«, sagte sie. »Wir müssen unsere Zunge hüten, damit wir nicht die Predigt provozieren, von der wir wissen, dass wir sie verdienen.« Sie trank einen Schluck Kaffee. »Wie kamen Sie darauf, dass ich einmal Klosterschülerin war?«

»Durch Ihr Buch. Bei den etablierten Religionen werden Sie sehr hitzig. Ich nahm an, Sie seien entweder Jüdin oder Katholikin, die von ihrem Glauben abgefallen ist. Das protestantische Joch ist leichter abzuwerfen, da es von vornherein nicht so drückend ist.«

»Tatsächlich war ich kein bisschen abgefallen, als ich das Buch geschrieben habe«, entgegnete Roz milde. »Ich war noch eine gute Katholikin.«

Schwester Bridget hörte den Zynismus in ihrer Stimme. »Aber jetzt sind Sie das nicht mehr.«

»Nein. Gott ist für mich gestorben.« Sie lächelte leicht über den Blick des Verständnisses auf dem Gesicht der anderen. »Sie haben es wohl gelesen. Ich kann Ihrem Geschmack, was Zeitungen betrifft, nicht beipflichten.«

»Ich bin Erzieherin, meine Liebe. Wir arbeiten hier ebenso mit den Sensationsblättern wie mit Flugblättern und Prospekten.« Sie senkte nicht die Lider, zeigte keinerlei Verlegenheit, und Roz war froh darüber. »Ja, ich habe es gelesen, und ich hätte Gott auch bestraft. Es war sehr grausam von ihm.«

Roz nickte. »Wenn ich mich recht erinnere«, sagte sie, zu ihrem Buch zurückkehrend, »spielt die Religion nur in einem Kapitel meines Buchs eine Rolle. Wieso fiel es Ihnen so schwer, sich mit meinen Schlussfolgerungen einverstanden zu erklären?«

»Weil sie alle auf einer einzigen Prämisse basieren. Da ich

die Prämisse nicht akzeptieren kann, kann ich auch mit den Folgerungen, die sich aus ihr ergeben, nicht übereinstimmen.«

Roz krauste die Stirn. »Welche Prämisse?«

»Dass Schönheit nur so tief geht wie die Haut.«

Roz war überrascht. »Und Sie halten das nicht für wahr?«

»Nein, nicht als grundsätzliche Maxime.«

»Ich bin sprachlos! Das ausgerechnet von Ihnen, einer Nonne!«

»Die Tatsache, dass ich Nonne bin, hat nichts damit zu tun. Ich bin nicht weltfremd.«

»Sie glauben allen Ernstes, dass schöne Menschen durch und durch schön sind? Das kann ich nicht akzeptieren. Gleichermaßen wären dann hässliche Leute durch und durch hässlich.«

»Sie legen mir Worte in den Mund, meine Liebe.« Schwester Bridget war erheitert. »Ich stelle lediglich das Konzept infrage, dass Schönheit eine oberflächliche Eigenschaft ist.« Sie umschloss ihre Kaffeetasse mit beiden Händen. »Es ist natürlich ein tröstlicher Gedanke – es bedeutet, dass wir alle mit uns zufrieden sein können –, aber Schönheit ist wie Reichtum ein moralisches Guthaben. Die Reichen können es sich leisten, gesetzestreu, großzügig und freundlich zu sein. Die ganz Armen können das nicht. Selbst freundlich sein, ist schwierig, wenn man nicht weiß, wo der nächste Penny herkommen soll.« Sie lächelte schief. »Nur selbstgewählte Armut hat etwas Erhebendes.«

»Das will ich gar nicht bestreiten, aber ich sehe den Zusammenhang zwischen Schönheit und Reichtum nicht.«

»Die Schönheit ist ein Polster gegen die negativen Gefühle, die durch Einsamkeit und Zurückweisung hervorgerufen werden. Schöne Menschen werden gewürdigt – das ist immer so, darauf haben Sie selbst hingewiesen –, sie haben deshalb weniger Grund boshaft zu sein, weniger Grund zur Eifersucht, weniger Grund, das zu begehren, was sie nicht haben können. Sie sind eher Bezugspunkt all dieser Gefühle, selten die Anstifter dazu.« Sie zuckte die Achseln. »Es gibt natürlich immer Ausnahmen – die meisten haben Sie in Ihrem Buch aufgezeigt –, aber wenn jemand attraktiv ist, dann geht diese Attraktivität tief, das ist jedenfalls meine Erfahrung. Man kann sich darüber streiten, was zuerst kommt, die innere Schönheit oder die äußere, aber meistens gehen die beiden Hand in Hand.«

»Wenn man also reich und schön ist, öffnen sich einem die Himmelstore ganz von selbst?« Roz lächelte sarkastisch. »Das ist eine recht radikale Philosophie für eine Christin, finden Sie nicht? Ich dachte immer, Jesus predigte genau das Gegenteil. Sagte er nicht, es sei leichter, dass ein Kamel durch ein Nadelöhr geht, als dass ein Reicher in den Himmel kommt?«

Schwester Bridget lachte gutmütig. »Sie waren offensichtlich in einer ausgezeichneten Klosterschule.« Zerstreut rührte sie ihren Kaffee mit einem Kugelschreiber um. »Ja. Das hat er gesagt, aber im Zusammenhang gesehen, ist das eher eine Bestätigung als eine Widerlegung meiner Ansicht, finde ich. Erinnern Sie sich? Ein wohlhabender junger Mann fragte Jesus, wie er das ewige Leben erlangen könnte, und Jesus sagte: Beachte die Gebote. Der junge Mann antwortete: Ich habe sie seit meiner Kindheit immer beachtet, aber was kann ich noch tun? Wenn du vollkommen sein möchtest, sagte Jesus – und ich betone das Wort ›vollkommen‹ –, dann verkaufe all deine Habe und schenke sie den Armen. Und *dann* folge mir. Der junge Mann ging bekümmert davon, denn er hatte sehr viele Besitztümer, und er brachte es nicht über sich, sie zu verkaufen. Und an dieser Stelle machte Jesus die Bemerkung über das Kamel und das Nadelöhr. Er sprach von Vollkommenheit, verstehen Sie, nicht von Güte.« Sie leckte das Ende ihres Kugelschreibers ab. »Man muss auch dem jungen Mann gegenüber gerecht sein. Ich denke, wenn er wirklich seinen ganzen Besitz verkauft hätte, dann hätte das bedeutet, dass er Häuser und Geschäftsunternehmen, in denen Menschen wohnten und arbeiteten, hätte verkaufen müssen, er wäre also in ein schwieriges moralisches Dilemma geraten. Aber meiner Ansicht nach wollte Jesus Folgendes sagen: Bisher bist du ein guter Mensch gewesen, aber wenn du feststellen willst, wie gut du wirklich bist, dann werde wie der Ärmste der Armen. Die Vollkommenheit besteht darin, mir zu folgen und die Gebote zu beachten, obwohl man so arm ist, dass Stehlen und Lügen zum täglichen Leben gehören, wenn man gewiss sein will, am nächsten Morgen wieder aufzuwachen. Ein Ziel, das unmöglich zu erreichen ist.« Sie trank von ihrem Kaffee. »Ich kann mich natürlich irren.« Ihre Augen blitzten.

»Also über diesen Punkt werde ich mich bestimmt nicht mit Ihnen streiten«, sagte Roz sehr direkt. »Da hätte ich vermutlich keine Chance. Aber mit Ihrem Argument, dass Schönheit ein moralisches Guthaben ist, befinden Sie sich meiner Ansicht nach auf sehr unsicherem Boden. Wo bleiben die Gefahren der Eitelkeit und der Arroganz? Und wie erklären Sie es, dass einige der nettesten Menschen, die ich kenne, beim besten Willen nicht schön sind?«

Schwester Bridget lachte wieder, es klang sehr vergnügt. »Sie drehen mir dauernd das Wort im Mund herum. Ich habe nie behauptet, dass man schön sein muss, um ein netter Mensch zu sein. Ich stelle nur Ihre Behauptung in Frage, dass schöne Menschen *nicht* angenehm sind. Meiner Feststellung nach sind sie es häufig. Und auf die Gefahr hin, dass ich mich wiederhole, sie können es sich leisten.«

»Dann sind wir wieder bei meiner Frage von vorhin: Heißt das, dass hässliche Menschen sehr oft nicht nett sind?«

»Das ist genauso ein Trugschluss, wie wenn man sagen würde, dass Arme unweigerlich einen schlechten Charakter haben. Es heißt lediglich, dass die Prüfungen schwerer sind.« Sie neigte den Kopf zur Seite. »Nehmen wir Olive und Amber als Beispiel. Denn das ist doch der wahre Grund Ihres Kommens, nicht wahr? Amber war ein Glückskind des Lebens. Sie war das bezauberndste kleine Ding, das ich gesehen habe, und ihr Wesen passte dazu. Jeder hat sie gemocht. Olive andererseits war allgemein unbeliebt. Sie hatte kaum etwas Positives. Sie war gierig, falsch und oft grausam. Es fiel mir sehr schwer, sie zu mögen.«

Roz versuchte gar nicht erst, ihr Interesse zu leugnen. Bei dem Gespräch war es ja von Anfang an um die beiden Schwestern gegangen. »Dann sind Sie sosehr auf die Probe gestellt worden wie sie. Und haben Sie versagt? War es Ihnen möglich, sie zu mögen?«

»Es war mir sehr schwer bis zu dem Tag, als Amber in die Schule kam. Olives beste Eigenschaft war ihre Liebe zu ihrer Schwester. Sie hat sie ohne Vorbehalt und völlig selbstlos geliebt. Es war rührend. Sie hat Amber bemuttert wie eine Glucke und oft ihre eigenen Interessen zurückgestellt, um die Ambers zu fördern. Ich habe nie solche Zuneigung zwischen Schwestern erlebt.«

»Warum hat sie sie dann getötet?«

»Ja, warum? Es ist wirklich an der Zeit, dass diese Frage gestellt wird.« Schwester Bridget trommelte mit den Fingern ungeduldig auf den Schreibtisch. »Ich besuche sie, sooft ich kann. Aber sie sagt es mir nicht. Ich kann es mir nur damit erklären, dass diese Liebe, die ja wirklich die reinste Besessenheit war, in einen ebenso übersteigerten Hass umgeschlagen ist. Haben Sie Olive kennen gelernt?«

Roz nickte.

»Was halten Sie von ihr?«

»Sie ist intelligent.«

»Ja, das ist sie. Sie hätte studieren können, wenn es der damaligen Schulleiterin gelungen wäre, die Mutter von den Vorteilen zu überzeugen. Ich war damals nur eine kleine Lehrerin.« Sie seufzte. »Aber Mrs. Martin war eine resolute Frau und hatte Olive fest an der Kandare. Wir, als Schule, konnten nichts tun, um sie umzustimmen. Die beiden Mädchen gingen gemeinsam von der Schule ab, Olive mit einem guten Abgangszeugnis, das sie zum Studieren berechtigt hätte, Amber mit einem mittelmäßigen Abschluss.« Sie seufzte wieder. »Arme Olive. Sie fing in einem Supermarkt an der Kasse an. Und Amber hat sich, glaube ich, als Friseuse versucht.«

»Welcher Supermarkt war das?«

»Pettit in der High Street. Aber der Laden hat schon vor Jahren Pleite gemacht.«

»Zur Zeit der Morde hat sie doch beim Referat für Gesundheit und Soziales hier am Ort gearbeitet, nicht wahr?«

»Ja, und sie hat sich dort, glaube ich, sehr gut gemacht. Natürlich hat ihre Mutter sie hineingepuscht.« Schwester Bridget sann einen Moment lang nach. »Rein zufällig ist mir Olive ungefähr eine Woche vor den Morden über den Weg gelaufen. Ich habe mich gefreut, sie zu sehen. Sie sah« – sie überlegte kurz – »glücklich aus. Ja, ich denke, das ist genau das richtige Wort.«

Roz dachte eine ganze Weile nach. So vieles an dieser Geschichte ergab überhaupt keinen Sinn. »Hat sie sich mit ihrer Mutter verstanden?«, fragte sie schließlich.

»Ich weiß nicht. Ich hatte immer den Eindruck, sie zog ihren Vater vor. Aber natürlich hatte Mrs. Martin die Hosen an. Wenn es etwas zu entscheiden gab, hat immer sie entschieden. Sie war sehr dominant, aber ich kann mich nicht erinnern, dass Olive je etwas gegen sie gesagt hätte. Sie war eine schwierige Frau. Immer sehr korrekt. Man hatte den Eindruck, sie passte genau auf, was sie sagte, um sich nicht zu verraten.« Sie schüttelte den Kopf. »Aber ich bin nie dahintergekommen, was sie so dringend verbergen musste.«

Es klopfte kurz, dann wurde die Verbindungstür geöffnet, und eine Frau schaute herein. »Mr. und Mrs. Baker sind jetzt hier, Schwester. Haben Sie jetzt Zeit für sie?«

»Gut. Noch zwei Minuten, Betty.« Schwester Bridget lächelte Roz an. »Tut mir Leid. Ich weiß nicht, ob ich Ihnen weitergeholfen habe. Olive hatte in der Zeit, in der sie hier war, eine Freundin, nicht eine Freundin in meinem oder Ihrem Sinn; es war ein Mädchen, mit dem sie mehr gesprochen hat als mit allen anderen. Sie heißt jetzt Wright – Geraldine Wright – und wohnt in einem Dorf namens Wooling ungefähr zehn Meilen nördlich von hier. Wenn sie bereit ist, mit Ihnen zu sprechen, kann sie Ihnen sicher mehr erzählen als ich. Ihr Haus heißt *Oaktrees*.«

Roz notierte sich die Angaben in ihrem Taschenkalender. »Wieso habe ich das Gefühl, dass Sie mich erwartet haben?«

»Olive hat mir Ihren Brief gezeigt, als ich das letztemal bei ihr war.«

Roz stand auf, nahm ihre Aktentasche und ihre Handtasche. Sie sah Schwester Bridget nachdenklich an. »Es kann sein, dass ich nur ein sehr grausames Buch schreiben kann.«

»Das glaube ich nicht.«

»Nein, ich glaube es eigentlich auch nicht.« An der Tür blieb sie stehen. »Es hat mich gefreut, Sie kennen zu lernen.«

»Kommen Sie wieder«, sagte Schwester Bridget. »Ich würde gern hören, wie Sie vorwärtskommen.«

Roz nickte. »Es gibt wohl keinen Zweifel daran, dass sie es getan hat?«

»Das weiß ich wirklich nicht«, sagte Schwester Bridget langsam. »Ich habe mir natürlich meine Gedanken gemacht. Die ganze Sache ist so schockierend, dass sie schwer zu akzeptieren ist.« Sie schien zu einem Schluss zu kommen. »Seien Sie sehr vorsichtig, meine Liebe. Über Olive kann man nur eines mit Gewissheit sagen – dass sie fast immer lügt.«

Roz schrieb sich aus den Zeitungsausschnitten den Namen des Beamten heraus, der Olive verhaftet hatte, und fuhr auf dem Rückweg nach London am Polizeirevier vorbei. »Ich suche einen Sergeant Hawksley«, sagte sie zu dem jungen Dienst habenden Constable. »Er war 1987 diesem Revier zugeteilt. Ist er noch hier?«

Der junge Beamte schüttelte den Kopf. »Hat vor einem oder anderthalb Jahren aufgehört.« Er stützte seine Ellbogen auf das Pult und musterte sie mit anerkennendem Blick. »Kann ich ihn nicht vertreten?«

Sie lachte. »Vielleicht können Sie mir sagen, wo er jetzt ist.«

»Aber sicher. Er hat in der Wenceslas Street ein Restaurant aufgemacht. Wohnt in der Wohnung oben drüber.«

»Und wie finde ich die Wenceslas Street?«

»Hm«, er rieb sich das Kinn, »am einfachsten wäre es, Sie warten ein halbes Stündchen, bis ich frei habe. Dann bring' ich Sie hin.«

Sie lachte. »Und was würde Ihre Freundin dazu sagen?«

»Einiges. Sie hat eine Zunge wie 'ne Kettensäge.« Er zwinkerte. »Aber ich verrate ihr nichts, wenn Sie ihr nichts verraten.«

»Tut mir Leid, Freund. Ich habe einen Ehemann, der Polizisten nur ein bisschen weniger hasst als junge Liebhaber.« Lügen waren immer das Einfachere.

Er grinste. »Gehen Sie links, wenn Sie hier rauskommen. Die Wenceslas Street ist nach ungefähr anderthalb Kilometern links. An der Ecke ist ein Laden, der leer steht. Das Restaurant ist direkt daneben. Es heißt *The Poacher.*« Er klopfte mit seinem Stift auf das Pult. »Wollen Sie dort essen?«

»Nein«, antwortete sie. »Es ist rein geschäftlich. Ich habe nicht vor, länger zu bleiben.«

Er nickte beifällig. »Kluge Frau. Der Sergeant ist nicht gerade der Superkoch. Er hätte besser bei der Polizei bleiben sollen.«

Sie musste an dem Restaurant vorbei, um die Straße nach London zu erreichen. Recht widerstrebend fuhr sie auf den dazugehörigen Parkplatz, der ganz verlassen war, und stieg aus. Sie war müde, sie hatte nicht vorgehabt, an diesem Tag mit Hawksley zu sprechen, und der unbekümmerte kleine Flirt des jungen Constable hatte sie deprimiert, weil er sie kalt gelassen hatte.

Das Restaurant war in einem hübschen roten Backsteinhaus, das von der Straße zurückgesetzt war und vorn den Parkplatz hatte. Zu beiden Seiten der schweren Eichentür wölbten sich altmodische Erkerfenster, und eine Glyzinie, die über und über voller Knospen war, zog sich üppig wuchernd über die ganze Fassade. Wie das Kloster St. Angela hob sich der Bau von seiner Umgebung ab. Die Läden rechts und links, beide offenbar leer, ergänzten sich in ihrer billigen Nachkriegsfunktionalität, vertrugen sich jedoch gar nicht mit der verderblichen alten Schönheit in ihrer Mitte. Schlimmer noch, ein gedankenloser Stadtrat hatte einem früheren Grundstückseigentümer erlaubt, hinter dem roten Backsteinbau eine zweistöckige Dependance zu errichten, die sich in schmutzigem Kieselbeton über das Schindeldach des Restaurants erhob. Man hatte versucht, die Glyzinie über das Dach zu ziehen, aber die zarten Triebe, denen hier das vorspringende Gebäude rechts die Sonne nahm, zeigten wenig Neigung weiterzuwachsen, um den hässlichen Beton zu verschleiern.

Roz stieß die Tür auf und ging hinein. Es war dunkel und leer. Leere Tische in einem leeren Raum, dachte sie niedergeschlagen. Wie ich. Wie mein Leben. Sie wollte rufen, aber dann tat sie es doch nicht. Es war so friedlich hier, und sie hatte es nicht eilig. Auf Zehenspitzen huschte sie zu der Bar in der Ecke und setzte sich auf einen Hocker. Ein schwacher Küchenduft hing noch in der Luft, ein verlockender Geruch nach Knoblauch, der sie daran erinnerte, dass sie den ganzen Tag nichts gegessen hatte. Sie wartete lange, unbemerkt, Eindringling in die Stille eines anderen Menschen. Sie dachte daran, so heimlich wie sie gekommen war, wieder zu gehen, aber sie fand es merkwürdig geruhsam, hier zu sitzen, den Kopf in die Hand gestützt. Die Depression, eine allzu beständige Gefährtin, schloss sie wieder in ihre Arme und richtete ihre Gedanken wie sooft auf den Tod. Eines Tages würde sie es tun. Mit Schlaftabletten oder mit dem Auto. Das Auto, immer das Auto. Allein in der Nacht im strömenden Regen. So einfach, man brauchte nur das Lenkrad zu drehen und schon fand man friedvolles Vergessen. Es wäre eine Art ausgleichender Gerechtigkeit. Ihr Kopf schmerzte unter dem Ansturm des Hasses, der in ihm anschwoll und pulsierte. Gott, was war sie für ein erbärmlicher verwirrter Mensch geworden! Wenn nur jemand das Geschwür ihrer destruktiven Wut aufstechen und das Gift abfließen lassen könnte. Hatte Iris Recht? Sollte sie einen Psychiater aufsuchen? Ohne Vorwarnung brach sich die schreckliche Unglückseligkeit in ihr Bahn und drohte sich in Tränen zu ergießen.

»Ach, Mist«, murmelte sie wütend und rieb sich mit den Fingern die Augen. Sie kramte in ihrer Handtasche nach den Autoschlüsseln. »Mist! Mist! Verdammter Mist! Wo, zum Teufel, seid ihr?«

Ein feines Geräusch machte sie stutzig, und sie hob abrupt

den Kopf. Eine schattenhafte Gestalt, ein Mann, lehnte hinten am Tresen und polierte schweigend ein Glas, während er sie beobachtete.

Sie lief rot an und sah weg. »Wie lange stehen Sie hier schon?«, fragte sie zornig.

»Lange genug.«

Sie fand den Schlüssel in ihrem Notizbuch und warf ihm kurz einen wütenden Blick zu. »Was soll das heißen?«

Er zuckte die Achseln. »Lange genug.«

»Nun, Sie haben ja anscheinend noch nicht geöffnet. Ich gehe also am besten wieder.« Sie rutschte vom Hocker.

»Ganz wie Sie wollen«, erwiderte er gleichgültig. »Ich wollte gerade ein Glas Wein trinken. Sie können gehen, oder Sie können eins mit mir trinken. Mir ist beides gleich.« Er drehte ihr den Rücken zu und entkorkte eine Flasche.

»Sind Sie Sergeant Hawksley?«

Er hob den Korken an die Nase und roch beifällig daran. »Der war ich mal. Jetzt bin ich einfach Hal.« Er drehte sich um und goss Wein in zwei Gläser. »Und wer sind Sie?«

Sie öffnete wieder ihre Handtasche. »Ich habe irgendwo eine Karte.«

»Eine Stimme tut's auch.« Er schob ihr eines der Gläser hin.

»Rosalind Leigh«, sagte sie kurz und lehnte die Karte an das Telefon auf dem Tresen.

Ihre Verlegenheit zeitweise vergessend, starrte sie ihn im Halbdunkel an. Er war kaum der landläufige Gastwirt. Wenn ich auch nur einen Funken gesunden Menschenverstand besitze, dachte sie, mache ich mich auf der Stelle davon. Er war nicht rasiert, und sein dunkler Anzug war so zerknittert, als hätte er in ihm geschlafen. Er trug keine Krawatte, und an seinem Hemd fehlte die Hälfte der Knöpfe. Auf dem linken Wangenknochen hatte er einen anschwellenden

Bluterguss, der rasch das Auge darüber schloss, und beide Nasenlöcher waren mit getrocknetem Blut verkrustet.

Er hob sein Glas mit einem ironischen Lächeln. »Auf Ihre Gesundheit, Rosalind. Willkommen im *Poacher.*« Er sprach mit einem leichten Singsang, einem Anflug des Dialekts der Leute von Newcastle, der jedoch gemildert war durch langes Leben im Süden.

»Es wäre vielleicht sinnvoller, auf Ihre Gesundheit zu trinken«, sagte sie unverblümt. »Sie sehen aus, als könnten Sie es gebrauchen.«

»Gut, dann auf uns. Auf dass wir beide von dem genesen, was uns quält.«

»In Ihrem Fall scheint's eine Dampfwalze gewesen zu sein.«

Er befühlte die sich ausbreitende Schwellung. »Nah dran«, stimmte er zu. »Und Sie? Was quält Sie?«

»Nichts«, antwortete sie leichthin. »Mir geht's gut.«

»Ja, klar.« Einen Moment lang sah er sie mit seinen dunklen Augen milde an. »Sie sind halb lebendig, und ich bin halb tot.«

Er leerte sein Glas und füllte es neu. »Was wollen Sie denn von Sergeant Hawksley?«

Sie sah sich im Restaurant um. »Müssten Sie nicht öffnen?«

»Für wen?«

Sie zuckte mit den Schultern. »Für die Gäste.«

»Gäste«, wiederholte er nachdenklich. »Ein schönes Wort.« Er lachte leise. »Gäste sind eine gefährdete Gattung, oder haben Sie das noch nicht gehört? Ich habe das letztemal vor drei Tagen einen gesehen, ein mickriges Männchen mit einem Rucksack auf dem Buckel, das händeringend ein vegetarisches Omelette und koffeinfreien Kaffee suchte.« Er schwieg. »Deprimierend.«

»Ja.«

Sie hievte sich wieder auf den Hocker. »Es ist nicht Ihre Schuld«, sagte sie teilnehmend. »Es ist die Rezession. Allen geht's schlecht. Ihre Nachbarn haben schon das Handtuch geworfen, wie es aussieht.« Sie wies zur Tür.

Er hob den Arm und drückte auf einen Schalter neben dem Tresen. Gedämpftes Licht erhellte die Wände rundum und brachte die Gläser auf den Tischen zum Funkeln. Sie sah ihn erschrocken an. Die Beule auf seiner Wange war das kleinste seiner Probleme.

Hellrotes Blut sickerte aus einer Wunde über seinem Ohr und rann seinen Hals hinunter. Er schien es nicht zu merken.

»Wer, sagten Sie, sind Sie?« Sein dunkler Blick ruhte einen Moment forschend auf ihr, ehe er an ihr abglitt, und durch den Raum wanderte.

»Mein Name ist Rosalind Leigh. Ich glaube, ich sollte den Notarzt rufen«, sagte sie hilflos. »Sie bluten.«

Sie hatte das seltsame Gefühl, neben sich zu stehen, gänzlich außerhalb dieser merkwürdigen Situation. Wer war dieser Mann? Jedenfalls war sie nicht für ihn verantwortlich. Sie war eine schlichte Außenstehende, die zufällig über ihn gestolpert war.

»Ich rufe Ihre Frau an«, sagte sie.

Er antwortete mit einem schiefen Grinsen. »Warum nicht? Die war immer für einen guten Witz zu haben. Ist es wahrscheinlich auch heute noch.« Er nahm ein Geschirrtuch und drückte es sich an den Kopf. »Keine Sorge, ich sterbe Ihnen nicht weg. Kopfverletzungen sehen immer schlimmer aus, als sie sind. Sie sind eine sehr schöne Frau. ›Von dem Ost bis zu den Inden, Ist kein Juwel gleich Rosalinden.‹«

»Ich heiße Roz, und ich wäre Ihnen dankbar, wenn Sie das nicht zitieren würden«, sagte sie scharf.

Er zuckte die Achseln. »*Wie es Euch gefällt.*«

»Das finden Sie wohl originell«, sagte sie gereizt.

»Ein wunder Punkt, wie ich sehe. Von wem sprechen wir?« Er sah auf ihren Ringfinger. »Ehemann? Ex-Ehemann? Freund?«

Sie ignorierte ihn. »Ist hier außer Ihnen noch jemand? In der Küche? Sie sollten sich diese Wunde säubern lassen.« Sie verzog die Nase. »Besser noch, Sie sollten dieses ganze Lokal säubern lassen. Es stinkt nach Fisch.« Jetzt, da sie ihn einmal bemerkt hatte, war der Geruch kaum erträglich.

»Sind Sie immer so unhöflich?«, fragte er neugierig. Er spülte das Geschirrtuch unter dem Wasserhahn aus und sah zu, wie das Blut ablief. »Ich bin derjenige, der stinkt«, sagte er sachlich. »Ich bin auf einem Laster voll Makrelen herumkutschiert. Kein angenehmes Erlebnis.« Er umfasste die Kante des kleinen Spülbeckens und starrte hinein, den Kopf vor Erschöpfung gesenkt wie ein Stier vor dem Gnadenstoß des Matadors.

»Ist alles in Ordnung?« Roz beobachtete ihn stirnrunzelnd. Sie wusste nicht, was sie tun sollte. Es ist nicht mein Problem, sagte sie sich immer wieder, aber sie konnte auch nicht einfach davongehen. Angenommen, er wurde ohnmächtig? »Es muss doch jemand geben, den ich rufen kann«, insistierte sie. »Einen Freund. Einen Nachbarn. Wo wohnen Sie?« Aber das wusste sie ja. In der Wohnung über dem Restaurant, hatte der junge Constable gesagt.

»Himmel, Frau!«, brummte er. »Geben Sie doch mal eine Sekunde Ruhe, Herrgott noch mal!«

»Ich versuche nur zu helfen.«

»So nennen Sie das? Mir klang's eher nach Nörgeln.« Plötzlich war er hellwach, lauschte auf irgendetwas, das sie nicht hören konnte.

»Was ist?«, fragte sie, beunruhigt von seinem Gesichtsausdruck.

»Haben Sie die Tür hinter sich abgesperrt?«

Sie starrte ihn an. »Nein, natürlich nicht.«

Er löschte die Lichter und tappte zur Eingangstür, nahezu unsichtbar in der plötzlichen Dunkelheit. Sie hörte das Knirschen des Schlosses.

»Moment mal ...«, begann sie und rutschte von ihrem Hocker.

Er trat aus dem Dunkel neben sie und legte ihr einen Arm um die Schultern und einen Finger auf die Lippen. »Still.« Er hielt sie reglos.

»Aber ...«

»Still!«

Die Lichtstrahlen von zwei Autoscheinwerfern strichen über die Fenster und durchschnitten die Finsternis mit weißem Schein. Ein, zwei Sekunden tuckerte ein Motor im Leerlauf, dann wurde ein Gang eingelegt, und das Fahrzeug entfernte sich. Roz wollte sich von Hawksley lösen, doch er hielt sie nur fester. »Noch nicht«, flüsterte er.

Stumm und starr standen sie zwischen den Tischen, wie Statuen bei einem Geistermahl. Roz schüttelte ärgerlich seinen Arm ab.

»Das ist ja absurd«, zischte sie. »Ich habe keine Ahnung, was hier vorgeht, aber ich bleibe bestimmt nicht den Rest des Abends so stehen. Wer war das in dem Auto?«

»Gäste«, sagte er mit Bedauern.

»Sie sind ja verrückt.«

Er nahm ihre Hand. »Kommen Sie«, flüsterte er, »wir gehen nach oben.«

»Das werden wir nicht tun«, sagte sie und entriss ihm ihre Hand. »Mein Gott, denkt heutzutage eigentlich jeder nur ans Vögeln.«

Belustigtes Gelächter wehte ihr ins Gesicht. »Wer hat was von Vögeln gesagt?«

»Ich gehe jetzt.«

»Ich bringe Sie hinaus.«

Sie holte tief Luft. »Warum wollen Sie nach oben gehen?«

»Weil da oben meine Wohnung ist und ich dringend ein Bad brauche.«

»Und wozu brauchen Sie da mich?«

Er seufzte. »Falls Sie sich erinnern, Rosalind, waren Sie es, die hier aufkreuzte und mich sprechen wollte. Ich hab' noch nie eine Frau gekannt, die so verdammt kratzbürstig ist.«

»Kratzbürstig!«, stotterte sie. »Also, das finde ich wirklich stark. Sie stinken zum Himmel, Sie haben sich offensichtlich geprügelt, Sie stürzen uns in totale Finsternis, jammern, dass Sie keine Gäste haben, und weisen sie ab, wenn sie kommen, zwingen mich dann, fünf Minuten stocksteif hier herumzusitzen, versuchen, mich in Ihre Wohnung zu schleppen ...« Sie holte tief Luft. »Ich glaube, ich muss mich übergeben«, stieß sie hervor.

»Na prächtig. Das hat mir gerade noch gefehlt.« Er nahm sie wieder bei der Hand. »Kommen Sie. Ich werde Sie nicht vergewaltigen. Um ganz ehrlich zu sein, ich hätte im Augenblick gar nicht die Kraft dazu. Was ist los mit Ihnen?«

Sie stolperte ihm hinterher. »Ich habe den ganzen Tag nichts gegessen.«

»Da sind Sie nicht die Einzige.« Er führte sie durch die dunkle Küche und sperrte eine Tür auf, griff an ihr vorbei, um Licht anzuknipsen. »Die Treppe hinauf«, sagte er. »Das Bad ist gleich rechts.«

Als sie oben auf den Toilettensitz sank und den Kopf zwischen ihre Knie senkte, um darauf zu warten, dass die Übelkeit vorüberging, hörte sie, wie er unten die Tür absperrte. Dann ging das Licht an.

»Hier. Trinken Sie. Das ist Wasser.« Hawksley kauerte vor ihr auf dem Boden und sah ihr in das weiße Gesicht. Sie hatte eine Haut wie milchiger Alabaster und Augen so dunkel wie Schlehen. Eine sehr kalte Schönheit, dachte er. »Wollen Sie darüber sprechen?«

»Was?«

»Über das, was Sie so unglücklich macht.«

Sie trank das Wasser. »Ich bin nicht unglücklich. Ich bin hungrig.«

Er stemmte seine Hände auf seine Knie und richtete sich auf. »Okay. Essen wir. Was würden Sie zu einem Steak sagen?«

Sie lächelte schwach. »Wunderbar.«

»Gott sei Dank. Ich hab' den ganzen Gefrierschrank voll von dem Zeug. Wie mögen Sie es?«

»Blutig, aber ...«

»Aber was?«

Sie zog ein Gesicht. »Ich glaube, mir wird hauptsächlich von dem Geruch übel.« Sie drückte ihre Hände auf ihren Mund. »Es tut mir Leid, aber ich glaube, Sie müssten sich erst einmal waschen. Dann wäre es besser. Steak mit Makrelengeschmack lockt mich nicht besonders.«

Er schnupperte an seinem Ärmel. »Nach einer Weile fällt's einem gar nicht mehr auf.« Er drehte die Wasserhähne voll auf und goss Badeschaum in das laufende Wasser. »Es gibt leider nur ein Klo, wenn Sie sich also übergeben müssen, bleiben Sie lieber hier.« Er begann sich auszukleiden.

Sie stand hastig auf. »Ich warte draußen.«

Er ließ seine Jacke zu Boden fallen und knöpfte sein Hemd auf. »Kotzen Sie mir bloß nicht auf die Teppiche«, rief er ihr nach. »In der Küche ist ein Spülbecken.« Ohne zu merken, dass sie noch hinter ihm stand, schob er sich vorsichtig das Hemd von den Schultern, und sie starrte voll Entsetzen auf die dunkel verkrusteten Wunden, die seinen ganzen Rücken bedeckten.

»Was haben Sie da gemacht?«

Er zog das Hemd wieder hoch. »Nichts. Hinaus mit Ihnen. Machen Sie sich ein Brot. Das Brot liegt draußen, Käse ist im Kühlschrank.« Er sah ihr Gesicht. »Es sieht schlimmer aus, als es ist«, sagte er wie vorher.

»Wie ist das passiert?«

Er wich ihrem Blick nicht aus. »Sagen wir einfach, ich bin vom Fahrrad gefallen.«

Mit einem verächtlichen Lächeln zog Olive die Kerze aus ihrem Versteck. Sie hatten die Leibesvisitation abgeschafft, nachdem eine Frau im Anschluss an eine besonders aggressive Untersuchung ihrer Vagina nach unerlaubten Drogen vor den Augen eines Mitglieds der Gefängnisaufsichtsbehörde Blutungen bekommen hatte. Das betreffende Mitglied war ein MANN gewesen: (Olive dachte von Männern immer in Großbuchstaben). Eine Frau hätte das gar nicht gejuckt. Aber bei MÄNNERN war das natürlich anders. Alles, was mit Menstruation zu tun hatte, machte ihnen Angst, besonders wenn das Blut so üppig floss, dass es die Kleider der Frau befleckte.

Die Kerze war weich von der Wärme ihres Körpers, und sie zupfte ein Ende ab und begann, es zu formen. Ihr Gedächtnis war gut. Sie hatte keinen Zweifel an ihrer Fähigkeit, der kleinen Figur eine eigene Individualität mitgeben zu können. Diese hier würde ein MANN werden.

Roz, die in der Küche Brote machte, sah zur Badezimmertür. Die Vorstellung, Hawksley nach dem Fall Olive Martin auszufragen, war ihr plötzlich nicht mehr geheuer. Crew war sehr ärgerlich geworden, als sie *ihn* befragt hatte; und Crew war ein zivilisierter Mensch – jedenfalls insofern er nicht aussah, als hätte er sich irgendwo in einer dunklen Gasse von Arnold Schwarzenegger die Scheiße aus dem Leib prügeln lassen. Sie fragte sich, wie Hawksley reagieren würde, wenn er hörte, dass sie sich für einen Fall interessierte, mit dem er zu tun gehabt hatte. Würde er ärgerlich werden? Der Gedanke erfüllte sie mit Unbehagen.

Im Kühlschrank stand eine Flasche Champagner. In der recht naiven Annahme, dass eine weitere Dosis Alkohol Hawksley umgänglicher machen könnte, stellte Roz sie mit den Broten und zwei Gläsern auf ein Tablett.

»Wollten Sie den Champagner aufheben?«, fragte sie munter – zu munter vielleicht? – und stellte das Tablett auf den Toilettendeckel.

Er lag mit geschlossenen Augen, das Gesicht gewaschen und entspannt, das schwarze Haar nass zurückgestrichen, in einem Meer von Schaum.

»Ja, tut mir Leid«, antwortete er.

»Oh.« Ihr Ton war entschuldigend. »Dann stelle ich ihn wieder in den Kühlschrank.«

Er machte ein Auge auf. »Ich wollte ihn für meinen Geburtstag aufheben.«

»Wann ist der?«

»Heute Abend.«

Sie lachte unwillkürlich. »Das glaube ich Ihnen nicht. Welches Datum?«

»Der Sechzehnte.«

Ihre Augen blitzten übermütig. »Ich glaub's Ihnen trotzdem nicht. Wie alt sind Sie?« Sein Blick erheiterter Erkenntnis traf sie unvorbereitet, und sie konnte nicht verhindern, dass sie rot wurde wie ein Teenager. Er glaubte, sie wollte mit ihm flirten. Nun ja – verdammt noch mal! – vielleicht wollte sie das ja auch. Sie war es leid, unter der Last ihres eigenen Unglücks zu ersticken.

»Vierzig.« Er setzte sich auf und winkte nach der Flasche. »Na, das ist aber wirklich nett.« Seine Lippen zuckten amüsiert. »Ich habe keinen Besuch erwartet, sonst hätte ich mich natürlich in Schale geworfen.« Er drehte den Draht auf und ließ den Korken herausgleiten. Nur ein paar Tropfen fielen ins Wasser, ehe er die Gläser füllte, die sie ihm hinhielt. Er stellte die Flasche auf den Boden und nahm ein Glas. »Auf das Leben. Alles Gute zum Geburtstag.«

Er sah sie kurz an, ehe er die Augen wieder schloss und sich zurücklehnte. »Essen Sie ein Brot«, murmelte er. »Es gibt nichts Schlimmeres als Champagner auf leeren Magen.«

»Ich hab' schon drei verdrückt. Tut mir Leid, aber ich konnte nicht auf das Steak warten. Nehmen Sie auch eines.« Sie stellte das Tablett neben die Flasche. »Haben Sie einen Korb für die schmutzige Wäsche?«, fragte sie, den Haufen stinkender Kleider mit dem Fuß berührend.

»Die Sachen schmeiße ich weg. Es lohnt sich nicht, sie aufzuheben.«

»Das kann ich ja tun.«

Er gähnte. »Mülltüten sind im zweiten Hängeschrank links in der Küche.«

Sie trug das Bündel mit steifem Arm hinaus und verpackte alles in drei Schichten reinen weißen Kunststoffs. Sie brauchte nur ein paar Minuten dazu, aber als sie wieder ins Bad kam, war er eingeschlafen. Das Glas hielt er in schlaffen Fingern auf seiner Brust.

Sie nahm es ihm vorsichtig aus der Hand und stellte es auf den Boden. Was jetzt? fragte sie sich. Sie hätte seine Schwester sein können, so wenig erregte ihn ihre Anwesenheit. Sollte sie gehen oder bleiben? Sie hatte eine absurde Sehnsucht, sich ruhig zu ihm zu setzen, während er schlief, aber sie fürchtete, ihn zu wecken. Niemals würde er ihr Bedürfnis verstehen, wenigstens für kurze Zeit mit einem Mann in Frieden beieinander zu sein.

Ihr Blick wurde weich. Er hatte ein sympathisches Gesicht. Schrammen und Beulen konnten die Lachfältchen nicht verdecken, und sie wusste, wenn sie es zuließ, würde sie sich an dieses Gesicht gewöhnen und sich freuen, es zu sehen. Abrupt wandte sie sich ab. Sie hatte ihre Bitterkeit zu lange genährt, um sie so leicht aufzugeben. Gott war noch nicht genug gestraft worden.

Sie hob ihre Handtasche auf, die sie neben der Toilette auf den Boden hatte fallen lassen, und schlich auf Zehenspitzen die Treppe hinunter. Aber die Tür war abgeschlossen, und der Schlüssel war nicht da. Sie war nicht besorgt, kam sich eher dumm vor wie der peinlich verlegene Lauscher, der in einem Zimmer gefangen ist und nur den Wunsch hat, unbemerkt zu entkommen. Er musste das verdammte Ding eingesteckt haben. Sie schlich wieder in die Küche hinauf und wühlte in dem schmutzigen Kleiderbündel, aber die Taschen waren alle leer. Verwirrt sah sie sich in der Küche um, suchte im Wohnzimmer und im Schlafzimmer. Wenn es einen Schlüssel gab, war er gut versteckt. Mit einem gereizten Seufzer zog sie einen Vorhang auf, um zu sehen, ob es einen anderen Weg nach draußen gab, eine Feuerleiter oder einen Balkon, und sah vor sich ein von oben bis unten vergittertes Fenster. Sie versuchte es beim nächsten Fenster. Sie waren alle vergittert.

Wie zu erwarten, meldete sich jetzt der Zorn.

Ohne zu überlegen, ob ihr Verhalten klug war, stürmte sie ins Badezimmer und schüttelte ihn heftig. »Sie Mistkerl!«, schrie sie ihn an. »Was bilden Sie sich eigentlich ein? Was sind Sie für ein Kerl? Ein zweiter Blaubart? Ich möchte hier raus. Auf der Stelle!«

Er war noch gar nicht richtig wach, da hatte er schon die Champagnerflasche gegen die gekachelte Wand geknallt, packte sie beim Haar und hielt ihr das zackig gesplitterte Glas an die Kehle. Seine blutunterlaufenen Augen funkelten sie an, ehe etwas wie Verständnis in ihnen aufging, und er sie losließ und von sich wegstieß.

»Sie blödes Luder!«, fuhr er sie an. »Tun Sie das ja nie wieder.« Er rieb sich kräftig das Gesicht, um sich vom Schlaf zu befreien.

Sie war zu Tode erschrocken. »Ich möchte gehen.«

»Dann gehen Sie doch.«

»Sie haben den Schlüssel versteckt.«

Er starrte sie einen Moment an, dann begann er, sich einzuseifen. »Er liegt auf dem Sims über der Tür. Drehen Sie ihn zweimal herum. Es ist ein Sicherheitsschloss.«

»Ihre Fenster sind alle vergittert.«

»Das sind sie allerdings.« Er spritzte sich Wasser ins Gesicht. »Auf Wiedersehen, Ms. Leigh.«

»Auf Wiedersehen.« Sie machte eine halbherzige Geste der Entschuldigung. »Tut mir Leid. Ich dachte, ich sei gefangen.«

Er zog den Stöpsel heraus und zog ein Badetuch vom Halter. »Das sind Sie auch.«

»Aber – Sie haben doch gesagt, der Schlüssel ...«

»Auf Wiedersehen, Ms. Leigh.« Er drückte mit der Hand gegen die Tür, so dass sie zuging, und zwang Roz zu gehen.

Sie sollte nicht Auto fahren. Der Gedanke marterte ihren Schädel wie eine Migräne, verzweifelte Mahnung, dass der Selbsterhaltungstrieb der tiefste aller menschlichen Instinkte war. Aber er hatte Recht. Sie war tatsächlich gefangen, und die Sehnsucht zu entfliehen war fast überwältigend. So leicht, dachte sie, so unglaublich leicht. Scheinwerferlichter wie winzige ferne Stecknadelköpfe wuchsen zu riesigen weißen Sonnen heran, die mit einem herrlichen blendenden Glanz durch ihre Windschutzscheibe strahlten und ihren Blick in das Zentrum ihres Glanzes zogen. Der Drang, das Lenkrad in Richtung der Lichter zu drehen, ließ nicht nach. Wie schmerzloser Übergang im Moment der Blindheit sein würde und wie hell die Ewigkeit. *So leicht ... so leicht ... so leicht ...*

5

Olive nahm eine Zigarette und zündete sie gierig an. »Sie sind spät dran. Ich hatte schon Angst, Sie würden nicht kommen.« Sie sog den Rauch ein. »Ich bin fast umgekommen vor Lust auf eine verdammte Kippe.« Ihre Hände und ihr Sackkleid waren grau verkrustet von getrocknetem Ton.

»Bekommen Sie denn hier keine Zigaretten?«

»Nur so viel, wie man sich mit den eigenen Ersparnissen kaufen kann. Mir gehen sie immer schon vor dem Ende der Woche aus.« Sie rieb energisch ihre Handrücken und überschüttete den Tisch mit kleinen grauen Bröseln.

»Was ist das?«, fragte Roz.

»Ton.« Olive ließ die Zigarette im Mund und machte sich daran, die Kruste von ihrem Busen zu zupfen. »Warum, glauben Sie, nennen sie mich hier die Bildhauerin?«

Roz hätte beinahe etwas Taktloses gesagt, schluckte es aber hinunter. »Was modellieren Sie?«

»Menschen.«

»Was für Menschen? Fantasiegestalten oder Menschen, die Sie kennen?«

Sie zögerte kurz. »Beides.« Sie sah Roz unverwandt an. »Ich habe eine Figur von Ihnen gemacht.«

»Na, ich hoffe, Sie spicken sie nicht mit Nadeln«, sagte Roz mit einem schwachen Lächeln. »So wie ich mich heute fühle, scheint da schon jemand eifrig am Werk zu sein.«

Ein Flackern der Erheiterung zuckte über Olives Gesicht. Sie hielt im Abkratzen der Tonkruste inne und fixierte Roz mit ihrem durchdringenden Blick. »Was fehlt Ihnen denn?«

Roz hatte ein Wochenende im Fegefeuer zugebracht, alles hin und her analysiert, bis ihr Gehirn förmlich in Flammen gestanden hatte. »Nichts. Nur Kopfschmerzen, weiter nichts.« Und genau genommen stimmte das auch. Ihre Situation hatte sich nicht geändert. Sie war immer noch gefangen.

Olive kniff die Augen gegen den Raum zusammen. »Haben Sie sich das mit dem Buch anders überlegt?«

»Nein.«

»Okay, dann schießen Sie los.«

Roz schaltete den Recorder ein. »Zweites Gespräch mit Olive Martin. Montag, neunzehnter April. Erzählen Sie mir etwas über Sergeant Hawksley, Olive, den Polizeibeamten, der Sie verhaftet hat. Haben Sie ihn näher kennen gelernt? Wie hat er Sie behandelt?«

Wenn die Frage Olive überraschte, so zeigte sie es nicht, aber sie zeigte ja sowieso kaum Gefühle. Sie überlegte einen Augenblick. »War das der Dunkelhaarige? Hal nannten sie ihn, glaube ich.«

Roz nickte.

»Er war in Ordnung.«

»War er grob zu Ihnen?«

»Er war in Ordnung.« Sie zog an ihrer Zigarette und starrte stumpf über den Tisch hinweg. »Haben Sie mit ihm gesprochen?«

»Ja.«

»Hat er Ihnen erzählt, dass er sich übergeben hat, als er die Leichen gesehen hat?« In ihrer Stimme schwang ein Unterton mit. Der Erheiterung?, fragte sich Roz. Aber irgendwie war Erheiterung nicht ganz zutreffend.

»Nein«, antwortete sie. »Das hat er nicht erwähnt.«

»Er war nicht der Einzige.« Ein kurzes Schweigen. »Ich habe angeboten, ihnen eine Tasse Tee zu machen, aber der Kessel war in der Küche.« Sie richtete ihren Blick zur Zimmerdecke hinauf, vielleicht weil sie sich bewusst war, etwas Geschmackloses gesagt zu haben. »Er hat mir gefallen. Er war der Einzige, der mit mir geredet hat. So wie die anderen mich behandelt haben, hätte ich taubstumm sein können. Auf dem Polizeirevier hat er mir ein Brot gebracht. Er war in Ordnung.«

Roz nickte. »Erzählen Sie mir, wie es war.«

Olive nahm sich noch eine Zigarette und machte sie am Stummel der ersten an. »Sie haben mich verhaftet.«

»Nein. Ich meine, vorher.«

»Ich hab' die Polizei angerufen, meine Adresse angegeben und gesagt, die Leichen lägen in der Küche.«

»Und davor?«

Olive antwortete nicht.

Roz versuchte es anders. »Der neunte September neunzehnhundertsiebenundachtzig war ein Mittwoch. Ihrer Aussage zufolge haben Sie die Leichen Ihrer Schwester und Ihrer Mutter im Lauf des Morgens und des frühen Nachmittags zerstückelt.« Sie beobachtete Olive scharf. »Hat einer der Nachbarn etwas gehört, ist jemand gekommen, um nachzusehen, was los ist?«

An ihrem Augenwinkel bemerkte Roz eine winzige Bewegung, die unter all dem Fett kaum wahrnehmbar war. »Es geht um einen Mann, nicht wahr?«, sagte Olive sanft.

Roz war verwundert. »Was geht um einen Mann?«

»Das ist einer der wenigen Vorteile, die man hat, wenn man in so einer Anstalt ist. Es gibt keine Männer, die einem das Leben zur Hölle machen. Natürlich hat man hin und wieder mal Scherereien, wenn die Ehemänner oder Freunde draußen Unsinn treiben, aber die Qual des täglichen Zusammenseins bleibt einem erspart.« Sie schien zurückzublicken. »Ich habe die Nonnen immer beneidet, wissen Sie. Es ist so viel einfacher, wenn man nicht zu konkurrieren braucht.«

Roz spielte mit ihrem Stift. Olive war zu gewitzt, um über einen Mann in ihrem eigenen Leben zu sprechen, dachte sie, immer vorausgesetzt, es hatte überhaupt einen gegeben. *Hatte sie über ihren Schwangerschaftsabbruch die Wahrheit gesagt?*

»Aber lange nicht so lohnend«, sagte sie.

Von der anderen Seite des Tisches kam tiefes Gelächter. »Auf die Belohnung kann ich verzichten. Wissen Sie, was mein Vater mit Vorliebe gesagt hat? Das Spiel ist die Kerze nicht wert. Er hat meine Mutter damit verrückt gemacht. Aber in Ihrem Fall ist es wahr. Ganz gleich, um wen es geht, er tut Ihnen nicht gut.«

Roz kritzelte auf ihrem Block – einen drallen kleinen Blasengel in einem Ballon. War die Abtreibung Produkt ihrer Fantasie, eine verdrehte Art der Verbindung zu Ambers ungewolltem Sohn? Ein langes Schweigen trat ein. Sie zeichnete dem Blasengel ein Lächeln ins Gesicht und sprach, ohne zu überlegen. »Nicht, um wen, sondern um was«, sagte sie. »Es geht darum, *was* ich will, nicht wen ich will.« Sie bedauerte es gesagt zu haben, sobald es heraus war. »Es ist nicht wichtig.«

Wieder blieb eine Antwort aus, und sie fing an, Olives Schweigen bedrückend zu finden. Es war ein Spiel, ein Trick, um sie zum Sprechen zu bringen. Und dann? Die peinliche Verlegenheit gestammelter Entschuldigungen.

Sie senkte den Kopf. »Gehen wir zurück zum Tag der Morde«, schlug sie vor.

Eine feiste Hand legte sich plötzlich auf die ihre und streichelte liebevoll ihre Finger. »Ich weiß, was Verzweiflung ist. Ich kenne sie. Wenn man sie in sich hineinfrisst, wuchert sie in einem wie ein Krebs.«

Olives Berührung hatte nichts Drängendes. Sie war eine Demonstration von Freundschaft, stützend und ohne jede Forderung. Roz drückte die dicken, warmen Finger und zog dann ihre Hand weg. *Es ist keine Verzweiflung,* wollte sie sagen, *nur Überarbeitung und Müdigkeit.* »Ich würde am liebsten tun, was Sie getan haben«, sagte sie tonlos. »Jemanden umbringen.« Wieder folgte ein langes Schweigen. Ihre eigenen Worte hatten sie erschreckt. »Das hätte ich nicht sagen sollen.«

»Warum nicht? Es ist die Wahrheit.«

»Ich weiß nicht. Ich habe nicht den Mut, jemand zu töten.«

Olive starrte sie an. »Das verhindert nicht, dass man es sich wünscht«, sagte sie logisch.

»Nein. Aber wenn man den Mut nicht aufbringen kann, dann ist im Grunde auch der Wille nicht da, glaube ich.« Sie lächelte distanziert. »Ich finde ja nicht einmal den Mut, mich selbst umzubringen, und manchmal erkenne ich, dass das die einzige vernünftige Möglichkeit ist.«

»Warum?«

Roz Augen glänzten übermäßig. »Weil ich solche Schmerzen habe«, sagte sie schlicht. »Schon seit Monaten.« *Aber warum erzählte sie dies alles Olive und nicht dem netten zuverlässigen Psychiater, den Iris empfohlen hatte.* Weil Olive es verstand.

»Wem wünschen Sie den Tod?« Die Frage hing zitternd zwischen ihnen wie ein verhallender Glockenschlag.

Roz überlegte, ob es klug sei, darauf zu antworten. »Meinem Ex-Mann«, sagte sie dann.

»Weil er Sie verlassen hat?«

»Nein.«

»Was hat er getan?«

Aber Roz schüttelte den Kopf. »Wenn ich es Ihnen sage, werden Sie mich davon zu überzeugen versuchen, dass ich

Unrecht habe, ihn zu hassen.« Sie lachte auf seltsame Weise. »Und ich muss ihn hassen. Manchmal habe ich das Gefühl, es ist das Einzige, was mich am Leben erhält.«

»Ja«, sagte Olive ruhig. »Das kann ich verstehen.« Sie hauchte gegen das Fenster und zeichnete mit dem Finger einen Galgen auf die beschlagene Stelle. »Sie haben ihn einmal geliebt.« Es war eine Feststellung, auf die keine Antwort erwartet wurde, dennoch fühlte sich Roz zu einer Antwort genötigt.

»Ich kann mich heute nicht mehr daran erinnern.«

»Sie müssen ihn geliebt haben.« Olives Stimme wurde zu einem weichen Singsang. »Man kann nicht hassen, was man nie geliebt hat, man kann es nur ablehnen und meiden. Der echte Hass verzehrt einen genau wie die echte Liebe.« Mit einer kurzen Bewegung ihrer großen Handfläche wischte sie den Galgen wieder aus. »Ich nehme an«, fuhr sie sachlich fort, »Sie sind zu mir gekommen, um zu sehen, ob Mord sich lohnt.«

»Ich weiß es nicht«, antwortete Roz aufrichtig. »Entweder ich leide Todesqualen, oder ich bin von Wut besessen. Das Einzige, was ich mit Sicherheit weiß, ist, dass ich langsam kaputtgehe.«

Olive zuckte die Achseln. »Weil es in Ihrem Kopf ist. Ich hab's ja eben schon gesagt, es ist nicht gut, etwas in sich hineinzufressen. Es ist schade, dass Sie nicht katholisch sind. Da könnten Sie zur Beichte gehen und würden sich sofort besser fühlen.«

Eine so einfache Lösung war Roz nie eingefallen. »Ich war einmal katholisch. Wahrscheinlich bin ich es immer noch.«

Olive nahm sich noch eine Zigarette und schob sie sich so ehrfurchtsvoll wie eine Hostie zwischen die Lippen. »Jede Besessenheit«, sagte sie murmelnd, während sie nach den Streichhölzern griff, »ist unweigerlich zerstörerisch. Das wenigstens habe ich gelernt.« Sie sprach mit Teilnahme. »Sie brauchen mehr Zeit, ehe Sie darüber sprechen können. Ich verstehe das. Sie haben Angst, ich reiße die Kruste ab, und es fängt wieder zu bluten an.«

Roz nickte.

»Sie trauen den Menschen nicht. Mit Recht. Das Vertrauen hat die Eigenschaft, zum Bumerang zu werden, in diesen Dingen kenne ich mich aus.«

Roz sah zu, wie sie die Zigarette anzündete. »Wovon waren Sie besessen?«

Sie warf Roz einen seltsam vertraulichen Blick zu, antwortete aber nicht.

»Ich brauche dieses Buch nicht zu schreiben, wenn Sie es nicht mögen.«

Olive strich sich mit der Rückseite ihres Daumens glättend über ihr dünnes blondes Haar. »Wenn wir jetzt aufgeben, wird das Schwester Bridget aufregen. Ich weiß, dass Sie bei ihr waren.«

»Spielt das eine Rolle?«

Olive zuckte die Achseln. »Es wird vielleicht *Sie* aufregen, wenn wir jetzt aufgeben. Spielt *das* eine Rolle?«

Sie lächelte plötzlich, und ihr ganzes Gesicht wurde hell und freundlich. Wie nett sie aussieht, dachte Roz. »Vielleicht, vielleicht auch nicht«, sagte sie. »Ich bin selbst gar nicht so überzeugt, dass ich es schreiben möchte.«

»Warum nicht?«

Roz zog ein Gesicht. »Es wäre ein schrecklicher Gedanke für mich, Sie zur Jahrmarktskuriosität zu machen.«

»Bin ich das nicht schon?«

»Hier drinnen vielleicht. Draußen nicht. Draußen hat man Sie vergessen. Es wäre vielleicht besser, es so zu lassen.«

»Was könnte Sie dazu bewegen, es zu schreiben?«

»Wenn Sie mir sagen, warum.«

Das Schweigen zwischen ihnen wuchs. Ein ominöses Schweigen.

»Haben sie meinen Neffen gefunden?«, fragte Olive endlich.

»Ich glaube nicht.« Roz krauste die Stirn. »Woher wissen Sie, dass man ihn sucht?«

Olive kicherte vergnügt. »Das Buschtelefon. Hier weiß jeder alles. Man hat ja nichts anderes zu tun, als seine Nase in anderer Leute Angelegenheit zu stecken, und wir haben alle Anwälte, und wir lesen alle die Zeitung, und alle quasseln. Ich hätte es mir sowieso denken können. Mein Vater hat eine Menge Geld hinterlassen. Er würde es immer einem Familienmitglied hinterlassen, wenn irgend möglich.«

»Ich habe mit einem Ihrer Nachbarn gesprochen, einem Mr. Hayes. Erinnern Sie sich an ihn?« Olive nickte. »Wenn ich ihn recht verstanden habe, wurde Ambers Sohn von irgendwelchen Leuten namens Brown adoptiert, die mittlerweile nach Australien ausgewandert sind. Ich vermute, dass Mr. Crews Kanzlei deshalb solche Schwierigkeiten hat, ihn aufzustöbern. Ein großes Land, ein häufig vorkommender Name.« Sie wartete einen Moment, aber Olive sagte nichts. »Warum möchten Sie es wissen? Macht es für Sie einen Unterschied, ob er gefunden ist oder nicht?«

»Vielleicht«, sagte sie ernst.

»Warum?«

Olive schüttelte den Kopf.

»Möchten Sie, dass er gefunden wird?«

Die Tür flog krachend auf. Sie erschraken beide. »Die Zeit ist um, Bildhauerin. Kommen Sie, gehen wir.« Die Stimme der Beamtin dröhnte durch den friedlichen Raum und zerriss das feine Gewebe ihrer Intimität. In Olives Augen sah Roz ihren eigenen Zorn gespiegelt. Doch der Moment war dahin.

Sie zwinkerte unwillkürlich. »Es stimmt schon, was die

Leute immer sagen. Die Zeit fliegt tatsächlich, wenn einem etwas Freude macht. Wir sehen uns nächste Woche.«

Schwerfällig hievte sich Olive in die Höhe. »Mein Vater war ein sehr fauler Mensch. Darum hat er meine Mutter schalten und walten lassen.« Sie stützte eine Hand an den Türpfosten, um sich im Gleichgewicht zu halten. »Sein zweiter Lieblingsspruch, weil er sie damit so sehr ärgern konnte, war: Was du heute kannst besorgen, das verschiebe stets auf morgen.« Sie lächelte dünn. »Das Resultat war natürlich, dass man ihn nur verachten konnte. Er kannte einzig die Treue zu sich selbst, aber es war eine Treue ohne Verantwortung. Er hätte den Existenzialismus studieren sollen.« Ihre Zunge verweilte bei dem Wort. »Da hätte er etwas über den Imperativ des Menschen gelernt, klug zu wählen und zu handeln. Wir alle sind die Schmiede unseres Schicksals, Roz, auch Sie.« Sie nickte kurz, dann wandte sie sich ab und schlurfte mit der Zuchthausbeamtin und dem Metallstuhl im Schlepptau davon.

Und was, fragte sich Roz, während sie ihnen nachblickte, sollte das nun bedeuten?

»Mrs. Wright?«

»Ja?« Die junge Frau hielt die Haustür halb geöffnet, eine Hand fest am Halsband des knurrenden Hundes. Sie war hübsch auf eine farblose Art, hellhäutig und zart mit großen grauen Augen und strohblondem Haar in einer Pagenkopffrisur.

Roz reichte ihr ihre Karte. »Ich schreibe ein Buch über Olive Martin. Schwester Bridget von Ihrer alten Klosterschule meinte, Sie wären vielleicht bereit, mit mir zu sprechen. Sie sagte mir, Sie seien auf der Schule Olives nächste Freundin gewesen.«

Geraldine Wright tat so, als läse sie die Karte, dann reichte sie sie zurück. »Nein, wirklich nicht, danke«, sagte sie, als hätte sie die Zeugen Jehovas vor sich. Und machte Anstalten, die Tür zu schließen.

Roz stemmte ihre Hand dagegen. »Darf ich fragen, warum nicht?«

»Ich möchte da lieber nicht hineingezogen werden.«

»Ich brauche Sie nicht namentlich zu nennen.« Roz lächelte aufmunternd. »Bitte, Mrs. Wright. Ich werde Sie nicht in Verlegenheit bringen. Das ist nicht meine Art zu arbeiten. Mir geht es um Informationen, nicht um Sensation und Bloßstellung. Kein Mensch wird erfahren, dass Sie je mit ihr zu tun hatten. Jedenfalls nicht durch mein Buch.« Sie sah das leichte Zögern der Frau. »Rufen Sie Schwester Bridget an«, schlug sie vor. »Ich weiß, dass sie für mich bürgen wird.«

»Also gut. Aber nur eine halbe Stunde. Um halb vier muss ich die Kinder abholen.« Sie öffnete die Tür ganz und zog den Hund weg. »Kommen Sie herein. Das Wohnzimmer ist gleich links. Ich muss nur Boomer in die Küche sperren, sonst lässt er uns nicht in Ruhe.«

Roz ging in das Wohnzimmer, einen angenehmen, sonnigen Raum mit einer breiten Fenstertür, die auf eine kleine Terrasse hinausführte. Jenseits ging ein hübscher, liebevoll gepflegter Garten in eine grüne Wiese über, auf der Kühe weideten. »Das ist ein bezaubernder Blick«, sagte sie, als Geraldine Wright ins Zimmer kam.

»Ja, mit dem Haus haben wir Glück gehabt«, antwortete die junge Frau mit Stolz. »Es war uns eigentlich zu teuer, aber der frühere Eigentümer hatte sich finanziell übernommen und wollte es nur noch so schnell wie möglich loswerden. Wir bekamen es für fünfundzwanzigtausend weniger, als er ursprünglich verlangt hat. Wir fühlen uns sehr wohl hier.«

»Das kann ich mir vorstellen«, sagte Roz mit Wärme. »Es ist ein wunderschönes Fleckchen.«

»Setzen wir uns.« Sie ließ sich anmutig in einen Sessel sinken. »Ich schäme mich meiner Freundschaft mit Olive nicht«, entschuldigte sie sich. »Ich spreche nur nicht gern darüber. Die Leute sind so hartnäckig. Sie wollen einfach nicht akzeptieren, dass ich von den Morden nichts weiß.« Sie studierte ihre lackierten Fingernägel. »Ich hatte sie bestimmt drei Jahre lang nicht mehr gesehen, als es passierte, und danach habe ich sie natürlich überhaupt nicht mehr gesehen. Ich weiß wirklich nicht, was ich Ihnen erzählen könnte.«

Roz versuchte gar nicht erst, das Gespräch aufzunehmen. Sie fürchtete, die Frau damit kopfscheu zu machen. »Erzählen Sie mir einfach, wie sie in der Schule war«, sagte sie, während sie Block und Stift herausnahm. »Waren Sie mit ihr in einer Klasse?«

»Ja.«

»Haben Sie sie gemocht?«

»Nicht besonders.« Geraldine seufzte. »Das klingt herzlos, nicht wahr? Ich kann mich doch darauf verlassen, dass Sie meinen Namen nicht nennen, oder? Ich meine, wenn die Möglichkeit besteht, dass Sie es doch tun, möchte ich jetzt nichts mehr sagen. Es wäre mir schrecklich, wenn Olive erfahren würde, was ich wirklich von ihr gedacht habe. Es wäre so verletzend.«

Ja, natürlich, dachte Roz, aber was kümmert dich das? Sie nahm einen Bogen Briefpapier mit ihrem Briefkopf aus ihrer Aktentasche, schrieb zwei Sätze darauf und unterzeichnete.

»›Ich, Rosalind Leigh, wohnhaft an der oben angegebenen Adresse, verpflichte mich, alle von Mrs. Geraldine Wright erhaltenen Auskünfte vertraulich zu behandeln. Ich verpflichte mich ferner, sie nicht als Informationsquelle zu nennen, weder mündlich noch schriftlich, weder heute noch zu irgendeiner Zeit in der Zukunft.‹ Bitte. Genügt Ihnen das?« Sie zwang sich zu einem Lächeln. »Sie können ein Vermögen von mir einklagen, wenn ich mein Wort brechen sollte.«

»Ach Gott, Sie wird sich gleich denken können, dass ich es gewesen bin. Ich war doch die Einzige, mit der sie überhaupt gesprochen hat. In der Schule jedenfalls.« Sie nahm das Blatt. »Ich weiß nicht.«

Gott, was für eine Umstandskrämerin diese Frau war! Roz kam der Gedanke, dass Olive diese Freundschaft vielleicht ebenso wenig lohnend gefunden hatte wie Geraldine. »Vielleicht ist es am besten, wenn ich Ihnen kurz erkläre, wie ich die Informationen, die ich von Ihnen erhalte, in meinem Buch verarbeiten werde. Dann werden Sie sehen, dass Sie sich wirklich keine Gedanken zu machen brauchen. Sie haben eben gesagt, dass Sie sie nicht besonders mochten. Das wird in meinem Buch etwa so aussehen: ›In der Schule war Olive nicht beliebt.‹ Könnten Sie das akzeptieren?«

Das Gesicht der Frau hellte sich auf. »O ja. Das stimmt sowieso.«

»Okay. Und warum war sie nicht beliebt?«

»Sie gehörte irgendwie nie dazu.«

»Warum nicht?«

»Ach Gott.« Geraldine zuckte auf irritierende Weise die Achseln. »Vielleicht weil sie dick war.«

Das würde werden wie Zähneziehen, mühsam und äußerst schmerzhaft. »Hat sie Freunde gesucht, oder hat sie sich gar nicht um andere bemüht?«

»Sie hat sich eigentlich gar nicht bemüht. Sie hat kaum etwas gesagt, wissen Sie. Meistens hat sie nur dagesessen und die anderen angestarrt, die geredet haben. Das war denen natürlich nicht besonders angenehm. Ehrlich gesagt, ich glaube, wir hatten alle ziemlich Angst vor ihr. Sie war viel größer als wir alle.«

»War das der einzige Grund, weshalb Sie Angst vor ihr hatten? Ihre Größe?«

Geraldine dachte zurück. »Es war eigentlich alles an ihr. Ich weiß nicht, wie ich es beschreiben soll. Sie war sehr leise. Oft, wenn man sich mit jemand unterhielt und sich dann umdrehte, stand sie plötzlich hinter einem und starrte einen an.«

»Hat sie andere herumgestoßen?«

»Nur wenn sie zu Amber gemein waren.«

»Und ist das oft vorgekommen?«

»Nein. Amber haben alle gemocht.«

»Okay.« Roz tippte sich mit ihrem Stift an die Zähne. »Sie sagen, Sie waren die Einzige, mit der Olive gesprochen hat. Worüber haben Sie beide denn geredet?«

Geraldine zupfte an ihrem Rock. »Ach, über alles Mögliche«, antwortete sie wenig hilfreich. »Ich weiß das nicht mehr so genau.«

»Über die Themen, über die Mädchen normalerweise in der Schule reden?«

»Hm, ja, wahrscheinlich.«

Roz war nahe daran, mit den Zähnen zu knirschen. »Sex und Jungen und Kleider und Make-up?«

»Hm, ja«, sagte sie wieder.

»Es fällt mir sehr schwer, das zu glauben, Mrs. Wright. Es sei denn, sie hat sich in zehn Jahren radikal verändert. Ich habe mit ihr gesprochen, wissen Sie. Sie interessiert sich nicht im Entferntesten für Triviales, und sie spricht nicht gern von sich. Sie möchte alles über mich wissen, wer ich bin und was ich tue.«

»Das kommt wahrscheinlich daher, dass sie im Zuchthaus ist und Sie ihr einziger Besuch sind.«

»Das bin ich nicht. Außerdem habe ich gehört, dass die meisten Häftlinge genau das Gegenteil tun, wenn sie Besuch bekommen. Sie sprechen unaufhörlich von sich, weil endlich einmal jemand da ist, der ihnen zuhört.« Sie zog nachdenklich eine Augenbraue hoch. »Meiner Ansicht nach entspricht es Olives Wesen, die Person, mit der sie spricht, auszufragen. Ich vermute, das hat sie immer schon getan, und das ist der Grund, weshalb keiner in der Schule sie besonders mochte. Sie fanden sie wahrscheinlich alle aufdringlich.« Gott gebe, dass ich Recht habe, dachte Roz, denn diese wachsweiche Person hier wird auf jeden Fall sagen, ich hätte Recht, ob es nun so ist oder nicht.

»Wie komisch«, sagte Geraldine. »Das stimmt wirklich, sie hat dauernd Fragen gestellt. Immer wollte sie wissen, wie meine Eltern miteinander umgehen, ob sie zärtlich miteinander seien und sich küssten, und ob ich sie schon einmal nachts gehört hätte, wenn sie miteinander schliefen.« Sie zog die Mundwinkel abwärts. »Ja, jetzt erinnere ich mich, das ist tatsächlich der Grund, weshalb ich sie nicht mochte. Dauernd wollte sie wissen, wie oft meine Eltern miteinander schliefen, und wenn sie einen ausfragte, kam sie immer ganz nahe an einen heran und starrte einem ins Gesicht.« Sie schauderte ein wenig. »Das war mir so unangenehm. Sie hatte so gierige Augen.«

»Haben Sie es ihr gesagt?«

»Das mit meinen Eltern?« Geraldine kicherte. »Die Wahrheit bestimmt nicht. Die habe ich ja selbst nicht gewusst. Immer, wenn sie mich gefragt hat, habe ich einfach gesagt, ja, sie hätten in der Nacht vorher miteinander geschlafen. Ich wollte ihr nur entkommen, wissen Sie. Das ging uns allen so. Am Ende war es nur noch wie ein blödes Spiel.«

»Warum wollte sie das wissen?«

Geraldine zuckte die Achseln. »Ich dachte immer, weil sie eine schmutzige Fantasie hatte. Im Dorf ist eine Frau, die ist genauso. Das erste, was sie sagt, wenn sie einen trifft, ist: ›Erzähl mir den neuesten Klatsch.‹ Und dabei leuchten ihre Augen richtig auf. Ich hasse das. Sie ist natürlich die Letzte, die erfährt, was es Neues gibt. Sie treibt die Leute in die Opposition.«

Roz überlegte einen Moment. »Waren Olives Eltern zärtlich zueinander?«

»Überhaupt nicht.«

»Sie sind ja sehr sicher.«

»O ja. Die haben einander gehasst. Meine Mutter hat immer gesagt, sie blieben nur zusammen, weil er zu faul sei, um zu gehen, und sie zu berechnend, um ihn gehen zu lassen.«

»Dann suchte Olive offenbar etwas wie Bestätigung.«

»Wie meinen Sie das?«

»Wenn sie Sie nach Ihren Eltern ausfragte«, erklärte Roz kühl, »wollte sie die Bestätigung, dass ihre Eltern nicht die einzigen waren, die nicht miteinander auskamen, das arme Kind.«

»Oh«, sagte Geraldine überrascht. »Glauben Sie?« Sie zog einen niedlichen kleinen Flunsch. »Nein«, sagte sie, »ich bin sicher, da täuschen Sie sich. Sie wollte ja immer nur die Sexgeschichten hören. Ich hab's Ihnen schon gesagt, sie hatte diese gierigen Augen.«

Roz ließ es dabei bewenden. »Hat sie gelogen?«

»Ja, das war auch so eine Sache.« Einen Moment versank sie in Erinnerungen. »Sie hat gelogen wie gedruckt. Komisch, das hatte ich ganz vergessen. Am Schluss hat ihr kein Mensch mehr etwas geglaubt, wissen Sie.«

»Worüber hat sie denn gelogen?«

»Über alles.«

»Worüber im Besonderen? Über sich selbst? Andere? Ihre Eltern?«

»Über alles.« Geraldine sah die Ungeduld in Roz' Gesicht. »Es ist so schwer zu erklären. Sie hat Märchen erzählt. Wirklich, sie hat nie den Mund aufgemacht, ohne Geschichten zu erzählen. Lassen Sie mich mal nachdenken. Okay, sie hat von Freunden erzählt, die gar nicht existiert haben, und einmal hat sie behauptet, sie seien in den Sommerferien in Frankreich gewesen, dabei stellte sich dann heraus, dass sie die ganze Zeit zu Hause waren. Und sie hat immer von ihrem Hund erzählt, obwohl alle wussten, dass sie überhaupt keinen Hund hatte.« Sie zog ein Gesicht. »Und sie hat natürlich immer gemogelt. Das war wirklich zum Verrücktwerden. Sie hat einem einfach die Hausaufgaben aus der Schultasche geklaut, wenn man nicht hingesehen hat, und hat alles abgeschrieben.«

»Aber sie war doch intelligent? Sie hat ein sehr gutes Abgangszeugnis bekommen.«

»Ja, bestanden hat sie schon, aber ich glaube nicht, dass ihre Noten so waren, dass man sich mit ihnen brüsten konnte«, sagte Geraldine mit einem Anflug von Boshaftigkeit. »Und wieso hat sie sich nicht eine anständige Arbeit gesucht, wenn sie so intelligent war? Meine Mutter hat immer gesagt, es sei richtig peinlich, bei Pettit von Olive Martin bedient zu werden.«

Roz wandte den Blick von dem farblosen Gesicht, um zum Fenster hinauszusehen. Sie ließ ein paar Sekunden verstreichen, während ihr gesunder Menschenverstand die zornigen Vorwürfe niederschlug, die sich Luft machen wollten. Es konnte ja dennoch sein, dachte sie, dass sie sich irrte. Und trotzdem ... Und trotzdem schien sonnenklar, dass Olive ein zutiefst unglückliches Kind gewesen sein musste. Sie zwang sich zu einem Lächeln.

»Olive fühlte sich Ihnen offensichtlich näher als irgendeinem anderen Menschen, ausgenommen vielleicht ihre Schwester. Was glauben Sie, wie das kam?«

»Ach Gott, ich hab' keine Ahnung. Meine Mutter behauptet, ich hätte sie an Amber erinnert. Ich selbst hab das nie gesehen, aber es stimmt schon, dass die Leute, wenn sie uns drei zusammen gesehen haben, immer dachten, Amber sei meine Schwester und nicht Olives.« Sie überlegte. »Wahrscheinlich hat meine Mutter Recht. Als Amber zu uns in die Schule kam, ist Olive mir nämlich nicht mehr so viel nachgelaufen.«

»Das muss eine Erleichterung gewesen sein.« Roz' Ton enthielt eine gewisse Bissigkeit, die Geraldine zum Glück nicht auffiel.

»Hm, ja. Andererseits«, fügte sie mit einer gewissen Sehnsucht hinzu, »hat auch niemand sich getraut, mich zu necken, wenn Olive mit mir zusammen war.«

Roz beobachtete sie einen Moment. »Schwester Bridget sagte, Olive habe Amber abgöttisch geliebt.«

»Das stimmt. Aber Amber haben sowieso alle gemocht.«

»Und warum?«

Geraldine zuckte die Achseln. »Sie war nett.«

Roz lachte plötzlich. »Ehrlich gesagt, Amber fängt allmählich an, mir auf den Wecker zu fallen. Sie klingt zu schön, um wahr zu sein. Was war denn so toll an ihr?«

»Ach Gott.« Sie runzelte die Stirn. »Meine Mutter hat gemeint, wegen ihrer Nachgiebigkeit. Jeder hat sie ausgenutzt, aber ihr hat es nie was ausgemacht. Und sie hat immer gelächelt.«

Roz zeichnete ihren kleinen Blasengel auf ihren Block und dachte an die ungewollte Schwangerschaft. »Wieso wurde sie ausgenutzt?«

»Ach, ich vermute, sie wollte gemocht werden. Es waren auch nur kleine Dinge. Wenn man was vergessen hatte, konnte man es sich bei ihr leihen, und sie hat auch immer die Botengänge für die Nonnen gemacht. Ich weiß, ich brauchte mal ein sauberes Sporthemd für ein Handballspiel, da habe ich mir Ambers ausgeliehen. Solche Sachen.«

»Ohne zu fragen?«

Erstaunlicherweise wurde Geraldine rot. »Bei Amber

brauchte man nicht zu fragen. Es hat ihr nie was ausgemacht. Nur Olive wurde böse. Sie war wegen dieses Hemds total gemein zu mir.« Sie sah auf die Uhr. »Aber jetzt muss ich wirklich gehen. Es ist schon spät.« Sie stand auf. »Ich war wohl leider keine große Hilfe.«

»Ganz im Gegenteil.« Roz stand aus dem tiefen Sessel auf. »Sie waren mir eine große Hilfe. Ich danke Ihnen sehr.«

Zusammen gingen sie in den Flur hinaus.

»Fanden Sie es nie seltsam«, fragte Roz, als Geraldine ihr die Haustür öffnete, »dass Olive ihre Schwester getötet haben sollte?«

»Doch, ja, natürlich. Ich war total schockiert.«

»So schockiert, dass Sie sich darüber Gedanken gemacht haben, ob sie es wirklich getan hat? Wenn ich bedenke, was Sie mir über die Beziehung der beiden erzählt haben, erscheint es mir sehr unwahrscheinlich, dass sie so etwas getan haben soll.«

Unsicherheit trübte die großen grauen Augen. »Wie merkwürdig. Genau das hat meine Mutter immer gesagt. Aber wenn sie es nicht war, warum hat sie dann gesagt, sie sei es gewesen?«

»Das weiß ich auch nicht. Vielleicht ist es ihre Wesensart, andere zu schützen.« Sie lächelte freundlich. »Glauben Sie, Ihre Mutter wäre bereit, mit mir zu sprechen?«

»Ach, Gott, nein, das glaube ich nicht. Wenn's nach ihr ginge, sollte keiner auch nur erfahren, dass ich mit Olive zur Schule gegangen bin.«

»Würden Sie sie trotzdem einmal fragen? Und wenn sie einverstanden sein sollte, dann rufen Sie mich bitte unter der Nummer auf der Karte an.«

Geraldine schüttelte den Kopf. »Da brauche ich gar nicht erst zu fragen. Sie wäre niemals einverstanden.«

»Na schön, dann kann man nichts machen.« Roz trat ins

Freie hinaus. »Das ist wirklich ein wunderschönes Haus«, sagte sie enthusiastisch und betrachtete bewundernd die Clematis über der Veranda. »Wo haben Sie früher gewohnt?«

Geraldine schnitt eine Grimasse. »In einem scheußlichen modernen Kasten am Rand von Dawlington.«

Roz lachte. »Dann war der Umzug hierher sicher ein Kulturschock.« Sie machte die Autotür auf. »Kommen Sie heute überhaupt noch nach Dawlington?«

»O ja«, antwortete Geraldine. »Meine Eltern wohnen noch dort. Ich besuche sie einmal in der Woche.«

Roz warf ihre Handtasche und ihre Aktentasche auf den Rücksitz. »Sie sind sicher sehr sehr stolz auf Sie.« Sie hielt Geraldine Wright die Hand hin. »Nochmals vielen Dank, Mrs. Wright, und bitte, machen Sie sich keine Sorgen. Ich werde die Informationen, die Sie mir gegeben haben, nicht missbrauchen.« Sie setzte sich ans Steuer und zog die Tür zu. »Ach, eine Bitte habe ich noch«, sagte sie mit arglosem Blick durch das offene Fenster. »Würden Sie mir Ihren Mädchennamen nennen, damit ich Sie von der Schulliste streichen kann, die Schwester Bridget mir gegeben hat. Ich möchte Sie nicht irrtümlich noch einmal belästigen.«

»Hopwood«, antwortete Geraldine hilfsbereit.

Es war nicht schwierig, Mrs. Hopwood ausfindig zu machen. Roz fuhr zur Bibliothek von Dawlington und schlug im örtlichen Telefonbuch nach. Es gab drei Hopwoods, die in Dawlington wohnten. Sie schrieb sich Adressen und Nummern auf, fuhr zur nächsten Telefonzelle und rief eine Nummer nach der anderen an. Sie sei eine alte Schulfreundin von Geraldine, sagte sie, und würde gern mit ihr sprechen. Die Leute, die sich bei ihren ersten beiden Anrufen meldeten, erklärten, eine solche Person nicht zu kennen. Beim dritten Versuch jedoch berichtete ihr ein Mann, dass Geraldine inzwischen verheiratet sei und nun in Wooling lebe. Er gab ihr Geraldines Telefonnummer und versicherte ihr sehr freundlich, wie nett es gewesen sei, wieder einmal von ihr zu hören. Lächelnd legte Roz auf. Geraldine schlug ihrem Vater nach.

Dieser Eindruck bestätigte sich, als Mrs. Hopwood klirrend die Sicherheitskette vorlegte, ehe sie die Haustür öffnete. Sie musterte Roz voller Misstrauen. »Ja?«

»Mrs. Hopwood?«

»Ja.«

Roz hatte eigentlich vorgehabt, ein kleines Märchen zu erzählen, aber als sie den harten Blick der Frau sah, ließ sie das lieber bleiben. Mrs. Hopwood war keine Frau, die man so leicht einseifen konnte. »Ich muss zu meiner Schande gestehen, dass ich Ihre Tochter und Ihren Mann mit List und Tücke dazu gebracht habe, mir diese Adresse zu geben«, sagte sie mit einem leichten Lächeln. »Mein Name ist …«

»Rosalind Leigh, und Sie schreiben ein Buch über Olive Martin. Ich weiß. Geraldine hat gerade mit mir telefoniert. Sie hat nicht lange gebraucht, um zwei und zwei zusammenzuzählen. Tut mir Leid, aber ich kann Ihnen nicht helfen. Ich habe das Mädchen kaum gekannt.« Aber sie schloss die Tür nicht. Irgendetwas – Neugier? – hielt sie dort fest.

»Sie kennen sie auf jeden Fall besser als ich, Mrs. Hopwood.«

»Aber ich habe auch nicht vor, ein Buch über sie zu schreiben, junge Frau. Und ich täte es auch nicht.«

»Auch nicht, wenn Sie sie für unschuldig hielten?«

Mrs. Hopwood antwortete nicht.

»Angenommen, sie hat es nicht getan? An diese Möglichkeit haben Sie doch gedacht, nicht wahr?«

»Das ist nicht meine Angelegenheit.« Sie machte Anstalten, die Tür zu schließen.

»Wessen Angelegenheit ist es denn dann, um Gottes willen?«, fragte Roz plötzlich zornig. »Ihre Tochter hat mir zwei Schwestern geschildert, die beide so unsicher waren, dass die eine gelogen und betrogen hat, um sich ein gewisses Ansehen zu verschaffen, und die andere sich nicht getraut hat, Nein zu sagen, weil sie Angst hatte, man würde sie dann nicht mögen. Was, zum Teufel, war bei diesen Mädchen zu Hause los, dass sie so geworden sind? Wo waren Sie damals, Mrs. Hopwood? Wo waren alle anderen? Der einzige richtige Freund, den die beiden hatten, war die eigene Schwester.« Sie sah die schmal zusammengepressten Lippen der Frau an der Tür und schüttelte voller Verachtung den Kopf. »Ihre Tochter hat mich irregeführt. Einer Bemerkung, die sie machte, glaubte ich entnehmen zu können, dass Sie eine Samariterin sind.« Sie lächelte kalt. »Aber nun sehe ich, dass Sie doch eine Pharisäerin sind. Leben Sie wohl, Mrs. Hopwood.«

Die Frau schnalzte ungeduldig mit der Zunge. »Dann kommen Sie schon herein, aber ich warne Sie – ich verlange ein schriftliches Protokoll dieses Gesprächs. Ich lasse mir nicht hinterher Worte in den Mund legen, die ich nie gesagt habe, nur damit das sentimentale Bild, das Sie von Olive haben, bestätigt wird.«

Roz nahm ihren Recorder heraus. »Ich zeichne alles auf. Wenn Sie einen Recorder haben, können Sie das Gespräch gleichzeitig aufnehmen, oder ich schicke Ihnen eine Kopie meiner Aufnahme.«

Mrs. Hopwood nickte zustimmend. Dann hakte sie die Kette auf und öffnete die Haustür. »Wir haben selbst einen Recorder. Mein Mann kann ihn aufstellen. Ich mache uns inzwischen eine Tasse Tee. Kommen Sie herein, und putzen Sie sich bitte die Schuhe ab.«

Zehn Minuten später waren sie bereit. Mrs. Hopwood übernahm ganz natürlich die Führung. »Am einfachsten ist es, ich erzähle Ihnen alles, woran ich mich erinnere. Wenn ich fertig bin, können Sie mir Fragen stellen. Einverstanden?«

»Einverstanden.«

»Ich sagte vorhin, dass ich Olive kaum gekannt hatte. Das stimmt. Sie war insgesamt vielleicht fünf- oder sechsmal bei uns, zweimal zu Geraldines Geburtstag und drei- oder viermal zum Tee. Ich habe sie nicht gemocht. Sie war ein tollpatschiges Ding, schwerfällig und wortkarg. Sie hatte keinen Humor und war, um offen zu sein, ausgesprochen unattraktiv. Das klingt vielleicht hart und herzlos, aber so ist es nun einmal – man kann nicht Gefühle vortäuschen, die man nicht hat. Ich war nicht traurig, als ihre Freundschaft mit Geraldine eines natürlichen Todes gestorben ist.« Sie machte eine Pause, um ihre Gedanken zu ordnen.

»Danach hatte ich wirklich kaum noch Kontakt mit ihr. Sie ist nie wieder in dieses Haus gekommen. Ich hörte natürlich Geschichten über sie, von Geraldine und ihren Freunden. Der Eindruck, den ich gewann, entsprach ziemlich genau dem Bild, das Sie vorhin gezeichnet haben – ein trauriges, ungeliebtes und unliebenswürdiges Kind, das sich in Prahlereien und Lügen über Ferienreisen, die sie nie gemacht hatte, und Freunde, die sie gar nicht hatte, flüchtete, um sich für ihr unglückliches Zuhause zu entschädigen. Das Schummeln und Betrügen war meiner Ansicht nach die Folge des permanenten Drucks von Seiten der Mutter, in allem gut zu sein. Das Gleiche gilt für das zwanghafte Essen. Sie war immer dick, aber in der Pubertät wurde das Essen bei ihr zur Sucht. Geraldine hat mir erzählt, dass sie oft aus der Schulküche Essen stahl und sich dann alles auf einmal in den Mund stopfte, als hätte sie Angst, man würde es ihr wegnehmen, ehe sie aufgegessen hatte.«

Sie sah Roz fragend an. »Sie würden dieses Verhalten sicher als Symptom eines unglücklichen Familienlebens auslegen?« Roz nickte. »Ja, da stimme ich wohl mit Ihnen überein.

Es war genauso unnatürlich wie Ambers Unterwürfigkeit. Ich muss allerdings betonen, dass ich keines der beiden Mädchen je in Aktion gesehen habe, um es einmal so auszudrücken. Ich berichte nur, was ich von Geraldine und ihren Freundinnen gehört habe. Wie dem auch sei, es hat mich sehr wohl beschäftigt, zumal ich Gwen und Robert Martin einige Male begegnet war, wenn ich Geraldine nach einem Besuch bei Olive dort abgeholt habe. Sie waren ein merkwürdiges Paar. Sie haben kaum miteinander gesprochen. Er wohnte in einem Zimmer im Erdgeschoss, im rückwärtigen Teil des Hauses, und sie und die beiden Mädchen wohnten vorn. Soweit ich sehen konnte, lief praktisch aller Kontakt zwischen den beiden über Olive und Amber.« Als sie Roz' Gesicht sah, hielt sie inne. »Das hat Ihnen noch niemand erzählt?«

Roz schüttete den Kopf.

»Ich weiß nicht, wem es alles aufgefallen ist. Sie wahrte natürlich nach außen den Schein, und wenn Geraldine mir nicht erzählt hätte, dass sie in Mr. Martins Arbeitszimmer ein Bett gesehen hatte, hätte ich sicher auch nicht geahnt, was los war.« Sie krauste die Stirn. »Aber so ist es immer, nicht wahr? Wenn man erst einmal Verdacht geschöpft hat, bestätigt alles, was man sieht, diesen Verdacht. Man sah sie nie zusammen, außer vielleicht an den Elternabenden, und da war stets eine dritte Person bei ihnen, gewöhnlich eine der Lehrerinnen.« Sie lächelte verlegen. »Ich habe sie beobachtet, ich gebe es ehrlich zu. Nicht aus Klatschsucht – das kann Ihnen mein Mann bestätigen –, sondern weil ich mir beweisen wollte, dass ich mich irrte.« Sie schüttelte den Kopf. »Ich kam zu dem Schluss, dass die beiden einander nicht ausstehen konnten. Es war nicht nur so, dass sie nicht miteinander sprachen – es hat *überhaupt* keine Kommunikation zwischen ihnen stattgefunden – weder durch Blicke noch durch Berührungen – gar nichts. Ergibt das einen Sinn für Sie?«

»O ja«, antwortete Roz mit Nachdruck. »Der Hass spricht eine genauso deutliche Sprache wie die Liebe.«

»Meiner Ansicht nach war sie diejenige, von der das alles ausging. Ich habe immer angenommen, dass er vielleicht einmal einen Seitensprung gemacht hat und sie dahintergekommen ist. Ich muss aber betonen, dass das nur eine Vermutung ist. Er war ein gut aussehender Mann, sehr umgänglich, und durch seine Arbeit ist er natürlich herumgekommen. Sie hingegen hatte, soweit ich feststellen konnte, überhaupt keine Freundinnen, höchstens vielleicht ein paar Bekannte, aber man traf sie nie auf irgendwelchen gesellschaftlichen Veranstaltungen. Sie war eine sehr kontrollierte Person, kalt und emotionslos. Eigentlich ziemlich unangenehm. Ganz sicher keine Frau, für die man sich erwärmen konnte.« Sie schwieg einen Moment. »Olive kam ganz auf sie, sowohl dem Aussehen als auch dem Wesen nach, Amber mehr auf ihn. Die arme Olive«, sagte sie mit echtem Mitgefühl. »Es gab nicht viel, das für sie sprach.«

Mrs. Hopwood sah Roz an und seufzte tief. »Sie haben mich vorhin gefragt, wo ich gewesen bin, als das alles sich abspielte. Ich habe meine eigenen Kinder großgezogen, Miss Leigh, und wenn Sie selbst welche haben, werden Sie wissen, dass es schwierig genug ist, mit den eigenen fertigzuwerden, ohne sich auch noch um die anderer Leute zu kümmern. Trotzdem tut es mir heute Leid, dass ich damals nichts gesagt habe, aber was hätte ich denn wirklich tun können? Ich war im Übrigen der Meinung, es sei eine Angelegenheit der Schule.« Sie breitete die Hände aus. »Tja, so ist das immer – hinterher ist man immer klüger. Aber wer hätte ahnen können, dass Olive so etwas tun würde? Ich glaube nicht, dass irgendjemand sich klargemacht hat, wie gestört sie wirklich war.« Sie ließ ihre Hände in den Schoß sinken und warf ihrem Mann einen ratlosen Blick zu.

Mr. Hopwood überlegte einen Moment. »Trotzdem«, sagte er langsam, »hat es keinen Sinn so zu tun, als hätten wir je daran geglaubt, dass sie Amber getötet hat. Ich bin deswegen extra zur Polizei gegangen, wissen Sie; um diesen Leuten zu sagen, dass ich das für sehr unwahrscheinlich hielte. Sie meinten, mein Unbehagen begründe sich auf überholten Informationen.« Er schwieg einen Moment. »Das stimmte natürlich. Wir hatten ungefähr fünf Jahre lang keinen Kontakt mehr zu der Familie gehabt. In so einer Zeitspanne kann sich vermutlich durchaus ein Hass zwischen den Schwestern entwickelt haben.« Er schwieg.

»Aber wenn Olive Amber nicht getötet hat«, hakte Roz ein, »wer hat es dann getan?«

»Gwen«, antwortete er so erstaunt über ihre Frage, als verstünde sich die Antwort von selbst. Er strich sich über das weiße Haar. »Wir glauben, dass Olive ihre Mutter dabei überraschte, wie sie Amber prügelte. Das hätte sicher ausgereicht, um sie völlig außer sich geraten zu lassen, immer vorausgesetzt natürlich, die starke Zuneigung zwischen den Schwestern bestand noch.«

»War Gwen Martin denn fähig, so etwas zu tun?«

Die beiden sahen sich an. »Wir sind davon überzeugt«, sagte Mrs. Hopwood. »Sie war Amber gegenüber sehr feindselig, wahrscheinlich weil das Kind so starke Ähnlichkeit mit seinem Vater hatte.«

»Und was meinte die Polizei?«, fragte Roz.

»Wenn ich recht unterrichtet bin, hatte Robert Martin bereits die gleiche Vermutung geäußert. Sie fragten Olive danach, aber die bestritt es.«

Roz starrte ihn an. »Sie sagen, Olives Vater hat der Polizei erklärt, dass er glaube, seine Frau habe seine jüngere Tochter totgeprügelt und Olive habe daraufhin ihre Mutter getötet?«

Er nickte.

»Mein Gott!«, sagte sie kaum hörbar. »Davon hat mir sein Anwalt keinen Ton gesagt.« Sie überlegte einen Moment. »Das heißt doch, dass Gwen das Kind schon früher geschlagen hat. Kein Mann würde eine solche Beschuldigung vorbringen, wenn er nicht Gründe dafür hätte, nicht wahr?«

»Vielleicht hat er nur wie wir nicht glauben können, dass Olive ihre Schwester umgebracht hat.«

Den Blick zu Boden gesenkt, kaute Roz auf ihrem Daumennagel. »In ihrer Aussage behauptet sie, sie hätte zu ihrer Schwester nie eine enge Beziehung gehabt. Das könnte ich glauben, wenn sie sich in den Jahren nach der Schule auseinander gelebt hätten; aber ich kann es nicht glauben, wenn ich höre, dass ihr eigener Vater überzeugt war, die beiden seien einander so nahe gewesen, dass Olive jemand töten würde, um die Schwester zu rächen.« Sie schüttelte den Kopf. »Ich bin ziemlich sicher, dass Olives Verteidiger davon nie etwas gehört hat. Der arme Mann hat versucht, sich eine Verteidigung aus den Fingern zu saugen.« Sie blickte auf. »Warum hat Robert Martin das auf sich beruhen lassen? Warum hat er zugelassen, dass sie sich schuldig bekannte? Sie behauptete, sie habe es getan, um ihm die Qualen eines langen Prozesses zu ersparen.«

Mr. Hopwood schüttelte den Kopf. »Das kann ich wirklich nicht sagen. Wir haben ihn nie wiedergesehen. Vermutlich hat ihn irgendetwas dann doch von ihrer Schuld überzeugt.« Er massierte seine arthritischen Finger. »Die Schwierigkeit für uns alle ist doch zu akzeptieren, dass ein Mensch, den wir kennen, fähig ist, etwas so Grauenvolles zu tun; vielleicht weil es zeigt, wie fehlbar wir in unserem Urteil sind. Wir haben sie gekannt, bevor es passiert ist. Sie, nehme ich an, haben sie nachher kennen gelernt. Und beide haben wir nicht den Makel in ihrem Charakter gesehen, der dazu führte, dass sie ihre Mutter und ihre Schwester tötete. Darum suchen wir nun nach Entschuldigungen. Letztendlich aber, denke ich, wird es keine geben. Es ist ja nicht so, als hätte die Polizei das Geständnis aus ihr herausprügeln müssen. Soweit ich weiß, war es sogar die Polizei, die darauf bestanden hat, dass sie mit ihrer Aussage wartete, bis ihr Anwalt eingetroffen war.«

Roz runzelte die Stirn. »Aber es beschäftigt Sie heute noch.«

Er lächelte leicht. »Nur wenn plötzlich jemand erscheint und alles wieder aufrührt. Im Großen und Ganzen denken wir selten daran. Man kommt ja nicht an der Tatsache vorbei, dass sie ein Geständnis unterzeichnet hat.«

»Es kommt oft vor, dass Leute Verbrechen gestehen, die sie gar nicht begangen haben«, sagte Roz. »Timothy Evans wurde auf Grund seines Geständnisses gehängt, während Christie weiterhin seine Opfer unter den Dielenbrettern verscharrte. Schwester Bridget sagte mir, Olive habe ständig gelogen; Sie haben mir von den Lügen berichtet, die sie immer wieder erzählt hat. Wieso glauben Sie, dass sie in diesem Fall die Wahrheit gesagt hat?«

Sie sagten kein Wort.

»Bitte, verzeihen Sie«, sagte Roz mit einem entschuldigenden Lächeln. »Ich möchte Sie wirklich nicht bedrängen. Ich möchte nur so gern verstehen, was eigentlich vorgefallen ist. Es gibt so viele Widersprüche. Warum zum Beispiel ist Robert Martin nach den Morden in dem Haus wohnen geblieben? Man hätte doch erwarten sollen, dass er Himmel und Hölle in Bewegung setzen würde, um da wegzukommen.«

»Sie müssen mit der Polizei sprechen«, sagte Mr. Hopwood. »Die wissen mehr darüber als jeder andere.«

»Ja«, sagte Roz ruhig. »Da haben Sie Recht.« Sie hob ihre Tasse und Untertasse vom Boden auf und stellte sie auf den Tisch. »Darf ich Sie noch drei Dinge fragen? Dann lasse ich

Sie in Frieden. Erstens: Gibt es Ihres Wissens nach jemand, der mir helfen könnte?«

Mrs. Hopwood schüttelte den Kopf. »Ich habe sie, nachdem sie von der Schule abgegangen war, praktisch aus den Augen verloren und weiß aus dieser Zeit kaum etwas von ihr. Sie sollten die Leute ausfindig machen, die mit ihr zusammengearbeitet haben.«

»Gut. Zweite Frage: Haben Sie gewusst, dass Amber, als sie dreizehn war, ein Kind bekommen hat?« Sie sah die Verblüffung in ihren Gesichtern.

»Mein Gott!«, sagte Mrs. Hopwood.

»Ja. Drittens ...« Sie machte eine Pause, als sie sich an Graham Deedes' belustigte Reaktion erinnerte. War es fair, Olive zum Gegenstand der allgemeinen Erheiterung zu machen? »Drittens«, wiederholte sie entschlossen, »hat Gwen Olive zu einer Abtreibung überredet. Wissen Sie darüber etwas?«

Mrs. Hopwood machte ein nachdenkliches Gesicht. »Könnte das Anfang siebenundachtzig gewesen sein?«

Roz wusste nicht, wie sie darauf antworten sollte, und nickte.

»Ich hatte selbst meine Probleme, weil meine Menstruation überfällig war«, sagte Mrs. Hopwood nüchtern. »Ich traf Olive und Gwen zufällig im Krankenhaus. Das war das letztemal, dass ich die beiden gesehen habe. Gwen war sehr nervös. Sie versuchte so zu tun, als wäre sie in eigener Sache da, aber es war ganz klar, dass sie Olives wegen da waren. Das arme Kind war in Tränen aufgelöst.« Sie schnalzte zornig mit der Zunge. »Warum haben sie ihr das Kind nicht gelassen! Das erklärt natürlich die Morde. Sie müssen etwa um die Zeit verübt worden sein, zu der das Kind zur Welt gekommen wäre. Kein Wunder, dass sie verstört war.«

Roz fuhr zurück in die Leven Road. Diesmal stand die Tür von Haus Nummer 22 offen, und eine junge Frau war damit beschäftigt, die niedrige Hecke zu stutzen, die den Vorgarten einfasste. Roz fuhr ihren Wagen an den Bordstein und stieg aus.

»Hallo«, sagte sie und bot der jungen Frau die Hand. Sofortiger freundlicher Kontakt, hoffte sie, würde die Frau davon abhalten, ihr die Tür vor der Nase zuzuschlagen, wie ihre Nachbarin es getan hatte. »Ich bin Rosalind Leigh. Ich war neulich schon einmal hier, aber da waren Sie nicht zu Hause. Ich sehe, dass Sie viel zu tun haben, darum möchte ich Sie gar nicht stören. Aber vielleicht können wir uns unterhalten, während Sie arbeiten.«

Die junge Frau zuckte die Achseln. »Wenn Sie etwas verkaufen wollen, und dazu gehört auch Religion, verschwenden Sie hier Ihre Zeit.«

»Ich möchte mit Ihnen über Ihr Haus sprechen.«

»Ach, Mensch!«, sagte die andere angeekelt. »Manchmal wünsche ich wirklich, wir hätten den verdammten Kasten nie gekauft. Was sind Sie denn wieder für eine? Parapsychologische Forschung? Das sind doch lauter Verrückte. Die scheinen sich einzubilden, dass die ganze Küche von Ektoplasma oder sonst was trieft.«

»Nein, nein, weit prosaischer. Ich schreibe einen Bericht im Rahmen einer Nachuntersuchung des Falls Olive Martin.«

»Warum?«

»Weil es einige offene Fragen gibt. Zum Beispiel: Warum ist Robert Martin nach den Morden hier im Haus geblieben?«

»Und Sie erwarten von mir, dass ich das beantworte?« Sie prustete verächtlich. »Ich habe den Mann nie kennen gelernt. Er war lange tot, als wir eingezogen sind. Sie sollten mit dem alten Hayes reden.« Sie wies mit einer ruckhaften Kopfbewegung zu den anschließenden Garagen. »Er ist der Einzige, der die Familie kannte.«

»Mit dem habe ich schon gesprochen. Er weiß es auch nicht.« Sie warf einen Blick zur offenen Haustür, konnte aber nichts sehen, außer einem Stück pfirsichfarbener Wand und einem Dreieck rostbraunen Teppichs. »Wie ich gehört habe, ist das Haus innen renoviert worden. Haben Sie das selbst machen lassen, oder haben Sie es so gekauft?«

»Das haben wir machen lassen. Mein Mann ist in der Baubranche. Oder besser gesagt, da war er mal«, korrigierte sie sich. »Vor ungefähr einem Jahr hat er seine Stellung verloren. Wir haben Glück gehabt. Wir konnten unser altes Haus ganz gut verkaufen und haben das hier für wenig Geld bekommen. Wir haben keine Hypothek aufgenommen und brauchen uns jetzt nicht abzustrampeln wie manche andere.«

»Hat er eine andere Arbeit gefunden?«, fragte Roz teilnahmsvoll.

Die junge Frau schüttelte den Kopf. »Wohl kaum. Das Baugeschäft ist das Einzige, wovon er was versteht, und da läuft im Moment gar nichts. Aber er bemüht sich. Mehr kann man nicht tun, nicht wahr?« Sie senkte die Gartenschere. »Sie wollen wahrscheinlich wissen, ob wir was gefunden haben, als wir das Haus ausgeschlachtet haben.«

Roz nickte. »So ungefähr.«

»Wenn wir was gefunden hätten, hätten wir es gemeldet.«

»Natürlich, aber ich dachte gar nicht an irgendwelche belastenden Beweismittel, sondern eher an bestimmte Eindrücke. Zum Beispiel, ob das Haus so wirkte, als sei es geliebt worden. Ob das der Grund war, weshalb er geblieben ist. Weil er es geliebt hat.«

Die junge Frau schüttelte den Kopf. »Mich erinnerte es eher an ein Gefängnis. Ich kann's natürlich nicht beschwören, weil ich es nicht mit Sicherheit weiß, aber ich hatte den Eindruck, dass er nur einen einzigen Raum bewohnt hat, und das war das Zimmer unten im Erdgeschoss, das nach hinten rausging, das neben der Küche und der Garderobe mit der eigenen Gartentür. Vielleicht ist er ab und zu in die Küche gegangen, um sich was zu kochen, aber ich bezweifle es. Die Verbindungstür war abgeschlossen, und den Schlüssel haben wir nie gefunden. Außerdem war in dem Zimmer noch eine alte Kochplatte, und ich vermute, dass er nur darauf gekocht hat. Der Garten war hübsch. Ich glaube, er lebte in dem einen Zimmer und dem Garten und hat die übrigen Räume des Hauses überhaupt nicht betreten.«

»Weil die Tür abgeschlossen war?«

»Nein, wegen des Nikotins. Die Fenster waren so voll mit Nikotin, dass das Glas gelb war. Und die Decke«, sie zog ein Gesicht, »war dunkelbraun. Der Gestank nach kaltem Rauch war fürchterlich. Er muss da drinnen eine nach der anderen geraucht haben. Es war ekelhaft. In keinem der anderen Räume im Haus war auch nur der kleinste Nikotinfleck. Wenn er je durch die Verbindungstür gegangen ist, dann kann es nicht sehr lange gewesen sein.«

Roz nickte. »Er ist an einem Herzinfarkt gestorben.«

»Das wundert mich nicht.«

»Hätten Sie was dagegen, wenn ich mal einen Blick hineinwerfe?«

»Das wäre sinnlos. Es ist alles ganz anders. Wir haben alle Wände, die keine tragenden Wände waren, herausgerissen und den ganzen Grundriss unten geändert. Wenn Sie wissen möchten, wie das Haus ausgesehen hat, als er noch hier wohnte, zeichne ich Ihnen gern einen Plan. Aber hinein kommen Sie mir nicht. Wenn ich Sie hineinlasse, geht das ewig so weiter. Dann kommen Hinz und Kunz an und wollen sich das Haus ansehen.«

»Verstanden. Aber ein Plan wäre auf jeden Fall nützlich.« Sie holte Block und Stift aus dem Wagen.

»Es ist jetzt viel schöner«, sagte die selbstbewusste junge Frau, während sie mit schnellen Strichen zeichnete. »Wir haben die Zimmer offener gemacht und ihnen ein bisschen Farbe gegeben. Diese Mrs. Martin hatte ja keine Ahnung. Ich habe das Gefühl, sie war eine ganz langweilige Person. So.« Sie reichte den Block zurück. »Besser kann ich's nicht.«

»Vielen Dank«, sagte Roz, während sie den Plan studierte. »Warum glauben Sie, dass Mrs. Martin langweilig war?«

»Weil alles – die Wände, die Türen, die Decken, einfach alles – weiß gestrichen war. Es war so kalt und steril wie in einem Operationssaal. Nirgends ein Farbklecks. Und Bilder hatte sie auch keine aufgehängt. Jedenfalls waren an den Wänden keine helleren Stellen.« Sie schauderte. »Ich finde solche Häuser schlimm. Sie wirken immer unbewohnt.«

Roz lächelte, als sie an der roten Backsteinfassade emporsah. »Es freut mich, dass Sie das Haus gekauft haben. Ich kann mir vorstellen, dass es jetzt bewohnt und lebendig wirkt. Ich glaube auch nicht an Gespenster.«

»Sagen wir mal so – wenn man Gespenster sehen will, dann sieht man sie auch. Wenn nicht, dann nicht.« Sie tippte sich an den Kopf. »Es ist alles hier drinnen. Mein Vater hat rosarote Elefanten gesehen, aber keiner hat gedacht, dass es in *seinem* Haus spukt.«

Roz lachte, als sie davonfuhr.

6

Der Parkplatz vor dem *Poacher* war so verlassen wie zuvor, aber diesmal war es drei Uhr nachmittags, die Mittagszeit war vorüber, und die Tür war abgeschlossen. Roz klopfte an die Fensterscheibe, und als sich nichts rührte, ging sie um das Haus herum zur Küchentür. Sie war angelehnt, und von drinnen war Gesang zu hören.

»Hallo!«, rief sie. »Sergeant Hawksley?« Sie legte die Hand gegen die Tür, um sie weiter aufzustoßen, und hätte beinahe das Gleichgewicht verloren, als sie von innen mit Schwung aufgezogen wurde. »Das haben Sie mit Absicht gemacht!«, fuhr sie ihn zornig an. »Ich hätte mir den Arm brechen können.«

»Mein Gott, Weib«, sagte er mit gespieltem Ärger, »können Sie denn nicht *einmal* den Mund aufmachen, ohne zu nörgeln? Ich glaube langsam, ich habe meiner Ex-Frau Unrecht getan.« Er verschränkte die Arme. Von der einen Hand baumelte ein Fischfilet herab. »Was wollen Sie dieses Mal?«

Er hatte eine besondere Begabung dafür, sie in die Defensive zu drängen. Sie schluckte eine zornige Erwiderung hinunter. »Tut mir Leid«, sagte sie stattdessen. »Ich wäre nur beinahe hingefallen. Wie ist es, haben Sie zu tun, oder kann ich hereinkommen und mit Ihnen sprechen?« Misstrauisch forschte sie in seinem Gesicht nach Anzeichen weiterer Schäden, aber es gab nichts zu sehen, was nicht schon vorher da gewesen war.

»Ich habe zu tun.«

»Und wenn ich in einer Stunde wiederkomme? Könnten Sie dann mit mir sprechen?«

»Vielleicht.«

Sie lächelte schief. »Ich versuch's um vier noch mal.«

Er sah ihr nach, als sie wegging. »Und was tun Sie in der einen Stunde?«, rief er ihr nach.

Sie drehte sich herum. »Ich setze mich solange in meinen Wagen, denke ich. Ich habe ein paar Notizen, an denen ich arbeiten muss.«

Er schwang das Filet. »Ich mache gerade Fisch mit leicht gedünstetem Gemüse und Butterkartoffeln.«

»Freut mich für Sie«, gab sie zurück.

»Es reicht für zwei.«

Sie lächelte. »Ist das eine Einladung oder eine elegante Form der Folter?«

»Das ist eine Einladung.«

Sie kam langsam zurück. »Tatsache ist, dass ich kurz vorm Verhungern bin.«

Ein leichtes Lächeln wärmte sein Gesicht. »Und was gibt's sonst Neues?« Er führte sie in die Küche und zog einen Stuhl am Tisch heraus. Er musterte sie kritisch, während er das Gas unter einigen simmernden Pfannen höher stellte. »Sie sehen aus, als hätten sie seit Tagen keine anständige Mahlzeit mehr gehabt.«

»Stimmt.« Sie erinnerte sich, was der junge Constable gesagt hatte. »Sind Sie ein guter Koch?«

Er kehrte ihr den Rücken, ohne zu antworten, und sie bedauerte die Frage. Mit Hawksley zu sprechen verlangte beinahe so viel Fingerspitzengefühl, wie mit Olive zu sprechen. Sie konnte, so schien es, keine zwei Sätze sagen, ohne einen

Nerv zu treffen. Abgesehen von einem gedämpften Dankeschön, als er ihr ein Glas Wein einschenkte, hüllte sie sich fünf Minuten lang in unbehagliches Schweigen und fragte sich, wie sie das Gespräch beginnen sollte. Sie bezweifelte stark, dass er ihr Vorhaben, ein Buch über Olive zu schreiben, mit Begeisterung aufnehmen würde.

Er legte die Filets auf vorgewärmte Teller, umgab sie mit ganzen gebratenen Kartoffeln, gedünsteten Zuckererbsen und jungen Karotten und gab den Bratensaft aus der Pfanne dazu.

»So«, sagte er und stellte Roz einen Teller hin, augenscheinlich ohne ihr Unbehagen zu bemerken. »Das zaubert ein bisschen Farbe auf Ihre Wangen.« Er setzte sich und begann zu essen. »Nun kommen Sie schon, auf was warten Sie noch?«

»Auf Messer und Gabel.«

»Ach so!« Er zog eine Schublade im Tisch auf und schob ihr Besteck hin. »So, jetzt schlagen Sie zu und quasseln Sie beim Essen nicht. Essen soll man immer mit ungeteilter Aufmerksamkeit genießen.«

Sie brauchte keine weitere Aufforderung.

»Köstlich«, sagte sie endlich und schob ihren leeren Teller mit einem Aufatmen der Befriedigung auf die Seite. »Absolut köstlich.«

Er zog spöttisch eine Augenbraue hoch. »Wie lautet also das Urteil? Kann ich kochen oder kann ich nicht kochen?«

Sie lachte. »Sie können kochen. Darf ich Sie was fragen?«

Er füllte ihr leeres Glas. »Wenn es sein muss.«

»Wenn ich nicht gekommen wäre, hätten Sie das alles dann allein gegessen?«

»Ich hätte vielleicht bei einem Filet die Grenze gezogen.« Er schwieg. »Vielleicht aber auch nicht. Ich habe keine Reservierungen für heute Abend, und der Fisch hält sich nicht. Ich hätte sie wahrscheinlich beide gegessen.«

Sie hörte einen Anflug von Bitterkeit in seiner Stimme. »Wie lange können Sie ohne Gäste das Lokal noch offen halten?«, fragte sie unbedacht.

Er ignorierte die Frage. »Sie haben gesagt, Sie wollten mit mir reden«, erinnerte er sie. »Worüber?«

Sie nickte. Anscheinend legte er so wenig Wert darauf wie sie, in der Öffentlichkeit seine Wunden zu lecken. »Über Olive Martin«, sagte sie. »Ich schreibe ein Buch über sie. Soviel ich weiß, waren Sie einer der Beamten, die sie verhaftet haben.«

Er antwortete nicht gleich, sondern sah sie über den Rand seines Glases hinweg stumm an. »Warum ausgerechnet über Olive Martin?«

»Sie interessiert mich.« Es war unmöglich, seine Reaktion zu erkennen.

»Natürlich.« Er zuckte die Achseln. »Sie hat etwas vollkommen Grauenhaftes getan. Man müsste schon sehr unnatürlich sein, wenn man sie nicht interessant fände. Haben Sie sie kennen gelernt?«

Sie nickte.

»Und?«

»Sie gefällt mir.«

»Nur weil Sie naiv sind.« Er streckte seine Arme zur Decke, dass die Schultergelenke knackten. »Sie hatten sich innerlich gewappnet, in die Kloake hinabzusteigen, um ein Monster hochzuziehen, und haben stattdessen etwas relativ Angenehmes gefunden. In der Hinsicht ist Olive nicht ungewöhnlich. Die meisten Verbrecher sind die meiste Zeit ganz angenehm. Da können Sie jeden Vollzugsbeamten fragen. Die wissen besser als jeder sonst, dass das Strafvollzugssystem beinahe ganz auf dem guten Willen der Häftlinge beruht.« Er kniff die Augen zusammen. »Aber Olive hat zwei absolut unschuldige Frauen zu Tode gehackt. Die Tatsache, dass sie Ihnen jetzt ein menschliches Gesicht zeigt, macht das, was sie getan hat, nicht weniger schrecklich.«

»Habe ich das behauptet?«

»Sie schreiben ein Buch über sie. Selbst wenn Sie sie verurteilen, machen Sie sie zu einer Art Berühmtheit.« Er neigte sich zu ihr, und sein Ton war unfreundlich. »Aber was ist mit der Mutter und der Schwester? Worin liegt die Gerechtigkeit diesen beiden gegenüber, wenn Sie ihrer Mörderin zu der Genugtuung und dem Geld verhelfen, die es bringt, wenn über einen geschrieben wird?«

Roz senkte den Blick. »Diese Frage macht mir auch zu schaffen«, bekannte sie. »Nein, das stimmt nicht.« Sie sah auf. »Sie *hat* mir zu schaffen gemacht. Jetzt bin ich mir meiner Richtung etwas sicherer. Aber das, was Sie über die Opfer sagen, ist natürlich richtig. Es ist leicht, sich auf Olive zu konzentrieren. Sie lebt, und die beiden anderen sind tot, und die Toten wiederzuerschaffen ist schwierig. Man muss sich auf das verlassen, was andere einem erzählen, und geradeso wie ihre Wahrnehmungen zur fraglichen Zeit nicht immer zutreffend waren, sind es heute ihre Erinnerungen.« Sie seufzte. »Ich habe immer noch gewisse Vorbehalte – es hat gar keinen Sinn, etwas anderes behaupten zu wollen –, aber ich muss verstehen, was da geschehen ist, ehe ich eine Entscheidung treffen kann.« Sie drehte ihr Weinglas. »Es kann durchaus sein, dass ich naiv bin, aber man muss mich erst davon überzeugen, dass das etwas Schlechtes ist. Ich könnte mit einiger Berechtigung dagegenhalten, dass keiner, der regelmäßig in die Kloaken steigt, unbeeindruckt wieder hochkommt.«

»Was soll das heißen?« Er war belustigt.

Sie sah ihn wieder an. »Das, was Olive getan hat, schockiert Sie, aber es überrascht Sie nicht. Sie haben andere gekannt oder von anderen gewusst, die Ähnliches getan haben.«

»Und?«

»Und deshalb hat es Sie nie interessiert, *warum* sie es getan hat. Wohingegen ich in meiner Naivität« – sie hielt seinem Blick stand – »nicht nur schockiert bin, sondern auch verwundert und wissen möchte, warum sie es getan hat.«

Er runzelte die Stirn. »Das steht doch alles im Protokoll. Ich kann mich jetzt nicht an die genauen Details erinnern, aber sie war wütend, weil man ihren Geburtstag nicht gefeiert hatte, glaube ich, und drehte durch, als ihre Mutter am nächsten Tag böse wurde, weil sie ihre Schwester überreden wollte, blau zu machen. Häusliche Gewalt kommt oft wegen der trivialsten Dinge zum Ausbruch. Olives Motive waren um einiges handfester als einige andere, von denen ich weiß.«

Roz bückte sich, um ihre Aktentasche zu öffnen. »Ich habe hier eine Kopie ihrer Aussage.« Sie reichte sie ihm über den Tisch und wartete, während er sie durchlas.

»Ich sehe da Ihr Problem nicht«, sagte er endlich. »Sie sagt doch klipp und klar, warum sie es getan hat. Sie wurde wütend, hat zugeschlagen und wusste dann nicht, wie sie die Leichen verschwinden lassen sollte.«

»Das sagt sie, ja, aber das heißt nicht, dass es wahr ist. In dieser Aussage gibt es mindestens eine eklatante Lüge, vielleicht sogar zwei.« Sie klopfte mit ihrem Stift auf den Tisch. »Im ersten Absatz sagt sie, dass sie zu ihrer Mutter und ihrer Schwester nie eine enge Beziehung hatte, aber jeder, mit dem ich bisher gesprochen habe, hat das genaue Gegenteil gesagt. Sie behaupten alle, sie habe Amber abgöttisch geliebt.«

Wieder runzelte er die Stirn. »Und die andere Lüge?«

Sie beugte sich mit ihrem Stift über den Tisch und zog bei einem der mittleren Absätze eine Linie. »Sie sagt, sie habe ihnen einen Spiegel vor den Mund gehalten, um zu sehen, ob er beschlagen würde. Sie behauptet, er sei klar geblieben, und daraufhin habe sie angefangen, die Leichen zu zerstückeln.«

Sie blätterte um. »Hier steht aber, dass sich Mrs. Martin, dem Pathologen zufolge, gewehrt hat, ehe ihr die Kehle durchgeschnitten wurde. Davon sagt Olive in ihrer Aussage kein Wort.«

Er schüttelte den Kopf. »Das bedeutet gar nichts. Entweder wollte sie die ganze Geschichte aus verspätetem Schamgefühl ein bisschen schönfärben, oder sie hat die Details, die sie am wenigsten akzeptieren konnte, in ihrem Schock einfach verdrängt.«

»Und was ist mit ihrer Lüge über ihre Beziehung zu Amber? Wie wollen Sie die wegerklären?«

»Muss ich sie denn wegerklären? Ihr Geständnis war absolut freiwillig. Wir haben sie sogar warten lassen, bis ihr Anwalt kam, um jedem Verdacht, sie könnte von der Polizei genötigt worden sein, vorzubeugen.« Er leerte sein Glas. »Und Sie wollen doch nicht etwa argumentieren, dass eine Unschuldige sich zu einem solchen Verbrechen bekennen würde!«

»So etwas ist schon vorgekommen.«

»Nur, wenn tagelange polizeiliche Verhöre vorausgegangen waren. Und jedes Mal behaupten sie dann, sobald es zum Prozess kommt, unschuldig zu sein und widerrufen ihre Aussage. Olive hat das nicht getan.« Er machte ein erheitertes Gesicht. »Glauben Sie mir, sie war so erleichtert, es sich alles von der Seele reden zu können, dass sie gar nicht schnell genug gestehen konnte.«

»Wie denn? Hat sie einen Monolog gehalten, oder mussten Sie Fragen stellen?«

Er verschränkte seine Hände im Nacken. »Wenn Olive Martin sich nicht grundlegend geändert hat, werden Sie, denke ich, bereits gemerkt haben, dass sie freiwillig kaum etwas preisgibt.« Er neigte fragend den Kopf zur Seite. »Wir mussten Fragen stellen, aber sie hat sie sehr bereitwillig beantwortet.« Er machte ein nachdenkliches Gesicht. »Die meiste Zeit saß sie da und starrte uns an, als wollte sie sich unsere Gesichter auf alle Ewigkeit einprägen. Ehrlich gesagt, ich lebe in Angst und Schrecken vor dem Tag, an dem sie rauskommt und mit mir das Gleiche anstellt, was sie mit ihren Angehörigen gemacht hat.«

»Vorhin haben Sie sie als relativ angenehm beschrieben.«

Er rieb sich das Kinn. »Relativ angenehm, soweit es *Sie* angeht«, korrigierte er sie. »Aber Sie haben ein völlig unmenschliches Wesen erwartet, und deshalb fällt es Ihnen schwer, objektiv zu sein.«

Roz wollte sich nicht wieder in diese Sackgasse ziehen lassen. Sie nahm stattdessen ihren Recorder aus der Aktentasche und stellte ihn auf den Tisch. »Kann ich dieses Gespräch aufzeichnen?«

»Ich habe mich noch gar nicht einverstanden erklärt, mit Ihnen zu sprechen.« Er stand plötzlich auf und füllte den Kessel mit Wasser. »Es wäre gescheiter«, sagte er, »Sie würden Sergeant Wyatt anrufen. Er war dabei, als sie ihre Aussage gemacht hat, und er ist jetzt noch bei der Truppe. Kaffee?«

»Ja, bitte.« Er wählte einen dunklen Arabica und gab mehrere Löffel in die Kaffeekanne. »Ich möchte aber lieber mit Ihnen sprechen«, entgegnete sie ruhig. »Polizeibeamte sind berüchtigt dafür, dass man sie nie erwischt. Ich würde vielleicht Wochen brauchen, um mit ihm reden zu können. Ich werde Sie nicht zitieren, ich werde nicht einmal Ihren Namen nennen, wenn Sie es nicht wollen, und Sie können das Manuskript lesen, ehe es in Druck geht.« Sie lachte ironisch. »Immer vorausgesetzt, es kommt überhaupt so weit. Vielleicht wird mich das, was Sie zu sagen haben, davon überzeugen, dass es besser ist, das Buch nicht zu schreiben.«

Er sah sie geistesabwesend an und kratzte sich dabei an der Brust, dann entschloss er sich. »Also gut. Ich erzähle Ihnen, was ich noch in Erinnerung habe, aber Sie müssen alles überprüfen. Es ist lange her, und ich kann für mein Gedächtnis keine Garantie übernehmen. Womit fangen wir an?«

»Mit Olives Anruf bei der Polizei.«

Er wartete, bis das Wasser im Kessel kochte, dann füllte er die Kaffeekanne und stellte sie auf den Tisch. »Es war kein Notruf. Sie hat die Nummer im Telefonbuch nachgeschlagen und das Revier angerufen.« Er schüttelte den Kopf bei der Erinnerung. »Anfangs war es die reinste Farce, weil der Dienst habende Sergeant aus dem, was sie sagte, nicht schlau wurde.«

Es war Schichtende, und er zog gerade sein Jackett über, als der Dienst habende Sergeant hereinkam und ihm einen Zettel mit einer Adresse darauf gab. »Tu mir einen Gefallen, Hal, und schau da auf der Heimfahrt mal vorbei. Es ist in der Leven Road. Da kommst du ja praktisch dran vorbei. Mir hat da so eine Verrückte am Telefon was von Hühnerbeinen auf dem Küchenboden vorgeheult.« Er schnitt eine Grimasse. »Sie möchte gern, dass die Polizei sie abholt.« Er grinste. »Wahrscheinlich ist sie Vegetarierin. Und unser kulinarischer Experte bist ja du. Also sei nett und sieh da mal nach dem Rechten.«

Hawksley musterte ihn misstrauisch. »Du willst mich wohl auf den Arm nehmen?«

»Nein. Ehrenwort.« Der Sergeant lachte. »Die ist offenbar nicht ganz dicht. Diese armen Leute gibt's ja überall, seit der Staat sie auf die Straße gesetzt hat. Das Beste ist, du tust, worum sie bittet, sonst bombardiert sie uns den ganzen Abend mit Anrufen. Für dich ist es doch ein Umweg von höchstens fünf Minuten.«

Mit Augen, die vom Weinen gerötet waren, öffnete ihm Olive Martin die Tür. Sie roch durchdringend nach Schweiß, und ihre massigen Schultern waren in Verzweiflung gekrümmt. Das lose T-Shirt und ihre Hose waren so voller Blut, dass es wie ein abstraktes Muster aussah, und sein Blick registrierte es kaum. Durchaus verständlich. Er hatte ja keine Ahnung von dem Horrorszenario, das ihn erwartete.

»Detective Sergeant Hawksley«, sagte er mit einem ermutigenden Lächeln und zeigte ihr seinen Ausweis. »Sie haben das Polizeirevier angerufen.«

Sie hielt ihm die Tür auf und trat zurück. »Sie sind in der Küche.« Sie wies den Korridor hinunter. »Auf dem Boden.«

»Okay. Wir sehen uns das mal an. Wie heißen Sie denn, Schatz?«

»Olive.«

»Gut, Olive, gehen Sie vor. Schauen wir mal, was Sie so aus der Fassung gebracht hat.«

Wäre es besser gewesen, vorher zu wissen, was ihn da drinnen erwartete? Wahrscheinlich nicht. Er dachte später oft, dass er den Raum niemals hätte betreten können, wenn man ihm vorher gesagt hätte, dass er ein Schlachthaus vorfinden würde, in dem Menschen abgeschlachtet worden waren. Sprachlos vor Entsetzen starrte er zu den zerstückelten Leichen hinunter, auf die Axt, das Blut, das in Strömen über den Boden floss, und war so erschrocken, dass es ihm den Atem raubte. Es war, als drückte eine eiserne Faust auf seinen Brustkorb und quetschte ihm alle Luft aus der Lunge. Der Raum stank nach Blut. Er lehnte sich an den Türpfosten und schnappte krampfhaft ein paar Mal nach Luft, die widerlich süß roch, ehe er den Korridor hinunterrannte und sich in dem winzigen Vorgarten immer wieder erbrach.

Olive setzte sich auf die Treppe und sah ihm zu. Ihr dickes Mondgesicht war so weiß wie sein eigenes Gesicht. »Sie hätten einen Freund mitbringen sollen«, sagte sie unglücklich. »Es wäre nicht so schlimm gewesen, wenn Sie zu zweit gewesen wären.«

Er drückte sich das Taschentuch auf den Mund, als er über Funk Verstärkung anforderte. Während er sprach, behielt er sie misstrauisch im Auge und bemerkte jetzt auch das Blut, das ihre Kleidung bedeckte. Neue Übelkeit stieg in ihm hoch. Lieber Gott! Wie verrückt war diese Frau? Verrückt genug, um auch auf ihn mit einer Axt loszugehen? »Macht bloß schnell!«, rief er in das Mikrofon. »Das ist ein Notfall.« Er blieb draußen, zu ängstlich, um wieder hineinzugehen.

Sie sah ihn mit stumpfem Blick an. »Ich tu' Ihnen nichts. Sie brauchen keine Angst zu haben.«

Er wischte sich die Stirn. »Wer ist das, Olive?«

»Meine Mutter und meine Schwester.« Ihr Blick glitt zu ihren Händen. »Wir hatten Krach.«

Sein Mund war trocken vor Angst und Entsetzen. »Am besten sprechen Sie nicht darüber«, sagte er.

Tränen liefen ihr über die dicken Wangen. »Ich wollte es nicht. Wir hatten Streit. Meine Mutter war so böse auf mich. Soll ich jetzt eine Aussage machen?«

Er schüttelte den Kopf. »Das eilt nicht.«

Sie starrte ihn unverwandt an, während die Tränen in schmutzigen Streifen auf ihrem Gesicht trockneten. »Können Sie sie wegbringen, bevor mein Vater nach Hause kommt?«, fragte sie ihn nach ein, zwei Minuten. »Ich glaube, das wäre besser.«

Wieder überkam ihn Übelkeit. »Wann erwarten Sie ihn denn zurück?«

»Er hört um drei Uhr auf. Er hat einen Teilzeitjob.«

Hal sah auf seine Uhr, eine automatische Geste. Sein Verstand war betäubt. »Es ist jetzt zwanzig vor.«

Sie war sehr gefasst. »Dann könnte vielleicht ein Polizist hinfahren und ihm erklären, was passiert ist. Es wäre besser«, sagte sie wieder. Sie hörten das Heulen nahender Sirenen. »Bitte.«

Er nickte. »Ich veranlasse es. Wo arbeitet er?«

»Bei Carters Haulage. Das ist am Hafen.«

Er gab die Meldung gerade weiter, als zwei Fahrzeuge mit jaulenden Sirenen um die Ecke bogen und vor Nummer 22 anhielten. Überall in der Straße flogen die Türen auf, und neugierige Leute schauten heraus. Hal schaltete das Funkgerät aus und sah sie an. »Erledigt«, sagte er. »Sie brauchen sich wegen Ihres Vaters keine Sorgen zu machen.«

Eine Träne rann ihr über das fleckige Gesicht. »Soll ich Tee machen?«

Hal dachte an die Küche. »Lieber nicht.«

Die Sirenen schwiegen, als Polizeibeamte aus den Autos sprangen. »Es tut mir Leid, dass ich so viele Umstände mache«, sagte sie in das Schweigen.

Sie sprach danach sehr wenig, aber nur, dachte Hal bei näherer Überlegung, weil niemand mit ihr sprach. Man setzte sie unter Aufsicht einer schockierten Beamtin ins Wohnzimmer, und dort saß sie in stoischer Reglosigkeit und beobachtete durch die offene Tür das Kommen und Gehen. Wenn sie das wachsende Entsetzen um sich herum wahrnahm, so zeigte sie es nicht. Und sie zeigte auch, als die Zeit verging und die Anzeichen seelischer Empfindung aus ihrem Gesicht wichen, keinen Schmerz mehr und keine Reue über das, was sie getan hatte. Angesichts so völliger Gleichgültigkeit waren sich alle einig, dass sie verrückt sein musste.

»Aber sie hat doch vor Ihnen geweint«, unterbrach Roz. »Haben Sie auch geglaubt, sie sei verrückt?«

»Ich habe zwei Stunden mit dem Pathologen in dieser Küche verbracht und versucht, anhand der Blutspritzer auf dem Boden, dem Tisch und den Küchengeräten eine Chronologie der Ereignisse aufzustellen. Und nachdem der Fotograf da gewesen war, mussten wir wie bei einem grausigen Puzzlespiel herauszubringen versuchen, welches Glied zu welcher Frau gehörte. Natürlich habe ich sie für verrückt gehalten. Ein normaler Mensch hätte so etwas nicht tun können.«

Roz kaute auf ihrem Bleistift. »Sie weichen aus. Sie sagen im Grunde nur, dass die Tat selbst die einer Wahnsinnigen war. Aber ich habe Sie gefragt, ob Sie Olive nach dem, wie Sie sie erlebt hatten, für verrückt gehalten haben.«

»Das ist doch Haarspalterei. Für mich waren Olive Martin und die Tat untrennbar miteinander verknüpft. Ja, ich habe sie für verrückt gehalten. Darum waren wir auch so sorgfältig darauf bedacht, dass ihr Anwalt da war, als sie ihre Aussage zu Protokoll gab. Die Vorstellung, sie könnte auf Grund eines Formfehlers freikommen und dann vielleicht gerade mal zwölf Monate in einer Klinik verbringen, ehe irgendein idiotischer Psychiater sie für so weit gesund erklärte, dass sie auf freien Fuß gesetzt werden konnte, machte uns eine Heidenangst.«

»Hat es Sie dann also überrascht, als sie für prozessfähig erklärt wurde?«

»Ja«, bekannte er. »Das hat mich überrascht.«

Um sechs Uhr abends etwa wandte sich die Aufmerksamkeit Olive zu. Proben getrockneten Bluts wurden sorgfältig von ihren Armen abgenommen, und jeder ihrer Fingernägel wurde bis ins Kleinste gesäubert, ehe sie nach oben gebracht wurde, wo man ihr erlaubte, sich zu baden und umzuziehen. Alles, was sie angehabt hatte, wurde in einzelne Plastiksäcke gepackt und in ein Polizeifahrzeug verladen. Ein Inspector nahm Hal auf die Seite.

»Ich nehme an, sie hat schon zugegeben, dass sie es war.«

Hal nickte. »Mehr oder weniger.«

Wieder unterbrach ihn Roz. »Weniger ist richtig. Wenn das, was Sie vorhin erzählt haben, stimmt, hat sie überhaupt nichts zugegeben. Sie sagte, sie hätten Streit gehabt, ihre Mutter sei sehr böse geworden, und sie habe das nicht gewollt. Sie sagte nicht, sie habe sie getötet.«

Hal stimmte zu. »Das ist richtig. Aber es war doch die logische Folgerung. Darum habe ich ihr ja gesagt, sie sollte nicht darüber sprechen. Ich wollte vermeiden, dass sie hinterher behauptete, sie sei nicht auf ihre Rechte aufmerksam gemacht worden.« Er trank seinen Kaffee. »Außerdem hat sie nicht bestritten, sie getötet zu haben, und das ist doch das Erste, was ein Unschuldiger getan hätte, besonders, wenn er von oben bis unten mit ihrem Blut beschmiert gewesen wäre.«

»Aber der springende Punkt ist, dass Sie sie für schuldig gehalten haben, noch ehe Sie wussten, ob sie es tatsächlich war.«

»Sie war natürlich unsere Hauptverdächtige«, sagte er trocken.

Der Inspector wies Hal an, Olive auf die Dienststelle zu bringen. »Aber lassen Sie sie nicht reden, solange wir ihren Anwalt nicht erreicht haben. Wir machen es genau nach Vorschrift.«

Hal nickte wieder. »Sie hat einen Vater. Der wird inzwischen im Revier sein. Ich habe einen Wagen geschickt, um ihn von seiner Arbeitsstelle abholen zu lassen, aber ich weiß nicht, was man ihm gesagt hat.«

»Dann kriegen Sie das mal raus, und Sergeant, wenn er noch nichts weiß, dann bringen Sie es ihm um Gottes willen schonend bei, sonst kriegt der arme Kerl noch einen Herzinfarkt. Stellen Sie fest, ob er einen Anwalt hat und ob er bereit ist, seine Tochter durch ihn vertreten zu lassen.«

Sie legten Olive eine Decke über den Kopf, als sie sie zum

Wagen hinausführten. Eine Menge hatte sich angesammelt, angelockt von den Gerüchten über ein grausiges Verbrechen, und Fotografen schlugen sich um den besten Platz, um Aufnahmen zu machen. Olives Erscheinen wurde mit Buhrufen quittiert, und eine Frau lachte höhnisch. »Was nutzt die Decke, Jungs? Um diese fette Kuh zuzudecken, braucht ihr eine verdammte Plane. Die Beine würd' ich überall erkennen. Na, was hast du denn angestellt, Olive?«

Roz unterbrach ihn von neuem, als er in seinem Bericht einen Sprung machte und direkt auf sein Zusammentreffen mit Robert Martin auf dem Polizeirevier zu sprechen kam.

»Augenblick. Hat sie im Auto etwas gesagt?«

Er überlegte einen Moment. »Sie hat mich gefragt, ob mir ihr Kleid gefiele. Ich habe Ja gesagt.«

»Aus Höflichkeit?«

»Nein. Es war weit besser als T-Shirt und lange Hose.«

»Weil die mit Blut beschmiert gewesen waren?«

»Wahrscheinlich. Nein«, widersprach er sich und fuhr sich durch das Haar. »Weil ihr das Kleid etwas Form gab, nehme ich an. Sie sah damit weiblicher aus. Spielt das denn eine Rolle?«

Roz ignorierte die letzte Frage. »Hat sie sonst noch etwas gesagt?«

»Ich glaube, sie sagte etwas wie: ›Das ist gut. Es ist mein Lieblingskleid.‹«

»Aber in ihrer Aussage hat sie doch zu Protokoll gegeben, sie habe nach London fahren wollen. Wieso hatte sie das Kleid nicht an, als sie die Morde beging?«

Er sah sie verständnislos an. »Wahrscheinlich weil sie in Hosen nach London fahren wollte.«

»Nein«, sagte Roz eigensinnig. »Wenn das Kleid ihr Lieblingskleid war, dann hätte sie es für die Fahrt in die Stadt angezogen. Die Reise nach London hatte sie sich selbst zum Geburtstag geschenkt. Wahrscheinlich hat sie davon geträumt, am Waterloo-Bahnhof ihren Märchenprinzen zu treffen. Es wäre ihr gar nicht eingefallen, etwas anderes anzuziehen als ihre besten Sachen. Man muss eine Frau sein, um das zu verstehen.«

Er war erheitert. »Aber ich sehe jeden Tag Hunderte von jungen Frauen in sackähnlichen Hosen und schlabberigen T-Shirts herumlaufen, besonders dicke. Ich finde, sie sehen grotesk aus, aber ihnen selbst scheint es zu gefallen. Wahrscheinlich wollen sie damit demonstrieren, dass sie sich aus den herkömmlichen Schönheitsidealen nichts machen. Weshalb hätte Olive anders sein sollen?«

»Weil sie nicht der rebellische Typ war. Sie stand völlig unter der Fuchtel ihrer Mutter. Sie hat die Stellung angenommen, die ihre Mutter für angemessen hielt, und war anscheinend so wenig daran gewöhnt, allein etwas Größeres zu unternehmen, dass sie ihre Schwester bitten musste, sie zu begleiten.« Sie trommelte ungeduldig auf den Tisch. »Ich habe Recht. Ich weiß es. Wenn das mit der Fahrt nach London nicht gelogen war, hätte sie ihr gutes Kleid anhaben müssen.«

Er war nicht beeindruckt. »Aber sie war rebellisch genug, um ihre Mutter und ihre Schwester umzubringen«, bemerkte er. »Wenn sie das tun konnte, dann konnte sie ganz bestimmt in langen Hosen nach London fahren. Sie spalten schon wieder Haare. Außerdem kann es ja sein, dass sie sich umgezogen hat, um das Kleid nicht schmutzig zu machen.«

»Aber sie hatte bestimmt vor, nach London zu fahren? Haben Sie das nachgeprüft?«

»Sie hatte sich auf jeden Fall den Tag von der Arbeit freigenommen. Wir akzeptierten ihre Aussage, dass sie nach London fahren wollte, weil sie, soweit wir feststellen konnten, keinem Menschen von ihren Plänen erzählt hatte.«

»Nicht einmal ihrem Vater?«

»Wenn sie es getan hat, so konnte er sich nicht erinnern.«

Olive wartete in einem Vernehmungszimmer, während Hal mit ihrem Vater sprach. Es war ein schwieriges Gespräch. Ob es nun eingeübt war oder ein natürliches Verhaltensmuster, Robert Martin reagierte kaum auf das, was ihm gesagt wurde. Er war ein gut aussehender Mann, jedoch in der Art einer griechischen Statue; er forderte Bewunderung heraus, aber es fehlte ihm an Wärme und Ausstrahlung. Sein seltsam unbewegtes Gesicht hatte etwas Faltenloses, Zeitloses, nur seine Hände, von der Arthritis entstellt, zeigten, dass er seine mittleren Jahre hinter sich hatte. Ein-, zweimal strich er sich mit der flachen Hand über sein blondes Haar oder berührte kurz seine Krawatte, aber nach dem Ausdruck seines wie gemeißelt wirkenden Gesichts zu urteilen, hätte Hal ihn ebenso gut nach der Tageszeit gefragt haben können. Es war unmöglich von seiner Miene abzulesen, wie tief erschüttert er war, ja, ob er überhaupt erschüttert war.

»War er Ihnen sympathisch?«, fragte Roz.

»Nicht besonders. Er erinnerte mich an Olive. Bei Leuten, die ihre Gefühle nicht zeigen, weiß ich nie, woran ich bin. Da fühle ich mich nicht wohl.«

Das konnte Roz verstehen.

Hal beschränkte sich in der Darstellung der Details auf ein Minimum und teilte ihm lediglich mit, dass seine Frau und seine Tochter am Nachmittag tot in der Küche seines Hauses gefunden worden seien. Seine zweite Tochter, Olive, habe der Polizei Anlass gegeben zu glauben, dass sie die beiden Frauen getötet habe.

Robert Martin schlug die Beine übereinander und faltete

seine Hände im Schoß. »Haben Sie sie schon wegen irgendetwas unter Anklage gestellt?«

»Nein. Wir haben sie auch noch nicht vernommen.« Er beobachtete Robert Martin scharf. »Wir sind der Meinung, Sir, dass sie in Anbetracht der schweren Beschuldigungen, die möglicherweise gegen sie erhoben werden, einen Anwalt zur Seite haben sollte.«

»Natürlich. Ich bin sicher, dass mein Anwalt, Peter Crew, sofort kommen wird.« Er zog die Augenbrauen hoch. »Was sieht das Verfahren vor? Soll ich ihn anrufen?«

Die Gefasstheit des Mannes verwirrte Hal. Er wischte sich mit einer Hand über das Gesicht. »Haben Sie wirklich verstanden, was geschehen ist, Sir?«

»Ich denke ja. Gwen und Amber sind tot, und Sie glauben, dass Olive sie getötet hat.«

»Das ist nicht ganz zutreffend. Olive hat angedeutet, dass sie für ihren Tod verantwortlich sei, aber solange wir ihre Aussage nicht zu Protokoll genommen haben, kann ich nicht sagen, was man ihr genau vorwerfen wird.« Er machte eine kurze Pause. »Ich möchte es ganz klarstellen, Mr. Martin. Der Pathologe, der die Untersuchungen am Tatort gemacht hat, hatte keinen Zweifel daran, dass sowohl vor als auch nach dem Eintreten des Todes mit beträchtlicher Grausamkeit zu Werke gegangen wurde. Ich muss Ihnen leider sagen, dass wir Sie zu gegebener Zeit werden bitten müssen, die Toten zu identifizieren, und wenn Sie sie sehen, werden Sie einem möglichen Verdächtigen gegenüber vielleicht nicht mehr zur Nachsicht geneigt sein. Dies vorausgeschickt, haben Sie irgendwelche Vorbehalte dagegen, dass Ihr Anwalt Ihre Tochter Olive vertritt?«

Martin schüttelte den Kopf. »Es ist mir lieber, mit jemandem zu arbeiten, der mir bekannt ist.«

»Es könnte aber einen Interessenkonflikt geben. Haben Sie das in Betracht gezogen?«

»In welcher Hinsicht?«

»Auf die Gefahr hin, dass ich mich wiederhole, Sir«, sagte Hal kalt, »Ihre Frau und Ihre Tochter sind auf brutale Weise getötet worden. Ich denke, Sie werden doch wollen, dass der Täter strafrechtlich verfolgt wird?« Er zog fragend eine Augenbraue hoch, und Martin nickte. »Dann werden Sie vielleicht einen eigenen Anwalt haben wollen, um sicherzustellen, dass die Staatsanwaltschaft die Sache zu Ihrer Befriedigung vorantreibt. Aber wenn Ihr Anwalt bereits Ihre Tochter vertritt, kann er Sie nicht vertreten, weil sich dann Ihre Interessen mit denen Ihrer Tochter im Konflikt befinden.«

»Aber doch nicht, wenn sie unschuldig ist.« Martin zog die Bügelfalte seines rechten Hosenbeins gerade. »Was Olive möglicherweise angedeutet hat, macht mir nun wirklich keine Sorgen, Sergeant Hawksley. Für mich existiert kein Interessenkonflikt. Ihre Schuldlosigkeit nachzuweisen und mich in meinem Begehren nach einem zügigen Vorgehen der Staatsanwaltschaft zu vertreten, kann von ein und demselben Anwalt erledigt werden. Wenn Sie mir jetzt Ihr Telefon zur Verfügung stellen würden, werde ich gleich Peter Crew anrufen, und danach werden Sie mir vielleicht gestatten, mit meiner Tochter zu sprechen.«

Hal schüttelte den Kopf. »Tut mir Leid, Sir, aber das geht erst, wenn wir ihre Aussage zu Protokoll genommen haben. Auch Sie müssen eine Aussage machen. Sie werden vielleicht die Genehmigung erhalten, danach mit ihr zu sprechen, aber im Augenblick kann ich das nicht garantieren.«

»Und das«, sagte er, als er sich an jenen Augenblick erinnerte, »war das einzige Mal, dass er eine Gefühlsregung gezeigt hat. Er sah richtig fassungslos aus, aber ob aus dem Grund, weil ich ihm das Gespräch mit seiner Tochter verweigert hatte oder weil ich ihm gesagt hatte, dass er auch eine Aussage machen müsste, weiß ich nicht.« Er überlegte einen Moment. »Es muss die Verweigerung des Gesprächs gewesen sein. Wir haben jede Minute seines Tagesablaufs unter die Lupe genommen, und er ist aus dieser Prüfung mit einer blütenweißen Weste hervorgegangen. Er saß in einem Großraumbüro mit fünf anderen Personen zusammen, und abgesehen von einem gelegentlichen Ausflug zur Toilette hatte ihn die ganze Zeit jemand im Auge. Es war rein zeitlich gar nicht möglich für ihn, nach Hause zu fahren.«

»Aber Sie haben ihn verdächtigt?«

»Ja.«

Roz sah ihn interessiert an. »Trotz Olives Geständnis?«

Er nickte. »Er war die ganze Zeit so verdammt kaltblütig. Nicht einmal als er die Leichen identifizieren musste, hat er mit der Wimper gezuckt.«

Roz überlegte einen Moment. »Es gab noch einen anderen Interessenkonflikt, den Sie offenbar nicht in Betracht gezogen haben.« Sie kaute wieder auf ihrem Stift. »Wenn Robert Martin der Mörder war, könnte er sich seines Anwalts bedient haben, um Olive zu einem Geständnis zu bringen. Peter Crew macht kein Geheimnis aus seiner Abneigung gegen sie. Ich glaube, er bedauert es, dass die Todesstrafe abgeschafft worden ist.«

Hal verschränkte die Arme und lächelte amüsiert. »Sie müssen sehr vorsichtig sein, wenn Sie vorhaben sollten, derartige Behauptungen in Ihrem Buch zu bringen, Miss Leigh. Anwälte müssen ihre Mandanten nicht mögen, sie müssen sie nur vertreten. Wie dem auch sei, Robert Martin war sehr schnell aus dem Rennen. Wir zogen die Möglichkeit in Erwägung, dass er Gwen und Amber Martin getötet hatte, bevor er zur Arbeit ging, und Olive dann die Leichen entfernen wollte, um ihn zu schützen, aber diese Rechnung ging nicht auf. Er hatte auch für diese Zeit ein Alibi. Eine Nachbarin hatte ihren Mann, der zur Arbeit ging, wenige Minuten, bevor Martin ebenfalls ging, hinausbegleitet. Amber und Gwen waren zu diesem Zeitpunkt noch am Leben. Sie hat mit ihnen gesprochen. Sie erinnerte sich, Amber gefragt zu haben, wie es ihr bei Glitzy gefiel. Sie winkten, als Robert Martin wegfuhr.«

»Er kann um die Ecke gefahren und zurückgekommen sein.«

»Er ist um halb neun zu Hause weggefahren und war um neun an seinem Arbeitsplatz. Wir haben den Weg abgefahren. Man brauchte eine halbe Stunde.« Er zuckte die Achseln. »Wie ich schon gesagt habe, er hatte eine blütenweiße Weste.«

»Und mittags? Hätte er da vielleicht nach Hause fahren können?«

»Er war mit zwei Männern aus seinem Büro im Pub nebenan und hat ein Bier getrunken und ein Brot gegessen.«

»Okay. Erzählen Sie weiter.« Aber viel mehr gab es nicht zu erzählen. Trotz Crews Empfehlung zu schweigen, erklärte sich Olive bereit, die Fragen der Polizei zu beantworten, und um halb zehn Uhr abends, nachdem sie ihre Erleichterung darüber zum Ausdruck gebracht hatte, sich nun von der Last befreit zu haben, unterzeichnete sie das Protokoll ihrer Aussage und wurde in aller Form des Mordes an ihrer Mutter und ihrer Schwester beschuldigt.

Nachdem sie am folgenden Morgen in Untersuchungshaft genommen worden war, wurde Hal Hawksley und Geoff Wyatt die Aufgabe übertragen, das Beweismaterial, auf das sich die Polizei beim Prozess stützen wollte, im Detail zu sichten und zu ordnen. Im Grunde ging es nur um ein Kollationieren der pathologischen, forensischen und polizeilichen Befunde, die alle Fakten bestätigten, wie Olive sie in ihrer Aussage zu Protokoll gegeben hatte. Nämlich dass sie, allein handelnd, am Morgen des 9. September 1987 ihre Mutter und ihre Schwester getötet hatte, indem sie ihnen die Kehlen mit einem Tranchiermesser durchgeschnitten hatte.

7

Es blieb lange still. Hal legte seine Hände flach auf den geschrubbten Holztisch und stemmte sich in die Höhe. »Noch einen Kaffee?« Er sah zu ihr hinüber. Sie schrieb eifrig in ihren Block. »Noch einen Kaffee?«, wiederholte er.

»Hmm. Schwarz, ohne Zucker.« Ohne aufzublicken, schrieb sie weiter.

»Sehr wohl, gnädige Frau. Lassen Sie sich von mir nur nicht stören, gnädige Frau. Ich bin ja nur der Hausdiener.«

Roz lachte. »Entschuldigen Sie. Ja, bitte. Ich nehme gern noch einen Kaffee. Haben Sie nur noch einen Moment Geduld mit mir. Ich hab' noch ein paar Fragen, aber ich möchte sie schnell aufschreiben, solange ich das hier noch frisch im Gedächtnis habe.«

Er betrachtete sie beim Schreiben. Botticellis *Venus* hatte er beim erstenmal gedacht, als er sie gesehen hatte, aber sie war zu mager für seinen Geschmack; sie wog bestimmt kaum mehr als 45 Kilo und war gut einen Meter fünfundsechzig groß. Ein tolles Mannequin natürlich, aber da war nichts Weiches, an das man sich anschmiegen konnte, nichts Tröstendes an dem straffen, angespannten Körper. Er überlegte, ob ihre Schlankheit gewollt war oder ob sie einfach ein nervöser Typ war. Das letztere, dachte er. Sie war, wenn ihr Feldzug für Olive Martin ein Zeichen war, offenbar eine Frau, die zur Besessenheit neigte. Er stellte ihr eine frische Tasse Kaffee hin, blieb aber selbst stehen, die eigene Tasse in beiden Händen haltend.

»Okay«, sagte sie und blätterte zurück. »Fangen wir mit der Küche an. Sie sagen, die forensischen Befunde decken sich mit Olives Aussage, dass sie allein gehandelt hat. Inwiefern?«

Er dachte zurück. »Sie müssen sich den Raum vorstellen. Es war ein Schlachthaus, und jedes Mal, wenn sie sich bewegte, hinterließ sie Fußabdrücke im gerinnenden Blut. Wir haben jeden einzelnen fotografiert, und sie stammten alle von ihr, auch die blutigen Abdrücke der Schuhe auf dem Teppich im Flur.« Er zuckte die Achseln. »Die meisten glatten Flächen waren außerdem voll blutiger Hand- und Fingerabdrücke von ihr. Ich muss zugeben, dass wir auch andere Fingerabdrücke gefunden haben, darunter etwa drei, bei denen wir nie feststellen konnten, von wem sie stammten. Aber so etwas ist in einer Küche zu erwarten. Der Gasmann, der Elektriker, vielleicht der Installateur. Sie waren nicht blutig, deshalb neigten wir zu der Auffassung, dass sie aus der Zeit vor den Morden stammten.«

»Und die Axt und das Messer?«, fragte Roz. »Darauf waren wohl nur ihre Abdrücke festzustellen?«

»Nein. Die Waffen waren so blutverschmiert, dass wir überhaupt keine Abdrücke sichern konnten.« Er lachte leise, als er ihr plötzliches Interesse sah. »Sie machen sich Illusionen. Nasses Blut ist glitschiges Zeug. Es wäre sehr erstaunlich gewesen, wenn wir gute Abdrücke gefunden hätten. Auf dem Nudelholz waren drei, alle von ihr.«

Sie machte sich eine Notiz. »Ich wusste gar nicht, dass man sie auf unpoliertem Holz feststellen kann.«

»Es war aus Glas, bestimmt sechzig Zentimeter lang, ein massives Ding. Ich glaube, wenn uns überhaupt etwas gewundert hat, dann die Tatsache, dass die Schläge mit dem

Nudelholz Gwen und Amber nicht getötet hatten. Sie waren beide zierliche Frauen. Eigentlich hätten ihre Schädel zertrümmert sein müssen.« Er trank von seinem Kaffee. »Dass es nicht so war, verlieh ihrer Aussage, sie hätte nur leicht zugeschlagen, um die beiden zum Schweigen zu bringen, Glaubwürdigkeit. Wir hatten schon Angst, sie würde das zu ihrer Verteidigung vorbringen, um die Anklage von Mord auf Totschlag zu reduzieren, und behaupten, sie hätte ihnen die Kehlen nur deshalb durchgeschnitten, weil sie glaubte, sie seien schon tot, und in ihrer Panik versuchen wollte, sie zu zerstückeln. Wenn sie dann hätte zeigen können, dass die Schläge mit dem Nudelholz mit sehr wenig Wucht ausgeführt worden waren – nun, dann hätte sie vielleicht die Geschworenen davon überzeugen können, dass die ganze Sache nur ein makabrer Unglücksfall war. Das wäre übrigens ein guter Grund, warum sie die Gegenwehr ihrer Mutter nicht erwähnt hat. Wir haben ihr da ziemlich zugesetzt, aber sie behauptete hartnäckig, der Spiegel sei klar geblieben, und das habe bedeutet, dass sie tot gewesen seien.« Er zog ein Gesicht. »Ich verbrachte also zwei sehr unangenehme Tage mit dem Pathologen und den Leichen, in denen wir Schritt für Schritt rekonstruiert haben, was tatsächlich passiert war. Wir fanden genug Indizien für die Gegenwehr Gwen Martins, um Anklage wegen Mordes zu erheben. Die arme Frau. Ihre Hände und Arme waren buchstäblich in Fetzen geschnitten von den Schlägen, die sie abzuwehren versucht hatte.«

Roz starrte einige Minuten lang schweigend in ihren Kaffee. »Olive war neulich sehr nett zu mir. Ich kann mir nicht vorstellen, dass sie so etwas getan haben soll.«

»Sie haben sie nie in Wut gesehen. Vielleicht würden Sie anders denken, wenn Sie einmal einen Wutanfall miterlebt hätten.«

»Haben Sie denn mal einen miterlebt?«

»Nein«, gab er zu.

»Also, sogar eine solche Vorstellung fällt mir schwer. Ich nehme an, sie hat vor allem in den letzten sechs Jahren stark zugenommen, aber sie war immer schwer und behäbig. Es sind aber die ewig angespannten, ungeduldigen Menschen, die zum Jähzorn neigen.« Sie sah seine Skepsis und lachte. »Ich weiß, ich weiß, Amateurpsychologie schlimmster Sorte. Nur noch zwei Fragen, dann lasse ich Sie in Frieden. Was ist aus den Kleidern von Gwen und Amber geworden?«

»Sie hat sie in einem dieser zylindrischen Müllbrenner im Garten verbrannt. Wir haben aus der Asche noch ein paar Fetzen gerettet, die Martins Beschreibungen von den Kleidern entsprachen, die die Frauen am Morgen angehabt hatten.«

»Warum hat sie das getan?«

»Vermutlich um sie loszuwerden.«

»Sie haben sie nicht danach gefragt?«

Er runzelte die Stirn. »Doch, ich bin sicher, wir haben gefragt. Aber ich kann mich jetzt nicht mehr erinnern.«

»In ihrer Aussage steht nichts vom Verbrennen der Kleider.«

Er senkte den Kopf, um nachzudenken, und drückte Daumen und Zeigefinger auf seine Augenlider. »Wir haben sie gefragt, warum sie sie ausgezogen hatte«, murmelte er, »und sie sagte, sie hätten nackt sein müssen, weil sie sonst die Gelenke nicht gesehen hätte und die Schnitte nicht an den richtigen Stellen hätte machen können. Ich glaube, Geoff hat sie gefragt, was sie mit den Kleidern getan hat.« Er schwieg.

»Und?«

Er blickte auf und rieb sich nachdenklich das Kinn. »Ich glaube, sie hat gar keine Antwort darauf gegeben. Wenn doch, kann ich mich nicht erinnern. Ich habe das Gefühl, dass die Information von den Kleiderfetzen im Müllbrenner am nächsten Morgen hereinkam, als der Garten gründlich durchsucht wurde.«

»Und da haben Sie sie dann gefragt?«

Er schüttelte den Kopf. »Ich nicht, aber ich könnte mir denken, dass Geoff gefragt hat. Gwen hatte eine geblümte Kittelschürze aus Nylon, die über einem Klumpen Wolle und Baumwolle zusammengeschmolzen war. Wir mussten die Materialien erst auseinander klauben, aber es war genug da, was noch zu erkennen war. Martin identifizierte die Reste, und die Nachbarin ebenfalls.« Er stach mit einem Finger in die Luft. »Ein paar Knöpfe waren auch noch da. Die erkannte Martin sofort. Sie waren von dem Kleid, das seine Frau angehabt hatte.«

»Aber hat es Sie denn nicht gewundert, dass Olive damit Zeit verschwendet hat, die Kleider zu verbrennen? Sie hätte sie doch einfach zu den Leichen in den Koffer stecken und ins Meer werfen können.«

»Also, am Nachmittag hat der Müllbrenner nicht gebrannt; das wäre uns aufgefallen. Folglich muss sie die Kleider wohl ganz am Anfang verbrannt haben. Da hat sie das sicherlich nicht als Zeitverschwendung gesehen, denn da glaubte sie ja wahrscheinlich noch, das Zerstückeln der beiden Leichen sei eine relativ einfache Angelegenheit. Verstehen Sie doch, sie wollte sich aller belastenden Beweise entledigen. Dass sie dann den Kopf verloren und uns geholt hat, hatte nur einen einzigen Grund: Sie wusste, dass ihr Vater bald nach Hause kommen würde. Wenn die drei Frauen allein in dem Haus gelebt hätten, dann hätte sie ihren Plan ohne weiteres durchführen können, und wir hätten dann schauen können, wie wir ein paar Leichenteile, die irgendwo im Meer vor Southampton aufgetaucht wären, identifizieren. Man hätte ihr vielleicht nie etwas nachweisen können.«

»Das bezweifle ich. Die Nachbarn waren doch nicht dumm. Die wären argwöhnisch geworden, wenn sie Gwen und Amber nicht mehr gesehen hätten.«

»Das ist wahr«, sagte er. »Und was wollten Sie noch fragen?«

»Haben Sie an Olives Händen und Armen viele Kratzer von dem Kampf mit Gwen festgestellt?«

Er schüttelte den Kopf. »Keine. Sie hatte ein paar blaue Flecken, aber keinen einzigen Kratzer.«

Roz starrte ihn an. »Und das fanden Sie nicht merkwürdig? Sie haben gesagt, Gwen habe um ihr Leben gekämpft.«

»Sie hatte nichts, womit sie hätte kratzen können«, erklärte er beinahe entschuldigend. »Ihre Fingernägel waren bis zum Fleisch heruntergebissen. Ich fand das bei einer Frau ihres Alters ziemlich erbärmlich. Sie konnte nur Olives Handgelenke packen und versuchen, das Messer von sich abzuhalten. Daher kamen die blauen Flecke. Tiefe Druckstellen von Fingern. Wir haben sie fotografiert.«

Mit einer abrupten Bewegung schob Roz ihre Papiere zusammen und steckte sie in ihre Aktentasche. »Tja, dann ist für Zweifel nicht viel Platz, nicht wahr?«, sagte sie und nahm ihre Kaffeetasse.

»Überhaupt keiner. Und es hätte keinen Unterschied gemacht, wenn sie den Mund gehalten oder behauptet hätte, nicht schuldig zu sein. Sie wäre trotzdem verurteilt worden. Die Beweise gegen sie waren überwältigend. Selbst ihr Vater musste das schließlich akzeptieren. Er hat mir damals sehr Leid getan. Er wurde über Nacht ein alter Mann.«

Roz blickte auf den Recorder hinunter, der immer noch lief. »Hatte er sie sehr gern?«

»Das weiß ich nicht. Er war der verschlossenste Mensch, der mir je begegnet ist. Ich hatte den Eindruck, er hatte keine von ihnen gern«, er zuckte die Achseln, »aber die Tatsache, dass Olive schuldig war, hat ihm offensichtlich sehr zugesetzt.«

Sie trank ihren Kaffee aus. »Die Obduktion hat vermutlich gezeigt, dass Amber im Alter von dreizehn Jahren ein Kind bekommen hatte?«

Er nickte.

»Sind Sie dem nachgegangen? Haben Sie versucht, das Kind ausfindig zu machen?«

»Dazu sahen wir keinen Anlass. Das war acht Jahre her. Es war wenig wahrscheinlich, dass diese Geschichte mit den Morden etwas zu tun hatte.«

Er wartete, aber sie sagte nichts. »Und nun? Werden Sie an dem Buch weiterarbeiten?«

»O ja«, antwortete sie.

Er machte ein erstauntes Gesicht. »Warum?«

»Weil die Anzahl der Widersprüche jetzt noch größer geworden ist.« Sie hielt ihre Finger in die Höhe und zählte ab. »Warum hat sie so sehr geweint, als sie bei Ihrer Dienststelle anrief, dass der Beamte nicht verstehen konnte, was sie wollte? Warum hat sie die Kleider verbrannt? Warum glaubte ihr Vater, sie sei unschuldig? Warum war er über den Tod seiner Frau und Ambers nicht erschüttert? Warum hat sie gesagt, sie habe Amber nicht gemocht? Warum hat sie von dem Kampf mit ihrer Mutter nichts gesagt, wenn sie sich sowieso schuldig bekennen wollte? Warum waren die Schläge mit dem Nudelholz so relativ leicht? Warum? Warum? Warum?« Sie ließ die Hände sinken. »Kann ja sein, dass das alles Irrlichter sind, denen ich hinterherjage, aber ich werde das Gefühl nicht los, dass da etwas nicht stimmt. Vielleicht kann ich einfach Ihre Überzeugung und die ihres Anwalts, dass sie verrückt war, nicht mit den Beurteilungen von fünf Psychiatern in Einklang bringen, die sie alle für normal erklärt haben.«

Er sah sie ein paar Minuten lang schweigend an. »Sie haben mich eben beschuldigt, von vornherein angenommen zu haben, dass sie schuldig ist, aber Sie tun etwas, das eigentlich noch schlimmer ist. Sie setzen den Tatsachen zum *Trotz* ihre Unschuld voraus. Angenommen, es gelingt Ihnen, mit diesem Buch Unterstützung für sie zu mobilisieren – und so wie unser Rechtssystem im Augenblick wackelt, ist das nicht so unwahrscheinlich, wie es vielleicht sein sollte –, denken Sie sich denn gar nichts dabei, einem Menschen wie ihr zur Rückkehr in die Gesellschaft zu verhelfen?«

»Überhaupt nichts, wenn sie unschuldig ist.«

»Und wenn sie es nicht ist und Sie ihr trotzdem raushelfen?«

»Dann ist das Recht ein Witz.«

»Gut. Wenn sie es nicht war, wer war's dann?«

»Jemand, den sie geliebt hat.« Sie schaltete den Recorder aus. »Alles andere ergibt keinen Sinn.« Sie packte den Recorder ein und stand auf. »Es war sehr nett von Ihnen, sich so lange mit mir zu unterhalten. Vielen Dank und vielen Dank auch für das Mittagessen.« Sie bot ihm die Hand.

Er nahm sie mit ernster Miene. »Es war mir ein Vergnügen, Miss Leigh.« Ihre Finger, die weich und warm in den seinen lagen, zuckten nervös, als er ihre Hand zu lange hielt, und er hatte den Eindruck, dass sie plötzlich Angst vor ihm hatte. Wahrscheinlich war es am besten so. Diese Frau konnte nur Ärger bedeuten.

Sie ging zur Tür. »Auf Wiedersehen, Sergeant Hawksley. Ich hoffe, Ihre Geschäfte gehen bald besser.«

Er antwortete mit einem bitteren Lächeln. »Bestimmt. Das ist nur eine vorübergehende Flaute, da bin ich ganz sicher.«

»Gut.« Sie blieb stehen. »Ach, eine letzte Frage habe ich noch. Robert Martin hat Ihnen doch gesagt, er hielte es für wahrscheinlicher, dass Gwen Amber geschlagen hat und Olive dann, um ihre Schwester zu verteidigen, ihre Mutter getötet habe. Warum haben Sie diese Möglichkeit verworfen?«

»Sie war nicht zu halten. Der Pathologe stellte fest, dass beiden Frauen von derselben Hand die Kehle durchgeschnitten worden war. Größe, Tiefe und Lage der Verletzungen sprachen eindeutig für ein und denselben Täter. Gwen Martin kämpfte nicht nur für sich, wissen Sie, sie hat auch für Amber gekämpft. Olive ist absolut unbarmherzig. Sie wären sehr töricht, wenn Sie das vergessen.« Er lächelte wieder, aber das Lächeln erreichte seine Augen nicht. »Wenn Sie auf mich hören, würden Sie die Sache ad acta legen.«

Roz zuckte die Achseln. »Wissen Sie was, Sergeant«, sie machte eine Geste zum Restaurant hin, »Sie kümmern sich um Ihre Angelegenheiten – und ich mich um meine.«

Er lauschte dem Klappern ihrer Absätze, als sie durch die Gasse hinter dem Haus davonging, dann griff er zum Telefon und wählte. »Geoff«, blaffte er in die Muschel, »komm doch eben vorbei, ja? Wir müssen uns unterhalten.« Sein Blick wurde hart, als er der Stimme am anderen Ende zuhörte. »Was heißt hier, es ist nicht dein Problem! Ich lass mich nicht so einfach zum Sündenbock machen!«

Roz sah auf ihre Uhr, als sie abfuhr. Es war halb fünf. Wenn sie schnell machte, erwischte sie vielleicht Peter Crew noch, ehe er nach Hause ging. Sie fand einen Parkplatz im Zentrum von Southampton und erreichte die Kanzlei genau in dem Moment, als er ging.

»Mr. Crew!«, rief sie und lief ihm nach.

Er drehte sich mit seinem falschen Lächeln um und machte ein finsteres Gesicht, als er sah, wer es war. »Ich habe jetzt keine Zeit, mich mit Ihnen zu unterhalten, Miss Leigh. Ich habe einen Termin.«

»Dann lassen Sie mich Sie begleiten«, drängte sie atemlos. »Ich werde Sie nicht aufhalten.«

Er nickte zustimmend und setzte sich wieder in Bewegung.

Das Haar seines Toupets wippte im Takt mit seinen Schritten. »Mein Wagen ist nicht weit.«

Roz vergeudete keine Zeit mit Höflichkeitsfloskeln. »Wenn ich recht unterrichtet bin, hat Mr. Martin sein Vermögen Ambers unehelichem Sohn hinterlassen. Man hat mir gesagt«, sie dehnte die Wahrheit wie ein Gummiband, »dass eine Familie namens Brown ihn adoptiert hat, die mittlerweile nach Australien ausgewandert ist. Können Sie mir sagen, ob Sie bei Ihren Bemühungen, ihn zu finden, Fortschritte gemacht haben?«

Peter Crew warf ihr einen gereizten Blick zu. »Woher wissen Sie denn das?«, sagte er kurz und ärgerlich. »Hat jemand aus meiner Kanzlei geschwatzt?«

»Nein«, versicherte sie. »Ich habe das aus einer unabhängigen Quelle.«

Er kniff die Augen zusammen. »Es fällt mir schwer, Ihnen das zu glauben, Miss Leigh. Darf ich fragen, wer diese Quelle ist?«

Roz lächelte freundlich. »Jemand, der Amber zu der Zeit kannte, als das Kind zur Welt kam.«

»Woher wusste diese Person den Namen?«

»Ich habe keine Ahnung.«

»Robert hätte gewiss nicht darüber gesprochen«, murmelte er. »Es gibt Vorschriften über die Suche nach adoptierten Kindern, die ihm gut bekannt waren, aber selbst wenn das nicht so gewesen wäre, hätte er auf unbedingte Geheimhaltung gedrungen. Das war ihm ein großes Anliegen. Er wollte keinerlei Publicity, falls das Kind gefunden werden sollte. Dem Jungen hätte sonst das Stigma der Morde sein Leben lang angehaftet.« Er schüttelte den Kopf. »Ich muss Sie dringend bitten, Miss Leigh, diese Information für sich zu behalten. Es wäre unverantwortlich, sie zu veröffentlichen. Es könnte die ganze Zukunft des Jungen ruinieren.«

»Sie haben wirklich einen ganz falschen Eindruck von mir«, sagte Roz milde. »Ich gehe mit größter Sorgfalt an meine Arbeit heran, und es geht mir nicht darum, andere bloßzustellen.«

Er bog um eine Ecke. »Nun, ich warne Sie auf jeden Fall, junge Frau. Ich werde nicht zögern, eine einstweilige Verfügung gegen Ihr Buch zu erwirken, wenn ich das für berechtigt halten sollte.« Ein Windstoß lupfte das Toupet, und er drückte es mit der Hand hinunter wie einen Hut.

Roz, die ein, zwei Schritte hinter ihm war, rannte, um ihn wieder einzuholen. »Einverstanden«, sagte sie, ihr Gelächter unterdrückend. »Könnten Sie dann jetzt auf dieser Basis meine Frage beantworten? Haben Sie ihn schon gefunden? Sind Sie ihm auf der Spur?«

Er marschierte stur weiter. »Ich möchte Sie wirklich nicht vor den Kopf stoßen, Miss Leigh, aber ich sehe nicht, inwiefern diese Information Ihnen von Nutzen sein sollte. Wir sind doch eben übereingekommen, dass Sie sie nicht veröffentlichen werden.«

Sie beschloss, ihm reinen Wein einzuschenken. »Olive weiß alles über ihn. Sie weiß, dass ihr Vater ihm sein Geld hinterlassen hat, und sie weiß, dass Sie ihn suchen.« Sie hob abwehrend die Hände, als sie sein verärgertes Gesicht sah. »Nicht von mir, Mr. Crew. Sie ist sehr scharfsinnig, und das, was sie sich nicht selbst schon zusammengereimt hatte, hat sie durch den Zuchthausklatsch erfahren. Sie sagte, ihr Vater würde sein Vermögen nach Möglichkeit immer jemandem aus der Familie hinterlassen. Es bedurfte also keiner besonderen Kombinationsgabe, sich auszurechnen, dass er versuchen würde, Ambers Kind ausfindig zu machen. Wie dem auch sei, ihr scheint es wichtig zu wissen, ob Sie Erfolg hatten oder nicht. Ich hoffte, Sie würden mir etwas sagen können, das ihr Gewissheit gibt.«

Er blieb abrupt stehen. »Möchte sie denn, dass er gefunden wird?«

»Das weiß ich nicht.«

»Hm. Vielleicht glaubt sie, dass sie das Geld erben wird, wenn der rechtmäßige Erbe nicht gefunden werden kann?«

Roz zeigte ihre Überraschung. »Ich glaube nicht, dass ihr der Gedanke je gekommen ist. Das wäre doch sowieso nicht möglich, nicht wahr? Darauf haben Sie mich doch bereits hingewiesen.«

Crew ging weiter. »Robert wollte gar nicht, dass Olive im Unklaren gelassen wird. Seine einzige Anweisung lautete, ihr unnötigen Kummer zu ersparen. Es war vielleicht ein Irrtum, aber ich nahm an, Gewissheit über die Testamentsbedingungen würde ihr in der Tat Kummer bereiten. Aber wenn sie sie bereits kennt – nun, Sie können das mir überlassen. War sonst noch etwas?«

»Ja. Hat Robert Martin seine Tochter je im Zuchthaus besucht?«

»Nein. So Leid es mir tut, das sagen zu müssen, er hat, nachdem man sie wegen Mordes unter Anklage gestellt hatte, nie wieder mit ihr gesprochen.«

Roz hielt ihn am Arm fest. »Aber er hielt sie doch für unschuldig«, protestierte sie mit einiger Entrüstung, »und er hat ihre Anwalts- und Prozesskosten bezahlt. Warum hat er sie nicht besucht? Das war doch sehr grausam, finden Sie nicht?«

Crews Augen blitzten scharf auf. »Sehr grausam, ja«, stimmte er zu, »aber nicht von Robert. Olive hat sich geweigert, ihn zu sehen. Das hat ihn in den Tod getrieben, was meiner Ansicht nach von Anfang an ihre Absicht war.«

Roz runzelte unmutig die Stirn. »Unsere Ansichten über Olive Martin sind sehr unterschiedlich, Mr. Crew. Ich habe sie nur von ihrer freundlichen Seite kennen gelernt.« Die Falten auf ihrer Stirn vertieften sich. »Sie hat doch gewusst, dass er sie sehen wollte, nehme ich an.«

»Aber selbstverständlich. Als Zeuge der Anklage musste er beim Innenministerium eine Sondergenehmigung einholen, obwohl sie seine Tochter war. Wenn Sie sich mit dem Innenministerium in Verbindung setzen, wird man Ihnen das bestätigen.«

Erneut setzte er sich in Bewegung, und wieder musste Roz laufen, um mit ihm Schritt zu halten.

»Was ist mit den Widersprüchen, die ihre Aussage enthält, Mr. Crew? Haben Sie sie danach je gefragt?«

»Was für Widersprüche?«

»Nun, zum Beispiel die Tatsache, dass sie nirgends den Kampf mit ihrer Mutter erwähnt, sondern behauptet, Gwen und Amber seien schon tot gewesen, ehe sie anfing sie zu zerstückeln.«

Ungeduldig sah er auf seine Uhr. »Sie hat gelogen.«

Wieder fasste Roz ihn beim Arm und zwang ihn stehen zu bleiben. »Sie waren ihr Anwalt!«, rief sie ärgerlich. »Sie hatten eine Pflicht, ihr zu glauben.«

»Seien Sie nicht naiv, Miss Leigh. Ich hatte die Pflicht, sie zu *vertreten.*« Er schüttelte sich los. »Wenn Rechtsanwälte alles glauben müssten, was ihre Mandanten ihnen erzählen, gäbe es weniger oder keinen Raum mehr für eine Vertretung vor Gericht.« Er kniff die Lippen zusammen. »Aber ich habe ihr geglaubt. Sie sagte, sie habe sie getötet, und das habe ich für bare Münze genommen. Obwohl ich ihr immer wieder riet, nichts zu sagen, bestand sie darauf, ihr Geständnis abzulegen.« Sein Blick bohrte sich in den ihren. »Wollen Sie mir sagen, dass sie die Morde jetzt bestreitet?«

»Nein«, gab Roz zu. »Aber ich glaube nicht, dass die Version, die sie der Polizei aufgetischt hat, die richtige ist.«

Er musterte sie einen Moment. »Haben Sie mit Graham Deedes gesprochen?« Sie nickte. »Und?«

»Er stimmt mit Ihnen überein.«

»Mit der Polizei?«

Sie nickte wieder. »Mit einem der Beamten. Er stimmt ebenfalls mit Ihnen überein.«

»Und sagt Ihnen das gar nichts?«

»Im Grunde nicht, nein. Deedes ist von Ihnen instruiert worden und hat nicht ein einziges Mal mit ihr gesprochen, und die Polizei hat sich schon früher getäuscht.« Sie strich sich eine rote Locke aus dem Gesicht. »Leider besitze ich nicht Ihr Vertrauen in die britische Justiz.«

»Offensichtlich nicht.« Crew lächelte kalt. »Aber Ihre Skepsis ist diesmal fehl am Platz. Guten Tag, Miss Leigh.«

Er eilte durch die windige Straße davon, eine Hand auf das absurde Toupet gedrückt, und seine Mantelzipfel schlugen ihm um die langen Beine. Er war eine komische Figur, aber Roz war nicht zum Lachen zumute. Trotz seiner idiotischen Manieriertheit strahlte er eine gewisse Würde aus.

Von einer öffentlichen Zelle aus rief sie im Kloster St. Angela an, aber es war nach fünf, und die Frau, die sich meldete, teilte ihr mit, Schwester Bridget sei bereits nach Hause gegangen. Sie rief bei der Auskunft an, um sich die Nummer des Referats für Gesundheit und Sozialversicherung in Dawlington geben zu lassen, aber als sie es dort versuchte, meldete sich niemand. Die Behörde hatte wohl bereits geschlossen. Als sie wieder in ihrem Wagen saß, machte sie sich einen provisorischen Plan für den folgenden Vormittag und blieb dann eine Weile mit dem Block auf dem Lenkrad sitzen, um das Gespräch mit Crew noch einmal Revue passieren zu lassen. Doch sie konnte sich nicht konzentrieren. Ihre Gedanken schweiften immer wieder zu Hal Hawksley in der Küche des *Poacher*.

Er hatte eine beunruhigende Art, ihr in die Augen zu sehen, wenn sie es gerade gar nicht erwartete, und jedes Mal durchzuckte es sie wie ein Blitz. Sie hatte geglaubt, das Bild von den schwachen Knien sei eine Erfindung der Autorinnen von Liebesromanen. Aber so wie es aussah, würde sie, wenn sie das nächstemal in den *Poacher* ging, Krücken brauchen, um sich auf den Beinen halten zu können. *War sie verrückt geworden?* Der Mann war eine Art Gangster. Wer hatte schon mal von einem Restaurant ohne Gäste gehört? Die Menschen mussten essen, selbst in einer Rezession. Mit einem gereizten Kopfschütteln ließ sie den Motor an und machte sich auf die Rückfahrt nach London. *Was zum Teufel!* Dass ihr erotische Fantasien den Kopf füllten, wenn sie an ihn dachte, hieß der Perversität der Dinge zufolge wahrscheinlich, dass seine Gedanken an sie (wenn er überhaupt an sie dachte) alles andere als libidinös waren.

In London tobte, als sie ankam, ganz wie es sich für den Donnerstagabend gehörte, der Stoßverkehr.

Eine ältere mütterliche Frau, von den anderen für diese Aufgabe ausgesucht, blieb nervös an der offenen Tür stehen. Die Bildhauerin machte ihr Todesangst, aber, wie die Frauen sagten, sie war die einzige, mit der Olive überhaupt sprach. Du erinnerst sie an ihre Mutter, sagten sie alle. Die Vorstellung erschreckte sie, aber sie war tatsächlich neugierig. Einen Augenblick lang sah sie zu, wie die unförmige, düster dreinblickende Frau sich mit ungeschickten Fingern eine dünne Zigarette drehte, dann begann sie zu sprechen. »He, Bildhauerin! Wer ist die Rothaarige, die dich immer besucht?«

Abgesehen von einem kurzen Zwinkern ignorierte Olive sie.

»Hier, nimm eine von mir.« Sie kramte eine Packung Silk Cut aus ihrer Tasche und bot sie Olive an. Die Reaktion erfolgte augenblicklich. Wie ein konditionierter Hund, der das Scheppern seines Futternapfs hört, schlurfte Olive durch den Raum, nahm sich eine Zigarette und versteckte sie irgendwo in den Falten ihres Kleides.

»Also, wer ist die Rothaarige?«, fragte die andere wieder.

»Eine Schriftstellerin. Sie schreibt ein Buch über mich.«

»Herrgott!«, sagte die ältere Frau ärgerlich. »Wozu will die denn über dich schreiben? Reingelegt worden bin doch ich.«

Olive starrte sie an. »Ich vielleicht auch.«

»Na klar.« Die andere kicherte. »Wer's glaubt, wird selig.«

Olive lachte pfeifend. »Na, du weißt ja, was man sagt: Manche Leute kann man immer an der Nase rumführen, und alle Leute kann man manchmal an der Nase rumführen ...« Sie machte eine einladende Pause.

»Aber man kann nicht alle Leute immer an der Nase rumführen«, vollendete die andere Frau gehorsam. Sie wackelte mit dem Finger. »Du hast nicht die Spur einer Chance.«

Olive sah sie unverwandt an. »Wer redet denn von Spuren?« Sie tippte sich an die Schläfe. »Man sucht sich eine leichtgläubige Journalistin und gebraucht seinen Grips. Vielleicht erreichst sogar *du* damit was. Sie gehört zu denen, die die öffentliche Meinung machen. Wenn du sie auf den Leim führen kannst, führt sie alle anderen auf den Leim.«

»Nichts als Quatsch!«, erklärte die andere Frau unvorsichtig. »Die sind doch immer nur an den verdammten Psychos interessiert. Wir anderen können uns ruhig aufhängen, das ist denen schnurzegal.«

Tief in Olives winzigen Äuglein rührte sich etwas Bedrohliches. »Nennst du mich vielleicht einen Psycho?«

Die Frau lächelte ängstlich und trat einen Schritt zurück. »He, Bildhauerin, das war ein Versprecher.« Sie hob ihre Hände. »Okay? Nichts für ungut.« Sie schwitzte, als sie davonging.

Olive, die mit ihrem gewaltigen Körper das, was sie gerade tat, vor neugierigen Blicken verbarg, nahm die Figur, an der sie arbeitete, aus der untersten Schublade und begann mit ihren feisten Fingern das Kind zu formen, das im Schoß der Mutter lag. Ob es nun Absicht war oder ob sie einfach nicht das Können besaß, es anders zu machen, die roh geformten Hände der Mutter, kaum dem Ton entrissen, schienen aus dem runden Körper des Säuglings das Leben herauszupressen.

Olive summte leise vor sich hin, während sie arbeitete. Hinter der Figur von Mutter und Kind standen wie graue Lebkuchenmänner aufgereiht mehrere Figuren auf dem Tisch. Zwei oder drei hatten keine Köpfe.

Er hockte zusammengesunken auf der Treppe vor dem Haus. Er roch nach Bier und hielt den Kopf in die Hände gestützt. Roz sah ihn mehrere Sekunden lang ausdruckslos an. »Was tust du hier?«

Er hatte geweint, wie sie sah. »Wir müssen miteinander reden«, sagte er. »Du redest nie mit mir.«

Sie machte sich nicht die Mühe, ihm zu antworten. Ihr geschiedener Mann war sehr betrunken. Sie konnten nichts sagen, was nicht schon hundertmal gesagt worden war. Sie war seiner Nachrichten auf dem Anrufbeantworter so müde, seiner Briefe und des Hasses, der sich in ihrem Innern zusammenballte, sobald sie seine Stimme hörte oder seine Handschrift sah.

Er hielt sie am Rockzipfel fest, als sie an ihm vorübergehen wollte. Wie ein Kind. »Bitte, Roz. Ich bin zu blau, um nach Hause zu fahren.«

Aus einem absurden Pflichtgefühl heraus, das der Vergangenheit angehörte, nahm sie ihn mit nach oben. »Aber du kannst nicht bleiben«, sagte sie, als sie ihn auf das Sofa schob. »Ich rufe Jessica an. Sie kann dich abholen.«

»Sam ist krank«, murmelte er. »Sie lässt ihn bestimmt nicht allein.«

Mitleidlos zuckte Roz die Achseln. »Dann rufe ich eben ein Taxi.«

»Nein.« Er bückte sich und riss den Stecker aus der Dose. »Ich bleibe.«

Seine Stimme hatte einen drohenden Unterton, der sie gegebenenfalls hätte warnen müssen, dass er nicht in Stimmung war, mit sich spaßen zu lassen. Aber sie waren zu lange verheiratet gewesen und hatten zu viele schmerzhafte Kämpfe ausgetragen, als dass sie ihm gestattet hätte, ihr Vorschriften zu machen. Sie empfand jetzt nur noch Verachtung für ihn. »Mach was du willst«, sagte sie. »Ich gehe in ein Hotel.«

Er torkelte zur Tür und stellte sich davor. »Es war nicht meine Schuld, Roz. Es war ein Unfall. Herrgott noch mal, willst du nicht endlich aufhören, mich zu bestrafen.«

8

Roz schloss die Augen und sah wieder das zerstörte, bleiche Gesicht ihrer fünfjährigen Tochter, im Tod so hässlich wie sie im Leben schön gewesen war, die Haut von den auseinander spritzenden Glasstücken der Windschutzscheibe in Fetzen gerissen. Hätte sie es leichter akzeptieren können, fragte sie sich wie sooft schon vorher, wenn Rupert auch gestorben wäre? Hätte sie ihm tot vergeben können, was sie ihm lebend nicht vergeben konnte?

»Ich sehe dich nie«, sagte sie mit einem angespannten Lächeln. »Wie kann ich da strafen. Du bist betrunken, und du bist lächerlich, das eine so normal wie das andere.« Er hatte etwas Ungesundes und Verwahrlostes an sich, was ihrer Verachtung Nahrung gab und sie ungeduldig stimmte. »Ach, Mensch«, fuhr sie ihn an, »verschwinde endlich. Ich habe keinerlei Gefühle mehr für dich und, um ehrlich zu sein, ich glaube nicht, dass ich je welche hatte.« Aber das war nicht die Wahrheit. »Man kann nicht hassen, was man nie geliebt hat«, hatte Olive gesagt.

Tränen strömten über sein alkoholisiertes Gesicht. »Ich weine jeden Tag um sie.«

»Ach wirklich, Rupert? Ich nicht. Ich habe nicht die Kraft.«

»Dann hast du sie nicht sosehr geliebt wie ich«, behauptete er schluchzend.

Roz kräuselte verächtlich die Lippen. »Tatsächlich? Wieso

hattest du es dann so unanständig eilig, einen Ersatz für sie ranzuschaffen? Ich habe es mir nämlich ausgerechnet, weißt du. Du musst deine heiß geliebte Jessica innerhalb einer Woche geschwängert haben, nachdem du den *Unfall*«, sie würzte das Wort mit beißendem Sarkasmus, »ohne eine Schramme überstanden hattest.

Ist Sam ein guter Ersatz, Rupert? Wickelt er dein Haar um seinen Finger, wie Alice das immer getan hat? Lacht er wie sie? Wartet er an der Tür auf dich und umarmt deine Knie und ruft: ›Mami, Mami, Daddy ist da!‹?« Der Zorn machte ihre Stimme schrill. »Ja, tut er das, Rupert? Ist er wie Alice? Oder hat er nichts mit ihr gemeinsam und musst du darum jeden Tag um sie weinen?«

»Er ist ein Säugling, verdammt noch mal.« Er ballte die Fäuste, und ihr Hass spiegelte sich in seinen Augen. »Gott, was bist du für ein gemeines Weib, Roz. Es war nie meine Absicht, sie zu ersetzen. Wie hätte ich das können? Alice war Alice. Ich konnte sie nicht zurückbringen.«

Sie wandte sich ab und sah zum Fenster hinaus. »Nein.«

»Warum gibst du dann Sam die Schuld? Es war nicht seine Schuld. Er weiß nicht einmal, dass er eine Halbschwester hatte.«

»Ich gebe Sam keine Schuld.« Sie starrte zu einem Pärchen hinunter, das im orangefarbenen Licht auf der anderen Straßenseite stand. Sie hielten sich zärtlich umfangen, streichelten einander das Haar, die Arme, küssten sich. Wie naiv sie waren. Sie glaubten, die Liebe sei gut. »Ich habe etwas gegen ihn.«

Sie hörte, wie er gegen den Couchtisch stolperte. »Das ist nichts als gemeine Bosheit«, lallte er.

»Ja«, sagte sie leise, mehr zu sich als zu ihm, so dicht am Fenster, dass das Glas von ihrem Atem beschlug, »aber ich sehe nicht ein, warum du glücklich sein sollst, wenn ich es nicht bin. Du hast meine Tochter getötet, aber du bist ungestraft davongekommen, weil das Gesetz der Meinung war, du hättest genug gelitten. Ich habe weit mehr gelitten, und mein einziges Verbrechen war es, meinem ehebrecherischen Ehemann ein Besuchsrecht bei seiner Tochter einzuräumen, weil ich wusste, dass sie ihn liebte, und ich nicht wollte, dass sie unglücklich war.«

»Wenn du nur ein bisschen verständnisvoller gewesen wärst«, rief er weinend, »wäre es nie passiert. Es war deine Schuld, Roz. In Wahrheit hast du sie getötet.«

Sie hörte ihn nicht kommen. Sie wandte sich vom Fenster ab, als seine Faust sie mitten ins Gesicht traf.

Es war ein schäbiger, schmutziger Kampf. Da, wo die Worte versagten – eben die Vorhersehbarkeit ihrer verbalen Auseinandersetzungen bedeutete ja, dass sie stets gewappnet waren –, schlugen und kratzten sie in einem blindwütigen Verlangen, dem anderen wehzutun. Es war ein seltsam leidenschaftsloses Beginnen, mehr von Schuldgefühlen motiviert denn von Hass und Rachsucht; denn beide wussten sie im Innern, dass ihre zerrüttete Ehe, der Krieg, den sie miteinander geführt hatten, Rupert dazu verleitet hatten, in Frust und Zorn davonzubrausen, obwohl Alice hinten, auf dem Rücksitz, nicht angeschnallt war. Wer hätte ahnen können, dass plötzlich ein außer Kontrolle geratenes Fahrzeug über den Grünstreifen rasen würde und eine hilflose Fünfjährige unter der Wucht des Aufpralls durch die Windschutzscheibe geschleudert und ihr zartes Köpfchen zertrümmert werden würde? Höhere Gewalt, der Versicherungsgesellschaft zufolge. Für Roz war es das letztemal, dass Gott ihr Gewalt angetan hatte. Er und Alice waren zusammen gestorben.

Rupert hörte zuerst auf, vielleicht weil ihm bewusst wurde, dass es ein ungleicher Kampf war, vielleicht auch einfach, weil er nüchtern geworden war. Er kroch von ihr weg und kauerte sich in einer Ecke des Zimmers zusammen. Roz betastete die schmerzenden Stellen rum um ihren Mund und leckte Blut von ihren Lippen. Dann schloss sie die Augen und blieb einige Minuten ruhig sitzen, in wohltuendem Frieden, von ihrem mörderischen Zorn gereinigt. Sie hätten dies schon vor langer Zeit tun sollen. Zum ersten Mal seit Monaten fühlte sie sich mit sich in Frieden, als hätte sie irgendwie ihre eigene Schuld exorziert. Sie wusste, sie hätte an jenem Tag zum Wagen hinausgehen und Alice eigenhändig anschnallen sollen; stattdessen jedoch hatte sie hinter den beiden die Wohnungstür zugeknallt und sich in die Küche zurückgezogen, um ihren gekränkten Stolz bei einer Flasche Gin und einer Fotovernichtungsorgie zu trösten. Vielleicht hatte sie doch auch Strafe gebraucht. Ihre Schuld war nie gesühnt worden. Ihre eigene Buße, ein lautloses Sich-selbst-in-Stücke-Reißen, hatte ihre Zerstörung herbeigeführt und nicht ihre Erlösung.

Es war genug. *»Wir alle sind die Schmiede unseres Schicksals, Roz, auch Sie.«*

Sie stand vorsichtig auf, fand den Stecker und stöpselte ihn wieder ein. Einen Moment lang sah sie zu Rupert hin, dann wählte sie Jessicas Nummer. »Hier spricht Roz«, sagte sie. »Rupert ist hier und muss leider abgeholt werden.« Sie hörte den Seufzer am anderen Ende. »Es ist das letztemal, Jessica, das verspreche ich Ihnen.« Mit dem Anflug eines Lächelns fügte sie hinzu: »Wir haben einen Waffenstillstand geschlossen. Keine gegenseitigen Vorwürfe mehr. Okay, in einer halben Stunde. Er wartet unten auf Sie.« Sie legte auf. »Es ist mir ernst, Rupert. Es ist vorbei. Es war ein Unfall. Hören wir auf, uns gegenseitig Vorwürfe zu machen. Geben wir endlich Ruhe.«

Iris Fieldings dickes Fell war sprichwörtlich, aber selbst sie war entsetzt, als sie am nächsten Tag Roz' zerschundenes Gesicht sah. »Mein Gott, du siehst ja grauenhaft aus«, sagte sie unumwunden, steuerte schnurstracks auf den Barschrank zu und goss zwei Gläser voll Kognak. »Wer war das?«

Roz schloss die Tür und humpelte zum Sofa zurück.

Iris kippte ihren Kognak hinunter. »War es Rupert?« Sie bot Roz das zweite Glas an. Die schüttelte den Kopf.

»Aber nein, natürlich war das nicht Rupert.« Sie ließ sich vorsichtig auf das Sofa sinken und verharrte in halb sitzender, halb liegender Position, während Mrs. Antrobus über ihren Busen marschierte, um sie liebevoll mit dem Kopf unter dem Kinn zu stupsen. »Könntest du Mrs. A füttern, Iris? Im Kühlschrank steht noch eine offene Dose.«

Iris warf Mrs. Antrobus einen finsteren Blick zu. »Du grässliches verlaustes Vieh, wo warst du denn, als dein Frauchen dich gebraucht hat, hm?« Aber sie verschwand dennoch in der Küche und holte scheppernd eine Untertasse heraus. »War es wirklich nicht Rupert?«, fragte sie, als sie zurückkam.

»Aber nein. Das ist überhaupt nicht sein Stil. Unsere Kräche haben sich immer in Worten erschöpft und haben weit tiefere Wunden geschlagen.«

Iris sah sie nachdenklich an. »Aber mir hast du doch immer erzählt, er sei eine solche Stütze.«

»Da habe ich gelogen.«

Iris runzelte die Stirn. »Also, wer war's dann?«

»So ein widerlicher Kerl, den ich in einer Kneipe aufgegabelt habe. Mit seinen Klamotten war er weit attraktiver als ohne, also hab' ich ihm gesagt, er soll abzischen, und das hat er mir übel genommen.« Sie sah die Frage in Iris' Blick und lächelte zynisch mit ihrer geplatzten Lippe. »Nein, er hat mich nicht vergewaltigt. Meine Tugend ist unversehrt. Ich habe sie mit meinem Gesicht verteidigt.«

»Hm. Mir liegt selbstverständlich jede Kritik fern, meine Liebe, aber wäre es nicht vernünftiger gewesen, du hättest dein Gesicht mit deiner Tugend verteidigt? Ich halte nicht viel davon, für eine verlorene Sache zu kämpfen.« Sie trank Roz' Kognak auch noch. »Hast du die Polizei gerufen?«

»Nein.«

»Einen Arzt?«

»Nein.« Sie legte die Hand auf das Telefon. »Und du wirst auch keinen anrufen.«

Iris zuckte die Achseln. »Und was hast du den ganzen Morgen getrieben?«

»Ich habe überlegt, wie ich über die Runden kommen kann, ohne jemanden anzurufen. Mittags ist mir dann klar geworden, dass ich es nicht schaffe. Ich habe mein ganzes Aspirin verbraucht, ich habe nichts zu essen im Haus, und in dieser Verfassung gehe ich bestimmt nicht auf die Straße.« Sie hob den Blick. Ihre Augen glänzten verdächtig. »Daraufhin habe ich die nervenstärkste und egozentrischste Person angerufen, die ich kenne. Du musst für mich zum Einkaufen gehen, Iris. Ich brauche Vorräte für eine Woche.«

Iris war erheitert. »Ich würde niemals bestreiten, dass ich egozentrisch bin, aber warum ist das wichtig?«

Roz lachte. »Weil du so mit dir selbst beschäftigt bist, dass du diese ganze Geschichte schon vergessen haben wirst, ehe du zu Hause ankommst. Außerdem wirst du mich bestimmt nicht drängen, das Rechte zu tun und den miesen kleinen Kerl anzuzeigen. Es würde dem Ansehen deiner Agentur nämlich gar nicht gut tun, wenn eine deiner Autorinnen die Gewohnheit hätte, in Kneipen wildfremde Männer aufzulesen, die sie dann verprügeln.« Sie ballte beide Hände über dem Telefon, und Iris sah, wie ihre Knöchel weiß wurden vor Anspannung.

»Stimmt«, bestätigte sie gelassen.

Roz entspannte sich ein wenig. »Weißt du, es wäre wirklich unerträglich für mich, wenn die Geschichte herauskäme, und das passiert bestimmt, wenn Ärzte und die Polizei sich einmischen. Du kennst doch die Dreckspresse so gut wie ich. Denen wäre doch jeder Vorwand recht, um ihre Titelblätter noch einmal mit Bildern von Alice an der Unfallstelle zu pflastern.«

Die arme kleine Alice. Eine boshafte Vorsehung hatte dafür gesorgt, dass ein freiberuflicher Bildreporter an der Schnellstraße gestanden hatte, als sie wie eine Puppe aus Ruperts Wagen geschleudert worden war. Seine dramatischen Aufnahmen – die, wie die Herausgeber der Sensationsblätter behaupteten, nur veröffentlicht worden waren, um andere Familien zu mahnen, ihre Kinder immer anzuschnallen – waren das dauerhafteste Denkmal gewesen, dass man Alice gesetzt hatte.

»Du kannst dir wohl vorstellen, wie die Parallelen aussähen, die sie ziehen würden. MUTTER EBENSO ENTSTELLT WIE TOCHTER. Ein zweites Mal könnte ich das nicht aushalten.« Sie kramte in ihrer Tasche und zog einen Einkaufszettel heraus. »Ich schreibe dir einen Scheck, wenn du zurückkommst. Und vergiss bitte das Aspirin nicht. Ich leide Höllenqualen.«

Iris steckte die Einkaufsliste ein. »Die Schlüssel?« Sie streckte ihre Hand aus. »Du kannst dich ins Bett legen, solange ich weg bin. Ich kann mir selbst die Tür aufmachen.«

Roz wies auf die Schlüssel, die auf einem Bord bei der Tür lagen. »Vielen Dank«, sagte sie, »und, Iris ...« Sie sprach nicht weiter.

»Was denn?«

Sie versuchte eine Grimasse zu schneiden, gab es aber gleich auf. Es tat zu weh. »Es tut mir Leid.«

»Mir auch, altes Haus.« Sie winkte mit heiterer Unbekümmertheit und ging.

Ein paar Stunden später kam Iris mit den Einkäufen und einem Koffer zurück. »Schau mich nicht so an«, sagte sie streng, während sie Aspirin in einem Glas Wasser auflöste. »Ich werde dich jetzt ein, zwei Tage im Auge behalten, meine Liebe. Selbstverständlich aus rein egoistischen Gründen. Ich muss doch meine Kapitalanlage schützen. Außerdem«, sie kraulte Mrs. Antrobus unter dem Kinn, »muss jemand dieses grässliche Katzentier füttern. Du fängst doch nur an zu heulen, wenn sie verhungert.«

Roz, deprimiert und sehr einsam, war gerührt.

Sergeant Geoff Wyatt drehte verdrossen sein Weinglas hin und her. Sein Magen machte Ärger, er war sehr müde, es war Samstag, er wäre lieber beim Fußball gewesen, und der Anblick Hals, der sich über ein blutiges Steak hermachte, reizte ihn. »Hör mal zu«, sagte er und bemühte sich, seinen Ärger zu unterdrücken, »ich verstehe dich ja, aber Beweise sind Beweise. Was erwartest du von mir? Dass ich sie zurechtbiege?«

»Von Beweisen kann wohl kaum die Rede sein, wenn sie von Anfang an gezinkt waren«, gab Hal ungeduldig zurück. »Es war ein abgekartetes Spiel, verdammt noch mal.« Er schob seinen Teller weg. »Du hättest auch was essen sollen«, sagte er ätzend. »Das hätte vielleicht deine Stimmung gebessert.«

Wyatt sah weg. »Meine Stimmung ist einwandfrei, und ich habe gegessen, bevor ich hergekommen bin.« Er zündete sich eine Zigarette an und sah zu der Tür hinüber, die in das Restaurant führte. »Ich habe mich nie mehr in einer Küche wohlgefühlt, seit ich diese Frauen bei Olive Martin auf dem Boden hab' liegen sehen. Zu viele Mordwaffen und zu viel blutiges Fleisch in so einer Küche. Können wir nicht nach nebenan gehen?«

»Mach dich nicht lächerlich«, sagte Hal kurz. »Verdammt noch mal, Geoff, du schuldest mir diverse Gefallen.«

Wyatt seufzte. »Und was hilft's dir, wenn ich suspendiert werde, weil ich einem Ex-Bullen unerlaubte Gefälligkeiten erweise?«

»Ich verlange keine unerlaubten Gefälligkeiten. Du solltest nur dafür sorgen, dass sie mir nicht solchen Druck machen. Verschaff mir ein bisschen Luft.«

»Wie denn?«

»Na, du könntest beispielsweise den Inspector überreden, dass er mich in Ruhe lässt.«

»Ach, und das ist nichts Unerlaubtes?« Er zog die Mundwinkel herunter. »Außerdem hab' ich das schon versucht. Er spielt nicht mit. Er ist neu, er ist ehrlich, und er mag keine krummen Touren, schon gar nicht bei Polizeibeamten.« Er schnippte Asche auf den Boden. »Du hättest bei der Polizei bleiben sollen, Hal. Ich hab' dich gewarnt. Draußen ist man verdammt einsam.«

Hal rieb sich das unrasierte Gesicht. »Es wäre alles halb so schlimm, wenn meine einstigen Kollegen mich nicht wie einen Kriminellen behandeln würden.«

Wyatt starrte auf die Reste von Hals Steak. Ihm war ziemlich mulmig. »Du hättest eben nicht so verdammt leichtsinnig sein sollen. Dann brauchten sie das nicht zu tun.«

Hal kniff unfreundlich die Augen zusammen. »Warte nur, du wirst noch mal wünschen, das hättest du nicht gesagt.«

Mit einem Achselzucken drückte Wyatt seine Zigarette an seiner Schuhsohle aus und warf den Stummel ins Spülbecken. »Kann ich mir nicht vorstellen, alter Freund. Ich hab' mir den Hintern wundgeschissen, seit der Inspector dir auf die Schliche gekommen ist. Ich war richtig krank, ehrlich.« Er schob seinen Stuhl zurück. »Warum, zum Teufel, musstest du's auf die krumme Tour versuchen, anstatt dich an die Vorschriften zu halten.«

Hal wies mit dem Kopf zur Tür. »Raus«, sagte er, »ehe ich dir eigenhändig den Kragen umdrehe, du falscher Hund.«

»Und was ist mit der Überprüfung, die du haben wolltest?«

Hal zog einen Zettel aus seiner Tasche. »Hier sind ihr Name und ihre Adresse. Sieh mal, ob's da was gibt.«

»Zum Beispiel?«

Hal zuckte die Achseln. »Na, irgendwas, was ich als Druckmittel verwenden könnte. Dieses Buch, das die Frau schreibt, das kommt doch genau zum falschen Zeitpunkt.« Er runzelte die Stirn. »Und ich glaube nicht an Zufälle.«

Zu den wenigen Vorteilen des Dickseins gehörte es, dass man Dinge leichter verstecken konnte. Ein Wulst mehr hier oder dort fiel nicht auf, und die weiche Mulde zwischen Olives Brüsten konnte beinahe alles aufnehmen. Außerdem hatte sie schon sehr früh bemerkt, dass die Beamtinnen es vorzogen, sie nicht allzu gründlich zu durchsuchen, wenn es denn schon mal sein musste. Anfangs hatte sie angenommen, sie hätten Angst vor ihr, aber sie erkannte bald, dass es ihre Leibesfülle war, die sie hemmte und abstieß. Politisch korrektes Denken innerhalb des Zuchthauses bedeutete, dass sie zwar hinter ihrem Rücken sagen konnten, was sie wollten, in ihrem Beisein jedoch mussten sie ihre Zungen im Zaum halten und sie mit einem Mindestmaß an Respekt behandeln. Die nützliche Folge der Tränen, die sie anfangs aus lauter Qual bei Leibesvisitationen vergossen hatte, wobei ihr ganzer gewaltiger, abstoßender Körper vor Erregung gezittert hatte, war nun ein Widerstreben der Wärterinnen, auch nur einen Handgriff zu tun, der über ein oberflächliches Abtasten ihres Körpers hinausging.

Doch sie hatte Probleme. Ihre kleine Familie von Wachsfiguren mit den bemalten Watteperücken und den Streifen dunklen Stoffs, die sie ihnen wie winzige Anzüge um die Körper gewickelt hatte, wurden unter der Einwirkung ihrer Körperwärme immer wieder weich und verloren die Form. Mit unendlicher Geduld ging sie daran, sie mit ihren plumpen Fingern neu zu modellieren, nachdem sie zuerst die Stecknadeln entfernt hatte, mit denen die Perücken an ihren Köpfen festgespießt waren. Ohne großes Interesse fragte sie sich, ob die Figur, die Roz' Ehemann verkörperte, ihm irgendwie ähnlich sah.

»Die Wohnung ist wirklich scheußlich«, stellte Iris fest, während sie sich von ihrem Platz auf dem Kunststoffsofa aus mit kritischem Blick im tristen Grau von Roz' Wohnung umsah. »Hast du nie das Bedürfnis gehabt, es dir ein bisschen wohnlicher zu machen?«

»Nein. Ich bin ja nur auf der Durchreise hier. Es ist ein Wartezimmer.«

»Du lebst seit zwölf Monaten hier. Ich verstehe nicht, warum du dir nicht mit dem Geld von der Scheidung ein Haus kaufst.«

Roz lehnte ihren Kopf an die Rückenlehne des Sessels. »Ich mag Wartezimmer. In ihnen kann man müßig sein, ohne ein schlechtes Gewissen zu haben. Man kann nichts anderes tun als warten.«

Nachdenklich steckte sich Iris eine Zigarette zwischen die leuchtend roten Lippen. »Und worauf wartest du?«

»Das weiß ich selbst nicht.«

Iris steckte sich mit dem Feuerzeug ihre Zigarette an, während sie Roz mit durchdringendem Blick fixierte. »Eines verstehe ich nicht«, sagte sie. »Wenn es nicht Rupert war, warum hat er dann schon wieder so eine weinerliche Nachricht auf meinem Anrufbeantworter hinterlassen, um mir mitzuteilen, dass er sich schlecht benommen hat.«

»Schon wieder eine?« Roz sah auf ihre Hände hinunter. »Heißt das, dass er das früher schon mal gemacht hat?«

»Mit nervtötender Regelmäßigkeit.«

»Du hast nie etwas davon gesagt.«

»Du hast mich nie gefragt.«

Roz verarbeitete das schweigend, dann seufzte sie lange und tief. »Mir ist in letzter Zeit klar geworden, wie abhängig ich von ihm geworden bin.« Sie berührte ihre aufgeplatzte Lippe. »An seiner Abhängigkeit hat sich natürlich nichts geändert. Die ist so wie immer, eine dauernde Forderung nach Sicherheit und Beschwichtigung. Keine Sorge, Rupert. Es ist nicht deine Schuld, Rupert. Es wird schon alles gut werden, Rupert.« Sie sprach ohne Emphase. »Darum bevorzugt er Frauen. Frauen sind einfühlsamer.« Sie schwieg.

»Und wie macht dich das von ihm abhängig?«

Roz lächelte. »Er hat mich nie so lange in Frieden gelassen, dass ich einen klaren Gedanken fassen konnte. Ich bin seit Monaten nur wütend.« Sie zuckte die Achseln. »Das ist etwas sehr Destruktives. Man kann sich auf nichts konzentrieren, weil die Wut einfach nicht weggeht. Ich zerreiße seine Briefe, ohne sie gelesen zu haben, weil ich weiß, was drinsteht, aber allein beim Anblick seiner Handschrift packt mich die kalte Wut. Wenn ich ihn sehe oder höre, fange ich an zu zittern.« Sie lachte tonlos. »Der Hass kann von einem Besitz ergreifen, glaube ich. Ich hätte schon vor langer Zeit umziehen können, stattdessen bleibe ich hier und warte darauf, dass Rupert mich wütend macht. Insofern bin ich abhängig von ihm. Es ist eine Art Gefängnis.«

Iris klopfte die Asche ihrer Zigarette in den Aschenbecher. Roz sagte ihr nichts, worauf sie nicht schon vor langer Zeit selbst gekommen war, aber sie hatte es niemals aussprechen können, weil Roz es nicht zugelassen hatte. Sie hätte gern gewusst, was geschehen war, das sie dazu gebracht hatte, ihren

Stacheldrahtzaun einzureißen. Mit Rupert hatte es gar nichts zu tun, auch wenn Roz das vielleicht glaubte.

»Und wie willst du aus dem Gefängnis herauskommen? Hast du dich da schon entschieden?«

»Noch nicht.«

»Vielleicht solltest du das Gleiche tun wie Olive«, sagte Iris milde.

»Was denn?«

»Jemand hineinlassen.«

Olive wartete zwei Stunden lang an ihrer Zellentür. Eine der Beamtinnen, die sich darüber wunderte, blieb stehen und sprach mit ihr. »Alles in Ordnung, Bildhauerin?«

Olive heftete ihre kleinen Augen auf sie. »Was ist heute für ein Tag?«, fragte sie.

»Montag.«

»Hab' ich mir doch gedacht.« Es klang wütend.

Die Beamtin sah sie erstaunt an. »Ist auch wirklich alles in Ordnung?«

»Ja, sicher.«

»Haben Sie Besuch erwartet?«

»Nein. Ich hab' Hunger. Was gibt's zum Tee?«

»Pizza.« Beruhigt ging die Beamtin weiter. Ganz logisch. Es gab nur wenige Stunden am Tag, in denen Olive *nicht* hungrig war, und die Drohung, ihr die Mahlzeiten zu entziehen, war oft das einzige Mittel, sie unter Kontrolle zu halten. Ein Arzt hatte einmal versucht, ihr die Vorteile einer Schlankheitskur schmackhaft zu machen. Er hatte tief verunsichert aufgegeben und es nie wieder versucht. Olive war nach Essen süchtig wie andere nach Heroin.

Schließlich blieb Iris eine ganze Woche und füllte das sterile Wartezimmer, das Roz' Leben war, mit dem buntscheckigen

Gepäck des ihren. Sie bescherte Roz eine Riesentelefonrechnung, indem sie mit Kunden und Klienten in der ganzen Weltgeschichte telefonierte, sie überhäufte die Tische mit Illustrierten, sie bestreute sämtliche Teppiche mit der Asche ihrer Zigaretten, brachte Arme voll Blumen nach Hause, die sie im Spülbecken liegen ließ, als sie keine Vase fand, ließ das schmutzige Geschirr zu schwankenden Türmen gestapelt in der Küche stehen und unterhielt Roz, wenn sie gerade nichts anderes zu tun hatte, mit einem unerschöpflichen Schatz an Anekdoten.

Roz verabschiedete sich am folgenden Donnerstagnachmittag mit einer gewissen Erleichterung und mehr Bedauern von ihr. Eines hatte Iris ihr gezeigt: Ein Leben in Einsamkeit war für Seele und Geist tödlich. Letztendlich konnte ein einzelner Geist nur ein begrenztes Maß an Dingen umspannen, und wenn Vorstellungen nicht hinterfragt werden, wuchsen fixe Ideen heran.

Olives Zerstörung ihrer Zelle an diesem Abend überraschte alle im Zuchthaus. Es dauerte zehn Minuten, ehe die Dienst habende Leiterin alarmiert wurde, und weitere zehn, ehe eine Reaktion möglich war. Acht Beamtinnen waren nötig, um sie zu bändigen. Sie drückten sie mit Gewalt zu Boden und hielten sie mit ihrem vereinten Gewicht dort unten, aber – wie eine von ihnen später bemerkte – »es war, als wollte man einen Elefantenbullen in die Knie zwingen«.

Sie hatte alles kurz und klein geschlagen. Selbst die Toilettenschüssel war unter einem gewaltigen Schlag mit ihrem Metallstuhl zersprungen. Der Stuhl selbst, verbogen und verbeult, lag wütend hingeworfen inmitten der Porzellanscherben. Die wenigen Besitzstücke, die auf ihrer Kommode gestanden hatten, waren in Trümmern, und alles, was nicht niet- und nagelfest war, hatte sie in ihrer Raserei an die Wände geschleudert. Ein Madonna-Poster lag in Fetzen gerissen auf dem Boden.

Selbst unter Einwirkung eines Beruhigungsmittels hielt ihre Raserei bis tief in die Nacht hinein an, obwohl man sie in eine unmöblierte Zelle gesteckt hatte, die extra dazu gedacht war, widerspenstige Insassinnen zur Räson zu bringen.

»Was, zum Teufel, ist in sie gefahren?«, fragte die Dienst habende Leiterin.

»Weiß der Himmel«, antwortete eine erschrockene Wärterin. »Ich habe immer gesagt, sie gehört nach Broadmoor. Es ist mir gleich, was die Psychiater behaupten, sie ist komplett verrückt. Es ist eine Unverschämtheit von ihnen, sie hier zu lassen und von uns zu erwarten, dass wir uns um sie kümmern.«

Sie lauschten den gedämpften Wutschreien hinter der verschlossenen Tür. »MISTSTÜCK! MISTSTÜCK! MISTSTÜCK!«

Die Dienst habende Leiterin runzelte die Stirn. »Wen meint sie damit?«

Die Beamtin verzog das Gesicht. »Eine von uns, vermute ich. Ich wollte, wir könnten erreichen, dass sie verlegt wird. Sie macht mir wirklich Angst.«

»Morgen wird sie wieder ganz in Ordnung sein.«

»Eben – deshalb macht sie mir ja Angst. Bei ihr weiß man nie, woran man ist.« Sie ordnete ihr Haar. »Ist Ihnen aufgefallen, dass keine von den Tonfiguren was abbekommen hatte außer denen, die sie sowieso schon verstümmelt hatte?« Sie lächelte zynisch. »Und haben Sie diese Mutter-und-Kind-Figur gesehen, an der sie arbeitet? Die Mutter ist gerade dabei, das Kind zu erdrosseln. Ich sag's Ihnen, es ist obszön. Wahrscheinlich soll das Maria mit dem Jesuskind sein.« Sie seufzte. »Was soll ich ihr sagen? Kein Frühstück, wenn sie nicht Ruhe gibt.«

»Das hat bis jetzt immer gewirkt. Hoffen wir, dass sich nichts geändert hat.«

9

Am folgenden Morgen, eine Woche später als geplant, wurde Roz zu einem Bürovorsteher des Referats für Gesundheit und Soziales in Dawlington geführt. Der Mann nahm von ihrer verkrusteten Lippe und ihrer dunklen Brille mit nur mäßiger Neugier Notiz, und ihr wurde klar, dass ihr Aussehen für ihn nichts Besonderes war. Sie stellte sich vor und setzte sich. »Ich habe gestern angerufen«, erinnerte sie ihn.

Er nickte. »Eine Sache, die mehr als sechs Jahre zurückliegt, sagten Sie.« Er klopfte mit seinen Zeigefingern auf den Schreibtisch. »Ich muss Ihnen gleich sagen, dass wir Ihnen da wahrscheinlich nicht helfen können. Wir haben mit den laufenden Fällen Arbeit genug, ohne auch noch in alten Akten zu wühlen.«

»Aber Sie waren vor sechs Jahren schon hier?«

»Im Juni werden es sieben Jahre«, erklärte er ohne Enthusiasmus. »Ich fürchte nur, das hilft nichts. Ich erinnere mich weder an Sie noch an Ihren Fall.«

»Das können Sie auch gar nicht.« Sie lächelte entschuldigend. »Ich war am Telefon mit der Wahrheit ein bisschen sparsam. Ich bin keine Klientin. Ich bin Schriftstellerin, und ich schreibe ein Buch über Olive Martin. Ich muss mit jemandem sprechen, der sie kannte, als sie hier gearbeitet hat, und ich wollte mir nicht gleich am Telefon eine Absage einhandeln.«

Er schien erheitert, froh vielleicht, dass ihm eine Jagd nach entgangenen Sozialhilfegeldern erspart blieb. »Sie war die Dicke, die hinten im Korridor gesessen hat. Ich wusste nicht mal ihren Namen. Den habe ich erst erfahren, als er in der Zeitung erschien. Soweit ich mich erinnere, habe ich höchstens zehn Worte mit ihr gewechselt. Sie wissen wahrscheinlich mehr über sie als ich.« Er verschränkte die Arme. »Sie hätten gleich sagen sollen, was Sie wollen. Sie hätten sich die Fahrt sparen können.«

Roz nahm ihren Block heraus. »Das spielt keine Rolle. Was ich brauche, sind Namen. Von Leuten, die näher mit ihr bekannt waren. Gibt es hier sonst noch jemand, der so lange bei dieser Behörde ist wie Sie?«

»Einige, aber mit Olive war niemand befreundet. Als damals die Morde passiert waren, kamen zwei Reporter, und da war hier keiner, der zugegeben hätte, je mehr als einen flüchtigen Gruß mit ihr gewechselt zu haben.«

Roz spürte sein Misstrauen. »Das kann man ihnen nicht übel nehmen«, sagte sie freundlich. »Wahrscheinlich waren das Leute von irgendeinem Revolverblatt, die auf der Jagd nach einer saftigen Schlagzeile waren. ICH HIELT DIE HAND EINES MONSTERS oder etwas ähnlich Geschmackloses. Nur publicitygeile Leute und Dummköpfe lassen sich von Wapping zur Steigerung der Gewinne ausnutzen.«

»Und Ihr Buch wird keinen Profit machen?«, fragte er mit einer gewissen Trockenheit im Ton.

Sie lächelte. »Einen sehr bescheidenen, an Zeitungsmaßstäben gemessen.« Sie schob ihre dunkle Brille hoch und enthüllte ihre gelb umrandeten Augen. »Ich will aufrichtig sein. Ich bin von einer verärgerten Agentin, die unbedingt ein Buch von mir haben wollte, in dieses Projekt hineingetrieben worden. Ich fand das Thema abstoßend und hatte vor, es nach einem Alibi-Gespräch mit Olive Martin *ad acta* zu legen.« Sie sah ihn an. »Aber dann habe ich entdeckt, dass Olive Martin ein Mensch ist und sehr sympathisch dazu, und ich bin doch wieder zu ihr gegangen. Fast jeder, mit dem ich gesprochen habe, hat mir eine ähnliche Antwort gegeben wie Sie. Man habe sie kaum gekannt, nie mit ihr gesprochen, sie war immer nur das dicke Mädchen, das hinten im Flur gesessen hat. Allein über dieses Thema könnte ich ein ganzes Buch schreiben; über gesellschaftliche Ächtung, die ein einsames, ungeliebtes junges Mädchen dazu getrieben hat, sich in einem Anfall rasender Wut gegen die Familie zu wenden, die sie ständig gehänselt hat. Aber das werde ich nicht tun, weil ich nicht glaube, dass es der Wahrheit entspricht. Ich glaube, dass hier ein Justizirrtum vorliegt. Ich glaube, dass Olive Martin unschuldig ist.«

Überrascht sah er sie mit anderen Augen an. »Wir sind hier aus allen Wolken gefallen, als wir hörten, was sie getan hatte.«

»Weil Sie es ihr nicht zugetraut hätten?«

»Niemals.« Er dachte nach. »Sie war eine hervorragende Arbeitskraft, intelligenter als die meisten, und sie schaute nicht dauernd auf die Uhr wie viele andere. Okay, sie war kein Genie, aber sie war zuverlässig und willig, und sie machte keinen Wirbel und kümmerte sich nicht um den Büroklatsch. Sie war ungefähr anderthalb Jahre hier. Es hätte zwar sicher niemand behauptet, dick mit ihr befreundet zu sein, aber sie hat sich auch keine Feinde geschaffen. Sie gehörte zu den Leuten, die einem nur dann einfallen, wenn man irgendetwas erledigt haben möchte. Dann erinnert man sich plötzlich mit Erleichterung an sie, weil man weiß, dass sie es erledigen werden. Kennen Sie den Typ?«

Sie nickte. »Langweilig, aber zuverlässig.«

»Grob gesagt, ja.«

»Hat sie mit Ihnen je über ihr Privatleben gesprochen?«

Er schüttelte den Kopf. »Was ich zu Anfang gesagt habe, stimmt schon. Wir hatten selten miteinander zu tun. Wenn wir Kontakt hatten, bezog er sich immer auf die Arbeit, und selbst dann war er minimal. Was ich Ihnen eben erzählt habe, ist im Grunde eine Synthese der ungläubigen Reaktionen der wenigen Leute, die sie gekannt haben.«

»Können Sie mir ihre Namen nennen?«

»Ich weiß nicht, ob ich die noch im Kopf habe.« Sein Gesicht drückte Zweifel aus. »Olive erinnert sich bestimmt besser als ich. Warum fragen Sie *sie* nicht?«

Weil sie sie mir nicht sagen wird. Weil sie mir überhaupt nichts sagt.

»Weil ich«, antwortete sie stattdessen, »ihr nicht wehtun will.« Sie sah seinen verständnislosen Blick und seufzte. »Nehmen wir an, Olives so genannte Freunde schlagen mir die Tür vor der Nase zu und zeigen mir die kalte Schulter. Olive würde mich bestimmt fragen, wie es gegangen ist, und was sollte ich ihr dann antworten? Tut mir Leid, Olive, für diese Leute sind Sie tot und begraben. Das könnte ich nicht.«

Das sah er ein. »Na schön. Es gibt da jemand, der vielleicht bereit wäre, Ihnen zu helfen, aber ohne die Erlaubnis der Dame möchte ich Ihnen ihren Namen nicht nennen. Sie ist schon älter, inzwischen im Ruhestand, und es könnte ja sein, dass sie nicht hineingezogen werden möchte. Geben Sie mir fünf Minuten, dann rufe ich sie an und frage, ob sie mit Ihnen reden möchte.«

»Hatte sie Olive gern?«

»Sie stand ihr sicher näher als die meisten.«

»Würden Sie ihr dann bitte sagen, dass ich nicht glaube, dass Olive ihre Mutter und ihre Schwester getötet hat, und dass ich deshalb dieses Buch schreibe.« Sie stand auf. »Und bitte machen Sie ihr klar, dass ich unbedingt mit jemandem sprechen muss, der sie damals kannte. Bisher habe ich nur eine frühere Schulfreundin auftreiben können, und eine Lehrerin.« Sie ging zur Tür. »Ich warte draußen.«

Wie versprochen, kam er nach fünf Minuten in den Korridor hinaus und gab ihr einen Zettel mit einem Namen und einer Adresse darauf. »Sie heißt Lily Gainsborough. Sie war in den Tagen vor der Putzkolonne und den Kaffeeautomaten bei uns für das Saubermachen und die Teeküche zuständig. Vor drei Jahren hat sie zu arbeiten aufgehört – siebzig war sie damals – und lebt in einem Heim in der Pryde Street.« Er erklärte ihr den Weg. »Sie erwartet Sie.«

Roz dankte ihm.

»Grüßen Sie Olive von mir, wenn Sie sie sehen«, sagte er, als er ihr zum Abschied die Hand gab. »Ich hatte vor sechs Jahren noch mehr Haare und weniger Bauch, da wird eine Beschreibung wahrscheinlich nicht viel helfen, aber sie erinnert sich vielleicht an meinen Namen. Den behalten die meisten Leute.«

Roz kicherte. Er hieß Michael Jackson.

»Natürlich erinnere ich mich an Olive. Ich habe sie immer ›Klöpschen‹ genannt. Und sie nannte mich ›Blume‹. Verstehen Sie? Wegen meines Namens. Lily. Sie hatte nicht einen Funken Gewalttätigkeit in sich. Ich habe nie geglaubt, dass sie getan hat, was man von ihr behauptet. Ich habe ihr das auch geschrieben, als ich hörte, wohin man sie geschickt hatte. Sie hat mir geantwortet und geschrieben, ich täuschte mich, es sei alles ihre Schuld, und sie müsste jetzt eben dafür bezahlen.« Sie sah Roz mit ihren gescheiten alten Augen kurzsichtig an. »Ich habe verstanden, was sie gemeint hat, auch wenn niemand sonst es begriffen hat. Sie hat es nicht getan, aber es wäre nicht passiert, wenn sie nicht etwas getan hätte, was sie nicht hätte tun dürfen. Noch etwas Tee, meine Liebe?«

»Danke.« Roz hielt ihre Tasse hin und wartete, während die gebrechliche alte Frau die große Teekanne aus rostfreiem Stahl hob. Ein Überbleibsel von ihren täglichen Rundgängen mit dem Teewagen? Der Tee war sehr stark und bitter, und Roz brachte ihn kaum hinunter. Mit Todesverachtung nahm sie sich noch eines der unverdaulichen Brötchen.

»Was hat sie denn so Schlimmes getan?«

»Sie hat ihrer Mutter Kummer gemacht. Sie hat mit einem von den O'Brien-Jungs was angefangen.«

»Mit welchem?«

»Tja, da bin ich mir nicht so sicher. Ich hab' immer gedacht, es sei der Jüngste, Gary – aber ich muss dazusagen, dass ich die beiden nur einmal zusammen gesehen habe, diese Jungs sehen einer aus wie der andere. Es hätte jeder der Brüder sein können.«

»Wie viele sind es denn?«

»Gute Frage.« Lily schürzte die faltigen alten Lippen. »Es ist eine Riesenfamilie, da kommt man mit dem Zählen gar nicht mehr nach. Die Mutter ist bestimmt schon zwanzigmal Großmutter, und ich glaube, die ist noch nicht mal sechzig. Gauner, meine Liebe. Lauter faule Äpfel. Die sitzen so regelmäßig im Gefängnis, dass man meinen könnte, der Laden gehörte ihnen. Einschließlich der Mutter. Die hat ihnen das Stehlen beigebracht, sobald sie laufen konnten. Man hat ihr die Kinder natürlich immer wieder weggenommen, aber nie für sehr lange. Irgendwie kamen sie immer wieder nach Hause. Gary, den Jüngsten, haben sie in ein Internat gesteckt. So viel ich weiß, hat er sich da sogar ganz gut gemacht.« Sie zerkrümelte ein Brötchen auf ihrem Teller. »Bis er wieder nach Hause kam. Sie hatte ihn schneller wieder beim Stehlen, als man Dieb sagen kann.«

Roz überlegte einen Moment. »Hat Olive Ihnen erzählt, dass sie mit einem der O'Briens befreundet sei?«

»Nicht direkt.« Sie tippte sich an die Stirn. »Ich hab' halt zwei und zwei zusammengezählt. Sie hat immer so zufrieden ausgeschaut, sie hat abgenommen, hat sich in der Boutique, in der ihre Schwester gearbeitet hat, ein paar Kleider gekauft und sogar angefangen, sich zu schminken. Sie hat sich richtig aufgetakelt, könnte man sagen. Na, da war mir klar, dass da nur ein Mann dahinter stecken kann. Einmal hab' ich sie gefragt, wer's ist, aber da hat sie nur gelächelt und gesagt: ›Den Namen behalt' ich lieber für mich, Blume. Meine Mutter würde nämlich einen Tobsuchtsanfall bekommen, wenn sie es erführe.‹ Und zwei oder drei Tage später hab' ich sie zufällig mit einem von den O'Briens gesehen. Ihr Gesicht hat sie verraten. Sie hat gestrahlt wie die Sonne selbst. Das war er schon – der, in den sie sich verguckt hatte, meine ich –, aber er hat sich weggedreht, als ich vorbeigekommen bin, und darum hab' ich nie erfahren, welcher O'Brien es nun eigentlich war.«

»Aber wie kamen Sie denn darauf, dass es überhaupt einer der O'Brien-Brüder war?«

»Wegen der Uniform«, antwortete Lily. »Sie hatten alle die gleiche Uniform an.«

»Sie waren beim Militär?«, fragte Roz überrascht.

»Nein, diese Lederkluft.«

»Ach so. Sie waren Motorradfahrer.«

»Genau. Hell's Angels.«

Roz zog verblüfft die Brauen zusammen. Sie hatte Hal Hawksley mit absoluter Überzeugung erklärt, Olive sei keine Rebellin. Aber die Hell's Angels, du meine Güte! Konnte eine Klosterschülerin heftiger rebellieren?

»Sind Sie da ganz sicher, Lily?«

»Tja, ich muss ehrlich sagen, dass ich mir heute bei gar nichts mehr sicher bin. Es gab mal eine Zeit, da war ich sicher, dass die Regierung besser weiß als ich, wie der Hase läuft. Aber diese Sicherheit hab' ich heute nicht mehr. Es gab auch mal eine Zeit, da war ich sicher, dass es da oben im Himmel einen Gott gibt, der es auf der Welt schon richten wird. Aber das glaub' ich jetzt auch nicht mehr. Wenn es Gott gibt, mein Kind, dann ist er blind, stumm und taub, wenn Sie mich fragen. Aber ja, ich bin sicher, mein armes Klöpschen hatte sich in einen von den O'Briens verguckt. Man brauchte ihr nur ins Gesicht zu sehen, um zu erkennen, dass sie bis über beide Ohren in den Burschen verliebt war.« Sie presste ihre Lippen aufeinander. »Schlimme Geschichte. Schlimme Geschichte.«

Roz trank einen Schluck von dem bitteren Tee. »Und Sie glauben, dieser O'Brien hat Olives Mutter und Schwester getötet?«

»Muss er doch. Wie ich schon gesagt habe, meine Liebe, faule Äpfel.«

»Haben Sie davon was der Polizei gesagt?«, fragte Roz neugierig.

»Ich hätt's vielleicht getan, wenn sie gefragt hätten, aber ich hab' nicht eingesehen, warum ich von mir aus was sagen sollte. Wenn Klöpschen die O'Briens raushalten wollte, dann war das ihre Angelegenheit. Und, ehrlich gesagt, war ich auch nicht scharf darauf, mich mit der Sippschaft anzulegen. Die halten zusammen wie Pech und Schwefel, und mein Frank war erst ein paar Monate vorher gestorben. Ich hätte überhaupt keine Chance gehabt, wenn die mir auf den Pelz gerückt wären.«

»Wo wohnen diese Leute?«

»Auf dem Barrow Estate, hinter der High Street, in den Sozialwohnungen dort. Die Stadt hat sie gern alle auf einem Haufen, da sind sie leichter zu beaufsichtigen. Ein richtiges Glasscherbenviertel. Nicht eine einzige ehrliche Familie wohnt dort. Das reinste Diebesnest.«

Roz sah sie fragend an. »Erlauben Sie mir, diese Informationen zu verwenden, Lily? Sie wissen wohl, wenn da etwas dran ist, könnte es Olive helfen.«

»Natürlich weiß ich das, mein Kind. Hätte ich es Ihnen sonst erzählt?«

»Die Polizei würde sich einschalten. Sie würde mit Ihnen sprechen wollen.«

»Das weiß ich.«

»Und dann käme Ihr Name heraus, und die O'Briens könnten Ihnen immer noch auf den Pelz rücken.«

Die alte Frau musterte sie mit durchdringendem Blick. »Sie sind selbst nur ein zartes Ding und haben, wie's scheint, eine Tracht Prügel erlebt. Dann werd' ich das wohl auch schaffen. Ganz gleich«, fuhr sie entschlossen fort, »ich habe mir sechs Jahre lang Vorwürfe gemacht, weil ich nichts gesagt habe damals. Ich war richtig froh, als Mick angerufen und mir gesagt hat, dass Sie kommen wollen. Tun Sie, was Sie für richtig halten, Kind, und nehmen Sie keine Rücksicht auf mich. Hier bin ich sowieso sicherer als in unserem alten Haus. Das hätten die anzünden können, und ich wär' tot gewesen, lange ehe jemandem eingefallen wäre, Hilfe zu holen.«

Wenn Roz erwartet hatte, ein Geschwader Hell's Angels durch Barrow Estate brausen zu sehen, wurde sie enttäuscht. An einem Freitagmittag gab es dort nichts Ungewöhnliches zu hören und zu sehen. Hier und dort bellte ein Hund, und junge Frauen fuhren allein oder zu zweit ihre Säuglinge in Kinderwagen spazieren, auf denen sich die Wochenendeinkäufe stapelten. Die Siedlung wirkte wie allzu viele ihrer Art kahl und ungepflegt, wohl ein Zeichen dafür, dass sie den Bewohnern nicht das bot, was sie gern gehabt hätten. Wenn es zwischen diesen eintönigen, tristen grauen Mauern überhaupt so etwas wie Individualität gab, so verbarg sie sich irgendwo im Innern, den Blicken Außenstehender entzogen. Doch Roz zweifelte an ihrem Vorhandensein. Sie hatte den Eindruck von leeren Räumen, in denen Menschen die Zeit totschlugen, während sie darauf warteten, dass jemand anders ihnen ein besseres Angebot machte. Wie ich, dachte sie. Wie meine Wohnung.

Als sie wieder wegfuhr, kam sie an einer großen Schule vorbei.

Ein vergammeltes Schild neben dem Tor nannte ihren Namen: Parkway-Gesamtschule. Kinder tobten im Hof herum, und der Klang ihrer Stimmen trug weit in der warmen Luft. Roz fuhr langsamer, um sie einen Moment zu beobachten. Sie spielten die gleichen Spiele, die in jeder Schule gespielt wurden, aber ihr war klar, warum Gwen Martin von der Parkway-Gesamtschule nichts hatte wissen wollen und ihre Töchter auf die Klosterschule geschickt hatte. Ihre Nähe zum Barrow Estate hätte selbst die liberalsten Eltern beunruhigt, und zu denen hatte Gwen Martin nun ganz gewiss nicht gehört. Aber welch bittere Ironie, wenn das, was Lily und Mr. Hayes gesagt hatten, stimmte, und beide Töchter Gwen Martins den Reizen dieser anderen Welt erlegen waren. War das wegen oder trotz der Einstellung der Mutter geschehen?

Jetzt, sagte sie sich, brauche ich einen zahmen Polizeibeamten, der mir Insider-Informationen über die O'Briens geben kann, und natürlich führte ihr Weg sie zum *Poacher*. Da es Mittagszeit war, war die Tür unverschlossen, aber die Tische waren so leer wie immer. Sie suchte sich einen in sicherer Entfernung vom Fenster und setzte sich, ohne die dunkle Brille abzunehmen.

»Die brauchen Sie nicht«, sagte Hawksley von der Küchentür her. »Ich habe nicht die Absicht, das Licht anzumachen.«

Sie lächelte, nahm aber die Brille nicht ab. »Ich möchte gern etwas zu essen bestellen.«

»Okay.« Er hielt die Tür auf. »Kommen Sie in die Küche. Da ist es gemütlicher.«

»Nein, ich möchte hier essen.« Sie stand auf. »An dem Tisch am Fenster. Ich möchte die Tür offen haben und«, sie suchte nach Lautsprechern und fand sie, »und dazu laute Musik, am liebsten Jazz. Bringen wir doch ein bisschen Leben in die Bude. Kein Mensch will in einem Leichenschauhaus essen.« Sie setzte sich an das Fenster.

»Nein«, entgegnete er mit einem seltsamen Ton in der Stimme. »Wenn Sie mittagessen wollen, dann essen Sie hier drinnen bei mir. Sonst gehen Sie woandershin.«

Sie musterte ihn forschend. »Das hat mit der Rezession nichts zu tun, nicht wahr?«

»Was?«

»Ihre nicht vorhandenen Gäste.«

Er wies zur Küche. »Gehen Sie oder bleiben Sie?«

»Ich bleibe.« Sie stand wieder auf. Was geht hier eigentlich vor?, fragte sie sich.

»Das ist wirklich nicht Ihre Sache, Miss Leigh«, bemerkte er, als hätte er ihre Gedanken gelesen. »Ich schlage vor, Sie bleiben bei Ihrem Leisten und lassen mich meine Angelegenheit auf meine Weise erledigen.«

Geoff hatte ihm am vergangenen Montag die Ergebnisse seiner Überprüfung durchtelefoniert. »Sie ist koscher«, hatte er gesagt. »Autorin mit Wohnsitz in London. Geschieden. Hatte eine Tochter, die bei einem Autounfall ums Leben gekommen ist. Keine früheren Verbindungen zu irgendjemand hier in der Gegend. Tut mir Leid, Hal.«

»Okay«, sagte Roz nachgiebig, »aber Sie müssen zugeben, dass es einen neugierig machen kann. Als ich auf Ihrer ehemaligen Dienststelle war, um herauszubekommen, wo Sie zu finden sind, hat mich ein Beamter davor gewarnt, hier etwas zu essen. Seitdem mache ich mir so meine Gedanken. Bei solchen Freunden braucht man gar keine Feinde, nicht wahr?«

Sein Lächeln erreichte die Augen nicht. »Dann ist es aber sehr mutig von Ihnen, meine Gastfreundschaft ein zweites Mal zu akzeptieren.« Er zog die Tür noch ein Stück weiter auf.

Sie ging an ihm vorbei in die Küche. »Das ist nicht Mut, das ist Gefräßigkeit«, sagte sie. »Sie kochen weit besser als ich. Aber ich habe vor, für mein Essen zu bezahlen, es sei denn«, auch ihr Lächeln erreichte ihre Augen nicht, »das hier ist gar kein Restaurant, sondern nur eine Fassade, hinter der sich etwas ganz anderes verbirgt.«

Das fand er erheiternd. »Sie haben eine blühende Fantasie.« Er stellte ihr einen Stuhl zurecht.

»Vielleicht.« Sie setzte sich. »Aber ich bin auch noch nie einem Gastwirt begegnet, der sich hinter Eisengittern verbarrikadiert, einen Speisesaal voll leerer Tische hat, kein Personal und plötzlich mit einem Gesicht aus dem Dunkeln auftaucht, als hätte man ihn durch die Mangel gedreht.« Sie zog die Brauen hoch. »Wenn Sie nicht so gut kochten, wäre ich noch stärker geneigt zu glauben, dass dies hier gar kein Restaurant ist.«

Er beugte sich unvermittelt vor und nahm ihr die dunkle Brille ab. Er klappte sie zusammen und legte sie auf den Tisch. »Und was soll ich daraus schließen«, sagte er, unerwartet erschüttert von der Entstellung ihrer schönen Augen. »Soll ich annehmen, dass Sie gar keine Schriftstellerin sind, nur weil jemand die Spuren seiner Hände in Ihrem Gesicht hinterlassen hat?« Er runzelte plötzlich die Stirn. »Es war doch nicht Olive?«

»Aber nein, natürlich nicht«, antwortete sie erstaunt.

»Wer war es dann?«

Sie senkte den Blick. »Niemand. Es ist nicht wichtig.«

Er wartete einen Moment. »Jemand, der Ihnen etwas bedeutet?«

»Nein.« Sie faltete ihre Hände lose auf dem Tisch. »Eher das Gegenteil. Es war jemand, der mir nichts bedeutet.« Sie sah mit einem halben Lächeln auf. »Und wer hat Sie verprügelt, Sergeant? Jemand, der *Ihnen* etwas bedeutet?«

Er zog die Kühlschranktür auf und inspizierte seine Vorräte. »Irgendwann wird Ihre Vorliebe dafür, Ihre Nase in anderer Leute Angelegenheiten zu stecken, Sie in Teufels Küche bringen. Worauf haben Sie Lust? Lamm?«

»Ich bin eigentlich gekommen, weil ich Sie noch ein bisschen ausfragen wollte«, sagte sie beim Kaffee.

Die Lachfältchen um seine Augen vertieften sich. Er war wirklich ungewöhnlich attraktiv, dachte sie mit einer gewissen Wehmut, da sie sich bewusst war, dass die Anziehung gänzlich einseitig war. Das Mittagessen war freundlich, aber distanziert verlaufen, mit einem großen Schild zwischen ihnen auf dem Tisch, das sagte: Bis hierher und nicht weiter.

»Na, dann fragen Sie ruhig.«

»Kennen Sie die Familie O'Brien? Auf dem Barrow Estate?«

»Jeder kennt die O'Briens.« Er sah sie stirnrunzelnd an. »Aber wenn es zwischen denen und Olive Martin eine Verbindung gibt, fress ich einen Besen.«

»Na, da werden Sie die nächsten Tage ganz schöne Verdauungsschwierigkeiten haben«, sagte sie bissig. »Ich habe mir erzählen lassen, dass sie zur Zeit der Morde mit einem der Söhne befreundet war. Wahrscheinlich mit Gary, dem jüngsten. Was ist er für einer? Kennen Sie ihn?«

Er verschränkte die Hände hinter dem Kopf. »Ich glaube, da will Sie jemand verladen«, murmelte er. »Gary ist vielleicht eine Spur heller als die anderen, aber intellektuell hat er allenfalls das Niveau eines Vierzehnjährigen, kann man sagen. Diese Leute sind die unnützeste Bande von Stümpern, die mir je über den Weg gelaufen sind. Das Einzige, wovon die was verstehen, ist Diebstahl, und nicht mal darin sind sie besonders gut. Es gibt Ma O'Brien und ungefähr neun Kinder, die meisten davon Jungen, inzwischen alle erwachsen, und wenn sie nicht im Gefängnis sind, hausen sie alle in einem Vierzimmer-Haus in der Siedlung.«

»Ist denn keiner von ihnen verheiratet?«

»Immer nur vorübergehend. Scheidungen kommen in dieser Familie häufiger vor als Heiraten. Die Frauen suchen sich meistens was anderes, während ihre Ehemänner im Knast sitzen. Aber sie setzen anscheinend einen Haufen Kinder in die Welt; inzwischen erscheinen nämlich schon die O'Briens der dritten Generation regelmäßig vor dem Jugendgericht.« Er schüttelte den Kopf. »Da will jemand Sie verladen«, sagte er wieder. »Olive mag alles Mögliche getan haben, aber dumm war sie nicht, und sie hätte schon hirntot sein müssen, um sich in einen Trottel wie Gary O'Brien zu verlieben.«

»Sind diese Leute denn wirklich so schlimm?«, fragte sie. »Oder ist das die Feindseligkeit der Polizei?«

Er lächelte. »Ich gehöre nicht mehr zur Polizei, falls Sie das vergessen haben sollten. Aber sie sind wirklich so schlimm«, versicherte er. »In jedem Revier gibt es Familien wie die O'Briens, und wenn man richtiges Pech hat, erwischt man gleich eine ganze Siedlung voll ihrer Sorte, wie das beim Barrow Estate der Fall ist. Da hat die Gemeinde beschlossen, ihre faulen Äpfel alle in einen Korb zu werfen, und erwartet dann von der Polizei, dass sie einen Kordon darum zieht.« Er lachte bitter. »Das ist einer der Gründe, weshalb ich bei der Polizei aufgehört habe. Ich hatte es restlos satt, dauernd losgeschickt zu werden, um den Schweinestall der Gesellschaft zu säubern. Nicht die Polizei schafft diese Gettos. Sie werden von den Gemeinden und vom Staat und letztendlich von der Gesellschaft selbst geschaffen.«

»Klingt einleuchtend«, sagte sie. »Aber warum verachten Sie dann die O'Briens so tief? Die scheinen doch eher Hilfe und Unterstützung zu brauchen als Verurteilung.«

Er zuckte die Achseln. »Wahrscheinlich, weil sie schon mehr Hilfe und Unterstützung erhalten haben, als man Ihnen oder mir je anbieten wird. Sie nehmen alles, was die Gesellschaft ihnen gibt, und verlangen immer mehr. Bei diesen Leuten gibt es kein Quidproquo. Sie bringen nichts ein für das, was sie herausgeholt haben. Die Gesellschaft schuldet ihnen ein anständiges Leben, und sie sorgen dafür, dass die Gesellschaft zahlt, darauf können Sie sich verlassen, meistens zahlt sie in Gestalt irgendeiner armen alten Frau, der alle ihre Ersparnisse gestohlen werden.« Seine Lippen wurden schmal. »Wenn Sie diese wertlosen Scheißkerle sooft verhaftet hätten wie ich, würden Sie sie auch verachten. Ich bestreite nicht, dass sie die Vertreter einer Unterklasse sind, die die Gesellschaft geschaffen hat, aber ich nehme ihnen übel, dass sie nicht einmal versuchen wollen, sich selbst aus der Situation zu befreien.« Er sah ihre skeptische Miene. »Sie sehen sehr finster drein. Habe ich Ihr liberales Feingefühl verletzt?«

»Nein, überhaupt nicht«, antwortete sie mit einem erheiterten Blitzen im Auge. »Ich habe mir nur gerade gedacht, dass Sie reden wie Mr. Hayes. Erinnern Sie sich an den? ›Tja, was soll ich sagen?‹«, machte sie den alten Mann nach. »›Man sollte sie alle am nächsten Laternenpfahl aufknüpfen und erschießen.‹« Sie lächelte, als er lachte.

»Mein Mitgefühl mit den Kriminellen ist im Augenblick etwas dünn«, sagte er nach einer kleinen Pause. »Genauer gesagt, mein Mitgefühl ist überhaupt sehr dünn.«

»Klassische Symptome von Stress«, sagte sie leichthin und

beobachtete ihn dabei. »Unter seelischer Belastung heben wir uns unser Mitgefühl immer für uns selbst auf.«

Er antwortete nicht.

»Sie sagten eben, die O'Briens seien Stümper«, hakte Roz nach. »Aber vielleicht sind sie einfach nicht fähig, sich aus ihrer Situation zu befreien.«

»Das habe ich auch mal geglaubt«, bekannte er. »Als ich gerade bei der Polizei angefangen hatte. Aber man muss schon sehr naiv sein, um sich diesen Glauben zu bewahren. Sie sind professionelle Diebe, die ganz einfach nicht an dieselben Werte glauben wie wir. Es ist keine Frage von nicht *können*, sondern von nicht *wollen*. Das ist etwas ganz anderes.« Er lächelte sie an. »Und wenn man sich als Polizeibeamter das Fünkchen Menschlichkeit, das einem noch geblieben ist, bewahren will, muss man ausscheiden, sobald einem das bewusst wird. Sonst ist man am Ende genauso prinzipienlos wie die Leute, die man täglich festnimmt.«

Das wird ja immer seltsamer, dachte Roz. Er hatte also auch für die Polizei kaum noch etwas übrig. Er wirkte wie ein Mann unter Belagerung, isoliert und zornig innerhalb seiner Festungsmauern. Aber weshalb sollten seine Freunde bei der Polizei ihn im Stich gelassen haben? Er hatte doch vermutlich welche.

»Ist von den O'Briens schon einmal jemand wegen Mordes oder schwerer Körperverletzung belangt worden?«

»Nein. Ich habe es Ihnen ja schon gesagt, das sind Diebe. Ladendiebstahl, Taschendiebstahl, kleine Einbrüche, Autodiebstahl, das ist ihr Repertoire. Ma O'Brien macht die Hehlerin, wenn sie gestohlene Waren in die Finger bekommt, aber gewalttätig sind die nicht.«

»Ich habe gehört, sie seien alle bei den Hell's Angels.«

Er warf ihr einen erheiterten Blick zu. »Wo haben Sie denn diesen Quatsch nur her? Glauben Sie vielleicht, Gary habe die Morde begangen und Olive war so vernarrt in ihn, dass sie sich für ihn geopfert hat?«

»Klingt nicht sehr plausibel, wie?«

»Ungefähr genauso plausibel wie kleine grüne Männchen auf dem Mars. Abgesehen von allem anderen hat Gary vor seinem eigenen Schatten Angst. Er wurde einmal bei einem Einbruch ertappt – er glaubte, es sei niemand im Haus –, und da hat er zu heulen angefangen. Der hätte einer um sich schlagenden Gwen Martin die Kehle ebenso wenig durchschneiden können wie Sie oder ich. Oder seine Brüder. Das sind magere kleine Füchse, keine reißenden Wölfe. Mit wem um alles in der Welt haben Sie sich eigentlich unterhalten? Offensichtlich jemand mit Sinn für Humor.«

Sie zuckte plötzlich gereizt die Achseln. »Das ist unwichtig. Wissen Sie vielleicht die Adresse der O'Briens? Dann brauchte ich sie nicht erst nachzuschlagen.«

Er grinste. »Sie wollen da doch nicht etwa hingehen?«

»Aber natürlich«, entgegnete sie verärgert. »Es ist der verheißungsvollste Anhaltspunkt, den ich bisher aufgetan habe. Und jetzt, da ich weiß, dass sie keine äxteschwingenden Hell's Angels sind, bin ich nicht sonderlich besorgt. Also, wissen Sie die Adresse?«

»Ich komme mit.«

»Da täuschen Sie sich gewaltig, Goldjunge«, sagte sie trocken. »Ich lasse mir doch nicht von Ihnen die Tour vermasseln. Also, geben Sie mir jetzt die Adresse oder muss ich sie selber nachschlagen?«

»Baytree Avenue Nummer sieben. Sie können es gar nicht verfehlen. Es ist das einzige Haus in der Straße mit einer Satellitenschüssel. Garantiert geklaut.«

»Danke.« Sie griff nach ihrer Handtasche. »So, und wenn wir jetzt noch kurz abrechnen, kann ich Sie in Frieden lassen.«

Er stand auf und ging zu ihr, um ihren Stuhl zurückzuziehen. »Das geht aufs Haus«, sagte er.

Sie stand ebenfalls auf, sah ihn ernst an. »Aber ich würde gern bezahlen. Ich bin nicht extra mittags gekommen, um bei Ihnen zu schmarotzen. Und überhaupt«, sie lächelte, »wie kann ich sonst meine Würdigung Ihrer Kochkünste beweisen? Geld spricht eine deutlichere Sprache als alle Worte. Ich kann sagen, es war fantastisch, wie das letztemal, aber es könnte ja auch sein, dass ich nur höflich bin.«

Er hob eine Hand, als wollte er sie berühren, senkte dann aber den Arm unvermittelt wieder. »Ich bringe Sie hinaus«, war alles, was er sagte.

10

Roz fuhr dreimal an dem Haus vorbei, ehe sie den Mut aufbrachte, auszusteigen und an der Haustür zu klopfen. Schließlich war es ihr Stolz, der sie den kurzen Weg hinaufführte. Hals Erheiterung hatte sie herausgefordert. Ein Motorrad unter einer Plane stand ordentlich geparkt auf einem Fleckchen Rasen neben dem Zaun.

Die Tür wurde von einer knochigen kleinen Frau mit scharfem, misstrauischem Gesicht geöffnet. »Ja?«, sagte sie kurz und unwirsch.

»Mrs. O'Brien?«

»Und wer sind Sie?«

Roz nahm eine Karte heraus. »Mein Name ist Rosalind Leigh.« Irgendwo dröhnte ein Fernsehapparat.

Die Frau sah auf die Karte hinunter, nahm sie jedoch nicht. »Gut, und was wolln Sie? Wenn's um die Miete geht, die hab' ich gestern in 'n Kasten gesteckt.« Sie verschränkte die Arme über der mageren Brust und sah Roz mit herausforderndem Blick an.

»Ich komme nicht von der Gemeinde, Mrs. O'Brien.« Sie begriff plötzlich, dass die Frau nicht lesen konnte. Abgesehen von Telefonnummer und Adresse standen auf Roz' Karte nur ihr Name und ihr Beruf. Schriftstellerin, hieß es klar und deutlich.

Sie spielte va banque. »Ich arbeite für eine kleine unabhängige Fernsehgesellschaft«, erklärte sie strahlend munter, während sie krampfhaft überlegte, wie sie die Frau am ehesten locken konnte. »Wir machen gerade eine Studie über die Probleme allein erziehender Eltern mit großen Familien. Im Besonderen sind wir daran interessiert, uns mit Müttern zu unterhalten, die Schwierigkeiten haben, ihre Söhne auf dem rechten Weg zu halten. Die Gesellschaft ist in solchen Fällen ja immer schnell mit Schuldzuweisungen bei der Hand, und wir finden, dass es an der Zeit ist, das Bild ein wenig zurechtzurücken.« Sie sah eine gewisse Verständnislosigkeit auf dem Gesicht der Frau. »Wir möchten einer solchen Mutter die Chance geben, ihre Version der Geschichte zu erzählen«, erläuterte sie. »Es scheint da ein allgemeines Muster von Einmischung und Schikane durch die Behörden zu geben – Jugendamt, Gemeinde, Polizei. Die meisten Mütter, mit denen wir gesprochen haben, sind der Ansicht, dass sie diese Probleme nicht gehabt hätten, wenn man sie in Ruhe gelassen hätte.«

Ein Funke von Interesse glomm in Ma O'Briens Augen auf. »Das stimmt.«

»Wären Sie bereit, bei der Sendung mitzumachen?«

»Vielleicht. Wer hat Sie'n geschickt?«

»Wir haben hier bei den Gerichten recherchiert«, antwortete Roz geschickt, »und sind relativ häufig auf Ihren Namen gestoßen.«

»Das wundert mich nicht. Krieg' ich Geld dafür?«

»Aber natürlich. Ich müsste mich jetzt erst einmal ungefähr eine Stunde mit Ihnen unterhalten, um mir eine grobe Vorstellung von Ihren Ansichten machen zu können. Dafür erhalten Sie eine sofortige Bezahlung von fünfzig Pfund.« Alles, was darunter lag, dachte sie, würde Ma naserümpfend ablehnen. »Wenn wir Ihren Beitrag dann für brauchbar halten und Sie bereit sind, sich filmen zu lassen, werden wir

Ihnen den gleichen Stundensatz bezahlen, solange die Kameras hier sind.«

Ma O'Brien spitzte den dünnlippigen Mund und sagte: »Hundert. Für hundert mach' ich's.«

Roz schüttelte den Kopf. Mehr als fünfzig hatte sie gar nicht dabei. »Tut mir Leid. Das ist ein fester Tarif. Ich kann Ihnen nicht mehr bezahlen.« Sie zuckte die Achseln. »Schade. Trotzdem vielen Dank, dass Sie mir zugehört haben, Mrs. O'Brien. Ich habe noch drei andere Familien auf meiner Liste. Eine davon wird diese Chance, den Behörden endlich mal die Meinung zu sagen und dabei noch Geld zu verdienen, sicherlich ergreifen.« Sie wandte sich ab. »Sehen Sie sich die Sendung an!«, rief sie über die Schulter zurück. »Wahrscheinlich werden Sie einige Ihrer Nachbarn darin sehen.«

»Nicht so hastig, Miss. Hab' ich vielleicht Nein gesagt? Keine Spur. Aber ich wär' doch blöd, wenn ich nich versuchen würde, 'n bisschen mehr rauszuschlagen. Kommen Sie rein. Kommen Sie rein. Wie heißen Sie gleich wieder?«

»Rosalind Leigh.« Sie folgte Ma in ein Wohnzimmer und setzte sich in einen Sessel, während die Frau das Fernsehgerät ausschaltete und geistesabwesend ein paar imaginäre Stäubchen von dem Apparat wischte.

»Das ist ein hübsches Zimmer«, sagte Roz und achtete darauf, sich ihre Überraschung nicht anmerken zu lassen. Auf einem hellen chinesischen Teppich in Rosa und Grau stand eine Couchgarnitur guter Qualität in burgunderrotem Leder.

»Alles ehrlich gekauft und bezahlt«, sagte Ma schnippisch.

Roz zweifelte keinen Augenblick daran. Wenn die Polizei bei ihr so häufig zu Gast war, wie Hal angedeutet hatte, würde sie ihr Haus kaum mit gestohlenen Sachen möblieren. Roz nahm ihr Tonbandgerät heraus.

»Haben Sie etwas dagegen, wenn ich unser Gespräch aufnehme? Es wäre für unseren Toningenieur eine gute Möglichkeit, gleich ein paar Messungen zu machen. Aber wenn das Mikrofon Sie stört, mache ich mir stattdessen gern Notizen.«

»Ach, lassen Sie's ruhig stehn«, sagte sie und setzte sich auf das Sofa. »Ich hab' keine Angst vor Mikrofonen. Wir ham ein Karaoke nebenan. Wollen Sie Fragen stellen, oder wie läuft das jetzt?«

»Das ist wahrscheinlich das Einfachste, nicht wahr? Fangen wir doch mal bei der Zeit an, als Sie hier eingezogen sind.«

»Hm, ja, das Haus ist vor ungefähr zwanzig Jahren gebaut worden, und wir waren hier die erste Familie. Wir waren zu sechst, mit meinem Mann, aber der ist kurz danach eingebuchtet worden, und wir ham ihn nie wiedergesehen. Der Schweinehund ist abgehaun, als sie ihn rausgelassen ham.«

»Sie hatten also vier Kinder?«

»Vier zu Hause, fünf in Pflege. Verdammte Einmischung, genau wie Sie gesagt ham. Dauernd ham sie mir die kleinen Würmer weggenommen. Da kann man echt zu viel kriegen. Die wollten doch ihre Mutter und nich irgendeine gottverdammte Pflegemutter, die's nur für Geld gemacht hat.« Sie schlang beide Arme um ihren Oberkörper. »Aber ich hab' sie immer zurückgekriegt, das könn' Sie mir glauben. Auf einmal ham sie wieder vor der Tür gestanden, so sicher wie's Amen in der Kirche, ganz gleich, wie oft sie sie mir weggenommen ham. Die Gemeinde hat uns auseinander reißen wollen, sogar mit einer Ein-Zimmer-Wohnung ham sie mir gedroht.« Sie rümpfte die Nase. »Schikane, da ham Sie ganz Recht. Ich weiß noch, einmal ...«

Sie ließ sich nicht lange bitten, ihre Geschichte zu erzählen, sondern legte gleich mit bemerkenswerter Redegewandtheit los und unterhielt Roz, die völlig fasziniert war, fast eine Dreiviertelstunde lang. Roz machte etwa fünfzig Prozent Abstriche von dem, was ihr aufgetischt wurde, vor allem, weil

Ma O'Brien so tat, als seien ihre Söhne immer nur die unschuldigen Opfer polizeilicher Machenschaften gewesen. Selbst dem Leichtgläubigsten wäre es schwer gefallen, das zu schlucken. Dennoch, in ihrem Ton schwang immer, wenn sie von ihrer Familie sprach, eine trotzige Zuneigung mit, und Roz fragte sich, ob sie wirklich so gefühllos und roh war, wie Lily sie gezeichnet hatte. Sie selbst jedenfalls stellte sich als unglückliches Opfer von Umständen dar, über die sie keine Kontrolle hatte, wobei Roz allerdings nicht hätte sagen können, ob sie das wirklich glaubte oder es nur sagte, weil sie vermutete, dass Roz das hören wollte. Auf jeden Fall war Ma O'Brien um einiges schlauer, als sie sich anmerken ließ.

»Gut, Mrs. O'Brien, mal sehen, ob ich das richtig mitbekommen habe«, sagte sie schließlich, den Redestrom unterbrechend. »Sie haben zwei Töchter, die beide genau wie Sie allein erziehende Mütter sind und von Sozialhilfe leben. Sie haben sieben Söhne. Drei sind zur Zeit im Gefängnis, einer lebt mit seiner Freundin zusammen, und die anderen drei wohnen hier. Ihr ältestes Kind ist Peter, der jetzt sechsunddreißig ist, und ihr Jüngster ist Gary, jetzt fünfundzwanzig.« Sie pfiff durch die Zähne. »Das ist wirklich allerhand. Neun Kinder in elf Jahren.«

»Mittendrin zweimal Zwillinge. Jedes Mal ein Junge und ein Mädchen. Aber es war schon hart.«

Eine einzige Plackerei, dachte Roz. »Wollten Sie die Kinder haben?«, fragte sie neugierig. »Ich kann mir kaum etwas Schlimmeres vorstellen, als neun Kinder zu haben.«

»Ich konnt's mir nich aussuchen, meine Liebe. Zu meiner Zeit gab's keine Abtreibung.«

»Haben Sie keine Verhütungsmittel genommen?«

Zu ihrer Überraschung wurde die alte Frau rot. »Ich hab' nie kapiert, wie die funktionieren«, sagte sie kurz. »Mein Mann hat's mal mit 'nem Gummi versucht, aber das Ding hat ihn gestört, und da hat er nie wieder einen genommen. Der alte Mistkerl. Ihm hat's nix ausgemacht, wenn's mich immer wieder erwischt hat.«

Es lag Roz auf der Zunge, Ma O'Brien zu fragen, warum sie denn nie kapiert habe, wie das mit den Verhütungsmitteln funktionierte, als der Groschen bei ihr fiel: Wenn sie nicht lesen konnte und es ihr zu peinlich gewesen war zu fragen, wie man sie anwendete, mussten sie für sie nutzlos gewesen sein. Guter Gott, dachte sie, ein bisschen Schulbildung hätte dem Staat im Fall dieser Familie ein Vermögen gespart.

»Typisch Mann«, sagte sie leichthin. »Ich habe draußen ein Motorrad stehen sehen. Gehört das einem Ihrer Söhne?«

»Ehrlich gekauft und bezahlt«, kam der angriffslustige Refrain. »Es ist Garys. Der spinnt echt mit seinem Motorrad. 'ne Zeit lang hatten mal drei von den Jungs Motorräder, jetzt isses nur noch Gary. Sie ham alle für so einen Kurierdienst gearbeitet, bis die verdammten Bullen da aufgekreuzt sind und dafür gesorgt ham, dass sie gefeuert worden sind. Schikane, nichts als Schikane. Wie soll ein Mensch denn arbeiten, wenn ständig die Bullen daherkommen und dem Chef das Strafregister unter die Nase halten? Und natürlich ham die Jungs die Motorräder wieder hergeben müssen. Sie hatten sie auf Raten gekauft, und dann konnten sie natürlich nich mehr zahlen.«

Roz schnalzte teilnahmsvoll mit der Zunge. »Wann war denn das? Vor kurzem erst?«

»In dem Jahr, in dem wir die schweren Stürme hatten. Ich weiß noch, der Strom war weg, als die Jungs gekommen sind und erzählt ham, dass sie sie rausgeschmissen hatten. Und wir hatten nur eine einzige Kerze!« Ihre Lippen strafften sich. »Es war eine fürchterliche Nacht. Deprimierend.«

Roz bemühte sich, ein möglichst neutrales Gesicht zu machen. Hatte Lily doch Recht und Hal Unrecht? »Ach ja, die Stürme von siebenundachtzig«, sagte sie. »Die ersten.«

»Genau. Und zwei Jahre später hatten wir das Gleiche noch mal. Da ham wir gleich eine Woche lang keinen Strom gehabt, und wir ham nich mal 'ne Entschädigung gekriegt. Ich hab's versucht, aber die Kerle ham mir einfach erklärt, wenn ich nich zahle, was ich schulde, dann drehen sie mir den Strom ganz ab.«

»Hat die Polizei Ihnen einen Grund dafür angegeben, dass Ihre Söhne an die Luft gesetzt wurden?«, erkundigte sich Roz.

»Ha!«, prustete Ma O'Brien verächtlich. »Die geben eim doch nie für irgendwas Gründe an. Es war die reine Schikane, wie ich schon gesagt hab'.«

»Haben sie lange für den Kurierdienst gearbeitet?«

Die Frau musterte sie argwöhnisch. »Das interessiert Sie aber plötzlich mächtig, was?«

Roz lächelte unschuldig. »Nur weil wir hier eine Situation haben, als drei Ihrer Söhne versucht haben, ein ordentliches Leben zu führen. Das würde sich in der Sendung gut machen, wenn wir zeigen könnten, dass ihnen diese Möglichkeit durch polizeiliche Schikane genommen worden ist. Es war wohl ein Unternehmen hier am Ort, für das sie gearbeitet haben?«

»In Southampton.« Ma O'Brien zog die Mundwinkel weit herab. »Und so einen blöden Namen hatte die Firma. Wells-Fargo. Na ja, der Chef war ja auch der reinste Cowboy, da war der Name vielleicht doch nich so blöd.«

Roz unterdrückte ein Lächeln. »Gibt es die Firma noch?«

»So viel ich weiß, ja. So, Schluss jetzt. Die Stunde ist um.«

»Ich danke Ihnen, Mrs. O'Brien.« Sie klopfte auf den Recorder. »Wenn den Produzenten gefällt, was wir hier drauf haben, muss ich vielleicht noch einmal wiederkommen und mit Ihren Söhnen sprechen. Wäre das möglich?«

»Warum nich? Für fünfzig Eier pro Nase haben die bestimmt nix dagegen.« Ma O'Brien hielt Roz die offene Hand hin.

Pflichtschuldig nahm Roz zwei Zwanzig-Pfund-Noten und einen Zehner aus ihrer Brieftasche und legte die Scheine in die runzlige Hand. Dann fing sie an, ihre Sachen zu packen.

»Wie ich höre, ist Dawlington ja richtig berühmt«, bemerkte sie im Plauderton.

»Ach ja?«

»Man hat mir erzählt, dass ungefähr eine halbe Meile von hier Olive Martin ihre Mutter und ihre Schwester umgebracht hat.«

»Ach die«, sagte Ma O'Brien wegwerfend und stand auf. »Komisches Mädchen. Ich hab' sie mal ganz gut gekannt. Ich hab' für ihre Mutter geputzt, als sie und ihre Schwester noch kleine Würmer waren. Sie war ganz verrückt nach meinem Gary. Sie hat ihn immer wie ihre Puppe behandelt, wenn ich ihn mitgenommen hab'. Die beiden waren nur drei Jahre auseinander, aber sie war fast doppelt so groß wie mein magerer kleiner Wicht. Komisches Mädchen.«

Roz räumte umständlich ihre Aktentasche ein. »Da muss es für Sie ja ein ziemlicher Schock gewesen sein, von den Morden zu hören. Wenn Sie die Familie gekannt haben, meine ich.«

»Ich muss sagen, ich hab' da nich weiter drüber nachgedacht. Ich war ja auch nur 'n halbes Jahr dort. *Sie* hab' ich nie gemocht. Die hat mich nur aus Angeberei genommen, aber kaum hat sie gehört, dass mein Mann im Knast sitzt, hat sie mich gefeuert.«

»Was war Olive denn für ein Kind? War sie Ihrem Gary gegenüber gewalttätig?«

Ma O'Brien lachte. »Sie hat ihm immer die Sachen von ihrer Schwester angezogen. Mein Gott, hat er da ausgesehen!

Wie ich gesagt hab', sie hat ihn behandelt, als wär' er ihre Puppe.«

Roz drückte die Schlösser ihrer Aktentasche zu und stand auf. »Waren Sie überrascht, als Sie hörten, was sie getan hatte?«

»Nich mehr als über manches andere. Die Menschen sind ja wirklich das Verrückteste, was es gibt.« Sie begleitete Roz zur Haustür und wartete, die Arme in die Hüften gestemmt, dass sie nun endlich gehen würde.

»Das wäre vielleicht eine originelle Einführung in die Sendung«, sagte Roz nachdenklich. »Dass Gary früher einmal einer berüchtigten Mörderin als Puppe gedient hat. Erinnert er sich noch an sie?«

Ma O'Brien lachte wieder. »Na klar erinnert er sich. Er hat doch immer die Briefe zwischen ihr und ihrem Liebhaber hin und her getragen, als sie noch beim Sozialdienst gearbeitet hat.«

Rosalind fuhr, so schnell es ging, zur nächsten Telefonzelle. Ma O'Brien hatte ihrer aufregenden letzten Bemerkung nichts hinzufügen können oder wollen und hatte Roz unvermittelt die Haustür vor der Nase zugeschlagen, als sie Näheres über Garys derzeitigen Verbleib wissen wollte. Nun ließ Roz sich von der Auskunft die Nummer der Firma Wells-Fargo in Southampton geben und rief mit ihren letzten fünfzig Pence dort an. Eine Frau nannte ihr gelangweilt die genaue Adresse ihrer Firma und erklärte ihr den Weg dorthin. »Wir schließen in vierzig Minuten«, sagte sie zum Abschied.

Roz parkte im Halteverbot, ohne sich um den drohenden Strafzettel zu kümmern, und schaffte es, Wells-Fargo noch zehn Minuten vor Geschäftsschluss zu erreichen. Es war ein schäbiges kleines Büro, eine Treppe hoch, mit dem Eingang zwischen zwei Läden. Zwei anämische Fleißige Lieschen und ein uralter Pirelli-Kalender waren die einzigen Farbtupfer an der vergilbten Wand. Die Frau mit der gelangweilten Stimme hatte ein ebenso gelangweilt wirkendes Gesicht. Sie war mittleren Alters und zählte offensichtlich die Minuten bis zum Beginn ihres Wochenendes.

»Wir sehen unsere Kunden fast nie«, bemerkte sie, während sie ruhig weiter ihre Nägel feilte. »Ich meine, wenn sie ihr Paket selbst hierherbringen, können sie es eigentlich genauso gut selbst liefern.« Es klang wie eine Anklage; als sei sie der Ansicht, Roz vergeude die Zeit der Firma. Sie vernachlässigte einen Moment ihre Fingernägel und streckte die Hand aus. »Was ist es, und wo geht es hin?«

»Ich bin keine Kundin«, sagte Roz. »Ich bin Schriftstellerin und hoffe, Sie können mir einige Auskünfte für ein Buch geben, an dem ich schreibe.« Erwachendes Interesse belebte das Gesicht der Frau. Also nahm Roz sich einen Stuhl und setzte sich. »Wie lange arbeiten Sie schon hier?«

»Zu lange. Was ist das für ein Buch?«

Roz beobachtete sie scharf. »Erinnern Sie sich an Olive Martin? Sie hat vor sechs Jahren in Dawlington ihre Mutter und ihre Schwester ermordet.« Sie sah den Blitz des Erkennens im Blick der Frau. »Ich schreibe ein Buch über sie.«

Die Frau wandte sich wieder ihren Nägeln zu, ohne etwas zu sagen.

»Haben Sie sie gekannt?«

»Guter Gott, nein.«

»Hatten Sie schon von ihr gehört? Vor den Morden, meine ich. So viel ich weiß, hat einer Ihrer Kuriere ihr Briefe überbracht.« Das stimmte, nur wusste sie nicht, ob Gary zu der Zeit, als er die Briefe befördert hatte, überhaupt noch für Wells-Fargo gearbeitet hatte.

Die Verbindungstür zu einem Nachbarbüro öffnete sich, und ein Mann kam heraus. Er musterte Roz. »Wollte diese

Dame zu mir, Marnie?« Ohne es zu merken, ließ er die Finger an seiner Krawatte auf und ab laufen, als spiele er eine Klarinette.

Die Nagelfeile verschwand. »Nein, Mr. Wheelan. Das ist eine Freundin von mir. Sie ist auf einen Sprung vorbeigekommen, weil sie wissen wollte, ob ich Zeit habe, ein Glas mit ihr trinken zu gehen, ehe ich nach Hause fahre.« Sie fixierte Roz mit Unterstützung heischendem Blick. Eine merkwürdige Vertraulichkeit lag in ihrem Ausdruck, als teilten sie und Roz bereits ein Geheimnis.

Roz lächelte liebenswürdig und sah auf ihre Uhr. »Es ist ja fast sechs«, sagte sie. »Eine halbe Stunde ist doch okay, oder?«

Der Mann machte eine scheuchende Bewegung mit den Händen. »Dann gehen Sie nur, Sie beide. Heute Abend sperre ich ab.« An der Tür blieb er noch einmal stehen und drehte sich mit besorgt gerunzelter Stirn herum. »Sie haben doch hoffentlich nicht vergessen, jemanden zu Hasler zu schicken, nicht wahr?«

»Nein, Mr. Wheelan. Eddy ist schon vor zwei Stunden gefahren.«

»Gut, gut. Also dann, ein schönes Wochenende. Und Prestwick?«

»Alles erledigt, Mr. Wheelan. Wir sind auf dem Laufenden.« Marnie verdrehte die Augen zum Himmel, als er die Tür hinter sich schloss. »Der Mann macht mich noch wahnsinnig. Was der immer für einen Stress macht! Kommen Sie, schnell, eh er sich's anders überlegt. Freitagabends ist es immer am schlimmsten.« Sie war schon auf dem Weg zur Tür. »Er hasst das Wochenende, wissen Sie«, erklärte sie, während sie die Treppe hinuntereilte. »Er hat jedes Mal Angst, dass die Firma zusammenbricht, weil zwei Tage hintereinander ohne Aufträge vergehen. Er leidet unter Verfolgungswahn. Letztes Jahr musste ich jeden Samstagvormittag arbeiten, bis er endlich gemerkt hat, dass wir nur rumgesessen und Däumchen gedreht haben, weil die Firmen, mit denen wir zusammenarbeiten, alle am Samstag gar nicht offen hatten.« Sie stieß die Tür zur Straße auf und trat ins Freie. »Den Drink können wir vergessen. Ich möchte ausnahmsweise mal zu einer menschlichen Zeit nach Hause kommen.« Sie wartete mit prüfendem Blick auf Roz' Reaktion.

Roz zuckte die Achseln. »In Ordnung. Dann unterhalte ich mich eben mit Mr. Wheelan über Olive Martin. Er scheint es ja nicht eilig zu haben.«

Marnie stampfte ungeduldig mit dem Fuß. »Sie wollen wohl, dass ich rausfliege?«

»Ja, dann reden Sie doch mit mir.«

Marnie sagte eine Weile nichts, sondern schien zu überlegen, was für Alternativen sie hatte. »Na schön, ich sag' Ihnen, was ich weiß, aber Sie müssen es für sich behalten«, sagte sie schließlich. »Abgemacht? Es wird Ihnen sowieso nicht weiterhelfen. Für das Buch können Sie's ja doch nicht gebrauchen.«

»Ist mir recht«, sagte Roz.

»Wir können auf dem Weg zum Bahnhof reden. Da runter. Wenn wir uns beeilen, erwisch' ich vielleicht den Zug um halb sieben noch.«

Roz hielt sie am Arm fest. »Da drüben steht mein Wagen«, sagte sie. »Ich fahre Sie hin.« Sie ging mit Marnie über die Straße und sperrte ihren Wagen auf. »Okay«, sagte sie, als sie beide im Auto saßen und sie den Motor angelassen hatte. »Erzählen Sie.«

»Ich habe tatsächlich schon von ihr gehört, oder zumindest von einer Olive Martin. Ich kann nicht beschwören, dass es ein und dieselbe ist, weil ich sie nie gesehen habe, aber die Beschreibung klang zutreffend, als ich damals von ihr in der

Zeitung gelesen habe. Ich habe immer angenommen, dass es sich um dieselbe Person handelt.«

»Wer hat Ihnen die Beschreibung gegeben?«, fragte Roz. Sie bog in die Hauptstraße ein.

»Es ist besser, Sie stellen jetzt keine Fragen«, sagte Marnie ungehalten. »Dann dauert alles nur länger. Lassen Sie mich einfach erzählen.« Sie sammelte sich einen Moment. »Ich habe vorhin gesagt, dass wir unsere Kunden selten zu Gesicht bekommen. Manchmal kommt jemand vorbei, um zu sehen, was für eine Firma wir sind, aber normalerweise wird alles über Telefon erledigt. Wenn jemand etwas expedieren lassen will, ruft er an, und wir schicken dann einen Kurier. So einfach ist das. Na ja, einmal mittags, als Wheelan sich was zum Essen besorgte, kam ein Mann ins Büro. Er hatte einen Brief dabei, der noch am Nachmittag an eine Miss Olive Martin geliefert werden sollte. Er war bereit, über Tarif zu bezahlen, wenn der Kurier vor ihrer Arbeitsstelle wartete, bis sie herauskam, und ihr den Brief dann unauffällig geben würde. Auf keinen Fall sollte der Brief drinnen abgegeben werden. Er sagte, ich verstünde gewiss, warum.«

Roz vergaß ihre Abmachung. »Und haben Sie es verstanden?«

»Ich nahm an, die beiden hätten ein Verhältnis miteinander und wollten auf keinen Fall auffallen. Kurz und gut, er hat mir für den einen Brief zwanzig Pfund gegeben – und das war vor sechs Jahren, wohlgemerkt! – und dazu eine sehr gute Beschreibung von Olive Martin. Er konnte mir sogar sagen, was für ein Kleid sie an dem Tag anhatte. Na, ich dachte, das wäre eine einmalige Sache, und da Wheelan, der alte Geizkragen, immer schon schlecht gezahlt hat, hab' ich das Geld eingesteckt und den Vorgang nicht eingetragen. Stattdessen habe ich einen von unseren Kurieren, der in Dawlington wohnte, den Auftrag nebenbei auf seinem Heimweg erledigen lassen. Er hat zehn Pfund dafür bekommen, dass er praktisch nichts getan hat, und den Rest habe ich eingesteckt.« Sie hob einen Arm nach rechts. »Sie biegen an der Ampel rechts ab und dann beim Kreisverkehr gleich wieder rechts.«

Roz schaltete den Blinker ein. »Und der Kurier war Gary O'Brien?«

Marnie nickte. »Der kleine Scheißer hat wohl gequasselt?«

»So in der Richtung«, erwiderte Roz, eine direkte Antwort vermeidend. »Hat Gary den Mann je gesehen?«

»Nein, nur Olive. Es stellte sich heraus, dass er sie von früher kannte – sie hat auf ihn aufgepasst, als er noch klein war oder so was –, da hat er sie natürlich ohne Mühe erkannt, und den Auftrag nicht vermasselt, indem er den Brief der Falschen gegeben hat. Davor hatte ich nämlich Angst. Er war ein fürchterlicher Trottel. Sie können gleich hier halten.«

Sie sah auf die Uhr, als Roz abbremste.

»Wunderbar. Okay, das Ende vom Lied war, dass Olives Kerl regelmäßig seine Briefe von uns befördern ließ. Alles in allem müssen wir in den sechs Monaten vor den Morden an die zehn Briefe überbracht haben. Ich glaube, er hat gemerkt, dass wir's schwarz gemacht haben, weil er immer mittags kam, wenn Wheelan weg war. Ich vermute, er hat gewartet, bis er den Alten weggehen sah.« Sie zuckte die Achseln. »Nach den Morden war Schluss, und ich hab' ihn nie wiedergesehen. Das ist alles, was ich Ihnen sagen kann, außer dass Gary es schon schön mit der Angst zu tun kriegte, als Olive verhaftet wurde. Er meinte, wir sollten am besten den Mund halten, sonst würde uns die Polizei nur die Hölle heiß machen. Na ja, ich war sowieso nicht scharf darauf, was zu sagen, weniger wegen der Polizei als wegen Wheelan. Der hätte einen Tobsuchtsanfall gekriegt, wenn er rausbekommen hätte, dass wir hinter seinem Rücken Privatgeschäfte gemacht hatten.«

»Aber ist die Polizei denn nicht etwa einen Monat später sowieso vorbeigekommen, um Wheelan vor den Brüdern O'Brien zu warnen?«

Marnie machte ein erstauntes Gesicht. »Wer hat Ihnen denn das erzählt?«

»Garys Mutter.«

»Das höre ich das erste Mal. So viel ich weiß, hatten die einfach keinen Bock mehr. Bei Gary war's nicht so schlimm, der war ganz heiß auf sein Motorrad, aber die anderen beiden waren die arbeitsscheusten Vögel, die mir je untergekommen sind. Am Schluss haben sie praktisch überhaupt nichts mehr getan. Wheelan hat sie schließlich rausgeschmissen. Das ist so ziemlich die einzige Entscheidung von ihm, mit der ich einverstanden war. Gott, waren die unzuverlässig.« Sie sah wieder auf ihre Uhr. »Ehrlich gesagt, ich war platt, dass Gary Olive die Briefe so brav überbracht hat. Ich weiß noch, dass ich überlegt hab', ob er vielleicht selbst ein Auge auf sie hatte.« Sie öffnete die Autotür. »Ich muss jetzt los.«

»Moment«, sagte Roz scharf. »Wer war der Mann?«

»Keine Ahnung. Er hat bar bezahlt und seinen Namen nie genannt.«

»Wie hat er ausgesehen?«

»Ich verpass' meinen Zug.«

Roz neigte sich zur anderen Seite hinüber und zog die Tür zu. »Sie haben noch zehn Minuten, und wenn Sie mir nicht eine anständige Beschreibung geben, fahre ich direkt zu Ihrer Firma zurück und rede mit Ihrem Chef.«

Marnie runzelte ärgerlich die Stirn. »Er war so um die Fünfzig, alt genug um ihr Vater sein zu können, wenn das Alter, das in der Zeitung für sie angegeben wurde, richtig war. Er hat nicht übel ausgesehen, auf so eine geschniegelte Art, sehr ordentlich und konservativ. Drückte sich sehr kultiviert aus. Er hat geraucht. Er trug immer einen Anzug mit Krawatte. Er war ungefähr eins achtzig groß und hatte blondes Haar. Er hat nie viel gesprochen, sondern irgendwie immer nur gewartet, bis ich was gesagt habe. Gelächelt hat er nie, war immer ganz gelassen. An seine Augen erinnere ich mich genau, weil sie nicht zu seiner Haarfarbe gepasst haben. Sie waren dunkelbraun. Und das ist alles«, sagte sie mit Entschiedenheit. »Mehr weiß ich nicht über ihn, und über sie weiß ich überhaupt nichts.«

»Würden Sie ihn auf einer Fotografie erkennen?«

»Wahrscheinlich. Kennen Sie ihn denn?«

Roz trommelte mit ihren Fingern auf das Lenkrad. »Es ist verrückt, aber es hört sich genauso an, als sei es ihr Vater gewesen.«

11

Als Roz am folgenden Montag ins Zuchthaus kam, suchte der Beamte am Tor ihren Namen auf einer Liste, und griff dann zum Telefon. »Die Direktorin möchte Sie sprechen«, sagte er, während er wählte.

»Wozu denn das?«

»Keine Ahnung, Miss.« Er sprach ins Telefon. »Miss Leigh ist hier, für Miss Martin. Ich habe hier eine Notiz, dass sie zuerst zur Direktorin soll. Ja. In Ordnung.« Er machte mit seinem Bleistift eine Bewegung. »Geradeaus durch das erste Tor. Auf der anderen Seite holt Sie jemand ab.«

Es erinnerte sie auf schreckliche Weise daran, wie sie zur Schuldirektorin zitiert worden war. Sie überlegte, ob sie gegen irgendwelche Vorschriften verstoßen hatte. *Sie bringen nichts mit herein und nehmen nichts mit hinaus. Sie dürfen weder Botschaften überbringen, noch dürfen Sie für sie welche weitergeben.* Aber genau das hatte sie natürlich getan, als sie mit Crew über das Testament gesprochen hatte. Diese schleimige Kröte musste sie verpfiffen haben!

»Sie können jetzt hineingehen«, sagte die Sekretärin zu ihr.

Die Direktorin wies auf einen Sessel. »Nehmen Sie Platz, Miss Leigh.«

Roz setzte sich und hoffte, dass man ihr nicht ansah, was für ein schlechtes Gewissen sie hatte. »Ich war auf dieses Gespräch mit Ihnen nicht vorbereitet.«

»Nein.« Die Direktorin musterte Roz einen Moment lang schweigend, dann schien sie einen Entschluss gefasst zu haben. »Wir wollen nicht lange um den heißen Brei herumreden. Olive mussten alle Privilegien vorübergehend entzogen werden, und wir glauben, dass Sie die indirekte Ursache dafür waren. Sie haben sie letzte Woche nicht besucht, und man sagte mir, dass Olive darüber sehr erregt war. Drei Tage später hat sie ihre Zelle zerstört und musste ruhig gestellt werden.« Sie sah Roz' Überraschung. »Seitdem ist sie sehr labil, und ich möchte Sie eigentlich unter diesen Umständen lieber nicht zu ihr lassen. Ich denke, ich muss das erst mit dem Innenministerium besprechen.«

Lieber Gott! Die arme Olive! Warum bin ich nicht auf den Gedanken gekommen anzurufen? Roz faltete die Hände im Schoß und sammelte rasch ihre Gedanken. »Wenn drei Tage vergangen sind, ehe sie etwas unternommen hat, was veranlasst Sie dann zu glauben, dass mein Ausbleiben daran schuld war? Hat sie Ihnen das gesagt?«

»Nein, aber eine andere Erklärung haben wir nicht, und ich bin nicht bereit, Ihre Sicherheit aufs Spiel zu setzen.«

Roz ließ sich das einen Moment durch den Kopf gehen. »Nehmen wir einmal an, Sie hätten Recht – was ich nicht glaube, das möchte ich betonen –, wird es Olive dann nicht in noch größere Erregung versetzen, wenn ich wieder nicht komme?« Sie beugte sich vor. »Es wäre doch auf jeden Fall vernünftiger, mich mit ihr sprechen zu lassen. Wenn ihr Wutanfall tatsächlich mit meinem Nichterscheinen zu tun hat, kann ich sie beruhigen und ihr neue Sicherheit geben; wenn er *nicht* damit zu tun hatte, sehe ich nicht ein, warum ich mit bürokratischen Verzögerungen und vergeblichen Fahrten hierher bestraft werden soll.«

Die Direktorin lächelte dünn. »Sie sind sehr von sich überzeugt.«

»Ich habe keinen Grund, es nicht zu sein.«

»Hm.« Die Anstaltsleiterin sah Roz eine Zeit lang schweigend an. »Wir wollen doch einmal klarstellen«, sagte sie schließlich, »was für eine Frau Olive tatsächlich ist. Ich habe Ihnen schon bei Ihrem ersten Besuch hier gesagt, dass ein psychiatrischer Befund, in dem sie als Psychopathin bezeichnet wird, nicht vorliegt. Und so ist es auch. Das heißt aber, dass Olive, als sie ihre Mutter und ihre Schwester tötete, völlig bei Verstand war. Sie wusste genau, was sie tat, sie war imstande, die Folgen ihrer Handlung zu begreifen und sie war dennoch bereit, die Handlung zu vollziehen. Es heißt ferner – und das ist nun insbesondere für Sie relevant –, dass sie nicht geheilt werden kann, weil es nichts zu heilen gibt. Unter ähnlichen Umständen – bei Depressionen, schlechtem Selbstwertgefühl, Verrat, mit anderen Worten bei allem, was ihre Wut auslöst – würde sie das Gleiche wieder tun, und zwar mit der gleichen Missachtung den Folgen gegenüber, weil sie, schlicht gesagt, der Ansicht wäre, dass die Tat den Preis wert ist. Ich möchte hinzufügen, und das geht wiederum besonders Sie an, dass die Folgen für sie jetzt noch weniger abschreckend sind, als sie es vielleicht vor sechs Jahren waren. Im Großen und Ganzen fühlt Olive sich nämlich hier in der Anstalt wohl. Sie hat Geborgenheit, sie hat Respekt, und sie hat Leute, mit denen sie sprechen kann. Draußen hatte sie das alles nicht. Und das weiß sie.«

Es war tatsächlich wie früher vor ihrer alten Schuldirektorin. Die selbstsichere Stimme der Autorität. »Mit anderen Worten, sie würde sich überhaupt nichts dabei denken, über mich herzufallen, weil eine weitere Strafe ja nur einen längeren Aufenthalt hier bedeuten würde? Und das wäre ihr nur recht?«

»Im Endeffekt, ja.«

»Sie täuschen sich«, entgegnete Roz scharf. »Nicht in Bezug auf ihre geistige Gesundheit. Da stimme ich mit Ihnen überein, sie ist geistig so gesund wie Sie und ich. Aber Sie täuschen sich in Ihrer Sorge, dass sie mir gefährlich werden könnte. Ich schreibe ein Buch über sie, und sie möchte, dass dieses Buch geschrieben wird. Wenn sie wirklich auf mich wütend ist, und ich betone noch einmal, dass ich das nicht glaube, dann hat sie mein Nichterscheinen in der letzten Woche vielleicht als ein Zeichen dafür ausgelegt, dass ich das Interesse verloren habe, und es wäre psychologisch nicht gut, sie in diesem Glauben zu lassen.« Sie überlegte, was sie als Nächstes sagen sollte. »Am Eingangstor zu dieser Anstalt hängt ein Schild – eine Art Grundsatzerklärung. Wenn ich mich recht erinnere, besagt sie unter anderem, dass den Häftlingen geholfen werden soll, sowohl hier in der Anstalt als auch draußen in der Gesellschaft ein Leben im Einklang mit den Gesetzen zu führen. Wenn diese Erklärung auch nur etwas zu bedeuten hat und nicht nur ein Dekorationsstück zur Beschwichtigung der Reformer ist, wie können Sie es dann rechtfertigen, weitere strafbare Ausbrüche Olives zu provozieren, indem Sie ihr diese Besuche verweigern, die das Innenministerium bereits genehmigt hat?« Sie schwieg aus Sorge, bereits zu viel gesagt zu haben. Diese Frau mochte noch so vernünftig sein, sie konnte es sich nicht leisten, ihre Autorität in Frage stellen zu lassen. Wenige Menschen konnten das.

»Warum möchte Olive, dass dieses Buch geschrieben wird?«, fragte die Direktorin milde. »Sie hat doch bisher kein öffentliches Aufsehen gewollt, und Sie sind nicht die erste Autorin, die an ihr Interesse zeigt. Wir hatten hier in den ersten Jahren mehrere Anträge. Sie hat sie alle abgelehnt.«

»Ich weiß es nicht«, antwortete Roz aufrichtig. »Vielleicht hat es mit dem Tod ihres Vaters zu tun. Sie behauptet ja, einer der Gründe, weshalb sie sich schuldig bekannte, sei gewesen, dass sie ihm die Qualen eines Prozesses ersparen wollte.« Sie zuckte die Achseln. »Vermutlich hat sie angenommen, ein Buch wäre genauso schlimm für ihn, und hat deshalb bis nach seinem Tod gewartet.«

Die Direktorin war zynischer. »Es gibt auch noch eine weitere Möglichkeit: Solange ihr Vater lebte, hätte er ihre Behauptungen anfechten können; jetzt, da er tot ist, kann er das nicht mehr. Doch das ist nicht meine Angelegenheit. Meine Angelegenheit ist der reibungslose Betrieb dieser Anstalt.« Sie trommelte mit den Fingern ungeduldig auf den Schreibtisch. Sie hatte nicht das geringste Verlangen danach, in eine Auseinandersetzung mit dem Innenministerium und Roz verwickelt zu werden, doch ein aufwendiger und umständlicher Briefwechsel mit der Behörde war dem Mord an einer Zivilistin in ihrer Anstalt immer noch bei weitem vorzuziehen. Sie hatte gehofft, Roz dazu bringen zu können, dass sie aus freien Stücken auf ihren Besuch verzichtete. Dass sie das nicht geschafft hatte, überraschte sie und machte sie, wenn sie ehrlich war, neugierig. *Was machte Rosalind Leigh in ihrer Beziehung zu Olive Martin richtig, das alle anderen offenbar falsch machten?*

»Sie können eine halbe Stunde mit ihr sprechen«, sagte sie abrupt. »Im Anwaltszimmer. Das ist größer als der andere Raum, in dem Sie sonst sind. Während des ganzen Gesprächs werden zwei männliche Vollzugsbeamte zugegen sein. Sollten Sie und Olive gegen die Vorschriften dieser Anstalt verstoßen, werden Ihre Besuche ab sofort untersagt, und ich werde persönlich dafür sorgen, dass eine neue Genehmigung nicht erteilt wird. Haben wir uns verstanden, Miss Leigh?«

»Ja.«

Die Direktorin nickte. »Ich bin neugierig: Machen Sie ihr Hoffnungen, indem Sie ihr erzählen, durch Ihr Buch werde sie freikommen?«

»Nein. Abgesehen von allem anderen hat sie sich bisher geweigert, mit mir über die Morde zu sprechen.« Roz griff nach ihrer Aktentasche.

»Warum sind Sie dann so sicher, dass Sie von ihr nichts zu befürchten haben?«

»Weil ich von allen Außenstehenden, mit denen sie bisher zu tun hatte, die einzige bin, die keine Angst vor ihr hat.«

Insgeheim zog sie diese Behauptung zurück, als Olive von zwei riesigen Vollzugsbeamten ins Anwaltszimmer geführt wurde, die sich dann zur Tür hinter Olives Rücken zurückzogen und rechts und links von ihr Aufstellung nahmen. Olives Abneigung war erschreckend deutlich spürbar, und Roz erinnerte sich, dass Hal ihr gesagt hatte, sie würde ihre Meinung über Olive möglicherweise ändern, wenn sie sie einmal wütend erlebt hatte.

»Hallo.« Sie wich Olives Blick nicht aus. »Die Direktorin hat mir erlaubt, Sie zu besuchen, aber wir sind beide auf Probe. Wenn wir uns heute daneben benehmen, werden meine Besuche in Zukunft nicht mehr erlaubt. Haben Sie das verstanden?«

MISTSTÜCK, sagte Olive lautlos und von den Beamten unbemerkt. VERDAMMTES MISTSTÜCK. Doch meinte sie damit Roz oder die Direktorin? Roz konnte es nicht sagen.

»Es tut mir Leid, dass ich es letzten Montag nicht geschafft habe.« Sie berührte ihre Lippe, an der noch die hässliche Kruste zu sehen war. »Ich bin von meinem erbärmlichen Ehemann verprügelt worden.« Sie zwang sich zu einem Lächeln. »Ich konnte eine Woche lang nicht unter die Leute gehen, Olive, nicht einmal Ihnen zuliebe. Ich habe auch meinen Stolz, wissen Sie.«

Olive musterte sie ein, zwei Sekunden lang unbewegt, dann senkte sie den Blick zu der Zigarettenpackung auf dem Tisch. Gierig zog sie eine Zigarette heraus und steckte sie zwischen ihre wulstigen Lippen. »Die haben mich fertiggemacht«, sagte sie, während sie ein Streichholz anriss und die Flamme an die Zigarette hielt. »Die Schweine haben mich nicht rauchen lassen. Und zu essen haben sie mir auch nichts gegeben.« Sie warf einen wütenden Blick nach rückwärts. »Schweine! Haben Sie ihn umgebracht?«

Roz folgte ihrem Blick. Jedes Wort, das sie und Olive sprachen, würde weitergegeben werden. »Natürlich nicht.«

Mit der Hand, die die Zigarette hielt, strich sich Olive das strähnige, fettige Haar aus der Stirn. »Das hab' ich mir gedacht«, sagte sie verächtlich. »Es ist nicht so leicht, wie's im Fernsehen aussieht. Sie haben gehört, was ich getan habe?«

»Ja.«

»Wieso hat man Sie dann zu mir gelassen?«

»Weil ich der Direktorin gesagt habe, dass das, was Sie getan haben, mit mir nichts zu tun hatte. Das stimmt doch, nicht wahr?« Sie trat Olive unter dem Tisch auf den Fuß. »Ich vermute, dass etwas ganz anderes Sie in Wut gebracht hat.«

»Der verdammte Kaplan«, sagte Olive finster. Ein wimpernloses Augenlid zwinkerte. »Der hat mir allen Ernstes erzählt, Gott würde im Himmel Rock 'n' Roll tanzen, wenn ich mich hinknie und sage: ›Halleluja, ich bereue.‹ So ein Idiot. Der bildet sich ein, damit kann er den schwachsinnigen Kriminellen von heute die Religion schmackhaft machen. Wir kriegen nicht gerafft ›Also wird große Freude im Himmel sein über einen Sünder, der Buße tut‹, und deshalb werden wir damit abgespeist, dass Gott stattdessen den verfluchten Rock 'n' Roll tanzt.« Sie lauschte mit einiger Genugtuung dem unterdrückten Gelächter an der Tür, dann kniff sie die Augen zusammen und sagte lautlos zu Roz: ICH HABE IHNEN VERTRAUT.

Roz nickte. »Ich habe mir schon gedacht, dass es so etwas

war.« Sie starrte auf Olives feiste Finger, die mit der winzigen Zigarette spielten. »Aber es war unhöflich von mir, nicht hier anzurufen und zu bitten, dass man Ihnen Bescheid sagt. Ich hatte fast die ganze letzte Woche lang die grässlichsten Kopfschmerzen. Schieben Sie es bitte darauf.«

»Das mit den Kopfschmerzen weiß ich.«

Roz runzelte die Stirn. »Wieso?«

Mit flinken Fingern kniff Olive das glühende Ende der Zigarette ab und ließ es in einen Aschenbecher auf dem Tisch fallen. »Ganz einfach, mein lieber Watson. Ihr Ex hat Ihnen zwei Veilchen verpasst – oder sind die gelben Flecken um Ihre Augen vielleicht eine schräge Art Make-up? – und Veilchen werden im Allgemeinen von Kopfschmerzen begleitet.« Aber das Thema schien sie zu langweilen, und sie kramte plötzlich einen Briefumschlag aus ihrer Tasche. Sie hielt ihn über ihrem Kopf in die Höhe. »Mr. Allenby, Sir. Erlauben Sie, dass ich den Brief Miss Leigh zeige?«

»Was ist das für ein Brief?«, fragte einer der Männer und kam näher.

»Von meinem Anwalt.«

Er nahm ihn ihr aus der erhobenen Hand, ignorierte den zweifingrigen Gruß, den sie ihm erwies, und überflog ihn. »Ich habe nichts dagegen«, sagte er, legte ihn auf den Tisch und kehrte an seinen Platz neben der Tür zurück.

Olive schob den Brief Roz hin. »Lesen Sie ihn. Er schreibt, die Chancen, meinen Neffen zu finden, seien praktisch gleich Null.«

Sie griff nach einer weiteren Zigarette, ohne ihren Blick von Roz zu wenden. Er hatte etwas merkwürdig Wissendes, das Roz beunruhigend fand. Olive, so schien es, hatte jetzt in dieser unnatürlichen Glashaus-Beziehung, die zwischen ihnen bestand, die Initiative ergriffen, aber warum und wann sie das getan hatte, wusste Roz nicht. Sie war doch diejenige gewesen – oder nicht? –, die diese Zusammenkunft allen Widrigkeiten zum Trotz durchgesetzt hatte!

Sie sah überrascht, dass Crew den Brief mit der Hand geschrieben hatte, in einer ordentlichen, schrägen Schrift, und sie konnte nur vermuten, dass er ihn außerhalb der Bürostunden abgefasst und beschlossen hatte, Zeit und Geld der Kanzlei nicht dadurch zu verschwenden, dass er ihn abtippen ließ. Sie fand das seltsam ärgerlich.

›Liebe Olive,

Wie ich von Miss Rosalind Leigh hörte, sind Ihnen die Bedingungen des Testaments Ihres verstorbenen Vaters teilweise bekannt, insbesondere jene, die Ambers unehelichen Sohn betreffen. Er hat den Großteil seines Vermögens diesem Kind hinterlassen, hat allerdings für den Fall, dass der Junge nicht gefunden werden sollte, alternative Verfügungen getroffen. Bisher haben meine Leute bei ihren Bemühungen, den Jungen zu finden, wenig Erfolg gehabt, und es ist wohl angemessen zu sagen, dass wir die Chancen, das Kind zu finden, immer pessimistischer beurteilen. Wir haben festgestellt, dass Ihr Neffe vor zwölf Jahren, als er kaum mehr als ein Säugling war, mit seiner Familie nach Australien emigriert ist, doch mit dem Umzug der Familie aus einer Mietwohnung in Sydney, in der sie während der ersten sechs Monate lebte, verliert sich ihre Spur. Unglücklicherweise haben die Adoptiveltern des Jungen einen häufig vorkommenden Familiennamen, und wir haben keine Garantie dafür, dass die Familie mit dem Jungen überhaupt in Australien geblieben ist. Wir können außerdem die Möglichkeit nicht ausschließen, dass die Familie ihren Namen durch einen Zusatz verändert oder vielleicht geändert hat. Sorgfältig abgefasste Inserate in mehreren australischen Zeitungen haben keinerlei Reaktion zur Folge gehabt.

Ihr Vater bat uns ausdrücklich, bei der Suche nach dem Kind mit größter Umsicht zu Werke zu gehen. Er fürchtete – eine Ansicht, der ich rückhaltlos beipflichte –, es könnte großer Schaden angerichtet werden, falls Details dieser letztwilligen Verfügung in die Medien und durch sie an die Öffentlichkeit gelangen sollten. Er war sich dessen bewusst, was für einen Schock es für seinen Enkel bedeuten würde, wenn er durch eine rücksichtslose Medienkampagne von seiner tragischen Verbindung zur Familie Martin erfahren sollte. Aus diesem Grund haben wir den Namen Ihres Neffen bisher streng geheim gehalten und werden das auch in Zukunft tun. Wir setzen unsere Nachforschungen fort, aber da Ihr Vater für die Suche eine begrenzte Zeitspanne angesetzt hat, besteht die Wahrscheinlichkeit, dass ich, als Testamentsvollstrecker, gezwungen sein werde, die Alternativ-Verfügungen zu erfüllen. Es geht dabei um eine Anzahl von Spenden an Krankenhäuser und wohltätige Organisationen, die sich ausschließlich um die Bedürfnisse und das Wohl von Kindern kümmern.

Ihr Vater hat mir zwar niemals die Anweisung gegeben, Ihnen seine letztwilligen Verfügungen vorzuenthalten, es war ihm jedoch sehr daran gelegen, Sie durch sie nicht unnötig zu bekümmern. Aus diesem Grund hielt ich es für geraten, Sie über seine Absichten nicht zu unterrichten. Hätte ich gewusst, dass Ihnen die Tatsachen zum Teil bereits bekannt waren, so hätte ich eher geschrieben.

In der Hoffnung, dass Sie bei guter Gesundheit sind, bin ich Ihr ergebener Peter Crew.‹

Roz faltete den Brief wieder zusammen und schob ihn über den Tisch zurück. »Sie sagten beim letzten Mal, es wäre Ihnen wichtig zu wissen, ob Ihr Neffe gefunden worden ist, aber Sie haben nicht erklärt, warum.« Sie warf einen Blick zu den beiden Beamten, aber die zeigten kaum Interesse an dem Gespräch. Sie beugte sich vor und senkte die Stimme. »Wollen Sie jetzt mit mir darüber sprechen?«

Olive stieß die Zigarette ärgerlich in den Aschenbecher. Sie bemühte sich gar nicht, leise zu sprechen. »Mein Vater war ein furchtbarer MANN.« Selbst das gesprochene Wort klang, als sei es mit Großbuchstaben geschrieben. »Ich hab's damals nicht gemerkt, aber inzwischen habe ich Jahre zum Nachdenken gehabt, und jetzt sehe ich es ganz klar.« Sie wies mit dem Kopf zu dem Brief. »Sein Gewissen hat ihn geplagt. Deshalb hat er dieses Testament gemacht. Um nach dem Schrecklichen, was er angerichtet hatte, mit sich selbst wieder ins Reine zu kommen. Das war seine Art. Weshalb sonst hätte er sein Geld Ambers Kind hinterlassen, wo er sich doch nie einen Dreck um Amber geschert hat?«

Roz starrte sie neugierig an. »Wollen Sie sagen, dass Ihr Vater die Morde verübt hat?«, fragte sie leise.

Olive prustete verächtlich. »Ich sagte, warum benutzte er Ambers Kind, um sich reinzuwaschen?«

»Was hat er denn getan, dass er sich reinwaschen musste?«

Aber Olive antwortete nicht.

Roz wartete einen Moment, dann versuchte sie es anders. »Sie haben gesagt, Ihr Vater würde sein Geld, wenn irgend möglich, immer einem Familienmitglied hinterlassen. Heißt das, dass es noch andere Familienmitglieder gibt, denen er es hätte hinterlassen können? Oder haben Sie gehofft, er würde es Ihnen hinterlassen?«

Olive schüttelte den Kopf. »Es gibt niemand. Meine Eltern

waren beide Einzelkinder. Und mir konnte er das Geld ja wohl nicht hinterlassen.« Sie schlug mit der Faust krachend auf den Tisch, und ihre Stimme schwoll wütend an. »Sonst würde ja jeder seine Scheißfamilie umbringen.« Das große hässliche Gesicht funkelte Roz höhnisch grinsend an. SIE DOCH AUCH, sagten die wulstigen Lippen lautlos.

»Bisschen leiser, wenn ich bitten darf, Bildhauerin«, sagte Mr. Allenby milde, »sonst ist der Besuch jetzt beendet.«

Roz drückte Finger und Daumen auf ihre Augenlider. Die Kopfschmerzen, die sie so lange geplagt hatten, kehrten zurück. *Olive Martin mit dem Beile* – sie versuchte, den Gedanken an den Reim zu vertreiben, aber es gelang ihr nicht – *hackt ihre Mutter in zehn Teile.*

»Ich verstehe nicht, warum das Testament Sie so zornig macht«, sagte sie, bemüht, in ruhigem Ton zu sprechen. »Wenn die Familie ihm wichtig war, wen gibt es dann außer seinem Enkel noch?«

Mit aggressiv vorgeschobenem Kinn starrte Olive auf den Tisch hinunter. »Es ist das Prinzip«, murmelte sie. »Mein Vater ist tot. Was spielt es jetzt noch für eine Rolle, was die Leute denken.«

Roz fiel etwas ein, was Mrs. Hopwood gesagt hatte. *Ich habe immer angenommen, dass er ein Verhältnis gehabt hat …* Sie wagte eine Vermutung. »Haben Sie vielleicht irgendwo eine Halbschwester oder einen Halbbruder? Ist es das, was Sie mir zu sagen versuchen?«

Das fand Olive komisch. »Wohl kaum. Dafür hätte er schon eine Geliebte haben müssen, und er hat Frauen nicht gemocht.« Sie lachte mit bissigem Hohn. »Aber MÄNNER hat er gemocht.« Wieder dieser seltsame Nachdruck auf dem einen Wort.

Roz war schockiert. »Soll das heißen, dass er homosexuell war?«

»Das soll heißen«, erklärte Olive in übertrieben geduldigem Ton, »dass das Gesicht meines Vaters nur aufgeleuchtet hat, wenn unser Nachbar von nebenan, Mr. Clarke, auf der Bildfläche erschien. Mein Vater wurde immer richtig ausgelassen, wenn der in der Nähe war.« Sie zündete sich bereits die nächste Zigarette an. »Ich fand das damals irgendwie süß, aber nur weil ich zu blöd war, um zwei Schwule zu erkennen, wenn ich sie vor mir sah. Jetzt find' ich's nur krank. Kein Wunder, dass meine Mutter die Clarkes gehasst hat.«

»Sie sind nach den Morden umgezogen«, sagte Roz gedankenvoll. »Eines Morgens waren sie verschwunden, ohne eine neue Adresse zu hinterlassen. Kein Mensch weiß, was aus ihnen geworden ist, wohin sie gezogen sind.«

»Wundert mich gar nicht. Ich vermute, da steckte *sie* dahinter.«

»Mrs. Clarke?«

»Sie hat's nie gemocht, wenn er zu uns rübergekommen ist. Er ist immer hinten über den Zaun gesprungen, und dann haben mein Vater und er sich im Zimmer meines Vaters eingesperrt und sind stundenlang nicht mehr rausgekommen. Ich kann mir denken, dass die Blut geschwitzt hat, als mein Vater nach den Morden ganz allein im Haus war.«

Erinnerungen an Bemerkungen, die Roz im Lauf der letzten Tage gehört hatte, meldeten sich. Robert Martins Eitelkeit und seine Peter-Pan-Erscheinung; die enge Freundschaft zwischen ihm und Ted Clarke, die sich so nahe »wie Brüder« gewesen waren; das Zimmer im rückwärtigen Teil des Hauses mit dem Bett darin; Gwen, die den Schein wahrte; ihr kühles Zurückweichen vor ihrem Mann; das Geheimnis, das gewahrt werden musste. Das alles ergab jetzt einen Sinn, aber hatte es eine Bedeutung, wenn Olive es damals gar nicht gewusst hatte?

»War Mr. Clarke sein einziger Liebhaber, was glauben Sie?«

»Woher soll ich das wissen? Wahrscheinlich nicht«, fuhr sie fort, sich sofort widersprechend. »Er hatte ja seinen eigenen Ein- und Ausgang. Er kann jede Nacht losgezogen sein und sich Strichjungen geholt haben, wir hätten nichts gemerkt. Ich hasse ihn.« Sie machte ein Gesicht, als wollte sie gleich wieder explodieren, aber Roz' erschrockener Blick brachte sie zur Besinnung. »Ich habe ihn gehasst«, sagte sie noch einmal, ehe sie in Schweigen versank.

»Weil er Gwen und Amber getötet hat?«, fragte Roz zum zweitenmal.

Aber darauf ging Olive nicht ein. »Er war doch den ganzen Tag im Büro. Das weiß jeder.«

Olive Martin mit dem Beile ... Machen Sie ihr Hoffnung, indem Sie ihr sagen, sie werde durch Ihr Buch freikommen?

»Hat Ihr Geliebter sie getötet?« Sie fand sich plump und ungeschickt, hatte das deutliche Gefühl, dic falschen Fragen auf die falsche Weise und zur falschen Zeit zu stellen.

Olive kicherte. »Wie kommen Sie denn auf die Idee, dass ich einen Geliebten hatte?«

»Jemand hat Sie doch geschwängert.«

»Ach, das«, sagte sie wegwerfend. »Das mit der Abtreibung hab' ich erfunden. Ich wollte nur, dass die Frauen hier glauben, ich sei auch mal attraktiv gewesen.« Sie sprach laut, als sei es ihre Absicht, die Beamten alles hören zu lassen.

Eine eisige Faust der Gewissheit drückte Roz das Herz ab. Genau davor hatte Deedes sie vor vier Wochen gewarnt. »Wer war dann der Mann, der Ihnen durch Gary O'Brien Briefe geschickt hat?«, fragte sie. »War das nicht Ihr Geliebter?«

Olives Augen glitzerten wie die einer Schlange. »Das war Ambers Freund.«

Roz starrte sie sprachlos an. »Aber wieso hat er die Briefe dann an Sie geschickt?«

»Weil Amber Angst hatte, sie selbst in Empfang zu nehmen. Sie war feige.« Es folgte eine kurze Pause. »Wie mein Vater.«

»Wovor hatte sie Angst?«

»Vor meiner Mutter.«

»Und wovor hatte Ihr Vater Angst?«

»Vor meiner Mutter.«

»Und hatten Sie auch Angst vor Ihrer Mutter?«

»Nein.«

»Wer war Ambers Freund?«

»Das weiß ich nicht. Sie hat es mir nie gesagt.«

»Was stand in den Briefen?«

»Liebesbriefe werden's gewesen sein. Amber haben ja alle geliebt.«

»Sie auch?«

»O ja.«

»Und Ihre Mutter? Hat die Amber auch geliebt?«

»Natürlich.«

»Mrs. Hopwood hat mir was anderes erzählt.«

Olive zuckte mit den Achseln. »Was weiß denn die schon? Die hat uns ja kaum gekannt. Die war doch immer nur mit ihrer heiß geliebten Geraldine beschäftigt.« Ein hinterhältiges Lächeln stahl sich auf ihre Lippen und machte ihr Gesicht hässlich. »Wen gibt es denn jetzt außer mir noch, der überhaupt was darüber weiß?«

Wie Schuppen fiel es Roz in diesem Moment niederschmetternder Desillusionierung von den Augen. »Haben Sie deshalb bis nach dem Tod Ihres Vaters gewartet, ehe Sie mit jemandem reden wollten? Damit niemand mehr Ihnen widersprechen kann?«

Olive starrte sie plötzlich mit unverhüllter Abneigung an und zog dann mit einer beiläufigen Geste – den Beamten verborgen, Roz jedoch nur allzu sichtbar – eine kleine Tonfigur aus ihrer Tasche. Langsam drehte sie die lange Nadel, die im Kopf der Puppe steckte. Rotes Haar. Grünes Kleid. Roz brauchte keine besondere Fantasie, um der Tonfigur einen Namen zu geben. Sie lachte tonlos.

»Ich bin eine Skeptikerin, Olive. Es ist wie mit der Religion. So was wirkt nur, wenn man daran glaubt.«

»Ich glaube daran.«

»Um so dümmer.« Sie stand abrupt auf und ging zur Tür, bat Mr. Allenby mit einem Nicken, ihr aufzusperren. Was hatte sie dazu verleitet, je zu glauben, diese Frau sei unschuldig? Und warum, um Gottes willen, hatte sie sich eine gottverdammte Mörderin ausgesucht, um die Leere zu füllen, die Alice in ihrem Herzen hinterlassen hatte?

Bei einer Telefonzelle hielt sie an und rief im St.-Angela-Kloster an. Schwester Bridget selbst meldete sich. »Wie kann ich Ihnen helfen?«, fragte sie in ihrem angenehmen weichen Singsang.

Roz lächelte schwach den Hörer an. »Sie können sagen: ›Kommen Sie vorbei, Roz, und schütten Sie mir Ihr Herz aus‹.«

Schwester Bridget lachte leise. Es klang warm. »Kommen Sie vorbei, mein Kind. Ich habe einen ganzen Abend frei, und mir wäre nichts lieber, als dass Sie mir Ihr Herz ausschütten. Ist es denn so schlimm?«

»Ja. Ich glaube, Olive ist es gewesen.«

»So schlimm ist das doch gar nicht. Sie sind nicht übler dran als an dem Tag, an dem Sie angefangen haben. Ich wohne in dem Haus neben der Schule. Es heißt Donegal. Total unangemessen, aber sehr hübsch. Kommen Sie, sobald Sie können. Wir essen zusammen.«

Roz' Stimme hatte einen gepressten Unterton. »Glauben Sie an Schwarze Magie, Schwester?«

»Sollte ich denn?«

»Olive spickt ein Tonabbild von mir mit Nadeln.«

»Du meine Güte!«

»Und ich habe Kopfschmerzen.«

»Das wundert mich nicht. Wenn man mir gerade meinen Glauben an einen anderen Menschen zertrümmert hätte, hätte ich auch Kopfschmerzen. Sie ist schon ein absurdes Geschöpf. Vermutlich ist das ihre Art zu versuchen, wenigstens einen Hauch von Kontrolle wiederzugewinnen. Das Gefängnis ist in dieser Hinsicht zerstörerisch.« Sie schnalzte verärgert mit der Zunge. »Wirklich sehr absurd, und ich hatte immer solche Hochachtung vor Olives Intellekt. Also bis später, mein Kind.«

Roz wartete das Knacken am anderen Ende der Leitung ab, dann drückte sie den Hörer an die Brust. *Gott sei Dank für Schwester Bridget* ... Sie hängte den Hörer mit zitternden Händen ein. *Lieber Gott, lieber Gott!* GOTT SEI DANK FÜR SCHWESTER BRIDGET ...

Das Abendessen war eine einfache Angelegenheit mit Suppe, Rührei auf Toast, frischem Obst und Käse. Roz stiftete einen leichten Schaumwein dazu. Sie aßen im Esszimmer mit Blick auf den kleinen, von einer Mauer umgebenen Garten, über die das frische Grün der Rankenpflanzen in glänzenden Kaskaden herabfiel. Roz brauchte zwei Stunden, um ihre gesamten Aufzeichnungen durchzugehen und Schwester Bridget einen vollständigen Abriss all dessen zu geben, was sie bisher herausgefunden hatte.

Schwester Bridget, deren Wangen um einiges rosiger waren als sonst, saß, nachdem Roz geendet hatte, lange in kontemplativem Schweigen da. Sicher waren ihr die Schwellungen in Roz' Gesicht aufgefallen, aber sie sagte nichts dazu.

»Wissen Sie, mein Kind«, sagte sie endlich, »wenn mich etwas überrascht, dann Ihre plötzliche Gewissheit, dass Olive schuldig ist. Ich sehe in dem, was sie gesagt hat, nichts, was Ihnen Anlass geben müsste, Ihre frühere Überzeugung von ihrer Unschuld umzustürzen.« Sie hob in leichter Frage die Brauen.

»Es war die durchtriebene Art, wie sie gelächelt hat, als sie erwähnte, dass sie jetzt die Einzige ist, die Bescheid weiß«, sagte Roz müde. »Das hatte so etwas unangenehm Wissendes. Können Sie das verstehen?«

»Eigentlich nicht. Die Olive, die ich vor mir sehe, hat immer einen durchtriebenen Blick. Ich wünschte, sie könnte zu mir so offen sein, wie sie zu Ihnen gewesen zu sein scheint, aber ich fürchte, in mir wird sie immer nur den Moralapostel sehen. Das macht es ihr schwerer, ehrlich zu sein.« Sie dachte einen Moment nach. »Sind Sie sicher, dass Sie nicht einfach auf ihre Feindseligkeit reagieren? Es ist so viel leichter, Gutes von den Menschen zu glauben, die uns mögen, und Olive hat ja bei Ihren zwei früheren Besuchen kein Geheimnis aus ihrer Sympathie gemacht.«

»Wahrscheinlich.« Roz seufzte. »Aber das heißt doch nur, dass ich genauso naiv bin, wie jeder mir vorhält.«

Die meisten Kriminellen sind die meiste Zeit angenehm, hatte Hal gesagt.

»Ja, Sie sind wahrscheinlich tatsächlich naiv«, meinte Schwester Bridget, »und nur deshalb haben Sie Dinge ans Licht gebracht, die keinen der zynischen Profis überhaupt interessiert haben. Die Naivität hat ihren guten Sinn, genau wie alles andere.«

»Aber nicht, wenn sie einen veranlasst, Lügengeschichten zu glauben«, widersprach Roz heftig. »Ich war so sicher, dass sie mir die Wahrheit über die Abtreibung gesagt hatte. Das hat bei mir überhaupt erst die Zweifel an ihrer Schuld ausgelöst. Ein geheimer Liebhaber, sogar ein Vergewaltiger« – sie zuckte die Achseln –, »beides hätte einen Riesenunterschied gemacht. Auch wenn er die Morde nicht selbst begangen hätte, hätte er sie doch leicht irgendwie herausgefordert haben können. Diesen Nährboden des Zweifels hat sie mir entzogen, als sie mir erklärte, die Geschichte von der Abtreibung sei gelogen gewesen.«

Schwester Bridget sah sie einen Moment lang scharf an. »Aber wann hat sie denn nun gelogen? Als sie Ihnen von der Abtreibung erzählte, oder heute, als sie sie leugnete?«

»Nicht heute«, erklärte Roz entschieden. »Das Dementi heute klang so wahr. Dieser Klang hat der Geschichte vorher gefehlt.«

»Wer weiß. Vergessen Sie nicht, dass Sie gleich beim erstenmal geneigt waren, ihr zu glauben. Seither hat jeder außer Geraldines Mutter diese Idee verworfen. Sie wurden, ohne es zu merken, langsam dazu konditioniert, die Vorstellung, Olive könnte mit einem Mann sexuelle Beziehungen gehabt haben, zurückzuweisen. Dadurch waren Sie sehr schnell bereit, das als die Wahrheit zu akzeptieren, was sie Ihnen heute erzählt hat.«

»Nur weil es einleuchtender ist.«

Schwester Bridget lachte. »Es ist einleuchtender zu glauben, dass Olives Geständnis wahr war, aber Sie haben zu viele Widersprüche aufgedeckt, um es noch für bare Münze nehmen zu können. Sie lügt, das wissen Sie. Jetzt kommt es darauf an, Lüge und Wahrheit zu trennen.«

»Aber warum lügt sie?«, fragte Roz mit plötzlicher Gereiztheit. »Was hilft ihr das?«

»Wenn wir das wüssten, hätten wir die Antwort auf alles. Sie hat als Kind gelogen, um das Bild zu stützen, das sie von sich vermitteln wollte, und um sich und Amber vor der wütenden Enttäuschung ihrer Mutter zu schützen. Sie hatte

Angst vor Zurückweisung. Das ist schließlich bei den meisten von uns der Grund dafür, dass wir lügen. Vielleicht lügt sie heute noch aus den gleichen Gründen.«

»Aber ihre Mutter und Amber sind tot«, sagte Roz. »Und tut es ihrem Image nicht Abbruch, wenn sie bestreitet, einen Geliebten gehabt zu haben?«

Schwester Bridget nahm einen Schluck von ihrem Wein. Sie antwortete nicht direkt. »Es kann natürlich sein, dass sie es getan hat, um sich zu revanchieren. Ich nehme an, das haben Sie bedacht. Ich kann mich des Gefühls nicht erwehren, dass Sie für sie eine Art Ersatz für Amber oder Gwen sind.«

»Ja, und sehen Sie sich an, was mit den beiden passiert ist.« Roz zog ein Gesicht. »Und wofür hat sie sich revanchieren wollen?«

»Dass Sie nicht gekommen sind. Sie haben doch gesagt, dass sie darüber verärgert war.«

»Aber ich hatte doch einen triftigen Grund.«

»Das glaube ich Ihnen.« Der gütige Blick ruhte auf den Spuren des Kampfes. »Aber das heißt nicht, dass Olive Ihnen glaubte. Und selbst wenn sie Ihnen geglaubt hat, lässt sich eine Woche Groll und Wut nicht so leicht abschütteln. Es kann sein, dass sie Ihnen auf die einzige Art, die ihr möglich war, eins auswischen wollte: Indem sie Sie verletzte. Und das ist ihr ja gelungen. Sie *sind* verletzt.«

»Ja«, bekannte Roz. »Das bin ich. Ich habe an sie geglaubt. Aber jetzt fühle ich mich zurückgewiesen. Nicht Olive.«

»Natürlich. Genau das wollte sie ja erreichen.«

»Selbst auf die Gefahr hin, dass ich einfach gehe und nicht wiederkomme?«

»Trotz ist selten vernünftig, Roz.« Sie schüttelte den Kopf. »Das arme Ding. Sie muss im Augenblick wirklich ziemlich verzweifelt sein, wenn sie zu Tonfiguren und Tobsuchtsanfällen Zuflucht nimmt. Ich würde wirklich gern wissen, was das ausgelöst hat. Sie war auch mit mir in den letzten Monaten ziemlich empfindlich und gereizt.«

»Der Tod ihres Vaters«, sagte Roz. »Etwas anderes kann es nicht sein.«

Schwester Bridget seufzte. »Ein tragisches Leben hatte dieser Mann! Man fragt sich, womit er das verdient hatte.« Sie schwieg. »Ich kann nicht recht glauben«, fuhr sie nach einer kleinen Pause fort, »dass der Mann, der die Briefe geschrieben hat, Ambers Geliebter war. Ich glaube, ich habe Ihnen erzählt, dass ich eines Tages kurz vor den Morden Olive zufällig begegnet bin. Ich war erstaunt, wie hübsch sie aussah. Sie war natürlich immer noch sehr dick, aber sie hatte sich mit ihrem Äußeren große Mühe gegeben, so dass sie richtig attraktiv aussah. Ein ganz anderes Mädchen als das, das ich aus der Schule kannte. Solche Veränderungen geschehen nie ohne Grund. Und meiner Erfahrung nach ist der Grund meistens ein Mann. Außerdem müssen wir Ambers Charakter berücksichtigen. Sie war nie so intelligent wie ihre Schwester, und ihr fehlten Olives Selbstständigkeit und Reife. Es würde mich sehr überraschen, wenn sie mit einundzwanzig Jahren fähig gewesen wäre, eine Beziehung über sechs Monate aufrechtzuerhalten.«

»Aber Sie haben doch eben selbst gesagt, dass Männer erstaunliche Veränderungen in Gang bringen können. Vielleicht hat sie sich unter dem Einfluss dieses Mannes so verändert.«

»Das kann ich natürlich nicht bestreiten, aber wenn er Ambers Liebhaber war, dann hat Olive Ihnen auf jeden Fall *eine* dicke Lüge erzählt. Sie hätte genau gewusst, was die Briefe enthielten; entweder nämlich hätte Amber es ihr erzählt, oder sie hätte die Briefe heimlich geöffnet. Sie hat immer in Dingen gekramt, die sie nichts angingen. Es klingt kleinlich und gemein, das jetzt zu sagen, aber wir mussten immer alle sehr gut auf unsere persönlichen Dinge achten, solange Olive auf der Schule war. Adressbücher und Tagebücher insbesondere haben sie angezogen wie Magneten.«

»Diese Marnie bei Wells-Fargo meinte, Gary O'Brien habe sich für Olive interessiert. Vielleicht war er der Mann, für den sie sich schön gemacht hat.«

»Vielleicht.«

Eine Zeit lang saßen sie schweigend beieinander, während es draußen langsam dunkel wurde. Schwester Bridgets Katze, eine getigerte Dame fortgeschrittenen Alters, lag zusammengerollt auf Roz' Schoß, und sie streichelte sie mechanisch im Takt mit ihrem Schnurren, streichelte sie mit der gleichen unbekümmerten Zärtlichkeit, die sie Mrs. Antrobus angedeihen ließ.

»Ich wollte«, sagte sie schließlich leise, »es gäbe eine Möglichkeit, auf objektive Weise festzustellen, ob sie einen Schwangerschaftsabbruch hinter sich hat, aber ihre Krankengeschichte würde man mich natürlich niemals einsehen lassen. Schon gar nicht ohne ihre Zustimmung.«

»Und wenn sich herausstellt, dass sie nie einen Schwangerschaftsabbruch gemacht hat? Würde Ihnen das etwas sagen? Würde das bedeuten, dass es in ihrem Leben keinen Mann gab?«

»Nein«, stimmte Roz zu, »aber wenn sie andererseits tatsächlich einen Schwangerschaftsabbruch hatte, dann kann kein Zweifel mehr bestehen, dass es einen Mann gegeben hat. Ich würde mich bei meinen Recherchen auf weit sichererem Boden fühlen, wenn ich wüsste, dass ein Liebhaber existiert hat.«

Schwester Bridget betrachtete sie so lange, dass ihr unbehaglich wurde. »Und Sie würden sich auch auf viel sichererem Boden fühlen, die Sache fallen zu lassen, wenn Sie überzeugt wären, dass es keinen Mann gegeben hat. Ich finde, mein Kind, Sie sollten mehr Vertrauen in Ihre eigene Menschenkenntnis haben. Der Instinkt ist ein ebenso guter Führer wie ein schriftlicher Beweis.«

»Aber im Augenblick sagt mir mein Instinkt, dass sie so schuldig ist wie nur was.«

»Oh, das glaube ich nicht.« Das helle Lachen ihrer Gefährtin erfüllte das Zimmer. »Wenn das wirklich so wäre, hätten Sie nicht den weiten Weg hierher gemacht, um mit mir zu sprechen. Sie hätten zu Ihrem Freund und Helfer, dem Polizeibeamten, gehen können. Ihre Sinnesänderung hätte bestimmt seinen Beifall gefunden.« Ihre Augen blitzten. »Ich andererseits bin der einzige Mensch, von dem Sie wussten, dass er für Olive eintreten würde.«

Roz lächelte. »Heißt das, dass Sie jetzt glauben, sie hat es nicht getan?«

Schwester Bridget sah zum Fenster hinaus. »Nein«, sagte sie aufrichtig. »Ich bin immer noch unschlüssig.«

»Danke«, sagte Roz ironisch, »und von mir verlangen Sie Vertrauen. Das ist ein bisschen wie doppelte Moral, finden Sie nicht?«

»Sicher. Aber Sie sind auserwählt, Roz. Ich bin es nicht.«

Als Roz gegen Mitternacht die Tür zu ihrer Wohnung aufsperrte, läutete das Telefon. Nach drei- oder viermaligem Läuten schaltete sich der Anrufbeantworter ein. Iris, dachte sie. Niemand sonst würde es wagen, zu dieser gottlosen Zeit anzurufen, nicht einmal Rupert. Sie hatte keinerlei Absicht, mit ihr zu sprechen, aber aus Neugier schaltete sie das Gerät um, damit sie Iris hören konnte.

»Ich möchte gern wissen, wo Sie sind.« Es war Hals Stimme, schleppend von Alkohol und Müdigkeit. »Ich rufe seit Stunden an. Ich bin voll wie eine Strandhaubitze, und das ist Ihre Schuld. Sie sind viel zu dünn, aber was zum Teufel.« Er lachte kurz. »Ich versinke hier in der Scheiße, Roz. Ich und Olive, alle beide. Verrückt, schlecht und gefährlich, wissen Sie.« Er seufzte.

»*Von dem Ost bis zu den Inden, Ist kein Juwel gleich Rosalinden.* Wer sind Sie überhaupt? Nemesis? Sie haben mich angelogen. Sie haben gesagt, Sie würden mich in Frieden lassen.« Ein Krachen und Poltern folgte. »Verdammt noch mal«, brüllte er ins Telefon. »Jetzt ist mir die blöde Flasche runtergefallen.« Dann wurde aufgelegt.

Roz fragte sich, ob ihr Lächeln so idiotisch aussah, wie es sich anfühlte. Sie schaltete das Gerät wieder auf Automatic und ging zu Bett. Sie schlief fast augenblicklich ein.

Um neun Uhr am folgenden Morgen klingelte das Telefon wieder. »Roz?«, fragte seine Stimme, diesmal nüchtern und zurückhaltend.

»Ja, ich bin's.«

»Hal Hawksley hier.«

»Oh, hallo«, sagte sie vergnügt. »Ich wusste gar nicht, dass Sie meine Nummer haben.«

»Sie haben mir doch Ihre Karte gegeben.«

»Ach ja. Was kann ich für Sie tun?«

»Ich hab' gestern schon versucht, Sie anzurufen. Ich habe eine Nachricht auf Ihrem Anrufbeantworter hinterlassen.«

Sie lächelte den Hörer an. »Tut mir Leid«, sagte sie, »das Ding funktioniert schon seit Tagen nicht. Ich habe es nur Krachen und Pfeifen gehört, dass es mir beinahe das Trommelfell zerrissen hat. Ist denn was passiert?«

Seine Erleichterung war deutlich herauszuhören. »Nein.« Er schwieg einen Moment. »Ich wollte eigentlich nur wissen, wie Sie mit den O'Briens zurechtgekommen sind.«

»Ich war bei Ma. Es hat mich fünfzig Pfund gekostet, aber das war es wert. Haben Sie heute zu tun, oder kann ich vorbeikommen und Ihnen mal wieder die Ohren voll blasen? Ich wollte Sie um zwei Gefallen bitten. Können Sie mir ein Foto von Olives Vater besorgen und Einsicht in ihre Krankenakte?«

Er war froh, mit ihr über Details reden zu können. »Keine Chance, was das letztere angeht«, sagte er. »Olive kann Einsicht verlangen, aber sie würden sich eher zu Parkhurst Zugang verschaffen können als zu den Akten des Gesundheitsamts. Das Foto von Olives Vater kann ich Ihnen besorgen, wenn ich Geoff Wyatt überreden kann, eine Fotokopie von dem zu machen, das wir bei den Akten haben.«

»Und könnte ich vielleicht auch Bilder von Gwen und Amber haben?«

»Da brauchen Sie aber einen starken Magen. Soweit ich mich erinnere, hatten wir nur die Polizeiaufnahmen. Wenn Sie Fotos von den beiden zu Lebzeiten haben wollen, müssen Sie sich an Martins Testamentsvollstrecker wenden.«

»Okay, aber ich würde die Polizeifotos trotzdem gern sehen, wenn es möglich ist. Ich werde sie nicht ohne die entsprechende Genehmigung veröffentlichen«, versprach sie.

»Da hätten Sie einiges zu tun. Die Fotokopien der Polizei sind bekanntermaßen die schlechtesten, die es gibt. Wenn Ihr Verleger da ein anständiges Negativ draus machen könnte, würde er einen Orden verdienen. Ich werde mal sehen, was ich tun kann. Wann wollen Sie herkommen?«

»Am frühen Nachmittag? Ich habe vorher noch etwas zu erledigen. Könnten Sie mir auch eine Kopie von einem Foto Olives besorgen?«

»Wahrscheinlich.« Wieder schwieg er einen Moment. »Krachen und Pfeifen, hm? War das auch wirklich alles, was Sie gehört haben?«

12

Die Immobilienfirma Peterson in der High Street von Dawlington bemühte sich tapfer, mit Glanzfotos, die sich verführerisch im Schaufenster drehten, und hellen Lichtern, die die Interessenten einluden einzutreten, den Schein zu wahren. Aber wie bei den Immobilienfirmen in Southampton hatte auch hier die Rezession ihren Tribut gefordert: Ein einziger adretter junger Mann verwaltete in dem trostlosen Wissen, dass wieder ein Tag ohne einen einzigen Verkauf verstreichen würde, vier Schreibtische. Er sprang mit roboterhafter Herzlichkeit auf, als die Tür sich öffnete, und verzog den Mund zu einem strahlenden Vertreterlächeln.

Roz schüttelte gleich den Kopf, um keine falschen Hoffnungen aufkommen zu lassen. »Tut mir Leid«, sagte sie entschuldigend, »aber ich möchte nichts kaufen.«

Er lachte. »Na ja. Verkaufen vielleicht?«

»Auch nicht.«

»Sehr klug.« Er zog ihr einen Stuhl heraus. »Die Preise sind immer noch ganz unten. Augenblicklich sollte man wirklich nur verkaufen, wenn man unbedingt muss.« Er setzte sich wieder in den Sessel auf der anderen Seite des Schreibtischs. »Womit kann ich Ihnen dienen?«

Roz gab ihm ihre Karte. »Ich versuche ein Ehepaar namens Clarke ausfindig zu machen. Die Leute haben vor drei oder vier Jahren ihr Haus über Ihre Agentur verkauft und sind weggezogen. Keiner der Nachbarn weiß, wohin. Ich hatte gehofft, Sie könnten es mir vielleicht sagen.«

Er zog ein Gesicht. »Das war leider vor meiner Zeit. Wie war denn die Adresse?«

»Leven Road Nummer zwanzig.«

»Ich könnte ja mal nachsehen. Die Akte ist hinten, wenn sie nicht schon abgelegt worden ist.« Sein Blick wanderte über die leeren Schreibtische. »Leider ist niemand da, der mich hier vertreten könnte. Ich kann deshalb vor heute Abend nichts machen. Es sei denn –« Er warf einen zweiten Blick auf Roz' Karte. »Ich sehe, Sie leben in London. Haben Sie schon mal daran gedacht, sich ein Zweithaus an der Südküste zuzulegen, Mrs. Leigh? Wir haben da unten viele Schriftsteller. Sie flüchten gern in die Ruhe und den Frieden des Landlebens.«

Um ihren Mund zuckte es. »Miss Leigh. Und ich besitze nicht einmal ein ›Ersthaus‹. Ich wohne zur Miete.«

Er drehte seinen Sessel und zog im Aktenschrank hinter sich eine Schublade auf. »Dann möchte ich Ihnen ein Geschäft vorschlagen, das für beide Seiten von Vorteil ist.« Seine Finger flogen routiniert über die Hefter, und er zog mehrere bedruckte Blätter heraus. »Sie lesen das hier, während ich die Informationen, die Sie brauchen, für Sie heraussuche. Wenn ein Kunde kommen sollte, bieten Sie ihm einen Platz an und rufen mich. Ebenso, wenn das Telefon läutet.« Er wies mit dem Kopf zur Hintertür. »Die lasse ich offen. Rufen Sie einfach ›Matt‹, ich höre Sie dann schon. Einverstanden?«

»Mir soll es recht sein«, antwortete sie, »aber ich habe wirklich nicht vor, etwas zu kaufen.«

»Das ist schon in Ordnung.« Er ging nach hinten. »Obwohl da ein Haus drin ist, das wie für Sie gemacht ist. Es heißt *Bayview*, aber lassen Sie sich von dem Namen nicht abschrecken. Ich bin gleich wieder da.«

Roz blätterte widerstrebend die Beschreibungen durch, als hätte sie Angst, allein die Berührung könnte sie dazu verleiten, sich von ihrem Geld zu trennen. Er besaß die sanfte Heimtücke eines Versicherungsvertreters. Aber, sagte sie sich mit einiger Erheiterung, in einem Haus namens *Bayview* könnte ich sowieso nicht leben. Der Name beschwor augenblicklich Bilder von Pensionen mit geblümten Vorhängen und hakennasigen Wirtinnen in Nylonkitteln herauf, von tristen Schildern mit der Aufschrift IMMER FREI hinter den Fenstern im Erdgeschoss.

Sie fand es schließlich auf dem Grund des Stapels, und die Realität sah natürlich ganz anders aus. Ein kleines weißgetünchtes Cottage der Küstenwache, das letzte in einer Reihe von vier, auf einem Felsplateau in der Nähe von Swanage auf der Insel Purbeck. Zwei Zimmer oben, zwei unten. Unprätentiös. Malerisch. Direkt am Meer. Sie sah sich den Preis an.

»Nun?«, fragte Matt, als er ein paar Minuten später mit einem Hefter unter dem Arm zurückkam. »Was halten Sie davon?«

»Immer vorausgesetzt, ich könnte es mir leisten, was nicht der Fall ist, so würde ich, denke ich, im Winter in den Stürmen, die vom Meer hereinbrausen, erfrieren, und im Sommer von den Touristenströmen auf dem Küstenweg an den Rand des Wahnsinns getrieben werden. Wie aus dem Prospekt hervorgeht, führt er nur wenige Meter entfernt am Zaun vorbei. Ganz abgesehen von alledem hätte ich tagein, tagaus engsten Kontakt mit den Nachbarn und müsste ständig mit der beängstigenden Gewissheit leben, dass eines Tages früher oder später ein Erdrutsch mein kostspieliges Häuschen ins Meer befördern wird.«

Er lachte gutmütig. »Ich wusste ja, dass es Ihnen gefallen würde. Ich hätte es sofort selbst gekauft, wenn es nicht jeden Tag so eine weite Fahrt wäre. Das Haus am anderen Ende gehört einem alten Ehepaar im Ruhestand, beide in den Siebzigern, und die zwei in der Mitte sind Wochenendhäuser. Sie stehen mitten auf einem kleinen Kap, ein ganzes Stück vom Rand entfernt, und ich bin sicher, dass die Häuser lange vor dem Fundament zerfallen. Was die Stürme und die Touristen angeht, kann ich nur sagen, dass das Haus im Osten von Swanage steht, also gegen die vorherrschenden Winde gut geschützt, und dass die Sorte von Touristen, die auf diesem Weg wandern, Ihren Frieden ganz bestimmt nicht stören werden. Es gibt keinen öffentlichen Zugang zu den Häusern. Der nächste ist vier Meilen entfernt, und schreiende Kinder und grölende Biertouristen wagen sich auf den Weg bestimmt nicht hinaus. Bleibt also« – sein jungenhaftes Gesicht verzog sich zu einem unbekümmerten Lächeln – »die Kostenfrage.«

Roz lachte. »Sagen Sie's nicht. Die Eigentümer wollen es so dringend loswerden, dass sie bereit sind, es zu verschenken.«

»So ist es tatsächlich fast. Sie haben Liquiditätsprobleme in ihrem Geschäft, und das Haus ist für sie nur ein Wochenendhaus. Sie sind bereit, einen Verlust von zwanzigtausend hinzunehmen, wenn jemand bar zahlen kann. Können Sie das?«

Roz schloss die Augen und dachte an ihren fünfzigprozentigen Anteil am Erlös der Scheidung, der auf der Bank lag. Ja, dachte sie, das kann ich.

»Das ist ja absurd«, sagte sie ungeduldig. »Ich bin nicht hergekommen, weil ich ein Haus kaufen wollte. Es würde mir überhaupt nicht gefallen. Es wäre viel zu klein. Und wieso haben Sie es überhaupt hier bei Ihren Angeboten? Es ist doch meilenweit weg.«

»Wir haben ein Abkommen auf Gegenseitigkeit mit unseren anderen Filialen.« Er hatte seinen Fisch an der Angel. Jetzt ließ er sie ein bisschen schwimmen. »Schauen wir mal, was hier in der Akte steht.« Er zog sie zu sich heran und schlug sie auf. »›Leven Road Nummer zwanzig. Eigentümer: Mr. und Mrs. Clarke. Anweisungen: Schneller Verkauf erwünscht; Teppiche und Vorhänge im Preis eingeschlossen. Erworben von Mr. und Mrs. Blair. Vertragsabschluss am fünfundzwanzigsten Februar neunundachtzig.‹« Er sah überrascht auf. »Die haben ja nicht viel dafür bezahlt.«

»Es stand ein Jahr leer«, sagte Roz. »Das erklärt wahrscheinlich den niedrigen Preis. Steht die neue Adresse der Clarkes dabei?«

Er las weiter: »Hier steht: ›Verkäufer bitten ausdrücklich, keinerlei Informationen über ihren neuen Wohnort preiszugeben.‹ Hm, warum wohl?«

»Sie hatten sich mit den Nachbarn zerstritten«, sagte Roz, wie immer sparsam mit der Wahrheit. »Aber sie müssen doch eine Adresse angegeben haben, wo sie zu erreichen sind«, fügte sie hinzu, »sonst hätten sie nicht darum gebeten, sie unter Verschluss zu halten.«

Er blätterte ein paar Seiten um, dann schloss er die Akte, ließ aber den Finger gleichsam als Lesezeichen zwischen den Blättern. »Das ist eine Frage des Berufsethos, Miss Leigh. Ich bin Angestellter der Firma Peterson, und die Firma wurde gebeten, die Daten der Clarkes vertraulich zu behandeln. Es wäre nicht richtig, das Vertrauen eines Kunden zu missbrauchen.«

Roz überlegte einen Moment.

»Liegt denn eine schriftliche Erklärung von Peterson vor, in der sie sich verpflichten, dem Wunsch der Clarkes Folge zu leisten?«

»Nein.«

»Dann sind Sie doch durch nichts gebunden. Mündlich getroffene vertrauliche Abmachungen können nicht vererbt werden. Wenn das möglich wäre, wären sie nicht mehr vertraulich.«

Er lächelte. »Das ist eine sehr feine Unterscheidung.«

»Ja.« Sie nahm das Blatt mit der Beschreibung von Bayview. »Angenommen, ich sage Ihnen, dass ich das Haus gern heute Nachmittag um drei besichtigen würde? Könnten Sie für mich einen Termin vereinbaren – da drüben«, sie wies mit dem Kopf zu dem am weitesten entfernt stehenden Schreibtisch, »an dem Telefon, während ich hier warte und mir inzwischen die anderen Beschreibungen ansehe.«

»Das könnte ich, aber ich würde es sehr übel nehmen, wenn Sie den Termin dann nicht einhalten würden.«

»Sie können sich auf mein Wort verlassen«, versicherte sie. »Wenn ich sage, dass ich etwas tun werde, dann tue ich es auch.«

Er stand auf und ließ dabei die Akte, die auf dem Tisch lag, auseinander fallen. »Dann rufe ich jetzt unsere Filiale in Swanage an«, sagte er. »Sie müssen den Schlüssel dort abholen.«

»Danke.« Sie wartete, bis er ihr den Rücken gekehrt hatte, dann drehte sie den Hefter herum und notiere sich die Adresse der Clarkes. Salisbury, stellte sie fest.

Wenige Minuten später nahm Matt seinen Platz wieder ein und reichte ihr einen Plan von Swanage, auf dem das Büro der Firma Peterson mit einem Kreuz eingezeichnet war. »Mr. Richards erwartet Sie um drei.« Mit einer lässigen Handbewegung schloss er die Akte Clarke. »Ich hoffe, Ihre Verhandlungen mit ihm werden genauso zu Ihrer gegenseitigen Zufriedenheit ausfallen wie die mit mir.«

Roz lachte. »Und ich hoffe das nicht, sonst bin ich heute Abend womöglich beträchtlich ärmer.«

Roz hielt vor dem *Poacher,* ging hinten herum und klopfte an die Küchentür.

»Sie sind früh dran«, sagte Hal, als er öffnete.

»Ich weiß, aber ich muss um drei in Swanage sein, und

wenn ich nicht bald losfahre, schaffe ich das nicht. Haben Sie Gäste?«

Er antwortete mit einem müden Lächeln. »Ich hab' gar nicht erst aufgemacht.«

Sie ignorierte den Sarkasmus. »Dann kommen Sie doch mit«, schlug sie vor. »Vergessen Sie das Restaurant einmal zwei Stunden lang.«

Er war nicht gerade hellauf begeistert. »Was ist in Swanage?«

Sie reichte ihm die Beschreibung des Hauses. »Ein ›bez. Cottage‹ mit Blick aufs Meer. Ich habe mich breitschlagen lassen, es mir anzusehen, und ich könnte moralische Unterstützung brauchen, sonst kaufe ich das verflixte Ding am Ende noch.«

»Dann fahren Sie doch einfach nicht hin.«

»Ich muss. Ich bin quasi dazu verpflichtet«, sagte sie etwas dunkel. »Kommen Sie doch mit«, drängte sie, »und sagen Sie nein, sobald ich ein Gesicht mache, als wollte ich Ja sagen. Ich bin so leicht einzuwickeln, wenn die Methoden nicht aggressiv sind, und ich wollte immer schon hoch oben auf den Felsen über dem Meer wohnen und einen Hund haben und lange Strandspaziergänge machen.«

Er sah sich den Preis an. »Können Sie es sich denn leisten?«, fragte er neugierig.

»Mit Müh und Not.«

»Reiche Frau«, sagte er. »Die Schriftstellerei ist offensichtlich lukrativ.«

»Wohl kaum. Das war eine Abfindung.«

»Eine Abfindung? Wofür?«, fragte er. Seine Augen verrieten nichts.

»Das ist nicht wichtig.«

»In Ihrem Leben scheint gar nichts wichtig zu sein.«

Sie zuckte die Achseln. »Sie wollen also nicht mitkommen?

Na ja, es war nur so eine Idee. Dann fahre ich eben allein.« Sie sah plötzlich einsam aus.

Er warf einen Blick zurück zum Restaurant, dann nahm er unvermittelt seine Jacke vom Haken an der Tür. »Ich komme mit«, sagte er, »aber ich sag' bestimmt nicht nein. Es hört sich an wie das Paradies, und der zweitbeste Rat, den meine Mutter mir je gegeben hat, war, dass man sich nie zwischen eine Frau und das stellen soll, was sie haben will.« Er zog die Tür zu und schloss ab.

»Und was war der beste Rat?«

Er legte ihr wie selbstverständlich den Arm um die Schultern – *konnte sie wirklich so einsam sein, wie sie aussah? Der Gedanke machte ihn traurig* – und ging mir ihr durch die Gasse. »Dass das Glück nicht zum Lachen ist.«

Sie lachte kehlig. »Was soll das denn heißen?«

»Das heißt, meine Liebe, dass das Streben nach Glück ernste Überlegung verdient. Es ist das A und O aller Existenz. Worin liegt der Sinn des Lebens, wenn man es nicht genießt?«

»Darin, dass man sich Pluspunkte fürs Jenseits verdient, da ja Leiden gut für die Seele ist und so weiter und so fort.«

»Wenn Sie meinen«, sagte er vergnügt. »Sollen wir meinen Wagen nehmen? Da bekommen Sie gleich Gelegenheit, Ihre Theorie auf die Probe zu stellen.« Er führte sie zu einem alten Ford Cortina Kombi, sperrte die Beifahrertür auf und zog sie auf kreischenden Scharnieren halb auf.

»Was für eine Theorie?«, fragte sie, und zwängte sich unelegant durch den Spalt.

Er drückte die Tür zu. »Das werden Sie gleich erfahren«, murmelte er.

Sie waren eine halbe Stunde zu früh. Hal hielt auf einem Parkplatz am Meer und rieb sich die Hände. »Holen wir uns eine Portion Fish and Chips. Wir sind vor ungefähr hundert Metern an einem Stand vorbeigekommen, und ich habe einen Bärenhunger. Das liegt an der frischen Luft.«

Roz schob wie eine Schildkröte ihren Kopf aus dem hochgeschlagenen Jackenkragen und fixierte ihn mit durchbohrendem Blick. »Ist diese Schrottkiste überhaupt zugelassen?«, knirschte sie.

»Aber natürlich.« Er schlug auf das Lenkrad. »Der Wagen ist total in Ordnung bis auf die ein, zwei Fenster, die fehlen. Daran gewöhnt man sich nach einer Weile.«

»Ein, zwei Fenster!«, rief sie entrüstet. »Soweit ich sehen kann, ist außer der Windschutzscheibe kein einziges Fenster vorhanden. Ich glaube, ich habe mir eine Lungenentzündung geholt.«

»Manchen Frauen kann man es einfach nicht recht machen. Sie würden bestimmt nicht so jammern, wenn ich Sie an einem schönen sonnigen Tag in einem offenen Kabrio ans Meer gefahren hätte. Sie rümpfen die Nase, weil es ein Cortina ist, das ist der ganze Witz.« Er lachte verschmitzt. »Und da erzählen Sie mir, Leiden sei gut für die Seele? Ihrer hat's überhaupt nicht gut getan, Verehrteste.«

Sie drückte die quietschende Tür auf, so weit es ging, und kroch heraus. »Zu Ihrer Information, Hawksley, es ist *kein* schöner, sonniger Tag« – sie kicherte –, »im Gegenteil, es ist wahrscheinlich der kälteste Maitag des ganzen Jahrhunderts. Und wäre dies ein Kabrio gewesen, hätten wir anhalten und das Verdeck hochklappen können. Wie dem auch sei, warum gibt es keine Fenster?«

Er legte den Arm um sie, und sie machten sich auf den Weg zum Fish-and-Chips-Stand. »Jemand hat sie eingeschlagen«, sagte er sachlich. »Ich habe sie nicht in Ordnung bringen lassen, weil damit zu rechnen ist, dass es wieder passiert.«

Sie rieb sich die Nasenspitze, um den Kreislauf wieder in

Gang zu bringen. »Sie sind wohl einem Wucherer in die Klauen gefallen?«

»Und wenn?«

Sie dachte an das Geld auf der Bank, unberührt, zu nichts gut. »Vielleicht könnte ich Ihnen aus den Schwierigkeiten heraushelfen«, sagte sie zaghaft.

Er runzelte die Stirn. »Ist das Wohltätigkeit, Roz, oder ein Verhandlungsangebot?«

»Wohltätigkeit ist es bestimmt nicht«, versicherte sie. »Mein Steuerberater würde einen Anfall bekommen, wenn ich anfinge, gute Werke zu tun.«

Er ließ abrupt seinen Arm herabfallen. »Warum wollen Sie mir helfen? Sie wissen doch überhaupt nichts von mir.« Seine Stimme klang zornig.

Sie zuckte die Achseln. »Ich weiß, dass Sie ganz tief in der Scheiße sitzen, Hawksley. Ich biete Ihnen an, Ihnen da herauszuhelfen. Ist das so schlimm?« Sie ging weiter.

Hal, der ein, zwei Schritte zurückblieb, verfluchte sich. Wie konnte man so blöd sein und Vertrauen fassen, nur weil eine Frau einsam aussah? Aber Einsamkeit war natürlich genau das, was garantiert eine Saite anschlug. Es hatte sicher einmal Zeiten gegeben, in denen er nicht einsam gewesen war, aber im Moment konnte er sich beim besten Willen nicht daran erinnern.

Roz' Entzücken über das Häuschen, das sie hinter einem wenig überzeugenden Lächeln gelangweilter Indifferenz zu verbergen suchte, zeigte sich unverhüllt, als sie mit großen Augen den großartigen Blick bewunderte, die Doppelfenster registrierte, widerstrebend eingestand, ja, ein offener Kamin wäre schon immer ihr Wunsch gewesen, und ja, die Größe der Zimmer sei eine ziemliche Überraschung für sie. Sie hatte wirklich erwartet, sie wären kleiner. Eine ganze Weile spazierte sie im Garten mit Terrasse herum, sagte, es sei schade, dass es kein Gewächshaus gäbe, versteckte ihre Begeisterung recht verspätet hinter einer dunklen Brille, um ein kleines von Rosen überwachsenes Nebengebäude zu besichtigen, das die derzeitigen Hauseigentümer als drittes Gästezimmer benutzten, das aber im Notfall, sagte sie sich, auch als Arbeitszimmer und Bibliothek genutzt werden konnte.

Hal und Mr. Richards saßen auf schmiedeeisernen Stühlen vor der Terrassentür, plauderten müßig über dies und das und beobachteten sie. Mr. Richards, den Hals brüske, einsilbige Antworten gründlich einschüchterten, witterte einen Verkauf, hielt aber seine Erregung besser im Zaum als Roz.

Er stand auf, als Roz ihre Inspektion abgeschlossen hatte, und bot ihr mit einem entwaffnenden Lächeln seinen Stuhl an. »Ich hätte vielleicht erwähnen sollen, Miss Leigh, dass die derzeitigen Eigentümer nicht abgeneigt sind, die Möbel zusammen mit dem Haus zu verkaufen, wenn man sich auf einen befriedigenden Preis einigen kann. Die Sachen sind, soweit ich unterrichtet bin, alle nicht älter als vier Jahre, und die Abnutzung war minimal, da das Haus ja nur an den Wochenenden bewohnt war.« Er sah auf seine Uhr. »Vielleicht ist es am besten, ich lasse Ihnen jetzt eine Viertelstunde Zeit, damit Sie es besprechen können. Ich mache inzwischen einen kleinen Spaziergang.« Er verschwand taktvoll durch die Terrassentür, und einen Augenblick später hörten sie die Haustür zufallen.

Roz nahm ihre Brille ab und sah Hal an. Ihre Augen hatten etwas Kindliches in ihrer Begeisterung. »Was meinen Sie? Und die Möbel auch noch. Ist das nicht fabelhaft?«

Seine Lippen zuckten. *Konnte das Theater sein?* Wenn ja, war es verdammt gutes Theater. »Es kommt darauf an, wozu Sie es haben wollen.«

»Um darin zu leben«, sagte sie. »Es wäre eine Wonne, hier

zu arbeiten.« Sie sah zum Meer hinaus. »Ich habe das Geräusch der Wellen immer schon geliebt.« Sie drehte sich zu ihm um. »Was meinen Sie? Soll ich es kaufen?«

Er war neugierig. »Spielt meine Meinung denn eine Rolle?«

»Wahrscheinlich.«

»Wieso?«

»Weil mir mein gesunder Menschenverstand sagt, dass es verrückt wäre, es zu kaufen. Es ist total abgelegen, und für das, was es tatsächlich ist, ein popliges kleines Vierzimmer-Haus, ist es teuer. Es gibt bestimmt bessere Möglichkeiten, sein Geld anzulegen.«

Sie musterte sein starres Gesicht und fragte sich, wieso ihr früheres Angebot, ihm zu helfen, solche Feindseligkeit hervorgerufen hatte. Er war ein merkwürdiger Mensch. So offen und zugänglich, solange man es vermied, über das Restaurant zu sprechen.

Er sah an ihr vorbei zum Felsgipfel, auf dem jetzt Mr. Richards zu sehen war, der auf einem großen Stein saß und in aller Ruhe eine Zigarette rauchte. »Kaufen Sie es«, sagte er. »Sie können es sich leisten.« Sein dunkles Gesicht wurde von einem Lächeln erhellt. »Leben Sie gefährlich. Tun Sie, was Sie schon immer tun wollten. Wie hat John Masefield gesagt? ›Ich muss wieder ans Meer, denn der Ruf der heranstürmenden Flut / Ist ein wilder und klarer Ruf, den man nicht überhören darf.‹ Also, wohnen Sie auf den Felsen über dem Meer und machen Sie mit Ihrem Hund lange Strandspaziergänge. Ich hab' ja schon gesagt, es hört sich paradiesisch an.«

Sie erwiderte sein Lächeln. »Aber der Haken am Paradies war, dass es dort langweilig war und Eva deshalb, als die einäugige Hosenschlange erschien, so unheimlich scharf darauf war, in den Apfel der Erkenntnis zu beißen.«

Er war ein anderer Mensch, wenn er lachte. Sie erhaschte

einen flüchtigen Blick auf jenen Hal Hawksley, Freund und Kumpel, mit dem man Pferde stehlen konnte, der, wenn seine Tische je voll sein sollten, mit selbstsicherer Großzügigkeit seine Gäste bewirten würde. Sie schlug alle Vorsicht in den Wind.

»Erlauben Sie mir doch, Ihnen zu helfen. Ich wäre einsam hier draußen. Und was hat es für einen Sinn, einen Haufen Geld dafür zu bezahlen, dass man einsam auf einer Felsklippe über dem Meer sitzt?«

Sein Blick verhüllte sich abrupt. »Sie sind wirklich sehr freigebig mit Ihrem Geld, wie? Was genau schlagen Sie vor? Eine Übernahme? Eine Partnerschaft? Oder was?«

Gott, war der Mann empfindlich. Und genau das hatte er ihr einmal vorgeworfen. »Ist das so wichtig? Ich biete Ihnen an, Ihnen aus Ihren Schwierigkeiten herauszuhelfen.«

Seine Augen verengten sich. »Das Einzige, was Sie mit Sicherheit von mir wissen, Roz, ist, dass mein Restaurant ein Reinfall ist. Was kann eine intelligente Frau veranlassen, ihr gutes Geld in ein bankrottes Unternehmen zu stecken?«

Ja, was? Niemals würde sie es ihrem Steuerberater erklären können, der unter einem vernünftigen Lebensstil ein Leben ohne Risiko, mit ausgeglichenen Bilanzen und einer steuerbegünstigten Altersversorgung verstand. Wie sollte sie auch nur anfangen? »Ich kenne da diesen Mann, Charles, bei dem ich jedes Mal dahinschmelze, wenn ich ihn nur sehe. Er ist ein hervorragender Koch und liebt sein Restaurant, und es gibt überhaupt keinen logischen Grund dafür, warum das Lokal nicht laufen sollte. Ich versuche dauernd, ihm Geld zu leihen, aber jedes Mal schmeißt er's mir vor die Füße.« Charles würde sie für unmündig erklären lassen. Sie schwang ihre Umhängetasche über die Schulter. »Vergessen Sie's«, sagte sie. »Es ist offensichtlich ein wunder Punkt, wenn mir auch schleierhaft ist, warum.«

Sie wollte aufstehen, aber er packte sie beim Handgelenk und hielt sie auf ihrem Platz fest. »Ist das auch wieder so eine abgekartete Sache, Roz?«

Sie starrte ihn an. »Sie tun mir weh.« Er ließ sie los. »Wovon sprechen Sie?«, fragte sie und massierte ihr Handgelenk.

»Sie sind wiedergekommen«, sagte er. Er rieb sich das Gesicht mit beiden Händen so heftig, als hätte er Schmerzen. »Warum, zum Teufel, kommen Sie immer wieder?«

Sie war wütend. »Weil Sie angerufen haben«, antwortete sie. »Ich wäre nicht gekommen, wenn Sie nicht angerufen hätten. Gott, sind Sie arrogant. In London gibt's ihresgleichen wie Sand am Meer, falls Sie das nicht wissen sollten.«

Er kniff drohend die Augen zusammen. »Dann bieten Sie doch denen Ihr Geld an«, sagte er, »und ersparen Sie mir Ihre Gönnerhaftigkeit.«

Mit falschen Versprechungen, am folgenden Tag anzurufen, verabschiedeten sie sich verdrossen von Mr. Richards und fuhren die schmale Küstenstraße hinauf in Richtung Wareham. Hal, der sich der dunkler werdenden Wolken nur allzu bewusst und dem klar war, wie sehr ihn eine nasse Straße behindern würde, konzentrierte sich aufs Fahren. Roz, niedergeschmettert von seiner Feindseligkeit, die wie ein tropisches Gewitter auf sie niedergeprasselt war, hüllte sich in Schweigen. Hal war unnötig grausam gewesen und wusste es, aber er war völlig im Bann seiner Überzeugung, dass diese Fahrt nur arrangiert worden war, um ihn von seinem Restaurant wegzubekommen. Und das musste man Roz lassen, sie war verdammt gut. Sie hatte wirklich alles zu bieten. Schönheit, Humor, Intelligenz und gerade so viel Verletzlichkeit, dass sie seinen törichten Hang zur Ritterlichkeit ansprach. Aber angerufen hatte *er. Schön dumm, Hawksley.* Sie wäre sowieso wiedergekommen. Irgendjemand musste ihm ja das beschissene Geld anbieten. Scheiße! Er schlug mit der Faust auf das Lenkrad.

»Warum wollten Sie eigentlich, dass ich mitkomme?«, fragte er in das Schweigen.

»Sie sind Ihr eigener Herr«, entgegnete sie beißend. »Sie brauchten nicht mitzukommen.«

Als sie Wareham erreichten, fing es zu regnen an, in Strömen, die der Wind durch die offenen Fenster hereintrieb.

»Na wunderbar!«, rief Roz und zog ihre Jacke am Hals zusammen. »Der vollkommene Abschluss eines vollkommenen Tages. Ich werde hier klatschnass. Ich hätte allein in meinem eigenen Wagen fahren sollen. Weniger lustig hätte es kaum werden können.«

»Warum sind Sie dann nicht allein gefahren? Warum mussten Sie mich unbedingt mitschleppen?«

»Ob Sie's glauben oder nicht«, sagte sie eisig, »ich wollte Ihnen etwas Gutes tun. Ich dachte, es täte Ihnen gut, mal ein paar Stunden rauszukommen. Aber da habe ich mich offensichtlich getäuscht. Außerhalb Ihrer Kneipe sind Sie noch empfindlicher als drinnen.«

Er nahm die nächste Kurve zu schnell. Sie wurde gegen die Tür geschleudert, und ihre Lederjacke rieb über die geriffelte Chromleiste unter dem Fenster. »Herrgott noch mal!«, rief sie ärgerlich. »Die Jacke hat mich ein Vermögen gekostet.«

Er fuhr an den Straßenrand und hielt mit quietschenden Reifen an. »Okay«, sagte er, »sehen wir mal, was wir für die teure Jacke tun können.« Er griff an ihr vorbei, um aus dem Handschuhfach eine Straßenkarte zu holen.

»Was soll das denn nützen?«

»Da kann ich sehen, wo der nächste Bahnhof ist.« Er blätterte in dem Buch. »In Wareham gibt's einen. Mit direkter Verbindung nach Southampton. Da können Sie sich ein Taxi zu Ihrem Auto nehmen.« Er kramte seine Brieftasche heraus.

»Das müsste eigentlich reichen.« Damit ließ er ihr einen Zwanzig-Pfund-Schein in den Schoß fallen und lenkte den Wagen wieder auf die Straße hinaus. »Er ist am nächsten Kreisverkehr rechts.«

»Sie sind ein echter Schatz, Hawksley. Hat Ihre Mutter Ihnen neben den reizenden Aphorismen über die Frauen und das Leben eigentlich keine Manieren beigebracht?«

»Treiben Sie's nicht zu weit«, knurrte er. »Mein Geduldsfaden ist im Moment ausgesprochen kurz. Es braucht nicht viel, um mich auf Hundert zu bringen. Ich habe mich in meiner Ehe fünf Jahre lang für Alles und Jedes kritisieren lassen müssen, was ich getan habe. Es fällt mir nicht ein, mir so was noch mal anzutun.« Er hielt vor dem Bahnhof an. »Fahren Sie nach Hause«, sagte er und strich sich mit einer Hand müde über das feuchte Gesicht. »Ich tue Ihnen einen Gefallen.«

Sie legte den Geldschein auf das Armaturenbrett. »Ja«, sagte sie, »das glaube ich auch. Wenn Ihre Frau es fünf Jahre lang mit Ihnen ausgehalten hat, muss sie eine Heilige gewesen sein.« Sie stieß die quietschende Tür auf, zwängte sich durch den Spalt nach draußen, bückte sich dann, um durch das offene Fenster in den Wagen hineinzusehen. Sie stieß den Mittelfinger in die Höhe. »Ficken Sie sich selbst, Sergeant. Das ist vermutlich das einzige, was Ihnen Spaß macht. Sonst ist doch keiner gut genug.«

»Wie Recht Sie haben, Miss Leigh.« Er nickte ihr kurz zu und kurbelte am Lenkrad, um zu wenden. Als er davonfuhr, flatterte die Zwanzig-Pfund-Note wie ein bitterer Vorwurf aus dem Fenster und fiel mit dem Regen in den Rinnstein.

Hal war nass und durchgefroren, als er endlich Dawlington erreichte, und seine finstere Stimmung besserte sich nicht, als er sah, dass ihr Wagen immer noch am Anfang der Gasse stand, wo sie ihn geparkt hatte. Er blickte an ihm vorbei zwischen den Häusern hindurch und bemerkte, dass die Hintertür des *Poacher* angelehnt war, ihr Holz gesplittert von einem Stemmeisen, mit dem sie aus dem Rahmen gehoben worden war. *Verdammt!* Es war *weiß Gott* ein abgekartetes Spiel gewesen, bei dem sie den Lockvogel gemacht hatte. Einen Moment lang stürzte er in bodenlose Verzweiflung – er war nicht so immun, wie er sich eingebildet hatte –, ehe der Drang zu handeln die Oberhand gewann.

Er war zu wütend, um vernünftig zu denken, zu wütend, auch nur elementare Vorsichtsmaßnahmen zu ergreifen. Er rannte leichtfüßig los, stieß die Tür weit auf und stürmte mit fliegenden Fäusten hinein, schlug und trat, krallte und kratzte, ohne der Schläge zu achten, die ihn auf Arme und Schultern trafen, einzig darauf konzentriert, diesen Schweinehunden, die ihn vernichten wollten, größtmöglichen Schaden zuzufügen.

Roz, die zwanzig Minuten später mit Hals durchweichter Zwanzig-Pfund-Note in der einen Hand und einem bitteren Beschwerdebrief in der andren ankam, traute bei dem Anblick, der sich ihr bot, ihren Augen nicht. Die Küche sah aus wie Beirut nach dem Krieg – leer und verwüstet. Der umgekippte Tisch hing schief am Herd. Zwei seiner Beine fehlten. Zertrümmerte Stühle lagen zwischen Geschirr- und Glasscherben. Und aus dem Kühlschrank, der nach vorn gekippt auf seiner offenen Tür ruhte, hatte sich neben Strömen von Milch und geliertem Suppenfond der gesamte Inhalt über den gefliesten Boden ergossen. Sie drückte eine zitternde Hand auf ihre Lippen. Hier und dort hatten frische rote Blutspritzer die sich ausbreitende Milchpfütze rosarot gefärbt.

Sie spähte die Gasse hinauf. Nirgends eine Menschenseele. *Was sollte sie tun?* »Hal?«, rief sie, aber ihre Stimme war kaum mehr als ein Flüstern. »Hal?« Diesmal schnappte sie ihr über, und in der Stille, die folgte, glaubte sie von jenseits der Schwingtür zum Restaurant ein Geräusch zu hören. Sie stopfte Brief und Geldschein in ihre Taschen und griff nach einem der Tischbeine. »Ich habe schon die Polizei gerufen«, schrie sie mit vor Furcht heiserer Stimme. »Sie sind auf dem Weg.«

Die Tür schwang auf, und Hal erschien mit einer Flasche Wein. Er wies mit dem Kopf auf das Tischbein. »Was wollen Sie denn damit?«

Sie senkte ihren Arm. »Sind Sie völlig verrückt geworden? Haben Sie das alles getan?«

»Sehe ich etwa so aus?«

»Olive hat's ja auch getan.« Sie sah sich um. »Genau das hat Olive getan. Sie hat einen Tobsuchtsanfall bekommen und ihre Zelle kurz und klein geschlagen. Daraufhin wurden ihr alle Privilegien gesperrt.«

»Sie reden Quatsch.« Aus einem Einbauschrank, der unversehrt geblieben war, holte er zwei Gläser und füllte sie mit Wein aus der Flasche. »Hier.« Er beobachtete sie scharf. »Haben Sie wirklich die Polizei gerufen?«

»Nein.« Ihre Zähne schlugen gegen das Weinglas. »Ich dachte, wenn Sie ein Einbrecher wären, würden Sie abhauen. Ihre Hand blutet.«

»Ich weiß.« Er nahm ihr das Tischbein weg und legte es auf den Herd. Dann zog er hinter der Tür den einzigen noch heilen Stuhl hervor und drückte sie darauf nieder. »Was hätten Sie denn getan, wenn der Einbrecher hier herausgekommen wäre?«

»Ich hätte wahrscheinlich zugeschlagen.« Ihre Furcht begann nachzulassen. »Ist das die abgekartete Sache, bei der ich mitgemacht haben soll?«

»Ja.«

»Mein Gott.« Sie wusste nicht, was sie anderes sagen sollte. Stumm sah sie zu, wie er einen Besen nahm und die ganze Bescherung in eine Ecke fegte. »Sollten Sie das nicht lassen?«

»Wozu?«

»Für die Polizei?«

Er sah sie neugierig an. »Sie haben doch gesagt, dass Sie sie gar nicht gerufen haben.«

Sie brauchte ein paar Sekunden, um das zu verdauen, dann stellte sie ihr Glas neben sich auf den Boden. »Das ist alles ein bisschen viel für mich.« Sie zog die Zwanzig-Pfund-Note aus ihrer Tasche, doch den Brief ließ sie drinnen. »Ich bin nur noch mal hergekommen, um Ihnen das Geld zu bringen.« Sie hielt ihm den Schein hin und stand auf. »Es tut mir Leid«, sagte sie mit einem entschuldigenden Lächeln.

»Was denn?«

»Dass ich Sie wütend gemacht habe. Ich scheine zur Zeit ein Talent dafür zu haben, andere in Rage zu bringen.«

Er ging auf sie zu, um das Geld zu nehmen, blieb aber abrupt stehen, als er ihr erschrockenes Gesicht sah.

»Herrgott noch mal, glauben Sie im Ernst, *ich* hätte diese Bescherung hier angerichtet?«

Aber er sprach ins Nichts. Roz rannte die Gasse hinunter, und die Zwanzig-Pfund-Note flatterte wieder einmal zu Boden.

13

Roz schlief unruhig in dieser Nacht, immer wieder von turbulenten Träumen gequält. Olive mit einer Axt, wie sie Küchentische in Stücke schlug. *Das hab' ich mir gedacht ... Es ist nicht so einfach, wie's im Fernsehen aussieht ...* Hals Finger an ihrem Handgelenk, jedoch sein Gesicht das schadenfrohe ihres Bruders, wenn er ihr als Kind »Brennnesseln« auf den Arm gemacht hatte. *Herrgott noch mal, glauben Sie im Ernst, ich hätte diese Bescherung angerichtet ...* Olive am Galgen, ihr Gesicht schleimig grau wie feuchter Ton. *Beunruhigt es Sie denn nicht, jemandem wie ihr wieder zur Freiheit zu verhelfen ...* Ein Priester mit den Augen Schwester Bridgets. *Es ist schade, dass Sie keine Katholikin sind ... Sie könnten zur Beichte gehen, und gleich würden Sie sich besser fühlen ... Dauernd bieten Sie mir Geld an ... Das Gesetz ist ein Witz ... Haben Sie die Polizei gerufen ...*

Am Morgen weckte sie das Läuten des Telefons, das im Wohnzimmer stand. Ihr Kopf drohte zu zerspringen. Sie hob nur ab, um dem Lärm ein Ende zu machen. »Ja, wer ist dran?«

»Das ist ja eine reizende Begrüßung«, bemerkte Iris. »Was ist denn mit dir los?«

»Nichts. Was willst du?«

»Soll ich auflegen«, fragte Iris zuckersüß, »und in einer halben Stunde noch mal anrufen, wenn du fähig bist, dich daran zu erinnern, dass ich deine Freundin bin und nicht ein Stück Hundedreck, das du dir gerade von der Schuhsohle gekratzt hast?«

»Entschuldige. Du hast mich geweckt. Ich habe ziemlich schlecht geschlafen.«

»Aha. Also, ich habe gerade deinen Verleger am Telefon gehabt. Er drängt nach einem Termin – und es handelt sich nicht um eine Einladung zum Abendessen, das brauche ich dir wohl nicht zu sagen. Er möchte wenigstens ungefähr wissen, wann das Buch soweit ist.«

Roz schnitt eine Grimasse. »Ich habe noch nicht mal mit dem Schreiben angefangen.«

»Dann mach dich mal lieber an die Arbeit, Schätzchen. Ich habe ihm nämlich gesagt, dass es bis Weihnachten fertig ist.«

»Mensch, Iris! Das sind doch nur noch sechs Monate, und ich bin jetzt noch nicht weiter als das letztemal, als ich mit dir gesprochen habe. Olive macht die Schotten dicht, sobald wir auf die Morde kommen. Ich weiß wirklich ...«

»Sieben Monate«, unterbrach Iris. »Knöpf dir diesen hinterhältigen Bullen noch mal vor. Der hört sich echt fürchterlich an. Ich wette, der hat Olive reingelegt. Das tun sie alle. Weil dann ihre Erfolgsquote steigt. Das Schlüsselwort heißt Produktivität, Schätzchen, ein Wort, das aus deinem Vokabular vorübergehend verschwunden zu sein scheint.«

Mrs. Clarke hörte sich Roz' einleitende Worte über ihr Buch über Olive mit Entsetzensmiene an. »Wie haben Sie uns gefunden?«, fragte sie mit zitternder Stimme. Aus unerfindlichen Gründen hatte Roz sich vorgestellt, sie müsste in den Fünfzigern oder Anfang Sechzig sein. Sie war nicht vorbereitet auf diese alte Frau, die im Alter Mr. Hayes näher war als Robert und Gwen Martin, wenn sie noch am Leben gewesen wären.

»Es war nicht so schwierig«, antwortete sie ausweichend.

»Ich hatte die ganze Zeit solche Angst.«

Das war eine seltsame Reaktion, aber Roz ging nicht darauf ein. »Darf ich einen Moment hereinkommen? Ich werde Sie nicht lange aufhalten, das verspreche ich.«

»Ich kann unmöglich mit Ihnen sprechen. Ich bin allein. Edward ist einkaufen.«

»Bitte, Mrs. Clarke«, bat sie, und ihre Stimme war stumpf vor Müdigkeit. Sie hatte zweieinhalb Stunden gebraucht, um nach Salisbury zu fahren und das Haus der Clarkes zu finden. »Ich bin so weit gefahren, um mit Ihnen zu sprechen.«

Die Frau lächelte plötzlich und öffnete die Tür. »Komm rein. Komm rein. Edward hat extra Kuchen gebacken. Er wird ganz aus dem Häuschen sein, wenn er hört, dass du uns gefunden hast.«

Verwirrt runzelte Roz die Stirn und trat ins Haus.

»Du erinnerst dich natürlich an Pussy«, sie zeigte auf eine alte Katze, die unter einem Heizkörper lag, »oder ist sie erst nach deiner Zeit gekommen? Ich bin so vergesslich geworden, weißt du. Komm, setzen wir uns ins Wohnzimmer. Edward«, rief sie, »Mary ist hier.«

Niemand antwortete. »Edward ist einkaufen gegangen«, sagte Roz.

»Ach ja, natürlich.« Sie starrte Roz verwirrt an. »Kenne ich Sie?«

»Ich bin eine Freundin von Olive.«

»Ich bin eine Freundin von Olive«, echote die alte Frau. »Ich bin eine Freundin von Olive.« Sie ließ sich auf das Sofa nieder. »Setzen Sie sich. Edward hat extra Kuchen gebacken. Ich erinnere mich an Olive. Wir waren zusammen in der Schule. Die Jungen haben sie immer an ihren langen Zöpfen gezogen. Frechdachse waren das. Was wohl aus ihnen geworden ist?« Wieder starrte sie Roz an. »Kenne ich Sie?«

Roz, die voll Unbehagen in einem Sessel saß, fragte sich, ob Anstand und Moral es erlaubten, eine verletzliche alte Frau, die an Altersschwachsinn litt, auszufragen. »Ich bin eine Freundin von Olive Martin«, sagte sie, um nachzuhelfen. »Der Tochter von Gwen und Robert Martin.« Sie beobachtete forschend die leeren blauen Augen, aber die zeigten keine Reaktion. Sie war erleichtert. Anstand und Moral wurden belanglos, wenn Fragen stellen nur Unsinn war. Sie lächelte aufmunternd. »Erzählen Sie mir von Salisbury. Leben Sie gern hier?«

Das Gespräch war anstrengend, von langen Schweigepausen unterbrochen und voller in eintönigem Singsang vorgetragenen Wiederholungen und befremdlichen Anspielungen, die es Roz sehr schwer machten, den Faden nicht zu verlieren. Zweimal musste sie Mrs. Clarke von der plötzlichen Erkenntnis ablenken, dass sie eine Fremde war; sie fürchtete, wenn sie jetzt ging, würde sie später nicht wieder ins Haus kommen, um mit Edward sprechen zu können. Im Stillen fragte sie sich, wie er das schaffte. Konnte man eine leere Hülle lieben, die Liebe weder erwiderte noch zu schätzen wusste? Konnte es genug lichte Momente geben, um einen Ausgleich für das einsame Geschäft der Fürsorge zu schaffen?

Wieder und wieder wanderte ihr Blick zu dem Hochzeitsfoto über dem Kaminsims. Sie hatten verhältnismäßig spät geheiratet, dachte sie. Er sah aus, als sei er in den Vierzigern gewesen, fast schon kahl. Sie wirkte etwas älter. Aber sie standen Seite an Seite und lachten miteinander, zwei glückliche, gesunde Menschen, sorglos und unbekümmert, ohne zu ahnen – wie hätten sie auch? –, dass sie den Keim des Altersschwachsinns in sich trug. Es war grausam, einen Vergleich zu ziehen, aber Roz konnte es nicht lassen. Neben der Frau im Foto, die so lebendig und lebhaft, so konkret war, erschien die echte Mrs. Clarke farblos wie ein zitternder Schatten. War dies der Grund, fragte sich Roz, weshalb Edward Clarke und Robert Martin ein Liebespaar geworden waren? Sie fand die ganze Atmosphäre zutiefst deprimierend, und als sie endlich einen Schlüssel im Schloss knirschen hörte, war sie so froh wie bei einem Regenschauer nach langer Dürre.

»Mary ist zu Besuch gekommen«, sagte Mrs. Clarke strahlend, als ihr Mann ins Zimmer trat. »Wir warten schon auf den Kuchen.«

Roz stand auf und reichte Mr. Clarke eine ihrer Karten. »Ich habe ihr erklärt, wer ich bin«, sagte sie leise, »aber es erschien mir menschlicher, sie in dem Glauben zu lassen, ich sei Mary.«

Er war so alt wie seine Frau und inzwischen ganz kahl, aber er hielt sich immer noch kerzengerade, mit straffen Schultern. Groß und bedrohlich stand er vor der Frau auf dem Sofa, die in plötzlicher Furcht vor ihm zurückwich und dabei etwas vor sich hin nuschelte. Roz fragte sich, ob er ihr gegenüber je die Fassung verlor.

»Ich lasse sie wirklich nur selten allein«, antwortete er, als müsste er sich verteidigen, »aber die Einkäufe müssen nun einmal erledigt werden. Jeder hat so viel zu tun, und man kann nicht ständig die Nachbarn bitten.« Er strich sich mit einer Hand über den kahlen Schädel, während er die Karte las. »Ich dachte, Sie seien von der Sozialfürsorge«, sagte er in anklagendem Ton. »Schriftstellerin sind Sie? Wir brauchen keine Schriftstellerin. Was kann eine Schriftstellerin für uns tun.«

»Ich hoffte eigentlich, Sie können mir helfen.«

»Ich habe von der Schriftstellerei überhaupt keine Ahnung. Wer hat Ihnen meinen Namen gegeben?«

»Olive«, sagte Mrs. Clarke. »Sie ist eine Freundin von Olive.«

Er war entsetzt. »Nein!«, rief er. »Nein, nein, nein! Am besten gehen Sie gleich wieder. Ich werde nicht zulassen, dass das wieder aufgerührt wird. Es ist ein Schande. Wie haben Sie unsere Adresse bekommen?«

»Nein, nein, nein!«, rief seine Frau im Singsang. »Es ist eine Schande. Nein, nein, nein.«

Roz hielt den Atem an und zählte bis zehn. Sie war nicht sicher, ob ihre Beherrschung oder ihre Vernunft sie zuerst verlassen würde. »Wie um Gottes willen schaffen Sie das?« Die Frage sprudelte ihr so unwillkürlich über die Lippen wie Mrs. Clarke ihre Worte. »Entschuldigen Sie.« Sie sah die Spannung in seinem Gesicht. »Das war taktlos.«

»Wenn wir allein sind, ist es nicht so schlimm. Da schalte ich einfach ab.« Er seufzte. »Warum sind Sie hergekommen? Ich dachte, wir hätten das alles hinter uns gelassen. Ich kann für Olive nichts tun. Robert hat damals versucht, ihr zu helfen, aber sie hat es gar nicht zugelassen. Warum hat sie Sie hierher geschickt?«

»Es ist eine Schande«, murmelte die alte Frau.

»Sie hat mich nicht geschickt. Ich bin auf eigene Faust gekommen. Gibt es eine Möglichkeit«, fragte sie mit einem Blick zu Mrs. Clarke, »Sie einen Moment unter vier Augen zu sprechen?«

»Ich habe mit Ihnen nichts zu sprechen.«

»Doch«, widersprach sie. »Sie waren ein Freund von Robert Martin. Sie müssen die Familie besser gekannt haben als jeder andere. Ich schreibe ein Buch«, ihr war verspätet eingefallen, dass sie ja nur Mrs. Clarke erklärt hatte, worum es ging, »und ich bringe nichts zu Stande, wenn niemand mir etwas von Gwen und Robert Martin erzählen will.«

Sie hatte ihn schon wieder geschockt. »Sensationsjournalismus!«, sagte er empört. »Damit will ich nichts zu tun haben. Gehen Sie jetzt endlich, sonst hole ich die Polizei.«

Mrs. Clarke ließ ein furchtsames Wimmern hören. »Keine Polizei. Nein, nein, nein. Ich habe Angst vor der Polizei.« Sie starrte die Fremde an. »Ich habe Angst vor der Polizei.«

Mit Recht, dachte Roz, die sich fragte, ob die Demenz durch den Schock über die Morde zum Ausbruch gekommen war. War das der Grund, warum sie umgezogen waren? Sie nahm Aktentasche und Handtasche. »Ich bin keine Sensationsjournalistin, Mr. Clarke. Ich versuche nur, Olive zu helfen.«

»Für Olive gibt es keine Hilfe. Für keinen von uns gibt es Hilfe.« Er sah seine Frau an. »Olive hat alles zerstört.«

»Da bin ich anderer Meinung.«

»Bitte gehen Sie.«

Die dünne, brüchige Stimme der alten Frau unterbrach sie. »Ich habe Gwen und Amber an dem Tag gar nicht gesehen!«, rief sie quengelig. »Ich habe gelogen. Ich habe gelogen, Edward.«

Er schloss die Augen. »O Gott«, murmelte er, »womit habe ich das verdient?« In seiner Stimme schwang unterdrückter Zorn.

»An welchem Tag?«, hakte Roz nach.

Doch der lichte Moment, wenn es denn einer gewesen war, war schon vorüber. »Wir warten auf den Kuchen.«

Gereiztheit und etwas anderes – Erleichterung? – flog über sein Gesicht. »Sie ist senil«, erklärte er. »Ihr Verstand funktioniert nicht mehr. Man kann sich auf nichts verlassen, was sie sagt. Ich bringe Sie hinaus.«

Roz rührte sich nicht von der Stelle. »An welchem Tag, Mrs. Clarke?«, fragte sie sanft.

»An dem Tag, an dem die Polizei da war. Ich hab' gesagt, ich hätte sie gesehen, aber das war gar nicht wahr.« Sie runzelte perplex die Stirn. »Kenne ich Sie?«

Edward Clarke packte Roz grob beim Arm und zog sie mit

sich zur Haustür. »Verschwinden Sie aus meinem Haus!«, fuhr er sie wütend an. »Haben wir durch diese Familie nicht schon genug gelitten?« Er stieß sie hinaus und schlug krachend die Tür hinter ihr zu.

Roz rieb sich nachdenklich den Arm. Edward Clarke war trotz seines Alters um einiges kräftiger, als er aussah.

Sie wälzte das Problem auf der langen Fahrt nach Hause. Das Dilemma war das gleiche, in das Olive sie immer wieder hineinstürzte – sollte sie glauben oder nicht? Hatte Mrs. Clarke die Wahrheit gesagt? Hatte sie wirklich an dem Tag, an dem die Polizei gekommen war, gelogen, oder spielte ihr seniles Gedächtnis ihr Streiche? Und wenn sie wirklich gelogen hatte, machte das dann einen Unterschied?

Roz sah sich in der Küche des *Poacher* sitzen, hörte Hal von Robert Martin erzählen. »Wir zogen die Möglichkeit in Erwägung, dass er Gwen und Amber Martin getötet habe, bevor er zur Arbeit ging, und Olive dann die Leichen entfernen wollte, um ihn zu schützen, aber diese Rechnung ging nicht auf. Er hatte auch für diese Zeit ein Alibi. Eine Nachbarin hatte ihren Mann, der zur Arbeit ging, wenige Minuten, bevor Martin ebenfalls ging, hinausbegleitet. Amber und Gwen waren zu dem Zeitpunkt noch am Leben. Sie hat mit ihnen gesprochen. Sie erinnerte sich, Amber gefragt zu haben, wie es ihr bei Glitzy gefiel. Sie winkten, als Robert Martin wegfuhr.«

Die Nachbarin konnte nur Mrs. Clarke gewesen sein, sagte sich Roz. Aber wie nachlässig von ihr, diese Aussage nicht schon früher in Frage gestellt zu haben! War es denn wahrscheinlich, dass Gwen und Amber Robert Martin zum Abschied gewinkt hatten, wenn zwischen Mann und Frau so viel kalte Distanz war? Ein Satz aus Olives Aussage durchdrang messerscharf ihre Gedanken. ›*Wir hatten beim Früh-*

stück Streit, und mein Vater ist mittendrin zur Arbeit gegangen.‹

Mrs. Clarke hatte also gelogen. Aber warum? Warum hatte sie Robert Martin ein Alibi gegeben, wenn sie ihn, wie Olive behauptet hatte, als Bedrohung sah?

›Eine Nachbarin hatte ihren Mann, der zur Arbeit ging, wenige Minuten, bevor Martin ebenfalls ging, hinausbegleitet ...‹

Du lieber Gott, wie hatte sie so blind sein können! Das Alibi war für Edward.

Fiebernd vor Erregung rief sie von einer Zelle aus Iris an. »Ich habe die Nuss geknackt, altes Haus. Ich weiß jetzt, wer's war, und Olive war es nicht.«

»Na bitte, da hast du's. Man soll sich eben immer auf den Instinkt seiner Agentin verlassen. Ich habe mit Gerry um einen Fünfer gewettet. Der wird schön sauer sein, wenn er hört, dass er verloren hat. Also, wer war's?«

»Der Nachbar, Edward Clarke. Er war Robert Martins Liebhaber. Ich glaube, er hat Gwen und Amber aus Eifersucht getötet.« Atemlos rasselte sie ihre Story herunter. »Ich muss allerdings noch einen Weg finden, das alles zu beweisen.«

Am anderen Ende der Leitung kam es zu einem ausgedehnten Schweigen.

»Bist du noch da?«

»Ja. Ich habe gerade um meine fünf Pfund getrauert. Ich weiß, dass du aufgeregt bist, Schätzchen, aber du solltest lieber schnell wieder nüchtern werden und ein bisschen gründlicher nachdenken. Wenn dieser Edward Gwen und Amber zerstückelt hat, bevor Robert zur Arbeit ging, hätte dann Robert nicht die Teile in der Küche gefunden?«

»Vielleicht haben sie's zusammen getan.«

»Warum haben sie dann nicht auch gleich Olive umgebracht? Ganz zu schweigen von der dummen Frage, warum, um alles in der Welt, sie das Bedürfnis gehabt haben sollte, den homosexuellen Liebhaber ihres Vaters zu decken. Es wäre viel einleuchtender, wenn Mrs. Clarke gelogen hat, um Robert ein Alibi zu geben.«

»Wieso?«

»Weil die beiden eine wilde Affäre hatten«, erklärte Iris. »Mrs. C. erriet, dass Robert seine Frau um die Ecke gebracht hatte, um für sie frei zu sein, und hat gelogen wie gedruckt, um ihn zu schützen. Du weißt ja nicht mit Sicherheit, ob er homosexuell war. Die Mutter der Schulfreundin glaubte es offensichtlich nicht. Ist Mrs. C. attraktiv?«

»Jetzt nicht mehr. Aber sie war's mal.«

»Na also.«

»Aber warum hat Robert Amber getötet?«

»Weil sie da war«, antwortete Iris prompt. »Sie ist wahrscheinlich aufgewacht, als sie den Streit hörte, und kam hinunter. Robert wird keine Wahl behabt haben, als sie auch zu töten. Dann hat er sich aus dem Staub gemacht, und die arme Olive, die das alles verschlafen hatte, musste es büßen.«

Einigermaßen widerstrebend ging Roz zu Olive.

»Ich habe Sie gar nicht mehr erwartet. Nicht nachdem ...« Olive ließ den Rest des Satzes unausgesprochen. »Sie wissen schon.«

Sie waren wieder in ihrem alten Zimmer, ohne Aufsicht. Die Bedenken der Anstaltsdirektorin hatten sich, so schien es, zusammen mit Olives Feindseligkeit verflüchtigt. Wirklich, dachte Roz, das Strafvollzugssystem überrascht einen doch immer wieder. Sie hatte mit riesigen Problemen gerechnet, zumal es Mittwoch war, also nicht ihr normaler Besuchstag, doch es hatte keinerlei Schwierigkeiten gegeben. Olive durfte wieder jederzeit Besuch empfangen.

Sie schob ihr die Zigarettenpackung hin. »Sie scheinen wieder *persona grata* zu sein«, sagte sie.

Olive nahm sich eine Zigarette. »Bei Ihnen auch?«

Roz zog eine Augenbraue hoch. »Es ging mir besser, als meine Kopfschmerzen weg waren.« Sie sah den Schmerz in dem dicken Gesicht. »Ich scherze nur«, sagte sie freundlich. »Und es war sowieso meine Schuld. Ich hätte anrufen sollen. Sie genießen jetzt wieder alle Rechte?«

»Ja. Sie behandeln einen wirklich ganz anständig, wenn man sich ruhig verhält.«

»Gut.« Roz schaltete den Kassettenrecorder ein. »Ich war bei Ihren früheren Nachbarn, den Clarkes.«

Olive musterte sie durch das Flämmchen des Streichholzes, ehe sie es nachdenklich an das Ende ihrer Zigarette hielt. »Und?«

»Mrs. Clarke hat gelogen, als sie sagte, sie hätte Ihre Mutter und Ihre Schwester an dem fraglichen Morgen gesehen.«

»Woher wissen Sie das?«

»Sie hat es mir gesagt.«

Olive klemmte die Zigarette fest zwischen ihre Lippen und sog den Rauch tief ein. »Mrs. Clarke ist seit Jahren senil«, sagte sie unverblümt. »Sie hatte eine Heidenangst vor Bazillen. Jeden Morgen ist sie rumgerast und hat Möbel mit Domestos abgewischt und im ganzen Haus wie eine Wilde gestaubsaugt. Leute, die die Clarkes nicht kannten, dachten immer, sie sei die Putzfrau. Mich hat sie immer Mary genannt. So hieß ihre Mutter. Ich vermute, sie ist inzwischen total weggetreten.«

Roz schüttelte frustriert den Kopf. »Ja, das stimmt, aber ich schwöre, sie war bei Sinnen, als sie zugab, dass sie damals gelogen hat. Und sie hat Angst vor ihrem Mann.«

Das schien Olive zu überraschen. »Früher hat sie nie Angst vor ihm gehabt. Da hatte schon eher er vor ihr Angst. Wie hat er denn reagiert, als sie sagte, sie habe gelogen?«

»Er hat mich praktisch aus dem Haus geworfen.« Sie lächelte schief. »Es fing schon schlecht an. Er glaubte nämlich, ich sei von der Fürsorge und wollte ihm nachspionieren.«

Aus den Tiefen von Olives Brustkorb kam ein amüsiertes Keuchen. »Der arme Mr. Clarke.«

»Sie haben mir erzählt, dass Ihr Vater ihn gemocht hat. Mochten Sie ihn auch?«

Sie zuckte gleichgültig die Achseln. »Ich habe ihn nicht gut genug gekannt, um ihn zu mögen oder nicht zu mögen. Mir hat er eher Leid getan, wegen seiner Frau. Er musste vorzeitig in den Ruhestand gehen, um sie pflegen zu können.«

Roz ließ sich das durch den Kopf gehen. »Aber zur Zeit, als die Morde geschahen, hat er noch gearbeitet?«

»Er hat von zu Hause aus als Steuerberater gearbeitet und den Leuten ihre Steuererklärungen gemacht.« Sie schnippte Asche auf den Boden. »Mrs. Clarke hat mal das Wohnzimmer in Brand gesteckt. Danach hatte er Angst, sie allein zu lassen. Sie hat große Ansprüche gestellt, aber meine Mutter hat immer gesagt, das meiste sei nur Theater, um ihn an sich zu ketten.«

»Und was glauben Sie? Stimmte das?«

»Wahrscheinlich.« Sie stellte den Zigarettenstummel aufrecht hin, wie das ihre Gewohnheit war, und nahm sich eine neue Zigarette. »Meine Mutter hatte meistens Recht.«

»Hatten die Clarkes Kinder?«

Olive schüttelte den Kopf. »Ich glaube nicht. Ich habe jedenfalls nie welche gesehen.« Sie schob die Unterlippe vor. »Das Kind war er. Manchmal war es richtig komisch, ihm zuzuschauen, wie er herumwieselte und ganz brav tat, was sie ihm befahl, und immer Entschuldigung sagte, wenn er was falsch gemacht hatte. Amber hat ihn immer Trauerpfützler genannt, weil er so ein Schwächling war und so kreuzunglücklich.« Sie lachte ein wenig. »Das hatte ich ganz vergessen. Damals hat es zu ihm gepasst. Passt es jetzt auch noch?«

Roz dachte nach, wie er sie gepackt hatte. »Als Schwächling habe ich ihn nicht empfunden«, sagte sie. »Als unglücklich, ja.«

Olive musterte sie mit seltsam eindringlichem Blick. »Warum sind Sie wiedergekommen?«, fragte sie leise. »Am Montag hatten Sie das doch nicht vor?«

»Wie kommen Sie darauf?«

»Ich hab's Ihnen angesehen. Sie hielten mich für schuldig.«

»Ja.«

Olive nickte. »Das hat mich sehr mitgenommen. Mir war bis dahin gar nicht klar gewesen, was es ausmacht zu wissen, dass es jemand gibt, der mir glaubt, dass ich es nicht getan habe.« Roz sah die Nässe an den blassen, dünnen Wimpern. »Man gewöhnt sich daran, als Ungeheuer betrachtet zu werden. Manchmal habe ich es selbst geglaubt.« Sie legte eine ihrer unproportionierten Hände zwischen ihre gewaltigen Brüste. »Ich dachte, mir würde das Herz brechen, als Sie gingen. Blöd, nicht?« Die Tränen schossen ihr in die Augen. »Ich kann mich nicht erinnern, dass ich je so unglücklich war.«

Roz wartete einen Moment, aber Olive sagte nichts mehr. »Schwester Bridget hat mich zur Vernunft gebracht«, sagte sie.

Ein Leuchten wie von einer emporschießenden Kerzenflamme erhellte Olives Gesicht. »Schwester Bridget?«, wiederholte sie erstaunt. »Glaubt sie, dass ich es nicht getan habe? Das hätte ich nie gedacht. Ich dachte immer, sie käme mich nur aus heiliger Christenpflicht besuchen.«

Ach, zum Teufel, dachte Roz, was zählt schon eine kleine Lüge? »Natürlich glaubt sie, dass Sie es nicht getan haben.

Warum würde sie mich sonst so antreiben?« Zaghafte Freude verlieh der erschreckenden Hässlichkeit Olives eine Art Schönheit, und Roz dachte, so, jetzt habe ich alle Brücken hinter mir abgebrochen. Nie wieder werde ich sie fragen können, ob sie schuldig ist, oder ob sie mir die Wahrheit sagt, denn wenn ich das tue, wird ihr wirklich ihr armes Herz brechen.

»Ich hab's nicht getan«, sagte Olive, sie fest ansehend.

Roz beugte sich vor. »Wer hat es dann getan?«

»Das weiß ich nicht. Jetzt nicht mehr. Damals glaubte ich, es zu wissen.« Sie stellte ihren zweiten Stummel neben den ersten, und sah zu, wie die Glut erstarb. »Damals war alles ganz einleuchtend«, murmelte sie, in Gedanken in der Vergangenheit.

»Wer, glaubten Sie denn, habe es getan?«, fragte Roz nach einer Weile. »Jemand, den Sie geliebt haben?«

Doch Olive schüttelte den Kopf. »Ich könnte es nicht ertragen, ausgelacht zu werden. In vieler Hinsicht ist es besser, gefürchtet zu werden. Wenigstens weiß man dann, dass die Leute einen respektieren.« Sie sah Roz an. »Ich bin eigentlich ganz glücklich hier. Können Sie das verstehen?«

»Ja«, antwortete Roz langsam, die daran dachte, was die Anstaltsleiterin gesagt hatte. »Merkwürdigerweise kann ich das.«

»Wenn Sie nicht gekommen wären, hätte ich überleben können. Ich bin in eine Institution eingebunden. Eine Existenz ohne Anstrengung. Ich weiß wirklich nicht, ob ich draußen zurechtkäme.« Sie strich sich mit beiden Händen über ihre massigen Oberschenkel. »Die Leute werden lachen, Roz.«

Es war mehr eine Frage als eine Feststellung, und Roz hatte keine Antwort darauf oder jedenfalls nicht die beschwichtigende Antwort, die Olive gern gehabt hätte. Ja, die Leute würden tatsächlich lachen, dachte sie. Die Vorstellung, dass diese groteske Frau einen anderen Menschen so tief liebte, dass sie sich zur Mörderin hatte stempeln lassen, um ihn zu decken, hatte etwas Absurdes an sich.

»Ich werde jetzt nicht aufgeben«, sagte sie fest. »Eine Legebatteriehenne wird geboren, um zu existieren. Sie sind geboren worden, um zu leben.« Sie zeigte mit ihrem Stift auf Olive. »Und wenn Sie den Unterschied zwischen existieren und leben nicht wissen, dann lesen Sie die Unabhängigkeitserklärung. Leben heißt Freiheit und das Streben nach Glück. Sie verwehren sich beides, indem Sie hier bleiben.«

»Aber wohin sollte ich denn gehen? Was sollte ich tun? Mein Leben lang habe ich nie allein gelebt. Ich könnte es jetzt nicht aushalten, gerade jetzt nicht, noch dazu, wenn alle Bescheid wüssten.«

»Worüber?«

Wieder schüttelte Olive den Kopf.

»Warum können Sie es mir nicht sagen?«

»Weil Sie es mir nicht glauben würden«, antwortete Olive dumpf. »Keiner glaubt mir, wenn ich die Wahrheit sage.« Sie klopfte an das Glas, um die Aufmerksamkeit einer Beamtin auf sich zu ziehen. »Sie müssen es selbst herausbekommen. Nur dann werden Sie es je wirklich wissen.«

»Und wenn ich es nicht schaffe?«

»Dann bin ich nicht schlechter dran als vorher. Ich kann mit mir selbst leben, und das ist alles, was wirklich zählt.«

Ja, dachte Roz, am Ende des Tages war das wahrscheinlich wirklich das Einzige, was zählte. »Sagen Sie mir nur eines, Olive. Haben Sie mich belogen?«

»Ja.«

»Warum?«

Die Tür wurde geöffnet, und Olive hievte sich wie immer mit einem Ruck von hinten in die Höhe. »Manchmal ist es sicherer.«

Das Telefon läutete, als sie die Wohnungstür aufmachte. »Hallo«, sagte sie, den Hörer unter ihr Kinn klemmend, um ihre Jacke auszuziehen. »Rosalind Leigh.« Lieber Gott, hoffentlich war es nicht Rupert.

»Hal hier. Den ganzen Tag versuche ich schon, Sie zu erreichen. Wo, zum Teufel, sind Sie gewesen?« Seine Stimme klang besorgt.

»Auf der Jagd nach neuen Erkenntnissen.« Sie lehnte sich an die Wand. »Was interessiert Sie das überhaupt?«

»Ich bin nicht psychotisch, Roz.«

»Na, gestern haben Sie sich aber ganz so verhalten.«

»Nur weil ich nicht die Polizei geholt habe?«

»Auch. Das würde jeder normale Mensch tun, dem man das Haus auseinander genommen hat. Es sei denn, er hat es selbst auseinander genommen.«

»Was heißt auch?«

»Sie waren einfach ekelhaft. Dabei wollte ich Ihnen nur helfen.«

Er lachte leise. »Ich sehe Sie dauernd mit erhobenem Tischbein in der Hand an meiner Tür stehen. Sie haben wirklich Mumm. Sie hatten offensichtlich eine Heidenangst, aber Ihr Mut war noch größer. Ich habe übrigens die gewünschten Fotos für Sie. Wollen Sie die noch haben?«

»Ja.«

»Haben Sie Mut, sie abzuholen, oder soll ich sie mit der Post schicken?«

»Mut ist da nicht nötig, Hawksley, sondern ein verdammt dickes Fell. Ich lass mich nicht gern herumstoßen.« Edward Clarke fiel ihr ein, und sie sagte: »War es übrigens Mrs. Clarke, die behauptete, Gwen und Amber seien noch am Leben gewesen, nachdem Robert zur Arbeit gegangen war?«

Es blieb einen Moment still, während er nach der Gedankenverbindung suchte. Er fand sie nicht. »Ja, wenn sie die Frau in der anderen Hälfte des Doppelhauses war.«

»Sie hat gelogen. Sie sagt jetzt, sie habe ihn gar nicht gesehen. Das heißt, dass Robert Martins Alibi nichts wert ist. Er kann es getan haben, bevor er zur Arbeit gefahren ist.«

»Weshalb hätte sie Robert Martin ein Alibi geben sollen?«

»Das weiß ich nicht. Aber ich versuche, dahinterzukommen. Zuerst glaubte ich, es sei ihr darum gegangen, ihrem Mann ein Alibi zu geben, aber das lässt sich nicht halten. Abgesehen von allem anderen sagte mir Olive, dass er damals schon im Ruhestand war, also gar nicht zur Arbeit gegangen wäre. Können Sie sich erinnern, ob Sie Mrs. Clarkes Aussage überprüft haben?«

»War Clarke der Steuerberater? Ja?« Er überlegte einen Moment. »Richtig, er hat meistens zu Hause gearbeitet, aber er hatte auch mehrere Kunden, deren Bücher er regelmäßig nachgesehen hat. In der fraglichen Woche hat er bei einem Heizungsinstallateur in Portswood die Bücher geprüft. Er war den ganzen Tag dort. Das haben wir nachgeprüft. Er kam erst nach Hause, als wir schon alles abgeriegelt hatten. Ich erinnere mich, wie er sich aufgeregt hat, weil er seinen Wagen am anderen Straßenende parken musste. Ein älterer Mann mit Glatze und Brille. Ist er das?«

»Ja«, antwortete sie. »Aber was er und Robert tagsüber getan haben ist irrelevant, wenn Gwen und Amber schon tot waren, bevor die beiden Männer zur Arbeit gingen.«

»Wie zuverlässig ist Mrs. Clarke?«

»Nicht besonders«, bekannte sie. »Was war nach Meinung des Pathologen die früheste Todeszeit?«

Er war ungewöhnlich ausweichend. »Ich kann mich im Moment nicht erinnern.«

»Versuchen Sie es«, drängte sie. »Sie haben doch Robert immerhin so ernsthaft verdächtigt, dass Sie sein Alibi überprüft haben, folglich kann ihn der forensische Befund nicht automatisch freigesprochen haben.«

»Ich kann mich nicht erinnern«, sagte er wieder. »Aber wenn Robert es wirklich getan hat, warum hat er dann nicht auch Olive getötet? Und warum hat sie nicht versucht, ihn daran zu hindern? Das muss doch eine Riesenszene gewesen sein. Unmöglich, dass sie da nichts gehört hat. So groß ist das Haus nicht.«

»Vielleicht war sie nicht da.«

Der Kaplan stattete Olive seinen wöchentlichen Besuch ab. »Das ist gut«, sagte er, während er zusah, wie sie mit dem Ende eines Streichholzes der Mutterfigur Locken legte. »Sind das Maria und das Jesuskind?«

Sie sah ihn belustigt an. »Die Mutter erdrosselt gerade ihr Kind«, entgegnete sie grob. »Halten Sie es da für wahrscheinlich, dass es sich um Maria und das Jesuskind handelt?«

Er zuckte die Achseln. »Ich habe schon merkwürdigere Dinge gesehen, die sich als religiöse Kunst ausgaben. Wer ist es denn?«

»Es ist das Weib«, antwortete Olive. »Eva mit all ihren Gesichtern.«

Er war interessiert. »Aber Sie haben ihr ja gar kein Gesicht gegeben.«

Olive drehte die Figur auf ihrem Sockel, und er sah, dass das, was er für Locken gehalten hatte, in Wirklichkeit grob modellierte Gesichtszüge waren – Augen, Nase und Mund. Sie drehte die Figur nach der anderen Seite, und wieder sah er ein grob gezeichnetes Gesicht vor sich. »Doppelgesichtig«, sagte Olive, »und unfähig, einem ins Auge zu schauen« Sie nahm einen Bleistift und stieß ihn der Mutter zwischen die Oberschenkel. »Aber das macht nichts aus. Jedenfalls dem MANN nicht.« Sie grinste unangenehm schlüpfrig. »Der

MANN schaut sich den Kaminsims nicht an, wenn er das Feuer schürt.«

Er hatte die Hintertür und den Küchentisch repariert. Der Tisch stand wieder an seinem gewohnten Platz in der Mitte des Raums, der Boden war geschrubbt, die Hängeschränke in Ordnung gebracht, der Kühlschrank aufgestellt, selbst einige Stühle hatte er aus dem Restaurant geholt und um den Tisch gruppiert. Er selbst sah total erschöpft aus.

»Haben Sie überhaupt geschlafen?«, fragte sie ihn.

»Nicht viel. Ich habe rund um die Uhr gearbeitet.«

»Also wirklich, Sie haben das reinste Wunder vollbracht.« Sie sah sich um. »Und wer kommt zum Abendessen? Die Königin? Sie könnte wahrhaftig vom Boden essen.«

Zu ihrer Überraschung fasste er ihre Hand und zog sie an seine Lippen, wo er sie umdrehte, um ihre Handfläche zu küssen. Es war eine unerwartet zarte Geste von einem so harten Mann. »Danke.«

Sie war verwirrt. »Wofür?«, fragte sie ratlos.

Er ließ ihre Hand mit einem Lächeln los. »Dafür, dass Sie das Richtige sagen.« Einen Moment lang glaubte sie, er würde es ihr näher erklären, aber er sagte lediglich: »Die Fotos liegen auf dem Tisch.«

Das von Olive war ein Polizeifoto, hart und brutal in seiner Ungeschminktheit. Die Aufnahmen von Gwen und Amber entsetzten sie, wie er es vorausgesagt hatte. Es waren albtraumhafte Bilder, und zum ersten Mal verstand sie, warum alle behauptet hatten, Olive sei eine Psychopathin. Sie drehte sie herum und konzentrierte sich auf die Porträtaufnahme von Robert Martin. In seinen Augen und seinem Mund fand sie Olive wieder, und sie hatte einen flüchtigen Eindruck davon, was unter den Fettschichten zum Vorschein kommen würde, wenn Olive je die Willenskraft aufbringen sollte, sie abzubauen. Ihr Vater war ein sehr gut aussehender Mann gewesen.

»Was wollen Sie mit ihnen machen?«

Sie erzählte ihm von dem Mann, der Olive Briefe geschrieben hatte. »Die Beschreibung passt auf den Vater«, sagte sie. »Die Frau von Wells-Fargo hat gesagt, sie würde ihn auf einem Foto wiedererkennen.«

»Weshalb, um alles in der Welt, sollte ihr Vater ihr heimlich geschrieben haben?«

»Um sie zum Sündenbock für die Morde zu machen.«

Er war skeptisch. »Sie greifen nach Strohhalmen. Und was ist mit den Fotos von Gwen und Amber?«

»Ich weiß noch nicht. Ich bin versucht, sie Olive zu zeigen, um sie aus ihrer Apathie zu reißen.«

Er zog eine Augenbraue hoch. »Das würde ich mir an Ihrer Stelle zweimal überlegen. Sie ist eine unbekannte Größe, und Sie kennen sie vielleicht noch nicht so gut, wie Sie sich einbilden. Sie könnte leicht unangenehm werden, wenn Sie ihr ihrer Hände Arbeit vor Augen halten.«

Sie lächelte flüchtig. »Ich kenne sie besser, als ich Sie kenne.« Sie steckte die Fotografien ein und trat in die Gasse hinaus. »Das Merkwürdige ist, dass Sie sehr viel Ähnlichkeit miteinander haben, Sie und Olive. Sie verlangen Vertrauen, sind aber selbst nicht bereit, es zu geben.«

Er rieb sich müde das stoppelige Kinn. »Vertrauen ist ein zweischneidiges Schwert, Roz. Es kann einen äußerst verletzlich machen. Ich wollte, Sie würden das von Zeit zu Zeit bedenken.«

14

Marnie studierte das Foto von Robert Martin mehrere Sekunden lang, dann schüttelte sie den Kopf. »Nein«, sagte sie. »Das war nicht der Mann. Er hat nicht so gut ausgesehen, und sein Haar war auch anders, dicker, nicht zurückgekämmt, mehr auf die Seite. Außerdem habe ich Ihnen ja gesagt, er hatte braune Augen, sehr dunkel, fast schwarz. Die Augen hier sind hell. Ist das ihr Vater?«

Roz nickte.

Marnie reichte die Fotografie zurück. »Meine Mutter hat immer gesagt, traue niemals einem Mann, dessen Ohrläppchen tiefer sind als sein Mund. Das ist ein Zeichen für einen Verbrecher. Da, sehen Sie sich seine an.«

Roz sah sie sich an. Es war ihr vorher nicht aufgefallen, weil er das Haar darüber gekämmt trug, aber bei Martin stimmte das Verhältnis der Ohren zum Rest des Gesichts überhaupt nicht.

»Hat Ihre Mutter Verbrecher gekannt?«

Marnie lachte. »Natürlich nicht. Das ist doch nur so ein Ammenmärchen.« Sie neigte den Kopf ein wenig zur Seite und sah sich das Bild noch einmal an. »Also, wenn an der Sache was dran wäre, dann wäre er jedenfalls Kategorie A.«

»Er ist tot.«

»Vielleicht hat er das Gen seiner Tochter vererbt. Die ist eindeutig Kategorie A.« Sie holte wieder ihre Nagelfeile heraus. »Nur mal interessehalber, woher haben Sie das Foto?«

»Warum fragen Sie?«

Marnie tippte mit ihrer Feile auf die obere rechte Ecke. »Ich weiß, wo es aufgenommen ist.«

Roz sah zu der Stelle, auf die sie hinwies. Im Hintergrund, hinter Martins Kopf, war der Teil eines Lampenschirms zu sehen, der am unteren Rand ein Muster von auf dem Kopf stehenden Ypsilons hatte. »In seinem Haus vermutlich.«

»Das bezweifle ich. Schauen Sie sich die Zeichen unten am Lampenschirm an. Es gibt hier in der Nähe nur einen Ort mit diesen Lampenschirmen.«

Die Ypsilons waren Lambdas, wie Roz jetzt erkannte, das internationale Symbol für Homosexualität. »Wo?«

»Es ist ein Pub unten beim Hafen. Eine Schwulenkneipe«, sagte Marnie kichernd.

»Und wie heißt sie?«

Marnie kicherte wieder. »The White Cook.«

Der Wirt erkannte den Mann auf dem Foto sofort. »Mark Agnew«, sagte er. »Der kam viel her. Aber seit ungefähr einem Jahr habe ich ihn nicht mehr gesehen. Was ist aus ihm geworden?«

»Er ist gestorben.«

Der Wirt machte ein langes Gesicht. »Ich werd' mich bald umstellen müssen«, sagte er mit verdrießlichem Galgenhumor. »Vor lauter Aids und Rezession hab' ich kaum noch Kunden.«

Roz lächelte teilnehmend. »Wenn es Ihnen ein Trost ist, ich glaube nicht, dass er an Aids gestorben ist.«

»Doch, ein kleiner Trost ist es, Miss. Der ist nämlich ganz schön herumgekommen, der gute Mark, wissen Sie.«

Mrs. O'Brien betrachtete sie mit tiefem Missvergnügen. Die Zeit und ihr von Natur aus argwöhnisches Wesen hatten sie überzeugt, dass Roz mit dem Fernsehen nicht das Geringste zu tun hatte, sondern lediglich gekommen war, um ihr Informationen über ihre Söhne aus der Nase zu ziehen.

»Sie sind ganz schön dreist, das muss ich sagen.«

»Oh«, erwiderte Roz mit offensichtlicher Enttäuschung, »haben Sie es sich doch anders überlegt? Wollen Sie bei der Sendung nicht mitmachen?« Lügen, dachte sie, wurden geglaubt, wenn man sie nur oft genug wiederholte.

»Sendung, von wegen! Sie wollen doch nur rumschnüffeln. Wohinter sind Sie her? Das möcht' ich wirklich gern wissen.«

Roz nahm Peter Crews Brief aus ihrer Aktentasche und reichte ihn der Frau. »Ich habe es Ihnen letztes Mal erklärt, so gut ich konnte. Das hier ist mein Vertrag mit der Fernsehgesellschaft. Wenn Sie ihn lesen, werden Sie sehen, dass er klar und deutlich Sinn und Ziel der Sendung erläutert, die die Gesellschaft machen will.« Sie deutete auf Crews Unterschrift. »Dieser Mann ist der Regisseur. Er hat sich das Band angehört, das wir aufgenommen haben, und es hat ihm gefallen. Er wird sehr enttäuscht sein, wenn Sie jetzt einen Rückzieher machen.«

Die schriftlichen Beweismittel beeindruckten Ma O'Brien. Mit professoral gerunzelter Stirn blickte sie auf die Worte, die sie nicht entziffern konnte. »Ach so«, sagte sie, »ein Vertrag. Das ist natürlich was andres. Den hätten Sie mir gleich zeigen sollen.« Sie faltete ihn, um ihn einzustecken.

Roz lächelte. »Tut mir Leid«, sagte sie und entriss Ma das Papier, »aber das ist die einzige Kopie, die ich besitze, und ich brauche sie für die Steuer und für den Fall, dass es rechtliche Schwierigkeiten gibt. Wenn sie verloren geht, wird keiner von uns bezahlt. Darf ich also hereinkommen?«

Ma O'Brien kniff die Lippen zusammen. »Na schön,

wenn's sein muss.« Der Argwohn legte sich nicht so leicht. »Aber ich beantworte keine Fragen, die mir komisch vorkommen, das sag' ich Ihnen.«

»Das verlangt ja auch niemand.« Roz ging ins Wohnzimmer. »Ist von Ihren Kindern jemand zu Hause? Ich würde sie gern mit einbeziehen, wenn das möglich ist. Je abgerundeter das Bild, desto besser.«

Ma ließ sich das durch den Kopf gehen. *»Mike!«*, schrie sie plötzlich. »Komm runter. Hier ist eine Dame, die mit dir reden will. *Stiftel!* Runter ins Wohnzimmer.«

Roz, die einzig an einem Gespräch mit Gary interessiert war, sah die Fünfzig-Pfund-Scheine schon in Ladungen zum Fenster hinausflattern. Sie lächelte resigniert, als zwei magere junge Burschen sich zu ihrer Mutter aufs Sofa setzten.

»Hallo«, sagte sie mit gezwungener Munterkeit. »Mein Name ist Rosalind Leigh. Ich komme von einer Fernsehgesellschaft, die ein Programm über soziale Benachteiligung …«

»Das hab' ich ihnen schon erklärt«, fiel Ma ihr ins Wort. »Das Gerede können Sie sich sparen. Fünfzig Eier pro Kopf. Richtig?«

»Wenn ich den Gegenwert für mein Geld bekomme. Ich brauche eine weitere Stunde Gespräch, und bin eigentlich nur bereit, fünfzig pro Person zu zahlen, wenn ich mit Ihrem ältesten Sohn Peter und Ihrem jüngsten, Gary, sprechen kann. Auf diese Weise bekomme ich den umfassendsten Einblick. Ich möchte gern wissen, inwieweit es für Ihre älteren Kinder einen Unterschied gemacht hat, bei Pflegeeltern untergebracht zu werden.«

»Gary ham wir hier«, sagte Ma und puffte den unscheinbaren jungen Mann zu ihrer Linken. »Unser Stiftel. Pete sitzt zur Zeit, da müssen Sie schon Mike nehmen. Er ist Nummer drei und hat genauso lange bei Pflegeeltern gelebt wie Pete.«

»Gut, dann fangen wir am besten gleich an.« Sie entfaltete ihre Liste sorgfältig vorbereiteter Fragen und schaltete den Recorder ein. Die beiden ›Jungs‹ hatten, wie sie bemerkte, vollkommen proportionierte Ohren.

In der ersten halben Stunde unterhielt sie sich mit Mike, ermunterte ihn, von seiner Kindheit bei verschiedenen Pflegeeltern zu erzählen, seiner Schulbildung (genauer gesagt, dem akuten Mangel daran auf Grund ständigen Schulschwänzens), von seinen ersten Zusammenstößen mit der Polizei. Er war ein wortkarger Mann, dem selbst die grundlegenden Umgangsformen fehlten und dem es schwer fiel, sich zu artikulieren. Er machte einen denkbar schlechten Eindruck, und Roz, die ihre Ungeduld hinter einem gezwungenen Lächeln versteckte, fragte sich, ob er sich überhaupt noch negativer hätte entwickeln können, wenn das Jugendamt ihn bei seiner Mutter gelassen hätte. Sie bezweifelte es. Ma mochte ihre Schwächen haben, aber sie liebte ihn, und geliebt zu werden, war ein Eckpfeiler des Vertrauens.

Einigermaßen erleichtert wandte sie sich schließlich Gary zu, der dem Gespräch mit lebhaftem Interesse gefolgt war. »Wie ich hörte, sind Sie erst mit zwölf von Ihrer Familie getrennt worden«, sagte sie mit einem Blick auf ihre Notizen, »als Sie auf ein Internat kamen. Was war der Grund dafür?«

Er grinste. »Schuleschwänzen, Klauen, das Gleiche wie bei meinen Brüdern, nur haben die in der Gesamtschule gesagt, ich wär' noch schlimmer, und haben dafür gesorgt, dass ich ins Chapman House gekommen bin. War eigentlich ganz okay. Ich hab' ein bisschen was gelernt. Hab' zwei gute Zeugnisse gekriegt. Aber dann hab' ich's geschmissen.«

Sie nahm an, dass das genaue Gegenteil richtig war, dass man ihn an der Parkway-Gesamtschule für intelligenter als seine Brüder gehalten und gedacht habe, er sei es wert, dass man sich etwas mehr Mühe mit ihm gäbe.

»Das ist gut. Haben die Zeugnisse bei der Arbeitssuche geholfen?«

Er sah sie an, als hätte sie von einer Reise zum Mond gesprochen. »Das hab' ich nie ausprobiert. Uns ist es ja ganz gut gegangen.«

Ihr fiel etwas ein, was Hal gesagt hatte. »Sie haben einfach nicht die gleichen Werte wie der Rest der Gesellschaft.«

»Sie wollten gar keine Arbeit?«, fragte sie neugierig.

Er schüttelte den Kopf. »Haben Sie eine gewollt, als Sie aus der Schule gekommen sind?«

»Ja«, antwortete sie, von der Frage überrascht. »Ich konnte es nicht erwarten, zu Hause auszuziehen.«

Er zuckte die Achseln, so perplex über ihren Ehrgeiz wie sie über seinen Mangel daran. »Wir haben immer zusammengehalten«, sagte er. »Die Sozialhilfe reicht viel weiter, wenn alle zusammenlegen. Sie haben sich wohl mit Ihren Eltern nicht vertragen?«

»Jedenfalls nicht so gut, dass ich weiterhin mit ihnen zusammenleben wollte.«

»Na ja«, sagte er teilnahmsvoll, »das erklärt's natürlich.«

Es war absurd, aber Roz ertappte sich dabei, dass sie ihn beneidete. »Ihre Mutter hat mir erzählt, dass Sie eine Zeit lang als Kurier gearbeitet haben. Mit dem Motorrad. Hat Ihnen das Spaß gemacht?«

»Es geht so. Am Anfang war's ganz okay, aber auf die Dauer macht's keinen Spaß, mit dem Motorrad in der Stadt rumzufahren, und wir hatten immer nur in der Stadt zu tun. Es wäre nicht so schlimm gewesen, wenn der Mistkerl, dem die Firma gehört hat, uns wenigstens so viel bezahlt hätte, dass wir die Rate fürs Motorrad hätten zahlen können.« Er schüttelte den Kopf. »Das war ein mieser Knacker. Nach sechs Monaten haben sie uns die Dinger weggenommen, und das war's dann. Kein Motorrad, keine Arbeit.«

Roz hatte nunmehr drei verschiedene Versionen darüber gehört, wie die O'Briens die Arbeit bei Wells-Fargo verloren hatten.

War eine von ihnen wahr, fragte sie sich, oder war es so, dass sie alle wahr waren, nur aus verschiedenen Perspektiven gesehen? Die Wahrheit war nichts Absolutes, wie sie es einmal geglaubt hatte.

»Ihre Mutter hat mir erzählt«, bemerkte sie mit einem unschuldigen Lächeln, »dass Sie bei dieser Arbeit sogar mal mit einer Mörderin zu tun hatten.«

»Sie meinen Olive Martin?« Alle Bedenken, die er vielleicht früher einmal im Zusammenhang mit dieser Geschichte gehabt hatte, schienen verflogen zu sein. »Das war 'ne komische Geschichte, sag' ich Ihnen. Ich habe ihr jeden Freitag 'nen Brief von irgend so 'nem Kerl gebracht, in den sie verknallt war, und dann – peng! – hat sie ihre Mutter und ihre Schwester umgebracht. Ich war total von den Socken, ehrlich. Ich hatte keine Ahnung, dass bei der 'ne Schraube locker war.«

»Aber das muss ja wohl der Fall gewesen sein, wenn sie ihre Mutter und ihre Schwester mit der Axt zerstückelt hat.«

»Ja.« Er machte ein nachdenkliches Gesicht. »Trotzdem hab' ich's nie verstanden. Sie war in Ordnung. Ich hab' sie als Kind gekannt. Da war sie in Ordnung. Die Mutter war der Besen, und die eingebildete Schwester, Mann, die war ein widerliches kleines Biest.«

Roz verbarg ihre Überraschung. *Jeder hat Amber geliebt.* Wie oft hatte sie das zu hören bekommen? »Vielleicht hatte Olive genug und ist eines Tages einfach durchgedreht. So was kommt ja vor.«

»Oh«, sagte er mit einem wegwerfenden Achselzucken, »das ist nicht der Teil, den ich nicht verstehe. Was ich nicht kapiere ist, warum sie nicht einfach mit ihrem Macker abgehauen ist. Ich meine, auch wenn er verheiratet war, hätt' er ihr doch irgendwo 'ne Wohnung mieten können. An Kohle hat's ihm bestimmt nicht gefehlt, wenn man danach geht, was er für die Lieferungen von den Briefen bezahlt hat. Zwanzig Eier jedes Mal. Der muss im Geld geschwommen sein.«

Sie kaute auf ihrem Bleistift. »Vielleicht hat sie es gar nicht getan«, sagte sie nachdenklich. »Vielleicht hat die Polizei die Falsche eingesperrt. Ich meine, das wäre ja nicht das erste Mal, dass so etwas passiert.«

Ma presste die Lippen aufeinander. »Die sind doch alle korrupt«, sagte sie. »Die buchten dich heutzutage für jede Kleinigkeit ein. Ire darf man hier in diesem Land sowieso nich sein. Wenn man 'n Ire ist, hat man überhaupt keine Chance.«

»Trotzdem«, sagte Roz und sah Gary an, »wenn Olive es nicht getan hat, wer war's dann?«

»Ich sag' ja gar nicht, dass sie's nicht getan hat«, sagte er scharf. »Sie hat gestanden, also muss sie's auch getan haben. Ich sag' nur, sie hätt's nicht tun brauchen.«

Roz zuckte achtlos mit den Achseln. »Sie hat einen Wutanfall bekommen und nicht nachgedacht. Wahrscheinlich hat die Schwester sie provoziert. Sie haben ja gesagt, dass sie ganz fürchterlich war.«

Überraschenderweise schaltete sich jetzt Mike ein. »Nach außen hui, nach innen pfui«, sagte er. »Wie unsere Tracey.«

Roz sah ihn lächelnd an. »Was meinen Sie damit?«

Ma erläuterte: »Bei der eigenen Familie 'n Biest, bei allen andern zuckersüß. Aber unsere Tracey ist nich halb so schlimm wie Amber Martin war. Ich hab' immer gesagt, die Kleine würde noch mal schwer auf die Nase fallen, und Recht hab' ich gehabt. Man kann nicht sein Leben lang falsch sein und glauben, dass man auf Dauer damit durchkommt.«

Roz zeigte jetzt ihre Neugier. »Sie haben die Familie wohl wirklich gut gekannt? Ich dachte, Sie hätten nur kurze Zeit dort gearbeitet.«

»Das stimmt schon, aber Amber hat sich später in einen von den Jungs vergafft.« Sie machte eine Pause. »Ich weiß jetzt bloß nich mehr, welcher 's war. Na so was! Warst du's, Stiftel?«

Gary schüttelte den Kopf.

»Chris«, sagte Mike.

»Genau«, stimmte Ma zu. »Die hat sich so richtig in ihn verknallt, und er sich in sie. Sie hat immer hier im Zimmer rumgehockt und ihn angeschmachtet, und dabei war sie bestimmt nich älter als zwölf oder dreizehn. Er war – Moment mal – fünfzehn, sechzehn. Aber in dem Alter ist man natürlich geschmeichelt, wenn man angehimmelt wird, und sie war 'n hübsches Ding, das muss man ihr lassen. Und älter ausgesehn hat sie auch. Na jedenfalls, da ham wir die wahre Amber zu sehen gekriegt. Chris hat sie behandelt wie den King und uns wie den letzten Dreck. Und 'n Mundwerk hatte die, so was hab ich mein Lebtag nich gehört. Die ganze Zeit hat sie nur gemeckert.« Sie sah ehrlich entrüstet aus. »Ich weiß gar nich, wie ich's geschafft hab', ihr keine runterzuhauen, aber ich hab's geschafft, Chris zuliebe. Der war ja total hin und weg, der arme Kerl. Ihre Mutter hatte natürlich keine Ahnung. Sobald sie's rausgekriegt hat, hat sie die Sache gestoppt.«

Roz konnte nur hoffen, dass ihr Gesicht nichts verriet. War somit Chris O'Brien der Vater von Ambers unehelichem Kind? Das erschien einleuchtend. Mr. Hayes hatte behauptet, ein Junge von der Parkway-Gesamtschule sei dafür verantwortlich gewesen, und wenn Gwen der Beziehung ein Ende bereitet hatte, dann hatte sie zweifellos gewusst, wem die Schuld zu geben war, als sich ein Kind ankündigte. Damit wäre auch erklärt, warum Robert Martin bei den Nachforschungen nach seinem Enkel so großen Wert auf absolute Geheimhaltung legte. Vermutlich hatten die O'Briens keine Ahnung, dass Chris einen Sohn gezeugt hatte und dieser Sohn, wenn er gefunden würde, eine halbe Million Pfund wert war.

»Das ist wirklich faszinierend«, murmelte sie, verzweifelt auf der Suche nach Worten. »Ich habe noch nie jemanden kennen gelernt, der so nahe mit einem Mord zu tun hatte. War Chris sehr unglücklich, als Amber getötet wurde?«

»Nein«, antwortete Ma. »Er hat sie ja seit Jahren nich mehr gesehen gehabt. Gary hat's viel mehr mitgenommen, als er's gehört hat. Wegen Olive, stimmt's, Kleiner?«

Er beobachtete Roz scharf. »Nein, eigentlich nicht«, antwortete er unumwunden. »Ich hatte Angst, dass die Bullen mich holen. Ich meine, ich hatte sie doch ziemlich häufig gesehen. Und da hab' ich mir gedacht, dass die Bullen bestimmt alle zusammentrommeln, die sie gekannt haben, und richtig in die Zange nehmen.« Er schüttelte den Kopf. »Ihr Kerl ist gut davongekommen. Den hätten sie sich bestimmt geschnappt, wenn sie ein paar Namen genannt hätte, um freizukommen.«

»Haben Sie ihn einmal getroffen?«

»Nein.« Sein Gesicht nahm plötzlich einen durchtriebenen Ausdruck an, und er starrte Roz mit einem Blick an, der besagte, dass er sie durchschaute. »Aber ich weiß, wo er's immer mit ihr getrieben hat.« Er lächelte verschwörerisch. »Was ist Ihnen das wert?«

Sie erwiderte ruhig seinen Blick. »Woher wissen Sie das?«

»Der Blödmann hat immer selbstklebende Umschläge benutzt. Die aufzumachen ist 'n Kinderspiel. Ich hab' einen von den Briefen gelesen.«

»Hat er ihn unterzeichnet? Wissen Sie seinen Namen?«

Gary schüttelte den Kopf. »Irgendwas, das mit P angefangen hat. ›In Liebe, P.‹ stand drunter.«

Roz bemühte sich gar nicht mehr, den Schein aufrechtzuerhalten. »Noch einmal fünfzig Pfund«, sagte sie, »zu den hundertfünfzig dazu, die ich Ihnen versprochen habe. Aber das ist dann wirklich alles. Dann bin ich blank.«

»Okay.« Er hielt ihr die Hand hin – wie zuvor seine Mutter. »Geld im Voraus.«

Sie nahm ihre Brieftasche heraus und leerte sie. »Zweihundert Pfund.« Sie zählte ihm das Geld auf die Hand.

»Ich hab' doch gleich gewusst, dass Sie nich vom Fernsehen sind«, sagte Ma verärgert. »Ich hab's gewusst.«

»Also?«, sagte Roz zu Gary.

»Er hatte sich mit ihr für Sonntag im Belvedere Hotel in der Farraday Street verabredet. ›In Liebe, P.‹ Das ist die Farraday Street in Southampton, falls Sie's nicht wissen sollten.«

Die Straße nach Southampton führte Roz durch die Dawlington High Street. Sie war an der Boutique vorbei, noch ehe ihr Hirn den Namen Glitzy registriert hatte, und hätte beinahe eine Massenkarambolage verursacht, als sie mitten auf der Straße auf die Bremse trat. Sie bedachte den wütenden Mann hinter ihr, der lauthals auf die Frauen am Steuer schimpfte, mit einem freundlichen Winken und bog in die nächste Seitenstraße ab, um sich einen Parkplatz zu suchen.

Der Name Glitzy, dachte sie, als sie die Tür zu dem Laden aufstieß, war irreführend. Sie hatte Designer Mode erwartet oder mindestens Klamotten der höheren Preisklasse. Aber sie war eben Londoner Verhältnisse gewöhnt. Glitzy hatte eindeutig die billigere Ware auf Lager, wohl in der weisen Erkenntnis, dass die Kundinnen hier vorwiegend Teenager sein würden, die weder das Geld noch die fahrbaren Untersätze hatten, um zum Shopping in die eleganteren Viertel Southamptons zu fahren.

Roz wandte sich direkt an die Geschäftsführerin, eine Frau in den Dreißigern, blond, mit einer prachtvollen hochtoupierten Frisur. Sie gab ihr eine ihrer Karten und ihre übliche Erläuterung über das geplante Buch über Olive Martin. »Ich versuche, Leute zu finden, die ihre Schwester Amber kannten«, sagte sie, »und ich habe gehört, dass sie in dem Monat vor ihrem Tod hier gearbeitet hat. Waren Sie zu der Zeit schon hier? Oder kennen Sie vielleicht jemanden, der hier war?«

»Nein, tut mir Leid. In so einem Laden wechselt das Personal ständig, meistens sind es junge Dinger, die nur so lange bleiben, bis sich etwas Besseres bietet. Ich weiß nicht einmal, wer zu der Zeit hier Geschäftsführerin war. Da müssten Sie sich an die Eigentümer wenden. Ich kann Ihnen die Adresse geben«, schloss sie freundlich.

»Danke. Ja, es ist wahrscheinlich einen Versuch wert.«

Die Frau ging mit ihr zur Kasse und sah einen Karteikasten durch. »Komisch, ich erinnere mich an die Morde, aber ich habe die Verbindung nie hergestellt. Ich meine, dass die Schwester hier gearbeitet hat.«

»Sie war ja nicht sehr lange hier, und ich bin nicht sicher, ob die Zeitungen das überhaupt berichtet haben. Die Presse hat sich mehr für Olive interessiert als für Amber.«

»Ja.« Sie nahm eine Karte aus dem Kasten. »Aber so häufig kommt der Name gar nicht vor, oder?«

»Nein, vermutlich nicht. Aber es war eigentlich auch nur ein Spitzname. In Wirklichkeit hieß sie Alison.«

Die Frau nickte. »Ich bin seit drei Jahren hier, und seit drei Jahren dränge ich darauf, dass die Personaltoilette renoviert wird. Als Entschuldigung dafür, dass nichts gemacht wird, muss natürlich die Rezession herhalten, genau wie für so viele Missstände, von den Gehaltskürzungen bis zur billigen Importware, die nicht mal richtig genäht ist. Kurz und gut, die Toilette ist gekachelt, und es ist offenbar eine teure Angelegenheit, die alten Kacheln herauszuhauen und neue legen zu lassen.«

Roz lächelte höflich.

»Haben Sie nur einen Moment Geduld, Miss Leigh, die Geschichte gehört zur Sache, und ich komme gleich zum springenden Punkt. Ich möchte nämlich neue Kacheln haben, weil irgendjemand die alten mit einem Meißel oder so was Ähnlichem total ruiniert hat. Die haben da in die Kacheln was eingekratzt und die Kratzer dann mit so einer schwarzen unlöschbaren Tinte gefüllt. Ich habe alles versucht, um sie wegzukriegen – Bleiche, Backofenreiniger, Terpentin, alles, was man sich vorstellen kann.« Sie schüttelte den Kopf. »Es ist nichts zu machen. Und warum? Weil die Kerben so tief sind, dass sie bis auf den Porzellanton darunter gehen, der immer noch mehr Schmutz und Staub aufnimmt. Jedes Mal, wenn ich es sehe, krieg ich 'ne Gänsehaut. Es ist der reine Hass.«

»Was steht auf den Kacheln?«

»Ich zeig's Ihnen. Es ist hinten.« Sie führte Roz nach hinten, öffnete die Tür und trat zur Seite, um Roz vorbeizulassen. »Da! Es springt einem sofort ins Auge, nicht? Ich habe mich jahrelang gefragt, wer diese Amber war. Aber es muss die Schwester sein, nicht wahr? Wie ich schon sagte, Amber ist schließlich nicht so häufig.«

Es waren nur zwei Wörter, immer dieselben, die sich zehn-, elfmal wiederholten, eine Art gewalttätiger Umkehrung der an Toilettenwänden üblichen Herzen und Pfeile. *HASST AMBER … HASST AMBER … HASST AMBER.*

»Wer mag das gewesen sein?«, murmelte Roz.

»Bestimmt jemand, der ernste Probleme hatte. Und der

nicht wollte, dass Amber seinen Namen erfährt, sonst hätte er ihn ja davorgesetzt.«

»Das kommt darauf an, wie man es liest«, sagte Roz nachdenklich. »Wenn man die Wörter im Kreis anordnet, würde es bis in alle Unendlichkeit Amber hasst Amber hasst Amber heißen.«

Das Belvedere war ein bescheidenes Hotel in einer Seitenstraße, typisch in seiner Art, mit einer Vortreppe und einem von Säulen flankierten Portal. Es wirkte vernachlässigt, als seien seine Gäste – zum größten Teil Handelsvertreter – geflohen. Roz läutete am Empfang und wartete.

Eine Frau von gut fünfzig Jahren kam aus einem Zimmer im hinteren Teil und lächelte strahlend. »Ah, guten Tag, Madam. Willkommen im Belvedere.« Sie zog das Register zu sich heran. »Möchten Sie ein Zimmer?«

Was war doch eine Rezession für eine schreckliche Sache, dachte Roz. Wie lange konnten die Menschen noch an dieser traurigen Maske selbstsicheren Optimismus' festhalten, wenn die Auftragsbücher in Wirklichkeit leer waren?

»Tut mir Leid«, sagte sie, »aber ich suche kein Zimmer.« Sie reichte der Frau eine ihrer Karten. »Ich bin selbstständige Journalistin und glaube, dass eine Person, über die ich schreibe, einmal hier gewohnt hat. Ich hoffte, Sie könnten sie vielleicht anhand einer Fotografie identifizieren.«

Die Frau schob das Buch weg. »Und wird das, was Sie schreiben, veröffentlicht werden?«

Roz nickte.

»Und das Belvedere wird namentlich erwähnt, wenn diese Person, über die Sie schreiben, tatsächlich hier gewohnt hat?«

»Nur, wenn Sie nichts dagegen haben.«

»Ach Gott, Sie scheinen sich im Hotelgewerbe wirklich nicht auszukennen. Im Augenblick wäre uns jede Art der Publicity recht.«

Roz lachte und legte die Fotografie von Olive auf den Empfangstisch. »Wenn sie hier war, dann im Sommer siebenundachtzig. Waren Sie da schon hier?«

»Ja.« In der Stimme der Frau schwang Bedauern mit. »Wir haben sechsundachtzig gekauft, als die Wirtschaft blühte.« Sie zog eine Brille aus ihrer Tasche, setzte sie auf und beugte sich vor, um sich die Fotografie näher anzusehen. »O ja, ich erinnere mich sehr gut an sie. Eine kräftige junge Frau. Sie und ihr Mann kamen im Sommer fast jeden Sonntag. Sie haben das Zimmer immer nur für einen Tag genommen und sind abends nach Hause gefahren.« Sie seufzte. »Es war ein wunderbares Arrangement. Wir konnten das Zimmer dann immer noch ein zweites Mal für die Nacht vermieten. Doppelte Bezahlung in der Zeit von vierundzwanzig Stunden.« Sie seufzte noch einmal. »Ach, wäre so was jetzt schön. Ich wollte, wir könnten verkaufen, wirklich, aber im Augenblick gehen so viele von den kleinen Hotels bankrott, dass wir nicht mal das bekommen würden, was wir bezahlt haben. Da gibt's nur eins, weiter Flagge zeigen.«

Roz lenkte ihre Aufmerksamkeit wieder auf Olive, indem sie auf das Foto tippte. »Welchen Namen haben sie und ihr Mann angegeben?«

Die Frau lächelte. »Wie üblich, würde ich sagen. Smith oder Brown.«

»Haben die beiden sich eingetragen?«

»O ja. Mit dem Register haben wir es immer sehr genau genommen.«

»Könnte ich mir das Buch einmal ansehen?«

»Warum nicht?« Sie öffnete einen Schrank unter dem Empfangstisch und suchte das Register von 1987 heraus. »Also, warten Sie mal. Ah, da haben wir's schon. Mr. und Mrs. Lewis. Hm, sie waren ein bisschen origineller als die meisten.« Sie drehte das Buch, so dass Roz hineinsehen konnte.

Sie blickte auf die saubere Handschrift hinunter und dachte: Jetzt hab' ich dich, du Schwein. »Das ist eine Männerhandschrift.« Sie wusste schon Bescheid.

»O ja«, bestätigte die Frau. »Unterschrieben hat immer er. Sie war wesentlich jünger als er und sehr schüchtern, besonders am Anfang. Mit der Zeit wurde sie ein bisschen selbstsicherer, aber sie hat sich nie vorgewagt. Wer ist sie denn?«

Roz fragte sich, ob die Frau auch noch so hilfsbereit sein würde, wenn sie erst die Wahrheit wusste, aber es wäre unsinnig gewesen, sie ihr zu verheimlichen. Sie würde alle Einzelheiten erfahren, sobald das Buch herauskam. »Sie heißt Olive Martin.«

»Nie von ihr gehört.«

»Sie hat eine lebenslängliche Zuchthausstrafe bekommen, weil sie ihre Mutter und ihre Schwester ermordet hat.«

»Um Gottes willen. Ist das die Frau, die ...« Sie machte eine Hackbewegung mit der Hand. Roz nickte. »Du meine Güte.«

»Möchten Sie immer noch, dass das Belvedere erwähnt wird?«

»Das fragen Sie?« Sie strahlte. »Natürlich möchte ich das. Eine Mörderin in unserem Hotel. Man stelle sich das vor! Wir lassen in dem Zimmer, in dem sie gewohnt hat, gleich ein Schild anbringen. Was schreiben Sie eigentlich? Ein Buch? Einen Artikel für eine Zeitschrift? Wir liefern gern Fotos vom Hotel und von dem Zimmer, in dem sie gewohnt hat. Also, wirklich, ich muss schon sagen! Wie aufregend. Wenn ich das nur gewusst hätte!«

Roz lachte. Es war eine kaltblütige Demonstration der Freude über das Unglück eines anderen, aber sie konnte es der Frau nicht verübeln. Nur ein Narr schaute einem geschenkten Gaul ins Maul.

»Freuen Sie sich nicht zu früh«, warnte sie. »Es dauert

mindestens noch ein Jahr, bis das Buch herauskommt, und es soll eine Ehrenrettung für Olive Martin werden, keine neue Verurteilung. Ich halte sie nämlich für unschuldig.«

»Umso besser. Wir legen das Buch im Foyer zum Verkauf aus. Ich habe doch gewusst, dass unser Glück sich irgendwann einmal wendet.« Sie strahlte Roz an. »Sagen Sie Olive, sie kann jederzeit umsonst hier wohnen, solange sie will, wenn sie erst einmal aus dem Gefängnis heraus ist. Wir kümmern uns immer um unsere Stammgäste. Also, Miss Leigh, kann ich Ihnen sonst noch irgendwie behilflich sein?«

»Haben Sie einen Kopierer?«

»Aber ja. Wir haben hier alle modernen Einrichtungen.«

»Kann ich dann eine Kopie dieses Eintrags in das Register haben? Und vielleicht könnten Sie mir auch noch eine Beschreibung von Mr. Lewis geben?«

»Hm.« Sie schob die Unterlippe vor. »Er war nicht gerade der Typ, den man nicht vergisst. Anfang Fünfzig. Blond, hatte immer einen dunklen Anzug an. Und er hat geraucht. Hilft das?«

»Vielleicht. Hat sein Haar natürlich gewirkt? Können Sie sich erinnern?«

Die Frau lachte. »Ach, das hatte ich ganz vergessen. Eines Tages habe ich den beiden den Tee aufs Zimmer gebracht, und da überraschte ich ihn, wie er gerade seine Perücke vor dem Spiegel zurechtzog. Da habe ich wirklich gelacht. Hinterher natürlich. Aber es war eine gute Perücke. Ich hätte nie gesehen, dass seine Haare nicht echt waren. Sie kennen ihn also?«

Roz nickte. »Würden Sie ihn nach einer Fotografie erkennen?«

»Ich kann's versuchen. Im Allgemeinen hab' ich ein gutes Gedächtnis für Gesichter.«

»Besuch für Sie, Bildhauerin.« Die Beamtin war im Zimmer, ehe Olive Zeit hatte, zu verbergen, was sie tat. »Na los. Setzen Sie sich in Bewegung.«

Olive fegte die Wachsfiguren zusammen und zerquetschte sie in einer Hand. »Wer ist es?«

»Die Nonne.« Sie sah zu Olives geschlossener Faust hinunter. »Was haben Sie da?«

»Nur Plastilin.« Sie öffnete ihre Finger. Die Wachsfiguren, die sie sorgfältig bemalt und mit bunten Stofffetzchen bekleidet hatte, waren zu einem vielfarbigen Klumpen verschmolzen, der jetzt nicht mehr als die Altarkerze zu erkennen war, aus der er entstanden war.

»Das lassen Sie am besten hier. Die Nonne will mit Ihnen reden und nicht zuschauen, wie Sie mit Plastilin spielen.«

Hal war am Küchentisch eingeschlafen. Mit starr aufgerichtetem Oberkörper saß er da, seine Arme ruhten auf dem Tisch, der Kopf fiel ihm immer wieder zur Brust hinunter. Roz beobachtete ihn einen Moment durch das Fenster, dann klopfte sie leicht an das Glas. Mit einem Schlag riss er die von Erschöpfung rot geränderten Augen auf und starrte sie an, und sie war erschrocken zu sehen, welch eine Erleichterung sich in ihnen spiegelte, als er sie erkannte.

Er ließ sie herein. »Ich hatte gehofft, Sie würden nicht wiederkommen«, sagte er, mit von Müdigkeit gezeichnetem Gesicht.

»Wovor haben Sie solche Angst?«, fragte sie.

Er sah sie mit einem Blick an, der an Verzweiflung erinnerte. »Fahren Sie nach Hause«, sagte er. »Das hier geht Sie nichts an.« Er ging zum Spülbecken, drehte den Kaltwasserhahn auf und hielt seinen Kopf unter den Strahl.

Von oben ertönte plötzliches lautes Gehämmer.

Roz fuhr erschrocken in die Höhe. »Um Gottes willen! Was ist denn das?«

Er packte sie beim Arm und stieß sie zur Tür. »Fahren Sie nach Hause«, befahl er. »Auf der Stelle! Ich möchte Sie nicht zwingen müssen, Roz.«

Aber sie bot ihm Kontra. »Was ist hier los? Was war das für ein Krach?«

»Ich schwöre es«, sagte er grimmig, »ich werde Ihnen noch was antun, wenn Sie nicht auf der Stelle verschwinden.« Doch in völligem Widerspruch zu seinen Worten, legte er plötzlich seine beiden Hände um ihr Gesicht und küsste sie. »Oh, mein Gott«, stöhnte er und strich ihr das wirre Haar aus den Augen. »Ich möchte nicht, dass Sie da hineingezogen werden, Roz.«

Sie wollte gerade etwas erwidern, als sie über seine Schultern hinweg sah, wie die Tür zum Restaurant aufschwang. »Zu spät«, sagte sie und drehte ihn herum. »Wir haben Besuch.«

Hal, total unvorbereitet, verzog den Mund zu einem wölfischen Grinsen. »Ich hab euch schon erwartet«, sagte er träge. Mit besitzergreifender Geste schob er Roz hinter sich und wappnete sich, sein Eigentum zu verteidigen.

Sie waren zu viert, große durch Skimasken unkenntlich gemachte Männer. Sie sprachen kein Wort, sondern droschen sogleich mit Baseballschlägern auf Hal ein. Es ging so schnell, dass Roz, ehe sie sich versah, zur Zuschauerin ihres brutalen Überfalls wurde. Sie selbst, so schien es, war zu unbedeutend, um sie zu interessieren.

Im ersten Zorn hätte sie am liebsten blindlings den nächsten Schlägerarm gepackt, aber die Prügel, die Rupert ihr zwei Wochen zuvor verpasst hatte, veranlassten sie, lieber ihren Verstand zu gebrauchen. Mit fliegenden Fingern öffnete sie ihre Handtasche, holte die sieben Zentimeter lange Hutnadel heraus, die sie seit einiger Zeit immer bei sich hatte, und stieß sie dem Mann, der ihr am nächsten war, ins Gesäß. Die Nadel senkte sich bis zu ihrem edlen Jadekopf in das Fleisch des Mannes, der, vor Schreck wie gelähmt, unterdrückt aufstöhnte und den Baseballschläger fallen ließ. Keiner außer ihr merkte etwas.

Mit einem Triumphgeschrei stürzte sie sich auf den Baseballschläger, riss ihn in die Höhe und schlug damit dem Mann voll zwischen die Beine. Der fiel zu Boden und begann zu brüllen.

»Ich hab' einen, Hal!«, rief sie keuchend. »Ich hab' eine Keule.«

»Dann benutzen Sie sie, Herrgott noch mal«, brüllte er, als er unter einem Hagel von Schlägen zu Boden ging.

»O Gott.« Beine, dachte sie. Sie ging auf die Knie hinunter, schlug nach dem nächsten Paar Beine und stieß einen Siegesschrei aus, als sie traf. Sie holte zum nächsten Schlag aus, aber da fühlte sie sich plötzlich brutal bei den Haaren gepackt und in die Höhe gerissen. Schreck und Schmerz trieben ihr die Tränen in die Augen.

Hal, der mit eingezogenem Kopf auf allen vieren auf dem Boden kauerte, nahm nur undeutlich wahr, dass das Tempo der Schläge, die auf seinen Rücken niederprasselten, nachgelassen hatte. Sein Hirn war auf das hohe Schreien konzentriert, das, wie er glaubte, aus Roz' Mund quoll. Sein Zorn war ungeheuer, löste einen solchen Adrenalinstoß aus, dass er in alles verzehrender Wut auf die Beine sprang und sich auf den ersten Mann stürzte, der ihm vor die Augen kam. Er drängte ihn an den Herd zurück, auf dem ein Topf mit brodelnder Fischsuppe stand. Ohne den Schlag wahrzunehmen, der mit der Wucht eines Omnibusses seine Schultern traf, drückte er sein Opfer über die Gasringe, packte den Stieltopf und goss die kochende Flüssigkeit über den maskierten Kopf.

Blitzschnell drehte er sich nach dem vierten Mann um und wehrte einen weiteren Schlag mit dem Unterarm ab, ehe er dem anderen den gusseisernen Topf an das ungeschützte Kinn knallte. Die Augen hinter der Maske blitzten in flüchtiger Überraschung auf, dann verdrehten sie sich. Der Mann war bewusstlos, noch ehe er zu Boden schlug.

Erschöpft sah Hal sich nach Roz um. Er brauchte ein, zwei Sekunden, um sie zu finden, so desorientiert war er durch die Schreie, die von allen Seiten die Küche zu füllen schienen. Er schüttelte den Kopf, um ihn aus den Nebeln zu befreien, die ihn einhüllten, und schaute zur Tür hin. Er sah sie beinahe sofort. Ihr Hals war eingeklemmt im abgewinkelten Arm des einzigen Mannes, der noch die Kraft hatte zu kämpfen. Ihre Augen waren geschlossen, und ihr Kopf hing beunruhigend schlaff zur Seite.

»Eine Bewegung«, sagte der Mann keuchend zu Hal, »und ich brech' ihr das Genick.«

Ein Hass von solcher Urgewalt, dass er ihn nicht beherrschen konnte, schoss in Hal empor wie glühende Lava. Er handelte instinktiv, senkte den Kopf und griff an.

15

Roz trieb in einer seltsamen Dämmerwelt zwischen Vergessen und Bewusstsein empor. Sie wusste, dass sie da war, in diesem Raum, aber sie fühlte sich abgetrennt von ihm, als beobachtete sie alles, was vorging, durch dickes Glas. Alle Geräusche waren gedämpft. Sie hatte eine unbestimmte Erinnerung an den Druck von Fingern, die ihre Kehle umklammerten. Und danach? Sie war nicht sicher. Es war auf jeden Fall sehr friedlich gewesen.

Hals Gesicht neigte sich über sie. »Wie geht es Ihnen?«, fragte er aus weiter Ferne.

»Gut«, murmelte sie glücklich.

Er schlug ihr mit der flachen Hand auf die Wange. »So ist es gut«, sagte er mit einer Stimme, die durch Watte gedämpft war. »Kommen Sie! Machen Sie schon. Ich brauche Hilfe.«

Sie sah ihn zornig an. »Ich stehe gleich auf«, sagte sie mit Würde.

Er zog sie auf die Füße. »Jetzt«, sagte er im Befehlston, »sonst sind wir gleich wieder da, wo wir angefangen haben.« Er drückte ihr einen Baseballschläger in die Hand. »Ich fessele die Kerle jetzt, aber Sie müssen mir dabei Rückendeckung geben. Ich möchte nicht von einem dieser Schweinehunde überrascht werden.« Er sah ihr in die glasigen Augen. »Kommen Sie schon, Roz!«, rief er und schüttelte sie ungeduldig.

»Reißen Sie sich zusammen und zeigen Sie ein bisschen Mumm.«

Sie holte tief Luft. »Hat Ihnen eigentlich schon mal jemand gesagt, was für ein absolut mieses Schwein Sie sind? Ich wäre beinahe gestorben!«

»Sie waren ohnmächtig«, entgegnete er sachlich, aber seine Augen blitzten warm. »Schlagen Sie sofort zu, wenn sich irgendwas bewegt«, befahl er. »Nur den mit dem Kopf unter dem Wasserhahn nicht. Der leidet schon genug.«

Auf Geräuschen – Ächzen, Stöhnen, Plätschern laufenden Wassers – schwirrte die Realität heran. Da war wirklich ein Mann mit dem Kopf unter dem Wasserhahn. Aus dem Augenwinkel fing sie eine Bewegung auf und schwang in einem Reflex des Erschreckens den Baseballschläger, rammte die Hutnadel dem unglücklich Getroffenen, der sie gerade vorsichtig herausziehen wollte, erneut tief ins Fleisch. Seine Schmerzensschreie gingen ihr durch Mark und Bein.

»O Gott!«, jammerte sie. »Ich hab' was Schreckliches getan.« Tränen schossen ihr in die Augen.

Hal legte letzte Hand an die Verschnürung des Mannes, der gedroht hatte, Roz zu töten, und den er mit seinem rasenden Angriff bewusstlos geschlagen hatte, und wandte sich dem zweiten bewusstlos Daliegenden zu, dem er mit sicheren Bewegungen Kordel um Handgelenke und Knöchel band. »Was brüllt der Kerl so?«, fragte er, während er sein Opfer sicherheitshalber gleich noch an den Tisch fesselte.

»Er hat eine Nadel im Hintern«, sagte Roz, deren Zähne unkontrolliert aufeinanderschlugen.

Hal näherte sich dem Mann vorsichtig. »Was für eine Nadel?«

»Die Hutnadel meiner Mutter.« Sie würgte. »Ich glaube, ich muss mich übergeben.«

Er sah den grünen Schmuckstein, der sich von der Levi's

des Mannes abhob und verspürte flüchtiges Mitleid. Aber es war nicht von Dauer. Er ließ die Nadel stecken, während er dem Mann Hände und Füße band und ihn dann, wie seinen Komplizen, an den Tisch fesselte. Erst dann umfasste er den Jadestein und riss grinsend die Nadel mit einem Ruck aus dem zuckenden Gesäß.

»Du Arschloch«, brummte er vergnügt, während er sich die Nadel vorn in seinen Pullover steckte.

»Mir ist schlecht«, sagte Roz.

»Dann setzen Sie sich.« Er nahm einen Stuhl und drückte sie darauf nieder. Dann ging er zur Hintertür und riss sie auf. »Hinaus!«, sagte er zu dem Mann am Spülbecken. »Machen Sie, dass Sie in ein Krankenhaus kommen. Wenn Ihre Freunde auch nur einen Funken Anstand haben, behalten sie Ihren Namen für sich. Wenn nicht ...« Er zuckte die Achseln. »Sie haben ungefähr eine halbe Stunde, ehe Ihnen die Polizei auf den Pelz rückt.«

Der Mann brauchte keine weitere Aufforderung. Er stürzte in die Gasse hinaus und rannte davon.

Mit einem Stöhnen völliger Erschöpfung schlug Hal die Tür zu und ließ sich zu Boden gleiten. »Ich brauche eine Verschnaufpause. Tun Sie mir einen Gefallen, Herzchen, und nehmen Sie den Kerlen die Masken ab. Schauen wir mal, wen wir da haben.«

Roz hatte unerträgliche Kopfschmerzen. Ihre Augen funkelten in ihrem bleichen Gesicht, als sie eisig sagte: »Nur zu Ihrer Information, Hawksley, ich bin total fertig. Es ist vielleicht Ihrer Aufmerksamkeit entgangen, aber wenn ich nicht gewesen wäre, hätten Sie jetzt nichts in der Hand.«

Er gähnte herzhaft und zuckte zusammen, als Schmerz ihm durch Brust und Rücken fuhr. Gebrochene Rippen, dachte er müde. »Was ich Ihnen jetzt sage, ist gratis, Roz. Für mich sind Sie die tollste Frau, die Gott je erschaffen hat, und ich heirate Sie auf der Stelle, wenn Sie mich haben wollen.« Er lächelte süß. »Aber im Augenblick bin ich am Ende. Seien Sie nett. Kommen Sie runter von Ihrem hohen Ross und nehmen Sie den Herrschaften die Skimützen ab.«

»Worte, Worte, nichts als Worte«, murmelte sie, tat aber, um was er sie gebeten hatte. Die eine Seite seines Gesichts, wo ihn ein Baseballschläger getroffen hatte, begann schon anzuschwellen. Wie mochte der Rest seines Körpers aussehen? Von Striemen und Schwielen bedeckt wahrscheinlich, wie das letztemal. »Kennen Sie die Kerle?« Sie musterte das schlaffe Gesicht des Bewusstlosen an der Tür. Flüchtig hatte sie den Eindruck, ihn zu kennen, aber dann bewegte er den Kopf, und der Eindruck verflog.

»Nein.« Er hatte ihr Stirnrunzeln des Erkennens gesehen. »Sie?«

»Ich dachte, ich würde den einen kennen«, antwortete sie nachdenklich. »Nur einen Moment lang.« Sie schüttelte den Kopf. »Nein. Wahrscheinlich hat er mich an irgendeinen im Fernsehen erinnert.«

Hal stand mühsam auf und ging zum Spülbecken hinüber. Sein Körper protestierte bei jedem Schritt. Er füllte eine Schüssel mit Wasser und schüttete es dem Mann mit einer Hand in den offen stehenden Mund. Seine Lider flatterten einen Moment, dann öffnete er die Augen. Sein Blick war sogleich auf der Hut, misstrauisch, vorsichtig, und das alles sagte Hal, dass er mit Fragen bei diesem Mann nichts erreichen würde.

Mit einem resignierten Achselzucken sah er Roz an. »Ich muss Sie um einen Gefallen bitten.«

Sie nickte.

»Ungefähr zweihundert Meter weiter unten an der Hauptstraße ist eine Telefonzelle. Fahren Sie mit Ihrem Auto hin, rufen Sie 999 an und sagen Sie, dass im *Poacher* eingebrochen worden ist. Fahren Sie dann nach Hause. Nennen Sie Ihren Namen nicht. Ich rufe Sie an, sobald ich kann.«

»Ich würde lieber bleiben.«

»Ich weiß.« Sein Gesicht wurde weich. Sie hatte wieder diesen einsamen Blick. Er hob die Hand und strich ihr mit dem Finger über die Wange. »Vertrauen Sie mir. Ich rufe bestimmt an.«

Sie holte tief Luft. »Wie viel Zeit brauchen Sie?«

Er würde sich eines Tages bei ihr revanchieren, dachte er. »Eine Viertelstunde. Warten Sie eine Viertelstunde, bevor Sie anrufen.«

Sie hob ihre Handtasche vom Boden auf. »Eine Viertelstunde«, wiederholte sie, öffnete die Tür und ging hinaus. Einen Moment lang sah sie ihn schweigend an, dann schloss sie die Tür und ging davon.

Hal wartete, bis der Klang ihrer Schritte verhallt war. »Das«, sagte er leise, während er die Hutnadel zur Hand nahm, »wird äußerst schmerzhaft werden.« Er packte den Mann bei den Haaren und drückte ihn abwärts, bis sein Gesicht auf dem Boden auflag. »Für Spielchen habe ich keine Zeit.« Er stemmte dem Mann ein Knie in die Schultern, zog dann mit Gewalt einen Finger der zu Fäusten geballten Hand gerade und schob die Spitze der Hutnadel unter den Nagel. Der Finger zuckte zurück. »Sie haben genau fünf Sekunden Zeit, mir zu sagen, was hier eigentlich vorgeht, ehe ich Ihnen die Nadel reinstoße. Eins. Zwei. Drei. Vier. Fünf.« Er atmete durch die Nase ein, schloss die Augen und stieß zu.

Der Mann brüllte.

Hal hörte noch: »Zwangsvollstreckung. Sie machen die Zwangsvollstreckung verdammt teuer«, dann schlug ein Tonnengewicht auf seinen Hinterkopf.

Schwester Bridget, unerschütterlich wie stets, führte Roz in ihr Wohnzimmer und setzte sie mit einem Glas Cognac in einen Sessel. Roz hatte eindeutig wieder einen Kampf hinter sich. Ihre Kleider waren verschmutzt und in Unordnung, das Haar stand ihr wirr um den Kopf, und die roten Male auf Hals und Gesicht sahen sehr nach Fingerabdrücken aus. Jemand schien sie als Zielscheibe seiner Wut zu benutzen, wobei Schwester Bridget allerdings nicht verstehen konnte, wieso sie sich das gefallen ließ. Mit Dickens' Nancy hatte Roz bestimmt nichts gemein, und sie war selbstständig genug, um das entwürdigende Leben abzulehnen, das ein Bill Sykes zu bieten hatte.

Sie wartete ruhig, während Roz in ihrem Sessel immer wieder in Kichern ausbrach.

»Wollen Sie es mir erzählen?«, fragte sie, als Roz sich immerhin so weit gefasst hatte, dass sie sich die feuchten Augen wischte.

Roz putzte sich die Nase. »Ich glaube, das kann ich nicht«, sagte sie. »Es war überhaupt nicht komisch.« Wieder blitzte Gelächter in ihren Augen auf, und sie drückte sich ein Taschentuch auf den Mund. »Es tut mir Leid, dass ich Ihnen zur Last falle, aber ich hatte Angst, ich würde einen Unfall bauen, wenn ich jetzt versuchte nach Hause zu fahren. Ich glaube, man nennt so etwas einen Adrenalinrausch.«

Schwester Bridget hielt es eher für die Nachwirkung eines schweren Schocks. »Ich freue mich, dass Sie zu mir gekommen sind. Erzählen Sie mir, wie Sie in Sachen Olive vorwärts kommen. Ich war heute bei ihr, aber sie war nicht sehr mitteilsam.«

Froh, von ihren Gedanken an das *Poacher* abgelenkt zu werden, berichtete Roz. »Sie hatte wirklich einen Liebhaber. Ich habe das Hotel gefunden, in dem sie sich getroffen haben.« Sie starrte in ihr Cognacglas. »Es war das Belvedere in der Farraday Street. Im Sommer siebenundachtzig waren sie sonntags oft dort.« Sie nahm einen Schluck aus dem Glas, stellte es dann hastig auf den kleinen Tisch neben sich und ließ sich in dem Sessel zurücksinken. »Es tut mir furchtbar Leid«, sagte sie, die zitternden Finger an ihre Schläfe gedrückt, »aber es geht mir ziemlich schlecht. Ich habe wahnsinnige Kopfschmerzen.«

»Das kann ich mir vorstellen«, sagte Schwester Bridget trockener als beabsichtigt.

Roz massierte sich die schmerzenden Schläfen. »Dieser Gorilla hätte mir fast die Haare ausgerissen«, murmelte sie. »Ich glaube, daher kommen die Kopfschmerzen.« Sie drückte versuchsweise eine Hand an ihren Hinterkopf und zuckte zusammen. »In meiner Handtasche sind Codeintabletten. Könnten Sie sie mir vielleicht heraussuchen? Ich habe das Gefühl, mein Kopf explodiert gleich.« Sie kicherte hysterisch. »Wahrscheinlich spickt Olive mich wieder mit Nadeln.«

Voll mütterlicher Besorgnis gab ihr Schwester Bridget drei Tabletten in einem Glas Wasser. »Es tut mir Leid, mein Kind«, sagte sie streng, »aber ich muss sagen, ich bin schon sehr schockiert. Ich kann es keinem Mann verzeihen, wenn er eine Frau wie eine Sklavin behandelt, aber es fällt mir beinahe genauso schwer – auch wenn das vielleicht hart klingt –, der Frau zu verzeihen. Es ist doch besser, ganz ohne Mann zu leben, als mit einem Mann, den nur die geistige Erniedrigung interessiert.«

Roz, die das grelle Licht vom Fenster nicht aushalten konnte, blinzelte durch ein halbgeschlossenes Lid. Wie entrüstet Schwester Bridget aussah, aufgeplustert wie eine Kropftaube. Von neuem regte sich die Hysterie. »Sie sind aber plötzlich sehr streng. Ich glaube nicht, dass Olive es als eine Entwürdigung gesehen hat. Eher das Gegenteil, wenn Sie mich fragen.«

»Ich spreche nicht von Olive, mein Kind, ich spreche von Ihnen. Und von diesem Gorilla, wie Sie ihn genannt haben. Er ist es nicht wert. Das müssen Sie doch einsehen!«

Wieder brach Roz in haltloses Gelächter aus. »Entschuldigen Sie vielmals«, sagte sie schließlich. »Sie müssen mich für schrecklich ungezogen halten. Aber ich bin seit Monaten auf einer emotionalen Achterbahn, wissen Sie.« Sie tupfte sich die Augen und putzte sich wieder die Nase. »Schuld daran ist Olive. Sie war ein wahres Gottesgeschenk. Sie hat mir endlich wieder das Gefühl gegeben, zu etwas nütze zu sein.«

Sie sah die Verwirrung in Schwester Bridgets Gesicht und seufzte innerlich. Wirklich, dachte sie, es ist viel einfacher zu lügen. Lügen war eindimensional und unkompliziert. *Danke ... es geht mir gut ... Alles ist in bester Ordnung ... Ich mag Wartezimmer ... Rupert war mir eine große Stütze nach Alices Tod ... Wir haben uns in aller Freundschaft getrennt ...* Das wirre Gespinst der Wahrheit, das tief in den zarten Stoff menschlichen Wesens eingewoben war, machte das Leben schwierig. Sie war jetzt nicht einmal ganz sicher, was wahr und was nicht wahr war. Hatte sie Rupert wirklich so sehr gehasst? Sie konnte sich nicht vorstellen, woher sie die Kraft dazu genommen hatte. Das Einzige eigentlich, woran sie sich erinnern konnte, war, wie erstickend die vergangenen zwölf Monate gewesen waren.

»Ich bin total verliebt«, plapperte sie wild darauf los, als erklärte das alles. »Aber ich habe keine Ahnung, ob meine Gefühle echt sind oder nur eingebildet.« Sie schüttelte den Kopf. »Das weiß man wahrscheinlich nie.«

»Ach, Kind«, mahnte Schwester Bridget, »seien Sie vorsichtig. Die Verliebtheit ist ein ärmlicher Ersatz für die Liebe. Sie ist so schnell vorbei, wie sie kommt. Die Liebe – die wahre Liebe – braucht Zeit, um zu wachsen, und wie kann sie das in einer Atmosphäre der Brutalität?«

»Das ist ja wohl kaum seine Schuld. Ich hätte wahrscheinlich davonlaufen können, ja, aber ich bin froh, dass ich es nicht getan habe. Ich bin sicher, die hätten ihn umgebracht, wenn er allein gewesen wäre.«

Schwester Bridget seufzte. »Ich habe den Eindruck, wir reden aneinander vorbei. Habe ich richtig verstanden, dass dieser Gorilla nicht der Mann ist, in den Sie verliebt sind?«

Roz fragte sich unter Tränen, ob an dem Ausdruck *sich totlachen* wohl etwas Wahres dran war.

»Sie sind sehr mutig«, sagte Schwester Bridget. »Ich hätte angenommen, er führte nichts Gutes im Schilde, und wäre auf und davon gelaufen.«

»Vielleicht stimmt das ja. Aber mit meiner Menschenkenntnis ist es nicht weit her.«

Schwester Bridget lachte leise vor sich hin. »Es klingt jedenfalls alles sehr aufregend«, sagte sie mit einem Anflug von Neid, während sie Roz' Kleid aus dem Wäschetrockner nahm und auf das Bügelbrett legte. »Der einzige Mann, der sich je für mich interessiert hat, war ein Bankangestellter, der drei Häuser von uns entfernt wohnte. Er war zaundürr und hatte einen riesigen Adamsapfel, der wie ein großer rosaroter Käfer an seinem Hals rumhüpfte. Ich konnte den Mann nicht ausstehen. Da war die Kirche weit attraktiver.« Sie befeuchtete einen Finger und tippte damit an das Bügeleisen.

Roz, die in einem alten Flanellnachthemd im Sessel saß, lächelte. »Und ist das immer noch so?«

»Nicht immer. Aber ich wäre kein Mensch, wenn ich nichts bedauerte.«

»Waren Sie mal verliebt?«

»Aber ja. Wahrscheinlich häufiger als Sie. Natürlich immer nur rein platonisch. Ich habe in meinem Beruf mit einigen sehr attraktiven Vätern zu tun.«

Roz lachte. »Welche Sorte Väter? Die in Soutanen oder die, die Hosen anhaben?«

Schwester Bridgets Augen blitzten belustigt. »Sagen Sie's nicht weiter, aber Soutanen fand ich nie besonders anziehend. Bei den vielen Scheidungen heute habe ich mehr mit allein stehenden Männern zu tun, als für eine Nonne gut ist, wenn ich mal ganz ehrlich bin.«

»Wenn ich mal wieder heiraten sollte«, sagte Roz, »und noch eine Tochter bekomme, stecke ich sie auf jeden Fall in Ihre Schule.«

»Ich freue mich darauf.«

»Nein. Ich glaube nicht an Wunder. Die Zeiten sind vorbei.«

»Ich bete für Sie«, sagte Schwester Bridget. »Es wird Zeit, dass ich mich so richtig für etwas einsetzen kann. Ich habe für Olive gebetet, und schauen Sie, was Gott mir geschickt hat.«

»Jetzt bringen Sie mich gleich zum Weinen.«

Als sie am Morgen erwachte, lag auf ihrem Gesicht strahlendes Sonnenlicht, das durch eine Ritze zwischen den Vorhängen in Schwester Bridgets Gästezimmer fiel. Es war zu hell, um hineinzusehen, darum kuschelte sie sich wieder in die Wärme des Daunendeckbetts und lauschte lieber. Aus dem Garten schallte das Zwitschern der Vögel, und irgendwo murmelte ein Radio die Nachrichten, aber so gedämpft, dass sie die Worte nicht verstehen konnte. Der Duft von gebratenem Schinkenspeck wehte verlockend von der Küche herauf und drängte sie aufzustehen. Lebenslust, die sie fast vergessen hatte, durchrann prickelnd ihren Körper, und sie fragte sich, warum sie solange untätig dabei zugesehen hatte, wie sie durch den finsteren Nebel ihrer Depression gestolpert war. Das Leben, dachte sie, ist herrlich, und der Wunsch, es zu leben, war zu hartnäckig, um ignoriert zu werden.

Sie winkte Schwester Bridget zum Abschied zu, lenkte ihren Wagen ostwärts in Richtung des *Poacher* und schob eine Pavarotti-Kassette in die Stereoanlage. Es war eine ganz überlegte Handlung, um endlich die Gespenster zur Ruhe zu betten. Die volle Stimme erscholl aus den Lautsprechern, und sie lauschte ihr ohne Bedauern.

Das Restaurant war wie ausgestorben, auf ihr Klopfen rührte sich nichts, weder vorn noch hinten. Sie fuhr zu der Telefonzelle, die sie am Abend zuvor benutzt hatte, und wählte die Nummer. Sie ließ es lange läuten für den Fall, dass Hal schlief. Als er sich nicht meldete, legte sie auf und kehrte zu ihrem Wagen zurück. Sie war nicht besorgt – Hal konnte um einiges besser auf sich selbst aufpassen als jeder andere Mann, den sie gekannt hatte –, und sie hatte andere, dringendere Sorgen. Aus dem Handschuhfach nahm sie einen teuren automatischen Fotoapparat mit Zoom – ein Vermächtnis ihrer Scheidung – und vergewisserte sich, dass ein Film darin war. Dann ließ sie den Motor an und lenkte den Wagen in den Verkehr hinaus.

Unbequem auf dem Rücksitz ihres Wagens zusammengekauert, musste sie zwei Stunden warten, aber ihre Geduld wurde belohnt. Als Olives Svengali endlich aus der Tür seines Hauses trat, blieb er ein, zwei Sekunden stehen und bot ihr so Gelegenheit zu einer perfekten Aufnahme seines Gesichts. Durch das Zoom-Objektiv vergrößert, schien der Blick der dunklen Augen sie zu durchbohren, als sie knipste. Dann wandte der Mann sich ab, um die baumbestandene Straße hinunterzublicken und nach entgegenkommenden Autos Ausschau zu halten. Sie spürte, wie die kleinen Härchen in ihrem Nacken sich sträubten. Er konnte sie unmöglich gesehen haben – der Wagen stand mit dem Heck zu ihm, und das lange Objektiv ruhte auf ihrer Handtasche im Rückfenster –, dennoch überrann sie ein Schauder. Die Fotos der verstümmelten Leichen von Gwen und Amber, die neben ihr auf dem Sitz lagen, waren eine schreckliche Mahnung daran, dass sie einem Psychopathen auf der Spur war.

Verschwitzt und müde von der unvorhergesehenen sommerlichen Hitze kam sie in ihre Wohnung zurück. Die winterlich raue Atmosphäre von vor drei Tagen hatte sich in einem leuchtend blauen Himmel aufgelöst, der weitere Hitze versprach. Sie öffnete die Fenster der Wohnung und ließ den Lärm des Londoner Verkehrs herein. Er fiel ihr mehr auf als sonst, und sie dachte mit flüchtiger Wehmut an den Frieden und die Schönheit von Bayview.

Sie warf einen Blick auf ihren Anrufbeantworter, während sie sich ein Glas Wasser einschenkte, aber das rote Licht blinkte nicht. Sie rief im *Poacher* an und lauschte, diesmal mit wachsender Unruhe, dem vergeblichen Läuten. Wo konnte er sein? Sie lutschte einen Moment frustriert und ratlos an ihrem Daumen, dann rief sie Iris an.

»Wie würde Gerry reagieren, wenn du ihn sehr nett bitten würdest, seinen Advokatenhut aufzusetzen«, – Gerald Fielding gehörte einer hochrenommierten Londoner Kanzlei an –, »bei der Polizeidienststelle in Dawlington anzurufen und einige diskrete Fragen zu stellen, ehe alles fürs Wochenende dichtmacht?«

Iris, die nie um den heißen Brei herumging, sagte prompt: »Warum?« und »Was springt für mich dabei heraus?«

»Mein Seelenfrieden. Im Augenblick bin ich zu nervös, um auch nur eine Zeile schreiben zu können.«

»Hm. Und warum?«

»Ich mache mir Sorgen um meinen zwielichtigen Polizisten.«

»*Deinen* zwielichtigen Polizisten?«, fragte Iris.

»Ganz recht.«

Iris hörte die Erheiterung in der Stimme der Freundin. »Ach, du lieber Himmel«, sagte sie verärgert, »du hast dich doch nicht etwa in den Kerl vergafft? Der soll doch eine Quelle sein.«

»Ist er auch – endloser erotischer Fantasien.«

Iris stöhnte laut. »Wie kannst du objektiv über korrupte Polizisten schreiben, wenn du auf einen von diesen Kerlen scharf bist.«

»Wer sagt, dass er korrupt ist?«

»Na, muss er doch sein, wenn Olive unschuldig ist. Du hast doch gesagt, dass er ihr Geständnis aufgenommen hat.«

Schade, dass Sie nicht katholisch sind. Da könnten Sie zur Beichte gehen und würden sich sofort viel besser fühlen ...

»Bist du noch dran?«, fragte Iris scharf.

»Ja. Also, meinst du, Gerry tut mir den Gefallen?«

»Warum kannst du denn nicht selbst anrufen?«

»Weil ich in der Sache drinstecke und sie vielleicht meine Stimme erkennen würden. Ich habe gestern schon unter 999 bei ihnen angerufen.«

Iris stöhnte wieder. »Was, zum Teufel, treibst du eigentlich?«

»Jedenfalls nichts Kriminelles, zumindest glaube ich das nicht.« Sie hörte den Entsetzenslaut am anderen Ende. »Schau mal, Gerry braucht doch nur ein paar harmlose Fragen zu stellen.«

»Muss er auch lügen?«

»Ein, zwei kleine Notlügen vielleicht.«

»Er bekommt einen Anfall. Du kennst doch Gerry. Dem bricht schon der kalte Schweiß aus, wenn von Unehrlichkeit nur die Rede ist.« Sie seufzte laut. »Du bist wirklich eine Strafe Gottes. Ist dir klar, dass ich ihn nur rumkriege, wenn ich ihm verspreche, mich bis in alle Ewigkeit tadellos zu benehmen? Dann hat mein Leben seinen Sinn verloren.«

»Du bist ein Engel. Also, pass auf, hier sind die wenigen Einzelheiten, die Gerry wissen muss. Er versucht, seinen Mandanten, Hal Hawksley vom Restaurant *The Poacher* in der Wenceslas Street in Dawlington, zu erreichen. Er hat Anlass zu vermuten, dass im *Poacher* eingebrochen worden ist, und möchte wissen, ob die Polizei eine Ahnung hat, wo Hal zu erreichen ist. Okay?«

»Nein, gar nicht okay, aber ich werde sehen, was ich tun kann. Bist du heute Abend zu Hause?«

»Ja, ich bleib zu Hause und drehe Däumchen.«

»Dann klopf doch zur Abwechslung lieber mal auf deine Schreibmaschine«, sagte Iris bissig. »Ich hab's satt, die Einzige zu sein, die in unserer einseitigen Beziehung sinnvolle Arbeit leistet.«

Sie hatte den Film in einem Express-Labor in der Hauptstraße ihres Viertels entwickeln lassen, während sie Einkäufe erledigte. Jetzt verteilte sie die Abzüge auf dem Couchtisch und studierte sie. Die von Svengali, die beiden Großaufnahmen seines Gesichts und einige Ganzfotos, die ihn von hinten beim Weggehen zeigten, legte sie auf die Seite und betrachtete lächelnd die anderen. Sie hatte sie ganz vergessen. Mit Absicht, dachte sie. Sie zeigten Rupert und Alice an Alices Geburtstag, eine Woche vor dem Unfall, beim Spiel im Garten. Sie hatten für diesen Tag einen Waffenstillstand geschlossen, Alice zuliebe. Und sie hatten ihn bis zu einem gewissen Punkt eingehalten, wenn es auch wie immer Roz' Sache gewesen war, sich nicht aus der Reserve locken zu lassen. Solange sie ruhig bleiben und lächeln konnte, während Rupert seine Giftpfeile über Jessica, Jessicas Wohnung und Jessicas Arbeit abschoss, war alles in Butter. Alices Freude darüber, ihre Eltern wieder zusammen zu haben, spiegelte sich in den Fotografien.

Roz schob sie liebevoll zur Seite und kramte in ihrer Einkaufstasche. Sie holte Zellophan heraus, einen Pinsel und drei Tuben Acrylfarbe. Dann biss sie mit Appetit in ein Stück Fleischpastete und machte sich an die Arbeit.

Ab und zu legte sie eine Pause ein und sah lächelnd ihre Tochter an. Sie hätte den Film schon längst entwickeln lassen sollen, vertraute sie Mrs. Antrobus an, die zufrieden in ihrem Schoß lag. Die leblose Puppe aus den Zeitungen war niemals Alice gewesen. *Dies hier* war Alice.

»Er ist getürmt«, sagte Iris unverblümt zwei Stunden später, »und Gerry haben sie mit allen möglichen Gemeinheiten gedroht, wenn er sie nicht über den Verbleib seines Mandanten unterrichtet, sobald er ihn in Erfahrung gebracht hat. Es ist schon ein Haftbefehl gegen den Unglücksraben ergangen. Wo, um alles in der Welt, gräbst du diese schrecklichen Typen nur aus? Du solltest dir mal was Nettes, Anständiges wie Gerry suchen«, sagte sie streng. »Einen, dem es nicht im Traum einfällt, Frauen zu schlagen oder sie in seine kriminellen Aktivitäten zu verwickeln.«

»Ich weiß«, sagte Roz milde, »aber die Netten, Anständigen sind alle schon vergeben. Haben sie gesagt, was Hal vorgeworfen wird?«

»Eine ganze Latte. Brandstiftung, Widerstand gegen die Staatsgewalt, Körperverletzung, Flucht vom Tatort eines Verbrechens. Er hat so ziemlich alles auf dem Kerbholz, was es gibt. Wenn er sich bei dir meldet, dann gib mir lieber nicht Bescheid. Gerry benimmt sich schon jetzt wie der Mann, der die Identität von Jack the Ripper gekannt und geheim gehalten hat. Er bekommt einen Herzinfarkt, wenn er glaubt, ich weiß, wo der Kerl sich aufhält.«

»Ich schweige wie ein Grab«, versprach Roz.

Einen Moment blieb es still. »Es wäre vielleicht besser, du legst gleich auf, wenn er anruft. Im Krankenhaus liegt ein Mann mit schweren Verbrennungen im Gesicht, ein Polizist hat einen ausgerenkten Kiefer, und als sie ankamen und ihn festnehmen wollten, hat er versucht, sein Lokal in Brand zu stecken. Der muss ja wahnsinnig gefährlich sein.«

»Da hast du wahrscheinlich Recht«, sagte Roz, während sie sich fragte, was, um alles in der Welt, vorgefallen war, nachdem sie gegangen war. »Und er hat außerdem einen knackigen Hintern. Bin ich nicht ein Glückspilz?«

»Blöde Kuh!«

Roz lachte. »Sag Gerry vielen Dank. Ich weiß seine Nettigkeit zu schätzen, auch wenn du das nicht tust.«

Sie schlief auf dem Sofa, um das Telefon nicht zu überhören, wenn es läuten sollte. Sie dachte, er würde sich vielleicht dem Anrufbeantworter nicht anvertrauen wollen.

Aber das Telefon schwieg hartnäckig das ganze Wochenende.

16

Am Montagmorgen fuhr Roz, erneut das schwarze Untier Depression im Nacken, zum Hotel Belvedere und legte die Fotografie auf den Empfangstisch. »Ist das Mr. Lewis?«, fragte sie die Eigentümerin.

Die liebenswürdige Frau setzte ihre Brille auf und sah sich die Aufnahme genau an. Sie schüttelte bedauernd den Kopf. »Nein, tut mir wirklich Leid. Der Mann ist mir völlig unbekannt.«

»Und jetzt?« Sie legte das Zellophan über die Fotografie.

»Du meine Güte, das ist ja unglaublich! Ja, das ist eindeutig Mr. Lewis.«

Marnie war der gleichen Meinung. »Das ist er, der hinterhältige Kerl.« Sie kniff die Augen zusammen. »Schmeichelt ihm nicht gerade, hm? Ich möchte gern wissen, was ein junges Mädchen an so einem findet?«

»Ich weiß es nicht. Vielleicht kritiklose Zuneigung?«

»Wer ist er?«

»Ein Psychopath«, sagte Roz.

Marnie pfiff durch die Zähne. »Da seien Sie lieber vorsichtig.«

»Ja.«

Marnie klopfte mit ihren rot lackierten Fingern auf den Schreibtisch. »Wollen Sie mir nicht doch lieber sagen, wer der Kerl ist, für den Fall, dass Sie auch in kleinen Stücken auf Ihrem Küchenboden enden?« Sie warf Roz einen taxierenden Blick zu. Vielleicht, dachte sie, war da irgendwo Geld herauszuholen.

Roz sah die Spekulation im Auge der Frau. »Nein, danke«, erwiderte sie kurz. »Diese Information behalte ich lieber für mich. Ich möchte nicht wissen, was passiert, wenn er erfährt, dass ich ihm auf den Fersen bin.«

»Ich quassle nicht«, versicherte Marnie mit einem Flunsch verletzter Unschuld.

»Das Sicherste ist, ich führe Sie gar nicht erst in Versuchung.« Roz steckte die Fotografie ein. »Alles andere wäre unverantwortlich. Schließlich sind Sie die Hauptbelastungszeugin. Genauso gut kann er bei Ihnen aufkreuzen und *Sie* in Stücke hacken.« Sie lächelte kalt. »Das möchte ich wirklich nicht gern auf dem Gewissen haben.«

Zurück in ihrem Wagen blieb Roz ein paar Minuten lang reglos am Steuer sitzen und starrte zum Fenster hinaus. Wenn sie je einen zahmen Ex-Polizisten gebraucht hatte, ihr den Weg durch das Labyrinth rechtlicher Formalitäten zu zeigen, dann jetzt. Sie war eine Amateurin, die allzu leicht einen gravierenden Fehler begehen und alle Chancen auf eine Wiederaufnahme des Verfahrens dadurch zunichte machen konnte. Und was sollte dann aus Olive werden? Sie würde vermutlich im Zuchthaus bleiben, bis ihre Zeit abgelaufen war. Das Urteil konnte nur aufgehoben werden, wenn ein anderer verurteilt wurde. Das Körnchen begründeten Zweifels würde, wenn es nicht gegossen wurde, Jahre brauchen, um so weit zu wachsen, dass das Innenministerium sich genötigt fühlte, etwas zu unternehmen. Wie lange hatten die Sechs von Birmingham auf Gerechtigkeit warten müssen? Die Verantwortung, die sie auf sich genommen hatte, war beängstigend.

Aber, auch wenn sie sich das am liebsten nicht eingestanden hätte, noch schwerer wog das Wissen, dass sie nicht den Mut hatte, das Buch zu schreiben, solange Olives psychopathischer Liebhaber auf freiem Fuß war. Sie mochte sich noch so sehr bemühen, sie konnte das Bild Gwens und Ambers nicht loswerden.

Sie schlug mit der Faust auf das Lenkrad. Wo bist du, Hawksley? *Du Mistkerl!* Ich war immer für dich da.

Graham Deedes, Olives ehemaliger Verteidiger, kehrte nach einem langen Tag bei Gericht in seine Kanzlei zurück und runzelte irritiert die Stirn, als er vor seiner Tür Roz sitzen sah. Er sah demonstrativ auf seine Uhr. »Ich habe es eilig, Miss Leigh.«

Sie stand seufzend von dem harten Stuhl auf. »Nur fünf Minuten«, bat sie. »Ich warte seit zwei Stunden.«

»Nein, tut mir wirklich Leid. Wir haben zum Abendessen Gäste, und ich habe meiner Frau versprochen, pünktlich zu sein.« Er öffnete die Tür zu seinem Zimmer und ging hinein. »Rufen Sie an und lassen Sie sich einen Termin geben. In den nächsten drei Tagen habe ich bei Gericht zu tun, aber gegen Ende der Woche ist vielleicht etwas zu machen.« Er wollte die Tür schließen.

Sie lehnte sich mit einer Schulter an den Türpfosten und hielt mit der Hand die Tür auf. »Olive hat wirklich einen Liebhaber gehabt«, sagte sie. »Ich weiß, wer es ist, und ich habe sein Foto von zwei Zeuginnen identifizieren lassen. Die eine ist die Eigentümerin des Hotels, in dem er und Olive im Sommer vor den Morden regelmäßig abgestiegen sind. Ich habe ferner eine Zeugin, deren Aussage sich mit Olives Aussage, sie habe einen Schwangerschaftsabbruch vornehmen lassen, deckt. Nach dem Datum, das sie mir genannt hat, wäre Olives Kind etwa um die Zeit der Morde zur Welt gekommen. Ich habe erfahren, dass zwei Personen, Robert Martin und der Vater einer Freundin von Olive, völlig unabhängig voneinander der Polizei erklärt haben, Olive sei unfähig gewesen, ihre Schwester zu töten. Die beiden meinten, Gwen, die Mutter, habe Amber getötet – sie hat Amber anscheinend nicht gemocht –, und Olive habe daraufhin ihre Mutter getötet. Ich gebe zu, die forensischen Befunde bestätigen das nicht, aber hier haben wir doch den Beweis, dass selbst zur Zeit der Tat erhebliche Zweifel an Olives Schuld bestanden, die, wie mir scheint, Ihnen gar nicht zur Kenntnis gebracht wurden.«

Sie sah die Ungeduld in seinem Gesicht und sprach eilig weiter. »Aus verschiedenen Gründen, vor allem aber, weil es Olives Geburtstag war, glaube ich nicht, dass Olive am Abend vor den Morden im Haus war, und ich glaube außerdem, dass Gwen und Amber viel früher getötet wurden als zu der Zeit, zu der Olive behauptet, es getan zu haben. Ich glaube, Olive ist irgendwann im Lauf des Morgens oder Nachmittags des Neunten nach Hause gekommen, fand das Blutbad in der Küche vor, wusste sofort, dass ihr Liebhaber das getan hatte, und war so überwältigt von Entsetzen und Bedauern, dass sie sich selbst des Verbrechens bezichtigte. Ich glaube, sie war sehr unsicher und in tiefer Not und wusste nicht, was sie tun sollte, als ihre Mutter, die ihrem Leben einen Halt gegeben hatte, ihr so plötzlich genommen worden war.«

Er nahm ein Bündel Papiere aus seinem Schreibtisch und schob sie in seine Aktentasche. Er hatte schon so viele fantasievolle Verteidigungsplädoyers gehört, dass er ihr mehr aus Höflichkeit als aus Interesse zuhörte.

»Ich nehme an, Sie wollen unterstellen, dass Olive und ihr Liebhaber die Nacht ihres Geburtstags gemeinsam irgendwo in einem Hotel verbrachten.« Roz nickte. »Haben Sie dafür irgendeinen Beweis?«

»Nein. In dem Hotel, in dem sie sich sonst immer getroffen hatten, waren sie nicht eingetragen, aber das ist nicht weiter verwunderlich. Es war ja ein besonderer Anlass. Vielleicht sind sie sogar nach London gefahren.«

»Wenn das zutrifft, weshalb sollte sie dann annehmen, dass ihr Liebhaber die Tat begangen hatte? Sie wären doch vermutlich gemeinsam zurückgefahren. Selbst wenn er sie in einiger Entfernung von ihrem Haus abgesetzt hätte, hätte er niemals die Zeit gehabt, all das zu tun, was dort getan worden ist.«

»Doch – wenn er gegangen ist«, sagte Roz, »und sie allein im Hotel zurückgelassen hat.«

»Warum hätte er das tun sollen?«

»Weil sie ihm gesagt hat, dass er in diesem Moment stolzer Vater hätte sein können, wären nicht das frühere uneheliche Kind ihrer Schwester und die Angst ihrer Mutter gewesen, dass sich das alles hätte wiederholen können.«

Deedes sah wieder auf seine Uhr. »Welches uneheliche Kind?«

»Das Kind, das Amber zur Welt brachte, als sie dreizehn war. Diese Tatsache ist unbestritten. Das Kind wird in Robert Martins Testament erwähnt. Es gelang Gwen damals, die Sache zu vertuschen, aber sie konnte nicht hoffen, dass ihr das in Olives Fall noch einmal gelingen würde, darum hat sie sie zu einem Schwangerschaftsabbruch überredet.«

Er schnalzte ungeduldig mit der Zunge. »Das ist mir alles viel zu verstiegen, Miss Leigh. Soweit ich sehen kann, haben Sie keinerlei Beweise, um diese Behauptungen zu stützen, und Sie können nicht ein Buch schreiben und irgendjemand des Mordes beschuldigen, wenn Sie nicht entweder klare Beweise haben oder genug Kapital, um ein Vermögen an Schadenersatz wegen Verleumdung zu bezahlen.« Wieder sah er auf seine Uhr, unsicher, ob er gehen oder bleiben sollte. »Nehmen wir einen Moment an, Ihre Hypothese träfe zu. Wo war dann Olives Vater, während Gwen und Amber in der Küche seines Hauses niedergemetzelt wurden? Wenn ich mich recht erinnere, war er in dieser Nacht zu Hause und ist am folgenden Morgen wie immer zur Arbeit gefahren. Wollen Sie behaupten, er habe nicht gewusst, was geschehen war?«

»Ja, genau das behaupte ich.«

Deedes war perplex. »Das ist ja absurd.«

»Es ist nicht absurd, wenn er gar nicht zu Hause war. Die einzigen Personen, die aussagten, er sei zu Hause gewesen, waren Olive, Robert selbst und die Nachbarin von nebenan, und sie erwähnte ihn nur im Zusammenhang mit der Behauptung, Gwen und Amber seien um halb neun Uhr morgens noch am Leben gewesen.«

Er schüttelte völlig verwirrt den Kopf. »Es lügen also alle? Das ist doch lächerlich! Warum hätte die Nachbarin lügen sollen?«

Roz seufzte. »Ich weiß, es fällt schwer, das zu glauben. Ich hatte eine Menge Zeit zum Nachdenken, darum fällt es mir leichter. Robert Martin war ein heimlicher Homosexueller. Ich habe die Schwulenkneipe gefunden, in der er seine Bekanntschaften machte. Er war dort unter dem Namen Mark Agnew gut bekannt. Der Wirt erkannte ihn nach dem Foto sofort. Wenn er in der Mordnacht mit einem Liebhaber zusammen war und von dort aus direkt zu seinem Arbeitsplatz gefahren ist, hat er von den Ereignissen in seinem Haus erst erfahren, als die Polizei ihn informierte.« Sie zog eine Augenbraue hoch. »Und er brauchte niemals aufzuklären, wo er tatsächlich gewesen war, weil Olive, die annahm, er müsse im Haus gewesen sein, in ihrer Aussage behauptete, sie habe ihre Mutter erst angegriffen, nachdem ihr Vater das Haus verlassen hatte.«

»Langsam, langsam«, blaffte Deedes, als hätte er es mit einer schwierigen Zeugin zu tun. »Das ist doch total unlogisch. Eben haben Sie noch behauptet, Olives Liebhaber sei mitten in der Nacht abgehauen, um mit Gwen abzurechnen.« Er strich sich mit der Hand über sein Haar, während er versuchte, seine Gedanken zu ordnen. »Aber als Roberts Leiche nicht in der Küche lag, als sie nach Hause kam – Olive, meine ich –, muss sie doch gewusst haben, dass er gar nicht im Haus gewesen war. Warum hat sie dann in ihrer Aussage behauptet, er sei da gewesen?«

»Weil er hätte da sein müssen. Schauen Sie, es ist völlig nebensächlich, um welche Zeit der Liebhaber gegangen ist – ob mitten in der Nacht oder früh am Morgen –, es ist, soweit es Olive angeht, ohne Belang. Sie hatte kein Auto, sie war wahrscheinlich unglücklich und erregt darüber, verlassen worden zu sein, und sie hatte sich den Tag freigenommen, vermutlich, um ihn mit ihrem Geliebten zu verbringen – es spricht also alles dafür, dass sie erst nach dem Mittagessen nach Hause gekommen ist. Sie muss angenommen haben, ihr Liebhaber habe gewartet, bis Robert zur Arbeit gefahren war, ehe er hineinging, um Gwen und Amber zu überfallen. Es war daher von ihrem Standpunkt aus ganz natürlich, dass sie ihren Vater in ihre Aussage einschloss. Er wohnte und schlief unten in einem Hinterzimmer, aber keine von ihnen, außer vielleicht Gwen, scheint auf den Gedanken gekommen zu sein, er könnte sich nachts heimlich hinausschleichen, um sich Strichjungen zu besorgen.«

Zum drittenmal sah er auf seine Uhr. »Es ist sinnlos. Ich muss jetzt wirklich gehen.« Er griff nach seinem Mantel und legte ihn sich gefaltet auf den Arm. »Sie haben mir nicht erklärt, warum die Nachbarin gelogen hat.« Er schob sie durch die Tür und zog diese hinter sich zu.

Sie sprach über ihre Schulter, während sie die Treppe hinuntergingen. »Ich vermute, weil sie, als die Polizei ihr mitteilte, dass Gwen und Amber ermordet worden waren, automatisch annahm, Robert habe es nach einem Streit über ihren Ehemann getan.« Sie zuckte nur die Achseln zu seinem ungläubigen Prusten. »Sie hat gewusst, wie gespannt die Beziehungen in diesem Haus waren, und sie hat auch gewusst, dass ihr Mann oft stundenlang drüben bei Robert Martin in dem Hinterzimmer war. Bestimmt wusste sie auch, dass Robert Martin homosexuell war, und wird daraus geschlossen haben, dass auch ihr Mann homosexuell sei. Sie muss vor Angst fast gestorben sein, bis sie endlich hörte, dass Olive sich zu den Morden bekannt hatte. Der Skandal, wenn Robert es tatsächlich aus Liebe zu Edward getan hätte, wäre tödlich gewesen, und um ihren Mann aus der Sache herauszuhalten, sagte sie einfach, Gwen und Amber seien noch am Leben gewesen, als er zur Arbeit fuhr.« Sie ging vor ihm her durch das Foyer. »Ihre Aussage wurde nie in Zweifel gezogen, weil sie sich perfekt mit der Olives deckte.«

Sie traten durch das Portal hinaus ins Freie und stiegen die Treppe hinunter. »Zu perfekt, vielleicht?«, murmelte er. »Olives Version ist so einfach. Und Ihre ist so kompliziert.«

»Das ist die Wahrheit immer«, sagte sie mit Nachdruck. »Aber Tatsache ist, dass alle drei nur einen ganz normalen Mittwochmorgen beschrieben haben. Es ist also nicht zu perfekt, vielmehr unvermeidlich.«

»Ich muss in diese Richtung«, sagte er und wies zum U-Bahnhof Holborn.

»Das macht nichts. Ich komme mit.« Sie musste schnell gehen, um mit ihm Schritt halten zu können.

»Ich weiß nicht, warum Sie mir das alles erzählen, Miss Leigh. Sie hätten sich an Olives Anwalt, Mr. Crew, wenden sollen.«

Sie wich einer direkten Antwort aus. »Sie glauben also, dass meine Beweisführung stichhaltig ist?«

Er lächelte gutmütig. Die weißen Zähne blitzten in seinem dunklen Gesicht. »Nein, davon ist sie noch weit entfernt. Es sind vielleicht *Ansätze* zu einer stichhaltigen Beweisführung vorhanden. Legen Sie die Sache Mr. Crew vor.«

»Sie sind der Verteidiger«, beharrte sie eigensinnig. »Wenn Sie Olive verteidigen würden, was brauchten Sie, um ein Gericht von ihrer Unschuld zu überzeugen?«

»Den Beweis, dass sie in der Zeit, als die Morde verübt wurden, nicht im Haus gewesen sein kann.«

»Oder den wahren Mörder?«

»Oder den wahren Mörder«, stimmte er zu. »Aber ich kann mir nicht vorstellen, dass Sie den so leicht präsentieren können.«

»Warum nicht?«

»Weil es keine Beweise gegen ihn gibt. Sie wollen vermutlich vorbringen, dass Olive alle Beweise vertuscht hat, um die Schuld selbst auf sich zu nehmen. Sie hat das mit großem Erfolg getan. Alle Umstände haben sie als die Schuldige bestätigt.« Er ging langsamer, als sie sich der Untergrundbahn näherten. »Wenn also Ihr hypothetischer Mörder nicht freiwillig gesteht und der Polizei beweist, dass er Dinge weiß, die nur der Mörder wissen kann, gibt es keine Möglichkeit, Olives Verurteilung rückgängig zu machen.« Er lächelte bedauernd. »Und ich kann mir nicht vorstellen, dass er das jetzt tun wird. Er hat es ja schon damals nicht getan.«

Sie rief vom U-Bahnhof Holborn im Zuchthaus an und bat darum, Olive mitzuteilen, dass sie heute Abend nicht vorbeikäme. Sie hatte das Gefühl, dass ihr der ganze Fall unter den Händen zerfiel, und das Gefühl konzentrierte sich auf Olive.

Es war spät, als sie die Tür zu ihrem Haus aufschloss. Im Treppenhaus war es stockfinster. Sie drückte auf den Lichtschalter und seufzte resigniert, als nichts geschah. Schon wieder kein Strom, dachte sie. Es war ja nicht anders zu erwarten gewesen. Schwarz passte zu ihrer Stimmung. Sie suchte ihren Wohnungsschlüssel heraus und tastete sich die Treppe hinauf, während sie überlegte, ob sie vom letzten Mal noch Kerzen im Haus hatte. Wenn sie Glück hatte, lag eine in der Küchenschublade, sonst würde das ein sehr langer und langweiliger Abend werden.

Auf der Suche nach dem Schloss fummelte sie mit beiden Händen blind an ihrer Tür herum, als etwas vom Boden zu ihren Füßen aufstand und sie streifte. Sie kreischte und begann wie eine Wilde auf das Ding einzuschlagen. Im nächsten Moment wurde sie vom Boden hochgehoben, und eine große Hand verschloss ihr den Mund.

»Sch«, zischte Hal ihr lachend ins Ohr. »Ich bin's doch nur.« Er küsste sie auf die Nasenspitze. *»Au!«*, brüllte er im nächsten Moment und ließ sie los, um sich unter Schmerzen zusammenzukrümmen.

»Geschieht Ihnen recht«, sagte sie, während sie auf dem Boden nach ihren Schlüsseln tastete. »Sie können von Glück reden, dass ich meine Hutnadel nicht bei mir habe. Ah, da sind sie ja.« Sie begann wieder nach dem Schloss zu suchen und fand es. »So.« Sie drückte auf den Lichtschalter in ihrer Wohnung, aber es blieb finster. »Kommen Sie«, sagte sie, fasste ihn an der Jacke und zog ihn hinein. »Ich glaube, in der Küche ist eine Kerze.«

»Alles in Ordnung?«, ertönte aus dem oberen Stockwerk eine ängstliche Frauenstimme.

»Ja, danke«, rief Roz zurück. »Ich bin nur auf was getreten. Wie lang ist der Strom schon weg?«

»Seit einer halben Stunde. Ich habe angerufen. Irgendwo scheint eine Sicherung durchgebrannt zu sein. Es wird ungefähr drei Stunden dauern, hat man mir gesagt. Ich habe ihnen erklärt, dass ich das nächste Mal meine Rechnung nicht zahle, wenn es länger dauert. Wir sollten wirklich was unternehmen. Finden Sie nicht?«

»Absolut«, stimmte Roz zu und fragte sich, mit wem sie sprach. Mrs. Barrett vielleicht. Sie kannte die Namen von den Briefkästen, aber sie sah selten jemanden. »Wiedersehen.« Sie schloss die Tür. »Ich schau mal, ob ich die Kerze finde«, flüsterte sie.

»Warum flüstern wir?«, flüsterte Hal zurück.

Sie kicherte. »Weil man das im Dunkeln immer tut.«

Er stolperte über irgendetwas. »Das ist ja lächerlich. Die Straßenlampen brennen doch, oder? Ihre Vorhänge sind anscheinend zugezogen.«

»Wahrscheinlich.« Sie öffnete die Küchenschublade. »Ich bin heute Morgen früh aus dem Haus gegangen.« Sie suchte zwischen Garnrollen und Schraubenziehern. »Ich glaube, ich habe sie gefunden. Haben Sie Streichhölzer?«

»Nein«, sagte er geduldig. »Wenn ich welche hätte, hätte ich längst eines angezündet. Halten Sie übrigens Schlangen?«

»Reden Sie keinen Unsinn. Ich habe eine Katze.«

Aber wo war Mrs. Antrobus? Sie hätte beim Knirschen des Schlüssels eigentlich in begeistertes Begrüßungsmiauen ausbrechen müssen. Roz tastete sich zur Tür zurück und suchte nach ihrer Aktentasche, in der sie die Streichhölzer hatte, die sie immer mit ins Zuchthaus nahm. Sie öffnete die Tasche und kramte zwischen den Papieren. »Wenn Sie das Sofa finden können«, sagte sie zu ihm, »die Vorhänge sind gleich dahinter. Die Schnur ist auf der linken Seite.«

»Ich habe etwas gefunden«, sagte er, »aber ein Sofa ist es bestimmt nicht.«

»Was ist es denn?«

»Das weiß ich nicht«, antwortete er vorsichtig, »aber es ist auf jeden Fall ziemlich unangenehm. Es ist nass und schleimig und hat sich um meinen Hals geschlungen. Halten Sie auch wirklich keine Schlangen?«

Sie lachte nervös. »Seien Sie nicht albern.« Ihre Finger stießen an die Streichholzschachtel, und sie nahm sie erleichtert heraus. Sie riss ein Streichholz an und hielt es hoch. Hal stand in der Mitte des Zimmers, um Kopf und Schulter die feuchte Bluse, die sie am Morgen gewaschen und an einem Bügel an der Lampe aufgehängt hatte. Sie schüttelte sich vor Lachen.

»Sie haben doch gewusst, dass das keine Schlange ist«, sagte sie und hielt die Kerze an das flackernde Streichholzflämmchen.

Er fand die Schnur und zog die Vorhänge auf, um den orangefarbenen Schein der Straßenlampen hereinzulassen. Das Zimmer hob sich aus der Finsternis. Er sah sich um. Handtücher, Kleider, Plastiktüten und Fotografien lagen in Häufchen auf Tischen und Sesseln, ein Federbett hing vom Sofa zum Boden hinunter, schmutzige Tassen und leere Chipstüten tummelten sich auf dem Boden.

»Das ist ja wirklich reizend«, sagte er, während er einen Fuß hob und die Reste einer angebissenen Fleischpastete von seiner Schuhsohle schälte. »Ich weiß gar nicht, wann ich mich das letzte Mal so zu Hause gefühlt habe.«

»Ich habe Sie nicht erwartet«, sagte sie, nahm mit Würde die Fleischpastete und warf sie in den Papierkorb. »Oder mindestens hätten Sie den Anstand haben können, mich mit einem Anruf vor Ihrem Besuch zu warnen.«

Er bückte sich und streichelte die weiche weiße Fellkugel, die sich mit Wohlbehagen in ihrem Nest im Federbett streckte. Mrs. Antrobus leckte ihm freundlich die Hand, ehe sie daran ging, sich gründlich zu putzen.

»Schlafen Sie immer auf dem Sofa?«, fragte er Roz.

»Im Schlafzimmer ist kein Telefon.«

Er nickte ernst, sagte aber nichts.

Sie ging zu ihm. »Mein Gott, ich bin so froh, Sie zu sehen. Sie haben ja keine Ahnung! Wo waren Sie? Ich war ganz krank vor Sorge.«

Er senkte den Kopf und drückte seine Stirn in ihr duftendes Haar. »Überall und nirgends«, sagte er, legte seine Handgelenke auf ihre Schultern und zeichnete mit zärtlicher Berührung die Linie ihres Halses nach.

»Gegen Sie läuft ein Haftbefehl«, sagte sie schwach.

»Ich weiß.« Seine Lippen streiften ihre Wangen, jedoch so sachte, dass die Berührung beinahe unerträglich war.

»Gleich stecke ich etwas in Brand«, sagte sie heiser.

Er drückte die Kerze aus. »Das haben Sie schon getan.« Er umschloss mit seinen kräftigen Händen ihr Gesäß und drückte sie gegen seine Erektion. »Die Frage ist«, murmelte er, »soll ich eine kalte Dusche nehmen, ehe es außer Kontrolle gerät?«

»Ist das eine ernst gemeinte Frage?« Konnte er wirklich jetzt aufhören? *Sie* konnte es nicht.

»Nein, nur eine höfliche.«

»Ich leide Qualen.«

»Das sollst du auch«, sagte er, und seine Augen blitzten im orangefarbenen Licht. »Verdammt noch mal, ich leide seit Wochen Qualen.«

Mrs. Antrobus, vom Federbett vertrieben, stakte beleidigt in die Küche.

Später gingen die Lichter wieder an und in ihrer Helligkeit verblasste das kleine Flämmchen der Kerze, die wieder entzündet auf ihrer Untertasse auf dem Tisch zu flackern begonnen hatte.

Er strich Roz das Haar aus dem Gesicht. »Du bist so ziemlich die schönste Frau, die ich je gesehen habe«, sagte er.

Sie lächelte verschmitzt. »Und ich dachte, ich sei zu dünn.«

Seine dunklen Augen wurden weich. »Ich habe doch gewusst, dass das mit dem kaputten Anrufbeantworter gelogen war.« Er strich mit seinen Händen über ihre weichen Arme, umfasste sie plötzlich drängend. Er hob sie hoch und setzte sie rittlings auf seinen Schoß. »Davon habe ich geträumt.«

»Waren es schöne Träume?«

»Kein Vergleich mit der Wirklichkeit.«

»Genug«, sagte sie noch später und glitt von ihm weg, um sich anzuziehen. »Was willst du gegen diesen Haftbefehl unternehmen?«

Er ignorierte die Frage und schob die Fotografien auf dem Couchtisch hin und her. »Ist das dein Mann?«

»Ex-Mann.« Sie warf ihm seine Hose zu.

Er zog sie mit einem Seufzer an, nahm dann eine Großaufnahme von Alice zur Hand. »Und das muss deine Tochter sein«, sagte er ruhig. »Sie sieht genau aus wie du.«

»Sah«, korrigierte Roz. »Sie ist tot.«

Sie wartete auf die Entschuldigung und den Themawechsel, aber Hal lächelte nur und berührte das lachende Gesicht leicht mit einem Finger. »Sie ist wunderschön.«

»Ja.«

»Wie hieß sie?«

»Alice.«

Er sah sich das Bild genau an. »Als ich sechs Jahre alt war, habe ich mich in ein kleines Mädchen wie sie verliebt. Ich war sehr unsicher und habe sie jeden Tag gefragt, wie sehr sie mich liebte. Sie antwortete immer auf die gleiche Weise. Sie hielt die Hände auseinander – so« – er hielt die Hände auseinander wie ein Angler, der die Größe des Fischs zeigt – »und sagte: So sehr.«

»Ja«, sagte Roz, sich erinnernd, »Alice hat die Liebe auch

immer mit den Händen gemessen. Das hatte ich ganz vergessen.«

Sie wollte ihm das Foto wegnehmen, aber er zog es weg und hielt es ans Licht. »Sie hat einen sehr entschlossenen Blick.«

»Sie hat immer gern ihren Kopf durchgesetzt.«

»Eine vernünftige Frau. Und ist es ihr immer gelungen?«

»Meistens. Sie hatte sehr feste Ansichten. Ich weiß noch, einmal …« Doch sie schwieg und sprach nicht weiter.

Hal schlüpfte in sein Hemd und knöpfte es zu. »Wie die Mutter, so die Tochter. Ich wette, sie konnte dich um den Finger wickeln, noch ehe sie laufen konnte. Das hätte ich gern gesehen, wie jemand dich herumkriegt.«

Roz drückte ein Taschentuch an ihre nassen Augen. »Entschuldige.«

»Was denn?«

»Dass ich dich in Verlegenheit bringe.«

Er zog sie an sich und drückte seine Wange an ihr Haar. Was war das für ein Armutszeugnis für die westliche Gesellschaft, dass eine Mutter vor lauter Furcht, andere in Verlegenheit zu bringen, nicht um ihre tote Tochter weinen durfte!

»Danke.« Sie sah die Frage in seinen Augen. »Fürs Zuhören«, erklärte sie.

»Nicht der Rede wert, Roz.« Er spürte, wie unsicher sie war. »Willst du dir jetzt die ganze Nacht darüber den Kopf zerbrechen und morgen früh beim Aufwachen wünschen, du hättest mir nicht von Alice erzählt?«

Er war viel zu scharfsichtig. Sie wandte sich ab. »Ich hasse es, mich verletzlich zu fühlen.«

»Ja.« Das konnte er verstehen. »Komm.« Er klopfte auf seine Knie. »Lass dir von meinen Verletzlichkeiten erzählen.

Du versuchst doch seit Wochen, sie aus mir herauszukitzeln. Jetzt kannst zur Abwechslung mal du über mich lachen.«

»Ich lache bestimmt nicht.«

»Aha«, murmelte er. »Darum geht's also. Du stehst eine Stufe über mir. Ich lache über deine, aber du lachst nicht über meine.«

Sie schlang die Arme um ihn. »Du bist Olive so ähnlich.«

»Hör auf, mich mit der Wahnsinnigen von Dawlington zu vergleichen.«

»Es ist ein Kompliment. Sie ist ein sehr netter Mensch. Genau wie du.«

»Ich bin nicht nett, Roz.« Er umschloss ihr Gesicht mit seinen Händen. »Gegen mich läuft ein Verfahren wegen Verstoßes gegen die staatlichen Gesundheits- und Hygienevorschriften. Im Bericht des Inspektors der Gesundheitsbehörde wird meine Küche als das Schlimmste geschildert, was er je gesehen hat. Fünfundneunzig Prozent des rohen Fleisches im Kühlschrank war so alt, dass es schon voller Maden war. Die trockenen Nahrungsmittel hätten in verschlossenen Behältern aufbewahrt werden müssen, aber stattdessen standen sie offen herum, und in allen wurde Rattenkot gefunden. In der Speisekammer standen unverschnürte Müllbeutel. Das Gemüse war schon so verfault, dass es weggeworfen werden musste, und unter dem Herd haben sie eine lebende Ratte entdeckt.« Müde zog er eine Augenbraue hoch. »Ich habe deswegen alle meine Gäste verloren, die Sache kommt in sechs Wochen zur Verhandlung, und ich habe überhaupt keine Chance.«

17

Roz sagte erst einmal gar nichts. Alles Mögliche hatte sie sich ausgedacht, um eine Erklärung für die Geschehnisse im *Poacher* zu finden, aber dies niemals. Ganz gewiss konnte es das Ausbleiben der Gäste erklären. Wer, der auch nur einen Funken Vernunft besaß, würde in einem Restaurant essen, in dem man das Fleisch voller Maden gefunden hatte? Sie hatte es getan. Zweimal. Aber sie hatte von den Maden nichts gewusst. Es wäre ehrlicher von Hal gewesen, ihr gleich zu Anfang die Wahrheit zu sagen, dachte sie und merkte, wie ihr Magen leise zu protestieren begann. Sie spürte Hals Blick auf sich und unterdrückte entschlossen die verräterischen Regungen.

»Ich verstehe das nicht«, sagte sie bedächtig. »Ist das ein legitimes Verfahren? Ich meine, die scheinen dich ja schon geprüft und verurteilt zu haben. Woher wussten deine Gäste überhaupt, was der Inspektor gefunden hatte, wenn die Sache noch gar nicht vor Gericht war? Und wer sind die Männer mit den Skimasken?« Sie krauste verwirrt die Stirn. »Ich kann mir sowieso nicht vorstellen, dass du so idiotisch wärst, einfach die Hygienevorschriften zu missachten. Bestimmt nicht auf so eklatante Weise, dass du gleich einen ganzen Kühlschrank voll schlechtem Fleisch und lebendige Ratten zu bieten hättest.« Sie lachte plötzlich erleichtert und gab ihm einen Klaps auf die Brust. »Du Ekel, Hawksley. Du willst mich auf den Arm nehmen.«

Er schüttelte den Kopf. »Ich wollte, es wäre so.«

Sie musterte ihn einen Moment lang nachdenklich, dann rutschte sie von seinem Schoß und ging in die Küche. Er hörte, wie der Korken aus einer Flasche gezogen wurde, Gläser erklangen.

Sie brauchte länger als nötig, und er erinnerte sich, dass seine Frau immer dasselbe getan hatte – in der Küche verschwunden war, wenn sie verletzt oder enttäuscht gewesen war. Er hatte geglaubt, Roz sei anders.

Schließlich kam sie mit einem Tablett wieder ins Zimmer. »Okay«, sagte sie. »Ich habe nachgedacht.«

Er sagte nichts.

»Ich glaube nicht, dass du in einer schmutzigen Küche wirtschaften würdest«, erklärte sie. »Dafür bist du mit viel zu viel Begeisterung bei deiner Arbeit. Der *Poacher* ist die Erfüllung eines Traums, keine Kapitalanlage, die so viel Gewinn wie möglich abwerfen soll.« Sie schenkte ihm ein Glas Wein ein. »Und vor einer Woche hast du zu mir gesagt, ob das auch wieder so eine abgekartete Sache ist. Was bedeuten würde, dass man dich schon einmal reingelegt hat.« Sie schenkte sich das zweite Glas ein. »Folglich waren die Ratten und das schlechte Fleisch eingeschleust. Hab' ich Recht?«

»Ja.« Er roch an dem Wein. »Aber dir ist ja klar, dass ich das ohnehin sagen würde, oder?«

Ein sehr wunder Punkt, dachte sie. Kein Wunder, dass er keinem über den Weg traut. Sie hockte sich auf die Sofakante. »Außerdem«, fuhr sie fort, ohne auf seine Bemerkung zu achten, »bist du meines Wissens zweimal verprügelt worden, man hat dir die Autofenster eingeschlagen und ist im *Poacher* eingebrochen?« Sie trank einen Schluck Wein. »Was wollen diese Leute von dir?«

Er lockerte die immer noch von den Schlägen schmerzenden Muskeln in seinem Rücken. »Vermutlich wollen sie mich raus haben, und zwar schnellstens. Aber ich habe keine Ahnung, warum und wer dahinter steckt. Vor sechs Wochen war ich noch ein zufriedener Gastwirt, führte mein gut gehendes kleines Lokal und hatte nicht die geringsten Sorgen. Dann kam ich eines Morgens um zehn vom Markt nach Hause und fand einen Inspektor von der Gesundheitsbehörde vor, der meinen Koch beschimpfte und mir ein Strafverfahren anhängte.« Er fuhr sich durch das Haar. »Das Restaurant wurde drei Tage geschlossen, und ich machte sauber. Mein Personal ist danach nicht zurückgekommen. Meine Gäste, vorwiegend Polizeibeamte mit ihren Familien – was übrigens erklärt, wie der Besuch des Inspektors sich herumgesprochen hat –, sind mir in Scharen davongelaufen, weil sie glaubten, ich wäre nur darauf aus gewesen, mir die Taschen zu füllen, und die Gastwirte am Ort beschuldigten mich, mit meinem Mangel an Berufsethos die ganze Branche in Verruf gebracht zu haben. Die haben mich wirklich total isoliert.«

Roz schüttelte den Kopf. »Aber warum hast du den Einbruch am letzten Dienstag nicht angezeigt?«

Er schüttelte den Kopf. »Was hätte mir das geholfen? Ich hätte ja keine Verbindung zum Besuch des Gesundheitsinspektors herstellen können. Darum habe ich dann beschlossen, lieber mit lebenden Ködern zu arbeiten.« Er sah ihre Verwirrung. »Ich habe zwei von ihnen erwischt, wie sie bei mir alles kurz und klein schlugen. Ich glaube, es war nicht geplant. Sie sahen zufällig, dass das Restaurant leer war, und ergriffen die Gelegenheit beim Schopf.« Er lachte plötzlich. »Ich war so wütend auf dich, dass ich die zwei geknebelt und mit Handschellen oben an die Fenstergitter gekettet hatte, noch ehe die wussten, wie ihnen geschah. Das waren zwei knallharte Burschen«, sagte er mit echter Bewunderung. »Die waren nicht zum Reden zu kriegen.« Er zuckte die Achseln. »Da habe ich eben gewartet, bis jemand kam, um sie rauszuholen.«

Kein Wunder, dass er Angst gehabt hatte. »Und wieso hast du geglaubt, dass sie der Zufall zu deinem Restaurant geführt hat und nicht ich?«, fragte sie neugierig. »Ich an deiner Stelle hätte jedes Mal mich in Verdacht gehabt.«

Die Lachfältchen um seine Augen vertieften sich. »Du hast dich nicht mit dem Tischbein in der Faust gesehen. Du warst so erschrocken, als die Küchentür aufging, und so erleichtert, als du gesehen hast, dass ich es war, und so verärgert, als ich dir gesagt habe, dass ich die Polizei nicht gerufen hatte. Niemand, aber wirklich niemand, kann so gut schauspielern.« Er trank einen Schluck Wein und genoss ihn einen Moment schweigend. »Ich bin echt in der Klemme. Die Polizei glaubt mir nicht. Sie halten mich für schuldig und haben mich in Verdacht, mich mit Geld oder Beziehungen aus dem Verfahren herauswinden zu wollen. Sogar Geoff Wyatt, der mein Partner war und mich besser kennt als jeder andere, behauptet, dass ihm dauernd übel sei, seit er die Fotos des Inspektors gesehen hat. Sie haben alle regelmäßig bei mir gegessen, zum Teil weil ich ihnen Rabatt gegeben habe, und zum Teil, weil sie's gern gesehen hätten, dass ein Ex-Polizist groß rauskommt.« Er wischte sich müde über den Mund. »Jetzt bin ich bei allen unten durch, und ich kann es ihnen nicht übel nehmen. Sie haben das Gefühl, reingelegt worden zu sein.«

»Weshalb hättest du sie denn reinlegen sollen?«

»Wegen der Rezession.« Er seufzte. »Die kleinen Unternehmen gehen reihenweise bankrott. Es gibt keinen Grund, weshalb mein Laden immun sein sollte. Und was tut ein Gastwirt wahrscheinlich als Erstes, wenn die Kohle knapp wird? Er wirft die schlecht gewordenen Lebensmittel nicht weg, sondern serviert sie als Eintopf.«

Da war etwas dran. »Und dein Personal tritt nicht für dich ein?«

Er lächelte bitter. »Die beiden Kellnerinnen haben sich bereit erklärt, für mich auszusagen, aber der einzige, dessen Wort einiges Gewicht hätte, ist mein zweiter Koch, und der hat sich nach Frankreich abgesetzt, soweit zu hören war.« Er streckte seine Arme zur Decke und schnitt, von plötzlichem Schmerz geplagt, eine Grimasse. »Es hätte mir sowieso nichts genutzt. Er war bestimmt gekauft. Irgendjemand muss die Leute, die mich reingelegt haben, ja in die Küche gelassen haben, und er war außer mir der einzige, der einen Schlüssel hatte.« Sein Blick wurde hart. »Ich hätte ihm den Kragen umdrehen sollen, als ich die Gelegenheit dazu hatte, aber ich war so perplex, dass ich nicht schnell genug geschaltet habe. Als ich kapiert hatte, was los war, war er schon weg.«

Roz lutschte nachdenklich an ihrem Daumen. »Hat dieser Mann dir denn gar nichts gesagt, nachdem ich gegangen bin? Ich dachte, du würdest ihn mit meiner Hutnadel traktieren.«

Er musste lächeln über ihre Unverblümtheit. »Das habe ich getan, aber was er sagte, ergibt wenig Sinn. ›Sie machen die Zwangsvollstreckung verdammt teuer.‹ Das ist alles, was er gesagt hat.« Er zog eine Braue hoch. »Kannst du damit etwas anfangen?«

»Nur wenn die Bank vorhat, dir den Teppich unter den Füßen wegzuziehen.«

Er schüttelte den Kopf. »Ich habe mir das absolute Minimum geliehen. Von der Seite gibt es keinen Druck.« Er trommelte mit den Fingern auf den Boden. »Es kann höchstens sein, dass er sich auf die beiden Firmen rechts und links von mir bezogen hat. Die sind beide Pleite gegangen, und in beiden Fällen haben die Gläubiger die Zwangsvollstreckung eingeleitet.«

»Na also, da haben wir's doch«, sagte Roz aufgeregt. »Irgendjemand will alle drei Grundstücke haben. Hast du ihn nicht gefragt, wer und warum?«

Er rieb sich in schmerzhafter Erinnerung den Hinterkopf.

»Leider habe ich eins auf den Schädel bekommen, ehe ich Gelegenheit dazu hatte. Oben war offenbar ein fünfter Mann, der Dick und Doof vom Fenstergitter befreit hatte. Das war vielleicht das Hämmern, das wir gehört haben. Kurz und gut, als ich schließlich wieder zu Bewusstsein kam, stand auf dem Herd eine Frittierpfanne in Flammen, die Polizei war in voller Stärke eingetroffen, und ein Nachbar regte sich darüber auf, dass er einen Rettungswagen rufen musste, weil ich angeblich einen Gast in heißem Fischsud hätte braten wollen.« Er grinste verlegen. »Es war ein einziger Albtraum. Na, da habe ich dem nächsten Bullen eins übergezogen und bin abgehauen. Es war das Einzige, was mir einfiel.« Er sah sie an. »Auf jeden Fall war der Gedanke, dass jemand sich den *Poacher* unter den Nagel reißen wollte, der erste, der mir gekommen ist. Ich habe mich über die beiden Nachbargrundstücke schon vor fünf Wochen informiert, aber es gibt nicht einen gemeinsamen Nenner zwischen ihnen. Das eine wurde privat gekauft, von einer kleinen Einzelhandelskette, das andere wurde bei einer Versteigerung an eine Investmentgesellschaft verkauft.«

»Das können doch Strohmänner gewesen sein. Hast du einen Blick ins Handelsregister geworfen?«

»Was glaubst du wohl, was ich in den letzten drei Tagen getrieben habe?«, fragte er, verärgert mit den Zähnen knirschend. »Ich habe sämtliche verdammten Register eingesehen, die mir eingefallen sind, und rausgekommen ist Null dabei. Ich weiß nicht, was, zum Teufel, da gespielt wird; ich weiß nur, dass die Verhandlung der letzte Nagel im Sarg des *Poacher* ist und mir dann vermutlich jemand ein Angebot machen wird, um mir das Ding abzukaufen. Ähnlich wie du das neulich immer wieder getan hast.«

Sie ließ seinen Zorn an sich abprallen. Sie verstand ihn jetzt. »Und dann ist es zu spät?«

»Genau.«

Mehrere Minuten lang schwiegen sie.

»Warum haben sie dich das erste Mal, als ich dich sah, zusammengeschlagen?«, fragte Roz schließlich. »Das muss doch nach dem Besuch des Gesundheitsinspektors gewesen sein.«

Er nickte. »Es war drei oder vier Tage, nachdem ich wieder aufgemacht hatte. Sie haben mich vor der Tür überfallen, als ich gerade aufschließen wollte. Die gleiche Verfahrensweise, wie du sie erlebt hast – Männer in Skimasken mit Baseballschlägern –, aber damals haben sie mich in einen Fischtransporter verladen und zehn Meilen in den New Forrest hinausgefahren. Da haben sie mich ein bisschen verprügelt und dann ohne Geld und ohne Karten irgendwo am Straßenrand abgesetzt. Für den Heimweg habe ich den ganzen Nachmittag gebraucht, weil kein Mensch große Lust hatte, mich mitzunehmen, und am Ende dieses langen Wegs«, er warf ihr einen kurzen Seitenblick zu, »fand ich Botticellis Venus, die da schön und bleich an einem meiner Tische saß. Ich glaubte allen Ernstes, mein Glück hätte sich gewendet, bis Venus den Mund aufmachte und sich als Furie entpuppte.« Er duckte sich, um ihrer Hand zu entgehen. »Mein Gott, Mädchen«, er grinste, »ich konnte mich kaum noch auf den Beinen halten, und du hast mich härter in die Mangel genommen, als die Kerle in dem Fischtransporter. Vergewaltigung, du meine Güte! Ich konnte kaum einen Fuß vor den anderen setzen.«

»Das ist deine eigene Schuld. Warum hast du vergitterte Fenster! Ja, warum eigentlich?«

»Die waren vergittert, als ich das Haus gekauft habe. Die Ehefrau des letzten Eigentümers war Schlafwandlerin. Und die letzten Wochen bin ich für die Gitter froh und dankbar gewesen, das kann ich dir sagen.«

Sie kam auf ihre frühere Frage zurück. »Aber das erklärt

immer noch nicht, warum. Ich meine, wenn man mit dem Besuch des Inspektors bezweckt hat, dich schnellstens zu vertreiben, dann hätten sie dich doch eigentlich an dem Tag verprügeln müssen, als du wieder aufgemacht hast, und nicht erst vier Tage später. Und wenn sie bereit waren, bis zur Gerichtsverhandlung zu warten, warum haben sie dich dann überhaupt verprügelt.«

»Ja, ich weiß«, bekannte er. »Das hat dich in meinen Augen sehr verdächtig gemacht. Ich wurde den Gedanken einfach nicht los, dass du mit diesen Leuten irgendwie unter einer Decke stecken müsstest, aber ich habe dich überprüfen lassen, und es schien alles in Ordnung zu sein.«

»Danke«, sagte sie trocken.

»Du hättest das doch auch getan.« Zwischen seinen Brauen bildete sich eine steile Falte. »Du musst doch zugeben, dass es verdammt komisch war, wie plötzlich rundherum die Fetzen flogen, als du aufgetaucht bist.«

Das musste Roz in der Tat zugeben. »Aber die haben dich schon verschaukelt«, sagte sie, »ehe wir beide überhaupt voneinander gehört hatten. Es muss Zufall sein.« Sie schenkte ihm Wein nach. »Im Übrigen war der einzige gemeinsame Nenner zwischen dir und mir vor fünf Wochen Olive, und du willst doch nicht behaupten, dass sie hinter dieser Kampagne steckt. Sie ist ja kaum selbstbewusst genug, sich allein ein Bad einlaufen zu lassen, geschweige denn den Plan für eine Verschwörung zu entwerfen, um dich um dein Restaurant zu bringen.«

Er zuckte ungeduldig die Achseln. »Ich weiß. Ich hab' tausendmal darüber gegrübelt. Es ergibt alles überhaupt keinen Sinn. Ich weiß nur eins mit Sicherheit: Das ist die raffinierteste Operation, die mir je untergekommen ist. Sie haben mir einfach den Boden unter den Füßen weggezogen. Ich bin der Gelackmeierte, und ich habe keinen blassen Schimmer, wem ich es zu verdanken habe.« Er rieb sich müde und resigniert das Kinn. »Also, Miss Leigh, wie denken Sie über einen gescheiterten Gastwirt, der wegen Verstoßes gegen die Gesundheitsvorschriften, Körperverletzung, Brandstiftung und Widerstand gegen die Staatsgewalt im Knast sitzen wird? So wird's nämlich kommen, wenn nicht ein Wunder geschieht.«

Die Augen über ihrem Weinglas blitzten. »Ich bin ganz scharf auf ihn.«

Er lachte. Das gleiche Blitzen sah er in den Augen des Kindes auf dem Foto. »Du siehst aus wie deine Tochter.« Er schob das Foto wieder herum. »Du solltest sie überall im Zimmer haben, um dich daran zu erinnern, wie schön sie war. Wenn sie meine Tochter gewesen wäre, würde ich es so machen.« Er hörte das plötzliche Geräusch, als Roz den Atem anhielt, und sah sie an. »Entschuldige. Das war taktlos.«

»Unsinn«, sagte sie. »Mir ist nur gerade eingefallen, wo ich diesen Kerl schon mal gesehen habe. Ich wusste doch, dass ich ihn kenne. Er ist ein Sohn von Mr. Hayes – du weißt schon, der alte Mann, der neben den Martins wohnt. Er hatte Fotos von seinen Söhnen im Zimmer stehen.« Sie klatschte in die Hände. »Ist das ein Wunder, Hawksley, oder ist das kein Wunder? Schwester Bridgets Gebete wirken anscheinend.«

Sie saß an ihrem Küchentisch und sah Hal zu, der aus den kärglichen Vorräten ihres Kühlschranks eine Mahlzeit zu zaubern versuchte. Er hatte seine Frustration und seinen Zorn abgestreift wie eine alte Haut und summte zufrieden vor sich hin, während er Schinkenspeck und dünne Streifen Hühnerbrust gitterförmig übereinander schichtete und das Ganze dann mit gehackter Petersilie bestreute.

»Du hast doch nicht vor, Mr. Hayes mit meiner Hutnadel zu spicken, oder?«, fragte sie ihn. »Ich bin sicher, der hat keine Ahnung, was für Sachen sein grässlicher Sohn macht. Er ist ein netter alter Knabe.«

Hal war erheitert. »Nein, nein, bestimmt nicht.« Er deckte die Schale mit Silberfolie ab und schob sie in den Backofen. »Aber mir ist wirklich völlig schleierhaft, wie das alles zusammenpasst.

Wieso hat Hayes junior plötzlich solchen Druck gemacht, wenn er doch in aller Ruhe auf das Verfahren gegen mich hätte warten können?«

»Lass ihn festnehmen und verhören«, sagte Roz. »Ich an deiner Stelle wäre sofort zu seinem Vater gefahren, hätte seine Adresse verlangt und dann die Bullen hingeschickt.«

»Und hättest absolut nichts erreicht.« Er überlegte einen Moment. »Du hast gesagt, du hast von dem Gespräch mit dem Alten eine Aufnahme gemacht. Die würde ich mir gern mal anhören. Ich kann nicht glauben, dass das alles Zufall ist. Es muss da eine Verbindung geben. Warum sind sie plötzlich alle so nervös geworden, dass sie gleich mit Baseballschlägern losdreschen mussten? Das macht doch keinen Sinn.«

»Du kannst es dir jetzt gleich anhören.« Sie holte ihre Aktentasche aus dem Flur, suchte das Band heraus und stellte den Recorder auf den Tisch. »Wir haben uns über Ambers unehelichen Sohn unterhalten«, erklärte sie, als die zitternde Stimme des alten Mannes hörbar wurde. »Er wusste genauestens über ihn Bescheid. Sogar den Namen der Adoptiveltern wusste er, und in welches Land die Familie ausgewandert ist. Robert Martins gesamtes Vermögen geht an das Kind, wenn es gefunden werden kann.«

Hal hörte aufmerksam zu. »Brown?«, fragte er am Ende. »Und in Australien? Woher weißt du, dass er Recht hat?«

»Weil Olives beschissener Anwalt mir eine einstweilige Verfügung angedroht hat für den Fall, dass ich mein Wissen publik machen sollte.« Sie runzelte die Stirn. »Ich habe allerdings keine Ahnung, woher Mr. Hayes seine Informationen hat. Crew weigert sich sogar, Olive den Namen des Kindes anzugeben. Er hat den reinsten Tick mit seiner Geheimniskrämerei.«

Hal nahm einen Topf mit Reis vom Herd. »Wie viel hat Robert Martin hinterlassen?«

»Eine halbe Million.«

»Mann!« Er pfiff leise. »Und das liegt alles auf der Bank und wartet darauf, dass dieses Kind auftaucht?«

»Vermutlich.«

»Wer ist der Testamentsvollstrecker?«

»Der Anwalt, Peter Crew.«

Hal gab den Reis in eine Schüssel. »Und was hat er gesagt, als du ihn darauf angesprochen hast? Hat er zugegeben, dass sie dem Kind auf der Spur sind?«

»Nein. Er hat mir nur mit einstweiligen Verfügungen gedroht.« Sie zuckte die Achseln. »Aber er hat Olive einen Brief geschrieben und ihr mitgeteilt, die Chancen, das Kind zu finden, seien minimal. Robert Martin hat offenbar ein Zeitlimit festgelegt. Wenn das Kind bis dahin nicht gefunden wird, fällt das Geld an irgendwelche wohltätigen Organisationen.« Sie runzelte die Stirn. »Er hat den Brief mit eigener Hand geschrieben. Ich dachte, er wollte Geld sparen – der Kanzlei, meine ich –, aber es ist viel wahrscheinlicher, dass er vermeiden wollte, dass seine Sekretärin den Brief zu Gesicht bekam. Sie hätte es natürlich gemerkt, wenn er gelogen hätte.«

»Und in der Zwischenzeit«, sagte Hal bedächtig, »verwaltet er den Nachlass und hat Zugang zu Beträgen, die man braucht, um bankrotte Geschäftsunternehmen aufzukaufen.« Er starrte ins Leere und seine Augen verengten sich. »Außerdem ist er Anwalt, hat also wahrscheinlich Insider-Informationen über Entwicklungspläne und dergleichen.« Er sah Roz an. »Das käme einem zinslosen Darlehen auf unbegrenzte Zeit gleich, solange niemand da ist, um auf Robert Martins Vermögen einen Anspruch geltend zu machen. Wann warst du das erste Mal bei Crew?«

Sie war ihm voraus. »An dem Tag, bevor du zusammengeschlagen worden bist.« Ihre Augen blitzten aufgeregt. »Und er war mir gegenüber sehr misstrauisch, beschuldigte mich dauernd, voreilig negative Schlüsse über seine Betreuung von Olive zu ziehen. Ich habe das alles auch auf Band.« Sie kramte in ihren Kassetten. »Er sagte, Olive könnte nicht erben, weil sie dem Gesetz zufolge nicht vom Tod ihrer Mutter und ihrer Schwester profitieren darf. Aber wenn Olive unschuldig wäre«, sie schlug triumphierend auf das gesuchte Band, »sähe alles ganz anders aus. Dann könnte sie das Testament anfechten. Und ich erinnere mich, dass ich am Schluss unseres Gesprächs zu ihm sagte, ein Grund für die Diskrepanz zwischen der Abnormität des Verbrechens und der Tatsache, dass die Psychiater Olive als ›normal‹ diagnostiziert hatten, könnte doch sein, dass sie die Tat gar nicht begangen habe. Lieber Gott, das passt alles, nicht wahr? Erst erfährt er, dass Ambers Sohn wahrscheinlich auftauchen wird, und dann erscheine ich und stelle mich auf Olives Seite. Das *Poacher* muss ihm ja ungeheuer wichtig sein.«

Hal nahm das Hühnchen aus dem Backofen und stellte es mit dem Reis zusammen auf den Tisch. »Dir ist doch wohl klar, dass dein netter alter Knabe bis über beide Ohren in der Sache drinstecken muss? Crew hätte ihm niemals über Ambers Kind Auskunft gegeben, wenn er nicht irgendein Druckmittel gegen ihn in der Hand hätte.«

Sie sah ihn eine ganze Weile schweigend an, dann nahm sie die Fotos von Olives Svengali aus ihrer Aktentasche. »Vielleicht weiß er, dass Crew mit Robert Martins Geld arbeitet.

Oder vielleicht«, sagte sie langsam, »weiß er, wer Gwen und Amber wirklich ermordet hat. Sowohl das eine wie das andere könnte Crew ruinieren.« Sie breitete die Bilder auf dem Tisch aus. »Er war Olives Liebhaber«, sagte sie, »und wenn ich das so leicht herausbekommen konnte, dann konnte das auch jeder andere. Einschließlich der Polizei. Ihr habt sie im Stich gelassen, Hal, ihr alle. Es ist ein Verrat an der Gerechtigkeit, die Schuld eines Menschen als gegeben anzusehen, noch ehe sie bewiesen ist.«

Unverhüllte Freude leuchtete in den wässrigen blauen Augen des alten Mannes, als er Roz sah. »Na so was! Sie sind wirklich wiedergekommen. Bitte kommen Sie herein. Kommen Sie herein.« Er spähte mit gerunzelter Stirn an ihr vorbei, musterte Hal in unsicherem Erkennen. »Wir sind uns doch auch schon mal begegnet? Was soll ich sagen? Ich vergesse nie ein Gesicht. Also, wann mag das gewesen sein?«

Hal gab dem Alten die Hand. »Vor sechs Jahren«, antwortete er freundlich. »Ich habe im Fall Olive Martin ermittelt. Sergeant Hawksley.« Die Hand in der seinen zitterte schwach wie ein kleiner Vogel, aber nur vor Alter und Hinfälligkeit, dachte Hal.

Mr. Hayes nickte mit Nachdruck. »Ja, jetzt erinnere ich mich. Traurige Umstände.« Er eilte ihnen geschäftig voraus in das Wohnzimmer. »Nehmen Sie Platz. Nehmen Sie Platz. Gibt's was Neues?« Er nahm sich einen Stuhl und setzte sich in kerzengerader Haltung darauf, den Kopf fragend zur Seite geneigt. Auf dem Büfett hinter ihm lächelte sein gewalttätiger Sohn entwaffnend in die Kamera.

Roz nahm ihren Block aus der Tasche und schaltete wieder ihren Recorder ein. Sie hatten vereinbart, dass Roz die Fragen stellen sollte. Denn, wie Hal gemeint hatte, »wenn er etwas weiß, dann wird es ihm eher herausrutschen, wenn er sich mit – wie soll ich sagen? – mit einer charmanten jungen Dame über Olive unterhält«.

»Ja, Sie werden es nicht glauben«, sagte sie in schwatzhaftem Ton, der Hal auf die Nerven ging, Mr. Hayes aber sichtlich zusagte, »es gibt tatsächlich alle möglichen Neuigkeiten. Wo soll ich anfangen? Bei Olive? Oder bei Ambers Kind?« Sie sah ihn wohlwollend an. »Sie hatten ganz Recht, Mr. Hayes, man ist auf die Spur des Kindes gestoßen, obwohl es in Australien Tausende von Familien mit Namen Brown gibt.«

»Ah«, sagte er, sich die Hände reibend, »ich hab' doch gewusst, dass sie nah dran waren. Heißt das, dass der Junge das Geld bekommt? Tja, was soll ich da sagen? Bob hat es so gewollt. Wäre ihm gar nicht recht gewesen, wenn alles der Staat bekommen würde.«

»Für den Fall, dass der Junge nicht gefunden werden sollte, hat er alternative Verfügungen getroffen. Dann fällt das Geld an verschiedene Kinderhilfsorganisationen.«

Der alte Mann presste die Lippen zu einer schmalen Linie des Unmuts zusammen. »Na, wir wissen ja wohl alle, was das für Kinder sind. Die Wertlosen. Von der Sorte, die's nie zu was bringen werden, sondern bis zu ihrem letzten Atemzug *uns* auf der Tasche liegen. Und soll ich Ihnen sagen, wem ich die Schuld daran gebe? Den Sozialarbeitern. Die schaffen's ja nicht mal, einer Frau zu sagen, dass sie bereits mehr Kinder bekommen hat, als gut für sie ist.«

»Richtig«, unterbrach Roz eilig, um den Alten nicht auf seinem Steckenpferd davongaloppieren zu lassen. Sie tippte mit ihrem Bleistift auf ihren Block. »Erinnern Sie sich, dass Sie mir sagten, Ihre Frau glaubte damals, Olive habe die Morde wegen der Hormone verübt?«

Verdutzt über den plötzlichen Themawechsel, schürzte er die Lippen. »Kann sein.«

»Hat Ihre Frau das gesagt, weil sie wusste, dass Olive um

die Weihnachtszeit einen Schwangerschaftsabbruch hatte vornehmen lassen?«

»Kann sein.«

»Wissen Sie, wer der Vater war, Mr. Hayes?«

Er schüttelte den Kopf. »Jemand, den sie durch die Arbeit kennen gelernt hatte, haben sie uns erzählt. Das dumme Ding. Sie hat's doch nur getan, um Amber eins auszuwischen.« Er zupfte an seiner welken Unterlippe. »Jedenfalls hab ich mir das damals gedacht. Amber hatte einen Haufen Verehrer.«

»Und wann haben Sie davon erfahren?«

»Gwen hat's meiner Frau erzählt. Sie war ganz aus dem Häuschen. Sie dachte, Olive würde auf und davon gehen, heiraten und sie alle im Stich lassen. Für Gwen wär das eine Katastrophe gewesen, aber wirklich. Allein hätte sie's nie geschafft.«

»Was?«

»Alles«, sagte er unbestimmt.

»Die Hausarbeit, meinen Sie?«

»Die Hausarbeit, die Kocherei, die Rechnungen, das Einkaufen. Alles. Olive hat einfach alles gemacht.«

»Und was hat Gwen gemacht?«

Er antwortete nicht gleich, schien vielmehr im Stillen etwas zu erwägen. Er warf einen Blick auf Hal. »Sie und Ihre Leute haben ja kaum Fragen gestellt. Ich hätte vielleicht damals was gesagt, wenn Sie es getan hätten.«

Hal setzte sich etwas tiefer in seinen Sessel. »Damals schien die Sache klar zu sein«, sagte er vorsichtig. »Aber Miss Leigh hat eine Anzahl von Diskrepanzen aufgedeckt, die alles in einem anderen Licht erscheinen lassen. Was hätten Sie uns erzählt, wenn wir gefragt hätten?«

Mr. Hayes lutschte an seiner Zahnprothese. »Also zunächst mal hat Gwen Martin zu viel getrunken. Sie hat's schwer gehabt, das kann ich nicht leugnen; sie hat den Schein gewahrt, das kann ich auch nicht leugnen, aber sie war eine schlechte Mutter. Sie hat unter ihrem Stand geheiratet, und das hat sie verbittert. Sie hat sich vom Leben betrogen gefühlt und hat Bob und die Mädchen das ausbaden lassen. Meine Frau hat immer gesagt, wenn Olive nicht gewesen wäre, wäre die Ehe schon vor Jahren in die Brüche gegangen. Natürlich fanden wir das, was sie getan hat, schauderhaft, aber irgendwann kriegt man einfach zu viel, und sie hatte von diesen Leuten wirklich eine Menge auszuhalten. Aber sie hätte sie natürlich nicht gleich umbringen dürfen. Das war unverzeihlich.«

»Ja«, sagte Roz nachdenklich. »Und was hat Gwen denn den ganzen Tag getan, während die drei anderen aus dem Haus waren?«

Die blaugeäderten Hände winkten ab. »Amber war meistens zu Hause. Die war arbeitsscheu. Sie hat's nirgends lang ausgehalten. Sie hat ihre Mutter verrückt gemacht mit ihrer Pop-Musik den ganzen Tag und den Kerlen, die sie immer ins Haus geholt hat. Sie war ein hübsches Ding, aber meine Frau hat gesagt, sie sei schwierig. Ich persönlich hab' mir das eigentlich nicht vorstellen können.« Er lächelte bei der Erinnerung. »Zu mir war sie immer ganz reizend. Ich hatte eine Schwäche für die kleine Amber. Aber ich glaube, sie ist mit Männern überhaupt besser zurechtgekommen als mit Frauen.«

Er blickte Roz ins Gesicht. »Sie haben mich nach Gwen gefragt. Tja, was soll ich sagen, Miss Leigh? Sie hat nach außen den Schein gewahrt. Wenn man bei ihr angeklopft hat, war sie immer korrekt angezogen, hat sich immer sehr ordentlich verhalten und immer mit dieser eisigen Höflichkeit gesprochen, aber meistens war sie blau wie ein Veilchen. Ich hab' keine Ahnung, warum sie zu trinken angefangen hat, vielleicht war's die Sache mit Ambers Kind. Danach wurde es jedenfalls noch viel schlimmer.«

Roz zeichnete wieder einmal ihren kleinen Blasengel. »Robert Martin war homosexuell, aber er hat es verheimlicht«, sagte sie unverblümt. »Vielleicht war es das, womit sie nicht fertig geworden ist.«

Mr. Hayes zog die Nase hoch. »Sie hat ihn dazu getrieben«, behauptete er. »Bob hat nichts gefehlt, was eine liebevolle Frau nicht hätte richten können. Die beiden Kinder waren von ihm, also war doch zu Anfang alles normal. Sie hat ihm die Lust an den Frauen genommen. Sie war frigide.«

Roz ließ das so stehen. Mr. Hayes war viel zu starr in seinen Ansichten, um einsehen zu können, dass das, was er da sagte, Unsinn war. Möglicherweise war an der Behauptung, Gwen sei frigide gewesen, ja auch etwas Wahres. Roz fiel es schwer zu glauben, dass Robert Martin mit einer sexuell normalen Frau vor den Altar getreten wäre. Eben ihre Normalität wäre für ihn eine Bedrohung gewesen.

»Aber wenn sie um Ambers Kind getrauert hat«, sagte sie, Verwunderung vortäuschend, »dann verstehe ich nicht, warum sie nicht versucht hat, das Kind zurückzuholen oder wenigstens Kontakt zu ihm aufzunehmen? Vermutlich hat sie doch gewusst, von wem es adoptiert wurde, sonst hätte sie ja Ihrer Frau den Namen nicht nennen können.«

Er schnalzte ungeduldig mit der Zunge. »Den Namen hat mir doch nicht meine Frau gesagt. Den weiß ich von meinem Sohn, Stewart. Er hat ihn mir vor sechs, sieben Wochen gesagt, weil er gewusst hat, dass es mich interessieren würde. Schließlich waren Bob und ich ja Freunde.« Er hob belehrend den Zeigefinger. »Von Adoption haben Sie wirklich keine Ahnung, das sieht man. Wenn man sie einmal weggegeben und die Papiere unterschrieben hat, ist es vorbei. Man bekommt keinerlei Unterlagen. Gwen hat nie erfahren, wer den Jungen bekommen hat.«

Roz lächelte unbefangen. »Ach, dann arbeitet Ihr Sohn

wohl für Mr. Crew? Ich bin ihm gar nicht begegnet. Ich dachte, er sei in Ihre Fußstapfen getreten und Soldat geworden.«

»Ja, aber die verdammte Armee wollte ihn ja nicht mehr haben«, brummte er ärgerlich. »Kürzungen überall. Tja, was soll ich sagen? Das ist nun der Dank dafür. Aber natürlich arbeitet er nicht für Mr. Crew. Er leitet eine kleine Wachfirma zusammen mit seinem Bruder, aber die Arbeit ist knapp.« Er massierte zornig seine arthritischen Finger. »Berufssoldaten, und das Beste, was sie kriegen können, sind Nachtwächterposten. Ihre Frauen sind ganz schön unzufrieden.«

Roz biss hinter ihrem falschen Lächeln die Zähne zusammen. »Woher wissen Sie dann den Namen des Kindes?«

Mit einem durchtriebenen Blick tippte er sich an die Nase. »Was ich nicht weiß, macht mich nicht heiß, junge Dame. Das ist immer das Beste.«

Hal beugte sich plötzlich aggressiv vor und hielt eine Hand hoch. »Einen Moment bitte, Miss Leigh.« Er zog die Brauen zu einem grimmigen Stirnrunzeln zusammen. »Ihnen ist doch wohl klar, Mr. Hayes, dass Ihr Sohn, wenn er nicht für Mr. Crew tätig ist, sich als unbefugter Empfänger vertraulicher Informationen strafbar gemacht hat. Für die Juristen gelten die gleichen ethischen Grundsätze wie für Ärzte, und wenn jemand in Mr. Crews Kanzlei mit Außenstehenden über Interna und Mandantenangelegenheiten schwatzt, dann würde das ihn und die Polizei sicher interessieren.«

»Unsinn!«, rief der Alte verächtlich. »Sie und Ihresgleichen, Sie ändern sich nie. Was soll ich sagen? Bei den Unschuldigen sind Sie immer blitzschnell zur Stelle, aber die Gauner und Diebe lassen Sie frei herumlaufen, und die klauen alles, wonach ihnen der Sinn steht. Sie sollten Ihre Arbeit tun, Sergeant, und nicht alte Männer bedrohen. Mr. Crew selbst hat meinem Sohn das von dem Jungen gesagt. Und mein Junge hat's mir erzählt. Woher soll er denn wissen, dass es vertraulich ist, wenn's der verdammte Anwalt Gott und der Welt erzählt, hm? Ist doch klar, dass er mir das erzählt, wo ich am Ende der einzige Freund war, den Bob noch hatte.« Er sah misstrauisch von Hal zu Roz. »Warum haben Sie überhaupt einen Polizeibeamten mitgebracht?«

»Weil es an Olives Schuld gewisse Zweifel gibt«, antwortete Roz flink und fragte sich dabei, ob betrügerisches Auftreten als Polizeibeamter auch noch unter den sparsamen Umgang mit der Wahrheit fiel. »Dieser Herr hat den Auftrag, dabei zu sein, wenn ich die Leute interviewe.«

»Ich verstehe«, sagte Mr. Hayes. Aber es war klar, dass er gar nichts verstand.

»Ich bin fast fertig.« Sie lächelte strahlend. »Ich habe übrigens die Clarkes aufgestöbert. Ich habe mich vor ungefähr einer Woche länger mit ihnen unterhalten. Die arme Mrs. Clarke ist jetzt völlig senil.«

Die wässrigen blauen Augen blickten amüsiert drein. »Das wundert mich nicht. Sie war schon ziemlich verwirrt, als sie noch hier gewohnt haben. Ich habe manchmal gedacht, meine Jeannie sei die einzige Vernünftige hier in der Straße.«

»Wie ich hörte, musste Mr. Clarke zu Hause bleiben, um sich um sie zu kümmern?« Sie zog fragend die Brauen hoch. »Aber er war mehr bei Robert Martin als bei ihr. Wie gut waren die beiden befreundet, Mr. Hayes? Wissen Sie das?«

Unverkennbar wusste er genau, worauf Roz mit der Frage hinauswollte. Aber er beantwortete sie nicht – vielleicht aus Feingefühl?

»Sie waren eben gute Freunde«, brummelte er, »und wer kann ihnen das übel nehmen? Bobs Frau war Trinkerin und Teds war das albernste Geschöpf, das mir je über den Weg gelaufen ist. Jeden Tag hat sie das Haus von oben bis unten geschrubbt.« Er grunzte verächtlich. »Frau Saubermann in Reinkultur. Sie ist immer nur in der Kittelschürze rumgelaufen, ohne was drunter, weil sie Angst hatte, sie könnte Bazillen rumtragen, und hat alles mit Desinfektionsmittel gereinigt.« Er lachte plötzlich. »Ich weiß noch, einmal hat sie den Esstisch mit Domestos abgewischt, um ihn keimfrei zu machen. Ha! Ted war fuchsteufelswild. Er hatte ihn gerade erst neu abschleifen lassen, weil sie ihm vorher schon mal mit kochendem Wasser zu Leibe gerückt war. Und jetzt ist sie also völlig senil, sagen Sie. Na ja, das wundert mich nicht. Nicht im Geringsten.«

Roz hielt ihren Bleistift über dem Block gezückt. »Und können Sie mir sagen«, fragte sie nach einer kleinen Pause, »ob Ted und Bob intime Beziehungen miteinander hatten?«

»Nein. Das ging mich doch nichts an.«

»Okay.« Sie packte ihre Sachen zusammen. »Vielen Dank, Mr. Hayes. Ich weiß nicht, ob Mr. Hawksley Sie noch etwas fragen möchte.« Sie sah Hal an.

Der stand auf. »Nur nach dem Namen der Firma Ihres Sohnes, Mr. Hayes.«

Der Alte musterte ihn argwöhnisch. »Wozu wollen Sie den denn haben?«

»Nur damit ich wegen des Missbrauchs vertraulicher Informationen ein diskretes Wort ins richtige Ohr flüstern kann.« Er lächelte kalt. »Sonst muss ich es anzeigen, und dann gibt es ein amtliches Verfahren.« Er zuckte die Achseln. »Machen Sie sich keine Sorgen. Ich gebe Ihnen mein Wort darauf, dass ich keine große Sache daraus machen werde, wenn es nicht sein muss.«

»Das Wort eines Polizisten, hm? Na, darauf möchte ich mich nun wirklich nicht verlassen. Ganz gewiss nicht.«

Hal knöpfte sein Jackett zu. »Dann werde ich die Sache auf amtlichem Weg verfolgen müssen, und das nächste Mal wird ein Inspector Sie besuchen.«

»Tja, was soll ich sagen? Das ist doch nichts als gemeine

Erpressung. STC Sicherheitsdienst, Bell Street, Southampton. Na, jetzt werden wir ja sehen, wie viel Ihr Wort wert ist.«

Hal sah an ihm vorbei auf die Fotografie seines Sohnes. »Ich danke Ihnen, Mr. Hayes«, sagte er freundlich. »Sie waren eine große Hilfe.«

18

Sehr nachdenklich ging Roz zum Auto zurück.

»Was ist denn?«, fragte Hal.

»Etwas, das er gesagt hat.« Sie legte ihre Handtasche auf das Wagendach und starrte ins Leere, während sie versuchte, das Fädchen zu fassen zu bekommen. »Nein, es hat keinen Sinn. Ich muss nachher meine Notizen noch einmal durchsehen.« Sie schloss die Tür auf. »Und jetzt? Gehen wir zur Polizei?« Sie entriegelte die Beifahrertür, und Hal stieg ein.

»Nein. Da würden wir nur den ganzen Tag rumsitzen und Fragen beantworten und hätten doch keine Garantie, dass sie dann tatsächlich etwas unternehmen.« Er überlegte einen Moment. »Und es hat auch keinen Sinn, dass wir uns Crew vorknöpfen. Wenn wir ihn überführen wollen, müssen wir das mit Hilfe von Stewart Hayes und seiner Firma tun.«

Roz zog ein Gesicht. »Wir? Hör mal, Hawksley, ich habe mich von diesem Gorilla schon einmal fast skalpieren lassen müssen. Ich glaube nicht, dass ich ein zweites Mal Lust darauf habe.«

Hal legte seine Hand auf ihre Schulter und drückte sie beruhigend. »Wenn es dir ein Trost ist, große Lust habe ich auch nicht.« Er roch den Duft der Seife in ihrem Gesicht und rückte mit einem Seufzer von ihr ab. »Aber wir müssen das erledigen, so oder so«, sagte er. »Ich halte das nicht viel länger aus.«

Ihre Unsicherheit trieb wieder an die Oberfläche. »Was hältst du nicht aus?«

»Mit dir auf so engem Raum zusammenzusitzen«, knurrte er. »Das verlangt zu viel verdammte Selbstbeherrschung. Komm, packen wir's an. Ich rufe Geoff Wyatt an. Vielleicht kann ich ihn überreden, mir das Händchen zu halten, wenn ich das *Poacher* zum Verkauf anbiete.«

»Wäre es nicht einfacher, Hayes einfach verhaften zu lassen?«

»Mit welcher Begründung?«

»Wegen Einbruchs.«

»Und was für Beweise haben wir?«

»Mich«, sagte sie. »Ich kann ihn identifizieren.«

»Er hat bestimmt inzwischen ein Alibi.« Mit einer liebevollen Geste strich er ihr eine Haarsträhne aus dem Gesicht. »Wir müssen Crew aus der Reserve locken.«

Jetzt seufzte Roz. Im nüchternen Licht des Morgens beschlichen sie Zweifel. »Das sind doch alles nur Vermutungen, Hal. Crew hat mit der *Poacher*-Geschichte vielleicht überhaupt nichts zu tun. Mr. Hayes vermittelt gern den Eindruck, dass er mehr weiß, als es tatsächlich der Fall ist. Da kommt er sich wichtig vor.«

»Aber ein anderes Drehbuch ergibt keinen Sinn.« Er strich sich über das Kinn und lächelte sie mit einer Zuversicht an, die er in Wirklichkeit nicht empfand. »Meine Nase juckt. Das ist immer ein gutes Zeichen.«

»Wofür?«

»Dass ich auf der richtigen Fährte bin.«

»Du wirst das *Poacher* verlieren, wenn du dich täuschst.«

»Das verliere ich sowieso.« Er trommelte mit den Fingern auf das Armaturenbrett. »Komm«, sagte er abrupt, »fahren wir. Richtung Stadtmitte. Die Bell Street ist parallel zur Fußgängerzone. Wir stoppen beim ersten Telefon, das wir sehen. Und halt nach einem Elektrogeschäft Ausschau.«

»Warum?«

»Das wirst du schon sehen.«

Er rief das Polizeirevier Dawlington an und bat, mit Geoff Wyatt verbunden zu werden. »Hal hier.« Er ließ die zornigen Vorwürfe eine Weile sprudeln, ehe er ihn unterbrach. »Halt mal einen Moment die Luft an. Ich bin dabei, die Sache zu klären, aber dazu brauche ich deine Hilfe. Was habt ihr über den STC Sicherheitsdienst in der Bell Street? – Nein, ich warte.« Er klemmte den Hörer unter sein Kinn und holte seinen Notizblock heraus. »Okay. Hayes. Ehemaliger Berufssoldat. Blütenweiße Weste. Ganz sicher? Gut. Kannst du mich in einer halben Stunde dort treffen?«

Neuerliches Gezeter.

»Aus alter Freundschaft, wenn du's unbedingt wissen musst. Nein, du Mistkerl, es ist mir schnurzegal, wenn dir immer noch schlecht ist. Mindestens wegen Sally bist du mir einiges schuldig. Also, in einer halben Stunde.« Er legte auf.

Roz betrachtete angelegentlich ihre Fingernägel. »Wer ist Sally?«, erkundigte sie sich beiläufig.

»Meine Ex-Frau.«

»Weshalb schuldet er dir wegen ihr was?«

»Er hat sie geheiratet.«

»Ach, du lieber Gott!« Das hatte sie nicht erwartet.

Er lachte über ihr verdutztes Gesicht. »Er hat mir einen Gefallen getan, aber er weiß es nicht. Er glaubt, ich hätte deswegen bei der Polizei aufgehört. Er hat ungeheure Schuldgefühle, und das ist in einem Moment wie diesem äußerst nützlich.«

»Das ist gemein.«

Er zog die Augenbraue hoch. »Damals hat's wehgetan.«

»Tut mir Leid!«, sagte sie bedauernd. »Ich vergesse immer wieder, dass jeder von uns eine Vergangenheit hat.«

Er zog sie an sich. »Die Ehe war längst kaputt, und Geoff hat es nicht darauf angelegt, mir Sally auszuspannen. Er ist ein anständiger Kerl. Er hat sie aus Freundschaft getröstet und sich dabei mehr eingehandelt, als er wollte. Und aus mir spricht echte Dankbarkeit, Roz, nicht Bitterkeit.« Er küsste sie auf die Nase. »Der arme Kerl. Er hatte keine Ahnung, worauf er sich einließ.«

»Olives Rache«, sagte sie langsam.

Er runzelte die Stirn, während er die Nummer der Auskunft wählte. »Ich kann dir nicht folgen.«

Roz lachte tonlos. »Sie modelliert in ihrer Zelle im Zuchthaus Tonfiguren und spickt sie mit Nadeln. Als sie auf mich wütend war, hat sie von mir auch eine gemacht. Ich hatte eine Woche lang rasende Kopfschmerzen.«

»Wann war das? – Ja«, sagte er ins Telefon, »STC Sicherheitsdienst in Southampton, bitte.«

»Vor zwei Wochen.«

»Vor zwei Wochen hat dich jemand verprügelt«, sagte er. »Deshalb hattest du Kopfschmerzen.« Er schrieb eine Nummer auf seinen Block und legte auf.

»Mein Ex-Mann«, bestätigte sie. »Ich habe zu Olive gesagt, ich würde ihn am liebsten umbringen, und da kreuzte er aus heiterem Himmel bei mir auf. Ich hätte ihn wirklich am liebsten umgebracht, und wenn ich ein Messer gehabt hätte, hätte ich's auch getan. Wütend genug war ich.« Sie zuckte die Achseln. »Dann denk' ich an dich und Crew und das *Poacher* und Wyatt, der dir deine Frau genommen hat, und an Olives Vater, der gestorben ist. Das sind alles Menschen, die sie für das, was ihr widerfahren ist, verantwortlich macht.«

Er sah sie verblüfft an. »Das glaubst du doch nicht im Ernst?«

Sie lachte. »Nein, natürlich nicht.« Aber sie glaubte es doch. Nur sie wusste, was für schreckliche Kopfschmerzen sie bekommen hatte, als Olive die Nadel gedreht hatte.

»STC Sicherheitsdienst«, sagte eine Frau mit künstlich munterer Stimme.

Hal sah Roz an, während er sprach. »Guten Morgen, ich hätte gern Mr. Stewart Hayes gesprochen, um mich über eine Bewachung meines Restaurants mit ihm zu unterhalten.«

»Ich weiß nicht, ob Mr. Hayes im Augenblick frei ist, Sir.«

»Oh, ich glaube schon. Versuchen Sie's mal und sagen Sie ihm, dass Hal Hawksley vom *Poacher* am Apparat ist.«

»Einen Augenblick bitte.«

Es dauerte einen Moment, ehe sie sich wieder meldete. »Ich gebe Ihnen jetzt Mr. Hayes, Mr. Hawksley.«

Eine gutmütig polternde Stimme meldete sich. »Guten Morgen, Mr. Hawksley. Wie kann ich Ihnen behilflich sein?«

»Sie können mir nicht behilflich sein, Mr. Hayes, aber ich Ihnen. Ich gebe Ihnen eine Chance. Sie haben genauso lange Zeit, sie zu nutzen, wie ich brauche, um in Ihr Büro zu kommen – also etwa eine halbe Stunde.«

»Ich verstehe nicht, wovon Sie sprechen.«

»Ich bin bereit, das *Poacher* zu verkaufen, aber zu meinen Bedingungen und heute. Das ist das einzige Angebot, das Sie von mir bekommen werden.«

Einen Moment blieb es still. »Ich bin nicht daran interessiert, ein Restaurant zu kaufen, Mr. Hawksley.«

»Aber Mr. Crew ist es, ich würde deshalb vorschlagen, Sie besprechen sich mit ihm, ehe Sie die Gelegenheit verstreichen lassen.«

Wieder herrschte einen Moment Schweigen. »Ich kenne keinen Mr. Crew.«

Hal ignorierte das. »Sagen Sie ihm, der Fall Olive Martin

wird ganz neu aufgerollt werden.« Er zwinkerte Roz grinsend zu. »Sie hat sich bereits bei einem anderen Anwalt juristischen Rat geholt und wird voraussichtlich innerhalb der nächsten sieben Tage das Testament ihres Vaters mit der Begründung anfechten, dass sie unschuldig ist. Crew kauft das *Poacher* entweder heute zu meinen Bedingungen, oder er kauft es überhaupt nicht. Sie haben eine halbe Stunde, Mr. Hayes.« Er legte auf.

Geoff wartete schon, als sie ankamen. »Du hast nicht gesagt, dass du in Begleitung kommst«, sagte er misstrauisch und bückte sich, um durch das offene Wagenfenster zu schauen.

Hal machte die beiden miteinander bekannt. »Sergeant Wyatt, Miss Rosalind Leigh.«

»Herrgott noch mal, Hal«, sagte Wyatt verärgert. »Warum hast du die denn mitgebracht?«

»Ich mag sie.«

Geoff schüttelte den Kopf. »Du bist ja verrückt.«

Hal stieg aus dem Wagen. »Ich hoffe, das bezieht sich auf meine Motive, Miss Leigh mit hierherzubringen. Wenn ich glauben müsste, dass du meine Wahl für verrückt hältst, würde ich dir eins auf die Nase geben.« Er sah über das Wagendach hinweg zu Roz, die auf der anderen Seite ausgestiegen war. »Ich finde, du solltest im Auto bleiben.«

»Warum?«

»Könnte ja sein, dass dich einer an den Haaren ziehen will.«

»Dich vielleicht auch.«

»Es ist ja auch mein Krieg.«

»Und meiner, wenn ich ernstlich daran denke, aus dieser Beziehung eine dauerhafte zu machen. Ganz gleich, du brauchst mich auf jeden Fall. Ich bin nämlich die mit dem Tampax.«

»Die werden nichts nützen.«

Roz lachte über Geoffs Gesicht. »O doch. Verlass dich auf mich.«

Hal sah Wyatt an. »Jetzt weißt du, warum ich sie mitgebracht habe.«

»Ihr seid beide von allen guten Geistern verlassen.« Geoff warf seinen Zigarettenstummel auf die Straße und trat ihn mit dem Absatz aus. »Wozu braucht ihr mich überhaupt? Von Rechts wegen sollte ich dich verhaften.« Er musterte Roz neugierig. »Ich nehme an, er hat Ihnen alles erzählt?«

»Das glaube ich nicht«, erwiderte sie vergnügt und kam um das Auto herum. »Ich habe erst vor einer halben Stunde erfahren, dass seine Ex-Frau Sally heißt und dass Sie sie geheiratet haben. Unter diesen Umständen kann ich mich wohl darauf gefasst machen, dass noch eine Menge mehr kommen wird.«

»Ich meinte die zahlreichen Verfahren, die er bald am Hals haben wird«, sagte Wyatt säuerlich, »wenn diese kleine Farce hier vorüber ist und ich ihn in den Knast bringe.«

»Ach so, die!« Sie wedelte wegwerfend mit der Hand. »Das ist doch nichts als Papierkram.«

Geoff, der mit seinem neuen Personenstand als Ehemann nicht so ganz glücklich war, sah die amüsierten Blicke, die sie mit Hal tauschte, und fragte sich, warum andere, die es viel weniger verdienten als er, immer das ganze Glück hatten. Eine Hand auf seinen rumorenden Magen gedrückt, hörte er sich Hals Anweisungen an.

Roz hatte etwas Heruntergekommenes und Schäbiges wie das Büro von Wells-Fargo erwartet. Stattdessen traten sie in einen gepflegten, hell erleuchteten Empfangsraum, in dem eine beeindruckende Empfangsdame an einem beeindruckenden Schreibtisch saß. Irgendjemand, dachte sie, hatte in die Geschäftsräume des STC Sicherheitsdiensts eine Menge

Geld investiert. Aber wer? Und woher war das Geld gekommen?

Hal bedachte die Empfangsdame mit seinem gewinnendsten Lächeln. »Hal Hawksley, Mr. Hayes erwartet mich.«

»Ach, ja.« Sie erwiderte das Lächeln. »Er lässt Sie bitten.« Sie beugte sich vor und wies den Flur hinunter. »Dritte Tür links. Vielleicht möchten Ihre Begleiter hier draußen Platz nehmen.« Sie wies auf eine Sitzgruppe in der Ecke.

»Danke, Miss«, sagte Geoff. »Mach ich gern.« Er stemmte einen Sessel in die Höhe und nahm ihn mit den Korridor hinunter.

»Nein!«, rief sie ihm hinterher. »Ich habe doch nicht gemeint, dass Sie einen mitnehmen sollen!«

Er sah strahlend zu ihr zurück, während Hal und Roz hinter der dritten Tür links verschwanden, ohne angeklopft zu haben, und machte es sich vor der geschlossenen Tür in dem Sessel bequem. »Sehr gemütlich, das muss ich sagen.« Er zündete sich eine Zigarette an und beobachtete mit einer gewissen Erheiterung, wie sie zum Telefon griff und aufgeregt zu sprechen begann.

Auf der anderen Seite der Tür legte Stewart Hayes den Hörer auf. »Ich höre von Lisa, dass Sie einen Aufpasser mitgebracht haben, Mr. Hawksley. Ist das vielleicht zufällig ein Polizeibeamter?«

»Zufällig, ja.«

»Ah.« Er faltete die Hände auf dem Schreibtisch, allem Anschein nach unbeeindruckt. »Bitte, setzen Sie sich.« Er sah Roz lächelnd an und wies auf einen Sessel.

Sie folgte der Aufforderung, und beobachtete ihn dabei fasziniert. Das war nicht der Mann, der sie beinahe erdrosselt hatte. Er war jünger und sah besser aus, gutmütig und freundlich wie seine Stimme. Der Bruder, dachte sie, sich der Fotos auf dem Büfett erinnernd. Er hatte das Lächeln seines

Vaters, mit seiner ganzen Freimütigkeit, und unter anderen Umständen hätte sie ihn sympathisch gefunden. Nur seine blassen, ausdruckslosen Augen ließen ahnen, dass er etwas zu verbergen hatte. Hal blieb stehen.

Das Lächeln umschloss sie beide. »Okay, vielleicht würden Sie mir jetzt erklären, was Sie vorhin am Telefon gemeint haben. Ich will ehrlich sein«, sein Ton ließ vermuten, dass er genau das Gegenteil sein würde, »ich verstehe nicht, wieso Sie mir eine halbe Stunde Frist geben, um ein Restaurant *von* jemandem zu kaufen, der mir völlig unbekannt ist, *für* jemanden, von dem ich nie gehört habe, und das alles, weil eine Mörderin, die ein Geständnis abgelegt hat, das Testament ihres Vaters anfechten möchte.«

Hal sah sich in dem gut ausgestatteten Zimmer um. »Teuer«, stellte er fest. »Sie und Ihr Bruder sind offensichtlich sehr erfolgreich.« Er musterte Hayes mit taxierendem Blick. »Ihr Vater glaubt, Sie lebten am Rande des Existenzminimums.«

Hayes runzelte leicht die Stirn, sagte aber nichts.

»Also, was zahlt Crew für die Behandlung mit den Baseballschlägern? Es ist eine riskante Sache, wird also nicht billig sein.«

Die blassen Augen spiegelten schwache Belustigung. »Ich kann Ihnen leider nicht ganz folgen.«

»Ihr Bruder war leicht zu identifizieren, Hayes. Auf der Wohnzimmerkredenz Ihres Vaters stehen gleich mehrere Fotos von ihm. Aber Crew hatte Sie offenbar nicht gewarnt. Oder vielleicht hätten Sie *ihn* warnen sollen. Weiß er, dass Ihr Vater der Nachbar der Familie Martin war?« Er sah Hayes' Verständnislosigkeit und wies mit einem Nicken auf Roz. »Diese Dame schreibt ein Buch über Olive Martin. Crew war Olives Anwalt, ich war der Beamte, der sie damals verhaftet hat, und Ihr Vater war ihr Nachbar. Miss Leigh hat uns alle aufgesucht, um mit uns zu sprechen, und sie hat Ihren Bruder nach den Fotografien erkannt. Die Welt ist noch viel kleiner, als Sie sich je vorgestellt haben.«

In den blassen Augen flackerte etwas, ein Funke von Wut. »Eine Verwechslung. Sie werden niemals etwas beweisen. Ihr Wort steht gegen seines, und er war die ganze letzte Woche in Sheffield.«

Hal zuckte in gut gespielter Gleichgültigkeit die Achseln. »Die Chance wird immer kleiner. Mein Angebot war ernst gemeint.« Er legte seine Hände auf den Schreibtisch und beugte sich vor. »Meiner Ansicht nach verhält es sich ungefähr so: Crew hat mit Robert Martins Geld spottbillig bankrotte Unternehmen aufgekauft und wartet nun darauf, dass der Markt sich erholt. Aber die Zeit wird knapp. Ambers Kind ist nicht tot und begraben, wie er glaubte, und Olive wird zur *cause cáelàebre* werden, wenn Miss Leigh ihre Unschuld nachweisen kann. Entweder sie oder ihr Neffe, wer eben zuerst kommt, wird von Robert Martins Testamentsvollstrecker, nämlich Crew, Rechenschaft verlangen. Aber leider hat sich die Rezession um einiges länger hingezogen, als er vermutete, und jetzt läuft er Gefahr, mit der Hand in der Kasse erwischt zu werden. Er muss etwas Grundbesitz verschachern, um den Fehlbetrag in seinen Büchern auszugleichen.« Er zog eine Augenbraue hoch. »Wie sehen denn die Pläne für die Ecke Wenceslas Street aus, hm? Wird es ein Supermarkt? Eine Wohnanlage? Büros? Er braucht mein Restaurant, um die Transaktion durchziehen zu können, und ich biete es ihm an. Heute.«

Aber so leicht war Hayes nicht einzuschüchtern. »Soweit ich gehört habe, Hawksley, steht Ihr Restaurant sowieso kurz vor der Schließung. Und wenn Sie schließen müssen, wird es für Sie nur noch eine Last sein. Dann werden nicht mehr Sie die Bedingungen diktieren, sondern derjenige, der bereit ist, Ihnen diese Last abzunehmen.«

Hal grinste und richtete sich wieder auf. »Ich schätze, das kommt ganz darauf an, wem zuerst die Luft ausgeht. Crew muss mit dem beruflichen Ruin rechnen, wenn seine Veruntreuung von Martins Nachlass ans Licht kommen sollte, ehe meine Bank sich entschließt, gegen das Restaurant die Zwangsvollstreckung anzuordnen. Er geht ein verdammt hohes Risiko ein, wenn er darauf setzt, dass ich verliere.« Er wies mit dem Kopf zum Telefon. »Er kann seine Haut retten, wenn er heute mit mir einen Vertrag über den Verkauf des *Poacher* abschließt. Reden Sie mit ihm.«

Hayes überlegte einen Moment, dann richtete er seinen Blick auf Roz. »Ich nehme an, Sie haben einen Kassettenrecorder in Ihrer Handtasche, Miss Leigh. Wären Sie so freundlich, mich einen Blick hineinwerfen zu lassen?«

Roz sah Hal an, und der nickte. Sie stellte die Handtasche unwillig auf den Schreibtisch.

»Danke sehr«, sagte Hayes höflich. Er öffnete die Tasche, nahm den Recorder heraus und sah flüchtig die restlichen Sachen in der Tasche durch, ehe er den Recorder öffnete und die Kassette herausnahm. Er zog das Band heraus und schnitt es mit einer Schere in Stücke. Dann stand er auf. »Zuerst Sie, Hawksley. Ich möchte doch sicherstellen, dass keine anderen Überraschungen auf mich warten.« Mit geübten Händen tastete er Hal ab, tat dann das Gleiche bei Roz. »Gut.« Er wies zur Tür. »Sagen Sie Ihrem Aufpasser jetzt, er soll sich mit seinem Sessel wieder an den Empfang begeben und dort warten.«

Er setzte sich wieder und wartete, während Hal die Botschaft weitergab. Nach drei Minuten griff er zum Telefon, um sich zu vergewissern, dass Wyatt außer Hörweite war.

»Also«, sagte er nachdenklich, »mir scheinen da verschiedene Möglichkeiten offen zu stehen. Eine ist, dass ich Ihr Angebot annehme.« Er nahm ein Lineal und bog es zwischen seinen Händen. »Ich habe nicht die Absicht, das zu tun. Sie hätten das *Poacher* in den letzten sechs Wochen jederzeit öffentlich zum Verkauf anbieten können, aber Sie haben es nicht getan, und Ihr plötzlicher Drang zu verkaufen, macht mich etwas nervös.« Er machte eine kurze Pause. »Zweitens kann ich die Dinge einfach ihren natürlichen Lauf nehmen lassen. Das Gesetz ist ein Witz und langsam dazu, und es besteht nur eine Chance von fünfzig zu fünfzig, dass Peter Crews Manipulationen mit dem Nachlass Robert Martins ans Licht kommen, bevor Ihnen die Puste ausgeht.« Er bog das Lineal, soweit es ging, ohne zu zerbrechen, und ließ es dann abrupt zurückschnellen. »Das zu tun, liegt mir aber auch nicht. Fünfzig zu fünfzig ist mir zu knapp.« Die blassen Augen wurden hart. »Drittens, und in vieler Hinsicht ist diese Möglichkeit die attraktivste, kann ich Ihnen beiden einen unglücklichen Unfall an den Hals wünschen und auf diese Weise zwei Fliegen mit einer Klappe schlagen.« Sein Blick flog kurz zu Roz. »Durch Ihren Tod, Miss Leigh, würden Olive und das Buch, an dem Sie schreiben, zumindest vorübergehend weit in den Hintergrund rücken, und durch Ihren, Hawksley, würde sichergestellt werden, dass das *Poacher* auf den Markt kommt. Eine saubere Lösung, finden Sie nicht?«

»Sehr sauber«, stimmte Hal zu. »Aber auch das werden Sie nicht tun. Es gibt schließlich immer noch das Kind in Australien.«

Hayes lachte kurz. Es klang wie ein Echo seines Vaters.

»Was werden Sie also tun?«

»Ich werde Ihnen geben, was Sie haben wollen.«

Hal runzelte die Stirn. »Und das wäre?«

»Den Beweis, dass man Sie hereinlegen wollte.« Er zog eine Schublade in seinem Schreibtisch auf und entnahm ihr einen durchsichtigen Plastikhefter. Er hielt ihn bei den oberen Enden und schüttelte den Inhalt – ein Blatt Schreibpapier mit Briefkopf – auf seinen Schreibtisch. Die Adresse war die einer teuren Wohngegend von Southampton, die Notizen darunter waren in Crews Handschrift geschrieben.

Betr.: Poacher	Kosten £
Fäulniskulturen Fleisch, Rattenexkremente etc.	1000
Schlüssel/Hintertür + Ausreise Frankreich	1000
Vorschuss Vertreibung	5000
Wenn Verfahren erfolgreich	5000
Poacher Zwangsvollstreckung	80 000
ZWISCHENSUMME	92 000
Angebot Grundstück	750 000
Abzügl. Poacher	92 000
Abzügl. Wenceslas St. 1	60 000
Abzügl. Newby	73 000
ENDSUMME	525 000

»Es ist echt«, sagte Hayes, als er Hals Skepsis sah. »Crews Privatadresse, Crews Handschrift« – er tippte mit dem Lineal auf den Rand des Schreibens – »und seine Fingerabdrücke. Das reicht, um Sie freizusprechen; ob es ausreicht, um Crew zu verurteilen, weiß ich nicht. Das ist Ihr Problem, nicht meines.«

»Woher haben Sie das?«

Aber Hayes schüttelte nur lächelnd den Kopf. »Ich bin ehemaliger Soldat. Ich habe immer gern Rückendeckung. Sagen wir einfach, es gelangte in meinen Besitz, und ich habe es an Sie weitergegeben, weil ich seine Bedeutung erkannte.«

Hal fragte sich, ob Crew eine Ahnung hatte, was für einen Mann er da engagiert hatte. War dieses Blatt Papier zum Zweck späterer Erpressung aufgehoben worden? »Ich verstehe das nicht«, sagte er freimütig. »Crew wird Sie doch belasten. Und ich werde es auch tun. Außerdem Miss Leigh. So oder so werden Sie und Ihr Bruder ins Gras beißen. Warum machen Sie es uns so leicht?«

Hayes antwortete nicht direkt. »Ich schreibe diese Sache ab, Hawksley, und gebe Ihnen Ihr Restaurant zurück. Seien Sie dankbar.«

»Den Teufel werd' ich tun«, sagte Hal ärgerlich. Seine Augen sprühten. »Wer steckt hinter dieser Zwangsvollstreckungs-Masche? Sie oder Crew?«

»Von einer Masche kann keine Rede sein. Zwangsvollstreckungen sind derzeit an der Tagesordnung«, antwortete Hayes. »Jeder, der ein bisschen Kapital hat, kann Grundbesitz billig erwerben. Mr. Crew gehörte einem kleinen, absolut legal arbeitenden Syndikat an. Unglücklicherweise hat er mit Geld gearbeitet, das ihm nicht gehört.«

»Ach, und Sie leiten das Syndikat?«

Hayes antwortete nicht.

»Von wegen keine Masche!«, explodierte Hal. »Das *Poacher* wäre nie verkauft worden, und trotzdem haben Sie die Grundstücke rechts und links von dem Lokal gekauft.«

Hayes bog wieder das Lineal. »Früher oder später hätten Sie verkauft. Restaurants sind so anfällig.« Er lächelte dünn. »Überlegen Sie, was geschehen wäre, hätte Crew die Nerven behalten und bis nach Ihrem Gerichtsverfahren gewartet.« Sein Blick wurde hart. »Überlegen Sie, was geschehen wäre, hätte mein Bruder mir erzählt, mit was für einem Anliegen Crew an ihn herangetreten war. Sie und ich hätten dieses Gespräch niemals geführt, weil Sie nicht gewusst hätten, mit wem Sie es führen sollen.«

Hal überlief es eiskalt. »Den Gesundheitsinspektor hätten Sie mir so oder so auf den Hals gehetzt?«

Das Lineal, allzu weit gebogen, brach abrupt. Hayes lächelte. »Restaurants sind ja so anfällig«, wiederholte er. »Seien Sie also dankbar. Wenn Sie es sind, wird Ihr Restaurant blühen und gedeihen.«

»Mit anderen Worten, wir sollen über Ihre Beteiligung den Mund halten.«

»Aber natürlich.« Er machte ein beinahe überraschtes Gesicht. »Nächstes Mal wird sich das Feuer nämlich nicht auf eine Frittierpfanne beschränken und Sie« – sein blasser Blick ruhte auf Roz – »und Ihre Freundin werden nicht so glimpflich davonkommen. Mein Bruder fühlt sich in seinem Stolz verletzt. Er brennt darauf, mit Ihnen beiden abzurechnen.« Er wies auf das Blatt Papier. »Mit Crew können Sie tun, was Sie wollen. Ich halte nichts von Leuten ohne Prinzipien. Er ist Anwalt. Er hatte dem Nachlass eines Toten gegenüber eine Pflicht, und gegen die hat er verstoßen.«

Hal nahm recht erschüttert das Blatt bei seinen Ecken und steckte es in Roz' Handtasche. »Sie sind keinen Deut besser, Hayes. Sie haben Crews Vertrauen missbraucht, als Sie Ihrem Vater von Ambers Kind erzählt haben. Hätten Sie das nicht getan, wären wir nie auf Crew gekommen.« Er wartete, während Roz aufstand und zur Tür ging. »Und ich werde dafür sorgen, dass er das erfährt, wenn die Polizei ihn festnimmt.«

Hayes war nur amüsiert. »Crew wird nicht reden.«

»Was soll ihn daran hindern?«

Hayes zog sich das abgebrochene Lineal quer über den Hals. »Das Gleiche, was Sie daran hindern wird, Hawksley. Angst.« Die blassen Augen glitten an Roz' Körper entlang. »Aber in Crews Fall sind es die Enkel, die er liebt.«

Geoff folgte ihnen auf die Straße hinaus. »Okay«, sagte er, »heraus mit der Sprache. Was, zum Teufel, geht hier vor?«

Hal sah Roz in das bleiche Gesicht. »Wir brauchen erst mal einen Drink.«

»Nichts da«, entgegnete Geoff aggressiv. »Ich habe meine Schulden bezahlt, Hal. Jetzt bezahlst du deine.«

Hal packte ihn fest am Ellbogen und drückte ihm die Finger ins weiche Fleisch. »Red nicht so laut, du Kretin«, knurrte er. »Da drin ist ein Mann, der würde dir bei lebendigem Leib die Leber herausreißen, sie vor deinen Augen verspeisen und sich dann deine Nieren vornehmen. Und dabei würde er auch noch grinsen. Also, wo ist das nächste Pub?«

Erst als sie in einer Ecke des Gastraums saßen, rundherum von leeren Tischen umgeben, war Hal bereit zu sprechen. Er berichtete in kurzen, abgehackten Sätzen, erklärte, was für eine Rolle Crew gespielt hatte, sprach aber von den Leuten, die das *Poacher* überfallen hatten, immer nur als gedungenen Schlägern. Zum Schluss holte er den Zettel aus Roz' Handtasche und legte ihn auf den Tisch. »Dieser Scheißkerl soll zahlen, Geoff. Gib ihm ja keine Chance, sich da rauszuwinden.«

Wyatt war skeptisch. »Viel ist das nicht, hm?«

»Es reicht.«

Wyatt schob den Zettel in sein Notizbuch und steckte es ein. »Und welche Rolle spielt der STC Wachdienst?«

»Keine. Hayes hat diesen Zettel in meinem Auftrag besorgt. Das ist alles.«

»Vor zehn Minuten war er noch drauf und dran, meine Leber zu verspeisen.«

»Ich hatte Durst.«

Wyatt zuckte die Achseln. »Du gibst mir verdammt wenig, womit ich arbeiten kann. Ich kann dir nicht mal garantieren, dass du den Prozess gegen die Gesundheitsbehörde gewinnst. Crew wird bestreiten, dass er auch nur das Geringste mit der Geschichte zu tun hat.«

Schweigen.

»Er hat Recht«, sagte Roz abrupt und nahm eine Packung Tampax aus ihrer Tasche.

Hal fasste ihre Hand und drückte sie auf den Tisch nieder. »Nein, Roz«, sagte er sanft. »Ob du es glaubst oder nicht, du bist mir wichtiger als das *Poacher* oder abstrakte Gerechtigkeit.«

Sie nickte. »Ich weiß, Hawksley.« Sie sah ihm lächelnd in die Augen. »Aber siehst du, du bist mir auch wichtig. Und somit stecken wir jetzt ein bisschen in einem Dilemma. Du möchtest mich retten, und ich möchte das *Poacher* retten, und eins scheint das andere auszuschließen.«

Sie begann, ihre Hand unter der seinen hervorzuziehen. »Einer von uns muss in dieser Sache siegen, und das werde ich sein, weil das hier nichts mit abstrakter Gerechtigkeit, aber alles mit Seelenfrieden zu tun hat. Ich werde mich weit wohler fühlen, wenn Stewart Hayes hinter Gittern sitzt.« Sie schüttelte den Kopf, als er von neuem ihre Hand festhalten wollte. »Ich will nicht dafür verantwortlich sein, wenn du dein Restaurant verlierst, Hal. Du bist dafür durch die Hölle gegangen, du kannst es doch jetzt nicht einfach aufgeben.«

Aber Hal war nicht Rupert, der sich von Roz herumkommandieren oder durch Schmeicheleien dazu bringen ließ, zu tun, was sie wollte. »Nein«, sagte er wieder. »Wir machen hier keine intellektuellen Spielchen. Was Hayes gesagt hat, war *real*. Und er droht nicht, dich zu töten, Roz. Er droht, dich zu verstümmeln.« Er hob eine Hand zu ihrem Gesicht. »Männer wie er töten nicht. Sie haben es nicht nötig. Sie verkrüppeln oder entstellen, weil ein lebendes, gebrochenes Opfer für andere eine deutlichere Warnung ist als ein totes.«

»Aber wenn er verurteilt wird ...«, begann sie.

»Jetzt bist du wieder naiv«, unterbrach er sie behutsam und strich ihr das Haar aus dem Gesicht. »Selbst wenn er verurteilt wird, was ich bezweifle – ehemaliger Offizier der Armee, erste Straftat, Beweise vom Hörensagen, ein Crew, der alles leugnet –, wird er nicht lange ins Gefängnis wandern.

Das Schlimmste, was ihm passieren kann, sind zwölf Monate wegen Verabredung zum Betrug, und von denen wird er sechs absitzen. Wahrscheinlicher ist, dass man seine Strafe zur Bewährung aussetzen wird. Vergiss nicht, dass es ja nicht Stewart war, der mit einem Baseballschläger ins *Poacher* eingebrochen ist; es war sein Bruder, und du wirst das vor Gericht aussagen müssen.« Sein Blick war eindringlich. »Ich bin Realist, Roz. Wir halten uns an Crew und wecken genug Zweifel, um die Beschuldigungen der Gesundheitsbehörde vom Tisch zu bekommen. Danach«, er zuckte die Achseln, »werde ich mich einfach darauf verlassen, dass Hayes das *Poacher* in Ruhe lässt.«

Einen Moment sagte sie nichts. »Würdest du anders handeln, wenn du mir nie begegnet wärst und ich nicht beteiligt wäre? Und lüg mich jetzt bitte nicht an, Hal.«

Er nickte. »Ja«, gab er zu. »Ich würde anders handeln. Aber du *bist* beteiligt, also stellt sich die Frage nicht.«

»Okay.« Sie entspannte ihre Hände unter den seinen und lächelte. »Ich danke dir. Ich bin jetzt viel glücklicher.«

»Du stimmst mit mir überein.« Erleichtert lockerte er seine Hand ein wenig, und sie ergriff die Gelegenheit, um ihm die Tampax-Packung zu entreißen.

»Nein«, sagte sie, »tue ich nicht.« Sie öffnete die Schachtel, entfernte einige abgeschnittene Pappröhrchen und zog dann ein winziges Diktafon heraus. »Mit Glück«, sie wandte sich Geoff Wyatt zu, »haben wir hier genug drauf, um Hayes zu überführen. Es stand voll aufgedreht auf seinem Schreibtisch, es müsste ihn also drauf haben.«

Sie spulte das Band zurück und drückte dann auf ›Play‹. Hals Stimme war durch die Entfernung gedämpft: ›... *Mit anderen Worten, wir sollen über Ihre Beteiligung den Mund halten?*‹

Dann Hayes glasklar: ›*Aber natürlich. Nächstes Mal wird*

sich das Feuer nämlich nicht auf eine Frittierpfanne beschränken und Sie und Ihre Freundin werden nicht so glimpflich davonkommen. Mein Bruder fühlt sich in seinem Stolz verletzt. Er brennt darauf, mit Ihnen beiden abzurechnen.‹ Roz schaltete das Gerät aus und schob es über den Tisch zu Wyatt. »Wird das helfen?«

»Wenn mehr davon drauf ist, wird es bei Hals Verfahren sicher eine Hilfe sein, solange Sie bereit sind, entsprechend auszusagen.«

»Das bin ich.«

Er warf einen Blick auf seinen Freund, sah die Spannung in dessen Gesicht und wandte sich wieder Roz zu. »Aber Hal hat Recht mit dem, was er sagt – immer vorausgesetzt, ich habe das Wesentliche richtig verstanden. Wir sprechen hier in der Tat von abstrakter Gerechtigkeit.« Er nahm das Diktafon zur Hand. »Und ganz gleich, was für eine Strafe dieser Mann bekommen wird – wenn er sich danach noch an Ihnen rächen will, wird er das tun. Und die Polizei hat keinerlei Möglichkeit, Sie zu schützen. Also? Sind Sie sicher, dass ich das an mich nehmen soll?«

»Ja.«

Wyatt sah wieder Hal an und zuckte hilflos die Achseln. »Tut mir Leid, alter Junge, ich hab' mein Bestes getan, aber du scheinst diesmal eine Tigerin gefangen zu haben.«

Hal lachte. »Sag's nicht, Geoff. Das weiß ich schon.«

Aber Geoff sagte es trotzdem: »Du hast vielleicht ein Schwein, du Mistkerl.«

Olive saß über den Tisch gebeugt und arbeitete an einer neuen Skulptur. Eva und ihre Gesichter und ihr Kind waren unter dem Gewicht einer Faust zerquetscht worden, nur der Bleistift zeigte noch himmelwärts wie ein anklagender Finger. Der Kaplan betrachtete das neue Stück nachdenklich.

Eine massige Form, andeutungsweise menschlicher Natur, auf dem Rücken liegend. Sie schien sich mit Macht aus ihrem Tonfundament befreien zu wollen. Seltsam, dachte er, wie Olive, die so wenig Kunstfertigkeit besaß, diesen Figuren eine solche Wirkung verlieh.

»Was modellieren Sie jetzt?«

»Den MANN.«

Das, dachte er, hätte er vorhersagen können. Er beobachtete sie, wie sie mit ihren dicken Fingern eine Tonwurst rollte und sie aufrecht auf den Sockel unterhalb des Kopfes der Figur stellte. »Adam?«, fragte er. Er hatte das Gefühl, dass sie ein Spiel mit ihm spielte. Sie hatte mit plötzlich gesteigertem Eifer gearbeitet, als er ins Zimmer gekommen war, als hätte sie darauf gewartet, dass er die Stunden der Stille unterbrechen würde.

»Kain.« Sie wählte einen zweiten Bleistift und legte ihn quer über die Tonwurst, parallel zu der liegenden Figur, drückte ihn ein, bis er festhielt. »Faust. Don Giovanni. Spielt das eine Rolle?«

»Ja«, erwiderte er scharf. »Nicht alle Männer verkaufen ihre Seelen an den Teufel; so wenig wie alle Frauen zwei Gesichter haben.«

Olive lächelte vor sich hin und schnitt von einer Rolle Schnur auf dem Tisch ein Stück ab. Sie machte an einem Ende eine Schlinge und befestigte das andere am Ende des Bleistifts so, dass die Schnur über dem Kopf der Figur herabhing. Mit unendlicher Sorgfalt zog sie die Schlinge um ein Streichholz. »Und?«, fragte sie.

Der Kaplan krauste die Stirn. »Ich weiß nicht. Der Galgen?«

Sie gab dem Streichholz einen leichten Stoß, so dass es hin und her schwang. »Oder das Schwert des Damokles. Das kommt aufs Gleiche raus, wenn man seine Seele an Luzifer verkauft hat.«

Er hockte sich auf die Tischkante und bot ihr eine Zigarette an. »Es ist nicht der Mann im Allgemeinen, nicht wahr?«, fragte er, während er ihr Feuer gab. »Es ist ein bestimmter Mann. Habe ich Recht?«

»Vielleicht.«

»Wer?«

Sie zog einen Brief aus ihrer Tasche und reichte ihn ihm. Er breitete das Blatt auf dem Tisch aus und las. Es war ein sehr kurzer Standardbrief, auf dem Computer geschrieben.

›Sehr geehrte Miss Martin,
hiermit teilen wir Ihnen mit, dass unvorhergesehene Umstände Mr. Peter Crew gezwungen haben, einen längeren Urlaub von der Kanzlei zu nehmen. Während seiner Abwesenheit werden seine Mandanten von seinen Partnern betreut werden. Bitte seien Sie versichert, dass Sie auch weiterhin auf unseren Beistand zählen können.
Mit vorzüglicher Hochachtung etc.‹

Der Kaplan sah auf. »Das verstehe ich nicht.«

Olive sog den Rauch tief ein und stieß ihn dann in einer Wolke zu dem Streichholz hin aus. Es drehte sich wild, ehe es aus der Schlinge entwich und auf die Tonstirn hinuntersank. »Mein Anwalt ist verhaftet worden.«

Bestürzt blickte er auf die Tonfigur. Er fragte nicht, ob sie das genau wisse. Er wusste, wie schnell sich Neuigkeiten in den Zellen herumsprachen. »Weswegen?«

»Wegen Sündhaftigkeit.« Sie drückte ihre Zigarette in den Ton. »Der MANN wird mit ihr geboren. Auch Sie, Kaplan.« Sie beobachtete seine Reaktion.

Er lachte leise. »Da haben Sie wahrscheinlich Recht. Aber ich gebe mir größte Mühe, dagegen anzukämpfen.«

Sie nahm sich noch eine von seinen Zigaretten. »Sie werden mir fehlen«, sagte sie unerwartet.

»Wann?«

»Wenn sie mich hier rauslassen.«

Er sah sie mit einem verwirrten Lächeln an. »Das ist noch lange hin. Wir haben noch Jahre vor uns.«

Doch sie schüttelte den Kopf und drückte den Ton zu einer Kugel zusammen mit der Zigarettenkippe in der Mitte. »Sie haben mich nie gefragt, wer Eva war.«

Wieder das Spiel, dachte er. »Das brauchte ich nicht, Olive. Das wusste ich.«

Sie lächelte voller Verachtung mit sich selbst. »Ja, natürlich, das sieht Ihnen ähnlich.« Sie musterte ihn mit einem Seitenblick. »Sind Sie von allein drauf gekommen?«, fragte sie. »Oder hat Gott es Ihnen verraten? Siehe, mein Sohn, Olive formt ihr Bild aus Ton. Hilf ihr jetzt, sich mit ihrer eigenen Falschheit auszusöhnen. Machen Sie sich keine Sorgen, wenn ich rauskomme, werde ich so oder so nicht vergessen, was Sie für mich getan haben.«

Was wollte sie von ihm? Ermutigende Bestätigung, dass sie wirklich freigelassen werden würde, oder Erlösung von ihren Lügen. Er seufzte im Stillen. Ach, es wäre alles so viel leichter, wenn er sie mögen könnte, aber er mochte sie nicht. Das war seine Sünde.

19

Olive betrachtete Roz mit tiefem Misstrauen. Das Glück hatte Roz' sonst blassen Wangen einen rosigen Schimmer verliehen. »Sie sehen verändert aus«, sagte sie so anklagend, als missfiele ihr das, was sie sah.

Roz schüttelte den Kopf. »Nein. Es ist alles wie immer.« Manchmal waren Lügen wirklich sicher. Sie hatte Angst, Olive würde ihre Zuneigung zu dem Polizeibeamten, der sie verhaftet hatte, als Verrat betrachten.

Olive sah so hässlich und ungepflegt aus wie nie. Das ungewaschene Haar hing ihr strähnig um das farblose Gesicht; vorn auf dem formlosen Sackkleid hatte sie einen Ketchupfleck; der beißende Geruch ihres Schweißes war in dem kleinen Raum fast unerträglich. Sie vibrierte vor Entrüstung und schien, ihrer unmutig gerunzelten Stirn nach zu urteilen, entschlossen, alles, was man ihr sagte, zurückzuweisen. Sie schwieg.

»Ist etwas nicht in Ordnung?«, fragte Roz ruhig.

»Ich will Sie nicht mehr sehen.«

Roz drehte ihren Bleistift zwischen ihren Fingern. »Warum nicht?«

»Ich brauche keine Gründe zu nennen.«

»Es wäre höflich«, sagte Roz im gleichen ruhigen Ton. »Ich habe Ihnen eine Menge Zeit, Kraft und Zuneigung gegeben. Ich dachte, wir seien Freundinnen.«

Olive kräuselte die Lippen. »Freundinnen?«, zischte sie verächtlich. »Wir sind keine Freundinnen. Sie sind die Prinzessin, die sich unters gemeine Volk mischt und damit Geld macht, und ich bin das arme Schwein, das ausgebeutet wird.« Sie stützte ihre Hand mit gespreizten Fingern auf dem Tisch auf, um aufzustehen. »Ich will nicht, dass Sie das Buch schreiben.«

»Weil Sie lieber hier drinnen mit Respekt behandelt als draußen ausgelacht werden möchten.« Roz schüttelte den Kopf. »Sie sind töricht, Olive. Und feige dazu. Ich hätte Ihnen mehr Mumm zugetraut.«

Olive schob ihre wulstigen Lippen vor, als sie sich bemühte aufzustehen. »Ich höre mir das nicht an«, sagte sie wie ein Kind. »Sie wollen ja nur, dass ich mir's anders überlege.«

»Ja, natürlich.« Sie drückte ihre Wange gegen die erhobene Hand. »Ich werde das Buch schreiben, ob Sie es wollen oder nicht. Ich habe nämlich keine Angst vor Ihnen, Olive. Sie können einen Anwalt nehmen und eine einstweilige Verfügung gegen mich erwirken, um mich am Schreiben zu hindern, aber damit werden Sie nicht durchkommen. Ich werde nämlich dagegenhalten, dass Sie unschuldig sind, und daraufhin wird jedes Gericht mein Recht zu publizieren im Interesse der natürlichen Gerechtigkeit schützen.«

Olive fiel wieder auf ihrem Stuhl zusammen. »Ich schreibe an eine Menschenrechtsorganisation. Die werden mich schon unterstützen.«

»Sicher nicht, wenn sie hören, dass ich mich bemühe, Sie aus dem Zuchthaus herauszuholen. Dann werden sie *mich* unterstützen.«

»Dann eben ans Gericht für Menschenrechte. Ich werde vorbringen, dass Sie in meine Intimsphäre eindringen.«

»Versuchen Sie es. Sie werden mir damit ein Vermögen einbringen. Alle Welt wird mein Buch kaufen, um zu sehen, worum es bei dem ganzen Wirbel eigentlich geht. Und wenn die Sache vor Gericht kommt, ganz gleich, vor welches, werde ich dafür sorgen, dass die Beweise diesmal gehört werden.«

»Welche Beweise?«

»Die zeigen, dass Sie es nicht getan haben.«

Olive schlug mit der Faust krachend auf den Tisch. »Ich hab's getan.«

»Nein, Sie haben es nicht getan.«

»Doch!«, brüllte Olive.

»Nein«, sagte Roz mit vor Zorn blitzenden Augen. »Wann werden Sie endlich der Tatsache ins Auge sehen, dass Ihre Mutter tot ist, Sie dummes Ding!« Jetzt schlug sie auf den Tisch. »Sie ist nicht mehr für Sie da, und Sie wird nie wieder für Sie da sein, Olive, ganz gleich, wie lange Sie sich hier drin verstecken.«

Olive begann lautlos zu weinen. »Ich mag Sie nicht.«

Roz fuhr rücksichtslos fort. »Sie sind nach Hause gekommen, haben gesehen, was Ihr Liebhaber getan hatte und haben einen Schock bekommen. Das war, weiß Gott, nur allzu verständlich.« Sie zog die Aufnahmen, die im Leichenschauhaus von Gwen und Amber gemacht worden waren, aus ihrer Tasche und knallte sie vor Olive auf den Tisch. »Sie haben Ihre Mutter vergöttert, nicht wahr? Sie vergöttern alle Menschen, von denen Sie gebraucht werden.«

Olives Wut wuchs. »Das ist nichts als Mist, beschissener, blöder Mist.«

Roz schüttelte den Kopf. »Ich habe Sie gebraucht. Daher weiß ich das.«

Olives Lippen bebten. »Sie wollten wissen, wie es ist, wenn man einen Menschen umbringt; nur dafür haben Sie mich gebraucht.«

»Nein.« Roz griff über den Tisch und nahm eine große,

weiche Hand in ihre. »Ich habe jemanden gebraucht, dem ich Liebe geben konnte. Es ist sehr leicht, Sie zu lieben, Olive.«

Olive entriss ihr ihre Hand und presste sie an ihr Gesicht. »Niemand liebt mich«, flüsterte sie. »Keiner hat mich je geliebt.«

»Sie täuschen sich«, entgegnete Roz fest. »Ich liebe Sie, Schwester Bridget liebt Sie. Und wir werden Sie nicht im Stich lassen, wenn Sie rauskommen. Sie müssen uns vertrauen.« Sie verschloss sich der heimtückischen Stimme, die sie vor einer langfristigen Verpflichtung warnte, der sie doch nicht würde gerecht werden können, und vor wohlmeinenden Lügen, die so leicht auf sie zurückfallen konnten. »Erzählen Sie mir von Amber«, fuhr sie sanft fort. »Erklären Sie mir, warum Ihre Mutter Sie gebraucht hat.«

Olive kapitulierte mit einem zitternden Seufzer. »Sie wollte immer, dass alles nach ihrem Kopf ging, und wenn das nicht geklappt hat, dann hat sie allen in ihrer Umgebung das Leben zur Hölle gemacht. Sie hat Lügen über andere erzählt, was die ihr angetan hätten und so, sie hat gemeine Geschichten verbreitet, und manchmal hat sie anderen auch was angetan. Einmal hat sie meiner Mutter kochendes Wasser über den Arm gegossen, um sie zu bestrafen. Drum haben wir immer nachgegeben. Um uns das Leben ein bisschen leichter zu machen. Wenn alle nach ihrer Pfeife tanzten, war sie der reinste Engel.« Sie leckte sich die Tränen von den Lippen. »Sie hat nie Verantwortung übernommen, aber nach der Geburt des Kindes wurde es ganz schlimm. Mutter hat gemeint, sie hätte aufgehört erwachsen zu werden.«

»Um damit etwas zu kompensieren?«

»Nein, um eine Entschuldigung zu haben. Kinder dürfen sich schlecht benehmen, also hat Amber sich weiterhin wie ein Kind benommen. Nie hat ihr jemand einen Vorwurf daraus gemacht, dass sie schwanger geworden ist. Wir hatten zu viel Angst vor ihrer Reaktion.« Sie wischte sich mit dem Handrücken die Nase. »Meine Mutter wollte mit ihr zu einem Psychiater gehen. Sie hat geglaubt, Amber wäre schizophren.« Sie seufzte tief. »Aber dann waren sie beide tot, und es hat keine Rolle mehr gespielt.«

Roz gab ihr ein Kleenex und wartete, während sie sich die Nase putzte. »Wieso hat sie sich in der Schule nie schlecht benommen?«

»Hat sie doch«, entgegnete Olive ruhig. »Zum Beispiel, wenn die anderen sie aufzogen oder ihre Sachen genommen haben, ohne zu fragen. Ich musste immer richtig böse werden, um sie davon abzuhalten. Ich war dauernd damit beschäftigt dafür zu sorgen, dass niemand ihren Zorn auf sich zog. Sie war ganz bezaubernd, solange ihr niemand in die Quere gekommen ist. Wirklich«, wiederholte sie mit Nachdruck, »ganz bezaubernd.«

»Die zwei Gesichter Evas.«

»Mutter hat es auf jeden Fall so gesehen.« Sie nahm die Zigaretten aus Roz' offener Aktentasche und streifte das Zellophan ab. »Ich hab' sie immer bei mir behalten, wenn sie nicht im Unterricht war. Dagegen hatte sie nichts. Die älteren Mädchen haben sie wie ein kleines Kuscheltier behandelt, und da kam sie sich immer wie was Besonderes vor. Freundinnen in ihrem Alter hatte sie keine.« Sie zog ein paar Zigaretten aus der Packung auf den Tisch und suchte sich eine aus.

»Wie konnte sie denn längere Zeit in einer Stellung bleiben, wenn es so war, wie Sie es schildern? Dann waren Sie doch nicht da, um sie zu beschützen?«

»Sie hat es nie länger als einen Monat in demselben Job ausgehalten. Die meiste Zeit hat sie zu Hause rumgesessen, bei meiner Mutter, und ihr das Leben zur Hölle gemacht.«

»Und wie war's bei Glitzy?«

Olive riss ein Streichholz an und hielt es an ihre Zigarette. »Genauso. Sie war gerade mal drei Wochen dort, da redete sie schon von Kündigung. Sie hatte irgendwelche Schwierigkeiten mit den anderen Mädchen. Ich glaube, sie war schuld, dass eine von ihnen gefeuert worden ist oder so was. Ich weiß das jetzt nicht mehr so genau. Jedenfalls war das der Moment, als meine Mutter gesagt hat, jetzt reicht's, jetzt gehen wir zum Psychiater.«

Roz schwieg eine Weile nachdenklich. »Ich weiß, wer Ihr Liebhaber war«, sagte sie dann unvermittelt. »Ich weiß auch, dass Sie die Sonntage zusammen im Belvedere Hotel in der Farraday Street verbracht haben und dass Sie sich als Mr. und Mrs. Lewis eingetragen haben. Die Eigentümerin vom Belvedere hat ihn anhand seiner Fotografie für mich identifiziert. Ebenso die Sekretärin vom Kurierdienst Wells-Fargo. Ich glaube, er hat Sie am Abend Ihres Geburtstags im Hotel verlassen, als Sie ihm sagten, dass Sie sein Kind abgetrieben hatten. Ich glaube, dass er danach direkt in die Leven Road gefahren ist, um mit Amber und Ihrer Mutter abzurechnen, die er gemeinsam für den Mord an dem Kind verantwortlich machte, das er sich immer gewünscht hatte. Ich glaube außerdem, dass Ihr Vater in der fraglichen Nacht nicht zu Hause war und die ganze Geschichte außer Kontrolle geraten ist. Ich glaube, Sie selbst sind erst viel später nach Hause gekommen, haben die Leichen gefunden und sind völlig zusammengebrochen, weil Sie geglaubt haben, es sei alles Ihre Schuld.« Wieder nahm sie Olives Hand und drückte sie leicht.

Olive schloss die Augen. Die Tränen liefen ihr über das Gesicht. »Nein«, sagte sie schließlich und entzog Roz ihre Hand. »So war es nicht. Ich wollte, es wäre so gewesen. Dann wüsste ich wenigstens, warum ich getan habe, was ich getan habe.« Ihre Augen hatten einen seltsam verschwommenen Blick, als sähen sie nicht nach draußen, sondern nach innen.

»Wir hatten für meinen Geburtstag nichts geplant«, sagte sie. »Das konnten wir nicht. Es war kein Sonntag, und wir konnten uns nur sonntags treffen. Da kam nämlich immer seine Schwägerin, damit er einen freien Tag hatte. Sie und seine Frau dachten, er ginge dann zur British Legion.« Sie lächelte, aber ohne Erheiterung. »Der arme Edward. Er hatte solche Angst, sie würde es erfahren und ihn ohne einen Penny fortschicken. Sie war nämlich diejenige, die das Geld hatte. Und das Haus gehörte auch ihr. Das hat ihm furchtbar zugesetzt. Trauerpfützler war wirklich ein guter Name für ihn, besonders wenn er seine dumme Perücke aufhatte. Da sah er genau aus wie eines von diesen Moorwacklern aus *Narnia,* groß und mager und behaart.« Sie seufzte. »Das war seine Verkleidung, wissen Sie, für den Fall, dass jemand ihn sehen sollte. Ich fand es immer nur komisch. Ich hatte ihn kahlköpfig viel lieber.« Sie seufzte wieder. »*Narnia* war Ambers und mein Lieblingsbuch, als wir Kinder waren.«

Roz hatte sich das schon gedacht. »Und Sie haben sich als Mr. und Mrs. Lewis eingeschrieben, weil C. S. Lewis der Autor des Buchs war. Hatten Sie Angst davor, dass Mrs. Clarke es herausbekommen könnte, oder Ihre Eltern?«

»Wir hatten vor allen Angst, aber am meisten vor Amber. Sie war krankhaft eifersüchtig.«

»Hat sie von Ihrer Abtreibung gewusst?«

Olive schüttelte den Kopf. »Davon hat nur meine Mutter gewusst. Edward habe ich nie etwas davon gesagt und Amber schon gar nicht. Sex im Haus war nur ihr erlaubt. Und sie hat das auch weidlich ausgenutzt. Meine Mutter musste sie dazu zwingen, jeden Abend die Pille zu nehmen, damit sie nicht wieder schwanger wurde.« Sie zog ein Gesicht. »Meine Mutter wurde furchtbar böse, als ich ihr gesagt habe, dass ich schwanger bin. Wir wussten beide, dass Amber einen Tobsuchtsanfall bekommen würde.«

»Haben Sie darum abgetrieben?«

»Wahrscheinlich. Es schien damals die einzige vernünftige Lösung zu sein. Jetzt tut es mir Leid.«

»Sie bekommen sicher noch andere Chancen.«

»Das bezweifle ich.«

»Und was ist nun an dem Abend eigentlich passiert?«, fragte Roz nach einer kleinen Pause.

Olive starrte sie durch den Rauch ihrer Zigarette unverwandt an. »Amber hat das Geburtstagsgeschenk gefunden, das ich von Edward bekommen hatte. Ich hatte es wirklich gut versteckt, aber sie hat immer überall geschnüffelt.« Ihr Mund zuckte. »Immer musste ich Sachen, die sie hatte mitgehen lassen, wieder zurückbringen. Alle haben gedacht, die Schnüfflerin sei ich.« Sie umschloss ihr Handgelenk mit Finger und Daumen. »Es war ein Armband mit einem Namensschild in Silber und einem kleinen Anhänger in Form eines silbernen Sessels. Und auf dem Schildchen stand: *Du bist Narnia.* Verstehen Sie? Narnia war das Paradies.« Sie lächelte verlegen. »Ich fand es wunderschön.«

»Er hat Sie sehr lieb gehabt.« Es war eine Feststellung, keine Frage.

»Mit mir hat er sich wieder jung gefühlt.« Die Tränen quollen unter den wimpernlosen Lidern hervor. »Wir haben wirklich keinem geschadet. Wir haben uns nur hin und wieder an einem Sonntag getroffen, in aller Stille, um zusammen zu sein, und für uns war es etwas, worauf wir uns freuen konnten.« Die Tränen strömten ihr jetzt über die Wangen. »Heute wünschte ich, ich hätte es nicht getan, aber es tat so gut, sich als was Besonderes zu fühlen. Das hatte ich vorher noch nie erlebt, und ich war so eifersüchtig auf Amber. Sie hatte massenhaft Verehrer und Freunde. Sie hat sie immer mit nach oben genommen. Meine Mutter hatte zu viel Angst vor ihr, um etwas zu sagen.« Sie schluchzte laut. »Immer haben mich alle ausgelacht. Ich hasse es, ausgelacht zu werden.«

Was musste das für ein entsetzliches Leben in diesem Haus gewesen sein, dachte Roz, in dem jeder verzweifelt Liebe gesucht und niemals gefunden hatte. Hätten sie sie denn überhaupt erkannt, wenn sie sie gefunden hätten? Sie wartete, bis Olive sich wieder etwas gefasst hatte.

»Hat Ihre Mutter gewusst, dass der Mann Edward war?«

»Nein. Ich habe ihr erzählt, es sei jemand aus dem Büro. Wir waren sehr vorsichtig. Edward war der beste Freund meines Vaters. Es wäre für alle das Ende gewesen, wenn sie gewusst hätten, was wir taten.« Sie schwieg. »Na ja, es war ja dann auch für alle das Ende.«

»Sie sind dahintergekommen.«

Sie nickte. »Amber hat es sofort gewusst, als sie das Armband entdeckte. Das war ja klar. Narnia. Das Armband konnte nur vom Trauerpfützler sein.« Sie zog tief an ihrer Zigarette.

Roz sah sie einen Moment still an. »Was hat sie getan?«, fragte sie, als Olive nicht weitersprach.

»Was sie immer getan hat, wenn sie wütend war. Sie hat angefangen zu streiten. Sie hat mich an den Haaren gezogen, das weiß ich noch. Und geschrien hat sie. Meine Eltern mussten uns trennen. Es wurde ein regelrechtes Tauziehen, auf der einen Seite riss mein Vater an mir, auf der anderen hatte mich Amber bei den Haaren. Es war die Hölle. Und dann schrie Amber plötzlich, ich hätte ein Verhältnis mit Mr. Clarke.« Sie starrte tief unglücklich zum Tisch hinunter. »Meine Mutter hat ausgesehen, als müsse sie sich gleich übergeben – keinem gefällt die Vorstellung, dass alte Männer sich an junge Mädchen ranmachen, das hab' ich auch immer im Blick der Frau im Belvedere gesehen.« Sie drehte die Zigarette in ihren Fingern. »Aber jetzt, wissen Sie, glaube ich, dass meine Mutter deshalb so entsetzt und angewidert war, weil sie wusste, dass Edward und mein Vater es auch zusammen trieben. Ja, das war der Grund, warum ihr übel wurde. Mir wird jetzt auch übel, wenn ich mir das vorstelle.«

»Warum haben Sie es nicht einfach abgestritten?«

Olive paffte trübselig an ihrer Zigarette. »Das hätte gar keinen Sinn gehabt. Meine Mutter hat sofort gewusst, dass Amber die Wahrheit sagte. Das ist vermutlich eine Instinktsache. Man erfährt etwas und plötzlich ergeben viele andere kleine Dinge, die vorher nichts bedeutet haben, einen Sinn. Auf jeden Fall haben dann alle drei angefangen, auf mich einzubrüllen, meine Mutter im Schock, mein Vater in blinder Wut.« Sie zuckte die Achseln. »Ich hatte meinen Vater noch nie so wütend gesehen. Meiner Mutter ist das mit der Abtreibung herausgerutscht, und da hat er mir immer wieder ins Gesicht geschlagen und mich eine Hure genannt. Und Amber hat dauernd geschrien, er sei ja nur eifersüchtig, weil er selbst in Edward verliebt sei. Es war so grauenvoll« – wieder schossen ihr die Tränen in die Augen, »dass ich schließlich gegangen bin.« Ein eher komischer Ausdruck lag auf ihrem Gesicht. »Und als ich am nächsten Tag zurückkam, war überall alles voll Blut, und meine Mutter und Amber waren tot.«

»Sie waren die ganze Nacht weg?«

Olive nickte. »Und den größten Teil des Vormittags.«

»Aber das ist doch gut.« Roz beugte sich vor. »Das können wir beweisen. Wo waren Sie?«

»Ich bin zum Strand gegangen.« Sie starrte auf ihre Hände. »Ich wollte mich umbringen. Ich wollte jetzt, ich hätte es getan. Aber stattdessen hab' ich die ganze Nacht nur dagesessen und darüber nachgedacht.«

»Hat jemand Sie gesehen?«

»Nein. Ich wollte nicht gesehen werden. Als es hell wurde,

habe ich mich jedes Mal, wenn ich jemand kommen hörte, hinter einem Boot versteckt.«

»Wann sind Sie zurückgekommen?«

»Gegen Mittag. Ich hatte nichts gegessen und war hungrig.«

»Haben Sie mit jemandem gesprochen?«

Olive seufzte müde. »Niemand hat mich gesehen. Wenn mich jemand gesehen hätte, wäre ich nicht hier.«

»Wie sind Sie ins Haus gekommen? Hatten Sie einen Schlüssel?«

»Ja.«

»Wieso?«, fragte Roz scharf. »Sie sagten, Sie seien gegangen. Ich dachte, Sie seien, so wie Sie waren, davongelaufen.«

Olives Augen weiteten sich. »Ich hab' gewusst, dass Sie mir nicht glauben würden«, schluchzte sie. »Keiner glaubt mir, wenn ich die Wahrheit sage.« Sie fing wieder an zu weinen.

»Doch, ich glaube Ihnen«, sagte Roz fest. »Ich möchte es nur genau wissen.«

»Ich bin erst in mein Zimmer und habe meine Sachen geholt. Ich bin nur gegangen, weil sie alle solchen Krach gemacht haben.« Sie verzog schmerzlich das Gesicht. »Mein Vater hat geweint. Es war grauenhaft.«

»Okay. Weiter. Sie sind jetzt wieder zu Hause.«

»Ich hab' aufgesperrt und bin zur Küche gegangen, weil ich mir was zu essen holen wollte. Ich bin in das ganze Blut reingetreten, noch ehe ich es überhaupt bemerkt habe.« Sie starrte auf die Fotografie ihrer Mutter und neue Tränen traten ihr in die Augen. »Ich mag nicht daran denken. Mir wird übel, wenn ich daran denke.« Ihre Unterlippe zitterte heftig.

»Okay«, sagte Roz. »Konzentrieren wir uns auf etwas anderes. Warum sind Sie überhaupt im Haus geblieben? Warum sind Sie nicht gleich auf die Straße hinausgestürzt und haben um Hilfe gerufen?«

Olive wischte sich die Augen. »Ich konnte mich nicht rühren«, sagte sie schlicht. »Ich wollte es, aber ich konnte nicht. Ich habe nur dagestanden und daran gedacht, wie schrecklich meine Mutter sich schämen würde, wenn die Leute sie nackt sehen würden.« Immer noch zitterte ihre Unterlippe wie bei einem kleinen Kind. »Mir war so entsetzlich übel. Ich wollte mich setzen, aber es war kein Stuhl da.« Sie drückte die Hand auf den Mund und schluckte krampfhaft. »Und dann schlug plötzlich Mrs. Clarke ans Küchenfenster. Sie schrie, Gott würde mir meine Sündhaftigkeit niemals verzeihen, und dabei ist ihr die ganze Zeit der Speichel aus dem Mund gelaufen.« Sie zog schaudernd die massigen Schultern zusammen. »Ich wusste nur, dass ich sie irgendwie zum Schweigen bringen musste, weil sie alles noch schlimmer machte. Da hab' ich das Nudelholz gepackt und bin zur Hintertür gerannt.« Sie seufzte. »Aber da bin ich hingefallen, und außerdem war sie sowieso schon nicht mehr da.«

»Und da haben Sie dann die Polizei angerufen?«

»Nein.« Das tränennasse Gesicht zuckte wie im Krampf. »Ich kann mich jetzt nicht mehr an alles erinnern. Irgendwann bin ich mal total außer mir geraten, weil ich ganz voll war mit ihrem Blut, und ich hab' mir immer wieder die Hände abgekratzt, um sie sauber zu kriegen. Aber alles, was ich angefasst habe, war blutig.« Ihre Augen weiteten sich bei der Erinnerung. »Ich war immer schon so tollpatschig, und der Boden war ganz glitschig. Ich bin dauernd über sie gestolpert und hab' sie verschoben, und dann musste ich sie anfassen und alles wieder richtig hinlegen, und dann hatte ich noch mehr Blut an mir.« Die traurigen Augen liefen wieder über. »Und die ganze Zeit dachte ich immer nur, das ist alles meine Schuld. Wenn ich nie geboren worden wäre, wäre das hier nie passiert. Ich habe mich lange hingesetzt, weil mir so übel war.«

Roz sah ungläubig auf den gesenkten Kopf. »Aber warum haben Sie das alles nicht der Polizei gesagt?«

Sie hob den Kopf und sah Roz mit feuchten blauen Augen ins Gesicht. »Das wollte ich ja, aber es hat niemand mit mir gesprochen. Sie haben alle geglaubt, ich hätte es getan. Und ich habe die ganze Zeit nur gedacht, dass jetzt alles über Edward und mich und über Edward und meinen Vater herauskommen würde, und über die Abtreibung und Amber und ihr Kind, und dann hab' ich gedacht, dass es doch viel besser wäre und allen Verlegenheit ersparen würde, wenn ich einfach sagte, dass ich es getan habe.«

Roz sprach bewusst mit ruhiger, fester Stimme. »Was glaubten Sie denn, wer es getan hatte?«

Olive sah sie verzweifelt an. »Darüber habe ich zuerst überhaupt nicht nachgedacht.« Sie krümmte ihre Schultern wie in Schutzstellung. »Und dann war mir klar, dass mein Vater es getan hatte und sie mich verurteilen würden, weil er der Einzige war, der mich hätte retten können.« Sie zupfte an ihrer Lippe. »Danach war es eine richtige Erleichterung, einfach zu sagen, was alle hören wollten. Ich wollte auch gar nicht mehr nach Hause, wissen Sie – wo meine Mutter tot war und Edward nebenan und alle Bescheid wussten. Ich hätte unmöglich wieder nach Hause gehen können.«

»Woher wussten Sie denn, dass Ihr Vater es getan hatte?«

Ein Wimmern der Qual wie von einem verletzten Tier kam aus Olives Mund. »Weil Mr. Crew so gemein zu mir war.« Wieder rannen die Tränen in Strömen. »Er kam früher manchmal zu uns, und da hat er mir immer einen Klaps auf die Schulter gegeben und gesagt: ›Na, wie geht's, Olive?‹ Aber auf der Polizei«, sie vergrub ihr Gesicht in den Händen, »da hat er sich ein Taschentuch vor den Mund gehalten, weil er sich beinahe übergeben musste, und hat sich auf die andere Seite des Zimmers gestellt und gesagt: ›Sagen Sie kein Wort zu mir oder der Polizei, sonst kann ich Ihnen nicht helfen.‹ Da habe ich es gewusst.«

Roz runzelte die Stirn. »Wieso? Das verstehe ich nicht.«

»Weil mein Vater der Einzige war, der gewusst hat, dass ich gar nicht im Haus gewesen war, aber er hat das weder Mr. Crew gesagt noch später der Polizei. Mein Vater muss es getan haben, sonst hätte er doch versucht, mich zu retten. Er hat mich ins Zuchthaus gehen lassen, weil er ein Feigling war.« Sie schluchzte laut. »Und dann ist er gestorben und hat sein Geld Ambers Kind vermacht, obwohl er doch einen Brief hätte hinterlassen können, um den Behörden mitzuteilen, dass ich unschuldig bin.« Sie schlug sich mit beiden Händen auf die Knie. »Was hätte das denn nach seinem Tod noch für eine Rolle gespielt?«

Roz nahm Olive die Zigarette aus der Hand und stellte sie auf den Tisch. »Warum haben Sie der Polizei nicht gesagt, dass Sie Ihren Vater für den Täter hielten? Sergeant Hawksley hätte Ihnen zugehört. Er hatte Ihren Vater bereits in Verdacht.«

Olive senkte den Blick. »Das möchte ich Ihnen nicht sagen.«

»Sie müssen aber, Olive.«

»Sie lachen mich bestimmt aus.«

»Sagen Sie es mir.«

»Ich hatte Hunger.«

Roz schüttelte perplex den Kopf. »Das verstehe ich nicht.«

»Der Sergeant hat mir ein Brot gebracht und gesagt, sobald wir mit dem Protokoll fertig seien, bekäme ich ein anständiges Abendessen.« Von neuem begann sie zu schluchzen. »Ich hatte den ganzen Tag nichts gegessen, und ich hatte solchen Hunger«, jammerte sie. »Es ging am schnellsten, wenn ich sagte, was sie von mir hören wollten, und dann hab' ich mein Essen bekommen.« Sie hob den Kopf. »Da lachen doch bestimmt alle, wenn sie das hören.«

Roz fragte sich, warum sie nie auf den Gedanken gekommen war, dass Olives unersättliche Gier nach allem Essbaren zu dem raschen Geständnis beigetragen haben könnte. Mrs. Hopwood hatte sie als zwanghafte Esserin geschildert, und unter Stress mussten die Hungerqualen für das unglückliche Mädchen noch unerträglicher gewesen sein.

»Nein«, sagte sie mit Entschiedenheit, »darüber wird kein Mensch lachen. Aber warum haben Sie dann selbst bei Ihrem Prozess noch darauf bestanden, sich schuldig zu bekennen? Da hätten Sie doch kämpfen können. Sie hatten inzwischen Zeit gehabt, um nachzudenken und über den Schock wegzukommen.«

Olive wischte sich die Augen. »Da war es zu spät. Ich hatte ein Geständnis abgelegt. Ich hatte keine Strategie, außer auf verminderte Schuldfähigkeit zu plädieren, und ich war nicht bereit, mich von Mr. Crew eine Psychopathin nennen zu lassen. Ich hasse Mr. Crew.«

»Aber wenn Sie jemandem die Wahrheit gesagt hätten, hätte der Betreffende Ihnen vielleicht geglaubt. Sie haben sie mir gesagt, und ich habe Ihnen geglaubt.«

Olive schüttelte den Kopf. »Ich habe Ihnen nichts gesagt«, entgegnete sie. »Alles, was Sie wissen, haben Sie selbst herausgefunden. Darum glauben Sie es.« Ihre Augen wurden wieder feucht. »Am Anfang, als ich ins Zuchthaus kam, hab' ich's versucht. Da habe ich mit dem Kaplan gesprochen, aber der mag mich nicht und dachte, ich erzählte ihm Lügengeschichten. Denn ich hatte ja bereits gestanden, wissen Sie, und nur die Schuldigen gestehen. Vor den Psychiatern hatte ich am meisten Angst. Ich dachte, wenn ich das Verbrechen leugnete und keine Reue zeigte, würden sie sagen, ich sei gemeingefährlich, und mich nach Broadmoor schicken.«

Roz sah sie voll Mitgefühl an. Olive hatte im Grund nie eine Chance gehabt. Und wer war letztendlich schuld daran? Mr. Crew? Robert Martin? Die Polizei? Sogar die arme

Gwen, deren Abhängigkeit von ihrer Tochter Olives Leben bestimmt hatte. Michael Jackson hatte es mit einem Satz gesagt: »Sie gehörte zu den Menschen, an die man nur denkt, wenn man etwas zu erledigen hat; dann erinnert man sich ihrer mit Erleichterung, weil man weiß, dass sie es erledigen werden.« Amber hatte nie etwas daran gelegen, anderen zu gefallen, dachte sie, nur Olive, und das Resultat war gewesen, dass sie selbst völlig abhängig geworden war. Und da sie keinen Menschen gehabt hatte, der ihr gesagt hatte, was sie tun sollte, war sie den Weg des geringsten Widerstands gegangen.

»Sie werden das in den nächsten Tagen offiziell hören, aber ich sehe nicht ein, warum Sie solange warten sollen. Mr. Crew ist im Augenblick nur gegen Kaution auf freiem Fuß. Er wird der Unterschlagung des Geldes Ihres Vaters beschuldigt und der Verabredung zum Betrug. Vielleicht wird man ihn auch der Verabredung zum Mord beschuldigen.«

Es blieb lange still, ehe Olive schließlich aufblickte. In ihren Augen war ein Ausdruck triumphierenden Wissens, bei dem Roz ein kalter Schauer über den Rücken rann. Sie dachte an Schwester Bridgets schlichte Erklärung *ihrer* Wahrheit: *Sie sind auserwählt worden, Roz, ich nicht.* Und was war Olives Wahrheit?

»Das weiß ich schon.« Wie nebenbei zog Olive aus dem Oberteil ihres Kleides eine Nadel. »Der Buschtelegraf«, erklärte sie. »Mr. Crew hat die Hayes-Brüder gedungen, Sergeant Hawksleys Restaurant zu zerlegen. Sie waren dort, und Sie und der Sergeant sind verprügelt worden. Das tut mir Leid, aber sonst tut mir nichts Leid. Mr. Hayes hab' ich nie richtig leiden können. Er hat mich immer ignoriert und nur mit Amber geredet.« Sie stieß die Nadel in die Tischplatte. Bröckchen getrockneten Tons und erhärteten Wachses hingen noch an ihrem Kopf.

Roz betrachtete sie mit hochgezogenen Brauen. »Das ist nichts als abergläubischer Blödsinn, Olive.«

»Sie haben selbst gesagt, es wirkt, wenn man dran glaubt.«

»Das war doch nur Spaß.«

»Die *Encyclopedia Britannica* macht keinen Spaß.« Olive deklamierte im Singsang: ›Seite sechsundneunzig, Band fünfundzwanzig, Überschrift Okkultismus.‹« Aufgeregt wie ein Kind klatschte sie in die Hände, und ihre Stimme schwoll zu lautem Rufen an. »›*In Salem hat der Hexenzauber gewirkt, weil es Leute gab, die daran glaubten.*‹« Sie sah Roz' beunruhigtes Gesicht und sagte ruhig: »Blanker Unsinn. Wird Mr. Crew verurteilt werden?«

»Das weiß ich nicht. Er behauptet, Ihr Vater hätte ihm in seiner Eigenschaft als Testamentsvollstrecker grünes Licht gegeben, das Geld anzulegen, solange nach Ihrem Neffen gesucht wird, und das Irre ist«, sie lächelte grimmig, »dass seine Anlagen sich wahrscheinlich auszahlen werden, wenn das Grundstücksgeschäft sich wieder belebt, was es voraussichtlich tun wird. Er leugnet natürlich alles, aber die Polizei scheint recht zuversichtlich zu sein, dass sie ihn und die Brüder Hayes wegen gewalttätigen Überfalls belangen können. Ich würde alles darum geben, wenn ich ihn wegen Verletzung der Sorgfaltspflicht in Ihrem Fall kriegen könnte. War er auch einer von denen, denen Sie versucht haben, die Wahrheit zu sagen?«

»Nein«, antwortete Olive bedauernd. »Das hätte gar keinen Sinn gehabt. Er war schon seit Jahren der Anwalt meines Vaters. Er hätte niemals geglaubt, dass mein Vater es getan hat.«

Roz packte ihre Sachen ein. »Ihr Vater hat Ihre Mutter und Ihre Schwester nicht getötet, Olive. Er glaubte, *Sie* hätten es getan. Gwen und Amber waren am Leben, als er morgens zur Arbeit ging. Was ihn anging, entsprach Ihre Aussage völlig den Tatsachen.«

»Aber er hat gewusst, dass ich nicht da war.«

Roz schüttelte den Kopf. »Ich werde es nie beweisen können, aber ich glaube, er hatte keine Ahnung, dass Sie gegangen waren. Vergessen Sie nicht, er hat unten geschlafen. Und ich gehe jede Wette ein, Sie sind ganz leise hinausgeschlüpft, um keine Aufmerksamkeit zu erregen. Wenn Sie ihm nur erlaubt hätten, mit Ihnen zu sprechen, dann hätten Sie das klären können.« Sie stand auf. »Es ist jetzt vorbei, aber Sie hätten ihn nicht bestrafen sollen, Olive. Er war so wenig schuldig wie Sie. Er hat Sie geliebt. Er konnte es nur nicht gut zeigen. Ich denke, sein einziger Fehler war, dass er Frauen und dem, was sie anhatten, zu wenig Aufmerksamkeit geschenkt hat.«

Olive schüttelte den Kopf. »Wie meinen Sie das?«

»Er hat der Polizei damals gesagt, Ihre Mutter habe eine Kittelschürze aus Nylon besessen.«

»Und warum hat er das gesagt?«

Roz seufzte. »Ich vermute, weil er nicht zugeben wollte, dass er sie niemals richtig angesehen hat. Er war kein schlechter Mensch, Olive. Er konnte nichts für seine sexuellen Vorlieben, so wenig wie Sie und ich. Die Tragödie war, dass bei Ihnen zu Hause keiner darüber sprechen konnte.« Sie zog die Nadel aus der Tischplatte und säuberte ihren Kopf. »Und ich glaube keine Sekunde, dass er je Ihnen die Schuld an der Entwicklung der Dinge gegeben hat. Er hat sie einzig sich selbst gegeben. Darum ist er in dem Haus geblieben. Das war seine Buße.«

Eine dicke Träne lief Olives Wange hinab. »Er hat immer gesagt, das Spiel sei die Mühe nicht wert.« Sie streckte die Hände nach der Nadel aus. »Wenn ich ihn weniger geliebt hätte, hätte ich ihn auch weniger gehasst, und dann wäre es jetzt nicht zu spät, nicht wahr?«

20

Hal saß draußen im Wagen, die Arme verschränkt, eine alte Mütze gegen die Sonne tief ins Gesicht gezogen, und machte ein Nickerchen. Als Roz die Tür auf der Fahrerseite öffnete, hob er den Kopf und blinzelte sie faul an. »Und?«

Sie warf ihre Aktentasche auf den Rücksitz und setzte sich hinter das Steuer. »Sie hat meine Version glatt in Stücke geschossen.« Sie ließ den Motor an und manövrierte den Wagen aus der Parklücke.

Hal betrachtete sie nachdenklich. »Und wohin geht's jetzt?«

»Jetzt werde ich mal dem guten Edward die Hölle heiß machen«, antwortete sie. »Der wird sein blaues Wunder erleben.«

»Hältst du das für klug? Ich dachte, er sei ein Psychopath?« Hal zog sich die Mütze wieder über die Augen und rutschte tiefer in seinen Sitz, um sein Schläfchen fortzusetzen. »Aber du wirst ja wissen, was du tust.« Sein Vertrauen in Roz kannte keine Grenzen. Sie hatte mehr Schneid als die meisten Männer, die er kannte.

»Stimmt.« Sie schob das Band, das sie gerade aufgenommen hatte, ins Kassettendeck und spulte zurück. »Du hingegen nicht, Sergeant, darum spitz jetzt mal die Ohren. Ich hab' so das düstere Gefühl, ich sollte eigentlich dir die Hölle heiß machen. Das arme Kind – denn was anderes ist sie ja im

Grunde nicht, auch jetzt noch nicht – war völlig ausgehungert, und du hast ihr versprochen, sie würde ein ›anständiges Abendessen‹ bekommen, sobald sie ihre Aussage gemacht hätte. Kein Wunder, dass sie nicht schnell genug ein Geständnis ablegen konnte. Hätte sie gesagt, sie sei es nicht gewesen, hättest du sie weiterhin auf ihr Essen warten lassen.« Sie drehte das Radio auf volle Lautstärke.

Sie mussten mehrmals läuten, ehe Edward Clarke ihnen bei vorgelegter Sicherheitskette die Tür öffnete. »Sie haben hier nichts zu suchen«, zischte er Roz an. »Ich rufe die Polizei, wenn Sie uns weiterhin belästigen.«

Hal trat mit einem freundlichen Lächeln vor. »Sergeant Hawksley von der Kriminalpolizei Dawlington, Mr. Clarke. Es handelt sich um den Fall Olive Martin, den ich damals bearbeitet habe. Ich nehme an, Sie erinnern sich an mich.«

Ein Ausdruck, in dem sich Wiedererkennen und Resignation mischten, flog über Edward Clarkes Gesicht. »Ich dachte, dieses Kapitel sei abgeschlossen.«

»Leider nicht. Dürfen wir eintreten?«

Clarke zögerte kurz, und Roz fragte sich schon, ob er Hal beim Wort nehmen und seinen Ausweis verlangen würde. Aber er tat es nicht. Der typisch britische Respekt vor der Autorität saß tief bei ihm. Scheppernd löste er die Kette und machte ihnen die Tür auf.

»Ich wusste, dass Olive irgendwann reden würde«, sagte er müde. »Sie wäre kein Mensch, wenn sie es nicht getan hätte.« Er führte sie ins Wohnzimmer. »Aber mein Wort, ich wusste nichts von diesen Morden. Glauben Sie denn im Ernst, ich hätte mich mit ihr angefreundet, wenn ich gewusst hätte, was für eine Person sie war?«

Roz ließ sich in dem Sessel nieder, in dem sie schon einmal gesessen hatte, und schaltete heimlich den Recorder in ihrer

Handtasche ein. Hal ging zum Fenster und sah hinaus. Mrs. Clarke saß auf der kleinen Terrasse hinter dem Haus, das ausdruckslose Gesicht der Sonne zugewandt.

»Sie und Olive waren mehr als Freunde«, sagte Hal ohne Schärfe und drehte sich zu Clarke um.

»Wir haben niemandem geschadet«, sagte Edward Clarke genau wie kurz zuvor Olive. Roz hätte interessiert, wie alt er war.

Siebzig? Er sah älter aus, erschöpft vielleicht von der Pflege seiner Frau. Die auf Zellophan skizzierte Perücke, die sie über sein Foto gelegt hatte, hatte ihr gezeigt, dass volles Haar einen Mann weit jünger wirken ließ. Er quetschte seine Hände zwischen seine Knie, als wüsste er nicht, was er mit ihnen anfangen sollte. »Oder sollte ich besser sagen, es war nicht unsere Absicht, jemandem zu schaden. Was Olive getan hat, war völlig unbegreiflich für mich.«

»Und Sie fühlen sich dafür in keiner Weise verantwortlich?«

Er starrte zu Boden, unfähig, sie anzusehen. »Ich nahm an, sie sei immer schon labil gewesen«, sagte er.

»Warum?«

»Ihre Schwester war es auch. Ich dachte, es sei erblich bedingt.«

»Sie hat sich also schon vor den Morden merkwürdig verhalten?«

»Nein«, gab er zu. »Wie gesagt, ich hätte diese – äh – Beziehung nicht gesucht, wenn ich gewusst hätte, was für ein Mensch sie war.«

Hal schwenkte um. »Welcher Art genau war eigentlich Ihre Beziehung zu Olives Vater?«

Er presste seine Knie noch fester gegen seine Hände. »Freundschaftlich.«

»Wie freundschaftlich?«

Mr. Clarke seufzte. »Ist das jetzt noch von Bedeutung? Das alles ist lange her, und Robert ist tot.« Sein Blick wanderte zum Fenster.

»Es ist von Bedeutung«, sagte Hal brüsk.

»Wir waren sehr enge Freunde.«

»Bestanden zwischen Ihnen sexuelle Beziehungen?«

»Kurze Zeit, ja.« Er zog seine Hände zwischen seinen Knien heraus und schlug sie vor sein Gesicht. »Das klingt jetzt so schmutzig, aber so war es nicht. Sie müssen begreifen, wie einsam ich war. Gott weiß, es ist nicht ihre Schuld, aber meine Frau war mir nie eine Gefährtin. Wir haben spät geheiratet, hatten keine Kinder, und ihr Geist verfiel rasch. Ich wurde ihr Pfleger und Betreuer, als wir noch keine fünf Jahre verheiratet waren. Ich war in meinem eigenen Haus mit einem Menschen eingesperrt, mit dem ich kaum kommunizieren konnte.« Er schluckte krampfhaft. »Roberts Freundschaft war alles, was ich hatte, und er war, wie Sie offensichtlich wissen, homosexuell. Seine Ehe war genauso ein Gefängnis wie meine, wenn auch aus anderen Gründen.« Er massierte sich die Nasenwurzel mit Zeigefinger und Daumen. »Der sexuelle Teil unserer Beziehung war im Grunde nur ein Nebenprodukt unserer Abhängigkeit voneinander. Er war Robert sehr wichtig, mir weit weniger, obwohl ich zugeben muss, dass ich damals – wenn auch nur etwa drei oder vier Monate lang – ehrlich glaubte, selbst auch homosexuell zu sein.«

»Bis Sie sich in Olive verliebten?«

»Ja«, antwortete Mr. Clarke. »Sie war natürlich ihrem Vater sehr ähnlich – intelligent, sensibel, durchaus anziehend, wenn sie es sein wollte, und sehr verständnisvoll. Sie stellte im Gegensatz zu meiner Frau kaum Ansprüche.« Er seufzte. »Angesichts dessen, was später geschah, erscheint es merkwürdig, das zu sagen, aber sie war ein Mensch, in dessen Gegenwart man sich wohl fühlte.«

»Wusste Olive von Ihrer Beziehung zu ihrem Vater?«

»Von mir nicht. Sie war in vieler Hinsicht sehr naiv.«

»Und Robert wusste nichts von Ihrer Beziehung zu Olive.«

»Nein.«

»Sie haben mit dem Feuer gespielt, Mr. Clarke.«

»Ich habe das nicht geplant, Sergeant. Es hat sich so ergeben. Zu meiner Verteidigung kann ich nur vorbringen, dass ich in dem Moment, als ich mir meiner Gefühle für Olive bewusst wurde, die intimen Beziehungen zu Robert abgebrochen habe. Aber wir sind Freunde geblieben. Etwas anderes wäre grausam gewesen.«

»Quatsch!«, sagte Hal mit kalkuliertem Zorn. »Sie wollten bloß nicht, dass man Ihnen auf die Schliche kam. Ich vermute, Sie haben's mit beiden zu gleicher Zeit getrieben und jede Minute des Kitzels genossen. Und da haben Sie noch die gottverdammte Stirn zu sagen, Sie fühlten sich nicht verantwortlich.«

»Weshalb sollte ich mich verantwortlich fühlen?«, konterte Clarke mit einem gewissen Feuer. »Mein Name ist von keinem von beiden je genannt worden. Glauben Sie etwa, er wäre nicht zur Sprache gekommen, wenn ich unwissentlich die Katastrophe heraufbeschworen hätte?«

Roz lächelte verächtlich. »Haben Sie sich jemals Gedanken darüber gemacht, warum Robert Martin nach den Morden kein Wort mehr mit Ihnen gesprochen hat?«

»Ich nahm an, er sei zu bekümmert.«

»Ich glaube, man empfindet etwas mehr als schlichten Kummer, wenn man entdeckt, dass die eigene Tochter von dem Mann verführt worden ist, den man für seinen Geliebten gehalten hat«, sagte sie ironisch. »Natürlich haben Sie die Katastrophe heraufbeschworen, Mr. Clarke, und Sie wussten es auch. Aber Sie haben sich gehütet, etwas zu sagen. Sie haben lieber mit angesehen, wie die ganze Familie Martin sich selbst vernichtete, als sich zu exponieren.«

»War das denn so unverständlich?«, protestierte er. »Sie hätten mich doch jederzeit nennen können. Sie haben es nicht getan. Was hätte es geholfen, wenn ich mich gemeldet hätte? Gwen und Amber wären trotzdem tot gewesen. Olive wäre trotzdem ins Zuchthaus gekommen.« Er sah Hal an. »Ich bedaure meine Beziehungen zu der Familie zutiefst, aber man kann mich doch weiß Gott nicht dafür verantwortlich machen, wenn meine Verbindung zu ihr zur Tragödie führte. Ich habe nichts Verbotenes getan.«

Hal sah wieder zum Fenster hinaus. »Erklären Sie uns, warum Sie umgezogen sind, Mr. Clarke. War das Ihr Entschluss oder der Ihrer Frau?«

Er klemmte seine Hände wieder zwischen seine Knie. »Das war ein gemeinsamer Entschluss. Das Leben dort wurde für uns beide unerträglich. Wir haben überall Gespenster gesehen. Ein Ortswechsel schien uns das einzig Vernünftige.«

»Warum legten Sie so großen Wert darauf, Ihre neue Adresse geheim zu halten?«

Clarke sah mit gequältem Blick auf. »Ich wollte nicht, dass die Vergangenheit mich einholt. Ich habe in ständiger Angst vor diesem Tag gelebt.« Er sah Roz an. »Es ist beinahe eine Erleichterung, dass jetzt alles herauskommt. Sie werden mir das wahrscheinlich nicht glauben.«

Sie lächelte verkrampft. »Ihre Frau hat am Tag der Morde vor der Polizei ausgesagt, sie habe Gwen und Amber Martin am Morgen noch an der Tür gesehen, nachdem Sie und Robert zur Arbeit gefahren waren. Aber als ich neulich hier bei Ihnen war, sagte sie, sie habe damals gelogen.«

»Ich kann nur wiederholen, was ich Ihnen neulich schon sagte«, erwiderte er müde. »Dorothy ist senil. Man kann sich auf nichts verlassen, was sie sagt. Meistens weiß sie nicht einmal, was für ein Tag gerade ist.«

»Hat sie vor fünf Jahren die Wahrheit gesagt?«

Er nickte. »Soweit es ihre Aussage angeht, dass die beiden noch am Leben waren, als ich zur Arbeit fuhr, ja, da hat sie die Wahrheit gesagt. Amber war am Fenster und hat herausgeschaut. Ich habe sie selbst gesehen. Sie versteckte sich hinter dem Vorhang, als ich ihr zuwinkte. Ich weiß noch, dass ich das seltsam fand.« Er machte eine Pause. »Ob Dorothy Robert hat wegfahren sehen«, fuhr er dann fort, »kann ich nicht sagen. Sie behauptete, ja, und so viel ich weiß, hatte Robert ein bombensicheres Alibi.«

»Hat Ihre Frau einmal erwähnt, dass sie die Leichen gesehen hat, Mr. Clarke?«, fragte Hal beiläufig.

»Großer Gott, nein.« Er schien ehrlich entsetzt zu sein.

»Es hätte mich nur interessiert, wieso sie Gespenster gesehen hat. Sie war doch mit Gwen und Amber nicht besonders gut befreundet, oder? Eher das Gegenteil, wenn man bedenkt, wie viel Zeit Sie drüben bei den Martins verbracht haben.«

»Jeder in der Straße hat Gespenster gesehen«, sagte er bedrückt. »Wir wussten ja alle, was Olive getan hatte. Man hätte schon völlig abgestumpft sein müssen, um da keine Gespenster zu sehen.«

»Können Sie sich erinnern, was Ihre Frau am Morgen der Morde anhatte?«

Überrascht von dem plötzlichen Themawechsel, starrte er Hal an. »Warum fragen Sie?«

»Wir hatten eine Meldung, dass jemand eine Frau an der Garage der Martins vorbeigehen sah.« Die Lüge kam ihm leicht über die Lippen. »Der Beschreibung nach war sie zu klein und zierlich, als dass es Olive hätte sein können, aber wer auch immer es war, sie hatte, wie die Beschreibung lautete, ein recht elegantes schwarzes Kostüm an. Wir würden diese Frau gern finden. Könnte das Ihre Frau gewesen sein, Mr. Clarke?«

Die Erleichterung des Mannes war beinahe mit Händen zu greifen. »Nein. Sie hat nie ein schwarzes Kostüm besessen.«

»Hat sie vielleicht an dem Morgen etwas Schwarzes angehabt?«

»Nein. Sie hatte eine geblümte Kittelschürze an.«

»Sie sind sich Ihrer Sache sehr sicher.«

»Sie hatte sie jeden Morgen an, für die Hausarbeit. Erst wenn sie damit fertig war, hat sie sich umgezogen. Außer sonntags. Sonntags hat sie keine Hausarbeit gemacht.«

Hal nickte. »Jeden Morgen dieselbe Kittelschürze? Und wenn sie schmutzig war?«

Clarke runzelte die Stirn, offensichtlich verwundert über diese Fragen. »Sie hatte noch eine, eine einfarbige blaue. Aber am Tag der Morde hat sie eindeutig die geblümte angehabt.«

»Welche hatte sie am Tag nach den Morden an?«

Er leckte sich nervös die Lippen. »Ich erinnere mich nicht.«

»Die blaue, stimmt's? Und sie hat dann weiter die blaue getragen, vermute ich, bis Sie ihr eine zweite gekauft haben.«

»Ich erinnere mich nicht.«

Hal lächelte unangenehm. »Hat sie ihre geblümte Kittelschürze noch, Mr. Clarke?«

»Nein«, flüsterte er. »Sie macht schon lange keine Hausarbeit mehr.«

»Was ist aus der Schürze geworden?«

»Ich erinnere mich nicht. Wir haben eine Menge Sachen weggeworfen, bevor wir umgezogen sind.«

»Wie fanden Sie denn die Zeit, das zu tun?«, fragte Roz. »Mr. Hayes hat uns erzählt, Sie seien eines Morgens einfach weg gewesen und erst drei Tage später wären die Möbelpacker gekommen und hätten Ihre Sachen für Sie eingepackt.«

»Vielleicht habe ich alles durchgesehen, als es hier ankam«, sagte er ziemlich ratlos. »Ich kann mich nach so langer Zeit nicht mehr an die genaue Chronologie erinnern.«

Hal kratzte sich am Kinn. »Wussten Sie«, sagte er ruhig, »dass Ihre Frau die verkohlten Reste einer geblümten Kittelschürze, die man im Müllbrenner im Garten der Martins fand, als Teile eines Kleidungsstücks identifiziert hat, das Gwen Martin an dem Tag trug, als sie ermordet wurde?«

Alle Farbe wich aus Clarkes Gesicht. »Nein, das wusste ich nicht.« Die Worte kamen kaum hörbar.

»Und diese Überreste wurden sorgfältig fotografiert und sorgfältig aufbewahrt, um sie jederzeit zur Hand zu haben, wenn es in der Zukunft Meinungsverschiedenheiten darüber geben sollte, wem das Kleidungsstück nun eigentlich gehörte. Ich bin sicher, Mr. Hayes wird uns sagen können, ob es die Kittelschürze Ihrer Frau war oder die von Gwen Martin.«

Clarke hob kapitulierend die Hände. »Sie hat zu mir gesagt, sie hätte sie weggeworfen«, beteuerte er, »weil sie sie beim Bügeln versengt hatte. Ich habe ihr geglaubt. Solche Sachen sind ihr oft passiert.«

Hal, der ihn kaum zu hören schien, fuhr im gleichen sachlichen ruhigen Ton fort. »Ich hoffe sehr, Mr. Clarke, es wird uns gelingen zu beweisen, dass Sie von Anfang an wussten, dass Ihre Frau Gwen und Amber Martin getötet hat. Ich würde sehr gern erleben, wie Sie dafür verurteilt werden, dass Sie ein unschuldiges junges Mädchen für ein Verbrechen ins Zuchthaus gehen ließen, das es nicht begangen hatte, noch dazu ein Mädchen, das Sie schamlos missbraucht hatten.«

Sie würden das natürlich niemals beweisen können, aber es verschaffte ihm beträchtliche Genugtuung, die Furcht in Clarkes Gesicht zu sehen.

»Woher hätte ich es wissen sollen? Ich hatte meine Zweifel«, seine Stimme schwoll an, »natürlich hatte ich Zweifel, aber Olive hat ein Geständnis abgelegt.« Sein Blick richtete sich flehend auf Roz. »Warum hat Olive das getan?«

»Weil sie einen Schock erlitten hatte, weil sie Angst hatte, weil sie nicht wusste, was sie tun sollte, weil ihre Mutter tot war und weil sie dazu erzogen worden war, Geheimnisse zu bewahren. Sie hat geglaubt, ihr Vater würde sie retten, aber er tat es nicht, weil er glaubte, sie hätte es getan. *Sie* hätten reden können, aber Sie haben es nicht getan, weil Sie Angst davor hatten, was die Leute sagen würden. Die Frau bei Wells-Fargo hätte sie retten können, aber sie hat es nicht getan, weil sie sich heraushalten wollte. Ihr Anwalt hätte sie retten können, wenn er ein gütigerer Mensch gewesen wäre.« Sie warf einen kurzen Blick auf Hal. »Die Polizei hätte sie retten können, wenn sie nur ein einziges Mal die Beweiskraft eines Geständnisses in Frage gestellt hätte. Aber das war vor sechs Jahren, und vor sechs Jahren waren Geständnisse« – sie bildete mit Daumen und Zeigefinger einen Ring – »total in Ordnung. Aber all diesen Personen gebe ich keine Schuld. Die Schuld gebe ich Ihnen, Mr. Clarke. An allem. Sie haben ein Weilchen mit der Homosexualität experimentiert, weil Ihre Frau Sie gelangweilt hat, und dann haben Sie die Tochter Ihres Liebhabers verführt, um zu beweisen, dass Sie nicht der Perverse waren, für den er Sie hielt.« Sie sah ihn voller tödlicher Verachtung an. »Und so werde ich Sie in dem Buch zeichnen, das Olive aus dem Zuchthaus befreien wird. Ich verachte Menschen wie Sie aus tiefster Seele.«

»Sie werden mich vernichten.«

»Ja.«

»Will Olive das? Meine Vernichtung?«

»Ich weiß nicht, was Olive will. Ich weiß nur, was ich will – sie freibekommen. Wenn das nur über Ihre Leiche geht, dann ist mir das auch recht.«

Eine Zeit lang sagte er gar nichts, zupfte nur mit zitternden

Fingern an der Bügelfalte seiner Hose. Dann sah er Roz an, als habe er plötzlich einen Entschluss gefasst. »Ich hätte mich gemeldet, wenn Olive nicht gestanden hätte. Aber da sie es tat, nahm ich wie alle anderen an, sie sagte die Wahrheit. Ich vermute, Sie möchten ihren Aufenthalt im Zuchthaus doch gewiss nicht verlängern. Ihre Freilassung vor der Veröffentlichung Ihres Buchs würde den Absatz erheblich steigern, meinen Sie nicht?«

»Kann sein. Worauf wollen Sie hinaus?«

Seine Augen verengten sich. »Wenn ich Ihnen jetzt das Material liefere, das ihre Freilassung beschleunigen wird, werden Sie mir dafür dann versprechen, meinen Namen und meine Adresse in Ihrem Buch nicht preiszugeben? Sie könnten mich ja bei dem Namen nennen, den Olive mir gegeben hat – Mr. Lewis. Wären Sie damit einverstanden?«

Sie lächelte schwach. Was für ein unglaublich feiges Schwein dieser Mann doch war! Natürlich konnte er sie niemals darauf festnageln, aber das schien er nicht zu wissen. Und die Polizei würde seinen Namen auf jeden Fall preisgeben, wenn auch nur als den des Ehemanns von Dorothy Clarke. »Ich bin einverstanden, wenn Sie wirklich Olives Freilassung beschleunigen können.«

Er stand auf, nahm einen Schlüsselbund aus seiner Tasche und ging zu einer fein gearbeiteten chinesischen Schatulle, die auf dem Büfett stand. Er sperrte sie auf und hob den Deckel, nahm etwas heraus, das in Seidenpapier gehüllt war, und reichte es Hal. »Ich habe es gefunden, als wir umgezogen sind«, sagte er. »Sie hatte es in einer ihrer Schubladen versteckt. Ich schwöre Ihnen, ich habe keine Ahnung, wie sie dazu gekommen ist, aber ich habe immer gefürchtet, dass Amber sie damit gereizt hatte. Sie spricht sehr viel von Amber.« Er rieb sich die Hände, und Roz fühlte sich an Pontius Pilatus erinnert. »Sie nennt sie den Teufel.«

Hal zog das Seidenpapier auseinander. Darin fand er ein silbernes Armband mit einem winzigen Anhänger in Form eines silbernen Sessels und einem Schildchen, auf dem unter einem Gewirr tiefer, zorniger Kratzer mit Mühe noch die Worte *Du bist Narnia* zu entziffern waren.

Es war kurz vor Weihnachten, als sich die Waage der Justitia tief genug zu Olives Gunsten gesenkt hatte, dass sie das Zuchthaus verlassen durfte. Es würde natürlich immer Zweifler geben, Leute, die sie bis an ihr Lebensende die Bildhauerin nennen würden. Nach sechs Jahren waren die Beweise zur Untermauerung ihrer Geschichte denkbar dünn: ein silbernes Armband an einem Ort, wo es nicht hätte sein dürfen; winzige Überreste einer verbrannten geblümten Kittelschürze, vom verbitterten Ehemann einer senilen Frau identifiziert; und, schließlich, die akribische Neuauswertung des fotografischen Materials mit Hilfe moderner Computertechnik, bei der sich in all dem Blut der kleinere, zierlichere Abdruck eines Schuhs unter einem der riesigen Abdrücke abzeichnete, die Olives Turnschuhe hinterlassen hatten.

Niemand würde je erfahren, was an jenem Tag wirklich geschehen war; die Wahrheit war eingesperrt in einem Gehirn, das nicht mehr funktionierte, und Edward Clarke konnte oder wollte keine näheren Angaben machen, die sich auf irgendwelche Bemerkungen bezogen, die seine Frau in der Vergangenheit von sich gegeben hatte. Er behauptete weiterhin, von nichts gewusst zu haben, erklärte, jegliche Zweifel, die er gehabt habe, seien durch Olives Geständnis beseitigt worden, alle Irrtümer und Fehler seien ihr selbst und der Polizei zur Last zu legen.

Wahrscheinlich hatte die Tragödie damit ihren Anfang genommen, dass Amber gewartet hatte, bis Edward Clarke und ihr Vater weggefahren waren, und dann Mrs. Clarke ins Haus gerufen hatte, um sie mit dem Armband und der Geschichte von der Abtreibung zu quälen und zu reizen. Was dann geschehen war, konnte man nur vermuten. Roz auf jeden Fall war überzeugt, dass Mrs. Clarke die Morde kaltblütig und bei klarem Verstand begangen hatte. Die Tatsache, dass sie Handschuhe angezogen haben musste, um ihr grausames Werk zu vollbringen, die Tatsache, dass sie äußerst vorsichtig um das Blut herumgegangen sein musste, um keine Abdrücke zu hinterlassen, sprachen von kühler Überlegung. Am kaltblütigsten jedoch war es gewesen, dass sie ihre blutverschmierte Schürze zusammen mit Gwens und Ambers Kleidern verbrannt und die Reste hinterher als Teile eines von Gwen getragenen Kleidungsstücks identifiziert hatte. Roz fragte sich manchmal sogar, ob es nicht von Anfang an Dorothy Clarkes Absicht gewesen war, Olive zu belasten. Es war völlig unklar, warum Dorothy Clarke plötzlich draußen am Küchenfenster erschienen war, aber Roz konnte sich des Gefühls nicht erwehren, dass Olive, hätte die Frau das nicht getan, vielleicht doch soweit einen klaren Kopf behalten hätte, sofort die Polizei anzurufen, anstatt in blinder Verzweiflung in der Küche herumzustolpern und alle Beweise zu verwischen, die sie vielleicht entlastet hätten.

Gegen die Polizisten, die den Fall damals bearbeitet hatten, wurde kein Disziplinarverfahren eingeleitet. Der Chief Constable gab eine Pressemitteilung heraus, in der er auf die kürzlich erfolgte Straffung der polizeilichen Verfahrensweisen hinwies, insbesondere in Bezug auf Geständnisse, er betonte jedoch, in Olives Fall habe die Polizei alles getan, um sicherzustellen, dass ihre Rechte in vollem Umfang gewahrt wurden. Unter den gegebenen Umständen sei es akzeptabel gewesen anzunehmen, dass ihr Geständnis der Wahrheit entspreche. Er nahm die Gelegenheit wahr, die Öffentlichkeit nachdrücklich darauf hinzuweisen, wie wichtig es war, dass man unter keinen Umständen am Schauplatz eines Verbrechens Beweise zerstörte.

Peter Crews Verwicklung in den Fall, insbesondere in Anbetracht seiner anschließenden Veruntreuung des Nachlasses von Robert Martin, hatte beträchtliche Aufmerksamkeit auf sich gezogen. Schlimmstenfalls beschuldigte man ihn, Olives Verurteilung bewusst herbeigeführt zu haben, um an das Geld heranzukommen; bestenfalls, eine emotional verstörte junge Frau zu einer Zeit im Stich gelassen zu haben, da es seine Pflicht gewesen wäre, ihre Interessen wahrzunehmen. Er bestritt beide Beschuldigungen mit Nachdruck. Weder habe er Robert Martins Erfolg an der Börse voraussehen können noch seinen frühen Tod, argumentierte er, und was Olive angehe, so habe er, da ihre Geschichte sich mit den forensischen Befunden gedeckt und sie ihr Geständnis niemals widerrufen habe, wie die Polizei angenommen, dass es sich um die Wahrheit handelte. Er habe ihr geraten, nichts zu sagen, und könne für ihr Geständnis nicht verantwortlich gemacht werden. Dank der von ihm gestellten Kaution befand er sich weiterhin auf freiem Fuß, mit Anklagen konfrontiert, die den meisten seiner Mandanten einen Aufenthalt im Untersuchungsgefängnis eingebracht hätten, und behauptete hartnäckig, in sämtlichen Punkten unschuldig zu sein.

Als Roz zu Ohren kam, was er sagte, wurde sie so wütend, dass sie ihm mit einem Journalisten an der Seite auf der Straße auflauerte. »Über Pflicht und Verantwortung könnten wir uns bis in alle Ewigkeit streiten, Mr. Crew, aber erklären Sie mir eines: Wenn Olives Aussage sich tatsächlich so genau mit den forensischen Befunden deckte, wie Sie behaupten, wieso hat sie dann behauptet, der Spiegel sei nicht beschlagen gewesen, obwohl doch Gwen und Amber Martin zu dem Zeitpunkt, als sie ihnen den Spiegel vorgehalten haben wollte, noch am Leben waren?«

Sie hielt ihn am Arm fest, als er gehen wollte. »Warum hat sie kein Wort davon gesagt, dass die Axt zu stumpf war, um mit ihr Ambers Kopf abzutrennen? Warum hat sie nichts davon gesagt, dass sie viermal zugeschlagen hatte, ehe sie schließlich zum Tranchiermesser griff? Warum hat sie den Kampf mit ihrer Mutter nicht beschrieben? Warum hat sie nichts von den Messerstichen gesagt, die sie ihrer Mutter beigebracht hat, ehe sie ihr die Kehle durchschnitt? Warum hat sie nicht erwähnt, dass sie die Kleider verbrannte? Bitte, nennen Sie mir nur ein einziges Detail aus Olives Aussage, das sich in vollem Umfang mit dem forensischen Befund deckt.«

Er schüttelte zornig ihr Hand ab. »Sie hat gesagt, sie habe die Axt und das Tranchiermesser benutzt«, fuhr er sie an.

»Und auf keinem von beiden fand man ihre Fingerabdrücke. Die forensischen Untersuchungen haben ihre Aussage nicht bestätigt.«

»Sie war über und über mit ihrem Blut bedeckt.«

»Über und über ist richtig, Mr. Crew. Aber wo in ihrer Aussage steht, dass sie sich darin gewälzt hat?«

Wieder wollte er gehen, doch der Journalist trat ihm in den Weg. »Die Fußabdrücke«, sagte er. »Damals waren nur ihre Fußabdrücke vorhanden.«

»Ja«, sagte Roz. »Und auf Grund dieser einen Tatsache, die allen anderen Befunden widersprach, gelangten Sie zu dem Schluss, sie sei eine Psychopathin, und bereiteten eine Verteidigung auf der Basis verminderter Schuldfähigkeit vor. Warum haben Sie Graham Deedes niemals über die Bemühungen ihres armen Vaters unterrichtet, sie zu retten? Warum haben Sie nicht Ihr eigenes Urteil in Frage gestellt, als man sie für prozessfähig befand? Warum, zum Teufel, haben Sie sie nicht wie ein menschliches Wesen behandelt, Mr. Crew, sondern wie ein Ungeheuer?«

Er sah sie mit eisiger Abneigung an. »Weil sie ein Ungeheuer *ist,* Miss Leigh. Schlimmer noch, sie ist ein schlaues Ungeheuer. Beunruhigt es Sie nicht, dass die arme Frau, die Sie nun an Olives Stelle geschoben haben, die einzige Person ist, die geistig nicht in der Lage ist, sich gegen die Anklage zu wehren? Und beunruhigt es Sie nicht, dass Olive bis nach dem Tod ihres Vaters gewartet hat, ehe sie überhaupt mit einem Menschen sprach? Sie können es mir glauben – auf *ihn* wollte sie ihre Schuld abwälzen, weil das leicht gewesen wäre. Weil er tot war. Aber Sie haben ihr stattdessen Mrs. Clarke geliefert.« Er funkelte sie wütend an. »Die Beweise, die Sie ausgegraben haben, wecken Zweifel, aber nicht mehr.

Computervergrößerungen in der Fotografie sind genauso interpretierbar wie der Begriff Psychopathie.« Er schüttelte den Kopf. »Olive wird selbstverständlich auf Grund dieser Zweifel freikommen, das Gesetz ist in den letzten Jahren sehr schwammig geworden. Aber ich war dabei, als sie ihre Geschichte erzählte. Olive Martin ist, wie ich Ihnen von Anfang an klarzumachen versucht habe, eine gefährliche Person. Sie hat es auf das Geld ihres Vaters abgesehen. Sie haben sich an der Nase herumführen lassen, Miss Leigh.«

»Sie ist nicht halb so gefährlich wie Sie, Mr. Crew. Wenigstens hat sie nie dafür bezahlt, andere geschäftlich zu ruinieren und mit dem Tod zu bedrohen. Sie sind ein gemeiner Verbrecher, Mr. Crew.«

Crew zuckte die Achseln. »Wenn das im Druck erscheint, Miss Leigh, werde ich Sie wegen übler Nachrede belangen, und das wird Sie an Anwaltsgebühren beträchtlich mehr kosten als mich. Ich schlage vor, Sie merken sich das.«

Der Journalist blickte ihm nach, als er davonging. »Er macht einen auf Robert Maxwell«, sagte er.

»Ja, das ist das Recht«, sagte Roz angewidert. »Nichts weiter als ein dicker Knüppel, wenn man weiß, wie man sich seiner bedienen kann, oder reich genug ist, um Leute anzuheuern, die sich mit ihm auskennen.«

»Sie glauben nicht, dass er, was Olive angeht, Recht hat?«

»Nie im Leben«, antwortete Roz, zornig über seine Zweifel. »Aber wenigstens wissen Sie jetzt, wogegen sie zu kämpfen hatte. Wenn die Leute hier im Land glauben, dass die Anwesenheit eines Anwalts bei einem Verhör einen automatisch schützt, sind sie verrückt. Anwälte sind genauso fehlbar, so faul und so korrupt wie der Rest von uns. Die Law Society musste letztes Jahr Millionen zahlen, um die Opfer fahrlässiger Anwälte zu entschädigen.«

Das Buch sollte innerhalb eines Monats nach Olives Entlassung herauskommen. Roz schrieb es in Rekordzeit fertig, umgeben von dem Frieden inmitten der Abgeschiedenheit Bayviews, das sie spontan gekauft hatte, als sie merkte, dass sie bei dem ständigen Lärm der Leute, die unten im Restaurant ihr Essen genossen, nicht arbeiten konnte. Das *Poacher* war wieder eröffnet worden, in einem Wirbel etwas übertriebener Publicity, die Hal als den heroischen Underdog feierte, der sich erfolgreich gegen das organisierte Verbrechen gewehrt hatte. Seine Beziehung zum Fall Olive Martin, zumal seine späteren Bemühungen um ihre Freilassung, hatten den Mythos noch genährt. Roz' Entschluss, Bayview zu kaufen, fand seinen uneingeschränkten Beifall. Sich vor der Kulisse des Ozeans zu lieben war, gemessen an der Aussicht durch die vergitterten Fenster des *Poacher,* eine immense Verbesserung.

Und sie war dort sicherer.

Hal hatte in sich eine Fähigkeit zur Liebe entdeckt, von deren Vorhandensein er nichts gewusst hatte. Sie umschloss alle Gefühle von der Bewunderung bis zur Lust, und obwohl er sich selbst niemals als einen paranoiden Menschen beschrieben hätte, wurden ihm jetzt die ständigen Gedanken an Stewart Hayes, der gegen Kaution auf freiem Fuß war, zu einer unerträglichen Belastung. Bis er sich schließlich entschloss, Hayes einen Überraschungsbesuch abzustatten. Er fand ihn im Garten seines Hauses vor, beim Spielen mit seiner zehnjährigen Tochter. Und dort machte er Hayes ein Angebot, das dieser nicht ablehnen konnte. Ein Leben gegen ein Leben, Verstümmelung gegen Verstümmelung, sollte Roz etwas zustoßen. Hayes erkannte – vielleicht weil er selbst so gehandelt hätte – in den dunklen Augen eine solch zwingende Entschlossenheit, dass er einem Waffenstillstand auf unbestimmte Zeit zustimmte. Seine Liebe zu seiner Tochter, so schien es, war das Gegenstück zu Hals Liebe zu Roz.

Iris, die beinahe mehr Verdienst an dem Buch für sich in Anspruch nahm als Roz – »wenn ich nicht gewesen wäre, wäre es nie geschrieben worden« – verkaufte das Werk mit großem Eifer als neuestes Beispiel dafür, wie die britische Justiz unter den Körpertreffern ihrer eigenen Inflexibilität ins Taumeln gerät. Ironischerweise übrigens stellte sich heraus, dass der Junge, den Crews Kanzlei in Australien aufgestöbert hatte, doch nicht Ambers Kind war, worauf die Suche ganz aufgegeben wurde. Die Zeitspanne, die Robert Martin in seinem Testament dafür angesetzt hatte, war abgelaufen, und sein Vermögen – dank Crews Spekulationen noch gewachsen – lag weiterhin auf Eis, während Olive die Genehmigung einholte, ihre Rechte darauf geltend zu machen.

EPILOG

An einem dunklen, kalten Wintertag morgens um halb sechs, zwei Stunden vor der Zeit, die der Presse genannt worden war, trat die Bildhauerin durch das Zuchthaustor in die Freiheit. Sie hatte mit Erfolg um die Erlaubnis gebeten, in aller Stille in die Gesellschaft zurückkehren zu dürfen. Roz und Schwester Bridget, die man telefonisch benachrichtigt hatte, standen draußen im Licht der Straßenlaternen, stampften mit den Füßen und bliesen sich in die Hände. Sie begrüßten sie mit einem Lächeln, als das Tor sich öffnete.

Nur Hal, der zehn Meter entfernt in der Wärme des Autos wartete, sah den Ausdruck des Triumphs, der flüchtig über Olives Gesicht flog, als sie die beiden Frauen in die Arme nahm und in die Höhe hob. Er erinnerte sich eines Satzes, den er sich in seinen Schreibtisch hatte eingravieren lassen, als er noch bei der Polizei gewesen war. *»Die Wahrheit liegt innerhalb eines kleinen, bestimmten Umkreises, doch der Irrtum ist immens.«*

Unwillkürlich erfasste ihn ein Schaudern.